KB240809

중국의 지식장과 글쓰기

중국의 지식장과 글쓰기

필자

서경호 徐敬浩　서울대 자유전공학부
김월회 金越會　서울대 중어중문학과
염정삼 廉丁三　서울대 인문학연구원
홍상훈 洪尙勳　인제대 중국학부
박소현 朴昭賢　성균관대 동아시아학술원
박지현 朴志玹　서울대 중어중문학과
김상호 金庠澔　대전대 중국언어문화학과
류창교 柳昌嬌　서울대 중어중문학과
이정재 李廷宰　서강대 중국문화전공
나선희 羅善嬉　서울대 중어중문학과
백광준 白光俊　서울시립대 중국어문화학과
민정기 閔正基　인하대 중국어중국학전공

중국의 지식장과 글쓰기

초판 인쇄 2011년 4월 10일　**초판 발행** 2011년 4월 20일
지은이 서경호 김월회 염정삼 홍상훈 박소현 박지현 김상호 류창교 이정재 나선희 백광준 민정기
펴낸이 박성모　**펴낸곳** 소명출판　**출판등록** 제13-522호
주소 서울시 서초구 서초동 1621-18 란빌딩 1층
전화 02-585-7840　**팩스** 02-585-7848　**전자우편** somyong@korea.com　**홈페이지** www.somyong.co.kr

값 30,000원

ISBN 978-89-5626-564-3 93820

중국의 지식장과 글쓰기

Writing and Intellectuality in China

서경호 김월회 염정삼 홍상훈 박소현 박지현
김상호 류창교 이정재 나선희 백광준 민정기

소명출판

인문학의 목적은 진실한 사람의 모습과 진실한 삶의 양식을 찾아가는 것이다. 이러한 길은 다양하다. 나를 보고 나를 찾아가거나 타인을 보고 나를 찾아가기도 하며, 나와 타인을 보고 진실한 인류의 모습과 진실한 인류의 삶의 양식을 찾아가기도 한다. 외국어문학 연구는, 이러한 방법 중에서, 시간과 공간과 종족과 문화의 경계를 넘어선 곳에서 살아가는 다른 나라 사람들의 모습에서 또 하나의 진실한 사람의 모습과 삶의 양식을 찾아가는 분야이다.

이 길을 걷는 사람들은 가끔 외로움을 느끼며 심지어 절망감에 젖기도 한다. 연구의 대상인 그들은 우리에게 낯선 사람들이며, 그들에게도 우리는 낯선 사람들이기 때문이다. 그러므로 길을 함께 가면서도 영원히 손잡을 수 없고 영원히 마주 볼 수 없을 것 같다는 적막감은 외국어문학 연구자들에게 피할 수 없는 숙명인지도 모른다. 그러나 외국어문학 연구자들은 이러한 생경함 속에서도 이 길을 묵묵히 걷고 또 걷는다. 그것은 언젠가는 그들의 모습에서 그들의 정신적 문화적 기반을 찾을 수 있고, 그리하여 마침내 진실한 사람의 모습과 진실한 삶의 양식을 찾게 될 것이라는 믿음이 있기 때문이다.

중국은 역사적으로 언제나 우리 옆에 존재해온 나라이다. 우리와 그들이 같은 곳을 바라보고 걸어가든, 서로 다른 곳을 바라보고 걸어가든, 그들은 영원히 우리 옆에 있을 것이다. 두 개의 평행선에는 합쳐지지 않는 배타성도 있지만 마주보며 나아간다는 친밀성도 존재한다. 중국어문학 연구는 이와 같이 우리 옆에 있는 사람들의 삶의 진실성을 찾아간다. 이 연구 대상에는 그들이 말하고 생각한 것이 포함되며, 우리가 관찰하고 보아낸 것도 포함된다.

우리가 찾아낸 그들의 진실한 사람의 모습과 삶의 양식이 우리와 같을 때 느끼는 희열은 크다. 이는 두 문화권, 나아가 인류의 보편적 삶의 체계를 확인할 수 있기 때문이다. 그들의 진실한 사람의 모습과 삶의 양식이 우리와 다를 때 느끼는 희열도 또한 크다. 이는 우리에게 새로운 사유와 삶의 질서를 더해줄 수 있기 때문이다. 같음과 다름은 이와 같이 인류의 정체성을 찾아가는 동일한 길 위에 빛나는 모습으로 놓여있다. 이러한 같음과 다름의 기저구조를 찾아가는 것이 중국어문학 연구의 꿈이며 소망이다. 이제 이러한 꿈과 소망을 담아『서울대학교 중국어문학연구소 연구총서』를 간행한다. 씨앗은 어둠 속에서 자란다. 씨앗은 넓은 땅을 필요로 하지 않는다. 그러나 광대하고 울창한 숲은 모두 한 알의 씨앗에서 움터 나온다.『서울대학교 중국어문학연구소 연구총서』가 언젠가 우리의 삶을 풍요롭게 하고, 나아가 인류의 삶을 풍요롭게 하는, 작지만 단단한 한 알의 씨앗이 되기를 기대한다.

서울대학교 인문대학
중국어문학연구소

1990년대 중반부터 소수의 중국어문학 연구자들이 '잡담회(雜談會)'라는 이름으로 모이기 시작했다. 모임의 이름으로, 흔히들 하는 집담회(集談會)에 점 하나를 덧붙여 '잡담회'라는 신조어를 만든 것은 형식에 구애받지 말자는 뜻이었다.

그렇게 모인 참가자들은 정말 자유롭게 이야기를 펼쳤다. 때로는 기원전 11세기 무렵의 서주(西周)에서 20세기 초엽의 민국(民國)시기까지의 기나긴 역사를 몇 개의 단어로 엮어내기도 했다. 물론 항상 순탄했던 것만은 아니었다. 초기 잡담회에 참가했던 사람들 중 상당수가 선배 교수들로부터 엉뚱한 소리를 한다는 힐난을 받기도 했다. 그렇지만 우리는 이야기를 이어갔다. 연도별로 주제를 설정하기도 했고, 때로는 외부 인사를 초빙해서 발표를 들으며 그 내용을 자신의 화법으로 정리하기도 했다. 그렇게 여러 해가 지난 후에 이 모임은 '중국문학사연구회'로 개편되었다. 규모가 큰 학회도 아니고, 한국연구재단(구 한국학술진흥재단)에서 인정하는 학회도 아니었지만, 소수의 회원들은 꾸준히 나름대로의 담론을 개발하여 왔다.

애초에 의도한 것은 아니었지만 시간이 흐르면서 잡담회는 두 가지의 목적을 중심으로 진화해 왔다. 첫 번째는 다 같이 중국의 문학을 연구하면서도 개별 분야의 시각에 파묻혀서 서로간의 소통을 이루지 못하고 있던 상황을 극복해 보자는 것이었다. 두 번째로는 무작정 작품을 읽어내는 데 주력하기보다는 일정한 문제의식 또는 주제를 가지고 작품을 들여다보자는 것이었다. 대부분의 참가자들은 자신의 분야에서 텍스트를 읽어온 사람들이었고, 그래서 각자가 가지고 있던 지식을 모아서 커다란 덩어리를 만들어보는 것이 중요했다. 여기에는 분야별 텍스트를 우리가 공유하는 맥락 속으로 끌어들일 매개가 필요했으며, 그것이 바로 문제의식, 좀 더 구체적으로는 연도별 주제였다.

지금까지 잡담회, 그리고 그 후신인 중국문학사연구회에서는 "중국문학에서의 작자와 독자"·"중국문학의 아(雅)와 속(俗)"·"중국문학에서의 여성"·"중국문학에서의 언어와 문자" 등의 주제를 매개로 하여, 시·산문·소설·희곡·근현대문학·어학·지성사 등 분야의 전공자들이 토론을 진행해 왔다. 토론은 형식을 가급적 배제하고 자유롭게 발언하는 것을 원칙으로 했으며, 특별히 결론을 내리기 위해 노력하지는 않았다. 그것은 각각의 참가자들이 자신의 보따리를 풀어내면서 다른 사람의 보따리에서 필요한 것을 마음껏 집어갈 수 있도록 하는 '지식의 장마당'과 같은 역할을 했다.

제법 여러 해가 지나면서 이 모임은 무형적인 성과를 만들어내었다. 예컨대 '문학'이라는 영역을 새로운 눈으로 — 적어도 우리 학계의 기준으로 볼 때에는 — 바라보는 계기를 만들었다는 점은 자부할 수 있는 성과였다. 그렇지만 이보다 더 중요한 성과가 있었다. 그것은 전공 분야를 달리 하는 사람들이 모여 앉아 각자의 이야기를 하면서도, 공통 주제를 중심으로 자신의 전공이나 관심사를 전개하는 화법을 구사할 수 있게 되었다는 사실이다. 예전에는 미처 경험하지 못했던 이러한 수확을 통해 우리는 크고 작은 전공의 벽을 넘어 한결 폭 넓고 속 깊은 소통의 장을 마련할 수 있었다.

이제 그 소통의 장에서 생산해낸 성과들을 묶어 세상과 소통하고자 한다. 그들이 모두 빼어나고 농익었기 때문만은 아니다. 보기에 따라

개중에는 모자란 것도 있고 설익은 것도 있을 수 있다. 그럼에도 세상에 내놓고자 함은, 그 하나하나가 현재를 살찌우고 미래를 풍성케 할 찰진 거름이 될 수 있다는 판단 때문이다. 모쪼록 강호 제현의 논의 분운(紛紜)하는 바탕이 되었으면 한다.

　아울러 '중국문학사연구회 총서'가 '서울대학교 중국어문학연구소 연구총서'의 일원으로 발간될 수 있도록 도움을 주고 이를 허락해준 서울대 중국어문학연구소에 감사의 뜻을 전한다.

차
례

중국문학의 변화 : 제도, 지식 그리고 글쓰기의 상관관계

_서경호

1.

우리 학계의 근대적 중국문학연구사는 그 시점이 일제 강점기로 소급된다. 그 시기부터 지금까지 지속되고 있는 연구방식은 '문학'이라는 개념어에 절대적인 가치를 부여한 채로 작품을 읽는 것이 주류를 이루어 왔다. 그것은 특정 작품의 어떤 부분이 문학성을 지니며, 그렇게 드러난 문학성이 다른 작품과 비교할 때에 어느 정도의 우위를 보이는가, 아니면 어떤 특징을 가지고 있는가를 관찰하는 작업이었다. 그것은 작품들 사이에 어떤 위계질서 같은 것을 구축하는 것과 마찬가지였다.

'문학'이라는 개념어를 고안해낸 서구에서는, 문학이 본래부터 있어

온 인간의 정신활동의 한 가지로 여겨져 왔다. 조금 더 나아가 말한다면 언어와 문자가 갖추어진 상황에서는, 인간은 문학을 탄생시킬 수밖에 없도록 프로그램 되어 있는 동물이었다. 문명을 논의할 때에 문학을 하나의 독립된 영역으로 다루는 것은 당연한 일이었으며, 우리의 근대적 중국문학 연구에서도 그러한 설정은 전혀 의심받지 않았다. 곧 문학은 절대 변하지 않는, 수학에서 상수(常數)라고 부르는 것과 마찬가지로 다루어졌다.

이런 상황에서는 작품을 '읽어내는' 방법이 주목을 받기 마련이었다. 각종의 사조를 파악하거나 연구방법론을 익히는 것이 중요하게 여겨졌다. 반면에 무엇이 문학을 만들며, 어떤 사회적 요소에 의해 문학이 영향을 받을 수 있는가에 관한 근본적인 질문들은 그리 주목받지 못했다. 또한 작품 또는 텍스트에 대한 집착이 연구자들의 시야를 특정의 작가나 작품에 고정시킬 뿐 더 넓은 시야에서 '문학적 사유의 흐름'을 파악하는 것을 막는다는 문제점도 발생했다.

2.

이렇듯 종래 우리 학계에서는 문학이라는 개념을 '특수한 영역', 혹은 '닫혀 있는 영역'으로 간주해 왔다. 문학연구는 튼튼한 울타리로 둘러싸인 영역이었던 셈이며, 외부와의 소통은 당연히 제한될 수밖에 없었다. 이 책의 필진을 비롯하여 '잡담회(雜談會)'라는 이름 아래 모인 중국어문학 전공자들이 시도한 것은 바로 이 울타리를 헐어버리는 일이었다.

그 결과 문학은 인간이 지금까지 생성해 온 다양한 영역 중의 하나

일 뿐이며, 절대불변의 상수가 아니라는 생각이 자리 잡게 되었다. 문학은 당위적으로 존재하는 것이 아니라 한 사회의 문화가 형성되는 과정에서 점진적으로 모습을 갖추어 온 일종의 결과물이기에, 문학은 무수한 변수 중의 하나일 뿐이며, 다른 변수들이 변화함에 따라 함께 변할 수도 있다는 전제를 공유하게 되었다. 그렇게 진행한 작업은 중국인이 과거로부터 지금까지 중국을 만들어 오는 과정에서 어떤 방식으로 문학이라는 개념과 행위를 구체화했으며, 그것이 또 중국사회를 특징짓는 문화의 장(場) 안에서 수행한 역할을 관찰하는 것이었다. 나아가서는 문학행위가 다른 문화적, 사회적 변수와 어떤 관계에 있었는지를 탐구하는 것이 잡담회의 핵심적 명제가 되었다.

이것은 특히 중국의 문화적 전통이 지니는 특수성으로 인해 중요한 화두가 되었다. 서구에서 유래한 문학이라는 개념을 중국의 역사에 적용시킬 때 많은 사람들은 그 단어가 지니는 함의의 차이에 당황하기 일쑤였다. 그렇지만 개념 그 자체가 워낙 지배력이 강했기 때문에 중국문학의 연구자들도 그 개념적 범주에 도전할 생각은 못 했던 것이 사실이다. 잡담회는 '감히' 그것에 도전했고, 어느 정도의 성과를 이루어낸 모임이었다. 그리고 마침내 그 동안 잡담회에서 얻은 성과를 직접, 혹은 간접으로 반영한 14편의 논문을 모아 책으로 펴내기로 하였다.

3.

중국의 문학사를 살펴보면 다른 문명권에서 쉽게 찾아볼 수 없는 면을 많이 발견할 수 있다. 무엇보다도 뚜렷한 것은 오랜 시간에 걸친 연속성이다. 중국의 문학전통은 2,000년에 걸쳐 한 번의 단절도 없는 진화 과정을 보여주고 있다. 중요한 것은 이 연속성이 고정된 상태의 연속성이 아니라 끊임없는 변화를 통한 연속성이라는 점이다. 변화는 자연적으로 일어나지 않는다. 변화는 많은 변수가 개입되어 일어나는 것이며, 어떤 변수가 개입되었느냐에 따라 변화의 내용이 결정된다. 그리고 그 변화가 문학의 내용과 경향을 결정짓는다. 이렇게 볼 때에 변화라는 개념을 통해서 중국의 문학사를 읽어내는 것은 의미 있는 작업이라고 할 수 있다. 그리고 여기에 모인 14편의 논문을 연결해서 읽어보면 변화의 양상과 그것에 개입된 변수가 드러난다. 필자는 다음과 같이 그 맥락을 재구성해 보았다.

1)

문학전통을 이야기할 때에 말하기와 글쓰기의 상관관계에 대한 주목하는 것은 중요한 출발점이라고 할 수 있다. 말과 글의 연결이 자연스럽게 이루어졌다는 생각은 중국의 문학전통에서는 받아들이기 어려운 당위성이기 때문이다. 특히 글쓰기가 갑골문이나 금문(金文)과 같은 집체적 기록의 단계를 벗어나 개인 차원의 행위로 이행하던 상황을 관찰하는 것은 매우 중요하다.

그런 변화는 지식과 사유의 표현이 글쓰기를 통해 이루어진 춘추시기 말엽부터 두드러지게 나타난다. 이 시기에 출현한 『논어(論語)』와 『노자(老子)』에서 나타난 논증방식을 비교해 보면 당시의 사람들이 말하기와 글쓰기를 통해 논리를 구현하는 방식에 대해 이견이 있었음을 발견할 수 있다고 김월회 선생은 주장하고 있다. 여기에서 말하는 논증은 개인의 지적(知的) 경험을 정의하고, 그것을 다른 사람들과 공유할 수 있는 언어로 치환하는 것을 가리킨다고 필자는 생각한다. 그렇지만 김월회 선생의 분석을 보면 문제의 본질이 단순히 논증의 문제에 국한되지는 않는다. 그것은 화자(話者)의 권위라는 변수가 개입되어 있기 때문이다. 공자(孔子)는 압축된 언어로 발화하면서 이를 통해 설정한 좁은 지적 공간으로 제자들이 걸어 들어와 자신의 생각을 공유할 것을 요구한다. 자신의 말을 이해하지 못하면, 다시 말해서 자신의 압축된 언어에 내포된 의미를 자신이 설정한 방식대로 체득하지 못하면 생각의 공유는 성취되지 못한다는 것이 공자의 입장이다. 반면 노자(老子)의 화법은 가설, 전제, 예증, 결론 등의 요소가 조합되어 있는 경우가 많다. 이것은 자신의 지적 경험을 언어의 조합을 통해 확산시키려는 노력을 가리킨다, 그는 상대방의 직관적 반응에 기대하는 것이 아니라 상대방을 각각의 단계로 인도하면서 그들이 점진적인 이해의 과정을 거치도록 유도한다. 그리하여 결론에 이르면 화자와 청자 혹은 독자가 동일한 의미를 공유하게 되는 것이다.

김월회 선생은 『논어』와 『노자』의 논증방식을 비교하면서 말하기에 충실하던 경향이 글쓰기로 이행하는 과정을 볼 수 있다고 주장한다. 공자의 사유는 적혀 있지만 여전히 말하고 있는 반면에 노자는 말하지만 그것은 글쓰기에서 발현되는 기능을 염두에 둔 것이지 결코 일상적인 발화가 아니라는 것이다. 그런데 필자의 생각으로는 이것이 단순히 말하기와 글쓰기의 관계 이상의 것을 의미하고 있다. 그것은 개인의 지적 경험이 다수에게 확산되고 공유되는 방식이 변화하는 상황을 보여주고 있기 때문이다. 이것은 이념적인 정통성이 흔들리고 있던 당시의 상황과도 연관되어 있다. 춘추시기 말엽에는 일원론적 이념이 쇠퇴하고 다원론적 세계관이 대두되던 시기였다. 각각의 이념적 사유는 절대적 지위를 상실하였으며, 다양한 사유방식이 경쟁을 벌이기 시작하던 그 시기에 지식이 서서히 초보적인 의미에서 상품화하는 변화가 일어나고 있었으며, 각각의 사유방식은 더 많은 소비계층을 확보하기 위해 소통을 강화하였다는 것이다. 결국 『노자』에서 발견되는 논증 방식은 전국시기 중반에 본격적으로 나타나는 '지식의 상품화', 혹은 '지식시장의 만개'라는 현상의 전 단계에 해당된다고 생각할 수 있는 것이다.

그런데 전국시기에 일어난 사유방식 간의 경쟁은 지식인이 스스로 촉발한 것이 아니었음을 주목할 필요가 있다. 경쟁은 다(多)국가 사회가 형성되고, 국가 간 경쟁이 치열해진 결과였다. 부국강병을 위한 여러 나라에서의 개혁이 그런 경쟁의 촉매 역할을 했으며, 이때부터 지식은 유세를 통한 구매와 판매의 구도 속으로 편입되었다. 그리고 지식의 교환가치는 국가 간 경쟁이 치열해질수록 더욱 높아질 수밖에 없었다. 직하학궁(稷下學宮)의 출현은 이런 상황을 가시적으로 보여준 사례라고 할 수 있다. 그것은 인센티브에 의해 촉발되는 '지적 생산'의 장(場)이었다. 특히 이 지적 생산의 경쟁이 변증적 글쓰기를 부추기고, 그것이 중국의 글쓰기가 구어전통에서 탈피하게 만들었다는 점을 시사한다.

그래서 김월회 선생이 2편의 논문을 통해 구성한 변화, 그러니까 춘추시기부터 직하궁의 시기까지의 변화를 추적하면 다음과 같은 점을 발견할 수 있다. 우선 이 시기에 지식인은 일종의 사회계층, 혹은 특수한 형질을 통해 전문화된 집단으로 간주되었다. 이 집단은 당시로서는 새로운 서비스 산업의 출현을 의미했다. 그런데 이 집단은 엄격한 의미에서는 자생적이지 않았다. 물질적 능력을 통한 가시적 공헌을 중시하던 상황에서 지식인 집단은 권력이라는 후견세력의 도움을 바탕으로 해서 형성되었다. 결국 중국의 지식인 집단은 정치권력, 나아가서는 그것을 지탱해 주는 제도의 한 부분으로 탄생했다고 할 수 있다. 이런 속성은 지식인들이 자기표현을 위해 가장 중심적인 매체로 활용하던 글쓰기의 속성을 동시에 결정지었다.

물론 이런 속성이 지식인의 사고를 전면적으로 압도한 것은 아니었을 가능성도 있다. 김월회 선생은 직하에 모인 학자들이 반드시 출사를 목표로 하지는 않았다는 점을 지적하고 있다. 이것이 당시의 특수한 상황, 예컨대 지식 시장의 수급상태나 제 선왕의 정치적 영향력에 기인한 것인지, 굳게 자리 잡은 풍조였는지를 속단하기는 어렵다. 그렇지만 이 분석은 지식인 계층에 존재한 이중적 성향, 그러니까 오늘날의 용어로 말하자면 순수와 참여라는 서로 대칭되는 가치관을 배태했을 가능성을 보여주고 있다. 그렇지만 분명한 것은 김월회 선생이 지적한 그런 가치관이 압도적이지는 않았다는 점이다. 진시황의 통일과 한 제국의 성립 이후 지식인이 더욱 강력한 제도 권력의 자장 속으로 빨려 들어갔음이 분명하기 때문이다. 소수의 가치관은 잠재적 가능성으로 남아 있다가 제도 권력의 통제력이 느슨해 진 시기에 간간히 모습을 드러내었을 뿐이다.

2)

한 제국의 성립 이후 지식계에는 큰 변화가 일어났다. 이것은 다(多)국가 체계가 단일국가 체계로 개편되면서 지식인 집단의 후견세력의 성격이 변화했기 때문이었다.

지식인의 속성을 결정짓는 새로운 변수가 등장한 것이 한대 초기였다고 할 수 있다. 표면적인 관찰을 통해서 보면 지식인 집단의 역동성과 다양성이 감소한 것은 분명하다. 특히 무제(武帝)가 '독존유술(獨尊儒術)'의 정책을 시행한 이후 유가의 경서(經書)가 이념적 교과서로 확립되었으며, 단일이념이 지배력을 공고히 하는 상황에서 다양한 지식이 상품으로 진열되어 선택을 기다리는 시기는 과거의 유물이 된 것처럼 보였다. 그러나 꼭 그렇지는 않았다. 외연적인 다양성은 사라졌지만 경서를 중심으로 하는 내부적 다양성이 나타났으며, 이런 의미에서 지식의 상품성은 여전히 존재하고 있었다.

경서의 확립은 글쓰기 방식에도 변화를 가져왔다. 경서는 주공(周公) 이래의 구어 전통을 대표하는 것으로, 유가 이념이 통치 이데올로기로 확립되면서 예전에 발화되었던 담론은 상당 부분 신비화의 길을 걸었다. 『시(詩)』·『서(書)』·『논어』·『춘추(春秋)』 등은 당대 문언에 대한 고대 구어의 우월적 지위를 확립하였던 것이다. 이에 따라 지식인의 관심은 주어진 텍스트를 읽어내고 당시의 화법으로 다시 써내는 방법으로 전이하였다. 여기에서 여러 학파가 생겼고, 각 학파가 정통성을 주장함에 따라 발생한 것이 금문경학(今文經學)과 고문경학(古文經學)의 논쟁이라고 할 수 있다. 그 투쟁은 언어를 통해 전해진 지혜의 해석을 통한 이념적 정통성을 획득하기 위한 것이었지만, 그것이 동시에 정치권력의 획득과 직결되어 있었다는 점에서 고대의 지적 유산이 당대의 정치권력의 정통성을 담보하는 기제로 작용한 것이다.

이것은 지식이 또 다른 형태의 상품으로 변화했음을 가리킨다. 경전화된 지식의 추구는 다양한 유파의 공존을 허용하지 않았다. 금고문경학의 투쟁은 상대를 억누르고 독점적 지위를 추구하는 속성을 보였다. 그것은 다(多)국가 상황에서는 다자 중에서 선택이 가능하다가 통일된 단일 국가의 상황에서는 교조적 단일 이념의 확립에 힘쓴 결과일 것이다. 금고문경학의 투쟁은 단일 이념 내에서 진행된 내부투쟁의 상황을 보여주며, 이것은 지식인의 사유를 더욱 철저하게 정치권력이 선포한 제도 속으로 끌어들이는 결과를 낳았다.

그렇지만 염정삼 선생의 지적을 따르자면 금고문경학 논쟁이 지식인이 제도에 종속되는 것만을 가리키지는 않는다. 그것은 오히려 단일화된 이념 체계 안에서 지식인들이 발휘하는 역동성을 가리킨다. 경전의 해석과 관련 저술을 통해 지식인들은 자신들이 기대고 있는 정치권력, 특히 황제의 모습을 이념적으로 정의하고 설계하려고 시도하였다.

그들은 황제가 감성적 인간이 아니라 이념적으로 행동하는 존재가 되도록 시도했으며, 그 바탕을 마련하는 것이 경서의 확립과 정통적인 해석 방법의 마련이었다. 그리고 금고문경학 사이의 투쟁은 그 정통성을 놓고 경쟁하는 내부투쟁이었다.

이에 따라 글쓰기의 역할은 크게 변했다. 글쓰기를 통해 지식인들은 권력의 이상형을 규정하는 동시에 피지배층에 대해서는 적절한 행동 방식을 가르치는 역할을 담당하게 되었다. 중요한 것은 이런 과정을 통해 지식인이 제도에 종속되는 상황의 속성도 변했다는 점이다. 그들은 황제로 대표되는 권력과 광범위한 피지배층 사이에 놓여 있는 중간적 존재였다. 그들은 상부를 규정하거나 규제하는 동시에 피지배층을 향해 가장 효율적으로 통치 받는 방식을 알려주는 교사였다. 그래서 그들은 표면적으로는 중간자였지만 실질적으로는 주재자였다. 지식인들은 그들 집단 내부에서 통용되는 문화적 코드를 창출함으로써 공고한 집단을 이루었고, 이를 통해 중국을 황권이라는 명목을 배경으로 하면서 실질적으로는 자신들이 운영하는 공간으로 탈변시켰다. 그것은 2,000년 이상 지속된 문인 우위 사회의 기초를 놓는 작업이었다. 이런 변화를 통해 우리는 권력에 종속된 지식인이 아니라 권력체 그 자체로서의 지식인 집단을 목격하게 된다. 그들의 글쓰기도 권력에의 접근로인 동시에 권력의 구현체로 작동하게 된다.

3)

한대 초기부터 그 모습을 뚜렷이 보이기 시작한 변화로 인해서 지식인들은 유가라는 이념의 테두리 안에서 다양한 경향을 추구하기 시작했다. 우리가 주목해야 할 가장 두드러진 점은 문인이라는 특수한 계층의 모습이 확연해졌다는 것이다. 이른바 '문학지사(文學之士)' 혹은 '문인'이라는 말은 선진(先秦)시기부터 쓰여 왔다. 이 말은 춘추시기에는 문덕(文德) 즉 과거로부터 전해져온 지식 유산에 밝은 사람을 지칭하다가 전국시기에는 논변에 능한 사람을 가리켰으나, 한대에 들어서서는 '서면어를 통한 사유의 표현에 능한 사람'으로 그 의미가 변화했다.

이런 변화는 홍상훈 선생이 지적하듯이 저술의 개념에서 드러난다.[1] 경학이 관학의 위치를 굳히고 있었지만 이 시기의 지식인들이 반드시 그것에 얽매어 있지는 않았다는 것이다. 그들은 공자가 그 이전의 지적 유산을 정리했듯이 자신들도 공자 이래의 지적 경험을 당대화(當代化)하여 체현하려고 노력하였다. 그들이 공자와 달랐던 점은 지적 유산을 구술을 통해 전수하는 것이 아니라 새로운 저작을 통해 자신의 시대에 적용될 수 있는 지혜를 창출하려 했다는 점에 있다. 그들에게 중요한 것은 과거의 지혜가 지닌 의미 그 자체가 아니었다. 그들의 관심은 과거의 지혜가 자신들의 시대에서 어떤 이차적 의미로 재탄생될 수 있느냐에 놓였으며, 이를 위한 노력은 주로 서면어를 통한 저작을 통해 가시화되었다. 그 와중에서 글쓰기의 영역이 넓어질 수도 있다는 자각이 일어났으며 이에 촉발되어 새롭게 이루어진 시도가 수사와 논리를 결합하는 글쓰기였다. 그렇게 해서 탄생한 것이 한부(漢賦)였다고 할 수 있다.

홍상훈 성생은 한부를 '초보적이나마 제도화된 문학양식'으로 설명하고 있다. 이것은 지극히 간단한 설명이지만, 실제로 그 이면에는 중국의 문학전통이 발생하는 과정에 개입되어 있는 여러 변수가 존재한다.

우선 중국에서 문학이라 정의되는 글쓰기 행위가 독자적인 의식구조의 자기 발현이 아니라는 점을 발견할 수 있다. 곧 중국에서 문학적 글쓰기는 이념의 진술이나 실천과정에서 '파생'된 것이다. 그리고 그런 출발점의 지향은 오랫동안 지속되었다. 전통시기 내내 문학적 글쓰

---

1 홍상훈, 「한대(漢代) 문인의 형성에 대한 고찰」(『중국문학』 제35집, 2001) 참조.

기는 이념의 그늘을 벗어나지 않았으니, 심지어는 백화소설의 서문에서도 이념적, 윤리적 그물망이 깔려 있었을 정도였다. 둘째로 중국의 문학적 글쓰기는 서구에서 정의되듯이 섬세한 감성을 유려한 언어로 표현하는, 그런 자발적이고도 충동적인 행위가 아니었다. 그것은 다양한 분야의 지식 소양과 기술, 그리고 고려가 어우러진 복합체의 모습을 지니고 초기부터 있었다.

한부의 창작에 있어서도 이념적 동기를 뒷받침할 수 있는 광범위한 지식이 필수적이었다. 그리고 그런 지식을 구조적으로 조합할 수 있는 문자와 운율 지식도 필요했다. 이런 지식은 개별적으로는 문학적인 글로 구현되지 못한다. 각 분야의 지식이 서로 설득력 있게 배열되고 조직되기 위해서는 수사학적인 기술이 필요했다. 그리고 수사학적인 기술의 사용에는 그 글을 읽고 평가할 독자가 누구이며, 그가 원하는 것이 무엇인가를 세심하게 고려하지 않으면 안 되었다. 결국 문학적 글쓰기는 발생단계부터 다양한 변수들이 복잡한 내부규율로 얽혀진 상황에서 상호작용함으로써 형성되어 온 것이라고 봐야 할 것이다. 그것은 단순히 개인의 능력에 기초한 예술형태가 아니었다.

한부를 통해 발견할 수 있는 중국문학의 속성은 그것이 제도화된 글쓰기로 정착되어야 일정한 수준을 갖춘 독자를 얻어서 '공적인 인증'을 받을 수 있다는 점이다. 문학은 개인이 창안하고 사적 영역에서 향유하면 좋은 그런 글쓰기가 아니었다는 것이다. 문학적 글쓰기는 개인의 차원을 훨씬 넘어서는 공적 활동이었다. 그렇기 때문에 내용이나 형식에 있어서 공적 영역에서 부과되는 의무가 사적 영역의 자유를 압도하는 것이 일반적이었다.

4)

　지식과 문학의 상관관계는 유가적 이념이 부분적으로 흔들리던 위진남북조시기에도 지속됐다. 이 시기의 독특한 글쓰기였던 지괴(志怪)에서도 그런 관계를 발견할 수 있기 때문이다.

　지괴는 오늘날 주로 소설사에서 거론되고 있지만 박소현 선생이 주장하듯이 그것은 애초부터 소설적 의도로 시작된 글쓰기가 아니었다. 지괴는 당시 경계가 넓어진 지식체계에 새롭게 편입된 항목에 대한 주목을 글쓰기로 구현한 결과였다는 것이다. 여기에는 기록자가 역사적 사실이라고 주장하는 것과 개인적 경험, 방사(方士)의 믿음과 그것을 뒷받침하는 경험 등이 포함된다. 이런 항목이 당시의 지식체계에 편입된 것은 당시 지식인들의 사실 지향적인 지식 경계선이 이전에 비해 추상적으로 확대되었기 때문이었을 것이다. 이 시기 특유의 사유방식에 따라 사실과 허구의 경계선 혹은 사실과 사실이라고 믿어지는 것의 경계선이 허물어졌을 가능성이 크다.

　흥미로운 것은 새롭게 편입된 지식이 지식체계의 일부로 정착하기보다는 상상력을 자극하고, 그것이 새로운 형태의 소설적 글쓰기로 진화했다는 점이다. 그것은 중국에서 문학적 상상력이 확대되는 과정에 대한 관찰에서 중요한 의미를 지닌다. 지괴와 그 이후의 소설전통을 놓고 볼 때에 중국인의 상상력은 '관찰과 모방을 통한 유추적 재구성' 혹은 '완전한 허구적 설계'와는 거리가 있음을 볼 수 있다. 중국인의 상상은 '사실의 변조'라는 방식에 의존하고 있는데, 지괴에 나타난 상황들 특히 당대에 출현한 많은 작품들이 이에 해당된다. 그것은 사실로 믿어지는 주어진 지식과 소설적 상상력의 접합이었으며, 지식이 소설적 상상력을 촉발시키는 단서가 되었던 것이다. 그러나 이것은 문학적 글쓰기와 지식의 상관관계에 국한되어 있다. 위진남북조의 지괴는 아직 제도 속으로 편입되지 않고 있었다. 상상력의 발휘가 제도 속으로 편입되기까지는 얼마간의 시간이 필요했으며, 그것은 당대 중엽 이후에나 비로소 실현되었다. 이런 의미에서 볼 때에 지괴는 한부의 형성과정에서 보이는 속성, 즉 문학적 글쓰기가 지식과 제도 권력 사이에서 파생되었다는 속성에서는 부분적으로 비껴나 있었다는 특징을 지니고 있다.

5)

정치사회적 측면에서 볼 때에 위진남북조시기는 문벌귀족의 시대였다. 중국에서 귀족이라는 말은 단순히 사회적 우월성을 지닌 계층을 의미하지 않는다. 그들은 정치적, 경제적 권력과 함께 문화적 지배력을 확보한 계층이었다. 글쓰기는 이 계층을 상징하고, 동시에 구성원의 동질성을 확보하는 수단으로 자리 잡고 있었다. 글쓰기야 말로 문벌귀족을 중심으로 하는 집단에서 가장 보편적인 공통분모였으며, 그래서 문벌귀족의 시대는 곧 문인의 시대였음을 의미한다. 그런데 위진남북조시기의 문인집단은 제도적으로는 명료하게 정의되지 않는 일종의 사회현상이었다. 이 시기에 가장 중요한 것은 글쓰기를 통한 개인적 명망의 확보였는데, 그것은 다분히 주관적인 판단과 인맥의 영향 하에 놓여 있었다.

그러나 당대에 이르면 문인집단의 존재는 제도로 정착되었다. 수대부터 시행된 과거제도를 통해서, 특히 당대에 명경과(明經科)와 진사과(進士科)의 급제자를 우대하면서 글쓰기의 의미는 단순히 개인의 명망이 문인집단 내부에서 인정받는 차원을 넘어서게 되었다. 이제 글쓰기는 국가가 주도하는 제도적 인증의 대상이 되었으며, 문인집단의 존재도 국가가 그 실체를 인정한 것이나 다름없었다. 이러한 변화는 박지현 선생의 주장에 따르면 '사문(斯文)'의 전통을 중요한 원동력으로 삼아 일어났다. 사문의 양대 핵심은 경전을 중심으로 하는 문장과 시부였으며, 과거에서 가장 중시된 명경과와 진사과가 그런 전통의 구현이었다. 여기에서 우리는 지식과 문학, 그리고 권력구조가 상호작용하는 삼각관계의 구도가 완성되는 것을 목격한다. 그리고 문학에 초점을 맞춘다면 과거의 한 과목인 시작(詩作)에 주목할 필요가 있다. 왜냐하면 여기에서 다시 한 번 중국문학의 속성과 맞닥뜨리기 때문이다.

관리 선발을 위한 과거에서 시작이 핵심과목으로 취급받았다는 사실은 권력 주체가 감성적 글쓰기에 상당한 비중을 둔 것으로 볼 수 있다. 이것은 교양을 중시한 그리스적 이념과 유사한 면을 보인다고까지 할 수 있다. 그러나 실상은 반드시 그렇지 않았다. 김상호 선생의 주장에 따르면 과거에서 시작을 선택한 것은 글쓰기 능력의 측정을 위한 일종의 표준화였지, 결코 문학적 능력 그 자체를 주관적으로 평가하기 위한 것은 아니었다고 한다. 권력주체가 생각하는 글쓰기는 방편이었지, 문학적 성취가 목표는 아니었던 셈이다.

이런 점은 당시의 문인들 스스로도 동의하고 있었던 것 같다. 오늘날 소설사에서 거론되는, 당대에 새롭게 형성된 글쓰기인 전기(傳奇)도 박지현 선생의 주장에 따르면 결코 순수문학적 동기에 의해 출발된 것은 아니라고 생각된다. 그것은 당시 문인집단 내부에서 통용되는, 문인의 정체성을 표현하는 것을 목적으로 하는 정치적 담론의 일부였을 가능성이 있다. 그것은 지괴에서 시작된 상상력과 지식 그리고 글쓰기의 결합체가 당대에 들어서서 제도 속으로 흡수되는 과정에 놓여 있는 글쓰기였을 것이다.

이렇게 볼 때에 당대는 과거제도를 통해 '지식―문학―권력'이 삼각관계를 완성한 시기였다. 그렇지만 이런 구도는 그리 오래 지속되지 않았다. 이 삼각관계에 시가 깊숙이 편입됨으로 해서 시 전통은 역설적으로 커다란 변화를 맞이하게 된다. 송대에 들어서서 왕안석(王安石)이 시행한 신법(新法)으로 인해 시작은 과거에서 제외되었다. 글쓰기를 도(道)를 구현하는 매체로 생각했던 이 시기에 감성이 개입된 글쓰기는 제도 권력의 유지에 필수요건이 아니라는 생각이 형성되었던 것으로 보인다.

이런 변화는 후대의 문학사에서 의미 있는 속성을 만드는 계기가 되었다. 송대 이래로 시작은 권력의 자장(磁場)에서 서서히 멀어져 갔다. 시는 더 이상 문인의 절대적인 글쓰기가 아니라 여러 선택할 수 있는 것 중의 하나였을 뿐이었다. 그렇지만 문인집단 내부에서 통용되는 문화적 언어로서의 시는 여전히 생명력을 유지하고 있었다. 그리고 이 특수한 언어의 소통범위가 반드시 문인으로 규정된 사람들 내부로 엄격하게 제한되어 있지는 않았다. 류창교 선생의 분석에 따르면 설도(薛濤)는 기녀였음에도 불구하고 시를 통해 많은 문인들과 교유하고 있음을 알 수 있다. 그녀가 문인들과 문화적 방식으로 소통한 유일한 기녀가 아니었을 가능성은 다분히 있으며, 그렇게 생각할 때에 시어는 계층의 벽을 초월하는 혹은 능력을 우선시하여 계층을 초월할 수 있는 언어수단이었다고 볼 수 있다.

다만 당대의 문인은 그들 집단에서 뛰쳐나오지 않고 시를 통해 외부인을 자신들 속으로 끌어들이기만 했을 뿐이다. 설도는 그렇게 초대받은 여인이었다. 기녀라는 신분은 그녀가 초대받을 기회를 만들어주는 환경으로 작용했을 것이다. 그러나 류창교 선생의 분석은 이 시기에 독서인의 엄격한 경계가 서서히 풀려가고 있음을 보여준다. 동시에 여류 독서인의 출현은 글쓰기, 특히 문학적 글쓰기가 반드시 지식과 제도 권력과 결부될 필요는 없다는 생각이 문인집단 내에서 퍼지고 있음을 의미한다. 특히 당대에는 구두로 전달되는 문화적 콘텐츠에 많은 사람들이 노출되어 있었으며, 그런 현상이 지식과 제도 권력 밖에서 형성된 독서인구의 증가를 촉발하였을 가능성도 있다. 이런 변화를 통해서 문학적 글쓰기는 서서히 독자적 영역을 확대하고 있었다. 시작이 권력구도에서 제외되었다는 것은 글쓰기 영역의 내부에서 작동하던 역학구도의 균형이 흔들리는 것을 의미했다. 이렇게 특정의 글쓰기가 지녀왔던 절대적 위치가 흔들리면서 새로운 글쓰기가 등장했다. 그것들은 독립적이고도 배타적인 서면어를 벗어나서 일상적 구어와 접근하는 모습을 보였다. 사(詞)의 출현, 백화문의 탄생 등이 그런 변화를 압축적으로 보여준다.

6)

독립된 영역으로서의 문학적 글쓰기는 새로운 변수의 유입으로 지금까지와는 다른 궤도를 형성하기 시작했다. 이전까지 작용했던 변수가 '지식-제도 권력-글쓰기'의 삼각관계가 만들어낸 역학관계 안에서 형성되었던 반면에 송대 이래 유입된 변수들은 그러한 구도 밖에서 파생되었다.

홍상훈 선생이 짚어낸 요소들을 보면 우선 지리적 변수가 작용했음을 알 수 있다. 북방이 황폐화되면서 새로운 문화중심으로 떠오른 강남지역은 당시 지식인들에게 글쓰기에 관련된 고정관념에서 탈피할 수 있는 환경을 제공했다. 이 지역의 특성은 인쇄기술이 상업적인 목적으로 활용되는 조건을 만들어주었다. 출판업이 상업적 가능성을 보이자 축적되어 있던 자본의 투입이 이루어졌고, 이 과정에서 상인이 글쓰기의 후견인 역할을 맡게 되었다. 이것은 글쓰기의 후견세력이 제도 권력에서 경제 권력으로 옮겨졌음을 의미한다. 이런 상황에서 글쓰기는 급속히 상업화되면서 문인집단과 같은 폐쇄적인 독자층을 벗어나 더 넓은 독자층을 찾기 위한 변신을 시도했다.

여기에 당시의 사회적 환경도 변수로 작용했다. 송대 이래로 광범위하게 보급된 문자 교육은 제한적 의미이기는 하지만 문자해독인구를 대폭 증가시켰다. 이제 문자는 소수의 문인만이 사용하는 것이 아니었다. 문자는 일상생활의 도구가 되었으며, 이런 상황은 지식과 독서물의 수준별 범위를 확대시켰다. 이제는 계층 별로 읽는 대상이 설정되었다. 그리고 읽는 것이 일상적 행위의 한 부분이 되면서 보고 듣는 데에 의존하던 문학적 독자층이 읽는 독자층으로 이동하였다. 이러한 변화의 과정에서 어느 변수가 먼저 개입하고 어느 것이 뒤따랐는가를 규명하는 것은 무의미하다. 적어도 글쓰기에 관해서는 이전과 비교할 수 없는 많은 변수들이 복합적으로 작용한 것이 남송대 이래의 상황이었다. 기술과 자본, 그리고 사회적 상황은 거의 동시적으로 상대를 파악하고 시장에 진입했다고 보아야 할 것이다. 명대에 이르면 읽는 시장, 특히 상업화된 독서시장은 확고하게 자리를 잡았다. 문학적 글쓰기는 제도 권력에 완전히 종속되지 않고, 경제논리에 따른 시장권력에도 동시적으로 종속되는 상황에 이르렀던 것이다. 여기에서 가장 중요한 것은 출판시장이었다.

나선희 선생의 분석에 따르면 명대의 출판시장의 번성에는 다양한 요인들이 개입되어 있었다. 출판은 관각(官刻)·가각(家刻)·방각(坊刻) 등의 다양한 방식으로 이루어졌다. 이런 변화는 편집인이라는 새로운 전문직의 탄생을 초래했다. 이들은 경전과 학술서 뿐만 아니라 다양한 대중적 읽을거리를 시장에 쏟아냈고, 이전보다 훨씬 늘어난 물량을 소화할 수 있는 인쇄기술의 효율화가 이루어졌다. 이러한 출판사업의 확장은 당시 사회적 요인과 맞물려 있었다. 나선희 선생은 일본 학자들의 주장을 인용하면서 당시 서적의 가격과 독자의 구매력, 출사의 기회는 없지만 수적으로 크게 늘어난 생원(生員)·감생(監生)·거인(擧人) 등이 독자층을 형성했을 가능성, 그리고 새롭게 등장한 상인 계층 독자군의 존재 등을 거론하고 있다. 이런 요인들이 존재했다는 것은 문학적 글쓰기의 방향이 문학외적인 변수들에 의해 결정되는 상황에 놓였음을 가리킨다. 특히 주목해야 할 것은 이런 상황에서 사대기서(四大

奇書)와 같은 장편소설이 탄생하고, 그것이 더 많은 상업적 소설의 창작을 부추겼을 가능성이라고 하겠다. 명대에 들어서면 문학적 글쓰기는 부분적으로 제도 권력에서 벗어나 시장논리에 지배되는 경제 권력의 역학구도 속으로 흡수되고 있었다.

7)

대중적 문화시장의 번성은 전통적 글쓰기가 차지하던 사회적 비중을 축소시켰음이 분명하다. 문인의 글쓰기는 실제적 언어활동에서 어느 정도 격절되었을 것이다.

앞에서 언급한 바 있듯이 송대 강남의 경제적 번성이 이루어질 무렵 지식인들은 도학을 일구어냈는데, 이것은 당시 사회가 도학의 입장에서 볼 때 이상적인 모습을 가지고 있었기 때문은 아니라고 보겠다. 실제 상황은 오히려 정반대였을 가능성이 있으며, 도학은 바람직하지 못한 상황을 개선하기 위한 지식인의 고민에 찬 사유의 결과였을 수도 있다. 그런데 도학(道學)의 영향 하에서 팔고문(八股文)이라는 새로운 형태의 제도적 글쓰기가 형성되었다. 팔고문이 명·청대의 과거에서 표준양식으로 확립된 것은 잘 알려져 있다.

팔고문이 현실생활에서는 용도가 거의 없었음에도 불구하고 과거의 표준양식이 된 데에는 글쓰기와 제도 권력 사이의 긴장이라는 요인이 있었다고 생각된다. 글에 관한 평가는 본질적으로 주관이 개입되지 않을 수 없다. 그런데 그 평가가 권력과 명예를 부여하는 상황에서는 평가에 개입되는 주관이 시비의 대상이 될 수 있으며, 그런 쟁론은 제도 권력이 지켜야 할 공인능력을 훼손시킬 가능성이 크다. 이를 피하려면 글쓰기를 일정한 틀로 제약하고, 그 틀 안에서 평가를 진행함으로써 대다수의 사람들이 이의를 제기하는 것을 방지해야 했으며, 팔고문의 채택은 이런 긴장을 해소하기 위한 것이었을 가능성이 크다. 팔고문을 통해서 전통적 글쓰기는 다시 제도 속으로 흡수되었다. 그렇지만 그것은 경직된 글쓰기였으며, 결과적으로는 개인적 글쓰기와 제도적 글쓰기를 철저히 격리하는 결과를 낳았다. 그것은 문학적 글쓰기가 제도권으로부터 벗어남을 가리킨다.

백광준 선생은 이 시기 지식인의 글쓰기에 대한 사유에 대해 흥미 있는 주장을 하고 있다. 그것은 청대의 지식인들이 팔고문에 대해 전면적으로 부정하기만 한 것은 아니라는 주장이다. 팔고문은 당시 피해 갈 수 없는 글쓰기 환경이었으며, 지식인들은 전통적인 고문과 팔고문 사이에서 절충을 모색하였다는 것이 백광준 선생의 주장이다. "고문으로 팔고문을 지었다[以古文爲時文]", "팔고문으로 고문을 지었다[以時文爲古文]" 등의 논의는 결국 제도적으로 규정되어 있는 글쓰기 양식과 개인적 신념으로 삼고 있던 고문 사이의 절충을 위한 노력의 표현이었다. 그것은 과거와 현재를 이어주는 고문에 대한 신념이 아무리 강해도 자신들이 살아가는 시대의 제도와 대척관계에 있을 수는 없다는 자각 혹은 좌절의 결과였다고 할 수 있다. 이 부분에서 개인적 글쓰기는 제도와의 마찰을 보이다가 타협을 통한 공존의 길로 들어섰다. 그렇지만 그것은 전통적 글쓰기의 생명력을 크게 약화시킬 수밖에 없었다.

8)

19세기 중반에 접어들면서, 특히 서구의 문물을 접하면서 전통적 글쓰기의 위상은 급격히 낮아졌다. 글쓰기는 아직 제도의 한 축을 이루고 있었지만 과거에 대한 지식인들의 실망은 늘어갔다. 그러나 글쓰기라는 행위 그 자체에 대한 지식인들의 신뢰와 열망은 여전히 남아 있었다. 글쓰기는 중국의 지식인들이 태생적으로 숭배하는 가치이자 문화영역이었다. 그들은 새로운 글쓰기의 모델을 찾으려고 애썼으며, 당시 서양 제국의 조계지가 새로운 글쓰기를 촉발하는 자극의 온상이 되었다.

　민정기 선생은 이런 관점에서 왕도(王韜)의 일생을 이 시기 지식인의 한 유형으로 분석하였다. 왕도는 어린 시절부터 과거를 준비했다가 실패한 당시의 전형적 문인이었으며, 상해(上海) 조계로 몸을 옮겨 새로운 인생행로를 살아간 인물이었다. 왕도의 일생은 한편으로는 전통시기에서 근대시기로 이행하는 과정에서 지식인이 거친 행보를 보여주며, 또 다른 한편으로는 전통시기의 끝자락에서 지식인이 생각하던 글쓰기의 관념이 변화하는 모습을 보여준다. 특히 그가 새로운 글쓰기로 소설 창작을 택한 것은 이후 현대문학의 태동 양상과 연결시켜 보면 중요한 의미를 지닌다. 그와 현대문학의 초기 작가들의 모습을 비교하면 소설은 서구에서 말하는 순수문학으로서의 글쓰기가 아니었다. 그것은 정치색이 강렬하게 배어 있는 글쓰기였다. 소설의 창작은 서구의 개념을 받아들여 중국적으로 변용하는 모습을 보이는데, 여기에서 중국적이란 말은 지식인들이 여전히 국가와 민중 사이에서 중간자 혹은 더 심하게 말해서 교사의 역할을 자임하는, 변하지 않는 모습을 보여주고 있음을 가리키는 것이다.

4.

　지금까지의 서술은 14편의 논문을 필자가 자의적으로 읽어낸 맥락에 불과하다. 그러나 이렇게 읽어낼 때에 각 논문이 따로 노는 것이 아니라 연속적인 문학사에서 주어진 역할을 하고 있음을 발견할 수 있다.

　이것이 사전에 준비된 공동연구의 결과물은 아니지만, 결과적으로는 다소 띄엄띄엄 놓여 있는 징검다리 모습을 한 문학사의 얼개를 만들어내었음이 분명하다. 이를 통해서 우리는 잡담회가 연구비 수혜로 상징되는 공동연구가 아니라 관심을 공유하는 사람들 사이의 담론을 통한 공동연구의 기회를 만들었음을 증명한다고 보겠다. 그리고 이런 방식의 연구가 활성화된다면 우리 학계의 연구 지평이 앞으로 훨씬 더 넓어질 가능성은 충분히 있다고 생각된다.

『논어』와 『노자』의 글쓰기 분석[*]

논증방식을 중심으로 　　　　　　　　　　　　　　　　　　_김월회

1. 문제의 제기

춘추전국시대는 중국문화의 추형이 만들어진 시대였다. 오경(五經)이 문자적으로 착근된 시기였으며, 유가와 도가, 법가 같은 주요 사상의 근간이 갖춰졌던 시기였다.

글쓰기 역시 마찬가지였다. 이 시기에 출현한 글쓰기는 이후 약 2,000여 년 간 한자문화권 글쓰기의 원천이자 전범으로 추앙되었고, 근대적인 글쓰기 방식이 일반화되기 전까지 줄곧 주류의 글쓰기로 채택되었다. 그중 『논어』와 『노자』는 각각 유가와 도가의 '경전' 대접을 받으며 관

* 이글은 한국중국어문학회 발간 『중국문학』 제51집(2007)에 실은 같은 제목의 논문을 수정, 보완한 글이다.

련 계열 글쓰기의 추형으로 여겨져 왔다. 이 글은 전통시기 한자문화권 글쓰기의 추형 중에 추형으로 꼽혀온 『논어』와 『노자』의 글쓰기 실제를 분석함으로써, 춘추시대의 글쓰기 지형을 파악하고자 하는 의도에서 비롯되었다.

춘추시대의 글쓰기를 분석하는 작업은 전국시대의 그것을 분석하는 작업과 긴밀하게 맞물려 있다. 비유컨대 『논어』와 『노자』의 '지적 재산권자'라고 할 수 있는 공자와 노자는 춘추시대 사람이지만 그 둘이 '문자적'으로 기록된 것은 전국시대였기 때문이다. 또한 춘추시대에 축적된 글쓰기 경험이 전국시대에 출현한 다양한 글쓰기의 원천이 됐을 것은 역사 전개의 보편적인 현상에 부합된다. 따라서 『논어』와 『노자』의 글쓰기 실제를 분석하는 작업은 실제로는 전국시대의 다양한 글쓰기 양식과 대조, 비교하는 방식으로 수행될 필요가 있다.

이는 예컨대 "전국시대 글쓰기에 보이는 각종 수사법이나 수사 전략 등은 왜 춘추시대의 그것에서는 안 보이는가?"와 같은 물음을 염두에 두고 분석한다는 것이다. 가령 『논어』에는 『맹자』에 보이는 기세나 감정이 실려 있지 않다. 맹자가 성취한 '개념의 연쇄, 명제의 연쇄'를 통한 논설 및 그것과 감성의 결합이 시도되지 않았다. 『노자』에는 『장자』에 보이는 세밀하고 실감나는 양상의 묘사가 없다. 장자가 곧잘 활용했던 우언(寓言)·중언(重言)·치언(卮言)의 수법도 사용되지 않았다. 그가 일구어낸 문학적 허구나 문학 서사를 철리(哲理)와 결합시키는 방식[1]도 존재하지 않는다. 또한 『한비자』에 보이는 우언과 논설의 결합, 『묵자』에 보이는 변증(辯證),

---

1 문학적 허구와 철리를 결합한 경우로는 예컨대 호접몽(胡蝶夢)(「제물론(齊物論)」)이나 「소요유(逍遙遊)」에 나오는 붕새 이야기 등을 들 수 있다. 또한 문학 서사와 철리를 결합한 예로는 '손을 트지 않게 하는 약[不龜手之藥]' 이야기(「소요유」), '물고기가 놀라 숨고 나는 새가 떨어진대[沈魚落雁]는 이야기(「제물론」) 등을 들 수 있다. 특히 문학서사의 활용은 동시대 『춘추좌전』에서 구현된 역사서사의 본격적인 시도와 함께 '서사'의 비상에 양 날개 역할을 했다는 점에서 또 다른 문학사적 의의를 지닌다.

『순자』의 「성상(成相)」·「부(賦)」편과 같은 운문과 철리의 결합, 수수께끼 형식 그리고 묘사대상과 연관되어 있는 명사나 형용사 등을 배열함으로써 그것을 현현하는 '부(賦)'의 수법 등도 보이지 않는다. 이러한 전국시대 글쓰기에서 보이는 것을 춘추시대에는 없는 것으로 설정하고, 왜 춘추시대에는 그런 글쓰기가 시도되지 않았는가를 따져본다는 것이다.[2]

이는 역으로 춘추시대의 글쓰기에는 없었는데 왜 전국시대의 글쓰기에는 있게 되었는가를 규명하는 작업이기도 하다. 그래서 춘추시대의 글쓰기 지형 파악은 실질적으로 전국시대 글쓰기의 연원에 대한 탐구에 기여할 수 있게 된다. 그리고 이를 통해 전국시대에 출현한 다채로운 수사법이 발생되는 계기를 규명할 수 있게 되고, 이를 토대로 춘추시대와 같은 구술문화시대의 수사의 위상, 그것에 대한 관념 및 구현 양상 등과 전국시대와 같은 문자문화시대의 그것들 사이의 비교 분석도 가능해진다. 나아가 이러한 변화와 전개의 근저에 놓여 있는 지적 경험과 글쓰기의 상관성, 사회제도와 글쓰기의 상관성 등을 조명할 수 있게 되고, 궁극적으로 "인식을 가능케 해준 가장 원초적인 범주는 무엇인가?"와 같은 철학적 주제와의 연계도 가능해진다.

다만 이런 문제를 규명하는 일은 무척 방대하고도 지난한 작업이며, 또 많은 시간을 요한다. 따라서 이 문제의 규명으로 나아가는 여정의 한 디딤돌이 될 수 있다는 판단 아래, 이글에서는 일단 논증방식을 중심으로 『논어』와 『노자』의 글쓰기 실제를 분석하고자 한다.

---

2 이 작업은 "춘추시대의 글쓰기보다 전국시대의 글쓰기가 더욱 진화되고 발전된 것이다" 식의 학계의 기존 판단과는 무관하다. '간단'에서 '복잡'으로 진화하는 것은 당연하다고 치부하고 넘어갈 수 있는 성격의 것이 아니며, 과연 간단에서 복잡화되는 쪽으로 진화하는 것이 일반적인 순서인가도 의심스럽기 때문이다. 게다가 춘추시대의 사유가 전국시대의 그것보다 단순했다고 주장할 수 있는 근거도 없다. 표현이 단순하고 관심 영역이 다채롭지 못하다고 하여 사유의 질이 그만큼 낮은 단계였다고 판정하는 것은 근대인의 지적 오만일 수도 있다.

2. 논의의 전제와 분석 범위

이 글에서는 '글쓰기'란 용어를 사용한다. 이 용어를 '글짓기'란 용어로 대체하면 글 쓰는 이의 능동성이나 창의성보다는 수동성이 한결 두드러진다. 이는 인간과 언어 사이의 생래적인 비대칭성을 감안할 때, 곧 인간은 언어가 마련해놓은 범위와 방식에 준하여 사고하고 그 내용을 글로 번역할 수밖에 없다는 점에서 타당하다.

반면에 '쓰다'라는 동사로 '짓다'라는 동사를 대체하여 만든 '글쓰기'란 표현은 문학 내부를 지향하는 '글짓기'에 비해 예컨대 '문학사회학적'이다. 곧 '짓다'는 '무엇을'을 먼저 환기하지만, '쓰다'는 '어디에'를 앞서 환기한다. '쓰다'라는 동사는 이미 '글'이라는 목적어를 내포하고 있기 때문이다. 따라서 어떤 이가 글을 자신의 실존이나 사회에 쓴다면, 글쓰기는 바로 윤리학적·문학사회학적으로 구동된다. 이글에서 '글쓰기'란 용어를 사용코자 하는 까닭이 여기에 있다. 춘추시대는 아직 언어가 인간의 실존과 분리되지 않았던 시기로, 글은 삶과 밀접하게 붙어 있었다. 또한 그 시대는 문화권력이 현실권력의 핵심이었기 때문에 글과 연관된 행위는 그 자체로 윤리학적·정치적 행위였다. 따라서 '글짓기'보다는 '글쓰기' 개념으로 이 시기의 글을 분석하는 것이 분석 대상의 실제 존재조건과 더욱 부합된다. 여기에 필자의 주된 관심이 "하나의 글이 당대의 글쓰기 환경을 어떻게 돌파하고 극복했는가?"보다는 "한 시대의 글쓰기 환경과 글 사이의 상관성은 어떠했나?"에 놓여 있기 때문에, 언어에의 종속성이 부각되는 '글짓기'보다는 능동성이 강조되는 '글쓰기'라는 용어를 사용하고자 한다.

다음으로 이글에서는 『논어』와 『노자』를 춘추시대의 텍스트로 보고자 한다. 이는 '실제'의 역사와 버금가게 '관념'의 역사를 인정할 필요가 있다는 판단에서 비롯된다. 노자의 생존 여부가 실증적으로 입증되지 않는다고 하여 『노자』나 도가의 역사를 부정할 수 없듯이, '부적합한 관념'이라는 이유로 관념의 역사가 부정될 수만은 없다.

기존의 연구를 참조하면, 『논어』가 춘추시대에 쓰였을 가능성은 거의 없으며, 이점은 『노자』의 경우도 마찬가지이다. 그럼에도 이 둘을 춘추시대의 텍스트로 여기고자 하는 까닭은 그들이 지니는 '논리적인 위상' 때문이다. 곧 "무에서 유의 탄생은 없다"는 역사학계의 불문율을 감안할 때, 전국시대 제자백가의 글쓰기가 있기 위해서는 그보다 앞선 시대의 글쓰기 경험이 요청되었고, 이에 『논어』와 『노자』가 전국시대의 글쓰기보다 '논리적'으로 앞선 자리에 놓이게 됐다. 그 결과 시간적으로는 전국시대에 형성된 텍스트임을 알고 있음에도 불구하고, 그 둘을 춘추시대 글쓰기의 산물로 보는 관념이 지배적이게 되었다. 필자는 논리적 요청과 이러한 관념의 역사를 근거로 하여 『논어』와 『노자』를 춘추시대의 텍스트로 설정하고자 한다.

마지막으로 『논어』와 『노자』의 글을 공자나 노자와 같은 어느 한 개인의 글쓰기가 아닌, 특정 집단의 글쓰기로 설정한다. 이는 단지 그 둘의 저자가 어느 한 개인이 아니라, 비교적 오랜 시간에 걸쳐 성서(成書) 과정에 참여한 유가나 도가 계열 학자들이라는 것을 주장함이 아니다. 이점에 대해서는 이미 많은 선행 연구가 있고, 이글의 주된 관심 대상도 아니다. 필자는 저자의 측면에서 집체성을 전제하는 것이 아니라, 문체style의 측면에서 집체성을 전제하고자 한다.

기존의 연구에서는 『논어』와 『노자』 공히 비록 여러 사람의 손을 거쳐 완성됐더라도 비교적 통일된 문체를 지닌다고 보았다. 이는 『논어』와 『노자』가 각각 공자와 노자의 손에서 직접 나오지 않았다는 점으로 인해 생길 수 있는 '경전'으로서의 권위 훼손 가능성을 염두에 둔 결과인 듯하다. 그래서 역대의 논자들은 비록 여러 사람에 의해 편찬

되었을지라도 공자나 노자 한 개인의 글쓰기 특성이 충실하게 반영되어 있다고 보았다. 필자는 이를 춘추시대 글의 문체적 특이점으로 보고자 한다. 곧 두 책에 실려 있는 글은 공자나 노자 어느 한 개인의 글쓰기 특성이 반영된 것이 아니라, "춘추시대의 글쓰기라면 이러했을 거야."와 같은 심리와 논리 위에 재구성된, 당시 글쓰기의 일반적인 특성이 구현되어 있는 텍스트로 본다는 것이다.

한편 이글의 분석 범위는 다음과 같다. 첫째, 『논어』의 경우는 제1편 「학이(學而)」부터 제10편 「향당(鄕黨)」까지의 상십편(上十篇)을 주된 고찰 대상으로 삼는다. 『논어』 총 20편 중 상십편의 기록에는 공자의 적전(嫡傳)제자가 주축이 되었고, 하십편(下十篇)의 경우는 재전(再傳)제자 또는 그 이후의 유생들에 의해 기록되었다는 것이 학계의 통설이다. 학자들은 『논어』에 증자(曾子, 506~436BC)의 죽음에 대한 언급이 있는 것을 근거로 기원전 400년대 중엽 이후에 상십편이 기록되었을 것으로 추정한다. 이는 하십편에 비해 춘추시대와 더욱 가까운 시점이며, 다음에서 언급할 초간본(楚簡本) 『노자』의 형성 연대와 비슷한 시점이다. 따라서 동시대라 할 수 있는 이 둘을 비교 분석함으로써, 춘추시대의 글쓰기 지형을 한결 설득력 있게 재구성할 수 있을 것으로 판단된다. 한편 『논어』의 장(章)과 구(句)의 구두와 해석은 위(魏)의 하안(何晏, 193?~249)이 저술한 『논어집해(論語集解)』를 따르기로 한다. 이 주석본에는 한대(漢代)와 위대(魏代)에 나온 주요 주석 중 신뢰도 높은 것이 수록되어 있어, 지금 전하는 주석서 중 『논어』에 대한 가장 오래된 견해가 담겨 있다.

둘째, 『노자』의 경우는 초간본[3]을 중심으로 한다. 이는 다음의 두 가지 이유 때문이다. 하나는 초간본 『노자』의 생성 시점이다. 초간본

---

3 초간본 『노자』에 관해서는 최재목 역주, 『노자』, 을유문화사, 2006의 58~68면; 王永平, 「郭店楚簡研究綜述」, 『社會科學戰線』, 2005年 03期 등을 참조할 것.

『노자』는 1993년 중국 호북성(湖北省) 곽점촌(郭店村)의 초(楚)나라 무덤에서 발견된 죽간 더미에 있던 『노자』를 말한다. 이는 그 20년 전에 호남성(湖南省) 마왕퇴(馬王堆)의 한대 초엽 묘(BC 168년 경 하장(下葬) 추정)에서 발굴된 백서(帛書) 『노자』보다 약 200년가량 앞선 판본으로 추정되는 현재 전하는 가장 오래된 판본이며, 가장 춘추시대와 가까운 판본이다. 초간본 『노자』가 하장된 시기는 대략 BC 4C 무렵으로 보고 있는데, 이 시기는 공자의 문파 중 중요한 역할을 한 사맹(思孟)학파의 조종인 자사(子思, 482~402BC)가 죽은 지 얼마 안 되는 시점이자, 맹자(390~305BC), 장자(380?~300?BC) 등이 살아 있던 시기요 『논어』의 상십편이 기록된 시기이다. 다른 하나는 초간본이 발견된 묘의 주인이 '동궁지사(東宮之師)' 곧 초나라 태자의 스승으로 추정된다는 점이다. 이는 초간본이 최소한 초 지역의, 그리고 당시 초가 문화 중심지의 하나였음을 감안할 때, 중원에 널리 유포됐던 표준적인 판본이었을 가능성을 시사한다. 따라서 초간본의 글쓰기를 분석하는 작업은 곧 춘추시대의 표준적인 글쓰기를 분석하는 작업에 성큼 다가서는 일이 된다.

3. 『논어』, 구전(口傳) 전통에 충실한 글쓰기

『논어』 전체에서 확연하게 목도할 수 있는 문체적인 특성은 '금언, 격언, 경구, 잠언' 정도로 번역될 수 있는 아포리즘*aphorism* 또는 아포리즘적이라는 점이다. "공자께서는 공야장(公冶長)에 대하여 '처를 거느릴 만하다. 비록 감옥에 갇힌 일은 있었으나 그의 죄는 아니었다.'고 말씀하시고는, 자기의 딸을 그에게 시집보냈다"[4]와 같은 사실의 회상이나 나열마저도 결과적으로는 교훈을 안겨준다는 점에서 아포리즘적이다.

그러나 그러한 교훈은 엄밀한 철학적 논증이나 고도의 직관, 관조 등을 거쳐야 비로소 얻을 수 있는 성질의 것은 아니다. 그래서 『논어』의 문체는 전반적으로 '논리적' 혹은 '명상적'이라기보다는 '강론(講論)' 또는 '훈계조'이다. 이는 역대로 『논어』가 자신과 세계에 대한 개념적, 분석적 이해보다는 세계관이나 가치관, 입장을 세울 때 주로 당위로서 활용되었다는 점에서도 엿볼 수 있다. 곧 『논어』는 근대 이후로 동서양 공히 철학서로 규정하려는 노력이 꾸준히 시도됐음에도 불구하고, 서구적 감각으로 볼 때 전혀 철학적이지 않은 텍스트이다.

1) 『논어』의 개념 정의 방식 분석

상당수 서구 학자들은 중국 사상의 대표적인 텍스트인 『논어』의 이런 면을 들어, 중국에는 '엄밀한 학(學)'으로서의 철학이 존재하지 않았다고 주장한다.[5]

실제로 『논어』에는 이렇다 할 만한 논증방식이 존재하지 않는다. 주어진 논점을 합리적인 논거를 바탕으로 추론하는 모습은 『논어』에 전혀 나타나 있지 않다. 물론 그런 작업은 애초부터 공자나 그의 후예들에게는 관심의 대상이 아니었다. 그런 의미에서 『논어』의 논증방식을

---

4 『논어』「술이(述而)」, "子謂公冶長, '可妻也. 雖在縲絏之中, 非其罪也.' 以其子妻之." 이
   글의 『논어』 해석은 『논어집해』와 어긋나지 않을 경우는 김학주 편저, 『논어』, 서울대
   출판부, 1985를 따랐다. 어긋날 경우는 『논어집해』의 주석을 반영하여 해석하였다. 『논
   어집해』의 해석은 이강재 교수의 블로그(http://blog.naver.com/kjleeok)에 올라와 있
   는 번역을 따랐다.
5 이런 견해는 주로 서구 학자에 의해 제기되었는데, 중국 사상에 대한 철학적 이해의 역
   사에 대해서는 벤자민 슈월츠, 나성 역, 『중국 고대사상의 이해』, 살림출판사, 2004의
   「서론」을 참조할 것.

분석한다는 것은 앞뒤가 맞지 않는 일임이 분명하다. 그럼에도 공자와 그의 후예들은 훗날 사상사나 철학사의 주요 논제가 되는 개념이나 명제를 활발하게 논의했음을 보건대, 그들 사이에선 어떤 형식으로든 개념이나 명제에 대한 지적인 소통이 있었음이 분명하다. 『논어』의 논증 방식을 제한적으로라도 따져볼 여지가 여기서 비롯된다.

『논어』에는 주요 개념에 대한 분석적 정의나 변증 등이 보이지 않는다. 훈계나 강론을 하기 위해 든 예시나 비유도 필연성을 담보하는 논거라 할 수 없고, 추론의 과정에서 연역이나 귀납, 귀류(歸謬) 등의 방식이 사용되지도 않았다. 다만 북극성으로 군자를 상징한 것[6]과 같은, 유추라기보다는 유비에 가까운 수사법이 활용된 바 있으며, 'A則(故)B, B則(故)C, C則(故)D'와 같은 연쇄논법[7]이 사용된 경우가 있다. '느슨한 형태'의 예시적 정의(ostensive definition)로 주요 개념을 설명하거나 서술한 대목도 종종 눈에 띈다. 따라서 『논어』의 논증방식을 따져본다고 한다면, 유비적 사유나 연쇄논법, 예시적 정의 등에 국한된다. 이중 유비적 사유는 객관적, 논리적 분석 대상이 될 수 없다. 연쇄논법의 경우는 하십편에 한 차례 등장하지만, 훗날 순자 계열의 유가가 가필한 것으로 의심된다.[8] 결국 『논어』의 논증방식을 제한적으로라도 분석한다고 할 때 그 대상은 주요 개념을 예시적으로 정의한 경우만이 해당되게 된다. 이를 문형 별로 정리하면 다음과 같다.[9]

6　『논어』 「위정(爲政)」 1장, "子曰, '爲政以德, 譬如北辰居其所而衆星共之.'"

7　중국인의 연쇄논법에 대해서는 마르셀 그라네 저, 신하령·김태완 역, 『중국의 고대 축제와 가요』(서울: 살림, 2005)의 269면 주31)을 참조할 것.

8　연쇄논법은 『논어』 「자로(子路)」편에 공자와 자로가 정명(正名)에 관해 논의하는 대목에 나온다. 그러나 『논어』의 다른 부분에는 이와 같은 문형이 전혀 없으며, 이런 연쇄논법이 전국시대 중기 이후에나 등장한다는 점에서 후학의 가필로 의심된다.

9　아래에서 제시할 7가지 문형은 그 자체로는 개념 정의라고 보기에 어려움이 있다. 다만 독자가 후속 행위를 통해 밝히고자 하는 대상의 개념을 구성할 수 있게 해준다는 점에서 예시적 정의의 '중국적 사례'로 볼 수는 있을 듯하다.

① A謂之B : "A를 일러 B라고 한다."

여기서 A는 구체적인 행동이나 행위를 나타내는 서술어(구)로 이뤄져 있고, B는 개념 정의의 대상이다. 경우에 따라 A를 제시한 후 이를 대명사인 '斯, 是' 등으로 받기도 한다. 예컨대 "子夏曰, '賢賢易色, 事父母, 能竭其力, 事君, 能致其身, 與朋友交, 言而有信. 雖曰未學, 吾必謂之學矣.'"(「학이·7」)에서 밑줄 친 부분은 "그를 가리켜 공부했다고 한다."로 번역된다. 따라서 형태만 놓고는 개념 정의라고 보기가 어렵다. 그러나 앞부분의 "호색하는 마음을 바꾸어 어진 사람을 어질게 여기고, 부모를 섬김에 제 힘을 다할 줄 알며, 임금을 섬김에 제 몸을 바칠 줄 알며, 벗들과 사귐에 그의 말에 신의가 있다."는 부분을 통해 '학(學)'에 대해 미루어 짐작할 수 있기 때문에 이를 예시를 통한 개념 정의로 볼 여지가 있게 된다. 상십편에서 이렇게 볼 수 있는 또 다른 예로는 「공야장·15」가 있다. 여기서는 '문(文)'의 개념을 이런 문형으로 풀었다.

한편 'A之可謂B(A를 일러 B라고 할 만하다)'의 문형을 활용하기도 한다. 이는 'A之謂B' 문형보다도 더욱 논리적, 분석적 개념 정의와 멀지만, 역시 예시를 통해 개념을 환기하는 역할을 수행한다는 점에서는 공통적이다. 이 문형은 상십편의 경우 「학이·11」, 「이인(里仁)·20」, 「옹야(雍也)·22」, 「태백(泰伯)·20」 등에서 '효(孝)', '인(仁)'에 대해 설명하는 대목에서 활용되었다.

② 問A, 曰B : "A를 여쭙자 B라 대답하셨다."

A에는 개념 정의의 대상이 오고, B에는 행동이나 행위를 나타내는 서술어(구)가 놓인다. 예컨대 「위정·5」에서처럼 "맹의자가 효도에 관하여 질문하자 공자께서는 '어기지 않는 것'이라 대답하셨다(孟懿子問孝. 子曰, '無違')"와 같은 경우이다. 이 역시 엄밀히 따지면 개념 정의라 할 수 없지만, 구체적인 행위의 예시를 통해 효의 개념을 미루어 볼 수

있게 한다는 점에서 효의 개념 파악에 기여한다고 볼 수 있다. 상십편의 경우 「위정·6」, 「위정·7」, 「위정·8」, 「위정·13」, 「팔일(八佾)·4」, 「옹야·22」 등에서 '효', '군자', '예(禮)', '지(知)', '인' 등을 설명할 때 이 문형이 활용되었다.

③ A是B : "A 이것이 B이다"

A에는 행동이나 행위가, B는 개념 정의 대상이 위치한다. 「위정·17」의 "아는 것을 안다 하고, 모르는 것을 모른다 하는 것이 바로 아는 것이다.(知之爲知之, 不知爲不知, 是知也)"와 같은 경우이다. 상십편에는 이 외에도 「위정·17」, 「위정·21」 등에서 '지(知)', '정(政)'을 설명할 때 이 문형이 쓰였다.

④ A者B : A는 B이다

A는 개념 정의 대상이고, B는 행동이나 행위를 나타내는 서술어(구)이다. '자(者)'는 명사화하는 역할을 수행하므로, '~하는 것' 혹은 '~하는 이'로 해석될 수 있다. "인이란 자기가 서고자 하면 남부터 서게 하고, 자기가 뜻을 이루고자 하면 남부터 뜻을 이루게 하는 것이다.(夫仁者, 己欲立而立人, 己欲達而達人)"(「옹야·30」)[10]와 같은 경우로, 상십편에는 「옹야·22」에서도 이 문형이 활용되었다.[11]

---

10 김학주는 '仁者'를 '인한 사람'으로 해석하였다. 김학주, 앞의 책, 205쪽. 한편 이렇게 다른 해석의 가능성이 있음에도 불구하고, 이 구절을 논증방식의 한 유형으로 다룬 것은 본고의 집필 목적이 춘추시대의 글쓰기 지형을 가능한 한 최대치로 재구성해보고자 하는 데 있기 때문이다. 여기서처럼 '仁者'의 '者'를 사람이 아니라 개념화의 장치로 봄으로써, 구성 가능한 논증방식의 폭이 넓어지며, 구성 가능한 춘추시대의 글쓰기 지형 역시 그만큼 넓어지기 때문이다. 이하에서도 여러 가지 해석 가운데 한 가지만을 선택한 경우 역시 마찬가지이다.
11 「옹야·22」의 '知者', '仁者' 역시 '지혜로운 사람', '인한 사람'으로 풀이될 수 있다.

⑤ A爲B : A는 B이다.

A에는 행동이나 행위를 나타내는 서술어(구)가, B에는 개념 정의 대상이 온다. '위(爲)'는 '이다, 되다, 하다' 등으로 해석될 수 있으나, 여기서는 '이다'의 뜻으로 본다. 상십편에는 이와 같은 문형이 한 차례 등장하는데, 「이인·1」의 "마을이 인하다는 것은 아름다운 것이다.(里仁爲美)"가 그것이다. 한편 이 문형으로 볼 수 있는 경우가 상십편의 경우는 이 구절 하나 밖에 없어, 이를 논증방식의 한 유형으로 볼지 아니면 일회성적인 우연으로 볼지를 결정하기 어렵게 된다. 그러나 「안연(顏淵)·1」의 "극기복례가 인이다[克己復禮爲仁]"는 구절처럼, 하십편에서는 이 문형이 개념을 설명하는 대목에 여러 차례 활용되었다. 따라서 이 문형 역시 논증방식의 한 유형으로 볼 수 있게 된다.

⑥ A, B也 : A는 B이다

A에는 행동이나 행위를 나타내는 서술어(구)가 오고, B에는 개념 정의 대상이 위치한다. 「위정·24」의 "제 귀신도 아닌데 그를 제사지내는 것은 아첨이다[非其鬼而祭之, 諂也]"가 이에 해당한다. '야(也)'자가 생략되기도 하는데, 「위정·12」의 "군자는 그릇과 같은 것이 아니다[君子不器]"와 같은 경우이다. 이 경우는 군자의 개념을 그릇에 비유한 것이기 때문에 비유적 정의로 볼 수도 있다.

⑦ A在其中 : A는 그 가운데 있다.

상십편에서는 「술이·16」에서 "거친 밥을 먹고 물을 마시고, 팔을 굽혀 베개 삼으니, 즐거움은 그 가운데 있다[飯疏食飲水, 曲肱而枕之, 樂亦在其中矣]"가 이에 해당한다. 구체적인 행위의 제시를 통해 즐거움이란 무엇인가에 대해 사색할 수 있는 계기를 제공해준다. 이 문형은 하십편에도 두 차례 나온다. 하나는 「자로·18」의 "곧음은 그 가운데에 있다

[直在其中]"는 구절이고, 다른 하나는 『논어』의 핵심 개념인 仁을 이 문형으로 설명한 「자장(子張)·6」의 "널리 배우고 뜻을 돈독히 하며, 절실한 것부터 묻고 가까운 것부터 생각하면, 인은 그 가운데 있게 될 것이다[博學而篤志, 切問而近思, 仁在其中矣]"가 그것이다.

한편 "A在其中"라는 표현은 공자가 의식하고 있었느냐의 여부와 무관하게 그 자체로 형이상학적 사유의 단서를 내포하고 있다는 점에서 주목할 필요가 있다. 곧 "A가 그 가운데에 있다."고 할 때 '그'는 A와 '직접적이고도 가시적인' 연관이 있으면서도 A 그 자체는 아닌 그 무엇을 가리킨다. 이로부터 바로 본질(곧 A 그 자체)로서의 A와 그것의 발현 양태로서의 '그'라는 형이상학적 이원론으로 전개될 수 있다. 예컨대 우주의 섭리와 만물의 사리를 초월론적 본질로서의 '본체[體]'와 그것의 현상적 발현으로서의 '쓰임[用]'이라는 이원구도로 설명하는 체용론(또는 본말론(本末論))의 단서를 이 표현에서 찾을 수 있다는 것이다.

개념 정의와 관련된 이상의 문형은 개념 정의의 대상을 서술어구의 형태로 구체적인 행위나 행동을 예시하는 방식으로 서술하고 있다는 공통점을 지닌다. '예시'를 통해 주요 개념을 환기하는 방식을 쓴 셈인데, 이렇게 예시를 활용하는 수법은 『논어』 전반에 걸쳐 자주 목도된다. 곧 『논어』에는 구체적인 일화나 인물평, 관련 사례의 나열 등을 통해 뭔가에 대해 규범적으로 설명 또는 지시하는 화법이 주로 쓰였다.[12] 그러나 상술한 개념 정의를 포함하여 『논어』에 수록된 아포리즘은 예

---

12 왜 이런 양상이 벌어졌는가에 대해서는 다음의 언급을 참고할 만하다. "하블로크가 지적한 바처럼 초기 구술문화에서 지식이 정교한 범주 안에서, 그리고 다소 과학적으로 추상적인 범주 안에서는 다루어질 수 없다. 구술문화는 이러한 범주를 생성해낼 수 없다. 따라서 구술문화는 그 안에 있는 많은 것을 보관, 조직, 전달하기 위하여 인간 행동에 관한 이야기story들을 이용한다." 월터 옹, 이기우·임명진 역, 『구술문화와 문자문화』, 문예출판사, 1995, 211면.

시를 귀납하여 어떤 명제를 제시하는 논증방식으로는 구성되어 있지 않다. 또한 모두에서 명제를 제시하고, 그것을 연역적으로 논증하는 과정에서 사례가 끼어든 경우도 없다. 필자가 『논어』의 문체는 '논리적'이거나 '명상적'이기보다는 '강론조'라고 한 까닭이 여기에 있는데, 『논어』의 이러한 특이점을 바탕으로 춘추시대의 글쓰기 지형을 엿볼 수 있게 된다.

2) 춘추시대의 글쓰기 환경

서술어구 곧 동사 중심으로 개념을 서술하고, 다양한 사례를 예시하는 방식으로 자기주장을 펼치는 『논어』의 방식은 그 자체로 춘추시대 글쓰기 환경의 반영으로 볼 수 있다.

춘추시대는 기본적으로 그 이전 시대 곧 서주(西周)시대까지 형성된 글쓰기 경험과 전통이 근간이 되었던 시대였다. 『한서(漢書)』「예문지(藝文志)」「제자략(諸子略)」에 명쾌하게 서술되어 있듯이,[13] 서주시대까지 학문은 관부(官府)의 전유물이었다. 지식이 권력의 기반이었던 시절, 통치와 관계된 고급 지식과 정보를 관부가 독점하는 것은 당연한 귀결이었다. 그런데 이 시기의 텍스트로서 우리에게 전해지는 것은 갑골문(甲骨文)이 가장 오래된 것에 해당한다. 그것은 주지하듯 통치와 관련하여 신의 뜻을 확인한다는 제한적인 영역에서만 행해졌던 글쓰기였다. 따라서 문명의 유지와 전개에 필요한 고급 지식과 정보의 전승은 다른 수단에 의지했을 개연성이 크다. 문자 기반의 지식전승체계[文傳]가 구축되기

---

13 "유가는 대개 교육을 담당하는 사도라는 관직에서 나왔다. …… 도가는 천문과 역사를 관장하는 사관에서 나왔다. …… 법가는 사법을 담당한 관직에서 비롯되었다. …… 묵가는 왕실의 종묘를 관리하는 직분에서 비롯되었다.[儒家者流, 蓋出於司徒之官. …… 道家者流, 蓋出於史官. …… 法家者流, 蓋出於理官. …… 墨家者流, 蓋出於淸廟之守]"

전에 구두 기반의 지식전승체계[口傳]가 훨씬 보편적인 의사표현과 소통의 수단이었음이 인류사의 보편적 경험임을 감안할 때, 그 다른 수단이 구전이었을 개연성이 크다. 이점은 춘추시대 이전에 형성된 글쓰기 관련 전통과 경험은 주로 구전 전통에 잇닿아 있음을 말해준다.[14]

구두 전승체계 아래서 수행됐던 문자 기반의 글쓰기, 예컨대 춘추시대 이전에 출현했던 갑골문과 금문(金文) 등은 쓰이던 당시에는 그 자체로 지식을 생산하고 전달한다기보다는 구전 기반 사회가 채택한 기억의 보조수단 정도로 기능했던 듯하다. 갑골문이나 금문에 새겨진 내용 자체가 사후적인 기록이며, 그 기록을 토대로 새로운 지식을 만들어내고자 기록했던 것으로 보이지는 않기 때문이다. 구술문화시대라고 하여 문자 기반의 글쓰기가 없었던 것은 아니지만, 그것은 구두언어를 서면어로 번역하는 것이 아니라 구두 전승의 보완적인 장치 정도의 역할을 수행한 것으로 보인다.[15]

그런데 지금 전하는 가장 오래된 텍스트인 삼경(三經)과 『춘추(春秋)』 등이 왕실이나 관청 등에 보존되어 있던 자료를 고위관료도 아니었던 공자가 정리했다는 점에서 알 수 있듯이, 춘추시대는 관학(官學)이 이른바 사학(私學)으로 전이되던 시기였고 공자는 그 정점에 섰던 인물로 평가받는다. 이는 문자 기반의 글쓰기와 관련하여 모종의 변화가 일어

---

14 필자의 이러한 진술이 아무런 매개 없이 바로 "글은 구어를 문자로 기록한 것"이라는 진술로 이어지지 않는다. 다시 말해 '서면어 기반의 문전 전통 대 구어 기반의 구전 전통' 식의 구도를 전제하지 않는다는 것이다. 이미 중국 최초의 서면어인 문언이 '구어 대 서면어'라는 축이 아닌 다른 경로를 거쳐 구축됐을 가능성이 학계에 보고된 바 있다. 이에 대해서는 서경호, 『중국문학의 발생과 그 궤적』, 문학과지성사, 2003을 참조할 것. 한편 여기서 구전 전통을 글쓰기로 볼 수 있는가의 문제가 제기될 수 있다. 그러나 데리다 등의 논의처럼 글쓰기를 '발상의 과정'과 '표현의 과정'을 포괄하는 개념으로 본다면, 구술 역시 글쓰기의 한 유형으로 볼 수 있게 된다.
15 이 부분의 서술은 서경호 교수의 연구 결과에 빚지고 있다. 이와 관련해서는 서경호, 앞의 책을 참조할 것.

났음을 시사해준다. 관학은 기존의 전승된 지식과 기록을 충실히 따르는 반면, 사학은 관학에서 배제된 새로운 지식의 창출을 지향할 수 있었기 때문이다. 곧 이전처럼 구두 전승을 보완한다는 맥락에서 문자로 글을 쓰는 것이 아닌, 그 자체로 새로운 지식을 생산하고 전수한다는 목적의식 아래 책을 쓰기 시작했던 시기로 보인다. 곧 구전에서 문자 전승으로의 전환이 본격적으로 모색됐던 시기였다고 할 수 있다.

춘추시대 중엽에 들어와서는 선행 시기로부터 전해지는 자료를 재편찬하는 일 외에 개인의 저술이 본격화된 데서도 이점을 확인할 수 있다. 당시 사람들[16]은 공자가 "옛 것을 배워 전하기는 하되 창작하지는 않았다"[17]며 스스로를 옹호할 필요가 있었을 정도로, 고서를 다시 정리하여 편찬하는 작업마저 개인의 저술로 여겼던 듯하다. 하여 공자는 "대체로 알지도 못하면서 창작을 하는 사람이 있으나 나는 그런 일이 없다."[18]면서 자신이 행한 작업의 성격을 분명하게 밝히기도 했다. 곧 공자는 '개인의 저술'이라는 현상을 긍정하지는 않았던 듯하다. '춘추필법(春秋筆法)'이라는 말이 나왔을 정도로 사람들은 그가 엮은 『춘추』를 개인의 저술로 보았지만, 공자 본인은 마치 노(魯)나라 공실에 보존되어 있던 옛 시가 3,000여 수를 300여 수로 정리하여 『시경』을 엮었듯이, 기존의 사료를 단순히 재편집했다고 여겼던 듯하다. 따라서 『논어』의 저술 과정에 공자 자신이 직접 참여하지 않았던 것은 당연한 귀결로 보인다.

이점은 최소한 두 가지를 시사해준다. 하나는 공자가 새로이 전개되는 문자문화의 경향에 동의하지 않았다는 것이고, 다른 하나는 아직 구전 기반의 글쓰기를 넘어서는 문전 기반의 글쓰기가 지배적이지는

---

16 개인 저술에 대한 비판은 관학 진영에서 강도 높게 제기됐을 개연성이 높다. 그런가 하면, '조술(祖述)'을 표방한 공자에 대해 그의 주변인이나 비판적 입장을 지닌 이들이 공자의 자기모순을 지적했을 가능성도 있다.
17 『논어』「술이」, "述而不作."
18 『논어』「술이」, "蓋有不知而作之者, 我無是也."

못했다는 점이다. 실제로 공자의 주된 관심은 자신이 뭔가를 저술하는 것보다는 관학의 붕괴로 인해 발생한 지식의 혼란상을 바로잡는 데에 있었다. 따라서 그는 기본적으로 관학이 글쓰기의 중심이었던 이전시대의 기조를 유지하면서 구어에 의지하여 교학을 행한다.[19]

강론조가 『논어』의 주조가 된 까닭이 여기서 비롯된다. 또 개념 정의가 분석적이고 논리적이지 않은 까닭도 여기에 있다. 구전 전통을 옹호한다는 것은 구술문화시대의 제반 전통을 따른다는 소리가 된다. 그 시대는 아직 언어가 사람의 실제 생활로부터 분리되지 않았다. 언어의 존재 가치와 그것의 사회적 차원의 신뢰성을 뒷받침하는 것은 언어 자체의 논리와 형식이 아니라, 사람 또는 삶과의 밀착 정도였다. 따라서 언어는 논리적, 개념적 분석 대상이 아니라 실현하고 실천해야 하는 대상이었다. 이런 관점 아래 제시된 예시는 단순히 '어떤 한 사례의 경우' 정도의 무게를 지니지 않고, 유사한 사례들로부터 추상되어 제시된 '개념'에 해당하는 무게를 지니게 된다.

4. 저술시대로의 전이와 『노자』의 글쓰기

'개인에 의한 저술'은 문자 기반의 글쓰기가 본격적으로 전개됐다는 것을 시사한다. 따라서 '개인에 의한 저술'이란 관념이 획득하고 또 시도

---

19 그렇다고 공자가 문자 기반 글쓰기를 여전히 구전 지식의 기억보조장치로 본 것은 아니었다. 물론 『시경』을 산정(刪定)하고 『춘추』를 편찬한 것 등은 그 자체로 제자와의 교학 현장에서 새로이 일구어낸 지식을 기록했다고 볼 수 없다. 그러나 이미 씌어져 있는 것의 '다시 쓰기'를 통해 공자는 새로운 지식을 재구성하여 교학에 임했다고 볼 수 있기 때문에 문자 기반 글쓰기의 새로운 가능성을 펼쳐보였다고 할 수 있다.

됐던 것으로 보임에도 구전전통의 지지로 인해 그것을 긍정하지 않은 공자의 사례는, 문자 기반 글쓰기가 본격적으로 수행되기 위해서는 구전전통의 해체 곧 언어가 사람의 실제생활과 분리되어야 함을 말해준다.

이를 다른 식으로 표현하면 문자 기반의 글쓰기는 형이상학의 발견과 구축 및 그 가치에 대한 사회적 공인이 동시적으로 이뤄져야 한다는 소리가 된다. 형이상학이 성립할 수 있는 최소한의 존재조건이 '이성의 자율적인 영역' 구축과 '심적(心的) 존재'로서의 인간 재발견 등이라면, 그런 일은 언어가 인간 존재로부터 독립하여 독자적인 가치체계와 영역을 구축하고 있어야 비로소 가능해진다. 『논어』의 글쓰기에서 목도되듯이, 언어가 인간 존재로부터 분리되기 전에는 글쓰기와 삶이 그야말로 일치되어 있었기에 삶이 범주별로 경험되지 않듯, 글도 그렇게 툭툭 던져졌다.

그런데 초간본 『노자』를 보면 『논어』와 비슷한 시기에 문자적으로 기록됐을 것으로 추정됨에도 그것과는 사뭇 다른 양상이 발견된다. 물론 초간본 『노자』의 문체는 '이념적이고 세련되며 체계적'인 통행본에 비해 '소박하고 거칠며 비체계적'이다.[20] 또한 예시를 많이 활용하고 있고, 논증적이라는 질적 차이는 있음에도 강론조가 주조음(主調音)이라는 점에서 『논어』와 비슷한 부분이 분명히 존재한다. 개념어에 대한 논리적, 분석적, 변증적 개념 정의 역시 거의 보이지 않는다.

초간본 『노자』의 이러한 특성은 언어와 인간 존재의 분리 곧 형이상학의 구축이 아직 완전하지 않음을 말해준다. 그러나 이는 통행본과 마주 세웠을 때의 평가로, 그것과 『논어』를 마주 세웠을 때는 사정이 달라진다. 『노자』는 『논어』에 비해 비유가 무척 다채롭고 또 활용 빈도도 높

---

20 최재목, 앞의 책, 34면. 한편 이는 초간본 『노자』가 통행본 『노자』에 비해 열등하다는 것을 말하고자 함이 아니다.

다. 또한 훨씬 감성적이며, 전달하고자 하는 메시지도 더욱 강렬하다. 한 마디로 『노자』의 스타일이 『논어』에 비해 훨씬 다양하다. 게다가 초간 본 『노자』는 구성적이어서 『논어』가 토막토막으로 이뤄진 '삽화식'으로 구성된 데에 비해 모든 장이 일정한 체계를 갖추고 있다. 그 결과 『논어』에는 보이지 않았던 다양한 논증의 방식이 활용되고 있다. 예컨대 '예시 → 결론'의 귀납적인 논증방식부터 '결론 → 예증'의 연역적인 논 증방식에 이르기까지, 또 '가설 → 증명 → 결론'과 같은 단선적인 전개 로부터 '전제1 → 예증 → 소결1 = 전제2 → 예증 →소결2 → 전체결론' 과 같은 복합적인 전개에 이르기까지 『논어』에 비해서는 훨씬 복잡하고 다양한 형태로 논증이 전개된다. 예컨대 논증방식이 복합적으로 구사 된 예로 초간본 중 갑본의 6장을 살펴보면 다음과 같다.[21]

1. 爲之者敗之	일삼아 하려고 하면 실패하고
2. 執之者失之	붙잡으려 하면 잃는다.
3. 是以聖人無爲, 古無敗	이래서 성인은 함(작위)이 없다. 그러므로 실패하지 않으며
4. 無執, 古無失	붙잡으려 하지 아니한다. 그러므로 잃지 아니한다.
5. 臨事之紀	일에 임하는 원칙은
6. 愼終如始	일 마무리를 신중하게 하기를 처음과 같이 하는 것이다.
7. 此無敗事矣	여기에 실패하는 일이 없다.
8. 聖人欲不欲	성인은 바라지 않는 것을 바라며
9. 不貴難得之貨	얻기 어려운 재화를 귀하게 여기지 않으며

---

21 원문의 경우는 최재목, 앞의 책의 교정문을 따랐다. 번역 역시 위의 책을 따랐다.

10. 敎不敎, 復衆之所過	가르치지 아니함을 가르치며 사람들이 지나친 바를 [본래대로] 되돌아오게 한다.
11. 是故聖人能輔萬物之自然	그러므로 성인은 잘(능히) 만물이 스스로 그러한 것을 도와줄 뿐이다.
12. 而弗能爲	그래서 [작위]하려고 하지 아니한다.

통행본 『노자』의 64장 후반부에 나오는 이 장은 1, 2절에서 "일삼아 하려고 하면 실패하고, 붙잡으려 하면 잃는다."는 명제가 전제[p1]되며 시작된다. 3, 4절에서는 성인이 '무위(無爲)'했기에 실패한 일이 없었음을 예시된다. 이를 근거로 5∼7절에서 실패하지 않는 방식을 결론조[q1]로 제시한다. 이것이 이 장의 첫 번째 소결이다. 동시에 이는 새로운 전제[p2]가 되어 8∼10절의 결론[q2]를 이끌어내고, 이것이 6장의 두 번째 소결이다. 이렇게 '전제1 → 예시 → 소결1'과 '전제2 → 소결2' 식으로 유가의 핵심 개념인 성인이 성인인 까닭을 '무위'와 연계하여 논증한 후, 11절과 12절에서는 소결1, 2를 토대로 성인을 노자 사상의 핵심 개념인 '무위', '자연'으로 새롭게 규정한 명제를 제시하며 전체결론[Q]을 내린다.

여기서 우리는 유가의 성인을 노자 식으로 재규정하기 위해 동원된 잘 짜인 논증방식을 목도하게 되는데, 초간본 『노자』의 갑본과 을본의 경우는 전체 28장 가운데서 네 장을 제외하고는 모두 논증방식을 추출할 수 있을 정도로 논증방식이 보편적으로 구사되어 있다. 지면 관계상 이를 도표로만 정리하면 다음과 같다.

장		논증 방식	비고
甲 本	1	·	
	2	가설 → 증명 → 결론+예시 → 결론	
	3	예시 → 결론	결론≒개념정의
	4	예시 → 결론	결론≒개념정의
	5	가설 → 예증	가설≒화두던지기 비유를 통한 예증
	6	전제1 → 예증 → 소결1 ┐ ‖ ├ → 전체결론 전제2 → 소결2 ┘	형용모순의 활용
	7	결론 → 예증	결론 = 연역명제 예증 : 행위준칙 제시
	8	예시 → 소결 ‖ 전제 → 결론	형용모순의 활용
	9	가설 → 예증 → 결론(예시 → 소결)	
	10	전제1 → 예증 → 소결1 ┐ 전제2 → 소결2 ──┘ → 결론	
	11	·	변증(A⊟B 형식) 연쇄논법의 활용
	12	·	비유적 정의
	13	전제1 → 소결 ‖ 전제2 → 결론	$(p \rightarrow q) \vee (q \rightarrow r)$의 형태
	14	예시 → 결론	귀납적
	15	예시 → 소결1 ‖ 전제1 → 소결2 = 전제2 → 소결3	예시적 정의
	16	조건 → 소결1 → 예증 ‖ 예시 → 결론	예시적 정의
	17	결론1 → 예증 ‖ 예시1＋예시2 → 결론2	비유적 정의
	18	·	
	19	조건 → 결론	$p \rightarrow q$의 형태
	20	전제 → 예증 → 결론	

乙 本	1	결론1 → 예증 ‖ 예시 → 결론2	예증(=예시) 부분은 연쇄 논법으로 구성됨
	2	예증 → 결론	
	3	결론 → 예증	
	4	전제 → 논증(自問1 → 풀이1 → 소결1 + 自問2 → 풀이2 → 소결2) → 결론	
	5	예시1 → 소결1 + 예시2 → 소결2	
	6	결론(조건 → 소결) → 증명	
	7	예증 → 결론	전체 10구가 '예시(4구 → 3구 → 2구) → 결론(1구)' 식으로 구성됨
	8	예시1 → 소결1 + 예시2 → 소결2 + 예시3 → 소결3	

* '소결'은 부분적인 결론이라는 뜻이다.

** '+'는 내용적으로 두 부분으로 나뉠 경우를 표시한다.

*** 丙本 3장은 논증방식 분석이 불가능한 경우이다.

이상의 분석은 초간본 『노자』가 상당히 치밀하게 기획되고 구성됐음을 반증한다. 여기에 용도나 기록되는 내용의 성질에 따라 죽간의 모양을 달리 하고 크기에 차등을 두었던 관습을 감안하면, 초간본 『노자』가 치밀하게 기획, 서술되었음이 더욱 명확해진다. 곧 사다리꼴 죽간에는 '경(經)'에 해당되는 성격의 글을, 갸름한 직사각형 죽간에는 그에 대한 해설인 '설(說)'을 기록했는데, 초간본 『노자』의 갑본은 사다리꼴 죽간에, 을본과 병본은 직사각형 죽간에 기록되어 있다.[22] 이는 당시인들이 글의 성격과 형식 등을 반성적으로 사고했음을 말해준다. 이처럼 초간본 『노자』는 물리적으로 조직된 하나의 구성적 전체라고 할 수 있으며, 이는 비슷한 시기의 『논어』가 '삽화적'으로 구성된 데 비하면 상당한 차이라고 할 수 있다.

---

[22] 이에 대해서는 高華平, 「對郭店楚簡『老子』的再認識」, 華中師范大學文學院 編, 『江漢論壇』, 2006年 04期를 참조할 것.

월터 옹은 "쓰기는 의식을 재구조화한다"는 명제를 제시하며, 문자문화의 시대에 접어들면서 인간의 의식이 물리적·연대기적으로 조직화됐음을 입증하였다.[23] 이 견해에 의거하면, 초간본 『노자』에서 엿볼 수 있는 물리적 차원에서 이뤄진 글의 조직과 구성은 '저술한다'는 분명한 각성이 있었음을 말해준다. 그리고 상기 표에서 볼 수 있는 것처럼, 다채로운 구성이 시도됐음은 사전에 치밀하게 저술을 '기획'했음을 일러준다. 이는 전국시대 중엽 이후에 출현한 『순자』, 『장자』, 『여씨춘추』 등에서 보이는 유기적인 구조의 구현에 이바지하는 체계적인 장절 배치, 제목 달기와 같은 '쓰기'의 다양한 구현 장치를 선취한 경우에 해당한다.

따라서 노자(실존했고, 공자에게 예를 가르쳐줬다면)는 공자와는 달리 스러져가는 구술문화의 전통보다는 신생의 문자문화의 전통을 구축해가는 입장에 섰다고 할 수 있다. 초간본 『노자』는 분명 '개인의 기획에 의한 저술'이라는 관념이 획득되었고, 그것의 물화(物化) 장치가 이미 고안됐음을 입증해주기 때문이다. 이는 노자의 사유가 공자의 그것과는 달리 형이상학적이었기 때문에 비롯된 양상으로 보인다. '쓰고자 하는 바'를 물리적으로 구성, 조직한다는 것은 서술 대상인 지식이 하나의 전체로서 쓰는 이의 의식 앞에 현현됐다는 것을 의미한다. 그런데 지식이 이렇게 그 자체만으로 하나의 전체로서 표상된다는 것은 지식이 생활과 분리되어 자신만의 독자적인 영역이 확보됐을 때 비로소 가능해진다. 사유의 측면에서도 전국시대에 들어 본격화된 형이상학이 초간본 『노자』에 선취되어 있었던 것이다.

형이상학의 발견, 언어와 삶의 분리 그리고 문자문화의 본격적인 전개 이 셋은 동시적으로 구현되면서 서로를 추동했고, 초간본 『노자』에

---

23 월터 옹, 앞의 책 참조.

는 그런 새로운 움직임이 잘 반영되어 있다. 따라서 초간본을 쓴 노자는 공자와 반대 방향으로 움직여 구어 기반의 글쓰기를 넘어설 수 있는 문자 기반의 글쓰기를 만들어냈던 것이다.

그 결과 "수사입기성(修辭立其誠)"[24]으로 대변되는, 언어가 삶과 혼용되어 있던 구술문화시대의 수사관과는 질을 달리하는 새로운 수사 관념이 등장할 수 있는 초석이 마련된다. 초간본『노자』가『논어』에 비해 다양한 시도를 수행하여, 다채로운 논증방식과 개념 정의 방식, 표현, 비유, 소재 등을 글쓰기 실제에 활용할 수 있었던 것의 근저에는 수사를 보는 관점의 변이가 자리 잡고 있었다. 삶에서 자유로워진 글은 그 자체의 논리와 세계를 구축하고자 한다는 '방향성'이 있었고, 그것의 작동과 더불어 수사 그 자체로서의 수사가 발달하기 시작했기 때문이다.

5. 갈무리

문체의 연원을 밝히고자 한 이들의 선행 논의를 참고하면, 선진(先秦)시기 제자의 문체는『논어』의 어록체에서『묵자』,『맹자』,『장자』등의 대화체를 거쳐『순자』,『한비자』등의 논설체로 계승, 발전되었다고 한다.[25]

이러한 시각에는『논어』를 산문 문체의 표준으로 보고자 하는 선입견 혹은 욕망이 깔려 있다. 그렇기에 비슷한 시기에 전혀 다른 풍격을

---

24 이에 대해서는 졸고,「말 닦기와 뜻 세우기[修辭立其誠](1) — 고대 중국인의 수사 담론과 그 저변」, 서울대 동아문화연구소 편,『동아문화』, 제43집, 2005.12를 참조할 것.

25 韓國良,「從『老子』到『論語』— 先秦諸子文体辯議」, 南陽師范學院中文系 編,『濟南大學學報(社會科學版)』, 2006年 04期, 51면. 한편 이러한 설명 방식은『시경』으로 대표되는 운문의 흐름을 논외로 한 것이다. 그래서『노자』와 같은 운문 위주의 문체가 빠져 있다.

구현한 『노자』가 운문 위주요, 그 결과 함축적이게 되었다는 그럴 듯한 명분 아래 배제되어 있다. 그러나 앞에서 살펴보았듯이 춘추시대만 놓고 보면 『논어』만이 표준적인 글쓰기라 주장할 근거는 없으며, 『노자』 역시 함축적이라기보다는 무척 논증적이다. 단지 구전 전통과 문전 전통의 길항이 본격화됐던 춘추시대에 들어 『논어』는 구전 전통에 충실하고자 했던 '오래된' 글쓰기였고, 『노자』는 새로이 발흥한 문전 전통을 수용한 '새로운' 글쓰기였을 따름이다.[26] 그래서 『논어』의 개념 정의 방식에서는 앎과 삶이 일치된 곧 언어가 사람의 실제 생활과 혼융되어 있던 구술문화의 특이성이 목도되고, 『노자』의 논증방식에는 앎이 독자적 영역을 구축한 다시 말해 언어가 자신의 독자적 영역을 구축하기 시작한 문자문화의 특이성이 구현되었던 것이다. 그렇게 『논어』는 현실적이고 실제적이며 실용적인 성향의 글쓰기를 수행했고, 『노자』는 추상적이며 이론적이고 사변적인 성향의 글쓰기를 수행했다. 그리고 그 근저에는 각각 구술문화와 문자문화에 대한 '지적 재산권자'와 그 후예들의 지지 혹은 거부의 입장이 서려 있었던 것이다.

한편 이글의 문제의식은 다음의 후속 연구가 진척될 시 더욱 구체화되고 실증적일 수 있다고 판단된다. 첫째는 노자는 어떻게 그런 다채로운 시도를 할 수 있게 되었는가에 대한 분석이다. 글쓰기 차원에서 『논어』에 보이지 않는 『노자』의 여러 성취를 문자문화시대의 본격적인 개막이라는 한 가지 이유만으로 설명하는 것은 성급한 일반화의 오류와 환원주의

---

26 韓國良은 앞의 논문에서 『노자』가 상고시대의 '잠(箴)'체에서 발원되었기에 경험적이고 훈계적이며 격언투의 문체를 띠게 되었다고 보았다. 그리고 여기서 『순자』, 『한비자』와 같은 논설체가 비롯되었다고 보았다. 이렇게 보면 『노자』 또한 '오래된' 글쓰기라고 볼 수 있다. 그러나 韓國良의 설명처럼 '잠'체에서 『노자』를 거쳐 『순자』, 『한비자』를 한 계열로 묶으려면, 그 매개항인 『노자』에 '잠'체에는 없고 『순자』 등에는 있는 것이 갖춰져 있어야 한다. 예컨대 본고에서 주목한 『노자』의 논증적 성격이 이에 해당한다. 따라서 이 각도에서 보면 『노자』는 '새로운' 글쓰기라고 할 수 있게 된다.

적 편향에 빠질 가능성이 높다. 이를 피하기 위해서는 예컨대 노자의 글쓰기와 지적 경험 사이의 상관성이라든지, 그것과 당시 지식생산제도 사이의 상관성 등에 대한 분석이 필요하다. 아울러『논어』와『노자』의 수사법에 대한 다면적인 비교 분석도 필요하다. 물론 이글에서 살펴본 논증방식 역시 넓게는 수사법에 포함된다. 그러나 이것만으로는 공자와 노자의 사뭇 다른 발상의 형식이 언어 차원에서는 어떤 방식으로 구조화되는지, 그 둘의 수사에 대한 관념은 어떻게 같고 다른지 등의 물음에 실증적으로 대답할 수 없게 된다. 이에 답하기 위해서는 더욱 다양한 층위에서 이 두 텍스트에 구사된 수사법을 고찰할 필요가 있다.

둘째는 초간본『노자』와 통행본『노자』의 논증방식을 비교 분석하는 작업이다. 이를 통해 도가 글쓰기의 역사에서 초간본『노자』에 구사된 논증방식의 수준과 위상을 가늠할 수 있게 된다. 만약 비교 결과 초간본『노자』의 논증방식이 통행본『노자』의 그것과 대동소이하다면, 이는 초간본『노자』를 어엿한 개인의 저술로 볼 수 있다는 의미임과 동시에 춘추시대에 이미 상당할 정도로 문자전승 기반의 글쓰기 환경이 갖춰졌음을 시사한다. 반면에 비교 결과 그 둘 사이에 많은 차이가 난다면, 개인의 저술이란 글쓰기가 춘추시대에서 전국시대와 한대를 거치면서 발달해온 궤적을 추적할 수 있게 된다. 그리고 이를 토대로 춘추와 전국시대의 글쓰기 환경을 실증적으로 재구성할 수 있게 될 것이다.

이 외에도 곽점 초묘(楚墓)에서 나온 유가 계열의 서적과『논어』의 논증방식을 비교하는 것도 필요하다. 이를 통해『논어』에서『맹자』,『순자』로 전개되는 유가 계열의 글쓰기 전개양상을 실증적으로 고찰할 수 있을 것이다. 또한 상고시대부터 선진시기에 걸친 출토유물에 대한 분석도 요청된다. 갑골문이라든지 수많은 청동기에 새겨져 있는 명문(銘文)을 고찰함으로써, 특히 구술문화시대의 글쓰기 환경과 방식에 대한 실증적인 정보를 얻게 될 수도 있을 것이다.

참고문헌

김경수, 「노자의 '부정의 사상'에 대한 형성배경」, 한국도교학회 편, 『도교학연구』 제16집, 2000.

김학주 편저, 『논어』, 서울대 출판부, 1985.

김학주, 『중국문학사』, 신아사, 1989.

魯迅, 홍석표 역, 『한문학사강요』, 선학사, 2003.

마르셀 그라네, 신하령·김태완 역, 『중국의 고대 축제와 가요』, 살림, 2005.

박이문, 『노장사상』, 문학과지성사, 1980(2004).

박이문, 『『논어』의 논리』, 문학과지성사, 2005.

서경호, 『중국문학의 발생과 그 궤적』, 문학과지성사, 2003.

양태범, 「서양 존재 사유의 기원과 비존재의 문제」, 한국헤겔학회 편, 『헤겔연구』 제19호, 2006.

월터 옹, 이기우·임명진 역, 『구술문화와 문자문화』, 문예출판사, 1995.

윤무학, 「죽간본 『노자』에서의 무명론-공자 정명론과의 비교를 중심으로」, 동양철학연구회 편, 『동양철학연구』 제40집, 2004.

이규상, 「노자의 否定的 사유방법에 대한 모색-'無爲自然'의 의미 분석을 중심으로」, 한국동서철학회 편, 『동서철학연구』 제11호, 1994.

이재권, 「노자철학에 있어서 "無"의 否定的 성격」, 한국동서철학회 편, 『동서철학연구』 제5호, 1988.

장영란, 「원시 신화 속에 나타난 철학적 사유의 기원과 모델」, 한국서양고전학회 편, 『서양고전학연구』 제12집, 1989.

전재성, 「『노자』 초기 텍스트의 성립과정에 대한 해석학적 고찰」, 한국유교학회 편, 『유교사상연구』 제24집, 2005.

최재목 역주, 『노자』, 을유문화사, 2006.

졸　고, 「말 닦기와 뜻 세우기[修辭立其誠](1)-고대 중국인의 수사 담론과 그 저변」, 서울대 동아문화연구소 편, 『동아문화』 제43집, 2005.12.

陳光磊·王俊衡, 『中國修辭學通史-先秦兩漢魏晋南北朝卷』, 吉林敎育出版社, 1998.

陳望道, 『修辭學發凡』, 文史哲出版社, 1989.

高華平, 「對郭店楚簡『老子』的再認識」, 華中師范大學文學院　編, 『江漢論

　　壇』, 2006年 04期.

韓國良, 「從『老子』到『論語』－先秦諸子文体辯議」, 南陽師范學院中文系 編,
　　『濟南大學學報(社會科學版)』, 2006年 04期.

韓建立, 「『韓非子』在古代文体流變史上的貢獻」, 吉林大學文學院 編, 『長春
　　大學學報』, 2002年 01期.

李建偉, 「后世之文,其体皆備－－簡論『庄子』文体形態及影響」, 山東理大學
　　文學与新聞傳播學院 編, 『管子學刊』, 2005年 03期.

王齊洲, 「論『老子』的文体風格」, 華中師范大學文學院 編, 『郧陽師范高等專
　　科學校學報』, 2002年 04期.

王永平, 「郭店楚簡研究綜述」, 社會科學戰線編輯部　編, 『社會科學戰線』,
　　2005年 03期.

王　　越, 「淺談『論語』的散文藝術」, 黑龍江省青年干部學院 編, 『黑龍江敎育
　　學院學報』, 2004年 04期.

周振甫, 『中國修辭學史』, 北京: 商務印書館, 1991

鄒广胜, 「柏拉圖与孔子文体形態比較研究」, 浙江大學中文系　編, 『文學評
　　論』, 2000年 06期.

직하학궁稷下學宮과 전국시대의 글쓰기[*]

『순자(荀子)』와『장자(莊子)』를 중심으로　　　　　　　　　　_김월회

1. 문제의 제기

대다수의 문학사가들은 한자문화권의 글을 운문과 산문으로 대별한
후, 산문의 경우는 다시 사실의 기록인 기사(紀事)와 사리(事理)의 개진인
입언(立言)으로 나누어 설명하곤 한다. 그런데 입장을 달리하는 견해도
존재했다. 연암(燕巖) 박지원(朴趾源)의 『열하일기(熱河日記)』에 붙어 있
는 서문의 작자[1]는 한자문화권의 글을 이렇게 개괄하였다.

의론을 펼치고 교화를 베풀어 신명의 원리를 통달하고 사물의 자연법

---

* 이 글은 한국중국어문학회 발간 『중국문학』 제55집(2008)에 실은 같은 제목의 논문
　을 수정, 보완한 글이다.
1 이 서문은 박지원이 직접 썼다는 설과 다른 이가 썼다는 설 등이 있다.

칙을 꿰뚫은 것으로서는 『역경』과 『춘추』만 한 것이 없다. 『역경』은 감추었고 『춘추』는 드러내었는데, 감춤은 주로 이치를 논한 것으로서 시간이 흘러 우언이 되었고, 드러냄은 주로 사건을 기록하는 것으로, 변하여 외전이 되었다. 저서가에게는 이 두 갈래의 길이 있을 뿐이다.[立言設敎, 通神明之故, 窮事物之則者, 莫尙乎易春秋. 易微而春秋顯, 微主理, 流而寓言, 顯主記事, 變而爲外傳. 著書家, 有此二途.]

이 설명에 의거하면 한자문화권의 저술[著書]은 "입언설교(立言設敎)"로 한정된다. 입언설교는 한 덩어리로 볼 수도 있고 입언과 설교²의 둘로 볼 수도 있는데, 일단 후자의 입장에 서면 위의 입장은 '立言－通神明之故－主理－易－微－寓言'과 '設敎－窮事物之則－主記事－春秋－顯－外傳' 식의 계열화가 가능해진다. 이는 글을 입언과 설교로 나눈 것으로, 위에서 언급한 입언과 기사의 구도와는 다른 설정이다.³ 전자의 입장에 서도 마찬가지이다. 입언과 설교는 동전 하나의 양면으로 볼 수 있다. 입언이 글 쓰는 이의 내면에서 이뤄지는 행위라면 설교는 그것을 밖으로 드러내는 행위로서, 이 둘은 논리적으로는 분리 가능하나 현실적으로는 동보적(同步的)인 하나의 과정으로 볼 수 있다. 이 경우 역시 입언의 맞은편에는 설교가 오기 때문에 전통적인 입언과 기사의 이원 구도에서 벗어나 있다. 그리고 이 서문의 저자가 분명히 했듯이, 이는 모든 글을 "입언설교" 한 가지로 전제한 후 이를 다시 '기사 기반의 입언설교'와 '주리(主理) 기반의 입언설교'로 하위분류한 것이다. 곧 어느 쪽에 서든 『춘추』와 같이 '사건을 기록하는 행위[紀事]'는

---

2 우리가 일상적으로 쓰는 설교의 한자 표기는 '說敎'이다. 『열하일기』 서문에 나오는 표현은 "가르침을 베푼다"는 뜻의 '設敎'이다. 여기서의 설교는 모두 設敎이다.
3 후자에 관한 논의는 이 글을 전체적으로 검토해주신 인제대학교의 홍상훈 교수로부터 시사 받았다.

입언과 동렬에 놓이지 못한 채 어디까지나 설교 또는 입언설교를 위한 수단으로 설정된다. 특히 후자의 입장에 서면 기사는 기존의 견해처럼 입언과 대(對)를 이루는 것이 아니라 주리와 대(對)를 이루게 된다. 그리고 그 둘은 각각 외전(外傳)과 우언으로 구현된다.

필자의 기본적인 문제의식은 여기서 비롯된다. 곧 「열하일기서」의 글쓴이에 의거하면, 저 옛날에는 '기사 기반의 글쓰기'와 '주리 기반의 글쓰기'가 있었는데 이것이 후에 각각 외전과 우언으로 변이된다. 여기서 '기사 기반의 글쓰기'나 '주리 기반의 글쓰기'는 인류가 '인문적'으로 앎을 획득하는 주된 방식이 과거의 경험에 의지하는 것과 경험의 귀납을 토대로 연역하는 것임을 감안할 때 그 발생의 필연성이 짐작된다. 그런데 외전이나 우언은 어떻게 해서 발생된 것일까? 곧 '기사 기반의 글쓰기'나 '주리 기반의 글쓰기'는 왜 하필 그러한 글로 구현되었을까? 특히 외전은 상대적으로 나중에 등장했지만 우언은 전국시대 글쓰기의 주류 중 하나였다. '주리 기반의 글쓰기'는 왜 하필 우언의 양태를 띠게 되었을까? 거기에는 어떤 발생의 필연성 같은 것이 있었을까? 이러한 의문을 해소하기 위해서는 선진(先秦)시기에 출현한 제반 글쓰기에 대한 '발생적genetic' 연구가 필요하다. 글쓰기의 발생과 발달 및 변화의 양상을 시간적·인과적인 과정을 좇아 분석하는 것이 능률적일 수 있기 때문이다.[4]

---

4 우리 학계의 경우, 전국시대에 새로이 출현한 글쓰기를 '발생적 연구'라는 각도에서 접근하는 경우가 드물다. 이는 근대적인 분과학문체제를 기반으로 하여 제자백가의 글을 철학서 또는 사서로 편입시킨 전제 위에서 제반 연구가 수행된 결과로 보인다. 철학서 혹은 사서로 그 성격을 규정하는 순간, 언어의 구조물인 동시에 사유의 구조물이라는 글쓰기의 본원적 성질보다는, '언어로 표현된 것signifié에 주로 주목하게 된다. 하여 '언어구조물(표현의 층위)'과 '사유구조물(발상의 층위)' 간의 길항과 상호변용의 결과인 글쓰기 자체에 대한 고찰은 뒷전으로 밀리게 된다. 이러한 편향은 제자백가서의 문학성을 문제 삼는 문학적인 연구에서도 공히 발견된다. 'x에 나타난 미학관 / 문학관 / 언어관 연구' 등이 문학적 연구의 주를 이루고 있다. 물론『장자』등에 나오는 우언을 형식

어떤 연구대상에 대한 발생적 고찰은 그것에 대한 이론적 분석과 해석 등을 괄호로 묶어놓은 채, 시원의 지점에서 그것의 발생과 전개에 간여한 제반 인자들의 작용을 실증적으로 조명할 수 있게 해준다. 게다가 인류 역사에서 무(無)에서 유(有)의 창조는 신화요 환상에 불과할 뿐이기에, 어떠한 글쓰기[5]든 그 시원에는 그것을 구성해준 선행하는 힘들이 존재하기 마련이다. 그러한 힘들을 발생적 방법으로 고찰함으로써 춘추시대 이전의 글쓰기가 제자백가서에 미친 영향을 실증적으로 분석할 수 있게 된다. 또한 그러한 힘들은 계기적으로 발상의 차원과 표현의 차원 모두에 간여한다. 예컨대 노자의 반어(反語)와 역설(逆說)이 없었다면 주어진 세계 바깥을 사유할 수 있는 계기가 현실적으로 주어지지 않았을 것이며, 역으로 주어진 세계 바깥을 사유할 수 있었기 때문에 노자의

면에서 분석한다든지, 그것과 소설과의 발생론적 연관성에 대해 고찰하는 것 같은 글쓰기 자체에 대한 연구가 전혀 없는 것은 아니다. 그러나 이 역시도 우언에 한정된 현상으로, 대부분의 경우는 문학사 수준의 개괄을 크게 벗어나지 못하고 있다. 문학사가 해당 분야에 대한 '각론적' 연구 성과를 개괄한 것이라고 할 때, 문학에서의 서술은 곧 해당 분야의 각론의 연구동향과 수준을 가늠할 수 있게 해준다. 따라서 우리나라를 포함하여 중국 등지의 대다수 문학사(미학사, 문학이론사, 문학비평사를 포함하여)가 근대적으로 규정된 문학성을 제자백가서에서 찾아내고 이를 계보화하는 방식을 취한 것은 곧 제자백가서에 대한 학계의 일반적 경향을 대변한다고 할 수 있다.

5 이글에서 사용하는 '글쓰기écriture'는 구전전승체계에서 구축된 발상과 표현의 경험을 포괄한다. 이는 전국시대 글쓰기의 역사적 원천이자 참조체계였던 춘추시대의 글쓰기가 구전전통 아래서 형성되었기 때문이며, 춘추시대의 글쓰기 또한 구전전통 아래서 형성된 그 이전 시기의 글쓰기 관련 전통과 경험 위에서 가능했기 때문이다. 물론 여기서 구전 전통을 글쓰기로 볼 수 있는가의 문제가 제기될 수 있다. 그러나 이지호(2000:374)의 분석처럼, 돌을 정으로 쪼거나 죽간 등에 문자를 새겨서 글쓰기를 하던 시대의 글쓰기는 먼저 작가의 머릿속에 한 편의 완결된 글이 담겨져 있지 않으면 안 되었다. 이때의 완결된 글이란 대상의 새 의미가 구성되어 있을 뿐만 아니라 그것의 언어적 형상화까지 완전히 끝난 글이되, 다만 문자로 표기되지 않은 상태의 글임을 뜻한다. 필자는 여기서처럼 '작가의 머릿속에 담겨 있는 한 편의 완결된 글'을 글로 보고, 머릿속에 한 편의 글을 생산해내는 것을 글쓰기로 보고자 한다. 이는 최근의 논의처럼 글쓰기를 '발상의 과정'과 '표현의 과정'을 포괄하는 개념으로 본다는 것이다. 또한 역으로 근자에 말을 '글말'과 '입말'로 분류하는 입장에 서게 되면, 설령 '발상의 과정'에서 생산된 글을 '문자'가 아닌 '말'로 표현한다고 하여도 이를 글쓰기라 떳떳하게 칭할 수 있게 된다.

반어와 역설이 가능했을 것이다. 따라서 글쓰기의 발생과 전개에 대한 고찰은 글쓰기 자체에 대한 고찰의 전제가 된다.

이글에서는 이러한 작업을 실증적으로 수행하기에 앞서 직하학궁과 『장자』 및 『순자』를 대상으로 글쓰기와 제도의 상관성을 시론적으로 고찰하고자 한다. 이는 춘추시대 이전의 경우 글쓰기는 전적으로 '공적(公的)'으로 관리되었기 때문이며, 이로부터 비롯된 '글쓰기의 공공성'은 학문이 궁궐의 담을 넘어 사방으로 퍼졌던[6] 전국시대에 이르러서도 여전히 표방되고 존중되었기 때문이다. 따라서 이 시기 제도와 글쓰기의 상관성을 고찰하는 것은 이 시기의 글쓰기에 대한 발생적 연구의 선행 작업이자 그 일부를 이룬다고 할 수 있다.

2. 전국시대의 글쓰기 지형

전국시대에는 글쓰기 면에서도 '전국적(戰國的)'이었다고 할 정도로 다양한 글쓰기가 등장하여 중원의 담론적 패권을 놓고 경쟁하였다. 『장자』・『한비자』 등에서 도드라진 우언이나, 『맹자』를 돋보이게 해 준 '논단(論斷)의 연쇄'를 통한 논지의 전개[7], 『순자』 등에 보이는 묘사 대상의 장황한 나열을 통한 의사의 표현,[8] 그리고 『순자』「정명(正名)」

---

6 "노자와 공자 이전에 학문은 모두 왕실에 있었으나, 노자와 공자 이후 학문은 모두 민간의 개인에게 있게 되었다.[老聃仲尼以上, 學皆在官, 老聃仲尼以下, 學皆在家人]"—章炳麟, 『國故論衡・原經』:『章氏叢書』上册, 世界書局, 1982, 453면.

7 이를 여기에서는 '논설'의 글쓰기로 칭한다. 이를 '글쓰기'라고 부르는 까닭은, 논자에 따라 차이가 있지만 'écriture'의 개념에 '글을 쓰는 기법'이라는 의미도 포괄될 수 있기 때문이다.

이나 『묵경(墨經)』[9] 등에서처럼 엄밀한 개념 정의와 정치한 논증을 토대로 글을 구성하는 변증(辨證) 등, 이들은 선행시기의 『논어』, 『노자』, 『묵자』에 구현된 글쓰기와 서로 길항하면서 가히 '글쓰기의 전국시대'를 구가한다.

이는 전국시대가 직전의 춘추시대에 성립된 『논어』나 『노자』 등의 선행 글쓰기가 '문자적literacy'으로 정착했던 시기이자 앞서 말한 다양한 글쓰기가 실질적으로 하나의 독자적인 글쓰기로 자리를 잡아갔기에 가능했던 현상이었다. 예컨대 『묵자』에서부터 시작된 논증적 색채는 후기묵가로 이어지면서 본격적인 '변증의 글쓰기'로 전개되었고, 변설(辯說)을 통렬하게 비판했던 맹자나 순자, 한비자조차도 자신의 글에 변증의 빛깔을 강하게 입히기에 이른다. 『노자』에 처음으로 보이는 반어와 역설의 화법은 『장자』에서 우언과 중언(重言)·치언(卮言)의 글쓰기[10]로 변주된다. 이미 『시경』에서 적극적으로 활용된 부(賦)의 수법에 기초한 글쓰기는 『맹자』·『장자』 등에서 꾸준히 활용되더니, 『순자』의 「성상(成相)」·「부(賦)」편에 이르러서는 하나의 독자적인 문체로서의 가능성이 본격적으로 실험되었다. 이 외에도 『순자』의 변증의 글쓰기와 논설의 글쓰기의 결합 시도나 『한비자』의 우언의 글쓰기와 논설의 글쓰기의 결합 시도, 『장자』의 문학서사와 철리(哲理)의 결합 시도 등과 같이, 각각의 글쓰기는 서로 충돌하고 융합되면서 이후 2,000여 년의 글쓰기를 예비하게 된다.

---

8 이를 여기에서는 '포진(布陳)'의 글쓰기로 칭한다.
9 『순자』「정명」은 14쌍의 서로 연계된 정의들로부터 시작된다. 『묵경』은 『묵자』 가운데 후기묵가의 저술로 보이는 「경(經)」 상하·「경설(經說)」 상하·「소취(小取)」·「대취(大取)」의 6편을 말한다. 이를 『묵변(墨辯)』이라고도 한다.
10 우언은 다음의 두 층위에서 그 정체가 설정될 수 있다. 하나는 '문체(文體)' 또는 '역사적 장르'의 일원이라는 정체이고, 다른 하나는 '글을 쓰는 기법'의 차원에서 부여되는 정체성이다. 이하에서는 후자의 경우를 '우언의 글쓰기'로 부르기로 한다.

『순자』와 『장자』는 그 대표적인 예이다. 이 두 책은 각각 전국시대 중, 후기의 유가와 도가를 대표하는 글이다. 그리고 여타의 제자백가와 마찬가지로 이 둘의 저자도 자신의 사유와 주장을 개진하기 위하여 글을 썼다. 그런데 이 두 책은 각각 선행한 유가와 도가의 글쓰기 전통만을 고집하지 않았다. 오히려 이들은 다른 사상유파의 글쓰기를 적극적으로 수용하는 데에 앞장선다. 『순자』를 보면 『묵자』와 같이 춘추시기에 그 단초가 마련된 논설의 글쓰기를 발전적으로 계승하는 한편으로, 동시대 다른 이들이 계발한 우언·변증의 글쓰기가 유효적절하게 활용되고 있음을 목도할 수 있다. 여기에 '포진(布陳)'의 글쓰기가 더해지면서, 당시 문학장(文學場)에서 선행하고 병행했던 제반 글쓰기가 통합적으로 운용되었다. 『장자』 역시 마찬가지이다. "내 글의 9할은 우언이다"[11]라는 장자 본인의 말로 인해 그의 글에는 우언의 글쓰기가 주류인 것처럼 보이지만, 장자 역시 순자와 마찬가지로 다양한 글쓰기를 통합적으로 운용하고 있다. 다만 『순자』가 긍정의 방식으로 포진·변증·논설의 글쓰기를 활용한 데 비해, 『장자』는 우언의 글쓰기를 주축으로 변증과 논설, 포진의 글쓰기를 주로 부정의 방식으로 활용하였다는 점에서 차이가 날 따름이다.

한편 전국시대에 나타난 이러한 현상은 춘추시대까지 주류를 점했던 '관학(官學)의 사학(私學)으로의 전이'[12]라는 시류와 밀접하게 연관되어 있었다. 이는 다음과 같은 현상을 추동했다는 점에서 이 시기의 글쓰기 전개와 불가분의 관계를 맺는다. 첫째, '글의 신성성'이 상대적으로 약화되는 결과를 초래했다. 이는 신성한 목적의 구현이라는 관념에서 벗어나 글을 다른 목적을 위해 방법론적으로 활용 가능하다는 인식

---

11 『장자』 「잡편(雜篇)」 「우언(寓言)」, "寓言十九, 重言十七, 巵言日出, 和以天倪."
12 이에 관해서는 서경호, 『중국문학의 발생과 그 궤적』, 문학과지성사, 2003을 참조할 것.

의 획득으로 이어진다. 이상적 도리(道理) 그 자체로 여겨졌던 글이 도구적 차원에서 사유됨으로써 문학의 구실을 다면적으로 설정하고 기술 대상을 상상적으로 다룰 수 있는 여지가 확보된다. 예컨대 전국시대에 본격적으로 전개된 우언의 글쓰기에 내재한 '유희성'은 글에 대한 이러한 인식의 변화 없이는 불가능했을 것으로 보인다.

둘째는 지식생산의 패턴이 변화되고 해석이 다양해졌다는 점이다. 글쓰기의 다변화 근저에는 지식 생산과 전파 및 해석의 다양성이 최소한 동보적(同步的)으로 존재한다는 점에서 이는 전국시대 글쓰기의 다변화를 직접적으로 추동한 주인이라 할 수 있다. 예컨대 묵가는 유가로부터 시작해 유가에 반발한다. 이는 하나의 상징적인 사건으로 새로운 지식이 생성되었음과 그 생성의 방식, 방향성 등을 선언적으로 보여준다. 또한 이는 유사한 문제의식에 대해 다른 각도에서 해석할 수 있게 되었음을 말해준다. 실제로 사학의 시대에 들어 이전 시대와 다른 새로운 지식이 대거 생성되기 시작했으며, 그 생성과 전파 및 방향은 관학의 수직적·일방적 경향에서 벗어나 수평적·쌍방향적 경향으로 바뀐다. 경우에 따라서는 아래서부터 위로의 전파도 목도된다.

지식의 전파와 소통 방식이 일방적인 것에서 쌍방향적인 것으로 전환되기 시작했다는 것은 지식의 생성과 조직에 있어 획기적이라 할 만한 전환이 시작됐음을 말해준다. 지식의 일방적 전달체계에서 지식의 수용자는 이미 구성되어 있는 지식을 일방적으로 전수받는데, 이때 전수받은 지식은 '관(官)'에 의해 그 신성성과 규범성이 강조된다. 그 결과 지식 수용자가 기존 지식의 외부를 상상할 수 있는 계기는 현실적으로 크지 않다. 이에 비해 쌍방향적 소통체계에서는 지식 수용자가 주어진 지식의 외부를 상상할 수 있는 여지가 상대적으로 넓어진다. 곧 지식을 능동적으로 구성해갈 수 있게 된다. 예컨대 순자나 한비자, 장자의 경우에서처럼 어느 한 입장에 구속받지 않고 제가의 학설을 융합하는 방식으로 새로운 지식과 사유를 모색하고 창출할 수 있게 되었다는 것이다.

셋째는 일종의 '지식 시장'이 형성됐다는 점이다. 춘추 말기의 등석(鄧析)은 '예악(禮樂)이 붕괴된 상황'에서 사사로이 강단을 세워 법률 지식과 소송 방법을 가르치고 널리 전했는데, "수업료를 내고 소송을 배우는 사람이 이루 헤아릴 수 없을 정도였다"고 한다.[13] 이는 사학 위주의 '지식 시장'에서 통하기 위해서는 어떠한 자질이 필요한지를 잘 말해주는 사례이다. 이는 사람들이 수업료를 내고 너도 나도 들을 만큼 등석의 강의는 경쟁력이 컸다는 뜻으로, 이를 통해 일종의 자기를 표현하고 발현하는 데에 있어서의 특성화 전략이 구사되었음을 미루어 짐작할 수 있게 된다. 그런데 표현이나 발현은 발상과 언어의 영역 모두와 관계한다. 따라서 글쓰기의 차원에서도 특성화가 필요하다는 관념이 형성됐을 개연성이 높다.

결국 관학의 글쓰기가 '자기복제' 혹은 '자기증식'의 글쓰기였다면,[14] 사학의 시대가 전개되며 발생한 글쓰기는 '자기표현' 혹은 '자기(존재) 확인'의 글쓰기였다고 할 수 있을 것이다. 전국시대에 들어서는『논어』와『노자』나『묵자』[15]에서 보이는 글쓰기의 차이보다 더 큰 폭의 차이가 제자백가의 글쓰기 실제에서 목도되는 까닭도 이에서 비롯된 것이다.

---

13 "子産治鄭, 鄧析務難之, 與民之有獄者約, 大獄一衣, 小獄襦袴. 民之獻衣襦袴而學訟者, 不可勝數."—『呂氏春秋』「離謂」.
14 이에 대해서는 서경호, 앞의 책을 참조할 것.
15 여기서의 비교 대상은『묵자』중 전기 묵가들에 의해 기록된 부분으로 한정한다. 이 부분은 춘추 말엽부터 전국 초엽에 쓰인 것으로 볼 수 있기 때문이다.

3. '지식생산제도'로서의 직하학궁

전국시대 들어 각 제후국의 사(士) 확보 경쟁은 국운을 거는 차원에서 진행된다. 열국의 제후들이 군사적, 정치적 각축을 벌이는 상황에서 사(士)들은 "초나라에 들어가게 되면 초나라를 중요시하고, 제나라에서 나오면 제나라를 가벼이 여기며, 조나라를 위해 일하게 되면 조나라를 완전하게 하고, 위나라에 반대해서 일하게 되면 위나라를 해롭게 하는",[16] 중원의 정세를 좌우할 수 있는 중요한 사회적, 정치적 역량으로 발돋움한다. 실제로 제나라의 선왕(宣王), 위왕(威王)이 중흥을 구가했던 시기는 당시의 내로라하는 사(士)들이 모여 일상적으로 학술을 연마하고 담론을 펼쳐내며 강학에 임했던 직하학궁의 전성기였다. 반면에 민왕(湣王) 이래 몰락하기까지의 시기는 직하학궁의 쇠퇴기와 일치한다. 맹자의 "사가 지위를 잃는 것은 제후가 나라를 잃는 것과 같다."[17]는 진술은 자기 가치를 높이기 위한 명분 혹은 당위가 아니라, 실제로 사가 국력의 요체였던 상황에 대한 개괄이었던 셈이다.

이런 상황 아래서 사(士)들은 자신의 지식과 재능으로 생활을 꾸려갈 수 있게 되었다. 앞에서 소개한 등석의 사례에서 볼 수 있듯이 사(士)들은 수업료를 받음으로써 생계를 충분히 도모할 수 있었다. 더욱 적극적인 사(士)들은 자신의 정치적 포부와 이상의 실현을 위해 여러 나라를 돌아다니며 통치계급에게 자신의 지식과 재능을 팔았다. 그들은 제후들이 자신의 정책을 쓰면 머물렀고 그들의 정책이 자기의 이상과 맞지 않거나 자신들의 계책이 쓰이지 않으면 미련 없이 떠나갔다.[18]

---

16 『논형』「효력(效力)」, "六國之時, 賢才之臣, 入楚楚重, 出齊齊輕, 爲趙趙完, 畔魏魏傷."
17 『맹자』「등문공(滕文公)」—"士之失位也, 猶諸侯之失國家也."
18 『사기』「위세가(魏世家)」, "夫諸侯而驕人則失其國, 大夫而驕人則失其家. 貧賤者, 行

비단 사(士) 계층뿐만이 아니었다. 전국시대는 신분계층에 상관없이 학술을 익히고자 하는 풍조가 만연했다. 『한비자』「외저설좌상(外儲說左上)」에는 많은 하층민이 밭을 버리고 "학문에 종사했다(隨文學)"는 기록[19]이 보인다. 그러나 평민인 이들이 자신의 힘만으로 학술을 익힐 수 없음은 자명한 일이다. 게다가 생계의 수단으로 학술 연마를 택한 만큼 능력 있는 스승을 찾는 풍조는 당연한 귀결이다. 따라서 "누가 스승으로서 능력이 있다 혹은 없다"의 평가는 그가 얼마나 많은 제자를 "관계에 취직시키는가?"에 달려 있게 되었다.[20] 학생이 스승을 선택하고 스승은 학생의 경쟁력 강화에 주력하는 풍조, 이런 사학의 활성화는 전국시대의 글쓰기가 이전 시대에 비해 한결 다양해지는 데에 일조했을 것으로 판단된다.

1) 직하학궁의 학술사적 위상

직하학궁은 중국 역사상 최초의 왕실 부설 정책 연구원이라 할 수 있다. 전국시대 중후기에 걸쳐 이곳에는 다양한 학파의 인물이 운집하여 사학을 개설하는 한편으로 학술적·사회적·정치적 주제에 대해 토론하고 담론하였다. 이들은 직접 정사에 참여하지는 않았지만, 순우곤(淳于髡)의 예[21]에서처럼 통치자의 자문과 방책의 건의 등에는 적극적으로 임하였다. 당시 직하학궁과 관련이 있는 대표적 인물로는 맹자와 순자, 신도(愼到), 송견(宋銒), 전병(田騈), 접여(接子), 추연(鄒衍), 노중련(魯仲連), 莊子[22] 등을 들 수 있다.

不合, 言不用, 則去之楚越, 若脫躧然, 奈何其同之哉."
19 "中牟之人, 其田耘, 賣宅圃而隨文學者, 邑之牛."
20 劉澤華·劉洪濤·李瑞蘭, 『士人與士會(先秦卷)』, 天津人民出版社, 1988, 74면.
21 이에 대해서는 『사기』「골계열전(滑稽列傳)」을 참조할 것.
22 『사기』「전경중완세가(田敬仲完世家)」에는 "宣王喜文學游說之士, 自如騶衍淳于髡田

직하학궁의 원칙은 "세상에 대한 저술과 담론은 생성하지만 정사를 직접 맡지는 않는다"[23]에 있었다. 제나라의 통치자는 직하학사들을 위해 상대부(上大夫)의 칭호를 주고 "넓은 거리에 높은 문이 달린 커다란 집을 주고 존대하고 아꼈으며",[24] 책을 쓰고 이론을 세우는 데 힘쓰며 강의와 토론을 하고 "직책을 맡지 않고 나라의 일을 의론하도록"[25] 특별 대우하였다. 직하학사에 대한 대우는 최상급이었다. 전병은 본래 팽몽(彭蒙)의 제자였지만 직하선생이 된 후 "재산은 천종(千鍾)이었으며 따르는 사람이 백여 명"[26]이나 되었다. 맹자가 길을 떠날 때는 "뒤를 따르는 수레가 10대였고, 따르는 사람이 수백여 명이었다."[27] 그가 제나라의 재상 자리를 버리고 고향인 추(鄒)로 돌아오려고 할 때 제나라의 선왕은 수도 임치(臨淄)에 "강의실을 지어주고 제자를 기를 수 있도록 만종의 기금을 주어"[28] 그를 붙들었다. 송견이 직하에서 "제자들을 모

騶接子愼到環淵之徒七十六人, 皆賜列第, 爲上大夫, 不治而議論. 是以齊稷下學士復盛, 且數百千人"이란 기록이 있다. 여기에는 맹자와 장자에 대한 언급이 없어 그들과 직하학궁과의 관계는 논란의 대상이 되어 왔다. 맹자의 경우는 제의 선왕, 직하학사인 고자(告子) 등과 나눈 대화가 비교적 상세하게 전하며, 『염철론(鹽鐵論)』 「논유(論儒)」에는 맹자가 직하학사로 기록된 것으로 보아, 그가 직하학궁과 밀접하게 연계되어 있었을 가능성이 높다. 다만 장자의 경우는 사정이 한층 복잡하다. 조셉 니담 같은 학자는 직하학궁의 대표적 인물로 거론하고 있지만 상당수의 학자는 이를 부인한다. 그러나 이에 대한 규명은 이 글의 문제의식 밖의 일이다. 이 글에서 장자를 직하학궁과 관련 있는 학자로 언급한 까닭은 설령 그가 직하학궁에 소속되지 않았다 할지라도 그의 사유에는 당시 학술과 사상의 중심지였던 직하학궁을 염두에 둔 흔적이 꽤 목도되기 때문이다. 그 대표적인 예에 대해서는 A. C. Graham, 나성 역, 『도의 논쟁자들』, 새물결, 2001의 제2장 3절 「양가에서 장자의 도까지」를 참조할 것.

23 『사기』 「전경중완세가」, "不治而議論."; 『사기』 「맹자순경열전(孟子荀卿列傳)」, "自騶衍與齊之稷下先生, 如淳于髡愼到環淵接子田騈騶奭之徒, 各著書言治亂之事, 以干世主, 豈可勝道哉."

24 『사기』 「맹자순경열전」, "於是齊王嘉之, 自如淳于髡以下, 皆命曰列大夫, 爲開第康莊之衢, 高門大屋, 尊寵之."

25 『염철론』 「논유」, "不任職而論國事."

26 『전국책』 「제책(齊策)」, "今先生設爲不宦, 訾養千鍾, 徒百人."

27 『맹자』 「등문공하(滕文公下)」, "後車數十乘, 從者數百人."

28 『맹자』 「공손추하(公孫丑下)」, "授孟子室, 養弟子以萬鍾."

으고 학교를 세우고 책을 저술하였다."[29]는 기록으로 보아 그 역시 제
자의 수도 적지 않고 영향력 또한 만만치 않았음을 알 수 있다.

전국 중, 후기 중원의 강대국은 서쪽의 진(秦)과 동쪽의 제였다. 제나
라는 위왕이 순우곤의 '골계지언(滑稽之言)'에 격발된[30] 후 그 위세를 36
년간 떨침으로써 중흥의 발판을 마련한다. 이후 직하학사의 도움 아래
양대 강국의 지위를 상당 기간 유지한다. 진나라는 삼진(三晉) 출신의
법가를 등용하여 변법(變法)을 시행한 이래 강국으로서의 면모를 갖추
어간다. 또한 직하학궁 출신의 형명가(刑名家)를 지속적으로 등용하여
급기야 제나라와 견주는 강국의 대열에 진입한다. 결국 직하학궁의 학
사들이 전국시대 중, 후기 중원의 정세에 미친 영향은 지대했다고 할
수 있다.

'잘 나갈 수 있다'면 모이는 것은 당연한 귀결일 터, 실제로 제 선왕
시절의 직하학궁에는 수천의 학사들이 운집해 있었다. 그 결과 전국시
대의 각종 사유양태는 직하학궁에서 거의 목도된다. 또한 새로운 혹은
한층 진전된 사유도 보인다. 노자가 발견한 주어진 세계의 외부는 예
컨대 추연의 대구주설(大九州說)에서도 관찰되며, 묵자에게서 싹텄던
변증이라는 관념은 형명가로 묶일 수 있는 직하학궁의 명가(名家)와 법
가들에 의해 개화한다. 전대의 계승 발전만이 아니라 후대의 주요 사
조 역시 직하학궁에서 그 단초가 마련되고 기초가 놓인다. 황로학(黃老
學)이 그러했으며 동중서(董仲舒)가 유가에 입힌 음양오행론 역시 그러
했다. 유가 역시 직하학궁의 좨주(祭酒)를 세 차례나 지낸 순자에 의해
통일 제국에 걸맞은 이데올로기로의 전변이 일단락된다.

따라서 직하학궁은 단순히 전국시대 제나라에 설치된 학술기관이었

---

29 『순자』「정론(正論)」. "今子宋子嚴然而好說, 聚人徒, 立師學, 成文曲."
30 이와 관련한 자세한 내용은 『사기』「골계열전」을 참조할 것.

다기보다는 한 사회의 지식 생산과 직접적으로 연계되어 있는 제도적 장치였다고 할 수 있다. 다시 말해 관습이 제도화된 경우가 아닌, '목적의식적'으로 마련한 중국사상 최초의 '지식생산제도'라고 할 수 있다.

2) '지적 경험의 언어적 물화(物化)'의 매개체로서의 직하학궁

지적 경험이 언어구조물로 물화[31]되기 위해서는 매개가 필요하다. 예컨대 고문운동(古文運動)으로 귀속될 수 있는 주장은 수대(隋代)부터 제기되나 '고문'이라는 표현양식이 구현되는 것은 한유(韓愈)에 이르러서였다. 근대 시기 언문일치라는 지향도 많은 시행착오를 겪은 다음에서야 비로소 구현될 수 있었다. 이처럼 새로운 지적 경험이나 관념이 획득된다고 하여 바로 그것의 체현이 가능한 표현양식이 개발되는 것은 아니다.

거기에는 일종의 '매개체'가 필요하며 그것의 존재형식은 다양하다. 예컨대 독일의 문화사가인 부르크하르트는 이탈리아인이 자신들이 발견한 르네상스적인 관념과 지향 등을 유럽의 다른 지역에 비해 일찍 물화할 수 있었던 것은 이탈리아에 그리스 로마의 유산이 남아있었기에 가능했다고 했다.[32] 앞선 시기의 문화유산이 매개체 역할을 수행한 셈이다. 중국 근대의 계몽가들은 언문일치라는 근대적 지향을 언어적으로 물화하는 데에 서구의 '국어 만들기' 경험을 참조했다. 유의미한 참조체계로서의 외국의 유사 사례가 매개체 노릇을 한 셈이다. 수대 이후 중국의 주된 관리임용제도였던 과거제는 평가의 객관성이 납득할 만한 수준에서 담보되었기에 천 년이 넘는 세월 동안 지속될 수 있

---

31 '物象化 Verdinglichung'라고도 함. '인간의 능력이나 정신 따위를 물리적(物理的)인 형식으로 구현한 것을 말함. 텍스트나 예술작품 등이 대표적인 예임.
32 야콥 부르크하르트, 이기숙 역, 『이탈리아 르네상스의 문화』, 한길사, 2003.

었다. 이러한 평가의 객관성을 담보해야 한다는 과거제의 지향은 율시(律詩)와 팔고문(八股文)의 탄생을 매개하였는데, 이 경우는 과거라는 제도가 매개체가 된 셈이다.

직하학궁 또한 제도가 새로운 글쓰기를 매개한 경우에 속한다. 예컨대 전국시대 새로이 출현한 글쓰기 중 대표적인 예인 변증의 글쓰기는 직하학궁 덕분에 범 유파적인 글쓰기의 한 양상으로 발현되고 보급된 것으로 보인다. 정치적인 책임이 주어지지 않은 상태에서, 학설 그 자체로만 경쟁을 벌어야 했던 상황에서 사람들은 다양한 사유를 개진할 수 있게 되었고, 이에 자신의 사유를 가장 잘 드러낼 수 있는 쓰기 방식을 모색했을 법하다. 그런데 경쟁력의 확보는 자신의 정당성을 입증하는 방식으로도 가능하지만 경우에 따라서는 상대의 부조리를 부각시킴으로써 확보되기도 한다. 이를 위해서는 무엇보다도 '변증'이 필요했던 것이다.

'변증'의 글쓰기가 범 유파적인 성격을 띤다는 것은 이 시기에 들어 변증의 토대가 발상의 층위에서도 구축되었음을 시사해준다. 변증은 '논증의 형식' 중 하나이다. 따라서 변증이 보편적으로 행해졌다 함은 일종의 공통의 논증 형식이 수립됐음을 시사한다. 이는 공통의 논증 형식을 진리 판별의 도구로 수용했음[33]과 공동으로 의론하고 분석할 공통의 주제가 대두됐음[34]을 의미한다. 또한 이는 변증이 형이상학적 지반[35] 위에

---

33 『묵자』「소취」─"夫辯者, 將以明是非之分, 審治亂之紀, 明同異之處, 察名實之理, 處利害, 決嫌疑."

34 기원전 4~3세기 무렵 제자백가 사이에 '성'·'기'·'심' 등에 대한 공동적 담론이 형성됐다. 이에 대해서는 벤자민 슈월츠, 나성 역, 『중국 고대사상의 세계』, 살림, 1996의 「제5장 공동적 담론의 등장」을 참조할 것.

35 전국시대에 본격적으로 대두된 형이상학, 곧 '이성의 자율적 영역'에 대한 관심에 대해서는 A. C. Graham, 앞의 책의 「제2부 사회적 위기에서 형이상학의 위기로」 등을 참조할 것. 한편 최진석은 형이상학이 대두되기 위한 선행조건이 이 시기에 갖추어지기 시작했음을 '개별자', '주체' 등을 중심으로 논증하였다. 이에 대해서는 최진석, "'욕망(欲)': 선진 철학을 읽는 또 하나의 창─직하학(稷下學)을 중심으로", 철학연구회 편, 『철학연구』, 2005를 참조할 것.

서 수행됐음을 말해준다. 형이상학적 지반 위에서 진리가 판별될 때 비로소 각 유파가 딛고 서 있는 상이한 윤리적, 정치적 입장으로부터 자유로울 수 있기 때문이다. 한편 형이상학의 이러한 '투명성'은 '성(性)'·'기(氣)'·'심(心)'·'정(情)'·'도(道)'·'이(理)' 등과 같은 형이상학적으로 추상화된 '공통개념'에 의해 뒷받침된다.[36]

발상의 층위에서 진행된 이러한 양상은 개개의 사상 유파가 공개적이고도 일상적인 경쟁 상태에 놓일 때 비로소 출현 가능하다. 당시의 서사(書寫) 여건이나 도서의 간행 및 유통과 관련된 물적 토대를 감안해볼 때, 그러한 일상적 경쟁 상태를 추동할 수 있었던 것은 직하학궁과 같은 공적인 제도가 유일했다고 보인다. 곧 사상적 입장을 달리하는 학인들이 직하학궁에 모여 담론하고 강론함으로써 개개의 사유가 쌍방향적으로 소통될 수 있었으며, 그 결과 변증으로 대변되는 공통의 논증형식·공통개념·공동의 담론장(談論場) 등이 출현할 수 있었다는 것이다.

이 점은 언어의 층위에서도 마찬가지였다. 직하학궁에서는 '관학의 글쓰기'처럼 학인의 글이 일방적으로 전달되지 않고 쌍방향적으로 소통되었다. 이는 표현형식과 다루는 내용이 한결 다양해질 수 있는 현실적인 계기가 되었다. 『논어』나 『노자』, 『묵자』의 예에서 알 수 있듯이, '관학의 글쓰기' 시대에는 정치적이고 윤리적인 문제가 글쓰기의 주요 내용이었지만, 사학의 시대로 접어들면서 논리적이고도 미학적인 문제도 글쓰기의 내용에 편입되기 시작했다. 또한 같은 내용이라 할지라도 수사나 구문의 조직방식, 개념 운용의 방식 등에서 이전 시기의 그것에 비해 훨씬 다변화되었다.

---

[36] 이들은 춘추시대까지만 해도 구체성을 띠던 용어였다. 그러나 전국시대에 들어서는 명실론(名實論)·언어에 대한 철학적 성찰 등에 의해 추상화되면서 형이하학적 제반 관계로부터 '비판적critical 거리를 유지하게 된다.

4.『순자』와『장자』의 글쓰기

　『순자』와『장자』는 전국시대 중후기에 각각 유가와 도가의 흐름을 집대성한 것으로 평가받는다. 동시에 이들은 직하학궁으로 대변되는 전국시대의 지적 상황도 대표한다.

　문학사가들은『순자』의 문학사적 의의로 논설문의 완성을 들곤 한다.『묵자』에서 본격적으로 시도된 후『순자』에 이르러 완정한 모습의 논설문이 쓰였다는 것이다. 논설문은 금언의 형식으로 순간순간의 깨달음을 제시하는 방식으로는 구성되지 않는다. 그것은 최소한일지라도 논변의 구성을 필요로 한다. 그래서 일부 학자는『논어』「자로(子路)」편의 정명(正名) 부분[37]을 공자의 말이 아닌 순자 혹은 순자학파에 의해 가필된 것으로 본다. 곧 "A卽(則)B / A故B"식으로 구성된 연쇄논법은 금언 위주의『논어』보다는 논설문을 완성한『순자』의 글쓰기에 더욱 어울린다는 것이다.

　실제로 유가의 저술은『순자』에 이르러 비로소 획기적으로 전환된다.『순자』의 체례를 보면 집필 이전에 책의 구성과 내용의 배치 등을 미리 기획했음을 알 수 있다. 전체 32편 중 제1편부터 24편에서는 특정 주제를 제목으로 제시한 후 그에 대해 치밀하게 논술하였다. 그리고 제25편인 「성상」과 제26편인 「부」에서는 운문과 수수께끼의 형식으로 앞에서 다룬 내용을 개괄하였다. 이는 '제목'이 없었던 그 이전의『논어』나

---

37 전문은 다음과 같다 : 子路曰, "衛君待子而爲政, 子將奚先." 子曰, "必也正名乎." 子路曰, "有是哉, 子之迂也, 奚其正." 子曰, "野哉, 由也. 君子於其所不知, 蓋闕如也. 名不正, 則言不順. 言不順, 則事不成. 事不成, 則禮樂不興. 禮樂不興, 則刑罰不中. 刑罰不中, 則民無所錯手足. 故君子名之必可言也, 言之必可行也. 君子於其言, 無所苟已矣." 이중 첫머리부터 "蓋闕如也"까지만 공자의 언급으로 보고 그 뒷부분은 후세에 가필된 것으로 의심받고 있다.

『맹자』의 성서(成書) 과정이나 체례와 확연하게 다르다.『논어』처럼 단순히 공자의 말씀에 대한 기억을 복원하지도 않았고,『맹자』처럼 행적을 시간대별로 서술하지도 않았다.『순자』의 궁극적인 서술 대상은 공자나 맹자와 같은 '인물'이 아니라 각 편의 제목으로 달린 '주제'였다. 이는 순자가 살았던 시대가 누가 말했다는 것으로서 그 진술의 신뢰성이 확보되는 시대가 아니었다는 점과 관련이 있다. 금제 없이 어떤 사상이라도 자유롭게 강설하고 토론한 직하학궁에서처럼, 어느 누구의 학설이 독보적인 권위를 누릴 수 없었던 시절, 그래서 여러 학파의 사상이 충돌하고 융합이 활발하게 진척되던 시절에서 자기 진술의 신뢰성과 가치를 높이기 위해서는 다른 방식을 모색할 수밖에 없었다.

순자가 논설의 글쓰기를 들고 나온 까닭이 여기에 있다. 권위나 인격이 자신이 행한 진술의 보증자가 될 수 없다면, 형식논리와 같은 언어의 형식성에 의지하는 것이 유력한 대안이 될 수 있다. 어느 사상가든 언어에 빚지지 않고 자신의 사유를 펼쳐낼 수는 없으므로, 언어의 형식성에 대하여 공감대를 형성할 수만 있다면 언표된 진술의 신뢰도와 가치 등을 객관적으로 검증할 수 있기 때문이다. 그래서 순자 자신은 변증을 비판했음에도 불구하고『순자』에는 '정명'이라는 이름으로 수행된 변증이 자주 등장한다. 변증은 언어의 형식성을 검증하는 것이기 때문이다.

물론『순자』의 경우 변증은 방법적으로 활용될 따름이다. 곧 변증은 밝히고자 하는 주제를 논증하기 위한 수단으로 채용되었지 그것 자체가 글쓰기의 궁극적인 목표는 아니었다. 변증뿐만이 아니다. 우언이나 운문인 「부」편에서 본격적으로 활용된 '포진'의 글쓰기 등도 개진한 주장의 설득력을 강화하기 위한 수단으로서 활용된다. 유가에겐 비판 대상이었던 종횡가(縱橫家)들이 즐겨 쓰던 수법인 수수께끼[해어(諧語)] 형식으로 무미건조할 수 있는 유가의 논리를 얘기함으로써 가독성을 높이는 실험도 수행한다.

　이렇듯『순자』에는 전국시대에 등장한 제반 글쓰기가 스며들어 있다. 단순히 사상만을 종합한 것이 아니라 글쓰기도 종합했다. 이런 양상은『장자』에서도 목도된다. 장자와 장자학파의 문도들이 썼을 것으로 추정되는『장자』에는 우언을 비롯하여 개념의 연쇄, 명제의 연쇄를 통한 논증 같은 전국시대에 출현한 다양한 유형의 글쓰기가 활용되고 있다. 또한 중언이나 치언이라든지, 문학적 허구나 문학 서사를 철리와 결합시키는 방식[38] 같이 이전 시기나 동시대 다른 텍스트에서 찾아보기 힘든 글쓰기도 본격적으로 시도된다. 이런 점에서『장자』역시 전국시대의 글쓰기를 종합했다고 할 수 있다. 그러나 단순히 종합했다는 데에 그 궁극적인 의의가 있는 것은 아니다. 장자는 기존의 글쓰기 유형을 자기 식으로 변주하여 사용했다. 예컨대 우언의 경우가 그 대표적인 예이다.

　『장자』의 우언은 언어의 형식성을 최대한으로 구현하려는 노력의 결과였다. 노장사상에서 말하는, 유가적 현실 세계 바깥의 또 다른 세계는 순전히 언어에 의해서만 지시될 수 있다. 이른바 '자연' 혹은 '도'로 대변되는 그 세계는 언어에는 담아낼 수 없는, 곧 언어 너머에 있기 때문에 설사 체험한다 할지라도 그것을 언어에 담아낼 수 있는 방법은 논리상 있을 수 없게 된다. 그래서『노자』에서는 반어법이나 역설과 같은 화법을 통해 간접적으로 지시하는 방식으로 그 세계에 대해 환기하였다.

　『장자』에 와서는 그러한 노력, 곧 언어 너머의 궁극적 진리의 세계를

38　문학적 허구와 철리를 결합한 경우로는 예컨대 호접몽(胡蝶夢)이나「소요유(逍遙遊)」편에 나오는 붕새 이야기 등을 들 수 있다. 또한 문학 서사와 철리를 결합한 예로는 혜시를 빗댄 붕새와 부엉이 이야기 등을 들 수 있다. 특히 문학서사의 활용은 동시대『춘추좌전(春秋左傳)』에서 목도되는 역사서사의 본격적인 시도와 함께 '서사'의 비상에 양 날개 역할을 했다는 점에서 또 다른 문학사적 의의를 지닌다.

언어로 지시 혹은 환기하고자 하는 노력이 우언과 치언, 중언으로 다변화된다. 특히 우언의 경우는 자신의 글 중 열에 아홉이 우언이라고 했을 정도로 적극적으로 활용되었는데, 『장자』의 우언은 『맹자』나 『순자』에서 제한적으로 활용된 우언이나 그것이 본격적으로 활용된 『한비자』에 보이는 우언과는 성격이 다르다. 장자는 우언을 "바깥에 기대서 논의한 것"[39]이라고 정의하였다. 그리고 뒤이어 다음과 같이 말했다.

> 아버지는 자기 자식의 중매인이 될 수 없다. 아버지가 자식을 칭찬하는 것은 아버지가 아닌 다른 이가 하는 것만 못하다. 이는 칭찬하는 내가 잘못되어서가 아니라 다른 사람의 잘못 때문이다. 사람들은 자신과 입장이 같으면 호응하고, 입장이 다르면 반대한다. 또 자신과 같으면 옳다고 여기고 다르면 틀리다고 여긴다[親父不爲其子媒. 親父譽之, 不若非其父者也. 非吾罪也, 人之罪也. 與己同則應, 不與己同則反. 同於己爲是之, 異於己爲非之].[40]

이글을 통해 장자가 왜 우언을 적극적으로 활용했는지 그 까닭을 짚어볼 수 있다. 그는 자기주장의 설득력을 높이기 위해 우언을 채용한 것만은 아니었다. 그보다는 자신의 진술에서 진술의 주체인 '자신'을 최대한으로 배제하기 위해 우언을 활용하였다. 같은 사실일지라도 혈연관계인 아버지가 자식을 칭찬하면 사람들은 믿지 않는다. 진술의 신뢰도가 인격적인 요소의 개입으로 인해 떨어지고 만 것이다. 그런데 사실 이는 혈연관계에서만 나타나는 양상이 아니다. 그가 보기에 사람이라면 누구나 편향을 갖게 마련이다. 그래서 시비판단을 함에도 어떤 객관적인 근거를 기반으로 하지 않고 부지불식간에 자신의 입장을 앞

---

39 『장자』「잡편」「우언」, "寓言十九, 藉外論之."
40 『장자』「잡편」「우언」.

세우게 된다.

　장자는 사람들이 보통 이런 편향을 지니고 있으면서도 자신이 그렇다는 것을 인지하지 못하기 때문에 자신의 말이 곡해될 수 있음을 염려했다. 그가 우언을 적극적으로 사용한 것은 바로 이러한 염려 때문이었다. 그에게 있어 우언은 진술에서 발화자의 인격적인 요소나 권위 등을 배제함으로써, 곧 순수하게 언어의 형식성을 담보함으로써 자기 진술의 객관성과 신뢰도를 확보하기 위해 채용된 글쓰기였다.

　『장자』 외에는 거의 보이지 않는 중언과 치언 또한 언어의 형식성을 기반으로 진술의 객관성과 신뢰도를 확보하기 위해 고안된 글쓰기였다. 언어가 사회적 제반 이해관계와 무관할 수 없음을 감안할 때, 기존의 방식으로 언어를 사용하는 것은 결국 기존의 사회적 이해관계를 일정 정도 반영하는 셈이 된다. 결국 어떤 진술도 그 자체로 객관적일 수 없게 된다. 이에 장자는 기존의 사용 방식을 파괴하는 방식으로 진술의 객관성을 확보하고자 했다. 역사적, 사회적으로 존중받아 오던 말을 다른 맥락에 끌어들인다거나 의도적으로 어법을 거스름으로써 기존의 사회적 이해관계로부터 자유로운 진술을 수행한다는 것이다.

　장자가 이토록 진술의 객관성을 확보하고 신뢰도를 높이고자 노력한 까닭은 역시 전국시대 담론의 상황 때문이었다. 상술한 바와 같이 그 어떤 인격도 또 권위도 부인되던 시절에 자기 진술의 가치와 신뢰도를 공인받는 길의 하나는 언어의 형식성을 의지하는 것이었다. 물론 장자는 다른 학파와의 경쟁 속에서 우위를 점하기 위해서 그랬던 것은 아니었다. 자신이 궁극적으로 말하고자 하는 언어 너머의 세계를 결국 언어를 통해 제시할 수밖에 없다면, 그 무엇보다도 진술의 객관성이 요청될 수밖에 없었다. 진술의 객관성이 언어의 형식성을 근거로 입증되는 순간 언어 너머의 세계가 실재함도 입증되기 때문이다.

5. 직하학궁의 의의 – 글쓰기와 제도의 상관성이란 측면에서

이상에서 살펴본 바와 같이 전국시대 다양한 글쓰기가 출현한 저변에는 '지적생산제도'인 직하학궁의 역할이 있었다.

당시 직하학궁은 분열과 혼란의 시대에서 대일통(大一統)의 시대를 준비해야 했던 전국시대의 시대적 과제에 부합할 수 있는 지적 혁신을 추동하는 데에 제도적인 기반이 되었다. 또한 후한 대우와 높은 명예를 근거로 중원에 흩어져 있던 지식인을 끌어 모음으로써 결과적으로 새로운 지식을 제도권 안으로 끌어들이는 역할을 수행하였다. 또한 새로운 글쓰기를 직접적으로 추동한 제도적 기반이자, 그것을 추인한 제도적 장치 노릇도 수행하였다. 지식인의 전성시대를 제도적으로 뒷받침했다는 점 역시 빼놓을 수 없는 직하학궁의 역할이었다. 곧 직하학궁은 당시 지식인과 지식의 존재방식, 권력과 지식인의 관계, 지식과 글쓰기와의 관계 및 지식과 글쓰기의 전파 또는 유통방식을 엿볼 수 있는 시금석인 셈이다.

그래서 직하학궁과 전국시대의 글쓰기를 살펴보는 작업은 그 자체로 현재적 의의를 지니게 된다. 직하학궁의 존재와 역사는 지식인 특히 인문학자와 국가권력이 관계 맺는 방식에 대한 시사점이 되어준다. 예컨대 정사는 논하지만 관직에 나아가거나 정치를 하지 않는다는 직하학궁의 원리는 인문학 위기의 타개책으로 제시된 인문학자의 정책결정과정에의 참여가 얼마나 큰 오류인지를 말해준다. 그보다는 사회적으로 보장된 생계책과 명예 및 무엇이든지 논할 수 있는 자유의 보장 등이 인문학 진흥의 핵심임을 알게 된다.

직하학궁의 존재와 역사는 또한 지적 혁신의 기제에 대한 반면교사이다. 곧 직하학궁을 매개로 전개된 전국시대의 지적 혁신과 그 결과

의 유통 양상은 학계의 소산이 대중과 공공권력으로 흘러들어가지 못
하고 있는 작금의 현실 타개책을 시사해준다. 또한 그것은 지식인 특
히 분과학문체제에 안주하거나 그것을 편하게 여기고 있는 지식인에
게 학문을 어떻게 해야 한다는 것과 지식을 연마하는 방식을 일러준다
는 점에서도 적지 않은 의미를 던져준다. 일상화된 난상토론, 말과 글
차원에서 지속된 쌍방향 소통 그리고 지적 경쟁과 수사학적 경쟁을 통
해 일구어진 지식과 글쓰기 간의 융합과 심화. 이 모두는 담론하는 삶
을 실현하는 방편이었으며 그 자체였던 것이다.

참고문헌

A. C. Graham, 나성 역,『도의 논쟁자들—중국 고대 철학논쟁』, 새물결, 2003.
김옥련,「보들레르의 글쓰기écriture 이론의 현대성」, 한국불어불문학회,『불어
　　　　불문학연구』 33집, 1호, 1996.
박동찬,「글쓰기의 문제」, 서울여대 인문과학연구소 편,『인문논총』제3집, 1996.
박소정,「『장자』와 신화적 글쓰기—『제물론』과 우언을 중심으로", 철학연구회
　　　　편,『철학연구』, 제61집, 2003.
백승도,「『장자』의 글쓰기」, 연세대대학원총학생회 편,『원우론집』제35집, 2002.
벤자민 슈월츠, 나성 역,『중국 고대사상의 세계』, 살림, 1996.
서경호,『중국문학의 발생과 그 궤적』, 문학과지성사, 2003.
야콥 부르크하르트, 이기숙 역,『이탈리아 르네상스의 문화』, 한길사, 2003.
염정삼,「先秦時期 언어관에 대한 소고—孔子, 墨子, 荀子를 중심으로」, 한국
　　　　중국학회 편,『중국학보』제44집, 2004.
원정근,「'포월'로 본『장자』의 언어 특성」, 한국철학회 편,『철학』제60집, 1999.
王志民,「齊文化對漢賦形成的歷史貢獻」,『稷下散思――齊魯古代文學簡論』, 齊
　　　　魯書社, 2002.
우노세이이찌, 김진욱 역,『중국의 사상』, 열음사, 1986.
劉蔚華・苗潤田, 곽신환 역,『직하철학』, 철학과현실사, 1995.
劉澤華・劉洪濤・李瑞蘭,『士人與士會(先秦卷)』, 天津人民出版社, 1988.
윤주필,「우언 글쓰기의 원리와 적용 자료의 범위 연구」, 한국한문학회 편,『한

국한문학연구』 제28집, 2001.

윤주필, 「우언 글쓰기의 언어관과 명실론」, 한민족어문학회 편, 『한민족어문학』 제41집, 2002.

이종성, 「장자의 삶의 문법과 당대 비평」, 한국동서철학회 편, 『동서철학연구』, 제35호, 2005.

이지호, 「글쓰기에서의 언어의 문제」, 서울대국어교육과 편, 『선청어문』 제28집, 2000.

章炳麟, 『國故論衡』, 『章氏叢書』上冊, 世界書局, 1982.

최진석, 「'욕망(欲)' : 선진 철학을 읽는 또 하나의 창―稷下學을 중심으로」, 철학연구회 편, 『철학연구』, 2005.

졸   고, 「『論語』와 『老子』의 글쓰기 분석」, 한국중국어문학회 편, 『중국문학』 제51집, 2007.

한대漢代 금고문경학今古文經學에 관하여[*]

글쓰기와 제도의 상관성

_염정삼

1. 들어가면서

움베르토 에코(Umberto Eco)는 『글쓰기의 유혹』에서 글쓰기와 권력의 결탁을 다음과 같은 말로 설명하고 있다.

> 글쓰기는 정보를 기록하기 위해 고안되었으나 즉시 이데올로기적인 기능을 넘겨받기 시작했다. 제의를 찬양하고 법을 확정하고 특권을 강조하기 위해 수없이 많은 글들이 씌어졌다. 글쓰기는 급속하게 권력의 도구가 된다.[1]

---

* 이 글은 한국중국어문학회 간행 『중국문학』 제50집(2007)에 「금고문경학(今古文經學)에 관한 소고—글쓰기와 제도의 상관성」이라는 제목으로 발표한 글을 다시 실은 것이다.

1 에코, 조형준 역, 『글쓰기의 유혹』(서울: 새물결, 1994), 102면.

고대 중국에서 신성한 문자로 간주되었던 갑골이 왕이 행한 제사나 전렵의 기록에 쓰인 것을 보면 글쓰기와 권력의 결탁을 설명해주는 좋은 예로서 활용될 수도 있을 것이다. 갑골로부터 계승된 중국의 문자는 몇 천 년을 누적된 문헌의 전승과 재해석에 활용되었으니 위의 관점에서 본다면 기록(글쓰기)의 담당자는 권력에 추종하는 역할을 하는 것으로 이해되기가 쉽다. 이를 박동찬(1996)은 "여기서 하나의 새로운 계급이 태어난다. '글쓰는 자'의 계급이다. '글쓰는 자'들은 권세 있는 자들 곁에서 권력이 유지되도록 정치적 목적에 합당한 '신화와 허구의 이야기'를 꾸며내어 쓰고 전파시킨다. 새로이 형성된 이 계급은 지식 계급을 형성하고, '학교'라는 기관을 통해 권력을 추종하고 권력을 보좌하고 나아가 권력의 자리에 앉는 사람을 양성해나간다."[2]고 해설한다. 글쓰기를 이러한 권력 종속성으로 설명하려는 요구는 다음과 같은 관점으로 발전할 수 있다.

> 관학의 글쓰기는 어떠한 속성을 지녔을까? …… 위에서 아래로 향하는 단방향적인 글쓰기였을 가능성이 있다. 곧 문자로 기록되는 과정이 정리의 과정이기에 기존의 지식과 정보를 수렴하는 글쓰기요, 사후적으로 수행되기에 닫혀 있는 글쓰기였을 가능성이 높다. …… 곧 관학의 글쓰기는 글쓰기의 전 과정을 통해 새로운 지식을 생산한다기보다는 기존의 지식을 복제하고 사후적으로 보완하는 일종의 '지식의 자기복제, 자기증식'에 주로 기여한다고 할 수 있다.[3]

위 문단에서 논자는 '단방향적인 글쓰기', '닫혀 있는 글쓰기', '지식

---

2 박동찬, 「글쓰기의 문제」(서울여대 인문과학연구소 편,『인문논총』제3집, 1996), 130면.
3 김월회, 「글쓰기와 제도의 상관성 — 先秦의 경우」, 〈2004년도 제1차 집담회 開口 자료, 2004.03.13〉

의 자기 복제로서의 글쓰기'를 말하고 그것을 관학(官學)으로 연결시킨
다. 이때의 관학은 중앙의 정치권력과 직결된 학술로서 이해될 수 있
을 것이다. 그 관학의 표본으로 경학이 언급되고 논자는 한대(漢代) 금
문경학과 고문경학 사이에 있었던 대립을 다음과 같이 설명하려고 하
였다.

> 그 시기의 사실(史實) 가운데 혹 말하기와 글쓰기 사이의 긴장을 읽을
> 수 있는 대목은 없을까? 예컨대 금문경학(今文經學)과 고문경학(古文經
> 學)의 대립을 말하기와 글쓰기 사이의 긴장으로 볼 수는 없을까? …… 말
> 하기 기반의 문명과 글쓰기 기반의 문명은 그 작동방식과 세계관 등의 차
> 원에서 많이 다름은 분명하다. 진리를 확정하는 방식도 다를 것이다.[4]

이제까지 제시된 몇 가지 논리는 다음과 같은 것으로 정리된다. 글
쓰기는 권력과 결탁한다. 중국의 관학은 권력과 결탁한 글쓰기이다.
특히 경학에서 문자를 강조한 고문경학은 글쓰기의 세계관에서 나왔
으며 말하기와 글쓰기가 긴장을 겪는 과정에서 금문경학과 대립이 있
었다. 그러므로 금문경학은 말하기의 세계관을 가지고 있을 것이다.
위의 논리는 몇 가지 점에서 재고할 필요가 있다. 첫째는 "관학으로
서 중국의 경학이 권력과 결탁한 글쓰기로서 '단방향적인 글쓰기', '닫
혀있는 글쓰기', '지식의 자기복제'일 뿐이라고 단정할 수 있는가?"하는
것이다. 왜냐하면 권력과 글쓰기의 결탁이라는 전제로 설명하기에는
고대 중국의 역사는 복잡한 굴절을 겪어왔기 때문이다. 우선 갑골(甲
骨)의 문자가 성행하던 은대(殷代)와, 전적(典籍)으로 완정한 기록물을
전하는 주대(周代)는 전혀 다른 세계관을 가지고 있다. 그 이후에도 중

---

4 위의 글.

국은 춘추전국(春秋戰國)이라는 엄청난 실험 시기를 거쳤으며 진한(秦漢)시기의 통일제국도 초기에는 여러 가지 실험을 반복하지 않을 수 없었다. 그런 의미에서 글쓰기의 권력에의 종속성과 비자주성을 주목하기 전에 중국의 역사 속에 숨어있는 상대적 독립성과 자주성을 먼저 관찰해볼 여지는 충분히 있다. 둘째는 "과연 말하기와 글쓰기의 긴장으로 고문경학과 금문경학의 대립을 볼 수 있는가?"하는 점이다. 필자는 우선 말하기의 작동방식과 세계관으로 금문경학을 설명하는 것이 무리가 있다고 본다. 한대에 경전이 기록화되는 과정은 금문·고문을 막론하고 이미 문자로 유통되었던 고대의 전적에 대한 재발굴과 재해석이었기 때문에 따로 금문만이 '말하기'의 방식으로 전수되었다고 할 수 없다. 차라리 이 논리를 일부 받아들여 말한다면 똑같이 글쓰기의 세계관에서 배태되었다고 할 수 있다. 그렇다면 이들을 구분 짓는 특징을 말하기와 글쓰기의 이분 논리로 재단하기에 앞서 경학의 기본 성격이 무엇이었으며 역사적으로 어떤 변화 과정을 거쳤는지 살펴보는 일이 선행되어야 한다.

그러므로 본고는 위 논제에 대하여 다음과 같은 방향에서 접근하려고 한다. 첫째는 중국 경학이 어디로부터 배태되었는지 규명하는 일이 선행되어야 한다. 이것은 주대 이후 변화를 겪는 지식인의 양상이 보다 치밀하게 관찰되어야 함을 전제로 한다. 예를 들어 주공(周公)은 스스로 왕이 되지는 않았으나 천하질서의 개념을 만들고 그것을 위한 경전성의 지침을 만들었다. 그것은 일개 유생이었던 공자(孔子)가 고전을 복원하고 그 정신을 계승하는 데에 결정적 영향을 미쳤다. 그리고 이것은 결국 춘추와 전국의 혼란기에 경서가 적극적으로 활용되는 데까지 이어지고 전국 말기 경학가(經學家)들에게 전승될 수 있었던 사실을 설명해줄 것이다. 둘째로는 진한대 이후 박사제도의 성립을 통하여 경학이 관학화하는 과정을 살펴볼 것이다. 이 방면의 연구는 경학의 정신과 본질이 어떤 역사적 경로를 거쳐서 변형되어 왔는지를 이해하는 데 도움을 줄 것이다. 셋째로는 실제로 각각의 경전의 전승 과정에 대하여 살펴봄으로써 금문경학과 고문경학의 대립점이 실질적으로 무엇이었는가를 밝혀줄 것이다. 넷째로는 제도사적인 경학의 경로 이면에 정신사(사상사)적인 경학의 경로는 과연 단절되었는가 하는 점에 대해서 논의하고자 한다. 금문학(今文學)의 선두에 선 동중서(董仲舒; B.C.170?~120?)의 경우 천(天)의 관념에 대한 재해석으로 군주의 독재를 견제하려고 하였다. 고문학(古文學)의 선두에 선 유흠(劉歆; B.C.50?~23?)의 경우 동맥경화된 관학으로서 금문학을 타파하는 해석학인 고학(古學)을 제창하였다. 우리는 여기에서 경학사상의 단절과 연계를 동시에 보아야 한다. 경학적 글쓰기는 소극성과 적극성을 아울러 가진다. 권력과 결탁된 종속물일 때의 소극성과 새로운 해석학으로의 이념과 방법을 제시해 온 적극성을 보다 치밀하게 분석해 보아야 할 것이다.

2. 경(經)의 성립과 경전(經傳) 해석학의 총제적인 의미

고대 중국에서 쓴다(書)고 하는 행위는 이념화한다는 의미를 지니고 있다. 즉 '왕이 된 사람의 기록'이라는 의미에서 정치 이념적 중요성을 띠고 있다. 상서의 경전으로서의 구체적인 표현은 갑골문, 금문의 이념적인 표현에서부터 발전해 온 것이다. 그러나 갑골문, 금문의 왕에 대한 기록이 구체적인 왕에 대한 것이라면[5] 『상서(尙書)』에서의 왕은 이념적

---

5 갑골문은 왕이 된 사람의 '亡咎'·'亡災'·'吉'·'大吉'을 행했던 기록을 서술하고 있다.

인 왕이다.[6] 즉 경서의 입장은 왕의 주체적인 행위를 벗어나 있다. 바꾸어 말하면 이념적인 것이 지적으로나 이성적으로 파악되어 표현되어 있다. 왕의 행위에 대한 소박한 감동의 세계인 갑골문, 금문의 단계를 벗어나 경서에서는 완전한 문자의 세계로 들어간다. 문자를 가지고 왕을 이해하고 인식하였다. 그러나 왕의 이념이 경전의 형태로 파악되고 정립되기 위해서는 먼저 이념 그 자체가 어느 정도 성숙해 있지 않으면 안 된다. 그리고 성숙한 이념을 객관적으로 관찰하여 표현하는 환경과 능력은 그것을 보는 사람에게 주어져 있지 않으면 안 된다.

즉 현존하는 왕의 행위에 대하여 종속적인 지위에 있던 집필자가 자주적으로 자기의 입장으로부터 나온 것을 쓸 수가 있게 되었다. 경전 『상서』는 사관이 가지고 있던 자주성이 갑골이나 금문의 자료적인 구속을 벗어나 자유로운 죽간에 옮겨져 오면서 성립할 수가 있었다.[7]

이런 이념적 작업의 토대를 만든 사람은 주공과 주왕실의 사관들이었고 이들이 경학의 발단을 제공하였다.[8] 주공은 "은대사람들은 신을 존중하고 백성들을 신을 모시도록 만들어서 귀신이 먼저였고 예는 나중이었다."[9]라고 할 정도로 종교성이 농후한 문화를, "주대 사람들은 예를 존중하고 실행하는 것을 숭상하며 귀신을 섬기고 공경하지만 멀리할 줄 알았으며 사람을 가까이 하면서 그에 충성하였다."[10]라고 말해

어느 시대에 어느 왕이 제사 혹은 전렵을 했던 기록이다.

6 『상서』가 경전으로서 존재할 수 있었던 것은 그것이 곧 '王者의 기록'이라는 전통을 가장 전형적으로 보여주고 있으며 동시에 천하의 세계관이 실로 고대 중국의 주도적인 이념이었다는 것을 말해준다.

7 이것은 사관의 이념이라는 문제와 직결된다. 이것이 史의 본질이 무엇인가 하는 문제로 옮겨간다.(平岡武天 著, 『經書の成立』第四形成篇 經書の成立. 227~233면 참조. 第四篇 제2장에서는 史의 의미를 보다 심도 있게 다루고 있다.)

8 徐復觀, 『中國經學史的基礎』「先漢經學之形成」, 6~54면 참조.

9 "殷人尊神, 率民以事神, 先歸而後禮."(『禮記』「表記」)

10 "周人尊禮尚施, 事鬼敬神而遠之, 近人而忠焉."(『禮記』「表記」)

지는 인문성이 농후한 문화로 전환시킨 중요한 인물이었다. 『좌전(左傳)』 소공(昭公) 2년에는 다음의 기록이 나온다. "진(晉) 한선자(韓宣子)가 노(魯)나라의 초빙을 받아 태사씨(太史氏)의 책을 보았는데 『역(易)』 상(象)과 노나라의 『춘추(春秋)』를 보고서 다음과 같이 말하였다. '주나라의 예(禮)는 노나라에 다 갖추어져 있구나. 내가 지금에서야 주공(周公)의 덕과 주(周)가 왕(王)이 되었던 이유를 알 수 있게 되었다.'" 이처럼 『역』과 노의 『춘추』가 주공과 관계가 있고 "주공이 주나라의 예를 제정하였던" 일은 거의 상식처럼 받아들여졌다. 실제로 주공은 스스로 『시(詩)』와 『서(書)』를 지었다고 전해진다.[11] 이들 일련의 작품은 모두 가르치고 경계하려는[敎戒] 의도를 가지고 있었다. 즉 『시』『서』의 성립 목적은 의리를 가지고 교화시키고 권고하려는 데에 있었다.[12]

　춘추시대는 이런 경서들이 보다 광범위한 사회적 기반을 형성하였던 때였다. 『좌전』이나 『국어(國語)』의 기록을 보면 춘추시대 경서가 활용되던 양상을 살펴볼 수 있는데 그것은 우리에게 다음과 같은 점을 알려준다. 첫째, 시서예악(詩書禮樂)은 이미 연결되는 하나의 명칭이 되어 있었다. 둘째, 시서예악이 현실 생활과 연결되어 주공이 의도했던 교화와 경계[敎戒]의 작용을 하고 있었다. 셋째 시서예악이 이미 귀족 간의 기본적인 교재가 되었다. 이것이 경학이 성립할 수 있었던 기본 조건이 되었다.[13] 『좌전』에서 『시』를 언급하고 인용한 것만 해도 백여 차례가 넘으며 『서』를 인용한 경우도 수십 차례에 이른다. 결론적으로

11　『書』의 「大誥」, 「康誥」, 「酒誥」, 「梓材」, 「洛誥」, 「多士」, 「無逸」, 「君奭」, 「多方」, 「立政」은 모두 주공에게서 나온 것이다. 『詩』의 「七月」, 「鴟鴞」, 「時邁」, 「棠棣」, 「周頌·思文」, 「大雅·文王」도 모두 주공이 지은 것이라고 전해진다.

12　周代 초는 신화가 성행하던 시대였는데 『書』를 『穆天子傳』과 비교해보면 『서』에 신화적 요소가 거의 포함되어 있지 않은 것을 알 수 있다.

13　고대 사료 중에서 특히 시서예악을 선택하게 되었던 것은 아마 周室 史官의 힘이었던 것 같다. 아마도 周室의 史官은 『詩』, 『書』의 내용을 계속 증가시키고 편찬했던 일을 담당하였을 것이다.

시서예악 및 역(易)이 귀족 계층의 중요한 교재가 되었으며 해석상에서도 특수한 의미로부터 일반적인 의미로 설명되는 동시에 신비한 분위기에서 합리적인 분위기로 변하게 된 것은 경서가 경학의 바탕이 되기 위한 중대한 발전이었다.

경학에서 가장 중요한 인물은 누구보다도 공자(孔子)일 것이다. 주공 이후 공자는 경서를 정리하는 것을 자신의 주요 사업으로 삼았다.[14] 공자는 춘추시기 말엽에 태어나 고대문화와 춘추시대 귀족 문화를 포괄하여 총결하고, 분명하게 서술하여 의의를 제고시키는 일을 완성시켰다. 공자와 그 문하제자들의 사업을 다음의 몇 가지로 의의를 찾을 수 있다. 첫째로 귀족 손 안에 있던 문화를 사회 각 계층으로 확대하여 2천년 동안의 중국 학통의 골간을 마련하였다. 둘째 경서 간의 유기적이고 체계적인 통일을 완성시켰다. 셋째, 경서를 정리하고 전환시켜 새로운 내용을 가미하여 춘추시대에 열려진 가치를 제고시키고 승화시켜서 비교적 정확한 내용과 형식으로 정비하게 하였다. 경의 이름은 성립되기 전이지만 경학의 기초는 실제로 공자 및 그 후학에 의해서 다져졌으며 그가 없다면 경학도 없었을 것이다.

이것은 전국시기 공자와 사상적 맥락을 달리하는 제자(諸子)들이 경서의 영향을 무시할 수 없었다는 사실과도 연관된다. 『맹자(孟子)』에서

---

14 경서의 성립은 주왕조 권위의 붕괴 이후, 즉 천하의 통일이 깨어진 후에 구체화된 현상이었다. 그것은 당시 전민족적인 지반을 가지고 있었던 것이 아니라 개별적인 지방적인 성격을 가지고 있었다는 것을 의미한다. 주왕조 초기에 문왕, 무왕, 주공이 행했던 국가경영은 훌륭한 군주로서 빛나는 것이었다. 주왕조가 쇠퇴하였다 하더라도 융성했던 주나라의 위대함은 변하지 않는다. 이들 성왕들의 업적을 기록한 죽간의 문장은 실로 소박하고 웅혼하고 우수한 문학이었다. 盛周의 업적은 주대 사람들의 고유한 마음이고 성주의 죽간을 읽는 것은 그들의 마음에 더없는 양식을 제공해주었다. 성주의 체제를 절대로 하는가, 현재든 장래의 이법을 다른 곳에서 찾는가, 유가는 전자의 태도를 취하고 제자백가의 무리는 대체로 후자의 입장을 취하였다. 결국 경전을 정립시켰던 정신은 주왕조의 체제를 자기의 이념으로 한 정신이었다.(平岡武天 著, 『經書の成立』, 262~264면 참조)

무수하게『시』와『서』을 인용하고『순자(荀子)』에서 시·서·예·악을 그 자체로 강조한 것 이외에도『묵자(墨子)』에서도『시』가 인용되었으며『장자(莊子)』의「천하(天下)」·「천운(天運)」편 등에서 시·서·예·악·역·춘추 등을 언급하였다.『관자(管子)』에도 서와 춘추의 언급이 있으며『한비자(韓非子)』또한 공자의 춘추의 영향을 강하게 받았던 것 같다.『여씨춘추(呂氏春秋)』는 육경(六經) 가운데 예와 악의 영향이 두드러져 보인다. 설사 경학 전적의 기본 사상이 그들 사상 속에 일정 정도 작용하였을 뿐이라 하더라도 이들은 각각의 사상을 창의적으로 전개할 수 있었던 기본 토대를 경학이 제공한 것도 사실이었다.

한(漢) 고조(高祖) 시기에 작성된 육가(陸賈)의『신어(新語)』「도기(道基)」(第一)에 의하면 오경(五經)과 육예(六藝)가 일시에 누군가에 의해 의도적으로 만들어진 것이 아니라 역사 발전의 결과물이며 고대문화의 집대성이라고 보고 있는 견해가 드러난다. 이는 경학에 대한 매우 합리적인 견해이다. 경학은 사상사적 측면에서 말하면 주공에게서 시작되고 공자에게서 기초가 완성되며 그 체계와 형식의 측면에서 말하면 진한대에 와서야 완성된다고 할 수 있다. 진대 이후로는 경학가형의 인물들이 보다 분명하게 드러난다. 예를 들어『대대례기(大戴禮紀)』,『소대례기(小戴禮紀)』,『역』의「십익(十翼)」,『춘추』의 삼전(三傳) 등은 일련의 경학가들이 특정한 경서를 중심으로 많은 해석과 창작을 했던 결과물이다. 이 시기 경학가들의 사상이 전국 시기 사상가형들의 작업과 다른 점은 그들이 연구했던 경을 가지고 그들의 사상을 형성하였다는 점에서 사상적 기반의 넓고 좁고의 차이가 있을 뿐이다.[15]

---

15 이들 경학가형의 인물은 공자의 만년 이후 전국 중기까지 경학가의 형성에 아주 중요한 지위를 차지하는데『춘추』의「三傳」을 제외하고는 대부분이 무명의 영웅으로서 이름을 밝히고 서술하기가 어려웠던 시대인 것이 매우 애석할 정도이다. 엄밀하게 말해서 진대와 양한 시대에도 사상이 없는 경학가는 없었다. 사상이 없는 경학가는 淸의 乾嘉 시대에나 출현한다.(徐復觀, 2002 참조)

결론적으로 경학의 발단부터 융성하고 발전했던 과정을 살펴보면 우리가 타파해야 할 고정관념이 무엇인지가 선명해진다. 첫째, 단순한 권력에 종속된 글쓰기로서 경학을 편면적으로 재단해서는 안 된다는 것이다. 공자의 노력은 오히려 현실적 정치권력에 대한 도전이며 대항이었고 그 과정에서 주공으로부터 이념화된 경서의 개념을 계승하고 발전시키는 전환에 성공하였다고 할 수 있을지 모른다. 둘째, 주공과 공자 이후 저변의 영향력을 확장해온 경서가『한서(漢書)』「유림전(儒林傳)」에 서술되어 있는 대로 하나의 단선에 의해 전래되어 내려왔다는 오해를 버려야 한다.[16] 전국 말엽까지 사상가들에게 적극적으로 활용되어 왔던 만큼 경서를 연구하고 해석하는 학풍은 광범위하고 깊이 있게 계승되었을 것이다.

3. 관학의 형성과 박사(博士) 개념의 변화 — 오경박사(五經博士)의 성립 과정

이 장에서는 전국 시대 이후 경학이 본격적인 관학으로 변하는 과정을 살펴보겠다. 그것은 박사(博士)라는 지식인 계통이 생겨나고 그 성격이 어떻게 변화하는가를 살펴보는 순서로 진행될 것이다. 첫째로 박사성립의 기본 배경, 둘째로 오경박사가 성립하는 과정, 그리고 셋째로 박사 아래 제자들을 두게 된 일 등의 순서로 서술하려고 한다.

우선 박사성립의 기본 배경에 대하여 살펴보자.『논어(論語)』에 등장

---

[16] 이는 오경박사가 성립된 이후 오경박사들이 경학의 권리를 농단하기 위해서 만들어 낸 이야기이다.(徐復觀, 2002 참조)

하는 '사(士)' 개념과 '박학(博學)'의 이상이 결합하면서 '박사'[17]라는 새로운 성격과 새로운 형상이 만들어졌는데 이러한 지식을 대표하는 신흥 관제는 전국칠웅의 시대에 점차 확대되었지만 지위가 그렇게 높지 않고 번성하지는 않아서 기록으로 남아있는 것은 적다.[18] 그러나 이것이 진이 통일한 이후 육국의 관제를 정리하면서 박사 70인을 설치했던 배경이 되었다.[19] 이들은 박봉이긴 했지만 지식인을 대표했고 조정의 의론에 참여하였으니 관제 중에서는 의미를 가진다. 한초에 계승되어 기록으로 전하는 박사들은 여전히 "박학우문(博學于文)"의 전통을 이어받고 있었다. 이 시기의 박사의 성격은 세 가지로 개괄된다. 첫째, 박사를 설치했던 원래 이유는 지식을 가지고 정치에 참여시키고자 한 것이었고 학술을 발전시키고자 한 것이 아니었다. 둘째, 박사는 정치적으로 일정한 직책이나 정원이 없었으며 그 임무는 황제가 임시로 자문을 구하거나 파견하여 묻거나 하는 것이었다. 셋째 박사가 성립할 수 있는 문화적 배경 때문에 그 인선에서 대부분 유생(儒生)들이 차지하였다. '유생박사'라는 단어의 출현이 그를 증명한다.[20] 그러나 이때의 박사는 내원을 가진 어느 하나의 전적을 대표하는 것은 결코 아니었다. 효문제 시대에 박사가 된 한영(韓嬰)이나 가의(賈誼)는 그런 대표적인 예이다. 경제(景帝) 때의 박사인 원고(轅固), 호무(胡毋), 동중서 등의 경우도 마찬

---

17 『論語』「顔淵」에서는 "두루 文에서 배운다[博學于文]"라고 하였는데 이때의 문은 『시』·『서』와 육예의 문장을 위주로 한 것이다. 여기에 드러나는 공자 교육의 기본 이념 '博學'을 실현하는 주체로서 '博士'라는 새로운 개념과 새로운 형상은 무리 없이 받아들여졌다.

18 그러나 이에 대하여 문헌상의 흔적은 남아 있다. 宋이나 魏 등에 박사가 있었다는 기록이 『사기』나 『한서』에 전해진다.

19 『史記』「始皇本紀」 참조.

20 『사기』「封禪書」 참조. 그러나 황제의 개인적인 필요에 따라서는 반드시 유생이 아니어도 박사가 될 수 있었다. 진 박사 70인 중에는 방술지사도 분명히 있었을 것이다. 그런데 유생으로 박사가 된 사람들은 당연히 오경과 유가의 傳記를 위주로 연구한 사람들이었으며 이들이 전문가라는 이름으로 알려지면서 박사가 될 수 있었다.

가지이다. 이것이 박사가 생기고 제도화된 초기의 양상이었다.

둘째, 그러나 그 다음 단계에 오면 박사의 성격이 달라진다. 바로 오경박사의 성립 때문이었다. 무제(武帝) 초기에 문제(文帝), 경제 때부터 존숭되던 형명지학(刑名之學)의 법가(法家)를 등에 업은 종횡가(縱橫家)들이 국정을 어지럽힌다고 폐해줄 것을 청하는 상주문을 승상 위관(衛綰)이 올리게 되었다.[21] 이 사건은 조정에서 백가(百家)를 축출하고 독존유술(獨存儒術)을 실행하게 된 중요한 계기가 되었다. 동시에 오경박사의 성립을 직접적으로 촉진시킨 것은 동중서의 「대책(對策)」이었다. 「무제기(武帝紀)」에 의하면 오경박사의 건립은 건원(建元) 5년(B.C. 136년) 이전의 일이다. 오랜 역사를 가진 잡학 박사를 오경박사로 바꾼 사건은 매우 획기적인 일이었다. 이것이 감로(甘露) 3년(B.C.51년)에 이르러 유생들을 불러 오경의 차이를 물었던 석거각(石渠閣) 회의에 오면 12박사에서 13박사로 이르게 된다.[22] 이 단계의 박사의 성격은 대략 세 가지로 볼 수 있다. 첫째, 잡학 박사들이 전문적인 전공이 없었는데 반하여 이때의 박사는 각기 대표하는 경전을 전공으로 삼았다. 둘째, 과거에는 오경의 지위가 개인이나 사회로부터 자유롭게 평가되었는데 이때의 오경은 정치상의 법적인 권위를 획득하게 된다. 과거의 박사가 지식으로만 존재했다면 이때의 박사는 대표하는 경전으로 존재한다. 그래서 박학과는 상반되는 전문의 길로 들어서게 되었다. 세 번째는 경전에 대한 해석이 과거에는 사회에서 자유롭게 진행되고 선택되었는데 이때

---

21 『한서』「武帝紀」武帝 建元 원년(B.C. 140년) "建元元年冬十月, 詔丞相·御史·列侯·中二千石·二千石·諸侯相擧賢良方正直言極諫之士. 丞相綰奏; 所擧賢良, 或治申·商·韓非·蘇秦·張儀之言, 亂國政, 請皆罷. 奏可."

22 『한서』「宣帝紀」참조. 이때의 13 박사에는 穀梁 춘추가 포함되어 있었다. 또한 「儒林傳」에 의하면 그 후 平帝 때에 고문 경전을 중심으로 한 박사들이 다시 세워졌다. 그러나 결국 東漢 시기에 官에 섰던 14박사는 『易』의 施·孟·梁丘, 『書』의 歐陽, 大·小夏侯, 『詩』의 齊·魯·韓, 『禮』의 大戴·小戴·慶氏, 『春秋』公羊의 嚴氏·顔氏의 열 넷이었으며 곡량전은 박사로 세워지지 못했을 뿐만 아니라 소위 고문경들은 모두 배척당하였다.

가 되면 특정한 경전의 박사들의 해석이 권위 있는 것이 되고 '경서의 합법적 지위나 권위'로 발전하였다.[23] 이런 관점으로부터 이후에 발생한 금고문논쟁의 형세와 실질적 의의를 이해해야 한다.

셋째, 그 다음 제3 단계로는 박사 아래 제자를 두게 된 것이다. 박사를 위해 제자를 설치하기 시작한 것이 무제 원삭(元朔) 5년(기원전 124년)의 일이니[24] 오경박사를 둔 것과 15년의 차이가 난다. 그 후 박사제자의 수는 점차 늘어났고 이 때문에 태학의 규모는 확대되었다. 이 단계의 박사의 성격은 다음의 세 가지로 개괄된다. 첫째, 앞의 두 단계의 성격을 계승하면서도 이때가 되면 교수하는 것을 전업으로 하는 인원이 증가하여 박사 임무의 특징이 전화되었다. 둘째, 고정적인 제자원들이 정부 각 부문 각 계층으로 들어가 박사의 영향력이 커졌다. 박사의 교수는 경학중의 합법적인 권위를 따라서 그와 같은 지위를 얻게 되고 '사법(師法)'의 관념이 이로부터 생겨났다. 그러나 '사법'의 관념은 박사 교수의 권위를 유지하기 위하여 형성된 것이므로 학문상으로는 제한이 되었다. 셋째 박사가 하나의 경이나 전을 전공하였기 때문에 지식의 범위가 대단히 협소하였고 그것을 가지고 제자들에게 이리저리 전수하느라 훈고(詁訓), 전설(傳說) 이외에 '장구지학(章句之學)'을 흥기시켜서 '백여 만 언에 이르는 경전 해설'을 만들어내었다. 이 때문에 기괴한 설이나 공허한 설들이 마구 생겨났다. 이 단계에서 학술은 점차 공허해졌고 내실을 잃게 되었다.

위에서 살펴본 오경박사제도의 성립과 변화는 지식을 독점한 문화권력계급의 형성을 보여준다. 권력과 결탁했다기보다는 차라리 정치

---

23 宣帝가 그 많은 힘을 들여 石渠 회의를 열었던 것은 穀梁을 박사로 세우려고 하였기 때문이었다. 그것을 통하여 公羊의 박사들이 모든 박사들에 대하여 주도적인 권위를 가진 것에 대하여 도전하려고 하였다.

24 『한서』「무제기」 참조. 이 사건은 역사적으로 중대한 일이었기 때문에 司馬遷과 班固는 특히 상세히 기록하였다.

권력에 맞서는 지식계급의 자기 확장이라고 할 수 있을 것이다. 그 과정에서 문화 권력 안으로 편입되지 못한 경전연구는 배제되었다. 결국 그것이 금고문논쟁으로 이어지는 주요 원인이 된다.[25] 금고문 논쟁은 표면적으로는 문자의 차이를 주요 차별성으로 오해할 여지가 있도록 명명되었지만 과연 문자의 차이가 그렇게까지 경전 해석에서 결정적인 영향을 미쳤는가를 살펴보면 그렇지 않다는 것을 알게 된다.[26] 우리는 오경박사제도가 제3 단계의 변화를 거치면서 경학의 본래 면모가 탈각되고 변형되는 것을 살펴볼 수 있다. 이 과정은 서한·동한 시대를 걸쳐서 진행되었는데 역사에 대한 이해가 없이는 한대 금문경학과 고문경학에 대하여 각각의 입장에서 편견이 생겨날 수 있음을 주목해야 할 것이다. 고문적 편견의 중요한 하나의 예는 '고문'만이 경전의 진리를 보여주는 자형이라는 주장이다.[27] 그 중 허신은 고문에 객관성과 역사성을 부여하려고 했던 대표적인 인물이다. 그의 『설문』서를 치밀하게 분석해보면 미혹되고 잘못된 금문을 신봉하는 것은 옳지 않으며 고문이 담고 있는 것이 바로 궁극적인 '도(道)'임을 극력 주장하고 있다.[28] 금문

---

[25] 금문과 고문을 동시적인 대립으로 보지 말고 박사제도의 성립과 발전, 퇴화 과정을 함께 추적해보아야 한다. 동한 시기 허신에 와서 제기되는 관점은 동맥경화 현상을 일으키는 금문학의 오류에 대한 수정 작업이었다. 결국 고문에 대비해서만 금문이라는 개념이 생겨났음을 주목해야 한다.

[26] 이 문제는 다음 장에서 보다 심도 있게 다루어질 것이다. 예를 들어 『서』의 경우 금문상서와 고문상서의 차이는 심각한 것이 아니라 본자를 썼는가 가차자를 썼는가 정도의 차이일 뿐이었다.(段玉裁, 『古文尙書撰異』 참조)

[27] "속유들과 평범한 사람들은 자신이 직접 배운 것만을 믿고 직접 보지 않은 것은 인정하지 않음으로써 진정한 학문과 육서의 造字 원리를 알지 못했다. 옛 것은 괴이하게 여기고 조야한 말들을 선호했으며 자신이 알고 있는 것을 신묘한 것으로 여겨 성인의 微言大義에 통달하고자 했다. 또한 창힐편 가운데 '幼子承詔'라는 말이 보이는데 이로 인하여 말하기를 예서는 예전의 黃帝가 만든 것으로 그 말에는 신묘한 방법이 들다고 한다. 그 미혹되고 잘못되었음을 깨닫지 못했으니 어찌 어긋나지 않을 수 있겠는가?(俗儒啚夫, 翫其所習, 蔽所希聞, 不見通學, 未嘗覩字例之條. 怪舊執而善野言, 以其所知爲秘妙, 究洞聖人之徵恉. 又見倉頡篇中幼子承詔, 因曰:古帝之所作也, 其辭有神僊之術焉. 其迷誤不諭, 豈不悖哉!"(許愼, 『說文解字』 「敍」 참조)

적 편견의 예[29]도 충분히 있다. 그 대표적인 것은 유흠에 대한 평가이다. 청대(淸代) 금문경학파 유가들은 아예 고문경은 유흠에 의해 모두 조작된 것이라고 비난하였다. 유봉록(劉逢祿)은 "좌씨의 범례와 서법은 모두 유흠이 몰래 써 넣은 것이다[劉歆妄作也]"라고 하였고,[30] 강유위(康有爲)는 "유흠은 고문을 거짓 조작하였는데 그것은 금문학을 몰아내려고 했기 때문이었다."라고 하였다.[31] 실제로 유흠이 가지고 있었던 것은 경서 조작의 의도가 아니라 한대의 오경박사에 대한 비판과 문제의식[32]이었다. 전한 말기의 사회와 정치 전반을 뒤덮고 있던 여러 가지 병폐는 시정이 되어야 했고 비부(秘府)에 숨겨져 있던 고문 경전을 보고 독해할 수 있었던 지식인 유흠은 새로운 사회를 꿈꾸고 계획하는 데에 그것을 이용하고자 하였다. 그가 고문경을 이용하려고 했던 의도와 그가 고문경을 날조했다는 것은 다른 층위에서 논의되어야 한다. 그러나 실패한 이상 국가 '신(新)'의 왕망(王莽)과 결탁했던 죄과로 청말까지 유흠은 제대로 평가받지 못하였다.[33] 이 편견을 극복하기 위하여 우리는 고문경학의 성립과정을 고찰해볼 필요가 있을 것이다.

---

28 졸고, 「文字로서의 '古文' 개념의 형성과정에 대한 소고」, 『중국문학』 제45 집(2005.11)

29 졸고(2005) 참조.

30 劉逢祿, 『左氏春秋考證』 참조.

31 康有爲, 『廣藝舟雙楫』 "劉歆僞撰古文, 欲黜今學." 이외에도 그의 『新學僞經考』에 유사한 주장이 보인다.

32 皮錫瑞는 前漢 初期에는 今文學이 義理와 訓詁의 장점을 겸할 수가 있었는데 董仲舒의 『春秋繁露』나 『韓詩外傳』 등에서 그런 정신을 엿볼 수가 있다는 것이다. 그러나 前漢 말기로 가면 금문경학의 병폐가 여실히 드러나게 된다. 劉歆은 그런 병폐를 "문의를 분석하고 언사를 번쇄하게 하여 배우는 사람들이 늙고 지치도록 한 가지 예조차 밝힐 수 없는"(劉歆의 「移太常博士書」 '分文析義, 煩言碎辭, 學者罷老且不能究其一藝') 지경에 이르렀다고 비판하였다.

33 그러나 康有爲의 논의대로라면 개인 劉歆에 의해서 조작된 古文經들이 어떻게 그렇게 오랜 세월 면면히 이어져 오게 되었는가, 이점에 대하여 우리는 의문을 갖지 않을 수 없다. 錢穆은 이에 대하여 『兩漢經學今古文平議』에서 조목조목 반박하였다. 그는 "淸學은 독자적인 하나의 학풍이며 漢儒들의 진상을 밝혀줄 수 있는 것은 아니다."라고 주장하면서 漢代 經學에 대한 이해에 歪曲이 있음을 지적하였다.

4. 금고문(今古文) 경학 해석학의 차별성과 연계성
―문자의 이동(異同)이 의미하는 것

다음으로 각각의 경전의 전승과정을 정리하면서 금문경과 고문경이 무슨 차이가 있었는가를 살펴보자.[34]

1)『서(書)』에서―『고문상서(古文尙書)』의 문제

『고문상서』를 얻게 된 시점은 경제 말이었다. 노공왕(魯恭王)이 벽중서를 얻고 나서 공안국(孔安國)에게 돌려주었는데 "공안국은 금문으로 그것을 읽었다"라고 하였으니 공안국[35]은 먼저『금문상서(今文尙書)』에 능통했을 것이다. 금문으로 읽었다는 것은 금문으로 고문을 교수하고 금문으로 고문을 사정(寫定)하였다는 뜻이니 이 정리 작업은 많은 시간을 필요로 했을 것이다. 그가 아관(兒寬)에게 전수한 것은『금문상서』였고 도위조(都尉朝)와 사마천에게 준 것은 금문으로 사정한『고문상서』였다. 나머지 고문본에서만 나온 16편은 금문으로 사정하지 못하였고 따라서 전수하지도 못하였다. 이것은 중앙의 비고(秘庫)에 보존되어 있다가 나중에 교서(校書)의 관직에 있던 유향(劉向)·유흠·왕공

---

34 여기에서는 금문경과 고문경이 의미하는 것이 정확히 무엇인지 먼저 밝혀야 한다. 금문경은 東漢 시기에 官에 섰던 14박사의 경전을 말한다. 이들은『易』의 施·孟·梁丘,『書』의 歐陽, 大·小夏侯,『詩』의 齊·魯·韓,『禮』의 大戴·小戴·慶氏,『春秋』公羊의 嚴氏·顏氏의 열 넷이었다. 이들 외에 학관에 오르려고 할 때마다 박사들의 억압을 받았던 경전은 左氏『春秋』, 谷梁『春秋』, 古文『尙書』, 毛『詩』의 네 가지였는데 이것들이 고문경이며 동한 시기 古學의 주류가 된다.

35 『사기』「孔子世家」에 의하면 孔安國의 나이는 伏生의 제자 長生이나 歐陽生보다 조금 어렸다고 추정되며 일찍 죽었다. 그가 박사가 되었던 것은 무제가 오경박사를 세우기 이전이었던 것 같고 복생의 제자 장생의 박사 성격도 그렇지 않았나 싶다.

(王龔) 등만이 볼 수 있었을 뿐이었고 밖으로 유통되지 못하였다. 그런데 서한 말기에 오면 원래 복생(伏生)에게서 나왔던 금문본은 일찍이 망일되었고 금문으로 사정한 고문본만이 살아남아 마융(馬融)·정현(鄭玄) 등에 의해 연구되었다. 전수되지 못한 고문본 16편은 동한 박사들의 '사법'을 벗어난 주석가들인 가규(賈逵)·정중(鄭衆)·마융 등의 힘에 의하여 비로소 독해될 수 있었다.[36] 이상의 논의를 토대로 하면 금고문 논쟁 당시 『서(書)』의 금문본과 고문본이 그렇게까지 다르지 않았을 것이다. 그 예는 『금문상서』와 『고문상서』의 문자의 이동을 밝혀놓은 단옥재(段玉裁)의 『고문상서찬이(古文尚書撰異)』를 몇 구절만 살펴보아도 드러난다.[37] 몇몇 글자가 본자로 쓰여 있는가, 가차자로 쓰여 있는가의 차이가 선명할 뿐 경문상의 심각한 차이를 밝혀주거나 해석의 변별성이 두드러진다고 할 수 없다.

---

36 『한지』에 "『상서』 고문경 46권"이라고 한 것은 바로 유흠이 기록한 것인데 금문본 29편에 고문본에만 있는 16편을 더하고 『서』서를 더한 것이다.

37 현행본 『書』의 「堯典」 "日若稽古帝堯, 日放勳, 欽明文思安安, 允恭克讓, 光被四表, 格于上下."에 대한 단옥재의 설명을 보면 다음과 같다. "日若稽古 : 『文選』 「東都賦」, "憲章稽古", 李善注 『尙書』 曰, 粵若稽古帝堯. 又 「魯靈光殿賦」, "粵若稽古, 帝漢祖宗", 善曰, 『書』 曰, 粵若稽古帝堯. 玉裁按, 此李善所據本作粵也. 唐時各本不同, 故李善引作粵. …… 帝堯, 曰放勳, : 『說文』 十三篇力部曰, 勳古文作勛從員. 按 『周禮夏官司勳』 注曰, 故書勳作勛. 鄭司農曰勛讀爲勳, 勳功也. 以 『說文』, 邳字下引勛乃邳證之則, 壁中故書作放勛. 孔安國庸生乃易爲勳, 許君存壁中之書, 故邳字下引 『書』 作勛. …… 欽明文思安安, : 按欽明文思安安古文尙書也. 欽明文塞晏晏今文尙書也. …… 此書以撰異名, 詳古文 今文字句之同異, 而其說之同異. …… 允恭 : 尙書後案曰, 恭古作共, 玉裁按此誤也. …… 克讓, : 漢書藝文志曰, 合於堯之克攘, 師古曰, 攘古讓字. …… 光被四表, : 古文尙書作光, 今文尙書作橫.(두 글자 모두 充으로 해석되는 데에는 차이가 없다) …… 格于上下. : 許叔重說文解字八篇人部曰, 假 非眞也, 從人叚聲, 一曰至也. 虞書曰假于上下.(이 두 글자 모두 至로 해석되는 데에는 차이가 없다) 段玉裁, 『古文尙書撰異』 「堯傳第一」.

2) 『시(詩)』에서 — 『삼가시(三家詩)』와 『모시(毛詩)』

원래부터 삼가시의 경문과 모시의 경문은 다르지 않았다. 우연히 문자의 차이는 있었을 지라도 전사 과정의 실수이거나 전수자의 문자에 대한 이해에서 차이가 있었을 뿐이다. 청유(清儒)들의 노력에 의하여 밝혀진 것은 『금문상서』나 『삼가시』의 이문은 대부분 가차에서 나온 것이며 『고문상서』나 『모시』는 본자와 본의를 쓴 것이 많아서 『고문상서』와 『모시』의 문의가 『이아』와 부합하는 경우가 많았다. 내용상의 이들의 차이는 "시인의 의도를 미루어 알게 하는" 전(傳)에 있었던 것이며 문자와 훈고에 있지 않았다.[38] 그러므로 한대에 유통된 『모시』는 금문이었으며 고문이 아니었다. 한대에 오면 제후왕들이 학술을 제창하는 것이 점차 금지되었는데 『모시』와 『좌전』이 억압을 받았던 이유는 바로 거기에 있었다.[39] 한초의 모시 경문이 선진시대의 조본(祖本)으로부터 말미암은 것이며 모두 고문이었을 터이니 『모시』의 조본도 원래는 물론 고문이었을 것이다. 그러나 한(漢)으로 들어오면서 세상에 유행하였던 것은 모두 금문으로 되어 있었으니 『모시』도 금문으로 쓰여 있었을 것이다. 『좌씨전』은 공벽에서 나온 고문본이 있었으나 『모시』는 그런 고문본이 없었다. 따라서 『모시』를 고문파와 함께 이야기하는 것은 명백한 잘못이다. 경문의 금고문의 문제가 아니라 전(傳)의 차이일 뿐임은 「관저(關雎)」에 대한 『한시외전』과 『모전』의 예를 보면 드러난다.[40]

---

[38] 원래 시 전문가들은 사상적으로 결코 억압된 이들이 아니었지만 漢代에 와서 景帝의 억압을 받으면서 이들의 정신과 이상은 위축되어갔다. 「유림전」에 의하면 시에 정통했다는 申生, 轅固, 王式 등에 대한 서술이 풍부하고 생동감 있다. 이것을 미루어 보면 이들이 처세했던 모습이 이록에 급급했던 것이 아니었으며 그들의 제자들도 모두 孝廉한 것으로 칭송을 받았던 것 같다. 원고는 경제 앞에서 탕왕과 무왕의 혁명을 말할 수 있을 정도였다. 한유들의 정신이 제대로 평가받아야 할 것이다. (徐復觀, 2002 참조)

[39] 왜냐하면 모시는 河間獻王이 세운 박사였기 때문이다.

[40] "子夏問曰 : 關雎何以爲國風始也 ? 孔子曰 : 關雎至矣乎! 夫關雎之人, 仰則天, 俯則地,

그러나『한시외전』과『모시』의 해석은 주공(周公)의 '교화하고 경계한
다(敎戒)'의 이념과 원칙적으로 그렇게 다르지 않으며 단지『모시』가『외
전』의 해석에 더 충실한 이론화를 더했을 뿐임을 알 수 있다.

3)『춘추(春秋)』에서─공양(公羊), 곡량(穀梁)과 좌전(左傳)

원래 한대『공양전』의 전승 계통은 동중서에게서 나온 것인데 학관
에 박사로 서게 되면서『춘추』의 다른 전은 억압을 받게 되었다. 선제
가『곡량전』을 관으로 세우려 할 때 대규모의 학술 토론회(석거각 회
의)[41]를 거치지 않을 수 없었다. 이 역사적인 사건은 오경박사 성립 후
에 그들이 주로 가르치던 경전이 확실히 학술의 권위적인 지위를 획득
했다는 뜻이며 황제조차도 마음대로 할 수 없는 것이었음을 보여준다.
또 한편으로는 학자들 스스로 정치적으로 지위를 보장받고 특권계층
화 된 이후 스스로의 범위에 제한을 받고 다시 학술의 자유로운 발전
을 방해하게 되었다는 것을 의미한다.『좌씨전』이 억압을 받았던 이유
도 바로 여기에 있었다.『사기』의 기록에 의하면『좌전』은 이미 사마
천의 시대에서부터 중요하게 참고할 만한 자료였다.[42] 이를 통해 알 수
있는 것은 이미 오래 전부터 금문본이 유통되었고 단지 후에 공벽에서
나온 고문본이 더해졌다는 의미에서 고문과 연결된 것뿐이라는 점이
다. 따라서『좌씨전』,『곡량전』,『모시』그리고『고문상서』등이 동한

…… 天地之間, 生民之屬, 王道之原, 不外此矣. 子夏喟然嘆曰 : 大哉! 關雎乃天地之基
也. ……" (『한시외전』권5) // "關雎, 后妃之德也. 風之始也, 所以風天下而正夫婦也.
… 風, 風也敎也, 風以動之, 敎以化之. …… 關雎, 樂得淑女以配君子, 愛在進賢, 不淫其
色, 哀窈窕, 思賢才, 而無傷善之心焉, 是關雎之義也." (『모시』서)

41 당시의 토론 기록이 많이 남아 있었으나 아쉽게도 모두 망일되었다.
42 『사기』「十二諸侯年表」참조. 좌전의 서한 시대의 전승은 賈誼로부터 시작된 것 같
다. 그것을 확대한 사람은 賈擭, 劉歆이었다.

'고학'의 골간이 되었던 이유는 문자 상의 금문, 고문의 구별과는 실제로 관계가 없다. 『곡량전』과 『모시』는 원래 금문이었으며 『좌전』은 금문도 있고 고문도 있었던 것이다. 『춘추』 은공(隱公) 11년의 경문에 대한 각 전을 살펴보면 『공양전』과 『곡량전』의 차이는 거의 없고 『좌전』의 경우 조금 더 사건에 대한 상세한 서술이 더해져 있다는 것을 알 수 있다.[43]

4) 『예(禮)』에서 — 예(禮)와 주관(周官)

『주관』은 원래 고문의 형태로 출현한 것도 아니었고 본래 고문으로 쓰인 것도 아니었다. 유흠 자신도 그것이 고문이라는 언급을 한 적이 없다.[44] 『대대례기』, 『소대례기』는 간혹 고문에서 온 것도 있지만 금문으로 고쳐져서 한초에 오면 금문으로 정착된다. 그러므로 한대에 유통된 모든 예(禮)에 관한 경문은 금문이었다.

결론적으로 금문경학과 고문경학에 대하여 다음과 같은 관점을 견지해야 한다. 첫째, 금고문논쟁은 문자의 차이로만 설명될 수 없다는 것과 아울러 경학이 본래의 면모를 잃고 형해화되어가는 과정의 산물임을 직시해야 한다. 둘째, 이들이 가지는 긍정적 의미와 부정적 의미

---

43 「공양전」: "冬, 十有一月, 壬辰, 公薨. 何以不書葬? 隱之也, 何隱爾? 弒也. 弒, 則何以不書葬? 春秋君弒賊不討, 不書葬, 以爲無臣子也. ……" // 「곡량전」: "冬, 十有一月, 壬辰, 公薨, 公薨不地, 故也, 隱之, 不忍地也, 其不言葬何也, 君弒賊不討, 不書葬, 以罪下也, 隱十年無正, 隱不自正也, 元年有正, 所以正隱也." // 「좌전」: "冬 …… 十一月, 公祭鍾巫, 齊于社圃, 館于寪氏. 壬辰, 羽父使賊弒公于寪氏, 立桓公, 而討寪氏, 有死者. 不書葬, 不成喪也."
44 서복관은 周官은 왕망에게서 시작되어 유흠에 완성된 책일 뿐이라고 단정하고 있다. (『徐復觀論經學史二種』 중의 『周官成立之時代及其思想性格』에서 5.文獻線索的考査, 6.王莽劉歆制作『周官』歷程的探索. 참조)

는 경학 전체의 역사적 맥락에서 평가되어야 한다. 한대 초기 오경박사가 세워지던 때 유생들의 학술과 사상은 전국 시기의 것과 다르고 또한 서한 말, 동한 초의 것과도 분명히 다르다. 이들 각 시기에는 경서에 대한 관념과 방법론이 이전의 것과는 현저하게 달라질 수밖에 없었다. 본고는 다음 장에서 그 전환점의 시기에 영향을 미친 두 인물을 조금 더 살펴보고자 한다.

5. 제도화된 학문 안에서의 지식인의 위상

중국 경학의 역사는 권력이 제도화되고 그것을 억압의 기제로 활용할 때 각각의 시대에서 학술이 그것에 저항하는 방식은 무엇인가를 보여주는 예들이다. 이 장에서는 한대 초기에 경학에 정신을 불어넣으려 했던 동중서와, 화석화된 경학에 비판과 혁신 방향을 제시하려 했던 유흠을, 지식인의 상대적 자주성의 예로서 살펴보려고 한다.

1) 동중서(董仲舒)－금문학(今文學)의 정신－'천(天)'의 철학

전국말기에 오면 오행을 사시에 배열해 집어넣고 사시에 상응하는 정렬과 사상을 대응시켜 처음으로 음양오행에 근거한 우주, 인생, 정치의 독특한 구조를 만들게 된다. 이 특수한 구조는 한대 사상가들에게 중대한 영향을 미친다. 특히 동중서의 사상은 그것으로부터 깊은 영향을 받았다. 그는 음양, 사시, 오행의 기(氣)를 '천(天)'의 구체적인 내용으로 간주하고 학술, 정치, 인생에 적용시켜 '천(天)'의 철학체계를 완성하고 한대 사상의 특성을 형성하였다.[45] 동중서의 '천'의 철학의 의도는 통일 전제정치의 성숙과 밀접한 관련이 있다. 동중서는 통일전제정치체제의 합리성을 긍정하면서 동시에 이 체제에 새로운 내용과 이상을 부여하려고 하였다. 그렇다고 그가 천하를 '군주 한 사람의 소유[家天下]'로서 긍정한 것은 절대 아니었다. 반대로 그는 여전히 '천하위공(天下爲公)'의 이상을 가지고 있었다. 그러나 전제정치의 긍정이 전제정치자체의 요구에 부응한 것으로서 매우 큰 효과를 거두었던 만큼 동중서의 '천하위공'의 노력은 자연히 허망한 것이 되어버렸다. 그는 전제정치에 대하여 기본적으로 두 가지 문제를 느끼고 있었으며 그것이 해결되기를 갈망하였다. 첫째는 전제군주의 지고무상의 지위는 동의했지만 그 지위로부터 나오는 군주개인의 감정이 모든 통치기구와 천하에 미치는 영향이 너무나 크다는 점을 우려하였다. 그는 전제군주의 호오(好惡)가 최고 정치권력의 근원이 되는 상황은 막아보고 싶었던 것이다. 동중서는 유가이건 도가이건 개인의 인격수양을 가지고 이 권력의 근원지를 교정혹은 해소시키려 하는 것이 거의 불가능한 일이라고 보고, 이 문제를 '천'의 철학 속에 집어넣어 형이상학적이고 객관적인 법칙으로 만들어서 권력의 근원을 바른 궤도로 돌려놓으려고 하였다. 두 번째는 진대(秦代)로부터 물려받은 형법이 가혹하게 백성 위에 군림하고 있다는 점이었다. 『한서(漢書)』「형법지(刑法志)」 및 『한서』「혹리전(酷吏傳)」에 기록된 가혹한 형법의 실상은 놀라움을 금치 못하게 할 정도이다. 동중서는 이런 상황을 통감하고 정치의 방향을 바꾸어 '형(刑)'을 숭상하지 않고 '덕(德)'을 숭상하게 하려고 하였다. 백성의 피와 살로 구성된 전제기구를 변혁하는 길은 '천(天)'을 가져다 해결하지 않을 수 없다고 그는 판단

---

45 동중서는 의식적으로 『여씨춘추』「12기」의 내용을 발전시켜 모든 것을 포괄하는 체계를 건립하고 유가의 전통에 이 사상을 끼워 넣어 유가사상의 전환을 촉진시켰다.

하였다. 즉 근대 통치 권력에 대한 제한을 헌법에서 구하듯이 동중서는 '천'에다 구한 것인데 이것이 그가 '천'의 철학을 형성하게 된 배경이었다.[46] 이러한 의도 가운데에서 그는 자연의 질서와 변화 속에서 인간의 자리를 찾으려고 노력하였다.[47]

인간은 동중서에 의하여 하늘과 땅에 짝하는 중요한 존재로서 부각되는데 왜냐하면 그에게 있어서 무엇보다도 중요한 문제는 인간세상의 영역이었기 때문이었다. 말하자면 인간의 유위적인 노력을 중시하는 유가적인 입장으로부터 우주론적 종합을 그가 이루어내었다고 할 수 있는 것이다. 동중서는 天이 모든 만물의 중심적인 원천이며 음양오행론의 우주론적인 질서의 '핵심'이라고 주장하여 공자 이래로 유가의 유위적인 진영에서 지켜오던 '천'의 전통적인 본래의 위상을 회복시키려고 하였다. 동중서에 오면 '하늘[天]'이야말로 우주만물을 지탱하며 그 질서를 제공함으로써 유가 도덕성의 원리를 마련해준다. 그리고 아울러 그러한 하늘로부터 가장 귀한 정기(精氣)를 받고 태어나는 인간을 일깨움으로써 인간의 윤리적 근거를 '천'에서 구하게 되는 것이다.[48]

---

46 그러나 결국 漢代의 전제정치는 그의 '天'의 철학이 보여준 이상을 철저하게 부정하였다. 그래서 董仲舒 자신은 객관적으로 전제정치를 보조한 역사상의 죄인으로 남게 된다. 그렇지만 실제로 그의 사상의 동기, 목적 및, 그가 이룩한 이론체계의 면에서 본다면 董仲舒는 정당하게 평가되어야 하는 사상가이다.

47 "하늘의 덕은 베푸는 것이며 땅의 덕은 변화시키는 것이며 인간의 덕은 정의로운 것이다. 하늘의 기운은 위에 있고 땅의 기운은 아래에 있으며 인간의 기운은 그 사이에 있다. 봄에는 낳고 여름에는 길러주는 만물이 그로써 동화하고 가을에는 거두고 겨울에는 들여놓으니 만물이 그로써 저장된다. 그러므로 氣보다 精한 것은 없고 땅보다 부유한 것은 없으며 하늘보다 신묘한 것은 없다. 하늘과 땅의 정기가 낳는 사물 가운데 인간보다 귀한 것은 없다. 인간은 하늘로부터 명을 받은 것이다[天德施, 地德化, 人德義. 天氣上, 地氣下, 人氣在其間. 春生夏長, 百物以同 ; 秋殺冬收, 百物以藏. 故莫精於氣, 莫富於地, 莫神於天. 天地之精所以生物者, 莫貴於人. 人受命乎天也]." 『春秋繁露』「人副天數」 참조.

48 그러나 현실적인 최고의 정치권력자들은 이러한 동중서의 방대한 윤리적 체제질서 속에 속박되기를 원치 않았으며 완강하게 저항하였다. 예컨대 진시황, 한고조, 한무제 등의 강력한 전제군주들은 이런 질서체제에 종속되는 것을 원치 않았다. 이들은 음양오행론을 어느 정도는 지지했지만 이 체제의 구속을 벗어나기를 갈망했고 그러

그가 '하늘의 예시와 조짐'이라는 수단을 통해 이루려고 했던 것은 사실 황제의 전제주의적인 열망을 억제하려는 것이었다는 사실을 주의 깊게 보아야 할 것이다.[49] 동중서에게 있어서 진정한 왕(王)이란 하늘의 질서를 이해하고 그것을 인간의 현실적인 정치에 베푸는 존재를 말한다. 그런 존재만이 하늘과 땅 사이에서 당당하게 가장 귀한 정기를 받은 인간들을 인도할 수 있는 자격을 받는 것이다.[50]

동중서에 의하면 '하늘[天]'이 봄, 여름, 가을, 겨울의 사계절을 가지고 있는 것은 인간 세상의 정치수단이 칭찬하고[慶] 상주고[賞] 벌을 내리며[罰] 형을 집행하는[刑] 네 가지로 이루어진 것과 동일한 원리를 가지고 있다는 것이다. 인간세상을 다스리는 진정한 의미의 왕은 바로 이러한 하늘의 일을 이해하고 도와주는 존재이다. 그러므로 동중서에 의하면 문자에서 보아도 '왕(王)'자는 하늘과 땅과 인간의 원리를 관통하는 중요한 글자이다.[51]

기 위해서 신비한 '신령'들과 직접 접촉하면서 야심의 지지기반과 '不老長生'의 육신의 수명을 연장하고자 하였다. 方士들과의 교제, 도가 神仙術의 유행 등은 이런 절대권력자의 야망과 연계되어 있었다.

49 董仲舒의 저작 속에서는 神仙不死의 믿음에 대한 언급이 전혀 없으며 또한 왕조의 교체를 설명하는 그의 '역사철학' 속에서도 정치적인 권력의 불간섭을 명백히 강조하는 대목이 나온다. 이로부터 보면 漢武帝가 초기에 그의 정책을 중용하는 듯이 하다가도 그의 유학을 버리고 方士들과 어울렸던 이유를 알 수 있게 된다.

50 "하늘의 道는 봄에 따뜻한 기운을 내어 만물을 낳고 여름에 뜨거운 기운을 내려 기르며 가을에 서늘한 기운으로 거두며 겨울에 찬 기운으로 저장하게 한다. 따뜻함과 뜨거움과 서늘함과 차가움은 기운은 다르지만 그 하는 일은 같은 것이어서 모두 하늘이 한 번의 운행, 즉 1년을 완성하게 하는 바이다. 성인은 하늘이 하는 일을 도와 정치를 하는 사람이다. …… 그 때에 맞추어 칭찬하고 상을 내리고 벌을 주고 형을 내리는 것과 봄, 여름, 가을, 겨울은 같은 부류로서 서로 응하는 것이 마치 부절이 합하여진 듯이 딱 맞는다. 그러므로 王이란 하늘을 짝한다. 그 道에 대하여 말한다면 하늘에는 사계절이 있고 王에게는 네 가지 정치[慶賞罰刑]가 있으니 네 가지 정치는 사계절과 같은 것으로 통하는 부류로서 하늘과 인간이 모두 가지고 있는 것이다[天之道, 春暖以生, 夏暑以養, 秋淸以殺, 冬寒以藏. 暖暑淸寒, 異氣而同功, 皆天之所以成歲也. 聖人副天之所行以爲政, …… 慶賞罰刑與春夏秋冬, 以類相應也, 如合符. 故曰王者配天, 謂其道. 天有四時, 王有四政, 四政若四時, 通類也, 天人所同有也]."『春秋繁露』「四時之副」 참조.

동중서는 이렇듯 천(天)과 인(人), 그리고 왕(王)을 이상적인 모습으로 이념화하려고 노력하였다. 그의 노력은 군주 한 사람의 소유로 세상이 재단되는 권력의 집중을 막아보려는 것이었다. 그 방법으로 그는 경서에 의지하였으며 당시에 유행하던 음양오행설을 적극적으로 활용하였다. 그의 학풍이 일으킨 후대의 폐단은 없지 않으나 그것으로 그의 의도와 긍정적 사상의 맥 까지 부정해서는 안 될 것이다.

2) 유흠(劉歆) – 고학(古學)의 방법 – 고문(古文)으로부터 고학(古學)으로

유흠의 금문의 박사들에 대한 비평과 폭로는 이미 단순히 문자로서의 고문의 범위를 뛰어넘는 '고학'으로 불릴 수 있는 획기적인 사건이었다. 앞서 살펴보았듯이 금문과 고문의 차이는 마치 후세 판본의 차이처럼 학술상 교감, 훈고 상의 문제일 뿐이지 학술을 이룰 만한 중대한 논쟁은 아니었다. 그래서 유흠의 『금문상서』에 대한 비판은 첫째가 잔결(殘缺), 둘째가 탈간(脫簡)이나 간독 편제의 오류의 문제였다. 박사들은 이 문제에 정면으로 답하지 못하였으며 문제를 말살하는데 주력하였다. 자신들이 직접 전수받거나 전수하는 것 이외에는 모두 배척하였으니 금문으로 고문을 배척한 것뿐만 아니라 전승받은 이외의 금문경도 아울러 배척하였다.

그것을 분명히 밝히는 길은 유흠의 「이태상박사서(移太常博士書)」에서 찾아야 한다.[52] 이것은 고금문 논쟁의 진면목을 밝혀주고 오경박사

---

51 "옛날에 글자를 만드는 사람은 세 개의 획을 긋고 그 가운데를 이어서 王이라고 불렀다. 세 개의 획이란 하늘과 땅과 사람이다. 그 가운데를 이은 것은 天地人의 道를 꿰고 있는 것이다[古之造文者, 三畫而連其中, 謂之王. 三畫者, 天地與人也, 而連其中者, 通其道也].", 『春秋繁露』「王道通三」참조.

52 『한서』「楚元王傳」참조. "哀帝令歆與五經博士講論其義, 諸博士或不肯置對, 歆因移書太常博士, 責讓之."

에 대한 총체적인 비판을 보여준다. 이글의 의미는 다음의 세 가지 관점에서 볼 수 있다. 첫째, 유흠이 결코 금문 자체를 반대한 것은 아니라는 점을 알 수 있다. 유흠의 아버지 유향은 여러 서적에 박통하여 세상에 전하는 『노시』, 『한시』에 능통하였는데 이는 모두 금문이었다. 또한 『공양』, 『곡량』에도 능통했는데 모두 금문이었다. 그래서 유흠은 금문을 반대하지는 않았다. 둘째, 유흠 등은 공동 교서(校書)로서 비부의 고문을 볼 수 있었으며 그들의 견문이 오경박사들보다는 넓었기 때문에 태도가 비교적 객관적일 수 있다. 셋째, 그들이 이런 글은 쓴 것은 경학상의 권위를 갖추고 강력한 정치기반이 있었던 오경박사들에 대하여 폭로성의 비판을 한 것이므로 감히 근거 없는 말을 할 수는 없었을 것이다.

「이서」에 의하면 한초에 전한 『춘추좌씨전』은 결코 공벽에서 나온 것이 아니며 비부에서 발견된 고문본이다. 그런데 『춘추좌씨전』은 이미 민간에서는 상당히 유포되었던 것 같고 그 기간이 2백여 년에 이른다면 그것은 당연히 금문으로 되어있었을 것이다. 그들이 비부에서 볼 수 있었던 고문은 복생의 『금문상서』에 없던 서 16편과 일(逸)『례』39편뿐이었다. 이로부터 알 수 있는 것은 민간에서 유포된 『춘추좌씨전』과 『고문상서』는 모두 금문본이었다는 점이다.[53] 박사들이 만약 고문이었기 때문에 관에 세우는 것을 반대하였다면 금문본의 『좌씨전』과 금문으로 사정한 『고문상서』 29편은 반대할 이유가 없었을 것

---

[53] 『한서』「초원왕전」「移太常博士書」: "…… 至孝文皇帝, 始使掌故朝錯從伏生受尙書. 尙書初出于屋壁, 朽折散絶, 今其書見在, 時師傳讀而已. 詩始萌牙. 天下衆書往往頗出, 皆諸子傳說, 猶廣立於學官, 爲置博士. 在漢朝之儒, 唯賈生而已. 至孝武皇帝, 然後鄒·魯·梁·趙, 頗有詩·禮·春秋先師, 皆起於建元之間. 當此之時, 一人不能獨盡其經, 或爲雅, 或爲頌, 相合而成. …… 及魯恭王壞孔子宅, 欲以爲宮, 而得古文於壞壁之中, 逸禮有三十九, 書十六篇. 天漢之後. 孔安國獻之, 遭巫蠱倉卒之難, 未及施行. 及春秋左氏丘明所修, 皆古文舊書, 多者二十餘通, 臧於祕府, 伏而未發." 유흠 등 校書들이 祕府에서 고문으로 된 『춘추좌씨전』을 발견하면서 오히려 이 책의 명성을 더해 주었다.

이다. 이는 금고문의 대립이 결코 금문, 고문의 논쟁으로 개괄할 수 있는 문제가 아님을 분명히 드러낸다.

「이서」는 오경박사가 설립된 이후 박사들의 정치적으로 특별한 지위를 얻게 되면서 학술상 발생하게 된 부정적 효과에 대하여 총체적인 비판을 하였다. 첫째로 박사들은 장구지학(章句之學)이 "자구(字句)를 지나치게 분석하다가 경문과 관계없는 쓸데없는 말이 늘어나고 있다."고 지적하여 그들의 방법이 학술발전에 중대한 장애가 되고 있음을 비판하였다.[54] 둘째, 박사들의 연구방법이 "구전된 것을 믿고 전(傳)이나 기(記)는 등지는 일이었으니 이는 말사(末師)로서 고학을 찾아가는 일[往古]이 아님"을 지적하였다.[55] 구설(口說)은 스승이 제자에게 구두로 강의를 하는 것이고 말사(末師)는 몸으로 전수하는 스승으로 말한다. 박사들의 사법은 수공업상의 도제처럼 변해갔다. 셋째, 박사들의 철저한 개인적인 태도를 지적하였다. 그들은 자신들의 사사로운 견해가 도전받는 것을 두려워하였고 공평한 논의를 따르려 하지 않았다.[56]

동한 시기 이야기되던 '고학'과 서한 시기의 '고문'은 그 함의가 다르다. '고문'이 가리키는 것은 선진 시대 전서체로 쓰인 전적이고 '고학'은 유흠 등이 발전시킨 관념으로 박사들에게 배척받았던 일련의 경전들이다. 그가 말한 왕고(往古)가 바로 그런 경전을 지칭한다. 유흠은 동한의 경학에 지대한 영향을 미쳤다. 환담(桓譚)·정흥(鄭興)·마융(馬融), 정현(鄭玄) 등의 실마리는 바로 그에게서 시작된 것이다. 이들이 제기한 고학은 금고문으로 구분할 수 있는 것이 아니었다. 고문도 있었지

---

54 『한서』「초원왕전」「移太常博士書」: "…… 往者綴學之士不思廢絶之闕, 苟因陋就寡, 分文析字, 煩言碎辭,"
55 『한서』「초원왕전」「移太常博士書」: "學者罷老且不能究其一藝. 信口說而背傳記, 是末師而非往古, ……"
56 『한서』「초원왕전」「移太常博士書」: "挾恐見破之私意, 而無從善服義之公心, 或懷妬嫉, 不考情實, 雷同相從, 隨聲是非, 抑此三學, 以尙書爲備, 謂左氏爲不傳春秋, 豈不哀哉!"

만 금문도 있었기 때문이다. 엄격하게 말해서 이 명목상의 고문은 실질적인 고문은 아니라고 할 수 있다. 박사들이 개인적인 독단으로 전수하는 것[末師]에 대하여 고학을 제창하기 위한 표지였을 뿐이다. 박사들이 억압한 경전은 『좌씨춘추』, 『곡량춘추』, 『고문상서』, 『모시』의 네 가지가 대표된다. 『곡량전』은 선제의 노력으로 학관에 서지만 나중에 동한 시기 14 박사에서 제외되었고 나머지도 결코 학관에 서지 못하였다. 그래서 동한의 고학이 가리키는 것은 『고문상서』, 『모시』, 『좌씨전』과 『곡량전』이다. 이것은 유흠이 제창한 『고문상서』, 『모시』, 『일례』, 『좌씨춘추』로부터 자연스럽게 발전한 것이다. 동한 시기 유행한 『좌씨전』은 유흠이 비부에서 발견한 고문본 『좌씨전』이 유출된 것이 아니며 유행한 『고문상서』도 금문본이었다. 이것은 이미 고문, 금문의 차체의 차이를 떠난 문제였으므로[57] 고문과 고학을 혼동하여 말하는 것은 심각한 잘못이다.

　　결론적으로 동한의 고학이 유흠에게서 시작되었고 고문에서 고학으로 발전한 것은 분명하다. 물론 고문경학의 부정적 측면도 엄연히 존재한다. 하지만 그것을 모두 유흠의 탓으로 돌리는 편견은 벗어나야 할 것이다. 동시에 유흠의 노력이 당시에 만연하던 학술적 폐해에 대한 고발과 비판 정신에서 출발하였음을 긍정적으로 평가하여야 한다.

---

57 乾嘉 학파는 고문과 고학을 섞어서 말하는데 이것은 심각한 잘못이다. 그러나 동한의 고학이 유흠에게서 시작되었고 고문에서 고학으로 발전한 것은 분명하다. 유흠의 영향 때문에 고학을 하는 사람들이 周官을 고문으로 이야기하는데 유흠은 周官이 고문이라고 말한 적이 없다. 동한 초의 유가들도 周官을 고문으로 말하지 않았다. 그것을 고문으로 본 것은 許愼과 馬融에게서 시작된다. (徐復觀, 2002 참조)

6. 나오면서

　결론적으로 본고는 "관학으로서 중국의 경학이 권력과 결탁한 글쓰기로서 '단방향적인 글쓰기', '닫혀 있는 글쓰기', '지식의 자기복제'일 뿐이라고 단정할 수 없다고 주장한다. 왜냐하면 중국의 경학의 다양한 역사 속에는 상대적 독립성과 자주성이 관찰되기 때문이다. 본고는 둘째로 말하기와 글쓰기의 긴장으로 고문경학과 금문경학의 대립을 볼 수 없다고 주장한다. 왜냐하면 한대에 경전이 기록되는 과정은 금문·고문을 막론하고 이미 문자로 유통되었던 고대의 전적에 대한 재발굴과 재해석이었으므로 따로 금문만이 '말하기'의 방식으로 전수되었다고 할 수 없기 때문이다.

　본고는 위 논제에 대하여 다음과 같은 방향에서 접근하였다. 첫째는 중국 경학의 기본적 성격이 무엇인가를 규명하고자 하였다. 주공의 이념과 공자의 고전 복원 및 그 정신의 계승, 그리고 이것이 춘추전국의 혼란기에 이어져 전국 말기 경학가들에게 전승될 수 있었던 사실을 설명하려고 하였다. 둘째로는 진한대 이후 박사제도의 성립을 통하여 경학이 관학화하는 과정을 살펴보았다. 셋째로는 각각의 경전의 전승 과정에 대하여 살펴봄으로써 금문경학과 고문경학의 대립점이 실질적으로 무엇이었는가를 밝혀주었다. 넷째로는 사상사적인 경학의 계승이라는 관점에서, 금문학의 선두에 선 동중서의 경우와 고문학의 선두에 선 유흠의 경우를 분석해 보았다. 본고는 경학적 글쓰기는 소극성과 적극성을 아울러 가진다고 본다. 우리는 경학에 관한 한 권력과 결탁된 종속물일 때의 소극성과 새로운 해석학으로의 이념과 방법을 제시해 온 적극성을 보다 치밀하게 분석해 보아야 할 것이다.

참고문헌

司馬遷,『史記』, 鼎文書局, 1984.
班固,『漢書』, 中華書局, 1992.
董仲舒,『春秋繁露義證』, 中華書局, 1988.
皮錫瑞,『中國經學史』, 李鴻鎭 譯, 同和出版公社, 1984.
皮錫瑞,『經學通論』, 中華書局, 1982.
錢穆,『兩漢經學今古文平議』, 東大圖書公司印行, 1989.
平岡武天,『經書の成立』, 創文社, 1983.
徐復觀,『徐復觀論經學史二種』(『中國經學史的基礎』,『周官成立之時代及
　　　　其思想性格』), 上海書店出版社, 2002.
徐復觀,『兩漢思想史』2, 3, 臺灣學生書局, 1985
安居香山 編,『讖緯思想の綜合的硏究』, 國書刊行會, 1984.
에코, 조형준 역,『글쓰기의 유혹』, 서울, 새물결, 1994.
廉丁三,「文字로서의 '古文' 개념의 형성과정에 대한 소고」,『중국문학』 제45
　　　　집, 2005.

제도적 글쓰기로서 한부漢賦[*]

초보적 문학 양식의 시험 _홍상훈

1. 들어가는 글

한대(漢代)를 대표하는 글쓰기 양식으로서 부(賦)는 역사적 중요성에도 불구하고 우리나라에서는 상대적으로 많이 연구되지 않는 분야이고, 중국 양안(兩岸)에서도 여기에 관심을 가진 연구자가 그다지 많지 않은 듯하다. 그 이유는 무엇보다도 부 자체가 육조(六朝) 이후로 급속히 쇠퇴하여 거의 화석화된 양식이 되어버렸고, 또한 거기에 사용된 이른바 '위사(瑋詞)'라고 통칭되는 난해한 어휘가 작품의 해독에 상당한 장애로 작용했기 때문일 것이다. 그러나 사실 부는 현대적 의미의 문학적 글쓰기를 위한 선하(先河)로서 문학 양식의 성립 및 그에 관한 평

---

* 이 글은 『중국문학』 제43집(한국중국어문학회, 2005)에 「제도적 글쓰기로서 한부(漢賦) ― 초보적 문학 양식의 시험」이라는 제목으로 수록된 논문을 일부 수정한 것이다.

론, 작가 의식, 문학 개념의 형성에 전기를 마련해준 것이었기 때문에 그것이 형성된 배경과 양식으로서 성립 과정, 그리고 시대적 의의에 대해 면밀히 재검토해볼 필요가 있다.

그러나 이런 필요성은 부에 관한 기존의 적지 않은 '대가'들의 논의들 가운데에도 그 실체를 명확히 규명해낸 연구 성과가 없다는 거의 전무하다는 사실 때문에 금방 난관에 부딪친다. 특히 부 문체의 기원과 범주의 규정에 관해서는 많은 이설만 난립해 있을 뿐, 아직까지도 정론은 없는 듯하다. 다만 이 문제의 규명을 위해 발굴되어 동원된 많은 문헌 자료들은 부를 둘러싼 우리의 다양한 문제 제기에 여전히 어느 정도 유용한 답을 제시해주고 있다.

이런 맥락에서 필자는 이제부터 부 문체의 성립을 둘러싼 사회적 정치적 환경과 부 작자들의 출신 및 성격, 작품의 주요 특징 등에 관한 기존의 연구 성과를 다시 정리하면서 몇 가지 주제를 중심으로 필자의 소견을 제시해볼 것이다. 특히 이 과정에서 필자는 하나의 특정한 글쓰기 양식을 제도화해가는 흐름과 그 흐름을 주도하는 몇몇 줄기들, 그리고 그 흐름의 급속한 퇴조를 야기한 중요한 요인들에 초점을 맞춤으로써, 부(賦)에 대해 한 층 더 분명한 이해를 위한 심도 깊은 논의를 유도해볼 생각이다.

2. 부의 기원과 작자

우리가 부의 기원을 탐구하고자 할 때 가장 문제가 되는 것은 한대 사람들이 「이소(離騷)」로 대표되는 초사(楚辭)와 한대에 지어진 부에 대해 특별히 명칭을 구별하지 않았다는 사실이다.[1] 물론 현대의 엄격한 양식 분류를 기준으로 이들 문체 사이의 미묘한 차이를 규명하는 것이 불가능한 것은 아니지만,[2] 동시대적 관점에서는 오히려 분화되지 않은 명칭 자체의 의미를 고려하는 것이 더 중요할 것이다. 사실 『사기(史記)』에서는 굴원(屈原)의 「구장(九章)」 가운데 한 편인 '회사(懷沙)'를 부라고 칭했고, 응소(應劭)의 『풍속통의(風俗通義)』 「육국(六國)」에서도 「이소」를 부라고 칭했으며, 『한서(漢書)』 「예문지(藝文志)」 '시부략(詩賦略)' 등에서도 초사와 한부를 구별하지 않고 있다. 심지어 한대에는 송(頌), 송(誦), 부(賦)라는 명칭이 혼용되었기 때문에, 사(辭)와 부, 송(頌)이 하나의 실체를 가리키는 다른 표현이었을 뿐이라고 지적하는 이도 있다.[3] 다만 동한 이후로 문체 분류가 점차 세밀해지면서 이들 가운데 송이 비교적 명확하게 독립적인 문체로 자리를 잡았고, 나머지는 '사부(辭賦)'라는 포괄적인 명칭 아래 아울러졌던 것이다.

적어도 이런 맥락에서 보면, 초사와 초가(楚歌), 한부의 문체를 구별하고 그 기원을 설명하는 논의는 의미가 없어진다. 그러므로 이 글에서 필자는 기본적으로 사와 부의 문체적 형식을 구분하지 않고 아울러 부라고 칭하되, 특별히 한대의 작자들에 의해 지어진 내용적으로 특수

---

1 현대 학자의 연구 가운데 黃季剛의 『文心雕龍札記』와 王協의 『古漢語通論』 「賦的構成」 은 한부와 초사가 형식상 동일한 부류의 문체임을 입증한 대표적인 논저라고 할 수 있다.(簡宗梧, 『漢賦源流與價值之商榷』, 臺北: 文史哲出版社, 民國 69, 52~53면 참조).

2 실제로 方師鐸은 『傳統文學與類書之關系』 제2장 「論辭賦」에서 사와 부, 사부는 각기 체재와 풍격이 다르다고 했다. 즉 부는 "은어와 수수께끼의 체재를 채용해서 이치를 설명하거나 사물을 노래한 운문으로서, 산문의 성격은 많지만 시적 성분은 적은 것으로서, 순경(荀卿)의 부가 대표적"이고, 사는 "뜻을 말하고 정서를 펼치는[言志抒情] 시 작품으로서 감탄을 자아낼 만큼 처량하고 구성지기 때문에 시적 성분은 많고 산문의 성분은 적은 것으로서, 굴원의 「이소」가 대표적"이며, 사부는 "사와 부를 결합하여 뜻을 말하고 정서를 펼치면서도 이치를 설명하고 사물을 노래하기도 하는, 반시반문(半詩半文)의 혼합체로서, 송옥(宋玉), 매승(枚乘), 가의(賈誼) 등의 작품이 대표적"이라는 것이다(程章燦, 『魏晉南北朝賦史』, 江蘇古籍出版社, 1992, 5~6면 참조).

3 程章燦, 앞의 책, 7면 참조.

한 일부 작품들에 대해서는 '한부'라는 명칭을 사용할 것이다.

일반적으로 부는 기발한 상상과 화려한 문채(文彩), 허구적으로 설정된 인물을 이용한 대화체, 그리고 박학에 기반을 둔 포진(鋪陳) 등의 기법을 이용하여 풍간(諷諫)을 행하는 양식이라고 설명된다. 이런 특징에 따라 이 문체의 기원도 『시경(詩經)』과 초사, 제자학파(諸子學派), 은어(隱語) 등으로 다양하게 거론되어 왔다. 그런데 사실 이것들은 문체와 작자, 효용 등 다양한 측면에서 논자의 편의에 따라 자의적으로 선택된 기원일 가능성이 많기 때문에 면밀히 재검토해볼 필요가 있다.

1) 창조된 기원

부가 『시경』에서 비롯되었다는 논의는 반고(班固)가 「양도부서(兩都賦序)」에서, "부란 옛날 시의 아류이다[賦者, 古詩之流也]"라고 한 진술을 근거로 삼고 있다. 특히 반고는 『한서』「예문지」 '시부략'에서 부가 생겨나게 된 역사적 배경을 상당히 구체적으로 설명했다.

전하는 바에 따르면, 노래하지 않고 읊조리는 것을 '부'라고 하는데, 높은 곳에 올라 읊조릴 수 있으면 대부(大夫) 노릇을 할 수 있다고 했다. …… 옛날에 제후와 경, 대부들은 이웃 나라와 교류하여 만날 때 먼저 은미(隱微)한 말로 느낌을 전하고, 직접 만나 인사할 때에는 반드시 (『시경』의) 시를 거론하여 자기의 뜻을 비유했으니, 이것을 통해 현명한 이와 못난 사람을 구별하고 나라의 성쇠를 살필 수 있었기 때문이다. 그러므로 공자도 (백어 伯魚에게) "시를 배우지 않으면 말을 할 수 없다"고 한 것이다. 춘추 이후에 주(周)나라의 도가 점차 무너지면서 초빙하고 문안할 때 시를 읊조리는 일이 제후국에서 행해지지 않게 됨에 따라 시를 배운 선비가 벼슬살이를 하지 못하게 되자, 현명한 이들이 뜻을 잃은 마음을 담은 부가 지어지기 시작했다. 위대한 유학자 손경(孫卿)과 초(楚)나라의 신하 굴원이 참소(讒訴)를 당해 나라를 걱정하며 모두 부를 지어 풍자했으니, 모두 옛날 시의 의미를 측은하게 여기는 마음이 담겨 있다.

여기서 반고는 우국충정(憂國衷情)의 마음을 풍자한 「이소」 등의 양식이 『시경』의 풍자 의식을 계승한 것임을 강조하고 있는데, 이것은 사실 국교(國敎)로서 유학의 그늘 아래 있던 한대의 거의 모든 학자들이 공통적으로 가지고 있던 생각을 반영한 것이다. 그러나 엄밀한 의미에서 부와 『시경』을 연결시키는 것은 실제 사실에 대한 진술이라기보다는 한대의 특수한 상황에서 비롯된 조작된 논리라고 할 수 있다.

경학과 정치를 얼마나 효율적으로 결합시킬 수 있느냐에 따라 벼슬길의 성패가 갈리던 한대 초기의 상황 속에서 『시경』 박사(博士)들은 동중서(董仲舒)가 『춘추(春秋)』를 활용해서 이뤄냈던 것과 유사한 방법을 찾기 위해 고심할 수밖에 없었고, 그 결과 『모시(毛詩)』와 '삼가시(三家詩)'로 대표되는 특수한 시학이 탄생했다는 것은 주지의 사실이다. 입론의 각도는 다르지만 이 해설자들은 공통적으로 『시경』을 근거로 '풍유(諷諭)'와 '미자(美刺)'라는 득의의 논리를 만들어냈으니, 그것은 바로 "문사를 위주로 해서 완곡하게 간언하니, 말하는 사람은 죄가 없고 듣는 사람은 경계로 삼기에 충분하다(主文而譎諫, 言之者無罪, 聞之者足以戒)"는 「시대서(詩大序)」의 구절로 귀결된다. 다만 『시경』이 이미 경전으로서 지고한 경지에 올라버린 후 마땅한 후계자가 없어 고심하던 차에 사마상여(司馬相如)와 같은 특출한 작자의 등장은 그들에게 신선한 활력소를 제공했을 것임이 분명하다.

이에 길일을 택해 재계하고 조의를 입고 수레에 올라, 화려한 깃발을 세우고 수레의 옥 장식을 짤랑이며 '육예'의 동산으로 놀러가, '인의'의 길을 치달리며 『춘추』의 숲을 구경하고, '살쾡이 머리'와 「추우」를 쏘고, 「현학」을 쏘고, 「도끼[干戚]」를 세우고, 구름 같은 그물을 펼쳐 까마귀[雅] 떼를 잡는다. 「불우한 인재의 노래[伐檀]」를 슬피 부르고, 「인재를 얻은 왕의 기쁨[樂胥]」을 노래한다. 『예기(禮記)』의 정원에서 몸가짐을 닦고, 『상서(尚書)』의 밭에서 날갯짓한다. 『주역(周易)』의 도리를 서술하고, 괴이한 짐승을 놓아 보내며, 명당(明堂)에 올라 「청묘(清廟)」에 앉아서 신하들을 모아놓고 정치의 득실에 대한 상소를 들으니, 사해 안의 백성들 가운데 은택을 입지 않은 이가 없도다.

於是曆吉日以齊戒, 襲朝衣, 乘法駕, 建華旗, 鳴玉鸞, 游乎六藝之囿, 馳騖乎仁義之塗, 覽觀春秋之林, 射狸首, 兼騶虞, 弋玄鶴, 建干戚, 載雲罕, 揜群雅, 悲伐檀, 樂樂胥, 修容乎禮園, 翱翔乎書圃, 述易道, 放怪獸, 登明堂, 坐清廟, 恣群臣, 奏得失, 四海之內, 靡不受獲.[4]

위에서 인용한 「상림부(上林賦)」의 일부는 수렵을 비유로 삼아 황제가 문교(文教)를 기르고 예악을 홍성시킨 일을 칭송하고 있다. 여기에는 유가의 경전인 '육예'와 유가의 정치적 지향점인 '인의', 「추우」, 「벌단(伐檀)」, 「낙서(樂胥)」와 같은 『시경』의 노래 구절, 그리고 순(舜) 임금의 음악으로 알려진 「현학」과 「간척(干戚)」의 명칭 등이 두루 거론되어 있다. 관학(官學)으로서 시학의 요구를 충실히 반영한 이런 부는 이미 제도적인 옹호를 얻어낼 만한 충분한 준비를 갖춘 상태였고, 사마상여

---

4 蕭統, 『文選』(서울대 규장각 소장본 영인), 正文社, 1993, 206~207면.

의 성공을 계기로 많은 유가 학자들이 부의 창작에 관여하게 되었다. 실제로 『한서』 「예문지」의 분류에서 '부가(賦家)'에 포함됨과 동시에 제자(諸子)에 포함된 이들은 모두 10명인데, 이 가운데 '잡가(雜家)'로 분류된 회남왕(淮南王) 유안(劉安)을 제외한 나머지 9명의 이름은 모두 유가에 들어 있다.[5] 이러한 상황은 동한(東漢)에 이르러 더욱 강화되었으니, 왕일(王逸), 반소(班昭), 환담(桓譚), 채옹(蔡邕), 장형(張衡), 왕찬(王粲), 서간(徐幹) 등은 부의 작가이자 유가의 저명한 학자들이었고, 그 밖에 마융(馬融)과 최인(崔駰), 유정(劉楨) 등 경전의 주해자(註解者)들 및 반표(班彪)와 반고 같은 역사가들도 적지 않은 부 작품을 남겼다.[6]

그러나 이처럼 유학자들이 대부분 부의 작가였다는 사실이 곧 부의 직접적인 연원이 전국시대의 유가 학파라는 것을 의미하지는 않는다. 오히려 한대의 유가가 이전까지의 모든 문화적 성취를 유가의 테두리 안으로 끌어들여 재해석하는 데에 많은 노력을 경주함으로써 새로운 국가 이데올로기로서 유학의 내실을 다졌다는 점을 고려하면, 한부 역시 그러한 '집대성'의 산물일 가능성이 크다고 하겠다. 무엇보다도 유가가 독존(獨尊)의 지위를 확보하기 전인 전국(戰國)시대부터 초(楚)의 난대(蘭臺)와 제(齊)의 직하(稷下)를 중심으로 부 형식의 읊조림이 이미 성행하기 시작하고 있었다는 역사적 증거들이 적지 않고, 「이소」까지만 하더라도 작품의 언어와 구성이 모두 『시경』이나 기타 유가의 경전들과는 그다지 깊은 관련이 없다는 점이 이런 추론을 방증한다. 실제로 4언과 6언의 혼용을 기본으로 하는 부의 리듬은 정형화된 4언을 위

---

5 簡宗梧의 조사에 따르면, 이 9명은 가의(賈誼), 태상료후(太常蓼侯), 오구수왕(吾丘壽王), 아관(兒寬), 유향(劉向), 육가(陸賈), 주건(朱建), 엄조(嚴助), 양웅(揚雄)이다. 또한 『회남자(淮南子)』의 경우도 비록 노장(老莊)의 상상력과 법가(法家)를 계승한 면이 많이 보이긴 하지만, 전적으로 유가와 다른 하나의 학파를 건립했다고 보기 어렵다(簡宗梧, 앞의 책, 118면 참조).
6 이들의 구체적인 작품과 저작에 대해서는 簡宗梧, 앞의 책, 119~121면 참조.

주로 하는 『시경』의 리듬과는 전혀 다르다. 또한 부에 널리 사용되는 어조사 '혜(兮)'와 초 지역 방언(方言)도 그것이 『시경』과는 근본적으로 뿌리가 다르다는 것을 명확히 보여준다. 초가는 기본적으로 초 지역의 무가(巫歌)에서 비롯된 상상력을 발휘하는 것이었고, 『순자(荀子)』 「부편(賦篇)」의 내용은 차라리 민간의 수수께끼나 은어와 상대적으로 관계가 더 깊다고 할 수 있다.[7] 또한 허구적으로 설정된 인물의 대화를 통해 줄거리를 전개해 나가는 방식은 유가의 어떤 경전보다는 차라리 『장자(莊子)』의 서술 기법과 유사하다.

2) '언어시종(言語侍從)'의 존재 논리

한부는 대개 경제(景帝: B.C.156~B.C.141 재위) 때에 양효왕(梁孝王)의 정원인 양원(梁園)에서 지어지기 시작하여 무제(武帝: B.C.142~B.C.87 재위)와 선제(宣帝: B.C.73~B.C.49 재위) 때에 본격적으로 성행한 것으로 알려져 있다. 다시 말하자면 한부의 초기 작자들은 매승(枚乘), 노교(路喬) 등 양효왕의 빈객(賓客)들이었던 것인데, 바로 이 점에 착안하여 부 작자의 기원을 전국시대 제자와 관련시켜 설명하려는 이들도 있었다. 예를 들어서 청대의 장학성(章學誠)은 『교수통의(校讎通義)』 권3 「한지시부(漢志詩賦)・제15」에서 이렇게 설명했다.

옛날 '부가'라는 유파는 원래 『시경』과 「이소」를 바탕으로 삼고 전국시

---

7 부의 기원을 은어에서 찾는 일은 『文心雕龍』 「諧隱」의 "순자의 「잠부」가 이미 그 문체(은어)의 전조를 제시했다.[荀卿䲰賦, 已兆其體]"는 구절을 거꾸로 해석하면서 시작된 것으로 알려져 있다. 그러나 현대에 들어서도 朱光潛의 『詩論』 제2장 「詩與諧隱」, 方師鐸의 『傳統文學與類書之關系』, 徐北文의 『先秦文學史』, 張志岳의 『先秦文學簡史』 등에서는 여전히 이 설을 따르고 있다(程章燦, 앞의 책, 2면 참조).

대 제자의 영향을 받은 것이다. 가상의 상황을 설정하며 질문과 대답을 주고받는 것은 『장자』와 『열자(列子)』에 사용된 우언(寓言)의 유풍이고, 과장된 기세를 부리는 것은 소진(蘇秦)이나 장의(張儀) 등 종횡가(縱橫家)의 체재를 차용한 것이며, 해학과 은어를 늘어놓는 것은 『한비자(韓非子)』「저설(儲說)」과 같은 부류이고, 재료와 사건을 구해 모으는 것은 『여씨춘추(呂氏春秋)』에서 부류에 따라 모아 편집한 예를 따른 것이다.

古之賦家者流, 原本詩騷, 出入戰國諸子. 假設問對, 莊列寓言之遺也. 恢廓聲勢, 蘇張縱橫之體也. 排比諧隱, 韓非儲說之屬也. 徵材聚事, 呂覽類輯之義也.[8]

물론 이런 설명은 부의 외적 형식만을 고려한 설명이다. 그러나 사실 『장자』「천도(天道)」에서 "뜻이 추구하는 바는 언어로 전할 수 없다.[意之所隨者, 不可以言傳也.]"고 했듯이, 노장의 언어 철학은 기본적으로 문사(文辭)를 숭상하고 포진(鋪陳)을 중시하는 부의 특성과는 부합되지 않는다.[9] 다만 부 작자의 기원을 종횡가와 연관시킨 것은 상당히 타당성이 있어 보인다.

일찍이 유신숙(劉申叔)은 『논문잡기(論文雜記)』에서 부 작가의 생애를 고증하면서, 그들이 대부분 행인(行人)의 직책을 맡은 적이 있음을 밝혔다.

그러나 굴원 등은 모두 말솜씨가 뛰어나서 행인(行人)으로서 응대하는 재주가 있었다. 서한의 시와 부 작가들 가운데 『한서』「예문지」에 보이는 이들, 예를 들면 육가(陸賈)나 엄조(嚴助) 같은 이들은 모두 논변을 잘하

---

8 章學誠 著, 葉瑛 校注, 『文史通義校注』, 中華書局, 1994, 1046면.
9 『韓非子』「外儲說」에 인용된 전구(田鳩)의 말—"어휘를 유창하게 구사하면 남들이 그 멋진 문장만 가슴에 담고 실질을 잊어버리게 되니, 그것은 단지 문장으로 실용을 해치는 것에 지나지 않는다[若辯其詞, 恐人懷其文, 而忘其質, 直以文害用也]."—도 문사(文辭)보다는 실질을 중시하는 경향을 담고 있다.

기로 칭송 받았고, 황제의 명을 받아 사신으로 나갔다.

> 然屈原數人, 皆長於辭令, 有行人應對之才. 西漢詩賦, 見於漢志者, 如陸賈 · 嚴助之流, 并以論辯見稱, 受命出使.[10]

여기서 '행인(行人)'이란 신하가 봄과 가을에 조정에 나아가 군주를 알현하는 것[朝覲]과 사절단의 방문[聘問]을 관장하는 일종의 의전관(儀典官)으로서 한대에는 대홍려관(大鴻臚官, 나중에 大行令으로 개칭함)이 여기에 해당한다. 그런데『한서』「예문지」 '종횡가략(縱橫家略)'에 따르면 "종횡가라는 유파는 대개 행인관(行人官)에게서 나왔다[縱橫家者流, 蓋出於行人之官]"고 했으니, 양자 사이에 밀접한 관련이 있음을 알 수 있다.[11] 그렇다면 이들이 부 작자로 변신하게 된 사연은 무엇일까? 개인적으로는 각기 특수한 상황이 있겠지만, 전체적으로 이들의 변신은 아무래도 통일 제국의 성립과 밀접한 연관이 있을 것이다.

원래 종횡가는 전국시대 제후국들을 돌아다니며 합종(合縱)과 연횡(連橫)의 외교 정책을 가지고 유세하던 이들이다. 그러나 진나라가 천하를 통일하면서 법가와 농가(農家)를 비롯한 몇몇 학파를 제외한 다른 제자학파들의 활동을 억압했고, 그 뒤를 이은 통일제국으로서 한나라도 국론의 분열을 조장하는 무리들에 대한 탄압을 계속하자, 특히 종횡가와 같은 세객(說客)들은 발 딛을 땅이 사라져버렸다. 그러나 기본적으로 한대(漢代) 유가에서 경전으로 삼은 서적들에 대한 깊은 이해보다는 잡다한 지식을 바탕으로 한 유려한 언변을 장기로 삼았던 종횡가는 유가의 학관(學官)들이 장악한 조정에서 마땅한 자리를 찾을 수 없었을 것이다.[12] 더욱이 제후의 빈객으로서 융숭한 대접을 받으면서도

---

10 簡宗梧, 앞의 책, 50면 재인용.
11 劉師培도『論文雜說』에서 이와 같은 주장을 펼쳤다(馬積高,『賦史』, 上海古籍出版社, 1987, 3면 참조).

자존심과 자유로움을 만끽하던 그들로서는 엄격한 서열과 거동의 자유가 제약된 벼슬살이에 체질적인 거부감을 느꼈을 가능성도 크다.[13] 이런 이유로 종횡가의 기풍을 계승한 이들은 한대에도 제후국의 빈객으로 지내기를 선호했고, 마침 무제(武帝)에 의해 제후국의 세력이 약화되고 중앙집권이 강화되기 전까지는 양효왕과 같은 이들이 그나마 괜찮은 기회를 제공했다.

그러나 통일 제국이라는 달라진 정치 환경 아래에서 그들은 더 이상 정치적 주제로 유세하는 일을 계속할 수 없었다. 그 대신 그들은 자신들을 우대해주는 데에 대한 보답으로 주인의 풍류 생활에 도움이 되는 오락의 제공자가 되었다. 『서경잡기(西京雜記)』 권3에는 양효왕 유무(劉武)가 망우관(忘憂館)에 놀러 갔을 때 선비[士]들을 함께 데리고 가서 각자에게 부를 짓게 한 이야기가 기록되어 있다. 이에 따라 매승은 「유부(柳賦)」를 짓고, 노교는 「학부(鶴賦)」를, 손궤(孫詭)는 「문록부(文鹿賦)」, 추양(鄒陽)은 「주부(酒賦)」, 양승(羊勝)은 「병부(屛賦)」를 지었는데, 한안국(韓安國)이 마땅한 부를 짓지 못하자 추양이 그를 대신해서 「궤부(几賦)」를 지었다고 한다. 물론 『서경잡기』의 기록은 신뢰성을 확보한 것이 아니기 때문에 이 일이 실제 있었던 것일 가능성은 많지 않다. 특히 영물부(詠物賦)가 동한 때에야 본격적으로 발전한 것임을 감안하면 이 이야기는 허구일 가능성이 크므로, 『서경잡기』에 인용된 이들의 작품이 영물과 송덕(頌德)을 결합한 것임을 액면 그대로 주목할 필요는 없다. 그러나 적어도 이들이 양효왕의 나들이에 흥취를 돋아주기 위해 부를 지었다는 것만은 어느 정도 사실일 가능성이 있다. 실

---

12 『漢書』 「枚皐傳」에 따르면 그는 "유가 경전에 대해서는 무지했으나 배우처럼 우스갯소리를 잘하고 부송(賦頌)을 읊조릴 줄 알아서[不通經術, 詼笑類俳倡, 爲賦頌]" 황제의 총애를 받고 동방삭, 곽사인(郭舍人)과 같은 대접을 받았으나, 유학에 능통한 엄조와 같은 높은 지위에는 오르지 못했다고 한다.
13 이것은 경제(景帝)의 부름을 받아 홍농도위(弘農都尉)를 지내다가 곧 벼슬을 버리고 다시 양(梁) 지역으로 가서 빈객 생활을 계속한 매승의 경우를 통해서도 입증된다.

제로 『사기』 「사마상여열전(司馬相如列傳)」이나 『한서』 「가추매로열전(賈鄒枚路列傳)」에 "양효왕의 빈객들은 모두 사부를 잘 지었다[梁客皆善屬辭賦.]" 고 했으니, 이런 추론이 크게 잘못된 것은 아닐 것이다.

그러나 양효왕이 죽고 나자 양원에 모였던 빈객들은 다시 뿔뿔이 흩어질 수밖에 없었고, 그들은 대부분 사마상여처럼 곤궁한 나날을 보내야 했다. 그러다가 무제가 '문학'을 좋아함에 따라 새로운 국면의 전환기를 맞이하게 된다.

그러므로 사마상여, 우구수왕, 동방삭(東方朔), 매고(枚皐), 왕포(王襃), 유향 같이 언어의 재능으로 모시는 신하들이 아침저녁으로 논의하고 구상하여 날마다 달마다 부를 바쳤고, 어사대부(御史大夫) 아관(兒寬), 태상(太常) 공장(孔臧), 태중대부(太中大夫) 동중서, 종정(宗正) 유덕(劉德), 태자태부(太子太傅) 소망지(蕭望之) 등 공경대신(公卿大臣)들도 때때로 부를 지었다. 이것으로써 그들은 신하의 정서를 펼쳐 풍유(諷諭)와 통하게 하거나, 주상(主上)의 덕을 선양하여 충효의 마음을 다하기도 하였다. 온화하고 점잖게 찬양하여 후세에 드러나게 하니 또한 아송(雅頌)의 아류가 아닌가!
故言語侍從之臣, 若司馬相如・虞丘壽王・東方朔・枚皐・王襃・劉向之屬, 朝夕論思, 日月獻納, 而公卿大臣御史大夫倪寬・太常孔臧・太中大夫董仲舒・宗正劉德・太子太傅蕭望之等, 時時間作. 或以杼下情而通諷諭, 或以宣上德而盡忠孝, 雍容揄揚, 著於後嗣, 抑亦雅頌之亞也. —班固, 「兩都賦序」

그런데 위 서술에서는 "아침저녁으로 논의하고 구상하여 날마다 달마다 부를 바치는" '언어의 재능으로 모시는 신하[言語侍從之臣]'와 "때때로 부를 지은" '공경대신'이 명확히 구분되어 있다. 전자에게는 부를 짓는 일이 주요한 업무인 셈이다. 다만 『한서』 「왕포전(王襃傳)」의 기록을 보면, 이들이 부를 짓는 상황도 양원의 빈객들과 크게 다르지 않았음을 알 수 있다. 즉 선제(宣帝)가 왕포와 장자교(張子僑) 등과 함께 사냥을 나갔다가 행궁(行宮)에서 이들에게 노래[歌頌]를 짓게 한 후, 우열을 가려 상을 내렸다는 것이다. 그러므로 비록 선제가 이들에게 부를 짓는 행위는 “배우나 광대들의 재주 부리기, 바둑 같은 잡기보다는 훨씬 현명한 일일 것[賢於倡優博奕遠矣]”이라고 공치사를 해주긴 했지만, 실질적으로 종횡가가 제후에게 유세하던 상황보다는 그 품격이 현격하게 떨어진 것만은 분명하다.

이상의 논의를 정리하자면, 부는 양식적인 측면에서는 이미 전국시대부터 초(楚) 지방과 제(齊) 지방을 중심으로 기본적인 틀을 발전시키고 있었다. 그러다가 통일제국이 들어서면서 마땅한 역할을 잃은 세객, 특히 종횡가의 후손들이 그나마 제후의 빈객으로서 생활을 계속하기 위해, 정치적 유세가 아닌 오락의 수단으로 자신들의 유창한 언변을 활용할 수단으로서 賦의 용도를 발견하여 발전시키게 되었다. 이에 따라 이들은 부의 형식에 유가의 통치 이념에 부합하는 내용을 채워 넣는 일종의 ‘전략적 제휴’를 통한 변신을 꾀하는데, 결과적으로 그들의 위상은 자부심으로 가득 찬 ‘유사(遊士)’가 아니라 배우나 광대와 크게 다르지 않은 황제의 부속물로 전락하게 된다. 다만 지금까지의 논의에서는 부 작자들의 정치적 위상에 대해 비교적 소략하게 다뤘는데, 이 문제에 대해서는 부의 존재 논리로서 제기된 ‘풍간’의 개념과 실제 창작에서 그것을 구현한 정도에 관한 다음 장의 논의에서 아울러 다뤄보도록 하겠다.

3. 한부의 양식적 특성

1) 소학(小學)의 사생아

외형적으로 드러난 부 문체의 특징 가운데 4·6을 위주로 한 글자 수의 리듬을 제외하면 가장 눈에 띄는 것이 바로 위자(瑋字)이다. 여기서 말하는 위자란 예서(隷書) 이전의 옛 문자에서 사용되던 특이한 글자들로 구성된 단어[詞]로서 가차(假借)의 원리를 잘 알지 못하면 그 의미를 파악하기 어려운 것을 가리킨다. 이러한 위자로 인한 부의 난독성(難讀性)은 이미 육조시대 때부터 지적되어 왔으니, 유협은 『문심조룡』 「연자(練字)」에서 이렇게 적었다.

> 그러므로 전한(前漢)의 소학(小學)에는 대체로 위자가 많아서, 특이한 글자를 만들어냈을 뿐만 아니라 함께 이해하기도 어렵게 만들어놓았다. …… 그러므로 조식(曹植)이 "양웅(揚雄)과 사마상여의 작품은 취향이 그윽하고 뜻이 심원하지만, 독자는 스승에게 배우지 않으면 그 문사(文辭)를 해석할 수 없고, 널리 배우지 않으면 그 이치를 이해할 수 없다"고 칭송했다. 이것이 어찌 단지 양웅과 사마상여가 재주를 드러내려 했기 때문이겠는가? 역시 글자의 의미가 은폐되어 있기 때문이다.
>
> 是以前漢小學, 率多瑋字, 非獨制異, 乃共曉難也 …… 故陳思稱, 揚馬之作, 趣幽旨深, 讀者非師傳不能析其辭, 非博學不能綜其理. 豈直才懸, 抑亦字隱.[14]

---

[14] 劉勰 著, 詹鍈 義證, 『文心雕龍義證』, 上海古籍出版社, 1989, 1453~6면.

알려진 바에 따르면 한부의 작자들은 실제로 소학의 대가들이었기 때문에 문자에 대한 지식이 뛰어나서 사마상여는『범장편(凡將編)』을 편찬했고, 양웅은『훈찬편(訓纂編)』과『방언(方言)』,『절대유헌어(絶代輶軒語)』를 편찬했으며, 반고도『속훈찬편(續訓纂編)』을 편찬했다고 한다. 실제로 이들의 작품에는 종종 난해한 위자들이 많이 사용되었고, 특히 동한 후기로 가면서 부 작자들이 의도적으로 더 어려운 위자를 사용함으로써 그렇지 않아도 쇠퇴해가는 부의 운명을 재촉한 결과를 야기했다. 그러나 적어도 서한 시기의 부에 등장하는 위자는 단순한 현학(衒學)의 목적 이상의 의미를 담고 있는 듯하다.

현대 중국의 한 학자는 초기 한부의 위자 사휘(詞彙)가 당시의 일상 생활에 사용하던 구어이자 통속어였을 가능성이 크다고 주장했다. 다시 말하자면 한부의 위자는 입에서 나오는 소리를 그대로 기록하기 위해 사용한 가차자(假借字)였을 가능성이 있으며, 그렇기 때문에 부는 구어 기록의 시대에서 서면(書面) 문자 저작의 시대로 넘어가는 과도기를 대표하는 양식이었다는 것이다.[15] 사실 진대(秦代)의 획기적인 문자 통일의 혜택을 이어받은 한대의 조정에서는 세객의 즉흥적인 유세보다는 엄격한 형식을 갖춘 상소문을 올리는 것이 주류를 이루었고, 그런 문서들은 정밀하게 분류되어 비부(秘府) 즉 황실의 문서 보관소에 보관하고 엄격하게 관리되었다. 또한 문인들 사이에서도 필찰(筆札)을 주고받는 일이 점차 늘어나면서, 문자의 활용 기회가 점차 확대되고 있었다. 그러므로 이런 추세를 감안하면 진(秦)나라 때부터 서한까지를 본격적인 서면어의 정착을 위한 시험 단계로 간주한다고 해도 그다지 이상할 것이 없다. 무엇보다도 부에 사용된 위자 사휘 가운데는 쌍성(雙聲)이나 첩운(疊韻)으로 이루어진 복음어(複音語)가 많이 사용되고 있는

---

15 萬曼,「辭賦的起源」,『國文月刊』第59期에 수록(簡宗梧, 앞의 책, 48면 참조).

데, 이 또한 구어의 특징을 반영한 것이라고 할 수 있다.

특히 부처럼 "노래하지 않고 읊조리는[不歌而誦]" 양식에서는 일찍이 「이소」에서부터 구어의 흔적이 적지 않게 발견된다. 왕일의 주석과 홍흥조(洪興祖)의 보주(補注)에 따르면 「이소」에는 호(扈＝被), 인(紉＝索), 건(搴＝取), 숙망(宿莽＝草冬生不死者), 강(羌＝發語詞, 혹은 感歎詞), 타제(佗傺＝失志貌), 수(嬃＝姊), 빙(憑＝怒), 장(粻＝糧) 등등 초 지역 방언이 많이 발견된다고 했다. 그리고 한대 초기에 지어진 「상림부」도 『사기』와 『한서』, 『문선』에 기록된 위자가 다른 예가 많다.

문헌별 위자 표기(表記)의 예

수록 문헌	漢書	史記	文選
瑋字	蘭欒	轔欒	轠欒
	巴車	蔗獌	巴苴

젠종우[簡宗梧]의 분석에 따르면 「상림부」에 사용된 위자 이문(異文)은 모두 165개에 달하는데, 그 가운데 『한서』와 『문선』의 표기는 같지만 『사기』의 표기가 다른 것이 94개, 『한서』와 『사기』의 표기는 같지만 『문선』에는 달리 표기된 것이 16개, 『사기』와 『문선』에는 같지만 『한서』에 달리 표기된 것이 24개, 세 문헌의 표기가 모두 다른 것이 31개라고 했다.[16] 그런데 기본적으로 복음어인 이들 가운데 상당수가 사마상여 당시의 구어일 가능성이 크기 때문에, 이 또한 과도기적 양식으로서 부의 특징을 잘 보여준다고 하겠다.

한편 이런 통계는 한대 후기로 가면서 위자의 표기 원칙이 점차 통일되는 추세에 있었음을 보여준다. 그러나 실질적으로 위자의 절대적

---

16 자세한 항목은 簡宗梧, 앞의 책, 62~71면을 참조할 것.

인 수량은 한대 후기로 갈수록 늘어나는데, 이것은 기본적으로 이전 시기의 훌륭한 작품을 모델로 창작을 하던 후기의 작자들이 나름대로 개성과 창의성을 돋보이게 하기 위해 하나의 수사적 기교로서 위자를 활용했다는 것을 말해준다. 가령 장형(張衡)의 「이경부(二京賦)」는 반고의 「양도부(兩都賦)」를 모의(模擬)했지만, 작품의 편폭(篇幅)을 늘리고 위자를 대대적으로 동원함으로써 차별화하려고 했던 것이다. 이에 대해서 원대(元代)의 축요(祝堯)는 『고부변체(古賦辨體)』 권4에서 이렇게 썼다.

> 내 생각에는 「이소」에서부터 이미 연면자(連綿字)와 쌍자(雙字)를 많이 사용했는데, 사마상여의 부에서는 그것을 더욱 많이 사용했다. 양웅에 이르면 그가 기자(奇字)를 좋아하여 사람들이 항상 술을 들고 찾아가 묻곤 했다고 한다. 그러므로 부에서 모두가 기자를 쓰기 좋아해서, 열 구절 가운데 여덟아홉 구절이나 되었다. 그 후로 「영광부(靈光賦)」, 「강부(江賦)」, 「해부(海賦)」 등에서는 여기저기서 두루 수집하여 모두 이런 글자로 부를 써놓으니, 독자들이 괴로워했다.
>
> 遇謂, 自楚騷已多用連綿字及雙字, 長卿賦用之尤多. 至子雲好奇字, 人每載酒從問. 故賦中全喜用奇字, 十句而八九矣. 厥後靈光·江·海等賦, 旁搜遍索, 皆以用此等字以賦體, 讀者苦之.[17]

물론 부 문체의 기본적인 특성 가운데 하나가 포진인 만큼, 한대 후기의 이러한 추세는 충분히 예견할 수 있는 현상 가운데 하나였다고 할 수 있다. 그러나 앞서 언급한 것처럼, 위자의 사용이 늘어날수록 부의 전체적인 내용은 더욱 난삽해질 수밖에 없다. 더구나 양웅 이후로

---

17 徐志嘯, 『歷代賦論輯要』, 復旦大學出版社, 1991, 36면 참조.

부의 풍간 기능에 대한 회의가 점차 증대되면서, 그리고 가벼운 오락이 아닌 진지한 간언으로 변질된 부에 대한 제왕들의 흥미가 떨어지면서 부의 인기는 급속도로 시들어가게 되었다.

2) 유희에서 풍간으로

사마천은 『사기』 「사마상여열전」에서 "(사마상여의 부가) 비록 허구적 문사와 지나친 설명이 많긴 하지만 그 요지는 '절검(節儉)'으로 이끌어진다. 그러니 이것이 『시경』의 풍간과 무슨 차이가 있겠는가?[雖多虛辭濫說, 然其要歸引之節儉. 此與詩之風諫何異]"라 하고, 다시 「태사공자서(太史公自序)」에서는 "「자허부(子虛賦)」에 서술한 일과 「대인부(大人賦)」의 이야기는 화려한 표현이 지나치게 많지만, 그것이 가리켜 풍간하고자 하는 내용은 '무위(無爲)'로 귀결된다[子虛之事, 大人賦說, 靡麗多誇, 然其指風諫, 歸於無爲]"고 했다. 작품의 주제에 대한 논의를 차치하면, 사마천의 평가에는 화려한 문채를 지향하는 부 문체의 특성이 분명히 지적되어 있음을 알 수 있다.

앞서 살펴본 대로 부 문체가 유사(遊士)의 유풍(遺風)을 계승하여 변용한 것이라면, 부가 수사적 꾸밈을 중시하는 취향은 기본적으로 유창한 언변을 추구하는 세객의 성향을 반영한 것이라고 할 수 있다. 그러나 '독존유술(獨尊儒術)'의 한대 환경에 맞추어 풍간의 주제를 바꿔야 했던 그들의 처지를 감안하면 이들의 선택은 상당히 위태롭게 보일 수밖에 없다. 적어도 "문사는 뜻을 전달하기만 하면 그만이다[『論語』 「衛靈公」: 辭達而已矣]"라는 공자의 지적을 고려하면, 부 작자들은 성인의 가르침에 역행하는 것처럼 보이기 때문이다. 그러나 굳이 '문질빈빈(文質彬彬)'이라는 상투적인 결론을 거론하지 않더라도, 유가에서는 근본적으로 문장의 꾸밈 자체를 부정하지 않는다는 증거는 쉽게 발견된다.

가령 『논어』 「안연(顔淵)」에는 자공(子貢)이 위(衛)나라의 대부(大夫) 극자성(棘子成)에게 다음과 같이 말한 것으로 기록되어 있다.

> 문채는 바탕과 같이 중요하며, 바탕은 문채와 같이 중요합니다. 호랑이와 표범의 털을 제거한 가죽이 개나 양의 털을 제거한 가죽과 같습니다.
> 文猶質也, 質猶文也. 虎豹之吳猶犬羊之鞟.[18]

호랑이와 표범의 가죽을 개나 양의 가죽과 구별되게 하는 것은 바로 그 털, 즉 무늬[文]이다. 그러나 양쪽 모두 털이 제거된 순간 양자는, 적어도 겉으로 보기에는 똑같이 밋밋한 짐승 가죽에 지나지 않게 된다. 그러므로 다른 각도에서 보자면, 꾸며진 문채는 바탕의 실질을 보증하는 유력한 수단이 된다. 그러나 개의 가죽에 호랑이 털을 붙인다고 해서 그것이 호랑이 가죽이 되는 것은 아니듯이, 바탕 역시 실질을 담보하고 있지 않으면 안 되는 것이다. 바로 이것이 아마도 한대 초기의 『시경』 박사들이 부의 존재를 어느 정도 인정하고 그 작자들을 옹호했던 이유일 것이다. 그들은 어쩌면 화려한 문사와 풍간이 어우러진 사마상여의 작품 같은 데에서 진정한 '이 시대의 문질빈빈'의 가능성을 발견했을 수도 있는 것이다.

실제로 사마상여 이후에도 양웅, 반고, 장형 등의 부는 풍간이라는 기본적인 목적을 점차 강화하고 있었다. 양웅의 「하동부(河東賦)」는 성제(成帝)가 산천을 두루 유람하며 요·순의 기풍을 흠모한 것은 조용히 궁궐 안으로 물러나 덕을 닦는 것만 못하다고 권계(勸戒)한 것이며, 「감천부(甘泉賦)」는 김천궁(甘泉宮)의 호사로운 건축이 옛 성군의 제도와 맞지 않고, 하늘에 제사를 지내는 데에 조소의(趙昭儀)를 수행(隨行)하

---

18 程樹德 撰, 程俊英 / 蔣見元 點校, 『論語集釋』, 中華書局, 1996, 842~3면 참조.

게 한 것은 제사의 법도에 맞지 않는다는 것을 깨우치려 한 것이었다. 그리고 반고의 「양도부」는 황제가 낙양(洛陽)을 버리고 천도(遷都)하려는 생각을 갖지 못하도록 설득하려는 의도로 지은 것이었다. 또 장형의 「이경부」는 빙허공자(馮虛公子)와 안처선생(安處先生)을 통해 왕후(王侯) 이하 관료들의 사치를 풍자한 것이고, 「사현부(思玄賦)」는 순제(順帝: 126~144 재위)와 화제(和帝: 89~105 재위) 때에 벌어진 환관들의 전횡을 풍자한 것이었다.

그러나 이처럼 부의 풍간 효용을 강조하며 창작에 임했던 이들과 그것을 옹호했던 이들은 적어도 두 가지를 간과했다.

우선, 한 제국의 국가 체제가 더 이상 주대(周代)와 같은 예의에 의해 다스려지는 것이 아니라는 점이다. 이미 진대(秦代)부터 방대한 제국을 효율적으로 다스리기 위해서는 엄격한 제도와 법률이 필요하다는 것이 경험적으로 증명된 상태이기 때문에, 명목상으로 유가적 인의의 정치를 표방한 한 제국도 실질적으로는 진시황의 통치 체제를 계승했다. 그러므로 주대의 '채시관(採詩官)'을 본떠 설립한 '악부(樂府)'는 단순히 민가(民歌)를 수집하고 정리하는 기능적인 업무만 수행했을 뿐, 황제에게 민심을 전달하는 실질적인 역할은 거의 무시되고 있는 실정이었다. 그러므로 황제의 입장에서 부 작자들은 사실상 한 왕조와 황제의 덕을 칭송하는 훌륭한 글재주를 지닌 기예인에 지나지 않았을 뿐이며, 그들에게 항상 진지한 간언을 기대했던 것이 아니었다. 국가 정책에 관한 진지한 간언은 별도로 경학에 조예가 깊은 '학자—대신'들에 의해 체계적인 문서로 정리되어 상주되었기 때문이다.

무제가 신선을 좋아하는데 사마상여가 「대인부」를 바치자, 황제가 이에 훨훨 구름 위를 날아다니려는 기상을 품게 되었다. 성제가 넓은 궁실을 좋아하는데 양웅이 「감천부」를 올려 신비하고 괴이하다고 할 만큼 오묘하다고 칭찬하면서 사람의 힘으로는 해낼 수 없고 귀신이 힘을 써야 이룰 수 있는 것이라고 했는데, 황제는 깨닫지 못하고 그 일을 멈추지 않았다. 사마상여의 부가 신선의 꿈이란 실질적인 효과가 없는 것임을 말했고 양웅의 노래가 사치를 부리는 것이 해롭다는 것을 말했다면, 무제가 어찌 훨훨 날아다니려는 기상을 가졌을 것이며 성제가 어찌 깨닫지 못하고 미혹에 빠졌겠는가? 그러므로 하늘이 다른 기운으로 군주를 질책하지 않고 오히려 인심에 순응하며 응징하지 않은 것인데, 두 사람은 부송(賦頌)을 지어 두 황제로 하여금 미혹에 빠져 깨닫지 못하게 만들었다.

> 孝武皇帝好仙, 司馬長卿獻大人賦, 上乃飄飄有凌雲之氣. 孝成皇帝好廣宮室, 揚子雲上甘泉頌, 妙稱神怪, 若曰非人力所能爲, 鬼神力乃可成. 皇帝不覺, 爲之不止. 長卿之賦, 如言仙無實效, 子雲之頌, 言奢有害, 孝武豈有飄飄之氣者, 孝成豈有不覺之惑哉? 然卽天之不爲他氣以譴告人君, 反順人心以非應之, 猶二子爲賦頌, 令兩帝惑而不悟也. ─『論衡』「譴告」[19]

사실 동한에 이르면 부의 내용은 황제에 대한 권계를 위주로 하면서 언어유희의 성분은 상대적으로 약해지고 있었다. 심지어 반고의 「양도부」처럼 풍간의 내용을 강조하기 위해 서문(序文)을 덧붙이는 경우도 늘어났다. 그러나 풍간과 권계라는 목적의 달성을 위해 부 작자들이 채용한 창작 방법의 적절성 여부를 떠나서, 근본적으로 '언어시종(言語侍從)'의 본분을 넘어서려는 이런 시도가 결국 황제의 눈살을 찌푸리게 만들 수밖에 없었음은 자명한 일이었다고 할 수 있다.

한편, 원천적으로 허구적 상황 설정을 전제로 하는 부의 내용이 동한 후기부터 점차 합리적 사고와 실질적인 것을 중시하게 되는 유학의 전반적인 흐름에 역행하는 것이었다는 점도 그 양식의 몰락을 독촉하

---

[19] 黃暉 撰,『論衡校釋』, 中華書局, 1996 3쇄, 641~2면.

는 요인이 되었을 것이다. 『문심조룡』에서 집대성된 유가의 문장관을 한층 강화한 당대(唐代) 유지기(劉知幾)는 『사통(史通)』 「재문(載文)」에서 이렇게 적었다.

> 또한 한대의 사부(詞賦)는 비록 허구적인 거짓이라 하지만 다른 글들에 비하면 대체로 오히려 사실적인데, 위(魏)·진(晉) 이후에 이르러 잘못되게 따라했다. 따져 논하자면 그 잘못은 다섯 가지인데, 첫째는 허구적으로 설정한 것[虛設]이요, 둘째는 양심을 속인 것을 부끄러워하지 않는 낯 두꺼움[厚顏]이요, 셋째는 실제 사실을 그럴 듯하게 꾸미는 거짓 글쓰기[假手]이요, 넷째는 그 자체로 논리가 어긋나는 것[自戾]이요, 다섯째는 잘잘못과 실상의 선악을 무시한 채 싸잡아 칭송하는 것[一槩]이다. …… 이에 이 다섯 가지 잘못을 헤아리고 문장의 의미를 따져보면, 비록 기록한 사건의 외형은 비슷하지만 언어는 반드시 허구에 의지하고 있다. 그런데 얼음을 깎아 벽을 만든다 한들 쓸모가 없으며, 땅바닥에 떡을 그린다 한들 먹을 수가 없는 법이다. 그러므로 그런 글을 세상에 나돌게 하면 위아래 사람들이 서로 지혜를 가리게 되고, 후세에 전하여 사람들에게 보여줘도 믿지 않을 것이다.
>
> 且漢代詞賦, 雖云虛矯, 自餘它文, 大抵猶實. 至於魏晉已下, 則訛繆雷同. 權而論之, 其失有五: 一曰虛設, 二曰厚顏, 三曰假手, 四曰自戾, 五曰一槩. …… 於是考茲五失, 以尋文義, 雖事皆形似, 而言必憑虛. 夫鏤氷爲璧, 不可得而用也. 畫地爲餅, 不可得而食也. 是以行之於世, 則上下相蒙. 傳之於後, 則世人不信.[20]

유지기의 이 진술은 본래 역사 서술의 오류를 지적하기 위한 것이지만, 더 넓은 의미에서 글쓰기 자체에 대한 유가 지식인의 관점을 대변

---

20 劉知幾 撰, 浦起龍 釋, 『史通通釋』, 臺北: 里仁書局, 民國 82, 124~6면.

한다고 할 수 있다. 그러므로 결과론적인 얘기이긴 하지만, 구어 기록과 완전한 서면 문학의 과도기에 있던 부는 '기록의 사실성[實錄]'을 중시하는 시대적 흐름에 적응하기 위해 필요한 뭔가 획기적인 다른 대안을 마련하지 못함으로써 속수무책으로 비극적 운명을 맞이할 수밖에 없었던 것이다.

이런 의미에서, 문장의 꾸밈과 실용적 효용을 동시에 추구하던 당시의 부 작자들 및 옹호자들이 예상하지 못했던 두 번째 문제는 문장의 꾸밈에 대한 진지한 탐색이 결과적으로 학문으로서 경학이 추구하는 진리와는 다른 목표, 즉 '아름다움[美]'이라는 새로운 가치를 추구할 수도 있다는 가능성이었다. 다시 말하자면 동한 후기부터 육조시기의 부 작자들이 경학이 추구하는 논리에 입각한 결론이 아닌 정감과 여운의 음미를 통한 깨달음의 의의를 설명하는 새로운 논리를 개발했다면, 현대적인 의미의 '문학'으로서 부의 독자적인 가치와 지위가 확보될 수도 있었을 것이라는 뜻이다. 그러나 그들은 실제로는 이런 시도를 하기보다는 미려한 문장을 만들어내는 기교로서의 수사학에만 치중했다. 어쩌면 굴원과 사마상여의 우열을 묻는 질문에 대한 조비(曹丕)의 다음과 같은 답변 이면에는 이런 현실에 대한 안타까운 심정이 숨겨져 있는지도 모른다.

어려운 상황에서도 느긋한 것은 굴원이 훌륭하고, 화려함의 극치를 다한 것은 사마상여가 뛰어나다. 그러나 굴원은 상상에 기탁하여 비유함으로써 그 뜻이 두루 움직이니 남은 생각[餘度]―여운(餘韻)―이 풍부한지라, 사마상여나 양웅이 미치지 못한다.

優游案衍, 屈原之尙也. 窮侈極麗, 相如之長也. 然原據託譬喩, 其意周旋, 綽有餘度矣. 長卿·子雲未及也. ―『北堂書鈔』 권100[21]

---

21 徐志嘯, 앞의 책, 7면 재인용. * 이 구절은 簡宗梧, 앞의 책, 39면에도 인용되어 있는데,

적어도 한대에는 수사적 기교보다는 여운을 유발할 수 있는 풍부한 함축을 담은 상상력이야말로 다른 모든 종류의 글쓰기와 구별되는 부만의 특성이었다. 그러나 문학 개념도 수사학적 경험도 모두 초보적인 시험 단계에 있던 그 시기에, 그리고 무엇보다도 실질을 중시하는 유가의 권위가 맹위를 떨치던 그 시기에, 한부의 작자들에게는 어떤 길을 선택하건 간에 모두 모험으로 여겨졌을 것임은 충분히 짐작할 수 있다. 다만 그런 선택의 기로에서 장형이나 채옹 등의 '거장'들은 결국 화려한 문사에 대한 탐구를 택하여, 그 후계자들로 하여금 변우(駢偶)의 기풍에 빠져들게 했다. 물론 이 덕분에 업하(鄴下)의 문풍이 잠시 호황을 누리고, 풍간보다는 언어유희에 치중한 단편 영물부가 나타나 성행하긴 했지만, 결과적으로 보면 그것은 짧은 '회광반조(回光反照)'에 지나지 않았다. 요컨대, 허구라는 기본 속성을 버리거나 혹은 그것을 변호할 만한 새로운 논리를 개발하지 못한 상태에서 점점 난독성만을 강화하는 위자를 통한 수사학적 놀이에 빠져드는 순간 한부의 운명은 비극으로 예정되었다. 그것은 이제 작자들이 겨냥했던 유일한 독자인 황제에게 뿐만 아니라 어느 정도 그 가치를 인정해주었던 유가의 지지자들에게도 더 이상 예전과 같은 흥미를 불러일으키지 못하게 되었던 것이다.

물론 육조시기의 '소부(小賦)'들 가운데 조식(曹植)의 「낙신부(洛神賦)」와 왕찬(王粲)의 「등루부(登樓賦)」, 도잠(陶潛)의 「귀거래사(歸去來辭)」, 유신(庾信)의 「애강남부(哀江南賦)」 등은 서정과 풍자 및 묘사 기법이 오히려 한부보다 뛰어나다고 평가를 받고 있으며, 「수산부(囚山賦)」와 「걸교문(乞巧文)」, 「우부(牛賦)」, 「병부(瓶賦)」 등의 걸작을 남긴 당대 중엽의 유종원(柳宗元)을 거쳐 송대 구양수(歐陽修)와 소식(蘇軾)에 의해 평이(平易)

본문의 몇 글자에 차이가 있다. 簡宗梧의 인용문에서는 "然原據託譬喻, 其意周旋, 綽有餘度矣"를 "然原據託設喻, 其意周旋, 綽有餘矣"라고 했는데, 전체적인 의미에는 큰 차이가 없는 듯하다.

한 언어로 개혁시킨 '문부(文賦)'와 명·청대에 이르기까지 부 문체의 맥은 전통시기 내내 끊임없이 이어지고 있었다. 심지어 예술적으로 보면 부의 실질적인 전성기는 당대였다고 주장하는 이도 있다.[22] 그러나 오언시의 등장 이후로 유가 지식인들의 논의에서 부가 이미 문학적 글쓰기 양식 가운데 '비주류'로 간주되기 시작했다는 것은 부인할 수 없는 사실이다. 그나마 이들 뛰어난 서정 '소부'들에 의해 개발된 주제와 예술적 기교들도 이제는 기껏 시라는 새로운 양식에 흡수되어 발전의 자양분이 되어준 데에서만 존재의 의의를 찾을 수밖에 없게 된 것이다.

4. 맺음말 – 새로운 문학 양식의 가능성

지금까지 살펴본 것처럼, 한부는 기본적으로 통일 제국의 변화된 사회에 적응하기 위한 종횡가의 후예들의 노력에 의해 적극적으로 개발되었다. 그러나 이것이 전적으로 한부의 기원을 종횡가에만 국한시켜야 한다는 의미는 아니라는 점은 밝혀둘 필요가 있겠다. 어떻게 보면 이설이 많다는 사실은 곧 그 기원의 다양성을 확인시켜주는 증거로도 이해할 수 있기 때문이다. 다만 필자가 이 글에서 강조하고자 한 것은 한부의 형성에 관여한 다양한 계층 가운데 종횡가의 후예들이 차지하는 비중이 거의 주류라고 해도 좋을 만큼 컸을 것이라는 점이다.

한부의 내용은 정치 현안에 대한 적극적인 주장보다는 오락에 치중하면서 가벼운 경계를 담는 것을 지향할 수밖에 없었다. 그 대신 그것

---

22 馬積高, 앞의 책, 10~11면 참조.

은 풍부한 상상력과 수사학을 바탕으로 한 포진, 그리고 '온유돈후(溫柔敦厚)'한 풍간으로 활용될 수 있는 효용성 때문에 한 동안 황실의 애호를 받았다. 그러나 지나치게 많은 위자로 인해 난독성이 증대되고 강화된 풍간의 목적으로 인해 제왕들의 점차 기피하게 됨에 따라, 그리고 점차 합리적이고 실질적인 것을 추구해가는 시대의 주류 사조에 적응하지 못함에 따라, 이 독특한 양식은 그다지 길지 않은 번성기를 지나 쇠퇴의 길로 접어들어야 했다.

그러나 구어의 기록에서 서면 저작으로 넘어가는 과도기를 대표하는 양식으로서 부는 초보적이나마 '제도화[23]'된 문학 양식의 면모를 보여준다. 그것은 일차적으로 전통시기 중국에서 작자의 이름이 밝혀진 최초의 문학적 글쓰기 양식이었다. 또한 허구적으로 설정된 대화를 빌려 상상적·사실적 사물을 두루, 그리고 4·4·6·6의 기본 구법(句法) 및 다양한 리듬을 활용하여 나열하고, 나아가 그것을 통해 완곡한 풍간을 행한다는 특유의 원칙이 규정되어 후속 작자들에게 발전적으로 계승되었다는 점에서 문학 양식으로서 기본 요소를 어느 정도 갖추었다고 할 수 있다. "많은 부 작품을 읽을 수 있으면 부를 잘 지을 수도 있다(能讀千賦則善賦)"는 양웅의 말[24]은 부가 전통과 관습을 통해 하나의 특정한 양식으로 정착되어가고 있었음을 암시한다. 또한 애초에 부 작자 자신은 황제 한 사람을 독자로 설정했을지라도 결국 사마상여나 반고 같은 저명한 작자의 작품을 많은 이들이 알고 모방하려 했다는 점을 보면, 그 작품이 같은 목적을 지향하는 많은 이들에게 두루 읽히거나,

---

23 여기서 '제도'는 신분 질서를 유지하는 틀이나 정치를 운영하는 장치를 의미하는 것이 아니라, 어떤 하나의 문예 양식의 특성을 관습으로 정착시키고 발전시키도록 추동하는 관념적 장치를 가리키는 것이다.

24 이것은 환담(桓譚)의 『新論』「道賦」에 들어 있는 일화에서 인용된 것으로, 원문의 본래 의미는 타고난 기교보다 복습을 통해 숙달하는 것이 더 중요하는 것을 강조하려는 것이다(徐志嘯, 앞의 책, 2면 참조).

최소한 낭송의 형태로라도 전파되었음을 알 수 있다. 요컨대 부는 창작의 규칙과 작자, 독자라는 기본적인 요건을 모두 겸비한 채 시도된 최초의 글쓰기 양식이었던 것이다. 그러므로 한부가 육조의 변려문(駢儷文)의 성립에 가장 중요한 영향을 주었다거나, 그 외에도 한대 이후 거의 모든 산문 양식들이 4·6 리듬의 구법을 받아들인 흔적이 뚜렷하다는 식으로 수사학적 측면에서 나타난 영향만을 지적한다면, 한부의 문학사적 의의를 지나치게 축소하는 일이 될 것이다.

마지막으로, 필자의 이런 결론은 이 글에서 미처 자세히 살펴보지 못한 동한 이후의 서정(抒情) '소부'들에 대한 면밀한 검토를 통해 수정되거나 보완될 필요가 있음을 지적하지 않을 수 없다. 특히 서정 '소부'와 오언시(五言詩) 사이의 상관관계—만약 그런 것이 있다면—가 구체적으로 밝혀진다면, 초보적 문학 양식으로서 부에 대한 경험이 성숙한 문학 양식으로서 오언시의 성립을 위한 훌륭한 모델이자 타산지석이 되었을 것이라는 가설이 입증될 수도 있을 것이기 때문이다.

참고문헌

簡宗梧, 『漢賦源流與價値之商榷』, 臺北: 文史哲出版社, 民國 69.
馬積高, 『賦史』, 上海古籍出版社, 1987.
徐志嘯, 『歷代賦論輯要』, 復旦大學出版社, 1991.
蕭　統, 『文選』(서울대 규장각 소장본 영인), 正文社, 1993.
劉知幾 撰, 浦起龍 釋, 『史通通釋』, 臺北: 里仁書局, 民國 82.
劉勰 著, 詹鍈 義證, 『文心雕龍義證』, 上海古籍出版社, 1989.
章學誠 著, 葉瑛 校注, 『文史通義校注』, 中華書局, 1994.
程章燦, 『魏晉南北朝賦史』, 江蘇古籍出版社, 1992.
黃暉 撰, 『論衡校釋』, 中華書局, 1996 3쇄.

괴이한 것을 말하는 것의 의미[*]

위진남북조(魏晋南北朝) 시대 지괴(志怪)의 탄생　　　　　　　_박소현

　　남양(南陽) 종정백(宗定伯)이 젊었을 때 밤길을 가다 귀신을 만났다. 그
가 물었다.

　　"누구요?"

　　귀신이 말했다.

　　"귀신이요."

　　귀신이 물었다.

　　"당신은 누구요?"

　　정백이 그를 속여서 대답하였다.

　　"나도 귀신이요."

　　귀신이 물었다.

　　"어디로 가는 길이오?"

<hr>

[*]　이 논문은 필자의 서울대 석사논문인 「위진남북조 지괴의 서사 특성에 관한 연구—
　　지괴 산생의 사회문화적 배경과 관련하여」(1995) 중 주로 2장과 4장을 바탕으로 상당
　　부분 수정, 보완한 것임을 밝혀둔다.

"완시(宛市)로 가는 길이오."

"나 역시 완시로 가는 길이오."

함께 몇 리를 가다 귀신이 말했다.

"걸어가기가 힘드니까 서로 번갈아 업어주기로 합시다."

정백이 "거 좋지" 하였다. 귀신이 정백을 먼저 업고 몇 리를 가다가 귀신이 말했다. "당신은 너무 무겁군. 귀신이 아닌 것 같은데?" 정백이 "나는 죽은 지 얼마 안 돼서 무거운 거요" 하였다. 정백이 귀신을 업어 보니 무게를 거의 느낄 수 없었다. 이러기를 두세 번 하였다. 정백이 다시 물었다.

"나는 죽은 지 얼마 안 돼서 귀신이 무얼 피해야 하는지 아직 모릅니다."

"오직 사람이 침 뱉는 것을 싫어하오."

이러다가 냇물을 건너게 되었다. 정백은 귀신을 먼저 건너게 했는데, 아무런 소리도 들리지 않았다. 정백이 건너는데 첨벙첨벙 물소리가 들렸다. 귀신이 말했다.

"어째서 소리가 나지요?"

"죽은 지 얼마 안 돼서 물 건너는 것이 익숙하지 않아서일 뿐이오. 이상하게 생각하지 마시오."

완시에 거의 다다르자 정백은 곧 귀신을 머리 위에 둘러메고는 급히 붙잡았다. 귀신은 꽥꽥 소리를 질러대며 내려달라고 하였지만, 더 이상 그의 말을 듣지 않았다. 내쳐 완시에 도착해서 땅에 내려놓자 양으로 변하였다. 그는 곧 그것을 팔았는데, 다시 변할까 두려워 침을 뱉고는 천오백 냥에 팔았다. 당시 사람들이 "정백이 귀신을 팔아서 천오백 냥을 벌었다"고 하였다.

南陽宗定伯年少時, 夜行逢鬼, 問曰, "誰?" 鬼曰, "鬼也." 鬼曰, "卿復誰?" 定伯欺之, 言: "我亦鬼也." 鬼問: "欲至何所?" 答曰: "欲之宛市." 鬼言: "我亦之宛市." 共行數里. 鬼言: "步行大亟; 可共迭相擔也." 定伯曰: "大善." 鬼便先擔定伯數里. 鬼言: "卿大重. 將非鬼也?" 定伯言: "我新死, 故重耳." 定伯因復擔鬼, 鬼略無重. 如是再三. 定伯復言: "我新死, 不知鬼悉何所畏忌?" 鬼曰: "唯不喜人唾." 於是共道遇水, 定伯因

命鬼先渡; 聽之了無聲. 定伯自渡, 漕漼作聲. 鬼復言: "何以作聲?" 定伯曰: "新死不
習渡水耳. 勿怪!" 行欲至宛市, 定伯便擔鬼至頭上, 急持之, 鬼大呼, 聲咋咋, 索下不
復聽之. 徑至宛市中, 著地化爲一羊. 便賣之, 恐其便化, 乃唾之, 得錢千五百, 乃
去. 於是言: "定伯賣鬼, 得錢千五百."

— 曹丕, 『列異傳』[1]

종정백이 귀신을 팔았다는 이 기상천외한 이야기는 루쉰(魯迅)도 그의 『중국소설사략(中國小說史略)』에서 '육조(六朝)의 귀신지괴서(鬼神志怪書)'를 소개하면서 인용할 만큼 유명한 귀신 이야기다.[2] 대부분의 '지괴' 이야기들이 사람을 속이거나 해치는 위협적인 요괴들을 다루고 있는 데 반해, 이 이야기는 지괴라는 장르의 '허'를 찌른다. 즉, 어수룩한 사람을 속이는 귀신 이야기가 아니라 어수룩한 귀신을 속이는 사람의 이야기인 것이다. 이 유쾌한 귀신 이야기는 여러모로 잘 짜인 서사임에 틀림없다. 귀신을 속인다는 기발한 상상에, 긴박감을 더해주는 일련의 대화들로 구성되어 있는데다가, 행위의 완결성과 필연성을 갖춤으로써 읽는―혹은 듣는― 재미를 만끽할 수 있다. 현대의 독자들도 이 이야기를 유감없이 즐길 수 있는 이유이다.

그런데 현대의 독자들은 이 이야기 속에서 일종의 가벼운 농담거리 이외에 별 다른 것을 찾아낼 수 없을지 모르지만, 육조 시대의 독자나 청중도 그렇기만 했을까? 이 이야기는 단지 독자나 청중의 유쾌한 반응만을 겨냥한 이야기였는가? 아니면 웃음 이외의 진지함을 요구하는 이야기였는가? 이 물음의 대답에 조금이라도 접근하려면, 우선 당시에 그토록 성행하던 귀신과 저승 세계에 대한 담론들이 공통적으로 추구한 것이 무엇

1 魯迅 編, 『古小說鉤沉』上·下, 香港: 新藝出版社, 1970, 141~142면.
2 루쉰, 조관희 역주, 『중국소설사』, 소명출판, 2003, 109면.

이었는가를 생각해보아야 한다. 당시에 자유롭게 괴이한 것을 말하던 이야기꾼(혹은 작자)과 그 괴이한 이야기에 탐닉했던 청중(혹은 독자)이 공유한 세계는, 그들이 공유한 언어와 인식과 신념의 토대는 무엇이었을까?

당시에는 유명한 동진(東晉)의 간보(干寶)의 『수신기(搜神記)』를 비롯하여 『공씨지괴(孔氏志怪)』 등 제목에 '지괴'라는 말을 사용한 기이한 이야기책만 해도 여러 종이 출간되었으며, 이외에도 제목에 '신(神)', '이(異)', '괴(怪)', '영(靈)', '혼(魂)', '유명(幽明)' 등의 말을 사용한 기이한 이야기책만 해도 수십 종이 출간되었다.[3] 루쉰은 이 시대에 '쏟아져' 나온 기이한 이야기책들을 한 '장르'로 묶어 지괴라고 이름 붙였다. 그것은 루쉰이 새로 만들어낸 신조어라기보다는 당시에 출간되었던 '지괴'라는 책 제목에서 따온 것이었다.

그런데 당시 사람들은 이승 너머 저승 세계의 괴이한 것만 이야기하기를 즐긴 것이 아니었다. 사실은 이승의 '사람 사는' 이야기를 더 즐겼다. 남조(南朝) 송(宋)의 유의경(劉義慶)이 지은 『세설신어(世說新語)』는 이런 경향을 대표하였다. 『세설신어』에는 당시 명사라 할 수 있는 사람들―비교적 가까운 과거의 역사적 인물까지 포함하여―의 알려지지 않은 일화들, 즉, 일종의 '가십(gossip)거리'라고 할 수 있는 것들이 실려 있다. 루쉰은 이런 이야기책들을 한 장르로 묶어 지괴 장르와 구분하여 '지인(志人)'이라 이름 붙였다. 지인 소설은 사람 이야기이지만, 형식면에서는 저승 세계에 대한 짤막한 이야기를 모아 놓은 일화적이고 단편적인 지괴 소설과 크게 다르지 않다는 점에서, 루쉰은 지인과 지괴라는 대칭적 명칭을 붙였던 것 같다.[4] 그렇다면 괴이한 것을 이야기하는 것과 괴이하지 않은 사람 사는 일을 이야기하는 것 사이에 어떤

3　袁行霈, 候忠義 編, 『中國文言小說書目』, 北京: 北京大學出版社, 1981, 14~29면.
4　루쉰, 『중국소설사』, 「중국소설의 역사적 변천」, 765~773면.

상관성이 있는 것인가? 위진남북조 시대(220~589)에 새로이 출현한 이 장르들은 기존의 장르들, 혹은 글쓰기 형식과 어떻게 구분되었으며, 작자와 독자는 그 '차이'를 인식하고 있었는가?

이처럼 좀 더 심도 있는 문학사적 질문에 대한 해답을 구하기 위해서는 단순히 지괴 탄생의 배경을 대충 훑어보는 것으로는 불충분하다. 지괴라는 새로운 글쓰기의 문화적 맥락을 제대로 이해하기 위해서는 로버트 캄파니(Robert Ford Campany)가 지적한 것처럼, '장르'라는 개념 자체부터 재고해야 할지도 모른다.[5] 무엇보다도 위진남북조 시대의 작자와 독자의 관계를 구체적으로 재구성할 수 있는 자료들이 있어야 한다. 적어도 작자는 왜 괴이한 것을 이야기하였는지, 독자는 어째서 그것을 읽었는지, 작자와 독자가 영향을 주고받던 전체적인 시대 상황, 문화와 전통에 대한 전체적 관점으로부터 작자와 독자의 관계를 조망할 수 있는지 등등의 사실을 알 수 있게 해주는 자료들이 있어야 한다. 그리고 이런 자료들을 통해서 우리는 우선 그들이 지괴를 쓰고, 읽고, 말하고, 듣고, 재생산하고, 소비하는 과정의 문화적 맥락이 우리의 그것과는 완전히 다르다는 사실을 이해해야만 한다.

---

[5] Robert Ford Campany, *Strange Writing: Anomaly Accounts in Early Medieval China*, Albany: SUNY Press, 1996, pp. 21~26. 그에 따르면, 당대(唐代) 이전에 생산된, 지괴 '장르'에 속한다고 여겨지는 텍스트는 제목만 남아 있고 완전히 일실된 17종의 텍스트를 포함하여 모두 64종에 달한다. 지괴 장르의 장르적 특성들이 매우 모호하고 기존의 장르들로부터 완전히 분리되기 어려운 측면이 있음에도 불구하고, 지괴 장르는 기존 장르와는 구분되는 새로운 글쓰기 형식이었다는 사실은 부인할 수 없다고 그는 주장하고 있다.

지괴 — 지식으로서의 서사

비록 전적(典籍)에 실려 있는 선인(先人)의 뜻을 살피고 당시에 기록되지 않고 빠진 일사(逸事)를 수집하여 기록한다 하더라도, 대개는 일일이 눈과 귀로 직접 보고 들은 것이 아니니, 또한 어찌 감히 조금도 사실에 어긋나는 것이 없다고 말할 수 있겠는가? 위삭(魏朔)이 나라를 잃은 것에 대해서는 두 가지 이야기가 전해지고 있으며, 여망(呂望)이 주(周) 나라를 섬긴 것에 대해서도 사마천(司馬遷)은 두 가지 전설을 기록하고 있다. 이와 같은 일들은 자주 일어난다. 이로 보건대, 견문의 어려움은 유래가 오래된 것이다. 무릇 부고(訃告)와 같은 정확한 글을 쓰고 국사(國史)의 서적에 의거하여 기록하는 것도 오히려 이와 같은데, 하물며 천 년 전의 일을 거슬러 올라가 기술하고, 다른 풍속의 현상을 기록하고, 빠지고 없어진 기록들에 조각난 이야기를 이어 붙이고, 늙은이에게 지나간 일을 묻는 일에 있어서야 오죽하랴! 만일 어떠한 사실의 기록에 있어서 두 가지 사적(事迹)이 없게 하고 이설(異說)이 없게 한 연후에야 그것을 믿는다고 한다면, 이는 진실로 옛 사관(史官)들이 근심하던 일이라고 할 수 있다. 그러나 국가에서 주석 작업을 하고 기록을 하는 관직을 없애지 않고 배우는 선비들이 학업을 게을리 하지 않는 것은, 아마도 그와 같은 기록에서 잃는 것은 작고, 보존하는 것은 많다고 여겨서가 아니겠는가? 이제 수집한 기록 중에서 설령 옛 전적에서 그대로 베낀 것이 있다 하더라도 나의 죄는 아니다. 만일 근세의 일을 수집하여 기록한 것 중에 착오가 있다고 한다면, 원컨대 선현과 전대의 학자들과 함께 그 비난을 받고 싶다. 그 저술한 책에 이르러서는 그래도 역시 신도(神道)의 속이지 않음을 분명히 보여주기에 충분하다고 하겠다. ……

雖考先志於載籍, 收遺逸于當時, 蓋非一耳一目之所親聞睹也, 又安敢謂無失實者哉. 魏朔失國, 二傳互其所聞; 呂望事周, 子張存其兩說, 若此此類, 往往有焉. 從此觀之, 聞見之難, 由來尙矣. 夫書赴告之定辭, 據國史之方冊, 猶尙如此, 況仰述千載之前, 記殊俗之表, 綴片言于殘闕, 訪行事于故老, 將使事佛以迹, 言無二途, 然後爲信者, 固亦前史之所病. 然而國家不廢注記之官, 學士不絶誦覽之業, 豈不以其所失者小, 所存者大乎? 今之所集, 設有承於前載者, 則非余之罪也. 若使採訪近世之事, 苟有虛錯, 願與先賢前儒, 分其譏謗. 及其著述, 亦足以發明神道之不誣也. ……

— 干寶, 「搜神記序」[6]

위에서 인용한 글은 간보가 그의 저서 『수신기』에 덧붙인 서문의 일부이다. 이 글만 가지고는 이것이 지괴서의 서문이라는 것을 전혀 느낄 수 없을 정도로 『수신기』의 작자는 천연덕스럽게 역사의 연장선상에서 지괴를 보고 있다. 간보가 『진기(晉紀)』 등의 사서를 저술한 사관이었음을 생각한다면, 정통적인 역사서와 지괴 사이에 존재하는 간극을 모를 리 없었을 것이다. 그럼에도 불구하고 그는 그러한 간극을 (아마도 짐짓) 무시한 채 지괴가 사실의 기록으로서 정사에 빠진 역사적 사실을 보충하는 역할을 담당한다고 역설하고 있는 것이다. 지괴가 단순히 괴이한 이야기를 넘어서고 있다는 것, 순수한 이야기의 즐거움을 추구하거나 일반적인 교훈을 전달하는 수준에서 머물지 않고 있다는 것, 어쨌거나 그것은 보통 사람들이 잘 이해할 수 없는 특별하고도 전문적인 '지식'이라는 것—아마도 당시의 지괴 작자와 독자가 공유하고 있는 지괴 장르에 대한 일반적 인식이었던 것 같다.

『수신기』의 서문에서 보여준 간보의 태도는 지괴와 전통적 사서(史書)의 예상치 못했던 영향 관계를 지적하고 있다는 점에서 특히 주목할 만하다. 간보의 지적대로 지괴는 분명히 그 형식적 특성과 기록의 관

---

6 侯忠義, 『中國文言小說參考資料』 北京: 北京大學出版社, 1985, 138~139면.

습 면에서 사전(史傳) 문학의 영향을 받았으며, 중국의 전통적 역사 기록 또한 허구적 서사인 소설과 명확히 구분되지 않는 성질의 것이었다.[7] 게다가 지괴는 간보가 밝힌 대로 역사를 편찬할 때와 비슷한 과정을 거쳐 기록되고 있었다. 즉, 지괴는 그때까지 전해져 내려오는 온갖 기록들을 대조하는 작업을 거치고, 그 위에 민간에 떠도는 민담과 전설들까지 남김없이 수집하여 이루어진 것이다. 이 점에서 지괴가 역사를 보충하고 지식을 넓혀줄 수 있다고 한 지괴 작자들의 주장은 과장된 것이 아니라고 할 수 있다. 간보를 비롯한 지괴 작자들은 그들이 하는 이야기가 괴기스럽더라도 사실적인 '정보'를 전달하고 있다고 믿었다. 단순히 대중적인 인기를 얻기 위하여 허구적인 이야기를 지어냈다고 스스로 시인하는 지괴 작자는 없었던 것이다. '이야기의 즐거움'을 솔직히 시인하는 후대의 소설가와는 역시 거리가 있는 태도이다.

하늘에는 다섯 가지 기운이 있어서 이것으로 말미암아 만물이 변화한다. …… 나라 안에 성인이 많은 것은 조화로운 기운이 섞여 융성했기 때문이며, 변경 지방에 괴물이 많은 것은 괴이한 기운이 일어났기 때문이다. 만약 이러한 기를 받으면, (이 기와 동일한) 형체가 생겨나며 반드시 이와 동일한 성품이 생겨난다. …… 천 년 된 꿩은 바다로 들어가 이무기가 되고 백 년 된 참새는 바다로 들어가 대합이 된다. 천 년 된 거북이와 자라는 사람과 말을 할 수 있으며 천 년 된 여우는 미녀가 된다. 천 살 먹은 뱀은 몸뚱이가 끊어졌다가도 다시 이어지며 백 년 된 쥐는 점을 치고 관상을 볼 줄 안다. 이것은 모두 최상의 수이기 때문에 나타나는 현상이다. 춘분에는 매가 비둘기로 변하고 추분에는 비둘기가 매로 변하는데, 이는 시기에 따른 변화이다. 그

---

7   Kenneth J. Dewoskin, "The Six Dynasties *Chih-kuai* and the Birth of Fiction," Andrew Plaks ed., *Chinese Narrative: Critical and Theoretical Essays*, Princeton: Princeton University Press, 1974, p.26.

러므로 썩은 풀이 개똥벌레가 되고 썩은 갈대가 귀뚜라미가 되고 쌀이 쌀벌레가 되고 보리가 나비가 되는 것이니, 이때 날개가 생기고 눈이 생기고 마음과 지혜가 생기는데, 이것은 무지한 것으로부터 지력이 있는 것으로 변화한 것이며 그 기가 바뀐 것이다. 학이 노루가 되고 귀뚜라미가 두꺼비로 변하는 것은 그 혈기는 그대로 간직하면서 그 모양과 성질만 변한 것이다. 이와 같은 종류는 이루 다 헤아릴 수 없을 정도이다. 자연의 변화에 대응하여 움직인다면 이는 자연의 항상적인 법칙을 따르는 것이다. 만약 그 자연의 법칙을 어기면 요사스런 재앙이 생겨나게 된다. 따라서 하체가 위에서 생겨나고 상체가 아래에서 생겨나는 것은 기를 거스른 것이요, 사람이 짐승을 낳고 짐승이 사람을 낳는 것은 기를 어지럽힌 것이다. 남자가 여자가 되고 여자가 남자가 되는 것은 기의 변화이다. ……

天有五氣, 萬物化成 …… 中土多聖人, 和氣所交也. 絶域多怪物, 異氣所産也. 苟稟此氣, 必有此形; 苟有此形, 必生此性 …… 千歲之雉, 入海爲蜃; 百年之雀, 入海爲蛤; 千歲龜黿, 能與人語; 千歲之狐, 起爲美女; 千歲之蛇, 斷而復續; 百年之鼠, 而能相卜: 數之至也. 春分之日, 鷹變爲鳩; 秋分之日, 鳩變爲鷹: 時之化也. 故腐草之爲螢也, 朽葦之爲蛬也, 稻之爲蚼也, 麥之爲蝴蝶也, 羽翼生焉, 眼目成焉, 心智在焉: 此自無知化爲有知, 而氣易也. 鶴之爲獐也, 蛬之爲蝦也: 不失其血氣, 而形性變也. 若此之類, 不可勝論. 應變而動, 是爲順常; 苟錯其方, 則爲妖眚. 故下體生於上, 上體生於下: 氣之反者也. 人生獸, 獸生人: 氣之亂者也. 男化爲女, 女化爲男: 其之務者也. ……

―『수신기』 권12[8]

『수신기』에 실린 상당히 긴 위의 글은 오기(五氣)의 변화에 따른 '요괴론'으로 요약할 수 있다.[9] 이 글을 통해서 우리는 『수신기』가 예사로

---

8 干寶, 黃滌明 譯註, 『搜神記全譯』, 貴州: 貴州人民出版社, 1991, 89~90면.
9 이 요괴론은 『수신기』 권6 첫머리에도 등장한다. 제12권에 나오는 요괴론에 비하면

운 이야기책이 아니었음을, 앞에서 말했듯이 그것이 무언가 전문적이고 특별한 지식―우리에게는 "쌀이 쌀벌레가 된다"고 생각한 착오적인 비과학적 사고에 불과할 수도 있지만―을 전달하는 매체였음을 분명히 확인할 수 있다. 『수신기』 권12에는 오래된 물건이나 동식물이 요괴로 변하여 사람들을 괴롭히는 전형적인 요괴 이야기들이 많이 나온다. 이 요괴 이야기들이 황당무계한 일을 나열하여 독자에게 읽는 즐거움이나 주려는 그런 이야기가 아니라는 것을, 간보는 제12권의 첫머리에 내세운 이 논리 정연한 요괴론을 통해서 웅변하고 있다. 이 요괴론에 따르면 요괴 발생의 현상은 실제로 빈번하게 발생하는 자연 현상의 일부이며, 자연변화의 법칙에 통달하지 않은 사람은 결코 그 발생 원인을 이해할 수 없고 그 현상에 대처할 수도 없다는 것이다.[10]

요괴론을 논리정연하게 전개하는 이 전지적 화자의 권위는 『수신기』 전체를 관통하고 있다. 이 화자는 진정 지식―유교적이라기보다는 도교적 지식―의 담지자이다. 우리에게는 불가해하게 느껴지는 자연변화의 논리는 화자가 발명해낸 것이 아니라 한대(漢代) 이전부터 형성되어 거의 보편적인 통설로 인정받았던 '기화설(氣化說)'이다. 기의 변화에 의해 만물이 변화하고 요괴도 발생한다는 기화설은 이미 왕부(王符)의 『잠부론(潛夫論)』과 왕충(王充)의 『논형(論衡)』에도 보인다.[11] 이들은 확실히 진지하게 요괴의 존재를 믿었던 것 같다. 그들은 유교적 합리주의를 대변하는 공자의 "기괴한 일과 무력에 관한 일, 병란의 일, 그리고 귀신의 일은 말하지 않는다(子不語怪力亂神)"[12]는 태도에 항상 적

____

요점만 간추린 듯한 제6권의 요괴론도 음양오행설(陰陽五行說)과 기화우주관(氣化宇宙觀)에 근거하여 요괴의 발생 원인을 설명하고 있다.

10 위의 책, 90면, "從此觀之, 萬物之生死也, 與其變化也, 非通神之思, 雖求諸已, 惡識所自來."

11 李豊楙, 「六朝精怪傳說與道敎法術思想」, 『中國古典小說硏究全集3』, 臺北: 聯慶出版社業公司, 1981, 3~4면 참조.

12 『논어(論語)』 「술이(述而)」 20.

잖은 부담을 느꼈을 것임에도 불구하고, 이러한 괴이한 일을 일종의 유용한 지식으로서 전달해야 하는 필요성을 느꼈던 것이다.

이런 관점에서 볼 때 징조 이야기는 지괴 장르에 전형적인 '지식으로서의 서사'였다. 간보가 그랬던 것처럼 지괴를 지식을 전달하는 매체이자 역사서의 아류로 여긴다면, 지괴서에 대거 삽입되어 있는 징조 이야기는 바로 이러한 지괴의 장르적 성격을 명백히 증명하는 이야기라고 할 수 있다. 이 이야기야말로 종정백 이야기와는 또 다른 성격을 가진 지괴 이야기이면서, 지괴라는 장르가 등장하기 이전부터 역사가들이 주목한 괴이한 이야기였다. 징조 이야기들은 당시에는 결코 허무맹랑한 허구적 이야기로 치부되지 않았다. 그것은 국가의 안위와 관련된 사실이거나 적어도 상징적 사건이기에, 신중한 '과학적' 분석과 추론이 필요하다. 따라서 요괴론과 함께 징조론을 지괴서에서 발견한다고 해서 그것이 그리 놀라운 일은 아닐 것이다.

> 진(秦) 효공(孝公) 21년 말이 사람을 낳았다. 소왕(昭王) 20년 숫말이 새끼를 낳고 죽었다. 유향(劉向)은 이것을 모두 말의 재앙이라고 여겼다. ……
>
> 秦孝公二十一年, 有馬生人. 昭王二十年, 牡馬生子而死. 劉向以爲馬禍也 ……
>
> — 『수신기』 권6[13]

> ……『경방역전』에서는 "산이 소리 없이 저절로 이동하면, 천하에 병란이 일어나고 사직이 망한다"라고 하였으며, ……『尙書』「金縢」에서는 "산이 움직이는 것은 군주가 도사(道士)를 등용하지 않고 현자가 나오지 않기 때문이다. 한편 봉록이 공실에서 지급되지 않고 상벌이 군주에 의해 시행되지 않

---

13 干寶, 앞의 책, 권6, 43면.

고 낮은 지위의 가문이 사사로이 무리를 규합하여 그 폐단을 구제할 수 없을 정도가 되면 (산이 움직이는 것은) 세상이 바뀌는 변고의 신호가 된다"라고 하였다. 일설에는 "…… 사시(四時)가 제대로 운행되지 않으면, 추위와 더위가 어긋나게 되고, 오위(五緯)[14]가 이울게 되며 별들은 서로 엇갈려 운행되고 일월의 빛도 엷어지며 혜성이 나타나게 되는데, 이것은 천지의 위태로운 조짐이다. 추위와 더위가 때에 맞게 오고가지 않으며, 이는 천지에 가뭄과 혹한(이 생기는 조짐)이다. 돌이 우뚝 서고 흙이 솟아오르는 것, 이것은 천지의 혹이다. 산이 무너지고 땅이 함몰되는 것, 이것은 천지의 종기이다. 세찬 바람과 폭우, 이것은 천지의 세찬 기운이다. 비가 내리지 않아서 하천이 마르고 고갈되는 것, 이것은 천지가 타들어가는 것이다."

『京房易傳』曰: "山默然自移, 天下兵亂, 社稷亡也." …… 『尙書·金縢』曰: "山徙者 人君不用道士, 賢者不興. 或祿去公室, 賞罰不由君, 私門成群, 不救, 當爲易世變號." 說曰: "…… 若四時失運, 寒暑乖違, 則五緯盈縮, 星辰錯行, 日月薄蝕, 彗孛流飛, 此天地之危診也. 寒暑不時, 此天地之烝否也. 石立土踊, 此天地之瘤贅也. 山崩地陷, 此天地之癰疽也. 衝風暴雨, 此天地之奔氣也. 雨澤不降, 川瀆枯渴, 此天地之焦枯也."

― 『수신기』 권6[15]

모두 20권으로 구성되어 있는 『수신기』는 각권마다 유사한 제재의 이야기들이 계통적으로 분류되어 있고, 각각의 이야기들은 거의 연대순으로 배열되어 있다. 그 중에서도 제6권부터 9권에는 참위설(讖緯說) 및 천인감응설(天人感應說)과 연관된 징조 이야기가 상당수 기록되어 있는데, 이것도 역사가인 간보의 취향과 연관이 있었을 것이다. 『수신기』에 기재되어 있는 징조 이야기의 분량은 다른 어떤 주제의 이야기

---

14 금성, 목성, 수성, 화성, 토성의 오성(五星)을 가리킨다.
15 干寶, 앞의 책, 41~32면.

들보다 많다. 앞에 인용한 요괴론처럼 징조론도 단순히 때때로 발생한 징조를 기술하는 것을 넘어서 현상의 원인에 대한 논리적 분석을 제공하고 있다는 점에서 어느 정도 전문적 지식으로서의 서사, 즉, 일종의 메타서사(metanarrative)를 지향한다고 할 수 있다.

『수신기』에 실린 징조의 현상에는 산이 움직인다거나, 머리나 등에 발이 달린 기형의 개나 말이 출현한다거나, 사람이 짐승을 낳거나 짐승이 사람을 낳는다거나 하는 자연 법칙에 어긋나는 이상 현상뿐만 아니라, 남자가 여자의 옷이나 장신구를 착용한다거나 이상한 요언(謠言)이나 동요가 유전되는 것까지 포함된다. 이러한 현상들을 이야기할 때 지적 화자는 징조 현상에 대한 권위적 텍스트라고 할 수 있는『역전(易傳)』,『한서(漢書)』「오행지(五行志)」, 또는 여러 종류의 위서(緯書)들을 들먹이면서 이러한 현상들이 서사의 대상, 즉, 흥미로운 이야기의 화두라기보다는, 좀 더 진지한 과학적─물론, 근대적 과학과는 다른 맥락에서 과학적인 것이겠지만─분석과 논리적 추론의 대상임을 분명히 보여주고 있다. 적어도『수신기』는 일부 사전 문학의 형식을 수용하면서도 온갖 괴이한 현상에 대한 백과사전 같은 것을 지향했던 것은 아닐까?

요괴와 징조 이외에 지괴 장르에 수용될 수 있는 괴이한 지식에는 어떤 것이 있을까? 이승의 세계에 대칭 / 대립되어 존재할 뿐만 아니라, 끊임없이 이승의 세계 및 이승의 존재와 접촉하고, 충돌하고, 이승과 저승 사이에 존재하는 미묘한 경계의 질서와 균형을 파괴하려고 하는 저승 세계 전체─근대 이전의 중국인들에게 그런 식으로 인식되었던─가 있다. 저승은 이승으로부터 멀리 떨어져 있는 존재가 아니었다. 그것은 끊임없이 우리에게 스스로의 존재를 확인시키고자 하는 존재로 인식되었기에, 그 존재의 유무 자체를 파악하는 것이 지괴 장르의 핵심이라기보다는 그것을 조절하고 통제하는 것이 바로 지괴 장르가 궁극적으로 지향했던 목표라고 할 수 있다. 지괴 장르에서 느낄 수 있는 전지적 화자의 권위와 사명감은 바로 여기에서 나온다고 할 수 있다. 저승에 대한 지식은 곧 저승에 대한 통제를 의미하며, 저승에 대한 통제—혹은 벽사(辟邪)—는 곧 이승의 안녕과 질서를 의미하는 것이었다. 결국, 안다는 것은 권력을 의미하는 것이었다.

> 토속에서 그것을 '산조(山猓)'라고 하는데, 사람의 성명을 알면 사람을 해칠 수 있다. 그런 까닭에 그처럼 집요하게 애써서 왕씨에게 이름을 물어 본 것인데, 알아내면 바로 그를 해치고 빠져나오려 했던 것이다.
>
> 土俗謂之山猓, 云知人姓名, 則能中傷人, 所以勤勤問王, 正欲害人自免.
>
> — 祖沖之, 『述異記』[16]

이 이야기에서 왕씨는 통발을 써서 게를 잡는 사람인데, 번번이 통발이 망가져서 게는 한 마리도 남은 것이 없고 단지 나무토막만이 망가진 통발에 있는 것을 이상하게 생각하였다. 그 나무토막이 요괴라고 생각한 그는 그것을 묶어 놓고 도끼로 쪼갤 것이라고 위협하였다. 그러자 요괴로 변한 나무토막은 왕씨의 이름을 가르쳐달라고 애원하였지만, 왕씨는 끝까지 자신의 이름을 밝히지 않은 채 그 요괴를 불살라버렸다. 앞에서 인용한 문장에서는 전지적 화자가 요괴의 이름이 산조이며, 왕씨의 이름을 알게 되면 그를 해칠 수 있다는 설명을 덧붙이고 있다. 이승의 도사에게 그렇듯이, 저승의 요괴에게도 안다는 것은 이승에 대한 지배를 의미하는 것이다. 이승과 저승의 충돌과 대결 구도 속에서 '인식'이 얼마나 중요한 의미를 지니고 있는지 이 이야기는 역으로 보여준다는 점에서 흥미롭다.

---

16 魯迅, 『古小說鉤沉』, 177면.

『수신기』에는 앞에서 인용한 책 외에도『백택도(白澤圖)』,『하정지(夏鼎志)』 등과 같은 참위서(讖緯書)를 곧잘 인용한다.[17] 도교적 지식인인 갈홍(葛洪)의『포박자(抱朴子)』에는 이 책들이 박물(博物)의 서적이자 벽사(辟邪)의 용도로 쓰였으며,『논백귀론(論百鬼錄)』으로는 천하의 귀신의 이름을 알 수 있다고 하였다.[18] 모두 지괴 장르가 가진 지식으로서의 서사, 혹은 메타서사적 특성을 잘 보여주는 예이다. 그런데 이와 같은 전지적인 화자의 존재가 가장 두드러지는 지괴서의 효시가 바로『산해경(山海經)』이다.

> …… 일찍이 효무황제(孝武皇帝) 때에 기이한 새가 헌상된 적이 있었는데 온각 먹이를 먹여도 먹으려 들지 않았습니다. 동방삭(東方朔)이 그것을 보고 그 새의 이름과 먹이를 아뢰었는데 그의 말과 똑같았습니다. 동방삭에게 어떻게 알았는지 물었더니 바로『산해경』에서 나왔다는 것이었습니다. …… 이로 말미암아 조정의 학자들 중에는『산해경』을 기이하게 여기는 사람이 많아지고 여러 학자들이 모두 읽고 배우면서 길조와 변괴를 보이는 사물을 살피고 먼 나라, 이상한 사람들의 풍속을 볼 수 있음을 기이하게 여겼습니다. ……
>
> …… 孝武皇帝時嘗有獻異鳥者, 食之百物, 所不肯食. 東方朔見之, 言其鳥名, 又言其所當食, 如朔言. 問朔何以知之, 卽山海經所出也 …… 朝士由是多奇山海經者, 文學大儒皆讀學, 以爲奇可以考禎祥變怪之物, 見遠國異人之謠俗 ……
>
> ― 劉歆,「上山海經表」[19]

---

17 干寶, 앞의 책, 91면.
18 李豊楙, 앞의 글, 9~13면; 葛洪,『抱朴子』「登涉篇」 참조.
19 정재서 역주,『산해경』, 민음사, 1993, 31면.

전국(戰國) 시대에 편찬된 것으로 추정되는 『산해경』은 지괴의 효시라고 할 수 있는 일종의 신화적 지리서이다. 유흠도 『산해경』이 유교적 경전이나 역사서와는 다른 기괴한 지식, 즉, 징조, 변괴, 이국과 이민족의 풍속 등을 다루고 있음을 시인하고 있지만, 『산해경』의 지식이 유용하며 견문을 넓혀주는 역할을 하고 있다는 데에는 이견이 없었다. 현대의 독자들이 『산해경』을 사실의 기록이라기보다는 상상의 산물이라고 여기거나, 순수한 상징체계로 보는 것과는 딴판이다. 『산해경』이나 『산해경』 이후에 등장한 유사한 경향의 책들은 그런 책들을 현대의 '자연과학' 서적이나 다름없는 것으로 간주했던 시대의 산물이었으며, 그런 인식 체계 속에서 저작되고, 유포되고, 소비되었던 것이다.

남해(南海) 저편에는 교인(鮫人)이 있는데, 물에서 살고 물고기와 비슷하고 옷을 만들어 입는다. 그가 울면 눈에서 구슬이 나온다.
南海之外, 有鮫人, 水居, 如魚, 不廢織績. 其眼, 泣, 則能出珠.
— 『수신기』 권12

세상에서 가장 많은 것은 물인데, 하늘을 뜨게 하고 땅을 실을 수 있을 정도이다. 높고 낮음을 막론하고 이르지 않는 곳이 없으며 만물이 물로 인해 윤택해지지 않는 것이 없다.
세상에서 가장 강한 것은 동해(東海)의 옥초(沃焦)이다. 물이 거기로 흘러들어 가기를 그치지 않는다. 옥초라는 것은 산의 이름인데, 동해의 남쪽 삼만 리 지점에 있으며, 해수가 그곳으로 흘러들어 가자마자 곧 말라버린다. 그러므로 물은 동남쪽으로 흘러가지만 가득 차는 법이 없다.
세상에서 가장 약한 것은 곤륜산(昆侖山)의 약수(弱水)이다. 고니의 깃털도 뜰 수 없다.
天下之多者水也, 浮天載地: 高下無所不至, 萬物無所不潤.

天下之强者, 東海之沃焦焉: 水灌之而不已. 沃焦者, 山名也, 在東海南方
三萬里, 海水灌之而卽消, 故水東南流而不盈也.
天下之弱者, 有昆侖之弱水焉: 鴻毛不能起也.

— 郭璞, 『玄中記』[20]

이 예들은 모두 『산해경』의 세계관을 공유하고 있으며, 『산해경』의
화자와 마찬가지로 그럴듯한 이야기를 만들어내려고 노력하기보다는
정확한 정보의 전달자에 만족하고 있다. 지괴 장르는 이러한 산해경적
인 잡박한 지식, 이승과 저승을 포괄하는 세계에 대한 총체적―우리에
게는 비체계적이고 비논리적인―인식을 보여주는 지식을 결코 외면
할 수 없었다. 이야기의 서사성(敍事性) 자체보다는 메타서사적 측면이
더 두드러지는 것도 산해경적 이야기의 공통적 특징이다. 이야기꾼 화
자의 태도로 본다면, 종정백 이야기의 화자의 태도로부터도 한참 후퇴
한 셈이다.

전지적 화자에 버금가는 지적인 등장인물들을 내세워 그들의 권위
를 빌리는 것도 지괴 장르에서 빈번하게 이용되었던 서사 장치였다.

한무제(漢武帝)가 쇠간처럼 생긴 물건을 보았는데, 땅 속으로 들어가는
움직이지 않았다. 이에 대해 동방삭(東方朔)에게 물으니, 동방삭은 "이것
은 근심의 기운이 쌓인 것인데 오직 술만이 그 근심을 잊게 할 수 있으니,
이제 술을 그 위에 붓는다면 곧 없어질 것입니다"고 하였다.
漢武見物如牛肝, 入地不動, 問東方朔, 朔曰: "此積愁之氣, 惟酒可以忘愁,
今卽以酒灌之, 卽消."

— 劉義慶, 『幽明錄』[21]

---

20 魯迅, 『古小說鉤沉』, 373면.

장화(張華)는 먼지 같은 것은 황하(黃河) 하류의 용연(龍涎)이며 진흙은 곤산(崑山)의 진흙이고 그 아홉 개의 도시는 구관(九館)이고 그 신선의 이름은 구관대부(九館大夫)이고 그 양은 의룡(瘱龍)이며, 그 첫 번째 구슬을 먹으면 천지와 함께 영원히 장수하고, 두 번째 구슬을 먹으면 수명을 늘리는데, 세 번째 것은 단지 굶주림을 면할 뿐이라고 말했다.

華云; 如塵者是黃河下龍涎, 泥是崑山下泥, 九處地仙名九館大夫, 羊爲瘱龍, 其初一珠, 食之與天地等壽, 次者延年. 後者充飢而已.

―『유명록』[22]

앞의 예에서는 동방삭과 장화가 등장하여 이물(異物)이나 저승 세계에 대한 설명을 독자에게 제공한다. 삼천년을 살았다는 전설적 인물인 동방삭은 한무제와의 관계를 통해서 숱한 전설을 파생시켰으며, 결국 『한무고사(漢武故事)』에도 등장하여 서왕모(西王母)와 인연이 있는 반신적(半神的) 존재로 그려지고 있다. 지괴서에 자주 등장하는 유향(劉向)도 박학다식한 인물로 유명하며, 일찍이 연금술(鍊金術)에 관한 책을 선제(宣帝)에게 바쳤다가 황금을 만드는 데 실패하여 옥사(獄死)할 뻔했다는 일화가 있을 만큼 지괴 장르에서 내세우기에 적합한 인물이다. 장화는 이물과 이국에 대한 전설을 모아 『박물지(博物志)』 400권을 저술한 것으로 알려져 있는데, 따라서 그의 해박함은 당시 이론의 여지가 없었을 것이다.

장화가 등장하는 두 번째 이야기에서는 어떤 남자가 깊은 동굴 속으로 떨어졌다. 그는 이 동굴을 기어나가 휘황찬란한 도시, 즉, 선향(仙鄕)에 도착하게 되었고, 한 노인을 만나 양 같이 생긴 짐승을 보게 되었다.

---

21 위의 책, 244면.
22 위의 책, 256면.

노인이 그 짐승에게서 두 개의 구슬을 얻어서 하나는 자기가 먹고 나머지 한 개는 그에게 주었는데, 이로 인하여 그는 굶주림을 면할 수 있었다. 노인은 이곳을 나가게 되면 이 일을 장화에게 물어보라고 가르쳐주었다. 그가 고향으로 돌아가 장화를 만나 그가 겪은 일을 이야기하자, 장화는 앞에서 인용한 것처럼 그가 갔던 곳이 어디인지, 그가 만났던 노인이 누구인지, 그 짐승이 무엇이고, 그 구슬이 어떤 기능을 하는 것인지 일일이 일러주었다. 우연히 선향을 발견하였던 한 남자의 이야기에서 끝났다면, 이 이야기는 단순히 흥미로운 경험의 서술에 그쳤을 것이다. 장화의 등장으로 이 주인공의 경험은 단순한 흥미에서 벗어나 비로소 사실성과 함께 진지한 지식으로서의 '권위'를 획득하게 되는 것이다. 이렇게 본다면 지적인 화자와 함께 권위적이고 박학한 인물들의 등장은 메타서사가 두드러지는 지괴의 특성을 가장 잘 드러내는 지괴 특유의 서사 장치라고 할 수 있다.

이제 꽤 즐길만한 이야기로 보이는 귀신을 팔았다는 종정백 이야기로 돌아가 보자. 이 이야기가 전달하고 있는 저승 세계에 대한 유익한 정보를, 혹은 권위적 지식을 찾을 수 있는가? 이 이야기에서도 저승 세계는 인식의 대상으로 재구성되고 있는가? 이에 대한 대답은 그렇다는 것이다. 이 이야기를 통해서 당시의 독자들은 어쩌면 귀신의 여러 가지 속성을 파악할 수 있었을 것이다. 이 이야기에 따르면, 귀신은 가볍고 물을 건널 때 소리가 나지 않으며, 사람의 침을 싫어한다는 속성을 가지고 있을 뿐 아니라, 다른 존재로 변화할 수도 있다.[23] 그러나 이 이야기에서 가장 중요한 것은 저승은 이승과 대칭 / 대립되는 또 다른 세계이며, 이승을 지배하거나 이승보다 우월한 세계는 아니라는 것이다.

---

23 Anthony C. Yu, ""Rest, Rest, Perturbed Spirit!" Ghosts in Traditional Chinese Prose Fiction," *Harvard Journal of Asiatic Studies*, vol.47, no.2, 1987, p.407.

그것은 오히려 저승에 대한 지식을 통해서 보통 사람들도 인식하고 통제할 수 있는 세계인 것이다. 여기에 바로 지괴 장르의 존재 이유, 또는 괴이한 것을 말해야 하는 이유가 있다고 할 수 있다. 이로부터 지괴는 저승을 통제함으로써 이승까지 장악할 수 있는 유일한 지적 권력의 매체가 되는 것이다.

이때 지괴 작자는 단순한 이야기꾼이 아니다. 그는 유일무이한 지식의 담지자이자 강력한 권력자인 것이다. 그럼에도 불구하고 종정백 이야기가 지금까지 우리가 살펴보았던 지괴 이야기와 다른 점이라면, 바로 이야기의 유쾌함을 억압하지 않고 그 가능성을 탐색하였다는 점일 것이다. 즉, 지괴 작자가 지식의 담지자일 뿐만 아니라 그럴듯한 이야기를 꾸며내는 이야기꾼일 수도 있다는 사실을 은폐하거나 억압하지 않고 자유롭게 드러내었다는 점에서 주목할 만하다. 이 시기의 사람들이 의도적으로 '소설적 글쓰기'를 시도한 것이 아니라 하더라도 그냥 자연스럽게 그렇게 흘러갔다고 이해하는 것이 옳을 듯하다, 물론 이야기의 '본질적' 유쾌함, 즉, 이야기의 유희에 더욱더 탐닉하게 된 광범위한 이야기의 청중 혹은 독자층의 형성과 더불어 말이다.

이것은 지괴의 흐름이 처음 시작될 때에 그것이 단편적 지식이나 경험의 기록에 지나지 않았다는 것을 보여준다. 그러나 시간이 지나면서 이야기가 조금씩 길어지고, 내용이 조금씩 복잡해졌으며, 그 결과로 애초의 핵심적인 지식이나 정보는 뒷전으로 하면서 '재미있게' 꾸며진 이야기들이 늘어났고, 이것이 본격적으로 문학성을 지닌 이야기로서의 지괴라는 흐름을 형성하기 시작했다. 이것은 결국 애초에는 문학성과는 관계없다고 생각한 '건조한' 지식의 제시에 그치던 것이 점차 내재적인 문학성을 지닌 이야기로 발전하는 과정을 보여주며, 이 이야기의 발전이 궁극적으로는 중국에서 소설적 글쓰기의 시작이 되었다고 생각한다.[24]

그리하여 위진남북조 시대 이후의 괴이한 이야기—전기(傳奇)나 이후의 지괴 장르—와 이야기꾼 화자는 점점 더 이야기의 유쾌함을 추구하게 된다. 그것은 저승에 대한 특수한 지식을 전달하는 매체로서의 지괴의 역할로부터는 점차 멀어지게 됨을 의미하는 것이다.

지괴의 작자와 독자

앞에서 우리는 지괴가 단순한 오락 이상의 이야기였음을, 저승에 대한 다양한 의문들을 진지하게 풀어보려고 노력했던 이야기였음을 알 수 있었다. 괴이한 것을 말하는 의미가 당시 사회에서는 진지하게 받아들여졌던 것처럼 보인다. 장르의 측면에서 볼 때 그것은 허구적인 서사, 즉, 소설의 일종으로 여겨졌다기보다는 오랫동안 역사 서술을 보충하고 보완하는 잡사(雜史)나 잡전(雜傳)의 일종으로 간주되었다.[25] 그러면서도 지괴는 이전의 공식적 역사 장르와는 구분되는 새로운 장르였다. 지괴는 당시 어떤 문화적 상황 속에서 생산되었으며, 지괴의 작자와 독자는 어떤 사람들이었는가? 지괴의 생산, 유통, 소비의 과정에 대해서는 알려진 것이 거의 없지만, 그럼에도 불구하고 지괴 작자와 독자의 관계를 좀 더 구체적으로 파악하려고 노력한다면 지괴 장르

---

24 서경호, 『중국문학의 발생과 그 변화의 궤적』, 문학과지성사, 2003, 358면. 이 책에서도 '소설적 가능성의 발견'을 보여주는 예로 종정백—또는 송정백(宋定白)—이야기를 들고 있다.

25 『수서(隋書)』「경적지(經籍志)」와 『구당서(舊唐書)』「예문지(藝文志)」 등에서는 간보의 『수신기』, 조비의 『열이전』, 도잠(陶潛)의 『搜神後記』 등을 사부(史部)의 잡전류(雜傳類)로 분류하고 있다.

의 특성을 좀 더 깊이 이해할 수 있을 것이며, 더 나아가 후대로 갈수록 더욱 다양한 허구적 서사 장르들이 발전하게 된 경로를 추적할 수 있게 될 것이다.

루쉰은 지괴 작자에는 문인과 신도―도교도와 불교도―가 있다고 말하고, 문인들의 저작은 그 목적이 종교를 신성하게 하는 데 있었던 것은 아니지만, 그러나 또한 의식적으로 소설을 쓴 것도 아니었다고 지적하고 있다.[26] 루쉰 이후의 소설사에서도 대체로 이러한 구분이 지켜지는 것 같은데, 당시 문인과 교도 사이의 이러한 이분법적 경계가 실제 지괴서에서 얼마나 반영되고 있는지는 매우 불확실하다. 다만 분명한 것은 모든 지괴 작자가 당시 문인 사회―문벌귀족(門閥貴族) 사회―의 구성원이었으며, 지괴의 생산과 유통, 소비 구조도 당시 문단의 특성을 반영하고 전체 문학적 생산과 유통, 소비 구조의 맥락 속에서 파악될 수 있는 성질의 것이었다는 전제이다. 현존하는 지괴 텍스트조차 원래의 모습을 파악하기가 어려운 상황 속에서 지괴의 작자와 독자, 그 독서 관습에 관한 것은 일부 지괴서에 남아 있는 서문과 지괴 작자에 대한 열전, 혹은 지괴 텍스트 자체로부터 그 편린을 긁어모아 추측할 수밖에 없다. 특히, 지괴 텍스트 속에서 화자와 청자(聽者) 간의 관계를 드러내주는 일련의 언설들은 텍스트를 벗어난 현실 속의 작자와 독자 사이의 관계를 짐작하게 해준다는 점에서 주목할 만한 자료라고 할 수 있다.

이에 앞서 우선 지괴 작자와 독자가 속해 있던 문인 집단은 어떤 특성을 가지고 있었을까? 이에 대하여 본고에서는 개괄적인 측면을 간략하게 지적하는 데에서 만족하고자 한다. 이를 전체적으로 자세하게 분석하기에는 이미 당시의 문인 집단은 상당히 다양화되어 있었기 때문

---

26 루쉰, 『중국소설사』, 107면.

이다. 우선 위진남북조 시대에 문인 집단—더 정확히 말하자면, 위진남조(魏晉南朝), 즉, 육조의 문인 집단—은 다수가 문벌귀족 사회의 구성원으로 구성되어 있었다는 점을 지적해야 할 것이다.[27] 후한말(後漢末)에 정치 토론인 청의(淸議)[28]를 통해서 반정부적 향론(鄕論)을 주도하는 청류파(淸流派) 지식인들이 등장하게 되었고, 이들이 이후 위진남조 사회의 문벌귀족을 형성하게 되었다. 위진남조 시대에 와서 이들은 관직을 독점하였을 뿐 아니라 관직을 세습함으로써 정치적 특권을 보장받았으며, 대토지 소유를 통해서 경제적 특권도 누리고 있었다. 이처럼 정치경제적 특권을 장악하였던 문벌귀족에 대항하여 당시의 관료제도에서 실무 능력을 갖추고 있었던 '한문(寒門)' 출신 지식인들의 끊임없는 도전과 추격이 없었던 것은 아니지만, 문벌귀족이 육조 사회 전체가 붕괴될 때까지 '문화적 주체'로서 활약하였다는 사실을 부인하기는 어렵다.

당시의 문벌귀족이 정치, 경제적 특권을 독점한 상황에서 문화적 특권도 독점했을 것이라는 가정은 논리적으로 당연한 것이다. 정치적 지위와 경제적 안정, 모든 문화적 소통의 독점이 바로 문화적 주체로서의 그들의 지위를 보장해 주었기 때문이다. 문벌귀족은 특히, 문단—문학적, 학술적 저작과 문화적 교류를 포함하는—의 활동에서 주도권을 행사하였는데, 그들은 문화적 환경, 이를테면, 서적 등을 독점함으로써 지식과 정보 자체뿐만 아니라 지식과 정보의 흐름, 그 연계망을

---

27 이에 대해서는 박한제, 「위진남북조 귀족제의 전개와 그 성격」, 『강좌중국사 II』, 지식산업사, 1989; 王瑤, 『中古文學思想』, 香港: 香港中流出版社, 1973 참조. 문벌이라는 용어에 대해서는 박한제, 앞의 글, 24면 참조.

28 한대에는 낙양(洛陽)과 지방의 군국(郡國)에 인물의 품평을 주관하는 명사(名士)가 있었으며, 수도의 태학(太學)에는 수만 명의 태학생이 있었다. 그들은 여론을 주도하면서 외척과 환관의 전횡에 불만을 품고 태학 등에서 환관을 공격하였다. 시정(時政)을 논하고 공경(公卿)을 품평하는 이들의 활동을 '청의(淸議)'라고 하였다.

독점하였던 계층이었다.[29] 간혹 문벌이 아닌 한문 출신 문인들의 활동이 없었던 것은 아니지만, 그들이 독자적 활동을 했던 것은 아니었다. 문벌귀족이 문학적 커뮤니케이션의 연계망을 장악하고 동일한 지위를 지닌 문사들을 중심으로 배타적인 문단을 구성하였기 때문이다.

이 문벌귀족이 중시하였던 현학(玄學)과 청담(淸談)은 당시의 학문과 문단 활동을 지배하였다. 현학과 청담은 각각 한대 경학과 태학(太學)의 청의에서 비롯된 것이었다. 한대 경학과 청의는 모두 유교 이데올로기에 충실하였고 현실 참여와 비판에 중점을 두고 있었지만, 하안(何晏)과 왕필(王弼)에 이르러 『주역(周易)』과 노장(老莊)의 현리(玄理)를 중시하는 현학과 청담으로 변모하면서 원래의 의미는 점차 퇴색되었다.[30] 이 노장 사상 및 도교적 관념이 반영된 유선(遊仙) 사상은 문벌귀족을 비롯한 문인 사회 전체에 깊숙이 침투되었다. 당시 도교와 불교의 종교적 영향 아래에서 형성된 지괴 장르도 당시 문인 사회의 전체적 경향으로부터 탈피한 문화 현상은 아니었다고 할 수 있다.

---

29 한대부터 경학(經學)은 특정한 가문을 중심으로 서로 다른 학설을 전수하고 있었고, 대대로 전해 내려오는 이러한 가교(家敎)를 중시하는 관습은 육조의 문벌귀족에게도 여전히 유지되고 있었다. 문벌귀족들이 대대로 문사(文史)를 장악할 수 있었던 것은 이처럼 폐쇄적인 학문 교류의 풍토 때문이었다고 할 수 있다.

30 현학은 한대 경학에서도 비주류에 속했던 양웅(揚雄), 왕충(王充) 등을 선구로 하여, 하안, 왕필이 육경(六經) 중 『주역』을 가장 중시하고, 또한 노장(老莊)을 내세움으로써 시작되었다. 특히, 왕 필의 『주역』 주석은 의리(義理)를 중시하고 성(性)과 천도(天道)를 중시하여 현풍(玄風)을 고취하였다고 평가되고 있다. 이들은 형이상학적 '현리(玄理)'를 담론의 주제로 삼음으로써 한대 이래의 정치 담론인 청의를 청담으로 변모시켰다. 이 청담은 서진대(西晉代)에 가서 더욱 성행되어 이후로는 문벌귀적의 생활에서 빼놓을 수 없는 요소가 되었으며 저작보다도 더 중시되었다. 『세설신어』에는 문벌귀족의 청담을 중시하는 생활상이 잘 묘사되어 있다.

역사가로서의 지괴 작자

간보나 장화 같은 대표적 지괴 작자들은 문벌귀족의 기가관(起家官)이었던 저작랑(著作郎) 또는 좌저작랑(佐著作郎)의 관직에 있었는데, 이 관직은 국사를 편찬하는 일을 관장하였다. 지괴 작자와 저작랑의 관직 사이에는 밀접한 연관성이 있었으며, 아마도 출세를 위한 방편으로 지괴 등의 저작을 하지 않았을까 하는 추측이 가능하다.[31] 지괴 작자가 저작이 출사(出仕)의 유일한 방편이던 한문 출신의 지식인이었을 것이라는 주장이 있지만, 이에 대해서는 많은 논란의 여지가 있다.[32] 어쨌거나 중요한 것은 이들이 저작랑이라는 관직에 종사하면서 기본적으로 역사가의 태도를 가지고 지괴 이야기를 수집하고 기록하였을 것이라는 사실이다. 이런 면에서 볼 때 저작랑이라는 관직이 지괴의 저작 경향에 상당한 영향을 미쳤던 것은 사실이었던 것 같다.

앞에서 살펴본 것처럼, 지괴를 역사의 아류인 야사(野史), 즉, 잡사(雜史)나 잡전류(雜傳類)로 분류한 것도 역사 편찬에 관심을 가지고 있었던 지괴 작자들이 지괴에서도 사전체(史傳體)를 따르고 있었기 때문이었다. 지괴 작자들이 역사가의 면모를 가지고 있었다는 것은 지괴의 편

---

31 저작랑 및 좌저작랑의 관직에 대해서는 『진서(晉書)』 「직관지(職官志)」 또는 王國良, 『魏晋南北朝志怪小說研究』, 臺北: 文史哲出版社, 1984, 27면 참조. 지괴 작자와 저작랑의 관계에 대해서는 吳宏一, 「六朝鬼神怪異小說與時代背景的關係」, 『中國古典文學硏究叢刊―小說之部 (一)』, 55~90면.

32 이러한 논란에 대해서는 박소현, 「위진남북조 지괴의 서사 특성에 관한 연구」, 서울대 석사논문, 1995, 19~22면 참조. 이밖에 캄파니도 지괴 작자들이 한문 출신의 지식인들이었다고 단정하기는 어렵다고 지적하고 있다. 지괴 작자 중 어떤 이들은 분명 낮은 가문 출신임이 분명하지만, 문벌 귀족 출신의 유명한 문인들이 이러한 종류의 글쓰기에 참여하였던 것도 부인할 수 없는 사실이었다. 예를 들면 『세설신어』와 『유명록』의 작자로 알려진 유의경은 송(宋)을 건국한 무황제(武皇帝)의 조카였으며, 비교적 빈한한 집안 출신으로 알려진 장화조차도 후에 중요한 관직에 임명되었다. Campany, 앞의 책, pp.168~173 참조.

찬 과정이 역사의 편찬 과정과도 일맥상통하고 있다는 사실을 이미 간보의 「수신기서」에서 확인하였다. 간보는 생소한 현상을 기록하고, 빠진 기록들을 대조, 복원, 재구성하는 일뿐만 아니라, '소설(小說)', 즉, 사소한 이야기를 수집하였다는 '패관(稗官)'처럼 구전으로 전해 내려오는 민간 설화까지 채록하였다고 토로하고 있다. 이런 점에서는 박람하기로 유명한 장화도 마찬가지였다.

장화는 자(字)가 무선(茂先)으로 태어날 때부터 총명하고 슬기로웠고, 신비하고 기이한 도참(圖讖)과 위서(緯書)를 살펴보기를 좋아하였으며, 천하의 일실된 기록을 수집하기를 좋아하였다. 그리하여 서적으로부터 신괴(神怪)의 일을 살피는 것으로 시작하여 항간에서 떠도는 이야기까지 모아 『박물지』 400권을 지어 무제에게 바쳤다.

張華字茂先, 挺生聰慧之德, 好觀秘異圖緯之部, 捃采天下遺逸, 自書契之始, 考驗神怪, 及世間閭里所說, 造『博物志』四百卷, 奏于武帝.

－ 王嘉, 『拾遺記』 卷9[33]

장화는 서적을 애지중지하였는데, 그가 죽었을 때에는 집안에 다른 재산은 없고 오직 문사(文史)의 서적만이 서가에 흘러 넘쳤다. 일찍이 이사를 간 적이 있는데, 이때 책을 실은 수레가 삼십 대나 되었다. 비서감(秘書監) 지우(摯虞)가 관서(官書)를 찬술하고 교정할 때는 모두 장화의 책을 바탕으로 하여 교정 작업을 하였다. 천하의 기이하고 신비스러운 희귀한 서적은 모두 장화가 가지고 있었다. 그리하여 세상의 모든 사물에 대한 지식에 두루 능통하여 세상에 견줄 자가 없을 정도였다.

華愛書籍, 身死之日, 家無餘財, 惟有文史溢于机篋. 嘗徙居, 載書三十乘.

秘書監摯虞撰定官書, 皆資華之本以取正焉. 天下奇秘, 世所希有者, 悉在華所. 由是博物洽聞, 世無與比.

―『晉書』「張華傳」 卷38[34]

　지괴를 편찬하는 과정에서 중요한 것은 작자의 독창성이 아니라 광범위한 자료의 수집이었다. 지식으로서의 서사를 추구하는 지괴로서는 당연한 과정이었겠지만, 보다 중요한 것은 지괴가 역사 기록에서 누락된 자료들을 주로 다루었다는 점이다. 따라서 지괴는 당시 정사(正史)와 같은 기존의 기록 양식이 끌어안기 어려웠던 일종의 비공식적인 지식, 그러나 그럼에도 불구하고 기록할 가치가 있다고 여겨지는 지식의 백과사전이자 역사였다고 할 수 있다. 따라서 지괴 작자들은 역사가로서의 엄정한 저술 태도를 지키면서도 유교적 정통 문인들과는 다른 지식을 추구하고 있었다. 장화, 간보, 갈홍(葛洪), 왕가(王嘉) 등은 모두 '박람'하고 '홍박(弘博)'하여 천하의 기이한 사물에 대하여 모르는 것이 없었을 정도였다.

　장화가 대표적으로 보여주는 서적에 대한 탐욕과 애착은 지괴 작자의 성향을 잘 말해준다. 그들은 무엇보다도 그들이 광범위하게 축적한 지식의 정확한 전달에 가장 큰 관심을 기울였으며, 새로운 은밀한 지식의 획득과 독서에 대한 탐욕스러운 지적 열망을 보여준다. 애초부터 그들이 '이야기하기'의 유혹에 빠졌다기보다는 은밀하고 신비스러운 지식을 안다는 것, 그것을 소유하는 것 자체에 대한 갈망이 더 컸다고 할 수 있다. 따라서 신비스러운 지식을 '유희적'으로 이야기하는 것은 지괴 작자의 원래 의도와는 거리가 멀다. 이 때문에 지괴서들은 우리가 흔히 기대하는 것처럼 이야기책에 가까운 것이 아니라, 잡학(雜學)

---

[34] 위의 책, 120면.

한 정보들의 체계적인 정리집에 가깝게 되었다. 또한, 여러 가지 이질적인 지식들—신화, 전설, 민담, 지리, 박물 등—을 수집하였을 뿐만 아니라, 지괴와 유사한 다른 저작들을 인용함으로써 지괴 이야기를 '학문의 계보' 속에 끌어들였다. 지괴는 이리하여 단순히 책들의 책, 잡박한 백과사전이 되었을 뿐만 아니라, 일정한 한 학문 분야의 계통을 형성하게 되었던 것이다. 장화의 예가 보여주듯, 그것은 '도서관'에서 작성되었다. 그것은 "한 권의 책 안에 이미 씌어진 책들 안에서 이루어진, 그리고 그 엄밀히 기록 문서적인 성격으로 인해 이미 말해진 것의 재언(再言)이 되는 일련의 언어 요소들을 조합해낸다. 말하자면, 도서관은 열려져 있고 목록이 작성되어 있으며 하나의 새로운 공간 안에서 구분되고 반복되고 조합되었"던 것이다.[35]

우리에게는 신비로운 이야기 이상도 그 이하도 아닌 지괴가 그네들에게는 다른 문화적 의미를 가지고 있었다는 사실은 당시의 문화적 맥락을 고려하면서 지괴 텍스트에 접근해야 할 필요성을 느끼게 만든다. 그러나 어찌 되었건 지괴는 본질적으로 서사적이다. 그것은 애초부터 합리적이고, 공식적이고, 체계적이고, 지배적인 지식, 즉, 쉽게 지배 이데올로기에 종속되고 도구화될 수 있는 담론으로부터 소외되고 일탈한 비공식적 지식이며, 이러한 지식들은 거대담론 밖에서 '이야기'될 수밖에 없는 존재이기 때문이다. 지괴 작자들은 '이야기'를 통해서, 특히, 역사의 틀을 빌려서 합리적인 체계로부터 벗어난 이 지식들을 합리적으로 설명하고 체계화하려고 노력한 지식인들이었다. 그들에게 지괴의 대상인 '저승'은 종교적 구원의 대상도, 유희적 이야기의 대상도 아니었다. 그것은 진지한 학문적 추구의 대상이자 그 존재를 증명할 수

---

35 미셸 푸코, 「도서관 환상」, 김현 편, 『미셸 푸코의 문학 비평』, 문학과지성사, 1989, 232~233면.

있는 경험적—단순한 환상이 아닌—대상이었다. 예를 들면, 간보는 아버지의 애첩이 소생하여 이승으로 돌아온 개인적 경험의 이야기를 통해서 『수신기』의 저작 동기를 설명한다.[36] 이처럼 지괴의 대상은 '이야기'를 통해서만이 그 존재를 증명할 수 있는 대상이었던 것이다.

방사(方士)로서의 지괴 작자

사관(史官)으로서의 지괴 작자는 그들이 본질적으로 지배적인 역사 기록의 양식과 유교적 역사관으로부터 벗어나기 어려운 측면을 보여준다. 그러나 지괴 작자에게는 이와 또 다른 측면이 있었다. 바로 방사(方士)와의 밀접한 연관성이었다. 지괴 이야기가 가지는 내재적인 신비로움, 은밀함, 그 도피적 경향은 이미 비주류의 방사들의 세계관을 공유하고 있음을 보여준다.

지괴 작자들이 방사와 연관되어 있다는 것은 누차 강조되어 온 사실이다. 루쉰이 이미 무(巫)와 방사의 활동이 지괴의 발생에 끼친 절대적인 영향을 언급한 이래로 왕궈량(王國良)의 『위진남북조 지괴소설 연구(魏晋南北朝志怪小說研究)』(1984)나 허우쭝이(侯忠義)의 『한위육조소설사(漢魏六朝小說史)』(1989) 등에서 지괴 생산의 배경으로 방사의 활동과 방술(方術)의 성행이 거론되지 않은 적이 없다. 특히, 왕야오(王瑤)의 연구는 지괴와 방사와의 관계를 본격적으로 파고들고 있다는 점에서 주목

---

[36] 간보의 아버지 간영(干瑩)에게는 총애하는 애첩이 있었는데, 간영이 죽자 그녀를 시기한 어머니에 의해 산 채로 순장되었다. 간보 형제는 나이가 어려서 이 사실을 잘 모르고 있었는데, 십 년이 지나 어머니가 돌아가시자 합장을 위해 아버지의 묘를 열었다. 그런데 그 첩이 관 위에 엎드려 있었고 아직도 살아 숨을 쉬고 있었다. 결국 소생하였는데, 간보의 아버지가 항상 음식을 갖다 주었고 그녀와 함께 잤으며, 생전과 다름없이 사랑해주었다는 이야기를 하였다. 간보의 형도 일찍이 병이 나서 숨이 멈췄다가 다시 깨어났는데 천지 귀신의 일을 보았다고 하였다. 『晋書』「干寶傳」卷82 ; 侯忠義, 앞의 책, 148~149면 참조.

할 만하다.[37] 왕야오는 한대 이후로 방술이 성행하고 방사가 활발한 활동을 벌인 사실에 근거하여 지괴와 방사와의 밀접한 연관성을 역설하고 있다.[38]

그렇다면 방사란 어떤 사람들이었는가? 방사 자체가 다양한 의미를 지닌 용어였다. 방사의 '방(方)'이라는 것 자체가 여러 가지 의미를 지니고 있었다. 방사의 '방'은 사방(四方)이라는 지역의 의미와 방법의 의미가 내포된 것이었다. 케네스 드워스킨(Kenneth J. Dewoskin)은 방사의 연원은『주례(周禮)』로 거슬러 올라간다고 주장한다.[39]『주례』에는 방사의 원형으로 추측되는 세 가지 유형의 관직이 등장하는데, 첫째, 지방에서 분쟁을 해결하고 중앙에 이를 보고하는 관리인 '방사(方士)'가 있고, 둘째, 지방씨(地方氏), 회방씨(懷方氏), 훈방씨(訓方氏), 합방씨(合方氏), 형방씨(形方氏), 직방씨(職方氏)로 구성되어 있는 '육방씨(六方氏)'가 있는데 이들은 모두 사방을 경계하는 '지방관'이었다.『주례』에 나오는 위의 방사와 방씨는 연금술과 주술의 복합인 방술에 능통함으로써 무당과도 유사한 특성을 보이는 한대 방사와는 확실히 구분되는 존재들이었다. 마지막으로『주례』에 보이는 '방상씨(方相氏)'는 무당과 유사한 한대의 방사에 가깝다. 방상씨는『주례』에서 무당으로 나타나며, 이후 위진남북조 시대까지 귀신을 물리치는 무당으로서, 다른 한편으로 요괴로서 나타나기도 한다.

한대에 들어오면, 방사라는 용어가 상당히 많이 쓰이게 된다.『사기

---

37 王瑤, 「小說與方術」, 『中古文學思想』, 153~194면.

38 『습유기』의 작자인 왕가나 『신선전(神仙傳)』의 작자인 갈홍은 유명한 방사들인 동시에 도교의 조종(祖宗)이 되었던 사람들이다. 『수신기』의 작자인 간보도 갈홍과 가깝게 지내었으며, 장화도 기이한 신비주의적 서적을 많이 소장하고 있었다고 한다. 이 밖에도 직접적인 언급은 없지만 지괴 작자들이 방사와 활발히 교류하면서 그들로부터 많은 지식을 습득하고 수집했을 가능성은 충분하다.

39 Kenneth J. Dewoskin, "A Source Guide to the Lives and Techniques of Han and Six Dynasties Fang-shih," *Journal of Chinese Religion* No.9, 1981, p.81 참조.

(史記)』「봉선서(封禪書)」와 『사기』 중의 「진시황본기(秦始皇本紀)」와 「회남왕안전(淮南王安傳)」 등을 살펴보면, 방사와 함께 도사, 도술, 방술, 방기(方伎), 방략(方略)이라는 말도 함께 사용되었다. 이때의 방사에는 사방(四方)의 문사로서의 방사라는 의미도 포함되어 있었는데, 한대에 들어와 경학과 방술이 서로 혼합되던 현상과 관련이 있는 것이라고 할 수 있다.[40] 한대 경학의 입장에서는 방사와 유생(儒生)은 엇비슷한 존재들이었다. 이 경우, 방사는 음양오행(陰陽五行)이라는 우주의 질서정연한 법칙을 관찰하고 적용하는 문사 내지 술사(術士)의 의미를 지니고 있었다. 방사는 전국 시대에 연(燕)과 제(齊) 나라―지금의 산동(山東)과 하북(河北)의 일부 동북 지방―를 중심으로 유행하던 음양오행설을 직접 계승하였고 음양오행설에 바탕을 둔 참위설의 전문가였던 반면, 한대의 유학은 음양오행설과 참위설의 영향을 깊이 수용함으로써 '유생의 방사화'로 불리는 현상이 생겨날 정도였으므로, 음양오행설과 참위설의 연구에 있어서는 유생과 방사가 공통적이었다고 할 수 있다.

따라서 한대 방사의 위치는 유생에 비교할 만큼 상당히 높은 것이었다고 할 수 있다. 정치 지향적이고 현실주의적인 유생과 달리, 그들은 신선술(神仙術)과 연단술(煉丹術) 등의 연마를 통해서 종교적이면서도 개인적, 은둔적인 경향과 함께 고도로 기술적인 성향을 보여준다는 점에서 차별성을 드러내고 있지만, 그럼에도 불구하고 그들은 한대 황실로부터 상당한 신임과 존경을 받았던 지식인들이었다.[41] 방사의 출신 지역이었

---

[40] 이러한 현상에 대해서는 顧頡剛, 이부오 역, 『중국 고대의 방사와 유생』, 온누리, 1991 참조.

[41] 방사의 신비주의적이고도 종교적인 성향 때문에 그들이 상층 계급보다는 하층 계급과 더 가까운 관계를 유지하고 민중 문화의 영향을 더 많이 받았을 것이라는 생각은 순전히 선입견일 수 있다. 앞에서도 언급했듯이, 방사는 미신이 아니라 원시과학적(proto-scientific)인, 매우 전문적이고도 특수한 지식의 담지자로 여겨졌다. 이러한 주장의 좀 더 면밀한 전개를 보고자 한다면, Campany, 앞의 책, pp.164~168 참조.

다는 연과 제 나라는 중원의 주변부였다.[42] 이 지역은 일찍이 중원의 화하(華夏)족과는 경쟁 관계에 있었던 동이(東夷)족의 터전이었으며, 불사와 신선 사상이 일찍부터 발달하여 중원 문화에도 심오한 영향을 미쳤던 곳이기도 하다. 『사기』「봉선서」에는 제 나라의 위왕(威王)과 선왕(宣王), 연 나라의 소왕(昭王)이 '방사'의 말을 믿고 불사약을 구하기 위하여 동해(東海)에 있는 삼신산(三神山)―봉래산(蓬萊山), 방장산(方丈山), 영주산(瀛洲山)―을 찾아 거기에 살고 있는 신선을 만나려 했다는 이야기가 있다. 따라서 방사는 중원 지역으로부터 연원한 유가(儒家) 문화와는 또 다른 이질적인 문화를 흡수한 사람들이었다고 할 수 있다.

『사기』「봉선서」를 통해서 본 방사의 모습은 중원 문화의 주변에 위치하면서 오경(五經)보다는 위서(緯書)나 기서(奇書)에 능통한 '문사(文士)'인 동시에 다양한 기술을 익히고 실행하는 '주술사(呪術師)'였다. 특히, 한대의 방사는 신선술과의 밀접한 연관성을 보여주는 주술사의 면모를 지니게 되었다. 신선술이란 신선이 되기 위한 실천적 방법을 가리키는 것으로, 여기에는 호흡법인 복식(服食), 식이 요법인 복이(服餌)와 벽곡(辟穀), 체조와 유사한 도인(導引), 신선이 되게 하는 선약(仙藥)과 금단(金丹)을 만드는 연단술, 장생불로를 위한 양생술(養生術)이 포함된다. 이때부터 방사와 방술이라는 용어는 도사(道士), 도술(道術)이라는 용어와 혼동되어 사용되는 경향이 나타나기 시작하였다.

『사기』와 『한서(漢書)』에만 하더라도 도사와 도술은 '도를 실천하는 선비' 또는 '치인치세(治人治世)의 법술(法術)'을 의미하였지만, 후한대(後漢代)에 가면 도사와 도술은 완전히 방사와 방술의 의미와 동일한 것으로 여겨졌다.[43] 이런 현상이 나타난 것은 참위설이 한대 유학에 영향

---

42 『사기』「봉선서」에 이러한 기록이 보인다.
43 『후한서(後漢書)』「방술전(方術傳)」을 비롯하여 이후의 『삼국지(三國志)』「위서(魏書)」「방술전(方術傳)」, 『진서(晋書)』「예술전(藝術傳)」 등에 쓰이는 방사와 방술, 도사

을 미치면서 소위 도술의 내용에도 변화를 주어서 방술과 결합되었던 때문이다. 따라서 도술은 원래 성인의 도로서 정치적인 의미가 강하였지만, 참위설의 영향으로 방술에 보이던 개인적, 사회적 실천의 '방법론'의 의미를 포함하게 된 것이다. 한편, '도사'라는 용어에도 시대의 흐름에 따라 다른 의미가 부가되었다. 그것은 도교의 출현과 성행의 과정과 깊은 연관을 가지고 있었는데, 신선술을 행하던 방사라는 용어에는 원래 기술적 의미가 강하였지만 도사에는 '초인적' 능력을 행사한다는 의미가 부가된 것으로 방사가 신선술 이외에도 귀신을 쫓는 주술, 의술, 은신술, 둔갑술까지도 다루는 것으로 믿어지면서 생긴 변화였다. 이러한 변화의 과정을 거쳐서 위진남북조 시기에 이르면 도사라는 용어가 광범위하게 사용되었고, 이 도사의 원류는 다름 아닌 전국 시대 때부터 활동해 온 방사였던 것이다.

방사라는 명칭에서도 알 수 있듯이 원래의 방사에는 방법, 즉, 전문적 기술에 능통하다는 '기술자'로서의 의미가 강하다. 방술은 음양오행설과 참위설, 무술(巫術), 신선술 등을 포괄하고 있었는데, 우리에게 그것은 민간 종교적 미신과 원시적 형태의 일종의 '자연과학'—나름대로 자연을 분석하고 탐구하는 체계를 만들었다는 점에서—이 뒤섞인 형태로 나타난다. 그러나 그것은 단순히 종교적 영역에만 속하는 것은 아니었고, 그들에게는 확실히 세계와 우주 전체에 대한 논리적이고 객관적인 인식의 결과로 여겨졌던 것 같다. 전국 시대 이후에도 진 나라의 진시황(秦始皇) 등이 신선술과 불로장생에 깊은 관심을 가졌으며, 이 때문에 방사 서불(徐市) 등이 삼신산을 찾기 위하여 발해(渤海)로 떠났다는 이야기는 매우 유명한 전설로 남아 있다. 이로 미루어 볼 때 방사의 활동은 유가의 견제를 받으면서도 꾸준히 진화함으로써 전국 시대

와 도술은 완전히 동일한 의미를 가지고 있었다.

를 거쳐 진한대에 이르러 더욱 활발해졌던 것 같다.

한대에는 한 왕조의 비호를 받아 오히려 도가 세력이 흥성하였는데, 이때의 도가는 법가와 결합하여 '황로술(黃老術)'로 발전하면서 『老子』와 『莊子』 등에도 그 단초가 보이는 양생법도 점차 체계화되기 시작하였다. 무제 때에는 더 많은 방사들이 등용되었으며, 회남왕(淮南王) 유안(劉安)도 도가적인 양생법과 연금술에 본격적인 관심을 표명함으로써 이에 대한 이론적 체계를 다듬는 데 큰 공헌을 하였다. 이처럼 신선술과 연금술의 담지자였던 방사 집단은 후한대에 이르러서는 종교적 색채가 농후한 교단적(敎團的) 존재로 발전하였고, 그 중에서도 강력한 조직을 갖춘 대표적인 교단이 장릉(張陵)의 오두미도(五斗米道)와 간길(干吉)의 태평도(太平道)였다. 이때 '도교'는 종교로서 새로운 국면을 맞이하였으며, 이전의 철학적 도가와는 완전히 다른 길을 걷게 되었다. 특히, 피지배층을 대상으로 하는 종교 집단을 구성함으로써 도교는 피지배층을 쉽게 설득하고 포섭할 수 있는 인과응보와 권선징악의 논리를 강조하고 민간 신앙에 근거한 주술적 특성을 강화하였다.[44] 그리하여 후한대에 오면 방사들은 그들 자신이 신선이 되어 여러 가지 신이한 일을 행할 수 있는 능력이 있는 것으로 믿어졌으며, 이로써 방사는 기술적 전문가를 뛰어 넘어 종교적인 측면이 강화된 '도사'로 불리게 되었던 것이다. 후한대까지 계파별로 개별화되어 전해져 내려오

---

44 이 주술은 '월방(越方)'에서 기원한 것인데, 월방이란 월 지방에서 귀신에게 제사를 드리는 방법을 가리키는 것으로 주술이 포함되어 있었다. 이것은 본래의 방사와는 성격이 다른 것이었지만, 『후한서』「방술전」에는 이러한 술사들이 등장하고 있다. 예를 들면, 모습을 감추고 벽을 통과하는 능력을 지닌 해노고(解奴辜), 장초(張貂) 등이 그러하였다. 이러한 능력을 가진 사람들이 신선으로 숭배되고, 그들은 일종의 교단을 조직하고 재액(災厄)을 물리치고 신이(神異)를 일으킴으로써 신앙을 널리 유포시켰다. 이러한 주술은 원래의 신선술과는 거리가 있는 것이었다. 이러한 월방에 능했던 방사로는 서등(徐登), 조병(趙炳), 유근(劉根) 등이 있었는데, 이들은 월방에 능하여 질병을 치료하고 신자를 모아 교단을 조직했을 것으로 추측된다.

던 방술을 통합하여 정리한 이는 동진(東晉)의 갈홍(葛洪)이었다. 신선술의 내용도 원래는 연금술을 위주로 하는 것이었으나, 도인(導引), 행기(行氣)의 체조와 호흡법, 식이 요법뿐만 아니라 방중술(房中術), 주문, 예언 등과도 함께 복합적으로 발전하게 되었다.[45]

요컨대 방사는 중원의 오경을 중심으로 하는 학문 체제와는 거리가 멀고, 샤마니즘(Shamanism)에 연원을 둔 이질적인 지식의 체계를 추구하는 이방의 지식인이자 주술사들이었다.[46] 그들은 신선술이나 주술에 능통한 한편 신비주의적 우주론적인 지식을 독점하면서, 오히려 유교적 전통에 심오한 영향을 미친 전문적 지식인들이었다. 결국 방사는 샤마니즘과 신선 설화, 노장사상, 음양오행설, 심지어 유학까지도 포괄하는 여러 가지 이질적인 전통이 혼효되고 교차하는 복합적 존재였다고 말할 수 있다. 우리의 선입견과 달리, 방사가 전국 시대부터 위진 남북조 시대에 이르기까지 꾸준히 지배 계층의 주목을 받았으며, 사실 피지배 계층의 민중 문화와 더욱 긴밀하게 연결되어 있었다는 어떤 결정적 증거도 없다. 그러나 그럼에도 불구하고, 그들은 중원 중심의 유교적, 합리주의적, 현실주의적 문화 전통의 영원한 '타자'였다. 방사들의 문화는 여전히 신비주의적이고, 주변 문화적인 전통을 간직하고 있었던 것이다.

'문화적 타자'인 방사들이 새로운 형식의 글쓰기를 필요로 했으며, 이야기에 주목했다는 것은 우연이 아니다. 유가와 방사의 가장 큰 차

---

45 도교의 진화 과정 및 방사와의 연관성, 도술과 도교적 수행의 발전 과정에 대해서는 葛兆光, 심규호 역, 『도교와 중국문화』, 동문선, 1987 참조.

46 방사의 원형이 무당(shaman)이었을 것이라는 주장은 조셉 니담(Joseph Needham), 이석호 등 공역, 『중국의 과학과 문명 II』, 을유문화사, 1986; 왕야오의 『중고문학사상』; 정재서, 『불사의 신화와 사상—산해경·포박자·열선전·신선전에 대한 탐구』, 민음사, 1994 등에서 제기되었다. 방사가 능통한 것으로 알려진 주술적 의식—주문과 부적, 재초(齋醮) 의식을 포함하는—은 원래 무속에서 기원한 것이며, 방사의 귀신을 물리치는 능력도 방사와 무당의 연관성을 보여주는 예이다.

이점은 이야기, 특히, '괴이한 것을 말하는 것'―즉, 어괴(語怪)―을 인정하느냐 하는 것이었다. 방사의 학설과 담론이라는 것도, 마치 무당인 샤만이 온갖 구전되어 오는 신들의 이야기를 전승하는 이야기꾼이었던 것처럼, 구전되어 오는 이야기에 상당 부분 의존하고 있었다. 방사가 샤만의 문화를 간직하고 있었던 측면에서 볼 때, 확실히 민간 신앙 및 민중 문화와의 연관성을 완전히 배제하기는 어렵다. 그들이 유교적 담론에 대항하기 위하여 내세운 것은 바로 이야기였다. 왕이나 귀족을 설득하여 신선술의 비법을 확신하게 만드는 방법도 역시 이야기였다. 그들은 연단술의 복잡한 과정이나 귀신을 물리치는 방법, 양생의 천인합일적(天人合一的) 원리를 직접 설명하는 대신, 신선이 된 수많은 은사들과 명사들―한무제와 회남왕을 포함하여―의 이야기를 들려줌으로써 더욱 강한 인상을 남겼다. 방사들에게는 이야기가 단순한 흥밋거리 이상이었으며, 그들의 학설과 사회적 위치를 정당화하고 강화시키는 중요한 수단이었던 것이다.[47] 방술적 지식에 능통했던 문사로 알려진 동방삭이나 『습유기』의 작자인 왕가에 이르기까지 그들이 '골계'에 능하여 배우 같았다는 것은 그들이 능란한 이야기꾼으로서의 자질도 갖추고 있었음을 보여준다.[48] 이 때문에 왕야오 같은 연구자들은 방사의 배우적 기질이 무당과의 연관성을 보여주는 결정적 증거라고 주장하고 있지만, 사실 방사와 고대의 무(巫), 즉, 샤만의 결정적 동질성은 그들이 다중적 역할을 해낸 존재들이었다는 점이다. 말하자면, 샤만은 주술적인 치료를 하는 의사이자, 제사를 주관하고 귀신을 다스리는 제사장이자, 온갖 이야기―지식과 역사, 제도의 총체였던―

---

47 이야기꾼 방사에 대한 논의로는 王瑤, 앞의 책, 172~186면 참조.
48 『漢書』「東方朔傳」, "訪達多端, 不名一行, 應諧似優, 不窮似智.", 『晋書』「藝術傳」卷 95,「王嘉傳」, "輕擧止, 醜形貌, 外若不足, 而聰濬內明. 滑稽好語笑, 不食五穀. 不衣美麗, 淸虛服氣, 不與世人交遊."

의 담지자이자, 정치적인 통치자라는 다중적 역할을 감당했다. 이와 마찬가지로 방사들도 의사이자, 연금술사이자, 귀신을 다스리는 주술 사이자, 이야기꾼이자, 지식인이라는 다중적 역할을 해내었던 것이다.

이처럼 여러 가지 측면에서 관찰되는 방사의 문화적 양면성, 혹은 다중성은 방사의 문화적 위치를 이해하기 위하여 반드시 거론되어야 할 특성이다. 그들은 변방 출신으로 신비주의적, 서민적, 지방적인 문화 전통을 대변하지만, 한편으로 한대 경학과 영향을 주고받으면서 유교적 합리주의 문화 전통과 끊임없는 타협을 시도하였던 문사였다는 점에서 유가적 지식인과 큰 차이가 없었다. 둘째로, 그들은 연금술사와 주술사로서, 의사과학적(擬似科學的)인 기술을 보유하고 있었던 반면, 과학적 담론과는 구별되는 서사 형식에 주목하였다는 것이다.

이러한 방사의 양면성은 지괴 작자들에게서도 관찰된다. 모든 지괴 작자들이 방사였거나 방사와 밀접한 교유를 가졌던 것은 아니었다. 더구나, 장화나 간보 같은 이들은 저작랑 등의 관직을 거치면서 유교적 관료로서의 길을 착실히 걸었다는 점에서 은둔적 성향이 강하거나 출사(出仕)와 같은 공식적 루트에 비교적 무관심하였던 방사와는 구분된다. 그럼에도 불구하고 방사의 양면성이 방사가 아닌 지괴 작자들에게도 발견된다는 것은 이들이 기존의 정통적인 문학 전통—경학, 역사, 철학적 담론, 시부(時賦) 등—으로부터 이탈하여 새롭고도 비주류적인 시도를 하고 있었음을 의미하는 것이다. 이들은 확실히 기존의 전통적인 문학 장르들이 담아낼 수 없었던 서사적 지식들, 주변 문화적인 전설과 민담들에 주목하였다.

게다가 지괴 작자들은 민간 설화를 채록하는 과정에서 자연스럽게 민중 문화, 또는 지방 문화와의 친연성을 보여줄 수밖에 없었다. 지괴의 생산은 강남 지방으로 이주하게 된 동진 시대 이후로 더욱 활발해졌는데, 이 사실은 동진 왕조가 정착한 오(吳) 지방이 연, 제, 초(楚) 지방과 함께 무속적이고 신비주의적인 전통이 지배적인 지역이었다는 것과 연관이 있다. 동진 왕조가 이 지역에 정착하기 전에도, 이미 삼국 시대 오나라가 이 지역을 지배하기 위하여 중원 지역과는 이질적인 토착 문화를 영위했던 월족(越族)을 정복해야만 했다. 이 과정에서 오의 지배층은 어쩔 수 없이 토착 문화와 접촉하면서 토착 문화의 영향을 받게 되었으며, 이로 인하여 원래의 중원 문화와는 또 다른 문화적 특성을 띠게 되었다. 오의 지배층은 오가 멸망한 이후에도 강남 지방의 대토지를 경영하면서 상당한 경제력을 갖추고 있었는데, 동진 왕조가 이주해오자 그들은 동진 왕조의 문벌귀족 사회에 흡수되기는 했지만 중원 문화를 영위하는 화북의 문벌귀족 또는 문인들과의 상당한 문화적 차이를 완전히 은폐하기는 어려웠을 것이다. 지괴 작자들은 오 이후로 강남 지방에 정착한 토착 귀족이거나, 토착 귀족 및 토착 문화와 밀접한 관계를 유지했을 가능성이 크다. 그들이 문헌 자료와 함께 구술 자료의 수집에도 관심을 가졌기에, 패관에 의해 수집된 '소설' 장르와 친연성을 가지는 새로운 장르, 지괴가 탄생될 수 있었을 것이다.

따라서 우리는 지괴 작자들이 유교적인 중원 문화를 바탕으로 하여 이질적인 남방 문화를 접목시키는 매개적 역할을 했던 지식인들이었다고 추측해볼 수 있다. 지괴 작자들은 이방적 지식인이었던 방사와 교류하면서 이질적 지식을 받아들였으면서도 유교 전통을 견지하는 관료, 혹은 문인으로 활동하였다. 지괴 작자와 방사가 계층적으로나 문화적으로 완전히 일치한다고 보기는 어렵더라도, 마치 방사가 그랬던 것처럼, 지괴 작자도 지방 문화와 중원 문화가 활발한 상호영향을 주고받았던 육조 시대의 특수한 상황 속에서 상반되는 두 문화를 매개하는 다리 역할을 하였다고 볼 수 있다.

다른 한편, 지괴 작자의 양면성은 유교 전통의 합리적인 언술 체계—허구성이나 '설화적 상상력'을 철저히 거부하는 사전 문학의 언술 체계와 논증의 언술 체계—속에서 '이야기', 즉, 서사를 통해서 유교 전통으로부터 일탈한 지식을 설명하려 한다는 데서 명백히 드러난다. 이것은 피할 수 없는 모순이다. 공자 이래 공식적으로 괴이한 것을 말하는 것을 금기시하였던 유교 전통에서 지괴 작자가 찾은 해결책은 유교적, 합리적, 비서사적 언술 체계—즉, 메타서사—와 서사를 결합하는 것이다. 서사는 저승 세계를 보여줄 수 있는 유일한 매체인 반면, 전통적 글쓰기와의 절충적 방식으로 저승에 대한 합리적 해석이 필요하였다. 이리하여 지괴 장르는 괴이한 것을 말하기 위하여 필연적으로 그것을 합리화하는 독특한 장르가 되었던 것이다. 이처럼 지괴 작자의 양면성은 지괴의 장르적 특수성과 그 문화적 의미를 이해하는 데 중요한 실마리가 된다고 할 수 있다.

지괴의 독자

그렇다면 어떤 사람들이 지괴를 읽었을 것이며, 지괴는 어떤 사람들을 대상으로 생산되었던 것인가? 지괴 장르가 공식적 장르가 아니었고, 위진남북조 시대에 와서야 다수의 작품들을 생산한 비교적 새로운 비공식적 장르였다면, 지괴의 작자만큼이나 독자도 당시 새롭게 출현한 계층이었을 것이며 적어도 새로운 '기대지평'을 가진 계층이었을 것이다. 지괴 독자에 대한 구체적인 자료가 거의 전무한 상황에서 독자의 기대지평을 이야기한다는 것은 순전한 추정에 불과하지만, 그럼에도 불구하고 지괴의 장르적 특수성을 여러 가지 측면에서 관찰할 수 있다는 점에서 이러한 추정이 아주 무의미한 것은 아니라고 생각한다.
　위진남북조 시대에 와서 경학 이외의 문학 창작과 문단의 활동이 이전 시대와는 비교할 수 없을 정도로 다양해지고 활발해진 것은 사실이다. 지괴가 문자로 기록될 수 있었다는 사실 자체가 문자로 표현하고 포괄하는 대상이 상당히 광범위해졌음을 가리킨다. 그러나 여전히 문자와 서적은 소수 지배계층의 전유물이었으며, 지괴의 독자층도 문벌귀족 사회의 테두리를 크게 벗어나지 않았다고 추측해 볼 수 있다. 당시 문벌귀족은 유교 전통을 따르고 있었음에도 불구하고 노장사상, 도교, 불교 등 유교와는 계통이 다른 이질적인 전통에 상당한 영향을 받고 있었다. 이러한 문화적 영향이 지괴의 저작을 가능하게 하였던 것이다.

그러나 지배적인 유교 전통 아래에서 희의적 시선은 항상 존재하게 마련이다. 지괴 작자는 신비주의 전체를 부정하는 극단적 회의론자를 의식하고 경계하였던 것 같다. 귀신이 없다고 주장하는 무귀론자(無鬼論者)들이 그러하였다. 증거 없이는 존재를 부정하는 합리주의적인 회의론자들을 의식하여 지괴 작자는 권위 있는 서적이나 통설, 권위 있는 학자를 내세워 귀신의 존재를 증명하려고 노력한다. 그래도 믿지 않는다면 어떻게 해야 할까?

완첨(阮瞻)은 평소 무귀론(無鬼論)을 주장하였는데, 세상에 그 누구도 그에게 논리적으로 대적할 사람이 없었다. 항상 스스로 합리적인 이치로 유명(幽明)의 세계를 변증할 수 있다고 자부하였다. 문득 어떤 귀신이 나그네가 되어 통성명을 하고 완첨에게 이르렀는데, 서로 대면하여 인사를 한 후, 곧바로 명리(名理)에 대하여 담론하였다. 나그네는 매우 재기가 넘쳤지만, 마지막으로 귀신의 일에 이르러서는 도리어 매우 참담하게 패배하고 마침내 굴복하고 말았다. 이에 곧 안색이 변하면서 말하였다.

"귀신에 대해서는 고금의 성현도 모두 전하는 말씀이 있는데, 어째서 그대만 홀로 없다고 하시오? 내가 바로 귀신이오!"

이에 다른 형체로 변하더니 눈 깜짝할 사이에 사라져 버렸다. 완첨은 너무 놀라 멍하니 있었고, 그 안색이 크게 나빠졌다. 이듬해 병으로 죽었다.

阮瞻素秉無鬼論, 世莫能難; 每自謂理足可以辨正幽明. 忽有一鬼, 通姓名作客詣阮, 寒溫畢, 即談名理; 客甚有才情, 末及鬼神事, 反覆甚苦, 遂屈. 乃作色曰: "鬼神古今聖賢所共傳, 君何獨言無也? 僕便是鬼!" 於是忽變爲異形, 須臾消滅. 阮嘿然, 意色大惡. 後年餘病死.

— 유의경, 『유명록』[49]

귀신의 존재는 귀신조차 스스로 증명하기 어렵다. 어쩌면 이승의 논리적인 설명으로는 영원히 불가해한 존재일 수도 있다. 귀신의 존재를 증명하는 것은 그 존재를 직접 '징험(徵驗)'하고 '이야기'하는 것 이외에는 달리 방도가 없다는 것을 이 이야기는 보여준다. 그러고 나서 이야기의 청자 혹은 독자는 여전히 귀신의 존재에 대한 증거를 요구하는 '어리석음'을 보이기보다는 그것을 믿는 것이 낫다. 그렇지 않다면 완첨처럼 귀신의 존재를 직접 징험하게 될 터이고, 목숨을 잃은 완첨의 경우에서 보듯이 그것은 스스로 화를 자초하는 일이 될 것이다. 위험한 회의론자들에 대한 가장 설득력 있는 경고일 터이다. 어쨌거나 무귀(無鬼) 논쟁 이야기는 괴이한 것을 말하는 화자와 그것을 듣는 청자 사이에 존재하는, 끝까지 사라지지 않을 미묘한 긴장 관계와 대결 구도를 보여준다. 화자는 항상 그가 거짓이 아닌 진실을 말하고 있다고 청자를 확신시키려 하며, 청자는 화자의 이야기에 항상 흥미를 느끼면서도 미심쩍은 태도를 취한다. 화자가 청자로서 '종교적 신도'를 가정하는 것은 아님을 의미한다고 볼 수도 있을 것이다.

무귀 논쟁은 이 이야기 외에도 『수신기』 등에도 출현한다. 원래 무귀론에는 유래가 있다. 귀신의 존재뿐만 아니라 요괴와 신선, 저승과 선계의 존재, 삶과 죽음의 신비로운 경계에 대한 의문은 오랫동안 계

---

49 魯迅, 『古小說鉤沉』, 257면.

속되어 온 학술적인 논쟁의 대상이었고, 저승 세계에 대한 다양한 이야기들이 그대로 진지한 지식 자체가 될 수 있었던 것이다. 공자와 묵자(墨子)를 비롯한 제자백가도 무귀론을 다루었으며, 한대의 왕충(王充)에 이르러서는 다양한 이변이나 귀신, 죽음 등의 현상에 대한 이성적 설명을 제공함으로써 무귀론은 본격적으로 그 모양새를 갖추기 시작하였다. 왕충의 논의는 위진남북조 시대에 이르러 더욱 회의주의적인 무귀론으로 발전하였으며, 완첨, 완수(阮脩), 완적(阮籍) 등이 그 대표적인 무귀론자였다. 앞의 이야기의 주인공인 완첨은 사실 실재 인물이었던 것이다. 실제 무귀론자를 지괴 이야기에 등장시킴으로써 강력한 논적(論敵)을 공격하고 조롱하는 방법—이야기의 또 다른 자유로움이자 이야기의 지속성의 이유일 수 있다. 그러나 지괴의 비판적 독자층은 우리의 상상 이상으로 지괴의 장르적 규칙이나 범주를 형성하는 데 결정적 영향력을 행사했을지도 모른다.

장화(張華)는 ……『박물지』 400권을 지어 무제(武帝)에게 바쳤다. 무제가 조서를 통해서 장화를 다음과 같이 힐난하였다.

"그대의 재주는 만대에 이르는 역사를 종합하고 있으니 그 박식함은 비할 데가 없을 정도여서 멀리 복희(伏義)로부터 근대의 공자에 이르기까지의 역사를 망라하고 있다. 그러나 사건을 기록하고 이야기를 수집하는 것에 역시 허황된 거짓이 많으니, 마땅히 다시 깎아내고 잘라내어 쓸모없는 긴 글이 되지 않도록 하여야 한다. 옛날 공자께서 『시경』과 『서경』을 편찬하실 때 귀신과 저승에 관한 일에 대해서는 언급하지 않으셨고, 기괴한 일과 무력에 관한 일, 병란의 일, 귀신의 일에 대한 이야기는 하지 않으셨다. 그런데 이제 그대의 『박물지』는 보지도 듣지도 못한 것을 가지고 독자를 놀라게 하고 있어 장차 후생을 혼란에 빠뜨리고 사람들의 눈과 귀를 어지럽힐까 걱정스럽다. 그러니 허황되고 의심스러운 부분을 잘라내어

10권으로 만드는 것이 좋겠다."

> 張華 …… 造『博物志』四百卷, 奏于武帝. 帝詔詰問. "卿才綜萬代, 博識無
> 論, 遠冠羲皇, 近次夫子, 然記事采言, 亦多浮妄, 宜更刪剪, 無以沉長爲文!
> 昔仲尼刪『詩』,『書』, 不及鬼神幽昧之事, 以言怪力亂神, 今卿『博物志』, 驚
> 所未聞, 異所未見, 將恐惑亂于後生, 繁蕪于耳目, 可更芟截浮疑, 分爲十卷!"
>
> — 왕가,『습유기』권9[50]

장화가 서진(西晉)의 무제 사마염에게 『박물지』를 바쳤는지의 여부
에 대해서는 논란이 많다.[51] 그러나 이 이야기를 통해서 우리는 지괴의
비판적 독자층의 존재에 대하여 여러 가지 힌트를 얻을 수 있다. 그들
은 여전히 유교적 합리주의 전통에 근거하여 지괴를 읽고 있다는 것,
그럼에도 불구하고 괴이한 이야기를 완전히 없애기보다는 존속시키
는 주체라는 것, 장화 같은 지식인의 박학함을 인정하고 있으나 완전
히 신뢰하고 있는 것은 아니라는 것. 결국 무귀 논쟁에서 볼 수 있었던
작자와 독자 사이의 줄다리기는 여전히 사라지지 않고 있다고 할 수
있다. 『박물지』가 원래 400권―실제 권수가 중요한 것이 아니라―에
이르렀다는 것은 축적된 지식의 양이 생각보다 방대하였음을 가리킨
다. 그것을 10권으로 만들었으니 전체의 2.5%에 불과하다. 그것은 원
래의 저작 의도가 무엇이었는지 짐작조차 하기 어려울 정도의 극히 작
은 일부분에 불과하며, '유교적' 편집자가 원 저자의 의도를 완전히 왜
곡하였을 가능성도 풍부하다. 그만큼 지괴 장르는 유교적 합리주의 전
통의 부담을 영원히 제거할 수 없었으며, 사실 유교적 전통 바깥에서
가 아니라 안에서 이야기되고 존속되었다. 지괴 장르는 이미 저승에

---

50 侯忠義,『中國文言小說參考資料』, 108면.
51 李劍國,『唐前志怪小說史』, 南開大學出版社, 1984, 262면.

대한 이질적 지식을 유교적 원칙에 따라 선택적으로 수용한 장르였다. 이런 관점에서 본다면 지괴 장르가 다른 전통적인 유교적 장르들과 완전히 대립하거나 상충한다고 보기는 어렵다.

일사(逸事)라는 것은 모두 전대의 역사에서 버려진 부분들을 후세 사람들이 기록한 것으로, 이설을 찾아 사실을 보충하는 것이 많은데, 망령된 자가 그것을 하게 되면, 전해들은 이야기를 겨우 그대로 싣기만 하고, 선택적으로 싣지는 못하니, 이로부터 진위가 분별되지 않고, 옳고 그름의 판단도 혼란스럽게 된다. 예를 들면, 곽자횡(郭子橫)의『동명기』와 왕자년(王子年)의『습유기』가 그러한데, 이 책들은 전체가 거짓된 말로 구성되어 있어서 어리석고 속된 사람들을 놀라게 하는데, 이 책들의 폐해는 심각하다고 할 것이다.

逸事者, 皆前史所遺, 後人所記, 求諸異說, 爲益實多, 及妄者爲之, 卽苟載傳聞, 而無銓擇, 由是眞僞不別, 是非相亂. 如郭子橫之洞冥, 王子年之拾遺, 全構虛辭, 用驚愚俗, 此其爲弊之甚者也.

— 劉知幾,『史通 · 雜說』[52]

장래의 호사가들[好事之士]이 그 요체를 기록해 두어 다행히도 마음을 노닐게 하고 눈길을 머물게 하는 데 어떤 결점이 없으면 좋겠다.

幸將來好事之士錄其根體, 有以游心寓目而無尤焉.

— 간보,「수신기서」[53]

엄격한 유교적 역사가의 관점에서 지괴 장르를 본 유지기는 지괴 장르가 역사를 보충하는 기능에 대해서는 긍정하고 있지만, 선택적 수용

---

[52] 侯忠義, 앞의 책, 154면.
[53] 위의 책, 139면.

이 필수적이며 그렇지 않을 경우에는 이야기의 진위와 관련하여 독자의 혼란을 야기할 수 있다고 주장한다. 이에 대하여 지괴 작자의 변은 이러하다, 호사가들의 눈길을 끄는 정도면 족하다고. 그는 역사가로서, 그리고 스스로의 실제 경험에서 우러난 진지한 태도를 가지고 지괴를 대하면서도 독자에 대해서는 매우 겸허한 태도를 보인다. 작자의 겸사에 불과한 것으로 여기는 것이 옳겠지만, 지괴 독자층의 실체는 사실 다름 아닌 호사가였다는 사실은 부인하기 어렵다. 그들 대부분이 순수한 호기심과 이야기의 즐거움에 이끌려 지괴를 읽었으리라.

　그럼에도 불구하고 「습유기서(拾遺記序)」를 쓴 양(梁)의 소기(蕭綺)는 유지기가 허황한 책으로 비판한 왕가의 『습유기』를 높이 평가하고 있다. 그는 『습유기』가 전란을 거치면서 일실된 것이 많은 것을 안타깝게 여기고 원래 19권 220편에 이르던 『습유기』 중 잔존하는 기록들을 모아 10권으로 재편집하였다고 한다. 따라서 그는 『습유기』의 적극적인 독자이자 편집자인 셈이다. 그러면서 그는 『습유기』가 복희(伏羲), 염제(炎帝)로부터 서진에 이르기까지 14대에 걸친 역사를 담아내었으며, 『산해경』, 『하정지』에도 실리지 않은 일을 수집하여 기록하였으니 세상에 다시는 없을 정도로 박람하다[絶世而弘博]고 평가하였다. 뿐만 아니라, 지금은 비록 『습유기』의 잔결(殘缺)만이 남아 있으나, 그 자취를 추적해 보노라면 경사(經史)의 뜻에 비추어 통하고 '진괴(眞怪)'를 고찰하여 징험하였다[影徹經史, 考驗眞怪]고 평가하고 있다.54 여전히 지괴가 역사를 보충한다는 효용론의 테두리를 벗어난 견해는 아니지만, 유지기가 지적한 '허사(虛辭)'에 대한 비판에 '진괴'라는 새로운 개념을 내세워 변론하고 있다는 점이 눈에 띈다. 단순히 거짓말만 늘어놓은 것이 아니라 역시 진실로 괴이한 것을 말하는 의미가 있다는 것이다. '현

---

54 위의 책, 151~152면.

명한 독자'라면 진괴를 허사와 분별할 수 있을 것이다.

　소기가 대표하는 독자층―허사와 진괴를 구분할 줄 아는 분별력 있는 독자―은 간보가 말한 '호사지사(好事之士)'보다 한걸음 더 나아간 이들이다. 그들은 괴이한 이야기를 무비판적으로 수용하고 소비하는 데서 그치지 않고, 괴이한 이야기의 진정한 의미를 읽고 재생산하는 독자들이다.

　이제 나는 다시 옛 신선 이야기를 뽑아 수집하였는데, 『선경』, 『복식방』 및 백가(百家)의 서적, 선사(先師)께서 말씀하신 것과 나이 많은 학자들이 논한 것에서 10권을 만들어 참되고 깊은 지식을 지닌 선비[知眞識遠之士]에게 전하고자 한다. 속세에 얽매인 무리들과 생각이 미묘한 경지에 이르지 못한 자들에게는 역시 억지로 보여주려고 하지 않을 것이다.

　予今復抄集古之仙者, 見於仙經服食方, 及百家之書, 先師所說, 耆儒所論, 以爲十卷, 以傳知眞識遠之士. 其繫俗之徒, 思不經微者, 亦不强以示之.

　　　　　　　　　　　　　　　　　　　　　　　　　　― 葛洪, 「神仙傳序」

　갈홍도 「신선전서」에서 소기와 유사한 입장을 견지하면서, 참되고 깊은, 광범위한 지식을 갖춘 선비를 이상적 독자층으로 내세우고 있다. 갈홍은 매우 단호하게 그가 저술한 『신선전』이 독자의 호기심이나 충족시키는 데서 그치는 단순한 이야기책이 아님을 역설하고 있다는 점에서 간보의 모호한 태도와는 구분된다. 그는 생각이 미묘한 경지에 이른 사람이 아니라면 독서를 보류시켜야 한다고 주장할 정도로, 까다로운 독자였던 유지기만큼이나 까다로운 작자의 모습을 보여준다. 갈홍의 독자층은 서진의 무제와 유지기처럼 유교적 전통에 의거한 비판적 독자층의 반대편에 위치한 사람들이다. 또한 그들은 잡박한 지식을 무비판적으로 소비하거나 역사를 보충하는 효용성만을 내세우는 호기심 많은 호사가들과도 구분되는 독자층이다. 이 '지진식원지사(知眞

識遠之士)’는 지괴가 견문을 넓히는 데 소용이 닿는 읽을거리가 아니라 학문의 진지성을 담고 있으며, ‘밀교(密敎)’적인 비밀스러운 정보를 은밀히 제공하는 장르라고 본다. 갈홍은 그의 저서 『포박자』「등섭편(登涉篇)」에서도 열성적으로 귀신을 물리치고 다스리는 방법을 강론하고 있는데, 지괴는 이와 같은 정보를 전달하기에 더없이 적절한 장르였던 것이다.

이처럼 지괴 독자들은 관점이나 경향의 차이를 보여주고 있지만, 그럼에도 불구하고 그들은 모두 공통적으로 지괴가 유용한 지식을 전달하는 매체라고 믿었다. 심지어 지괴에 비판적인 독자조차 선택적 수용이 지괴의 부정적 영향을 최소화하고 교정할 수 있다고 생각하였다. 게다가 학자이자 역사가이자 비평가이자 편집자이자 독자였던 지괴 작자와 독자층은 결코 분리되어 있지 않았던 만큼, 독자층의 요구는 지괴 작자와 그들의 저작에 직접적인 영향을 미쳤을 것이다. 그들의 역할은 우리 시대의 독자층의 역할을 훨씬 뛰어넘는 것이었다. 『박물지』를 무제에게 바친 장화의 경우처럼, 지괴를 통해서 자신의 재능과 학식을 과시하고 출사할 목적으로 지괴를 저술하였다면, 지괴의 저술과 장르적 규칙의 확립에 미친 지괴 독자층의 영향은 더욱 직접적이고도 노골적인 것이었을 터이다. 문헌을 통해서 지괴 독자층의 실체를 구체적으로 규명하기는 불가능하지만 독자층의 존재를 추정하는 작업은 지괴 장르의 특성을 이해하는 데 의미 있는 것임을 인정해야 할 것이다.

맺음말

루쉰의 중국소설사를 비롯하여 위진남북조 시대의 '소설사'에 이르기까지 지괴 연구의 출발점은 언제나 '소설'의 범주로부터였다. 근현대 중국문학연구자들은 모두 지괴 장르를 '소설'로 간주하는 데 이견이 없었다. 그러나 앞에서 살펴본 것처럼 지괴 장르의 생산과 소비를 둘러싼 지괴의 작자와 독자, 그들의 관계와 지괴에 대한 기대지평은 근대 혹은 전근대 독자와 청중이 소설에 기대하는 것과는 상당한 격차를 보인다. 지괴의 작자와 독자의 관계, 지괴 장르의 장르적 규칙과 서사 관습 등으로 미루어볼 때, 가장 눈에 띄는 것은 지괴는 결코 하찮은 이야기로 간주되지 않았다는 점이다. 이야기의 순수한 쾌락과 유희성은 단순히 부가되는 특성이었을 뿐, 지괴 장르가 추구했던 목적 자체는 아니었다. 지괴를 제대로 이해하기 위해서는 우리의 관점으로부터, 혹은 근대 문학사의 관점으로부터 출발할 것이 아니라, 역사적 맥락으로부터 출발해야 할 것이다.

지괴의 역사적 맥락을 살펴볼 때, 지괴는 소설이 아니라 서사로 표현된 지식이었다. 그것은 유교 전통과는 다른, 이질적 지식을 전달하는 매체였다. 서사성은 지괴 장르의 핵심은 아니었기에, 지괴 작자조차도 '요체만을 간추리는' 것이 중요하며, 역사를 보충한답시고 분별없이 주절거리는 것은 금기시하였다. 따라서 모든 지괴 '이야기'는 이야기답지 않은 간결성에 이야기를 압도하는 '메타서사'가 부가되어 있는 형태로 구성되었다. 지괴에 비판적인 독자들도 지괴가 특별히 오락을 추구하고 교훈적 메시지를 담고 있지 않은 사실을 비판한 것이 아니라, 지괴가 전달하는 이질적 지식의 위험성, 진위를 분별할 수 없는 그 모호한 경계성, 과학을 자처하는 신비주의의 무분별한 파급효과를 걱정하였을 뿐이다. 지괴는 서사의 형태로 당시 사람들이 공유하고 있던 자연과 세계, 우주에 대한 인식과 그들의 종교적 믿음을 보여주고 있을 뿐이다. 순수하게 이야기를 이야기로 즐기는 태도, 작자와 독자 사이의 이 암묵적인 약속의 실현은 아마도 지괴와는 다른 장르—이를테면 오락적인 공연 문학—에서 찾아야 할 것 같다. 위진남북조 지괴를 단순히 허구적 서사의 차원에서 보는 것은 아마도 단념하는 것이 나을 것 같다. 그러나 그 이후의 시대, 당대(唐代)부터도 괴이한 것을 말하는 의미는 완전히 바뀌었다. 당대 이후로 괴이한 것을 말하는 것은 종교적 믿음이나 우주관과는 크게 상관없는 것이 되어버렸다. 이제 그것은 비로소 순수한 이야기의 즐거움을 논할 수 있는 대상이 되었다고 할 수 있다.

참고문헌

班固,『漢書·東方朔傳』, 北京: 中華書局, 1997.

曹丕,『列異傳』, 魯迅 編,『古小說鉤沉』.

干寶, 黃滌明 譯註『搜神記全譯』, 貴州: 貴州人民出版社, 1991.

葛洪,『抱朴子·登涉篇』, 臺北: 臺灣中華書局, 1980.

郭璞,『玄中記』, 魯迅 編,『古小說鉤沉』.

劉知幾, 浦起龍 釋,『史通通釋』, 上海: 上海古籍出版社, 1978.

王嘉,『拾遺記』, 魯迅 編,『古小說鉤沉』.

姚思廉,『晋書』, 北京: 中華書局, 1997.

朱熹 集註, 성백효 역주,『論語集註』, 전통문화연구회, 2007.

侯忠義,『中國文言小說參考資料』, 北京: 北京大學出版社, 1985.

李劍國,『唐前志怪小說史』, 天津: 南開大學出版社, 1984.

李豊楙,「六朝精怪傳說與道敎法術思想」, 中國古典小說研究全集 3, 臺北: 聯慶出版社業公司, 1981.

魯迅 編,『古小說鉤沉』上·下, 香港: 新藝出版社, 1970.

王國良, 『魏晉南北朝志怪小說研究』, 臺北: 文史哲出版社, 1984.

王瑤, 『中古文學思想』, 香港: 香港中流出版社, 1973.

吳宏一, 「六朝鬼神怪異小說與時代背景的關係」, 柯慶明, 林明德 [共]主編, 『中國古典文學研究叢刊－小說之部 (一)』, 臺北 : 巨流圖書公司, 1979.

袁行霈, 候忠義 編, 『中國文言小說書目』, 北京: 北京大學出版社, 1981.

葛兆光, 심규호 역, 『도교와 중국문화』, 동문선, 1987.

顧頡剛, 이부오 역, 『중국 고대의 방사와 유생』, 온누리, 1991.

루쉰, 조관희 역주, 『중국소설사』, 소명출판, 2003.

미셸 푸코, 「도서관 환상」, 김현 편, 『미셸 푸코의 문학비평』, 문학과지성사, 1989.

박소현, 「위진남북조 지괴의 서사 특성에 관한 연구－지괴 산생의 사회문화적 배경과 관련하여」, 서울대 석사논문, 1995.

박한제, 「위진남북조 귀족제의 전개와 그 성격」, 『강좌중국사 II』 지식산업사, 1989.

서경호, 『중국문학의 발생과 그 변화의 궤적』, 문학과지성사, 2003.

정재서, 『불사의 신화와 사상－산해경·포박자·열선전·신선전에 대한 탐구』, 민음사, 1994.

정재서 역주, 『산해경』, 민음사, 1993.

조셉 니담(Joseph Needham), 이석호 등 공역, 『중국의 과학과 문명 II』, 을유문화사, 1986.

Anthony C. Yu, ""Rest, Rest, Perturbed Spirit!" Ghosts in Traditional Chinese Prose Fiction," *Harvard Journal of Asiatic Studies*, vol. 47, no. 2, 1987.

Kenneth J. Dewoskin, "A Source Guide to the Lives and Techniques of Han and Six Dynasties Fang-shih," *Journal of Chinese Religion* No. 9, 1981.

Kenneth J. Dewoskin, "The Six Dynasties Chih-kuai and the Birth of Fiction," Andrew Plaks ed., *Chinese Narrative: Critical and Theoretical Essays*, Princeton: Princeton University Press, 1974.

Robert Ford Campany, *Strange Writing: Anomaly Accounts in Early Medieval China*, Albany: SUNY Press, 1996.

당대(唐代) 정치 문인의 등장과 소설적 글쓰기[*]

담론 주체의 형성과 글쓰기 　　　　　　　　　　　　　_박지현

1. '사문(斯文)'의 전통과 과거제의 확립

　　흔히 당대 과거제도의 실시는 문벌-귀족 사회에서 문인-관료 사회로의 변화, 황제 중심의 중앙집권적 정치 체제와 탈세족적 신흥 사대부 계층의 형성이라는 맥락 속에서 언급된다. 그러나 대체로 이런 맥락 속의 논의들은 과거 제도가 새로운 관리 선발의 방식이었다는 점에 초점을 맞춰 구세대의 몰락과 신세대의 등장을 가져온 사회정치적 권력 이동의 매개적 수단이었다는 측면을 강조한 것으로, 과거제도 그 자체가 지니는 목적으로서의 의미, 다시 말해 그것이 실시될 수밖에 없었

---

* 이 글은 한국중국소설학회 간행 『중국소설논총』 제30집(2009.9)에 실린 것을 수정·보완한 것이다.

던 문화 혹은 문학적 맥락이라든지 지적 전통과의 관계, 제도가 담고 있는 내적 계기로서의 의미 — 결과론적 의미가 아닌 — 들에 대해서는 그리 깊이 있게 포괄하고 있지 않다.

피터 K. 볼은 당송 지성사의 변화를 '사문(斯文)'의 전통이란 관점에서 서술하면서 이 시기 새로운 사대부 계층의 등장을 대체나 변혁이 아닌 '연속과 변화'의 틀로 해석한 바 있는데, 그의 이러한 해석은 당시 과거제도가 담고 있는 문화적 혹은 지성사적 맥락의 의미와 계기들을 파악하는 데에 매우 유익한 관점과 내용을 제공한다.[2] 그에 의하면, 공자가 그토록 지키고 참여하고자 했던 '사문(斯文)' 즉 '우리 이 문화'는 모든 중국 왕조의 정통성을 부여하는 가장 중요한 표지이고 지식인의 정체성을 구성하는 가장 중요한 요소이다.

공자가 광(匡) 땅에서 언급한 이 '사문(斯文)'의 의미는 주(周) 문왕(文王)의 문화적 전통을 지칭하는 것으로 그것이 구체적으로 무엇을 가리키는 것인지는 밝혀져 있지 않다.[3] 그러나 적어도 당(唐) 왕조에 있어 이것은 자연적 질서로 표상되는 하늘의 이치 즉 천도(天道)와 인간 사회의 모든 제도, 고대의 문헌적 전통을 모두 포괄하는 것이었다. 천지가 만물을 만들어내는 자연 영역과 인간이 제도를 만들어내는 역사 영역은 규범적 가치들의 가장 중요한 근원이다. '우리 이 문화', 즉 '사문

---

2   피터 K. 볼은 기본적으로 '사문(斯文)'에 대한 이해에서 당송 시기 중국 지식인들의 정체성을 찾는다. 전체적으로는 문화적(cultural) 가치를 중시한 당대(唐代)의 사문이 윤리적(ethical) 가치를 중시한 도학자들의 사문으로 변화했다고 본다. 피터 K. 볼, 심의용 역, 『중국 지식인들과 정체성 — 사문(斯文)을 통해 본 당송 시대 지성사의 대변화』(*This culture of ours-Intellectual transitions in T'ang and Song China*, 1992), 북스토리, 2008.

3   『논어(論語)』 자한(子罕) 편에 나오는 이 부분의 내용은 다음과 같다. "공자가 광(匡)에서 두려워하는 마음이 있으시더니 말씀하셨다. 문왕(文王)은 이미 돌아가셨으나 문(文)이 여기 내게 있지 않은가? 하늘이 장차 이 문(文)을 없애려 했다면 내가 이 문(文)에 참여하지 못했을 것이다. 하늘이 이 문(文)을 없애지 않으셨으니 광 땅의 사람들이 나를 어찌하겠는가(子畏於匡. 曰, 文王旣沒, 文不在玆乎. 天之將喪斯文也, 後死者不得與於斯文也. 天之未喪斯文也, 匡人其如予何."

(斯文)'은 바로 그 두 가지를 결합하는 문명의 관념을 대표한다.[4]

당 왕조는 한대(漢代) 이후 근 4백 년간 지속된 분열의 시기를 통합하면서 왕조의 새로운 질서와 모범을 세우기 위해 기존의 모든 전통으로서의 제도와 형식들을 통합할 필요가 있었다. 개국 초기 조정의 학자들은 이 새로운 왕조가 '우리 이 문화'를 계승하고 구현할 것임을 보이기 위해 과거의 역사와 문학, 예제(禮制)와 경학을 전면 재검토했다. 황실 자체가 서북 지역 세가대족의 하나인 농서이씨(隴西李氏) 출신인 당왕조는 당시 관중(關中)과 산서(山西) 북부, 산동(山東)과 강남(江南) 지역의 세가대족으로 대표되는 기존 문벌 세력과의 연합과 조화를 중시했다.[5] 이로부터 새로운 왕조가 수립하는 '사문(斯文)' 전통의 참여자도 여전히 이들의 몫이 되었다. 다만 여기서 필요한 건 이전과는 달리 새로운 통일 국가에서의 통합적인 위계 질서였던 것이다.

이런 맥락에서 당 태종(太宗) 정관(貞觀) 12년(638)에 편찬된 『대당씨족지(大唐氏族志)』는 이들 '사문(斯文)' 담당 가문들 사이의 위계를 새로운 통일 국가의 차원에서 통합하고 조정한 결과물이라 할 수 있다. 총 293개의 성씨[姓]와 1651개의 가문[家]을 수록하고 이를 9개의 등급으로 구분한 이 씨족지는 기본적으로 황실을 최상위 정점에 두고 각각의 역학 관계에 따라 기존의 세가대족들을 재배치하기 위한 것이었다.[6] 그러나 이 씨족지 편찬의 핵심적인 의미는 이들 세력을 등급화하여 황

---

4 피터 K. 볼, 앞의 책, 21~22면.
5 李浩는 당대(唐代)의 문학사족을 산서를 관중에 포함시켜 관중, 산동, 강남 3대 지역으로 구분한다. 3대 지역의 개념과 구역 및 문화특징에 대해서는 李浩, 『唐代三大地域文學士族研究』, 中華書局, 2002, 29~50면 참조.
6 당 왕조 초기 세가대족들의 등급 목록서로는 태종(太宗) 연간(638)에 편찬된 『씨족지(氏族志)』('大唐氏族志' 혹은 '貞觀氏族志'로 불린다) 100권외에 고종(高宗) 연간(659)에 편찬된 『성씨록(姓氏錄)』이 있다. 『성씨록』에서는 세족[姓]의 수를 245로 감소시키고 가문[家]의 수를 2,287로 증가시켰다. 『성씨록』 편찬의 주요 목적은 무후(武后)의 가문을 제1등급으로 편입시키기 위한 것이다.

제 밑에 두고 억압하려 했다기보다는 이들을 국가 통치의 장으로 광범위하게 포섭하려 했다는 사실에 있다.

피터 K. 볼은 6세기에 지어진 『안씨가훈(顏氏家訓)』[7]을 분석하면서, 남북조 시기 문벌귀족의 사대부로서의 정체성이 실질적으로는 세습적인 혈통으로서의 '가문'에서 구성되는 것이었음에도 불구하고, 그것의 중심적인 표상은 그들 자신을 일반 서인(庶人)이나, 장인, 상인, 승려, 혹은 단순한 무인들과 구분 짓는 어떤 자질로서의 '문학[文]' 또는 '학문[學]'으로 나타나고 있음을 지적하였다.[8] 안지추(顏之推)가 『가훈』을 통해 그의 자손들에게 강하게 각인시키고자 했던 내용은 학문적 전통과 교육이 가문을 유지하는 데 있어 가장 중요한 조건이라는 것이다. 이는 공자가 그랬던 것처럼 '사문(斯文)' 전통의 계승과 그것에의 참여가 곧 그들 자신의 임무이며 그들이 누리는 존경과 권위의 기반이라고 믿었기 때문이다. 그러므로 어떤 의미에서 문벌귀족 세가대족의 실체는 혈통적 구성물이 아닌 문화적 구성물이다.

당 왕조 초기 사대부, 즉 '사문(斯文)'의 담당자로서 문벌귀족이 지닌 정체성 또한 그들의 지위가 혈통적인 출신 성분에 의해 보장되는 것이었음에도, 그들은 그러한 지위가 그들 스스로가 지닌 엘리트로서의 문학적 능력과 학문에의 정통함에서 비롯된 것이라고 생각했다. 그들은 황제의 중앙 권위를 인정하고 지지하는 대가로 '사문(斯文)'의 담당자로서의 지위, 즉 조정의 주요 관직을 얻고 그것을 그들의 자손이 대대로

---

7 『안씨가훈(顏氏家訓)』을 지은 안지추(顏之推, 531~약595)는 낭아(琅琊) 안씨 출신으로 9대조 조상이 서진(西晉) 조정을 따라 남경(南京)으로 이주하면서 그 후손들이 남조 조정의 관직을 역임했다. 안지추의 부친은 양(梁)의 걸출한 조정 학자였으며, 그의 손자 안사고(顏師古, 581~645)는 당 왕조의 조정 학자가 되었고, 5대손인 안진경(顏眞卿, 709~785)은 유명한 학자이자 서예가였다. 안지추 자신은 양의 조정 학자였으나 북방에 포로로 잡혀가 북제에 봉사했다.

8 당송 시기 사대부의 정체성에 관련하여 6세기 『안씨가훈』과 12세기 『원씨세범(袁氏世範)』을 비교분석한 것으로 피터 K. 볼, 앞의 책, 30~50면.

유지할 수 있을 것이라고 믿었다.[9] 이런 맥락에서 왕조의 새로운 관리 선발 방식으로 도입된 과거 제도는 단지 그들이 스스로의 능력을 확인하거나 공인받는 형식적 절차의 장으로 인식되었을 가능성이 크다.

실제 당 초기 과거 제도는 관학(官學)의 커리큘럼과 연계된 명경과(明經科)에 인센티브를 주는 방식을 견지했다. 명경과 출신의 초임직이 다른 과목 출신자들에 비해 높았으며 단순히 수적인 면에 있어서도 가장 많은 합격의 기회가 주어졌다.[10] 그러나 여기서 보다 주목해야 할 사실은 이후 다른 맥락에서 과거의 중심이 진사과(進士科)로 넘어간 후에도 이들 세족들이 과거의 현장에서 차지하는 주류로서의 지위는 흔들리지 않았다는 점이다. 당 왕조 시기 내내 명경과와 진사과를 포함하여 전체 합격자 중 세족 출신이 차지하는 비율은 여전히 줄어들지 않았다.[11] 명경과가 되었든 진사과가 되었든 당대 과거 제도의 최대 수혜자는 이전 시기부터 '사문(斯文)'의 담당자로 자처하고 있었던 문벌귀족 세가대족의 자손들이었던 것이다.

2. '시부취사(詩賦取士)', 중심으로서의 진사과(進士科)

당대의 과거 제도는 '사문(斯文)', 즉 '우리 이 문화'의 지속적인 담당

---

9 당 왕조 초기 기존의 문벌세력이 적극적으로 통일제국의 관료가 되는 상황에 대해서는 하원수, 『唐代 進士科와 士人에 관한 연구』, 서울대 박사논문, 1995, 43~64면.
10 일반적인 진사과와 명경과의 비교 상황은 하원수, 앞의 논문, 79~99면. 진사과와 명경과의 초임직 비교는 84~85면의 도표 참조. 당대 진사과와 명경과의 합격자 수 비교는 101면 도표 참조.
11 당대 과거 합격자의 출신 성분에 대해서는 하원수, 앞의 논문, 44면 도표 참조.

자이자 사회의 주요 지배계층으로서 기존 세가대족의 지위와 기득권을 무너뜨리지 않았다. 그러나 주요하게 '문벌-귀족'으로서의 그들의 성격을 변화시켰다. 이러한 변화의 중심에는 진사과의 약진이 자리하고 있는데, 안녹산의 난 이후 관리 선발의 중심으로 떠오른 진사과의 특징은 한마디로 '시부취사(詩賦取士)', 즉 사인(士人)의 '문학적 소양'을 선발의 주요한 표준으로 삼았다는 것이다.

사실 진사과에서 '시부(詩賦)'의 비중이 처음부터 컸던 것은 아니었다. 초창기의 진사과는 시무책(時務策)만을 시험하여 첩경(帖經)을 위주로 하는 명경과와 구별되었다. 당 고종(高宗) 영륭(永隆) 2년(681) 책문 외에 첩경과 잡문(雜文)이 추가되어 이후 진사과의 기본 골격이 갖추어지게 되는데, 이 당시 잡문은 잠(箴), 표(表), 논(論), 찬(贊)과 같은 통치에 필요한 실용적인 문장을 시험하는 것이었다. 그러다가 현종(玄宗) 때에 이르러 잡문이 비로소 시부(詩賦)에 관한 시험으로 정착하게 되면서 '시부취사(詩賦取士)'의 특징이 자리잡게 되었다.[12] 문제는 시험과목으로서 이러한 시부(詩賦)의 채택이 단순히 관리 선발을 위한 기능적인 역할을 한 데 그친 것이 아니라 권력의 주요 자질을 평가하는 잣대로 급부상하게 되었다는 점이다.

안녹산의 난을 기준으로 당 왕조 후반기 주요 재상(宰相)들의 입사(入仕) 방법은 확실히 진사과를 중심으로 하는 것이었다.[13] 당시 일반적인 입사의 방법으로 명경이나 추천에 의한 제거(制擧)가 차지하는 비중이 결코 축소된 것은 아니었으나, 급제한 사람들 중 고위 관료로 출세하는 비율은 단연 진사과가 높았다. 급제자의 수가 명경과의 10% 안팎에

---

12 명경과와 진사과의 구체적인 시험 항목에 대해서는 傅璇琮, 『唐代科擧與文學』, 陝西人民出版社, 2003, 116~120면과 164~168면 참조.
13 이에 대해서는 당대 재상 중 진사과와 명경과 합격자를 비교한 도표와 명문 18가에 속하는 재상들의 입사 방법을 비교한 도표 참조, 하원수, 앞의 논문, 102면과 107면.

불과한 수적인 열세에도 불구하고[14] 진사과가 보인 이러한 놀랄만한 성과는 충분히 세인들의 주목을 받을 만한 것이었다. 이로부터 '시부(詩賦)'에 대한 열망이 확대되고 '시부취사(詩賦取士)'라는 사회적 환상이 형성되었는데, 문제는 과연 어떤 이유에서 이러한 '시부(詩賦)'가 고위 관직 즉 정치권력의 근원으로 상상되었느냐는 것이다.

'사문(斯文)' 전통의 계승과 그것에의 참여라는 사대부의 정체성과 관련하여, 당 왕조 전반에 걸친 '학문[學]'의 분위기는 남북조시기의 다양한 문학적 성취를 포괄하는 다분히 '문학적'인 것이었다. 더구나 그 어떤 시기보다 형식으로서의 '문(文)'에 대해 천착했던 남북조 '사문(斯文)'의 담당자들이 여전히 그 명맥을 이어가던 당 왕조에서 '문학[文]' 그 자체에 대한 근본적인 회의는 일어나지 않았다. 전통적으로 '문(文)'은 '하늘의 이치[天道]'가 외화되어 나타나는 진실한 표상이고, 문학은 '학문[學]'의 가장 세련되고 전아(典雅)한 형식일 뿐이다. 내용과 형식 사이의 간극은 존재하지 않는다.[15]

이러한 전반적인 분위기 속에서 진사과에 '잡문(雜文)'에 관한 항목이 들어가고 '시부(詩賦)'가 그 시험의 대상으로 채택된 것은 충분히 자연스럽고 고려될 만한 상황이었던 것으로 보인다.[16] 일부 논자들은 진사과가 시부(詩賦)를 시험하게 된 것이 선발의 변별력을 높이기 위한 것이었다고 설명한다.[17] 그러나 이것은 당 중후반기 관리 선발의 중심

---

14 각주 8) 참조.

15 당 왕조 사람들이 문(文)의 본질을 이해하는 것은 그것이 진실한 것이라는 가정에서 시작한다. 이와는 대조적으로 전통적인 서양 이론은 문학을 모방과 관련하여 보고 분리된 영역의 진리들을 표현하고 모방하지만 끊임없이 실패할 수밖에 없는 시도로서 본다. 그래서 문학에 대한 희랍인들의 견해는 그것이 허구라는 믿음에서 시작한다. 피터 K. 볼, 앞의 책, 216~217면.

16 물론 당대(唐代)에 이런 '시부취사(詩賦取士)'에 대한 회의가 아주 없었던 것은 아니다. 선발 표준의 적합성에 대한 공방에 대해서는 郭英德, 『中國古代文人集團與文學風貌』, 北京師範大學出版社, 1998, 115~124면 참조.

적 표준이자 정치권력의 근원으로 '시부(詩賦)'와 같은 문학적 소양이 대두되게 된 원인과 배경에 대해 충분한 설명을 제공하지는 못한다. 오히려 '시부취사(詩賦取士)'의 실제 과정은 단순히 시험장에서 이뤄지는 작시 능력으로 판가름 났던 게 아니었을 가능성이 크다. 중당 이후 진사과의 급제가 모든 사인(士人)들의 로망이 되면서 행권(行卷)이나 납권(納卷) 등이 광범위하게 행해졌던 사실[18]을 상기해볼 때, '시부취사(詩賦取士)'는 실제 작시 능력에 대한 선발이 아니라 그가 지닌 전반적인 문학적 소양에 대한 내부 사회의 평가 혹은 명성에 대한 선발이었을 가능성이 있다.

진사과의 '시부취사(詩賦取士)'가 실제 그러한 평가 내지 명성에 대한 조정의 공인이자 채택이었다고 할 때, 그것이 정치권력의 근원으로 작용할 수 있었던 이유에 대한 이해는 조금 쉬워지는 측면이 있다. 누군가에 대한 평가와 그에 따른 명성이 형성되고 그것이 어떤 선발의 기준으로 작용한다는 것은 실제 시험장 밖에서 이에 관한 일련의 네트워크가 형성되어 있다는 이야기이기도 하다. 당 중후반기 그 해 시험을 주관한 지공거(知貢擧)를 '좌주(座主)'로 모시고 같은 해 함께 급제한 이들을 '동년(同年)'이라 부르면서 진사 출신자들 사이의 결성이 활발해지고 더 나아가 정치 세력화한 붕당이 출현하게 된 것[19]은 이러한 '시부취사(詩賦取士)'가 단순히 변별력을 높이기 위해 도입된 새로운 선발 방

---

17 하원수, 앞의 논문, 70면. 金諍도 대체로 이러한 논점을 견지하고 있다. 金諍 저, 강길중 역, 『중국문화와 과거제도』, 중문, 1995, 81~90면.
18 행권(行卷)은 고시에 응시하려는 거자(擧子)가 자신의 문학창작 작품을 편집하여 당시 사회·정치·문단 상의 유명인들에게 헌납함으로써 그들을 통해 주사(主司)나 예부시랑(禮部侍郎)에게 추천을 부탁하는 것이고, 납권(納卷)은 진사가 예부응시 전에 주사에게 직접 제출하는 것으로 일종의 공식적인 예비시험이었다. 程千帆의 『唐代進士行卷與文學』, 上海古籍出版社, 1980. 傅璇琮, 앞의 책, 248~249면에서 재인용.
19 당 중후반기 진사 붕당의 실제와 진사 출신자들 사이의 동류의식 형성에 대해서는 하원수, 앞의 논문, 115~169면 참조.

식의 하나가 아니라—설령 처음 시작은 그랬다하더라도—고도의 정치적 함의를 담고 있는 보다 큰 차원의 제도적 그릇임을 보여주는 것이다.

물론 이때 정치적 영향력의 근원으로서 그들이 지닌 문학적 소양이라는 게 단순히 율격이나 대구(對句)와 같은 형식적인 측면의 능력을 가리키는 것은 아닐 것이다. 여기서 주목해야 할 것은 어쨌든 그 매개적 출발점이 '문학'이 되는, 새로운 형태의 유대가 활성화되었다는 것이다. 일반적으로 기존 세가대족들의 자기 확장 내지 공고화의 방식은 관직을 세습하거나 혼인을 통해 다른 세족과의 유대를 강화하는 것이었다. 그러나 진사 붕당은 이들 간의 유대가 혈연적인 것이 아닌 다른 방식으로도 가능할 수 있음을 보여주었다. 문학적 소양은 경학적 소양과 마찬가지로 세가대족 자손들의 공통된 자질이다. 하지만 분명한 건 그 자질이 결코 혈통이나 가문으로부터 보장되는 것이 아니라는 사실이다.

중요한 것은 이 같은 '문학적 유대'가 기존의 관직의 세습이나 혼인을 통한 유대와는 달리 기본적으로 '탈(脫)가문화', '탈(脫)혈통화'의 경향을 지니고 있다는 점이다. 문학적 유대는 텍스트의 생산자가 '누구'(즉 혈통 혹은 가문으로서의 작자)인가보다 텍스트의 내용이 '무엇'인가(즉 담론으로서의 텍스트)에 의해 그 유대의 방향이 결정될 수 있다는 데 핵심이 있다. 어떤 의미에서 '문학[文]'이 유대의 중심으로 떠올랐다는 것은 그들이 지닌 문벌성과 귀족성이 더욱 강화된 결과처럼 보일 수도 있다. 그러나 아이러니하게도 가문 혹은 혈통이 아닌 문학적 자질이 그들 정체성의 중심에 놓임으로써, 문벌귀족이 아닌 이들이 그들의 네트워크 속으로 들어올 수 있는 길이 열리게 되었다.

더욱이 당 중후반기 이들의 문학적 과제는 남북조 시기와는 달리, 형식으로서의 '문(文)'에 천착할 수 있는 상황이 아니었다. 전면적인 '사문(斯文)'의 위기 속에서 무엇보다 '문학[文]'은 '사문' 즉 '우리 이 문화'를 회복하기 위해 담론의 생산을 담당해야만 했다. 당 중후반기 진사과의 중심으로의 이동과 진사 붕당의 출현은 이러한 시대적 배경 속에서 '사문(斯文)'의 담당자들이 새로이 모색한 전통의 계승과 참여의 방식이었다고 할 수 있다. 그것은 결과적으로 엘리트적 혈통 가문으로 공고히 세습되던 '사문' 담당자의 그룹을 조금씩 와해시키며 문벌귀족으로서의 성격을 변화하게 하였다.

3. '사족(士族)'에서 '사인(士人)'으로, 담론 생산 주체로서의 개인

당 왕조 초기 '사문(斯文)'의 계승과 함께 '문(文)'으로서의 제도가 정비되면서 새로운 왕조의 질서 하에 '사문' 참여의 주체자로 초대받은 기존의 세가대족 문벌귀족들은 적극적으로 과거를 통해 입사함으로써 황제의 자발적인 관료가 되었다. 그러나 755년 안녹산의 난으로 충격적인 '사문(斯文)'의 위기가 발생하면서 이들은 기존과는 다른 입장에서 '사문'의 문제를 사유하게 되었다.

번진의 한 이민족 장수에게 순식간에 수도 장안(長安)을 빼앗기고 황제가 피난길에 오른 안녹산의 난은 '사문(斯文)' 즉 '우리 이 문화'의 정점이자 그 계승의 중심적 주체로서 황제와 조정이 지닌 모든 권위와 신뢰를 무너뜨렸다. 더욱이 그것이 왕조의 가장 번성기에 발생한 극단적인 반전이었기에 '사문'의 중심적 주체로서 황제와 조정에 대한 실망은 훨씬 큰 것이었다. 가까스로 '사문'의 위기가 수습된 후 조정과 조정 밖의 학자들은 질서의 회복을 위해 '문(文)'의 회복을 요구했다. 그러나 건국 초기의 상황과는 달리, 이미 천자가 존속하고 있는 상황에서 일시적이었지만 상당히 치명적인 '사문(斯文)'의 위기를 경험한 이들에게 '문(文)'의 회복은 단순히 과거로의 회귀를 의미할 수 없었다. 이전 시기 모든 '사문(斯文)'의 형식들을 통합하여 계승하고 실천하는 것이 '우리 이 문화'를 구현하는 것이라 믿었던 왕조 초기의 신념은 그러한 형식의 보존이 결코 위기의 순간 '사문(斯文)'의 붕괴를 막아줄 수 없다는 강력한 현실의 경험 앞에서 힘을 잃었다.

특히 제도와 의례, 문장 등, 형식으로서의 모든 '문(文)'이 한 이민족 번장(藩將)의 어이없는 무력시위에 의해 송두리째 날아가 쑥대밭이 되는 현장을 목도하면서, 이들은 '사문(斯文)'의 전통이 어떤 의미에서 '보존'이 아닌 '획득'의 대상임을 인지하게 되었다. 다시 말해 "무엇이 선인가를 아는 것과 선을 행하는 것은 모방해야 할 올바른 형식을 아는 문제가 아니라 마음속에 바른 관념을 갖는 문제"임[20]을 인식하게 되었다는 것이다. 이로부터 '문화 형식[文]=가치[道]'의 등식에 균열이 생기고 '가치'에 대한 사유가 '문화 형식'에 대한 사유로부터 분리되기 시작하였다.

피터 K. 볼은 당송 지성사에 있어 755년 안녹산의 난 이후 문화의 위기가 수도, 조정, 황제로 연결되는 중앙의 도덕적 권위를 실추시키고, 조정의 재가 없이 스스로 '사문(斯文)'의 권위를 세울 수 있는 '문학적 지식인[文士, literary intellectuals]'의 유형을 세우는 데 일조했다고 설명했다. 그는 소위 '770년 세대'로 대표되는 이 시기 '문사(文士)'들의 출현과 그들 사상의 성과가 북송(北宋)에 이르러 '사문(斯文)'의 중심 내용이 '문학적'인 것에서 '윤리적'인 문제로 전환되는 결정적인 계기를 제공했다고 보았는데,[21] 여기서 중요한 것은 바로 '문학'에서 '윤리'로의 전이, 즉

---

20 피터 K. 볼, 앞의 책, 250면.
21 755년 이후 문화의 위기와 770년 세대의 출현이 갖는 의미에 대해서는 피터 K. 볼, 앞의 책, 247~334면 참조. 여기서 '770년 세대'는 주로 770년대에 태어나 820년대까지(주

'사문(斯文)'의 형식[文]에서 내용[道]에 대한 사유로의 전이이다.

　문학사상 소위 '고문(古文) 운동' 내지 '신악부(新樂府) 운동'으로 명명되는 '770년 세대'의 문학 경향은 분명 형식으로서의 '문(文)'보다 내용으로서의 '도(道)'에 방점이 찍힌 사유와 실천을 담고 있다. 그러나 '문(文)'과 '도(道)'에 대한 이들의 고민은 이후 송대 도학자들이 보여준 보다 윤리적이고 내면적인 태도, 즉 형식의 '문(文)'을 버리고 가치의 '도(道)'를 취하는 입장과는 분명한 거리가 있다. 흔히 한유(韓愈)의 문학 사상과 실천, 혹은 원진(元稹), 백거이(白居易)의 시론과 창작 사이에 발견되는 모순과 불일치는 종종 이 시기 고문가들의 한계 내지 천진함(또는 경박함)으로 치부되곤 하지만, 어떤 의미에서 이들의 고민은 결국 전통으로서의 '사문(斯文)' 즉 진정한 '문(文)'의 획득(보존이 아닌)이 어떠한 방식으로 가능할 수 있는지에 대한 고민이었다고 봐야 한다. 이들에게 있어 '사문(斯文)'의 의미는 여전히 '문학[文]'의 범주를 벗어나지 않는다. 이들은 진정한 '문학[文]'이 어떠해야 하는지를 모색하고 담론한 것이지 '문학[文]'이 반드시 '도(道)'를 위해 존재해야 한다고 생각하지는 않았다.

　한유에게 있어 '도(道)'란 회복해야 할 전통이고 '우리 이 문화'의 주요한 내용이지만, 그것이 곧 공자의 도, 맹자의 도를 가리키는 것은 아니다. 「원도(原道)」에 나타나는 그의 '도통론'은 그가 이단, 즉 불가와 도가의 도를 배척하고 유가의 도통을 세웠다는 사실에 의미가 있다기보다 그 도가 시대마다 계승되는 것이며 지금 이 시기 그 도의 계승자는 바로 자신임을 밝혔다는 데에 더 큰 의미가 있다. 요, 순, 우, 탕왕, 문왕, 무왕, 주공, 공자, 맹가, 그리고 한유로 이어지며 계승되는 이 도는 보편으로서의 인의(仁義)의 도이며 시대마다 그 사명을 달리하는 현

로 貞元, 元和 연간) 활동했던 문인들로 한유(韓愈), 이고(李翶), 황보식(皇甫湜), 장적(張籍), 유종원(柳宗元), 여온(呂溫), 유우석(劉禹錫), 육순(陸淳), 백거이(白居易), 원진(元稹) 등을 가리킨다.

실의 도이다. 위의 성인(聖人)들은 모두 그 시대의 인의를 실현하고 전한, 말하자면 그 시대를 가장 치열하게 살았던 위대한 사람들이다. 그가 문학의 표준으로 제시한 '불평즉명(不平則鳴)'의 함의에서도 짐작할 수 있듯이, 한유에게 있어 '사문(斯文)'의 전통은 단순히 공자나 맹자의 도를 복원함으로써 획득되는 것이 아니라 그것을 바탕으로 현실의 진정성을 확보할 수 있을 때 획득될 수 있는 것이다.

흔히 한유의 고문운동은 당시 문학의 주류로 자리하고 있던 변려문(騈儷文), 즉 남조의 유미주의 문학 유풍에 대한 반발로 인식되고 있으나, 여기서 보다 강조되어야 할 것은 '사문(斯文)', 즉 '우리 이 문화'의 시대적 담당자로서, 더 나아가 그 전통의 새로운 획득자로서 한유 자신이 보인 독립성과 자각성이다. 이는 이전 시기 '사문(斯文)'의 계승과 참여의 주체였던 황제와 조정, 그리고 세족 가문에 대한 한 개인의 당당한 독립 선언이 아닐 수 없다. 이제 '사문(斯文)'의 담당자는 가문으로서의 사족(士族)이 아니라 탈가문화한 개인으로서의 사인(士人)인 것이다.

'사문(斯文)'에 대한 참여 주체의 이러한 탈가문화, 개인화는 '사문'의 전통을 계승하는 것이 형식의 보존이 아닌 내용의 획득, 즉 '담론'의 문제임을 인식하게 된 것과 밀접한 관련이 있다. 이는 당 중후반기 과거 제도에 있어 진사과의 중심으로의 이동과 진사 붕당의 활성화란 상황과도 일맥상통하는 것이다. 사인(士人)들의 교유와 유대는 과거 혈통과 가문을 매개로 하던 것에서 문학과 담론을 매개로 하는 것으로 변화되었다. 당 중후반기 '사문(斯文)'의 주요 담당 계층은 관직의 세습과 세족 간의 혼인으로 유지되는 집단이 아니라 공통된 문학과 담론을 통해 유지되는 집단이었다.[22] 이들에게 있어 혈연적 관계는 때때로 사제적 관

---

22 당 중후반기 진사 붕당의 문학적 기반과 그로 인한 문학 사조의 변화에 대해서는 胡可先, 『中唐政治與文學─以永貞革新爲研究中心』, 安徽大學出版社, 2000.

계나 동지적 관계보다 덜 중요한 것이었다.

4. '전기(傳奇)' 속의 서사와 담론

　지금까지 필자는 당대(唐代) 지식인이 가문을 기반으로 하는 문벌귀족적 사족(士族)에서 개인적 사인(士人)으로 변화되는 과정에 대해 살펴보았다. 이러한 논의는 이 시기 새롭게 등장한 '전기(傳奇)'라는 글쓰기에 대해서 그 장르적 특성과 의미, 서사 주체의 성격 등을 새로이 규명하기 위해 시도된 것이다. 결론부터 말하자면, '전기(傳奇)'는 개인화된 이 시기 '사문(斯文)'의 참여 주체가 새로운 전통의 획득을 위해 현실의 다양한 문제들에 대해 개별적인 담론을 전개했던 공개적인 논의의 장(場)이었다고 할 수 있다.

　기존의 전기(傳奇)의 글쓰기적 성격에 대한 논의는 주로 이전 시기의 문헌적 전통, 예컨대 사전문(史傳文)이나 지괴(志怪)와의 관계라든지, 아니면 '의도적인 허구'의 등장, 혹은 행권(行卷)이나 납권(納卷)의 결과물이라는 관점에서 행해졌다. 그러나 이와 같은 논의들은 전기(傳奇)를 지나치게 텍스트주의적인 관점에서 바라보거나 근대적인 관념으로 역규정하고, 혹은 단순히 기능론에 치우쳤다는 지적으로부터 자유로울 수 없다. 문제는 '누가', '왜', '어떠한 배경' 하에서 이 시기 새로운 양식(樣式)화를 가져온 서사적 글쓰기를 시도하게 되었느냐는 것이다.

　전기(傳奇)의 글쓰기적 성격과 관련하여 이 글에서 강조하고 싶은 것은 '서사 주체'와의 관련성이다. 당 중후반기 충격적인 '사문(斯文)'의 위기를 경험하면서, 황제와 조정으로 대표되는 중앙 권위의 실추는 '사문'의 또 다른 참여 주체인 사인(士人)들을 활발한 담론 생산의 장으로 끌어들였다. 전기(傳奇)는 '사문(斯文)'의 위기 앞에 새로운 전통의 획득을 위해 이러한 담론 생산의 주체들이 기존의 다양한 문학적 전통들을 활용하여 새로운 글쓰기의 양식을 탐색하던 과정에서 나타난 성과물이라 할 수 있다. 흔히 전기(傳奇)의 장르적 성격을 규정할 때 '사전문(史傳文)의 형식에 지괴(志怪)의 내용이 결합된 텍스트'라는 관점이 존재하는 것은 전기(傳奇)가 지닌 장르적 차원의 상호텍스트성(intertextuality)을 보여주는 것이다.

전기(傳奇)는 비단 사전문(史傳文)과 지괴(志怪)의 통합물이 아니다. 전기(傳奇)의 가장 중요한 특징 중의 하나는 그 안에 다양한 장르의 문체들이 혼종되어 있다는 것이다.[23] 시(詩)를 비롯하여 찬(贊)으로 대표되는 의론문과 조(詔), 소(疏), 표(表), 서(書) 등의 실용문이 총 망라되어 있다. 전기(傳奇)의 이러한 장르 혼합적 성격은 일반적으로 행권(行卷) 및 납권(納卷)과의 관계성 하에서 이해되는 경향이 있지만, 이것의 일차적인 목적이 과연 자신의 '글쓰기 능력'을 과시하기 위한 것이었는지에 대해서는 의문의 여지가 있다. 그보다는 '사문(斯文)' 참여의 자각적인 주체로서, 단순한 문학[文]적 능력이 아닌 '담론의 능력'을 보여주고자 하는 의도가 있었다는 게 오히려 설득력이 있다.

이런 의미에서 전기(傳奇)가 내포하고 있는 지괴(志怪)적 요소 내지 기이함의 추구 또한, 단순히 그 글을 읽게 하기 위한 '재미'의 추가, 혹은 당대(唐代) 문인들이 보이는 '문(文)'에 대한 이중적인 태도,[24] 한편으

---

[23] 전기(傳奇)에 나타나는 장르 혼종 양상에 관한 연구로는 박지현, 「당 전기 속에 나타나는 장르 삽입에 관한 고찰」, 서울대 석사논문, 1993 참조.

[24] 일반적으로 이러한 태도는 정원(貞元), 원화(元和) 연간 소위 '770년 세대'가 보여주는 문학의 이론과 실천 사이의 괴리를 지칭하는 것으로 보인다. 그러나 필자는 그들의 이러한 경향을 진정한 '문(文)'을 탐색하는 과정에서 '도(道)'에 대한 사유가 이루어진 결과로 파악한다. 그들에게 있어 '문(文)'은 아직 '도(道)'와 상치되는 개념이 아니다.

로 도(道)를 말하면서 '문으로써 오락을 삼는[以文爲戲]' 태도와 관련하여 이해하는 것은 적잖은 문제가 있어 보인다. 대체로 전기(傳奇) 안에 지괴(志怪)적 요소들이 알레고리적 독법으로 읽혀야 하는 것에 대해서는 이미 많은 논의가 있었다. 예컨대 심기제(沈旣濟)의 「임씨전(任氏傳)」이나 이공좌(李公佐)의 「남가태수전(南柯太守傳)」의 경우, 여우라든지 개미, 꿈과 같은 지괴(志怪)적 모티브의 활용은 분명 현실의 문제를 담론화하기 위해 설정된 우화적 장치들이다.[25]

이 두 개의 텍스트가 지괴(志怪)적 모티브를 활용하여 현실의 문제를 담론화하는 과정을 하나의 기호학적 체계로 분석해보면, 이는 매우 전형적인 두 가지 층위의 의미작용(signification) 구조, 즉 롤랑 바르트가 제시한 이중적인 '신화 기호 체계'로 나타남을 알 수 있다.[26] 그것은 1차적인 언어문자, 즉 지괴(志怪)적 기표·기의로 형성된 하나의 텍스트적 기호가 아니라 2차적인 신화 의미, 즉 서사 주체의 '의도' 혹은 '이데올로기'에 의해 이중적으로 구성된 기호체계임을 알 수 있다.

---

25 루샤오펑(魯曉鵬, Sheldon Hsiao-peng Lu), 조미원·박계화·손수영 역, 『역사에서 허구로—중국의 서사학』(*From Historicity to Fictionality: the Chinese Poetics of Narrative*, 1994), 길, 2001.

26 롤랑 바르트, 이화여대 기호학연구소 역, 『현대의 신화』(*Mythologies*, 1957), 동문선, 1997.

언어

신화

1. 기표 임씨 여우 정생	2. 기의 저 세계의 존재 비범함 이 세계의 무심함
3. 기호 Ⅰ.기표 정생의 무심함으로 죽은 여우 임씨	Ⅱ. 기의 저 세계의 특성＋이 세계의 특성
Ⅲ. 기호 → 정생의 저 세계에 대한 몰이해가 아까운 임씨를 죽였듯이 　 조정의 무심함은 진실한 신민을 소외시킨다.	

언어

신화

1. 기표 꿈 개미 순우분 태수	2. 기의 저 세계 인간 이 세계의 존재 욕망
3. 기호 Ⅰ.기표 꿈에서 개미 왕국의 태수를 지낸 순우분	Ⅱ. 기의 저 세계의 특성＋이 세계의 특성
Ⅲ. 기호 → 꿈에서의 개미 왕국이 실제 현실이었듯이 　 현실에서의 욕망 또한 꿈과 같은 것이다.	

　위의 두 〈도식〉을 살펴보면, 이 두 작품은 텍스트 내의 '서사', 즉 '기호 3'과 텍스트 밖의 '담론', 즉 '기호 Ⅲ'으로 구성되어 있는데 이때 보다 결정적인 것은 서사 주체의 의도, 즉 '기의 Ⅱ'의 작용으로 형성된 '기호 Ⅲ'의 의미임을 알 수 있다. 전기(傳奇)에 있어 서사보다 담론이

우선시되었다는 것은 비단 이 두 개의 작품처럼 지괴(志怪), 즉 환상적 서사를 주요 모티브로 활용한 풍자류 작품에서만 발견되는 것은 아니다. 예컨대 「앵앵전(鶯鶯傳)」, 「곽소옥전(霍小玉傳)」, 「이와전(李娃傳)」으로 대표되는 애정류 작품이나, 「무쌍전(無雙傳)」, 「홍선전(紅線傳)」, 「규염객전(虯髥客傳)」과 같은 협객류, 「두자춘(杜子春)」과 같은 신선류 작품에서도 담론의 중심성은 어렵지 않게 발견된다.

애정류 작품의 경우, 「앵앵전」은 장생(張生)과 앵앵(鶯鶯)의 애정 서사가 중심인 듯 보이지만, 실상 이 텍스트에서 저자 즉 원진(元稹)이 의도했던 주요 목적은 작중 인물의 입을 빌은 '사랑과 결혼에 관한 담론'이다. 그가 담론하기 위해 끌어들여온 서사가 그 자체로 고도의 현실성과 형상성을 담보하고 있기에 후대 사람들은 주로 그것의 애정 서사에 주목하여 작품을 이해하게 되었던 것이다. 「곽소옥전」이나 「이와전」 역시 그 당시 과거를 보기 위해 수도 장안(長安)에 모여 든 젊은 사인(士人)들의 연애 행태에 대한 담론적 텍스트라 할 수 있다.

이 외에 다양한 협객류 작품들 역시 현실 정치에 대한 크고 작은 담론들을 포함하고 있는데 이때 '협객'이란 존재는 '아(我)'와 피(彼)' 혹은 '정(正)과 사(邪)' 구분의 이정표 역할을 한다. 담론의 중심성과 관련하여 특히 주목할 만한 작품은 「두자춘」인데, 이 작품의 주제를 표면적으로 나타나는 '신선에의 추구'로 파악하는 것은 논의의 여지가 있다. 이 작품에서 신선이 되지 못한 두자춘의 회한과 탄식 속에 숨어 있는 것은 자식에 대한 사랑, 즉 '애(愛)'를 끊지 못하는 인간의 나약함이 아니라 바로 그 '인간다움'에 대한 성철이기 때문이다.

그렇다면 이 시기 문학적 지식인[文士]들은 왜 굳이 이러한 서사를 통한 담론의 생산에 몰두했던 것일까? 그것의 이유로는 대략 다음의 두 가지를 들 수 있을 것이다. 먼저, 전기(傳奇)는 그 당시의 시(詩)와 마찬가지로 단순한 창작물 혹은 발표물이 아닌 문사(文士) 내부의 의사소통을 위한 매개물이었다. 담론 그 자체를 위한 논(論), 설(說), 碑(비), 명(銘), 서(序) 등의 다양한 문체들이 활성화되어 있었음에도 불구하고, 전기(傳奇)는 내부적인 상호 소통적 담론의 장에 구체적인 '수다성'을 부여하였다. 이러이러한 이야기에 대한 메타 이야기, 그것이 곧 전기(傳奇)의 가장 중요한 장르적 특성이라 할 수 있다.

다음, 이 시기 문사(文士)들이 '사문(斯文)' 참여의 주체로서 현실 혹은 현실 정치에 대해 가졌던 지대한 관심이다. 예기치 않았던 중앙 권위의 실추와 '사문'의 위기 혹은 붕괴 앞에서 이들은 새로운 '사문'의 전통을 획득하기 위해 상당히 자유분방한 현실에의 사유를 진행하였다. 이는 송대(宋代)의 사인(士人)들이 내면적인 윤리의 문제에 집착하면서 철학적 '내향성'의 특징을 보여주는 것과는 대비되는 이들 특유의 현실적 '외향성'이다. 일반적으로 중국에서 서사 담론은 '사문(斯文)'으로서의 역사의 영역에서 수행되었다. '사문'으로 전범화되지 않은 현실의 이야기에서 이와 같은 담론이 활성화되었다는 것은 아직까지 황제의 관료로 완벽하게 변화되지 못한 이들의 문벌귀족으로서의 활달한 성격을 반영하는 것이 아닌가 싶다.

5. 새로운 소설적 글쓰기의 정치 의미와 문학 의미

'소설'이 허구적 서사와 현실적 담론으로 이루어진 문학적 텍스트라 할 때, 당대(唐代)의 전기(傳奇)가 중국소설의 시원임은 분명해 보인다. 이 시기 이 같은 글쓰기가 나타나게 된 것은 당 중후반기 새로운 '사문(斯文)'의 주체로서 '문사(文士)' 즉 정치 문인의 등장과 밀접한 관련이 있는데, 이들이 지니는 계층적·문화적 특수성이 '전기(傳奇)'라는 매우 독특한 소설적 글쓰기를 창출하였다.

당시 이들은 가문으로서의 '사족(士族)'에서 개인으로서의 '사인(士人)'으로 변화되는 과정에 있었고, 과거 문벌-귀족으로서의 '문(文)'에 대한 향수와 새로이 '사문(斯文)'의 전통을 획득해야 하는 문인-관료로서의 '도(道)'에 대한 고민을 함께 가지고 있었기에 문학 의미와 정치 의미가 낭만적으로 결합된 '전기(傳奇)'라는 새로운 형태의 글쓰기를 창출할 수 있었다. 그러나 이후 도학자들에 의해 '문(文)'과 '도(道)'가 분리되는 양상을 보이고, 주로 하늘의 이치[天道]와 인간 제도[人文] 사이의 일치를 강구하던 당대(唐代)의 외향적인 '사문(斯文)' 전통과는 달리, 송대(宋代)에 하늘의 이치[理]와 인간의 내면 즉 성정[性] 사이의 일치를 강구하는 내성적인 '사문' 전통이 수립되면서 더 이상 전기(傳奇)와 같은 문학 의미와 정치 의미가 충만한 소설적 글쓰기는 계승되지 않았다.

다만 이후 도시의 발달과 상업적인 인쇄 출판업의 성장으로 전기(傳奇)의 맥을 잇는 허구적 서사 문학, 소설이 '사인(士人)'의 영역이 아닌 '민간'의 영역으로 찾아들어가 오히려 비약적인 발전을 이루고 명청(明淸) 시기 새로운 전성기를 맞이하게 된다. 그러나 이 시기 백화(白話) 소설은 이미 그 생산과 소비의 주체가 민간의 대중으로 정착된 까닭에 전기(傳奇)가 보여주는 '사문(斯文)'의 주체로서 자각화되고 중심화된 서사 주체의 존재를 발견하기는 어렵다. 한편 문언(文言)의 전통을 가지고 사인(士人) 계층에 의해 창작되고 소비되었던 문언(文言) 소설의 경우, 적어도 표면상으로는 전기(傳奇)와 그 조건이 다를 바 없었음에도 전기가 보여주는 현실에의 관심, 세상에의 발언, 욕망의 표출 등이 텍스트의 전면으로 부각되지 않는다.

이는 당대(唐代) 전기(傳奇)의 소설로서의 특성이 전적으로 그 서사 주체의 특성에 기대고 있음을 보여주는 것으로, 이 시기에 양식화된 '전기(傳奇)'의 글쓰기가 이후 문언 소설 혹은 백화 소설로 허구적 서사 문학의 맥을 이으며 계승되기는 했으나, 그 자체로 확대재생산 되지는 못했음을 말해준다.[27] 이전 시기의 모든 문학적 전통을 아우르는 방대함, 현실 서사의 당당함, 의미 담론의 우세성은 전기(傳奇)만의 특징으로, 이후 중국의 소설에서는 그 같은 문학 의미와 정치 의미의 전면적인 결합을 찾아보기 힘들다. 이 시기의 전기(傳奇)가 이후의 소설들처럼 과연 일탈적이고 비주류적인 글쓰기였는지 의문을 제기해본다.

참고문헌

汪辟疆 校錄,『唐人小說』, 中華書局香港分局, 1987.
정범진 편역,『앵앵전』, 성균관대 출판부, 1995.
피터 K. 볼 지음, 심의용 역,『중국 지식인들과 정체성―사문을 통해 본 당송 시대 지성사의 대변화(*This culture of ours-Intellectual transitions in T'ang and Song China*, 1992)』, 북스토리, 2008.
하원수,『唐代 進士科와 士人에 관한 연구』, 서울대 박사논문, 1995.
傅璇琮,『唐代科擧與文學』, 陝西人民出版社, 2003.
郭英德,『中國古代文人集團與文學風貌』, 北京師範大學出版社, 1998
李浩,『唐代三大地域文學士族研究』, 中華書局, 2002.
胡可先,『中唐政治與文學―以永貞革新爲研究中心』, 安徽大學出版社, 2000.
金諍 저, 강길중 역,『중국문화와 과거제도』, 중문, 1995.
루샤오펑(魯曉鵬, Sheldon Hsiao-peng Lu), 조미원·박계화·손수영 역,『역사에서 허구로―중국의 서사학』(*From Historicity to Fictionality: the Chinese Poetics of Narrative*, 1994), 길, 2001.
롤랑 바르트, 이화여대 기호학연구소 역,『현대의 신화』(*Mythologies*, 1957), 동

---

27 물론 당대(唐代)에 이미 전기(傳奇)라는 글쓰기의 양식화와 관련하여 그 초창기의 활달함이 관습화되거나 노쇠화되는 현상이 나타난다. 문학 의미와 정치 의미의 낭만적인 결합이라는 전기의 장르적 특성을 모든 작품에 적용하여 논할 수는 없을 것이다.

문선, 1997.
손수영, 『唐 傳奇의 형성에 관한 연구―傳·記 문체와 관련하여』, 연세대 석사
　　　논문, 1998.
박지현, 「당 전기 속에 나타나는 장르 삽입에 관한 고찰」, 서울대 석사논문, 1993.

박지현, 「당 전기 속에 나타나는 장르 삽입에 관한 고찰」, 서울대 석사논문, 1993.

당송唐宋 지식인의 정체성을 찾아서[*]

과거(科擧)와 문화권력의 상관 관계

_김상호

1. 탐색의 시작

중국은 역사상 가장 이른 시기에 문관 선발 시험을 치렀던 국가로 인정되고 있으며, 이러한 시험 제도는 한국과 일본 등 인근 지역에 전파되어 근대까지도 관료 선발의 주된 기준으로 활용되어 왔다. '분과거인(分科擧人)'의 원의(原義)를 갖는다고 알려진 과거(科擧)[1]는 오늘날로 보자면 응시생의 장래를 보장해주는 국가고시와 같은 존재이며, 따라서 당시 사인(士人)들에게는 일거에 신분을 상승시킬 수 있는 '인생역전 드라마'의 무대라고 할 수 있다. 물론 오늘날처럼 복잡다단한 과목

---

[*] 이글은 중국어문학회 편, 『中國語文學誌』 제17집(2005년 6월), 147~167면에 「주변에서 중심으로—進士科와 글쓰기 권력의 성립」이라는 제목으로 발표되었던 것을, 본 총서의 출판 의도에 맞도록 수정 게재한 글이다.

1 河元洙,「唐代의 進士科와 士人에 관한 研究」, 13면.

으로 분할된 시험제도와 과거를 단순 비교할 수는 없겠지만, 그렇기 때문에, 즉 몇몇 주요 과목에만 신분상승의 확실한 보장이 집중되었다는 측면에서, 과거에 매달렸던 사인들의 심리 상태와 권력에의 경도성은 현재와는 사뭇 달랐던 것으로 보인다. 이 글은, 과거의 여러 과목 중에서도 응시자들의 특별한 관심이 몰렸던 진사과를, 글쓰기 권력의 성립이라는 측면으로부터 접근하면서, '주동세력이 주변부 권력 예비군을 어떻게 포섭 혹은 타자화시킴으로써 중앙의 관료계층을 형성했는가'라는 과정을 탐구하기 위해 작성된 것이다.

　이러한 논의를 진행하기 위하여 이 글은 아래와 같은 세부 항목으로부터 접근한다. 첫째, 진사과가 탄생하게 된 역사적 배경과 당대(唐代)에 완전히 정착하는 과정, 그리고 송대(宋代)의 운용 사례 등에 관하여 간략하게 살펴본다. 둘째, 진사과는 주지하는 바와 같이 잡문(雜文)[즉 시부(詩賦) 각 1편]의 창작 및 운용 능력을 평가하는 제도이며, 이들은 근체시(近體詩)·변려문(駢儷文)의 탄생과 불가분의 관계에 있다. 즉, 진사과는 글쓰기 능력이 권력의 쟁취로 직결될 수 있다는 점을 증명해주는 무대인 바, 진사과 및 근체시의 친연성,[2] 그리고 이 영역이 문화권력[3]으로 성장할 수 있었던 상황에 대한 검토는 필수적이다. 셋째, 이 때 북

2　기실 근체시의 완성과 진사과의 정착은 시대적 간격이 그리 크지 않아 보인다. 이로 인해 양자가 상호 필요에 의해 각각 활성화되었다는 견해가 지배적이었다. 그런데 여기에는 육조(六朝)시대 귀족사회의 꾸준한 실험실습 끝에 탄생된 양식—운문은 근체시, 산문은 변려문—이 지닌 글쓰기 맥락은 끼어들 여지가 좁아 보인다. 다시 말해 진사과의 항목으로 잡문이 추가되고 이를 통해 당락의 운명이 결정되는 것이 당시의 관례였기 때문에 어쩔 수 없이 수많은 사인들이 근체시 창작에 매달렸다는 기존의 설명은 일단 수긍할 수 있으나, 여기에는 글쓰기 행위가 지닌 자체적인 생명력 혹은 전파·복사력을 개입시킬 여지는 그리 많아 보이지 않는다는 것이다.

3　필자는 '문화권력'란 용어를 대단히 넓은 범주로 활용하고 있다. 예컨대, 육조시대 전통귀족들이 줄곧 향유하였던 문예·오락, 철학적 사유·언어구사 등이 모두 이 범주에 포함될 수 있다고 본다. 다만 그 중에서도 글쓰기 행위는 귀족들로 하여금 권력의 중핵에 접근할 수 있도록 만든 문화권력의 핵심이라고 할 수 있다.

주(北周)의 '소수' 정권과 산동(山東) 및 강남(江南)의 '다수'[4] 전통귀족 사이에 일어났을 것으로 추정되는 타협 혹은 배척화의 과정을 검토한다. 물론 소수 권력에 의한 다수 문인 포섭 전략으로서의 진사과라는 명분이, 그 물리적 수량에 관계없이 중심권 내부에서의 변화 징후라는 데에는 이론의 여지가 없는 듯하다. 다만 필자는, 문화권력이라는 각도에서 볼 때, 북방의 소수 권력층은 중심부로부터 상당히 이탈된, 이른바 '문화적으로 충분한 세례를 받지 못한'[5] 세력인 데 비하여, 전통귀족 가문들은 비교적 풍부한 문화자원을 향유할 수 있었다는 점에 주목하고자 한다. 이러한 이분법을 표면 그대로 수용할 경우, 전통귀족가문들이 상대적으로 우수한 문화자원을 바탕으로 북방의 소수 정권을 흡수했다고 유추할 수도 있겠으나, 필자가 보기에 실제로 그런 일은 발생하지 않은 것 같으며, 북방의 정권이 황권으로 변모함에 따라 양자 사이에 모종의 타협이 진행된 상황도 감지된다. 따라서 문화적 차원의 타협 혹은 포섭인지, 아니면 군국주의적 권력층에 의해 강행된 토착귀족세력 타자화 작업인지 검토하는 일은 진사과 정착을 전후로 한 문화권력의 성립 과정에 유의미한 단서를 제공한다고 판단된다.

---

4 여기서 말하는 '소수'와 '다수'는 양의 적고 많음을 의미하는 게 아니라 주변적 비주류와 중심적 주류를 뜻한다.

5 이것을 비롯해 이 글에는 남방의 한족(漢族) 중심주의를 상기시킬만한 부분이 있음을 인정한다. 그러나 남북조(南北朝) 후반기의 북방이 문화적으로 열세였음은 분명한 역사적 사실이다. 즉 서진(西晉) 정권의 동천(東遷)과 함께 중원의 한족 문화는 강남으로 대폭 이전되었고, 북방 실세의 한 축이었던 북제(北齊)에는 최(崔)·노(盧) 등 전통명문가들이 여전하였던 반면, 북주·수(隋) 정권의 기반인 관중(關中)지역은 오호십육국(五胡十六國)의 무수한 정권교체에 따라 전란이 빈발하면서 문화·역사적 기반이 철저히 파괴되었다. 이런 지정학적 특성 때문에 북주와 수는 전통귀족의 영향력으로부터 상대적으로 자유로우면서 한편으로 남북조를 통합할 실질 역량인 군국주의를 내세울 수 있었던 것이다.

2. 진사과의 정착과 시기별 운용 상황

진사과를 포함한 과거가 성립되기 전까지 어떻게 관료를 선발해서
충당했는지에 관해서는 기존의 연구가 풍부한 편이다. 이들 자료에 의
하면, 정도에 차이는 있지만, 남조(南朝)와 북조(北朝)를 막론하고 후반
기로 갈수록 현실적인 문지(門地)보다 개개인의 특정 능력을 검증하는
제도가 보편화되었음을 알 수 있다. 남조에서는 양진(梁陳)시기의 학관
시경(學館試經)이, 북조에서는 북주의 고전적 관료제도가 이를 대표한
다. 때문에 북주를 이은 수에 이르러 남북조 통합이 이루어지자 지방
행정에 대한 중앙정부의 통치권을 확보하기 위해 엄격한 고과(考課)에
의한 관료 예비군이 대량으로 확충되었으며, 이에 따라 기득권을 독점
하고 있던 위진(魏晉) 이래의 귀족은 심대한 타격을 입게 되었다. 이 시
기에 종전부터 시행되고 있던 시험제도를 확대 개편할 필요성이 대두
되면서 과거의 모형(母型)이 점차 형성되었던 것이다. 이미 수대에 수
재(秀才) · 명경(明經) · 진사(進士)의 명칭이 존재하였으며, 상거(常擧)와
제거(制擧)로 구분되어 있었다고 주장하는 학자도 있다.[6]

다만 수대에 과거가 완전히 정착되었는지, 만일 수대부터 진사과가
시행되었다면 그 주요 시험항목이 문자 · 언어의 구사능력을 측정하
는 것이었는지 확인하기는 힘들다.[7] 단명한 진(秦)이 갖추어 놓은 각종

6　王炳照 · 徐勇主編,『中國科擧制度硏究』, 159면.
7　진정(金錚)은『중국 과거문화사』에서 "수문제와 수양제 때 시행한 천거에서 진사, 명경
　　의 과목은 없었고, 분과 천거 방식 역시 수대에 시작된 것이 아니"라고 주장하였다(79
　　면). 한편 미야자키 이치사다는『九品官人法의 연구』에서 수 문제(文帝) 개황(開皇)년
　　간(581~600)에 이미 진사의 명칭이 존재하였으며, 나아가 명경은 주로 경서를, 진사는
　　주로 문학을 시험한 것이었다고 주장했다(69면). 400년 가까이 지속된 남북조를 완전
　　통일한 수 문제가 주군현(州郡縣)을 주현(州縣)으로 축소 · 조정함으로써 중앙집권의
　　기틀을 다지고, 남조 귀족사회의 전유물이나 다름없었던 구품관인법을 철폐하여 다수

문물제도를 한(漢)이 이어 받았듯, 당 역시 수대의 제도를 상당부분 수용하였다. 당 고조(高祖) 무덕(武德)4년(621) 4월에 이미 수대에 기틀을 잡았던 과거가 당대에 정착되었음을 명시하는 대표적인 조령(詔令)이 발표된다.

각 주의 학사 및 명경·수재·준사·진사 그리고 다스림의 요체에 밝고 지역에서 명망이 있는 자를 해당 현에 위임해 시험을 치르게 하고, 州의 장관이 재심하여 합격한 자를 매년 10월에 공물과 함께 올려 보내도록 하라.

諸州學士及早有明經及秀才俊士進士明於里體, 爲鄕里所稱者, 委本縣考試, 州長重覆, 取其合格, 每年十月隨物入貢.[8]

이후 당대를 통틀어 과거는 예외적인 경우를 제외하고는 매년 거행되었으며,[9] 수재·명경·진사·명법(明法)·명서(明書)·명산(明算) 등 여러 과목이 흥쇠(興衰)를 거듭하였다.[10] 그 중에서 이미 수(隋) 양제(煬

관료예비군의 확보가 중앙정부의 최대 명제로 대두되었음을 생각할 때, 이미 수대에 과거의 모형은 자리 잡았을 것이라고 판단할 수 있다.

8 王定保, 『唐摭言』 권1 「統序科第」.
9 진정, 김효민 역, 『중국과거문화사』, 86면.
10 劉虹, 『中國選士制度史』, 141~156면. 수재는 한대(漢代)와 수대에 설치되었던 수재과를 답습한 것으로, 이른바 박학고재(博學高才)를 선발 기준으로 삼았다. 당 고조 무덕 년간 초기에도 수재과는 설치되었으나, 선발 기준이 너무 엄격하였고(매년 한두 명 선발), 주 장관의 추천을 받은 자가 급제하지 못할 경우 해당 주 장관에게 책임을 물었으므로 천거 자체를 회피하다가 결국 고종(高宗) 영휘(永徽) 2년(651)에 폐지되었다. 천보(天寶) 14년(736)에 잠시 부활되었던 수재과는 단 한 명의 합격자도 확보하지 못하여 다시는 상과(常科)의 과목으로 채택되지 않았다. 명경과는 주로 경전 암기능력을 측정하는 것으로, 현종 개원 년간(713~741)에 대략 첩경[오늘날의 괄호넣기와 유사·묵의(墨議)[구의(口議)라고도 하며 오늘날의 단답형 문제와 유사]·시무책삼조(時務策三條)[당시 정부 정책에 대한 논설문] 등으로 체제가 굳어졌다. 수재과는 합격하기가 너무 어려워서, 명경과는 마치 암기하는 앵무새를 기르듯 많은 합격자를 배출한 나머지(매년 평균 진사과 합격자의 4배) 희소가치가 떨어져서, 결국은 응시자의 관심 밖으로 밀려났다고 보아야 한다. 이들과 진사과를 제외한 기타 과목에 대한 구체적

帝) 대업(大業) 2년(606)에 시작되었다고 알려진 진사과[11]는 출발부터 시부를 위주로 한 잡문 항목이 채택된 것은 아니며, 고종(高宗) 영륭(永隆) 2년(681) 잡문이란 형식의 시험이 부가된 이후부터 비로소 문학적 소양에 대한 평가가 제도화되었다. 그럼에도 이와 같이 잡문을 통해 문학적 소양을 평가하였다고 해서 진사과가 곧 바로 시부의 시험이 되지 않았으며 아울러 초기의 진사과에는 첩경(帖經)과 같은 경학적 소양에 대한 평가도 공존하였다는 사실 또한 중요하다. 실제로 처음 잡문의 시험 대상은 잠(箴)·명(銘)·논(論)·표(表) 등 본디 정사와 관련된 현실적 효용이 있는 문장이었다. 이른바 '문율(文律)'을 중시하는 시부가 동시에 잡문항목으로 시험되기 시작한 것은 현종(玄宗) 개원(開元) 년간 (713~741)에 가서야 비로소 그 선례를 발견할 수 있으며, 이후로 진사과 내의 첩경은 무시 되거나 혹은 완전 폐지되는 방향으로 가닥을 잡아나가, 시부가 진사과의 당락을 결정하는 주요 과목으로 부각되었다. 물론 당대 중후반기에 진사과의 시부 시험 자체를 폐지하려는 움직임이 없지 않았으나,[12] 현종 시기에 정착된 진사과의 시부 시험은 결국 과거의 운명과 궤를 같이 할 정도로 강력한 영향력을 행사하였다.[13]

이상의 진술은 '과거는 곧 진사과'라는 오해를 충분히 야기할 수 있다. 실제로 시간이 흐를수록 진사과의 위상이 더 높아진 것도 엄연한 사실이다. 그런데 당대 전체를 놓고 볼 때 진사과의 합격자수는 결코 명경과의 그것을 넘어서지 못하였다. 다만 안사지란(安史之亂) 이후 당

인 설명은 이 글의 논지와는 상관없으므로 생략한다.

11 王定保, 『唐摭言』 권1 「統序科第」: "進士始於隋大業中." 그러나 이러한 기록에도 불구하고 진사과가 수대에 시작되었음을 부정하는 학자들이 상당히 많다.

12 劉虹, 『中國選士制度史』, 146~147면에서 정원(貞元) 년간(785~805)에 시부 대신 실용적 문장으로 취사(取士) 기준을 삼으려 시도했었고, 이는 당시 한유(韓愈) 중심으로 전개되던 고문운동(古文運動)과 연관이 있다고 기술하였다.

13 이상은 河元洙, 「唐代의 진사과와 士人에 관한 研究」(서울대 박사논문, 1995), 65~70 면의 내용을 참고·정리한 것이다.

후반기로 갈수록 전반기에 비하여 진사과와 명경과의 합격인원 차이가 감소하였을 뿐이다. 즉 당 후반기의 과거는 명경과 출신자의 위축과 진사과 출신자의 약진으로 설명될 수 있는 것이다. 사실 구귀족을 포함한 당대의 관료 후보자들이 명경보다 진사를 훨씬 선호할 수밖에 없었던 이면에는, 소수정예라는 표면적 이유 말고도 고속 승진[14]이나 요직 독점[15] 등 현실적 원인, 나아가 세역상의 특혜[16]라고 하는 사회적 통념까지도 자리 잡고 있었다. 따라서 아무리 유구한 역사와 우월한 명성의 문지를 지니고 있어도 자신들의 특권을 영속시키기 위해선 최종적으로는 황제가 주관하는 시험을 통과하여 관료로 변신하지 않으면 안 되는 상황에 처해 있었던 것이다.

당말오대(唐末五代)시기에 연속되는 전란과 군벌의 발호, 장안(長安)에서 개봉(開封)으로의 수도 이전은 후한(後漢) 이래 오래도록 버텨오던 세족(世族)을 완전히 몰락시켰다. 송이 개봉에서 출발하였을 때, 구귀족은 완전히 자취를 감추어 버려서 대량의 관직을 채울 인재가 절대 부족한 상태였으므로, 시급히 교육과 과거에 의해 후보자들을 양성하는 수밖에 없었다. 송대의 과거제는 당대의 형식을 거의 변화 없이 계승한 뒤, 수차례의 보완을 거쳐 상당한 수준의 공평성과 투명성을 증대시킨 것으로 평가된다. 흔히 천자 1인 독재와 문신관료체제로 설명되는 송대 상층부의 구도는 이렇듯 안정적인 궤도에 진입한 과거제에 힘입은 바 크다. 그런데 송대의 과거제가 당대와 구분되는 몇 가지 특징 가운데 흥미로운 부분은 과거의 꽃이라고 할 진사과의 변모 양태이다. 송초의 진사과는 대략 시부·경의(經義)·책론(策論)·잡문을 동시

---

14 河元洙, 「唐代의 進士科와 士人에 관한 研究」, 111면.
15 위의 글, 87면.
16 위의 글, 112~113면.

에 진행하며 그 가운데 역시 시부를 위주로 선발하다가, 범중엄(范仲淹)과 왕안석(王安石)의 개혁론 및 조정의 대논쟁을 거치면서 시부과목을 배제하기 시작하였다. 왕안석이 희녕(熙寧)년간(1070년 전후)에 변법을 추진한 이후로는 성시(省試)·전시(殿試)에서 시부가 모두 폐지되었으며, 남송이 쇠멸할 때까지 대세는 변하지 않았다.[17] 결국 당대의 과거에서 시부가 누리던 영광은 경의와 책론이 대신 차지한 셈인데, 이것이 단순히 과목변동만으로 그치지 않았다는 데에 주의할 필요가 있다. 왕안석은 신법을 추진하며 단순히 시부의 창작 능력으로 인재를 선발하는 방식에 대단한 반감을 지니고 있었던 것으로 보인다.[18] 사마광(司馬光)이나 소식(蘇軾) 등 보수파의 반대에 직면하면서도, 관료로 등용되기 위해서는 사회 현실의 문제를 처리하는 능력이 무엇보다도 중요하다고 믿었기에 왕안석은 과거제가 이런 능력을 검증하는 기회로 변화되기를 희망하였다. 결국 경의와 책론을 통해 응시자들의 실사구시적 능력을 판단하는 방향으로 점차 바뀌고, 더 나아가 시부가 아닌 의론문(議論文)으로 답안지를 작성하는 것이 일반화됨으로써 지식인들로 하여금 시부로부터 점차 멀어지게 만들었다.[19] 시문학이 극점에 도달하였던 성당기(盛唐期)에는 시가 곧 출세의 수단이었으며, 일단 제도권에 편입되고 나서는 자신의 신분을 안정적으로 유지시켜주던 가장 중요한 무기였기에, 화려함에만 치우친다는 비판에도 불구하고 시부를

---

17 劉虹,『中國選士制度史』, 250~255면.

18 『續資治通鑑』권68「宋神宗熙寧四年」: "今以少壯時, 當講求天下正理, 乃閉門學作詩賦, 及其入官, 世事皆所不習, 此乃科法敗壞人材, 致不如古."

19 劉虹,『中國選士制度史』, 283면. 한편 이 문제를 다르게 보는 시각도 있다. 예컨대 王炳照·徐勇主編,『中國科擧制度研究』, 168~169면에서는, 명경과가 점차 쇠퇴하고 왕안석의 신법이 추진됨에 따라, 진사과가 기존의 명경과의 역할을 담당하게 되었으며, 북송 철종(哲宗) 때(1089 전후) 이르러 진사과는 경의진사과(經義進士科)와 시부진사과(詩賦進士科)로 나뉘었다고 하였다. 이런 견해를 수용할 경우, 진사과 내부에서 시부과목이 완전히 배제된 것은 아니라고 볼 수도 있다.

집요하게 붙잡을만한 이유가 있었다. 하지만 세족이 완전히 없어지고 '일대귀족(一代貴族)'으로서의 사대부가 상층부를 장악한 송대에는 형식주의—즉 세족의 특권적 창작 경향—가 더 이상 추구 대상이 아니었기에, 학습과 비판의 양면성을 모두 가지고 있었던 외적 형식에 골몰하지 않아도 되었고, 게다가 자신의 신분 상승을 위하여 시부에 집착할 명분도 사실상 없어져 버렸다.[20]

3. 진사과와 근체시의 상호 맥락

그렇다면 당대 중기에 왜 진사과가 정제된 형식미를 갖춘 시부 위주로 정착되었는지 의문을 품을 수밖에 없다.

우선 고려할 부분은 평가 과정이다. 앞서 잠시 언급한 바와 같이 명경과는 다수의 합격자를 배출하였음에도 불구하고 별반 응시자의 관심을 끌지 못한 것으로 보인다. 비록 시무책삼조가 추가됨으로써 응시자간의 차별성을 두고자 하였지만, 무턱대고 경문 몇 구절을 외어 쓰는 답안으로는 응시자들의 진정한 수준을 평가할 수 없었다는 보는 것이 적절하며, 아울러 당시 사회에서 상당한 수준의 소양을 이미 갖춘 사인들의 '도전 욕구'에도 부합하지 않는 측면이 분명히 있다. 게다가 규정에 의하면 완전히 반대였음에도 불구하고, 진사과 급제자들은 명경과 출신

---

[20] 그렇다고 해서 지식인들이 시문학을 완전히 포기한 것은 아니다. 송시(宋詩)가 당시(唐詩)에 비해 10배 정도 많은 양이 남아 있다는 사실이 이를 뒷받침한다. 다만 송대부터 부상하던 민간문학과의 '협조'에 실패함으로써, 시문학을 대체할 새로운 무기를 개발하지 못하였다고 보는 편이 합리적이다.

보다 높은 초임 품계를 확보할 수 있었고, 당대를 통해 최고위직으로 진출한 이들 가운데 진사과 출신이 명경과 출신보다 많다는 사실[21]을 볼 때, 암기 위주의 평가 방식으로는 유능한 관료를 선발하기 곤란하다는 의식이 저변에 깔려 있었던 것이다. 첩경십조(帖經十條)·시무책오조(時務策五條)·잡문이조(雜文二條)로 굳어진 진사과[22] 내부에서도 상황은 동일한 것이어서, 결국 고도의 수사학적 형식미를 갖춘 잡문(시부)의 작성 능력에 의해 그 변별력을 확보할 수 있었을 것으로 판단된다.[23] 한편 잡문에 의한 '변별력'이라고 한다면, 답안작성법이 거의 고정화된 첩경·시무책과 달리, 응시자들의 자유로운 의사 표현에 따른 수준차를 검증한다는 의미를 지니고 있는데, 뒤에서도 언급하겠거니와 이것이 완전한 자유 창작을 의미하는 것은 아니라는 점에 주의할 필요가 있다. 적게는 수천 명에서 많게는 수만 명까지 달하는 응시자들의 답안지를 고관(考官)이 하나하나 평가할 때 변별력만을 강조하다 보면 아마 무한대의 시일이 소요될 지도 모를 일이다. 응시자간의 변별력을 확보하기 위해선 또 다른 효율적인 기준이 필요했던 것이다. 앞서 언급한 수사학적 형식미는 내용을 외적으로 규정하는 강력한 기제일 수 있다. 마치 오늘날 고난도의 수학 문제를 풀어나갈 때 오답이 추론될지언정 장황한 논문 형식으로 풀이 과정을 기술할 수 없는 것처럼 말이다.[24] 따라서 시부항목이란, 일견 응시자간 수준차를 판별하기 위한 비교우위 자유 창작으로 보일 수도 있겠으나, 결국은 내용의 자유 창작을 넘어서는, 아니 오히려 이를 제어하는 형식미가 답안지에 관철되어 있어야 하는, 답안 표

---

21 河元洙, 「唐代의 進士科와 士人에 관한 硏究」(서울대 박사논문, 1995), 87면.
22 劉虹, 『中國選士制度史』, 165면의 「唐代科擧各科考試項目一覽」 참조.
23 河元洙, 「唐代의 進士科와 士人에 관한 硏究」(서울대 박사논문, 1995), 70면에서 언급한 변별력의 문제 제기에 대하여 필자도 대체로 동의한다.
24 우리가 흔히 알고 있는 수학 문제에는 '고정된' 풀이 과정이 존재한다. 설령 고난도의 증명 문제를 풀이한다고 해서 논문 형식으로 '장황하게' 쓸 수 없는 것이 수학 문제이다.

준화 작업 혹은 모범 답안 확립의 결과였던 것이다.[25]

다음으로 생각할 수 있는 원인은 당대 초기 통치 집단의 문화 의식이다. 이른바 정관지치(貞觀之治) 시기에 당의 궁정에는 십팔학사(十八學士)를 비롯한 다수의 대신들이 모여 남조말기의 궁체시(宮體詩)를 답습한 가공송덕(歌功頌德)류의 시들을 창작하였다. 고종과 무측천(武則天) 시기 역시 궁정시인들의 활약이 주를 이루는 바, 이는 황제라고 하는 막강한 후원자의 특별한 배려 없이는 형성될 수 없는 환경이라고 할 수 있다.[26] 특히 여러 문학사 관련 서적에서 공통적으로 언급하듯, 궁중 연회에서의 부단한 창화(唱和) 끝에 근체시의 정격이 이 시기에 확립된 사실은, 바로 최상층부의 문화 애호 경향과 시부 창작의 연결고리를 단적으로 웅변한다. 따라서 진사과 내부의 시부 평가 방식은 이러한 황제들을 중심으로 한 조정의 상황이 중요한 역할을 했다고 보아도 무방할 것이다.

이상 언급한 요인은 주로 기성 제도 및 주변 환경과 관련된 것이지만, 시부가 진사과의 핵심이 된 데에는 시부가 문화적 소양의 대표로 자리매김한 앞선 시대의 흐름을 고찰해 보는 것이 필요할 듯하다. 이는 물론 위진남북조를 통해 형성된 문화권력의 문제로 연결되는 바, 여기서는 시의 경우로만 범위를 좁혀 언급하고자 한다.

위진남북조의 지식인들에게서 발견할 수 있는 특징은 개인적인 세

---

25 많게는 수십만 명이 동시에 응시하는 오늘날의 수능을 생각해 보자. 모든 응시자들의 변별력을 판단하겠다고 해서 개인의 완전한 자유에 입각하여 답안을 작성하도록 방임한다면 평가 과정에 얼마나 많은 시일이 소요되겠는가. 이렇게 될 경우, 수능은 국가가 관장하는 제도적 시험으로서의 명분도, 가치도 상실하기 때문에 '자격고사'로서 최대한의 표준화 작업에 심혈을 기울이는 것이다.

26 『全唐詩』를 보면, 권1에 태종, 권2에 고종·중종(中宗)·예종(睿宗), 권3에 명화(明皇)[현종], 권5에 측천황후(則天皇后)의 시들을 각각 싣고 있다. 즉 당 초기에 시를 창작하지 않은 황제는 고조 한 사람뿐이다.

계의 추구와 문화적 동질성을 공유한 문인 집단의 형성이라는 양면성이라고 할 수 있다. 일견 충돌이 불가피할 듯한 상반된 요소가 위진남북조 지식인들 사이에 공통분모로 자리 잡을 수 있었던 배경에는 글쓰기라는 특유의 문화 행위가 개입되어 있다. 여기서 말하는 글쓰기란 실용적인 목적을 위주로 하는 글쓰기가 아니라 예술적 능력을 십분 발휘할 수 있는 글쓰기를 말하여, 이런 행위를 통해 당시 지식인들은 개인적 세계를 추구하되 글쓰기를 공유한 집단의 규범을 위반하지 않는 상황을 만들 수 있었다. 물론 후한시기 이래로 일종의 문화코드로 인식된 시창작이 여기서 말하는 글쓰기 행위의 핵심이었으며, 민간의 가요와 결별한 후부터 지식인들은 시를 끊임없이 다듬어 자신들만의 규범, 즉 정형화의 단계에 진입하는 길을 열어 놓았다. 어떤 글쓰기 행위든 일단 규범화의 단계에 들어서면 일정한 시간이 흐른 후 파격을 추구하거나 규범을 거부하는 분위기가 형성될 법도 한데, 위진남북조 시기에는 오로지 시의 정형화에 일로매진한 것으로 보인다. 만일 '지식인이라면 이렇게 글을 써야 한다'는 관념적 규범이 지식인 집단 사이에서 폭넓은 공감대를 얻지 않았다면 위진남북조뿐만 아니라 당대에서까지 그토록 정형화된 시를 다수 창작할 수는 없었을 것이며, 이런 이유로 시의 정형화는 지식인들 나름대로의 상호 암묵적인 글쓰기 규범화 작업이었다고 할 것이다.

물론 이러한 흐름을 반성하고 나서는 일부 움직임이 전혀 없었던 것은 아니다. 중세 시기 문학적 글쓰기에 관한 이론·비평의 양대 산맥이라고 할 수 있는 『문심조룡(文心雕龍)』과 『시품(詩品)』은 분명한 어조로 남조를 풍미하고 있던 '부화(浮華)한 문풍(文風)'에 대해 비판하고 있다.[27]

---

27 『文心雕龍』「通變」: "今才穎之士, 刻意學文, 多略漢篇, 師範宋集, 雖古今備閱, 然近附而遠疏矣." 『文心雕龍』「序志」: "而去聖久遠, 文體解散, 辭人愛奇, 言貴浮詭, 飾羽尙畫, 文繡鞶帨, 離本彌甚, 將遂訛濫." 『詩品』「序」: "爾來作者, 寖以成俗. 遂內句無虛語, 語無虛

그러나 주지하다시피 이 두 책은 일반평민들은 도저히 알 수 없는, 그리고 지식인이라 하더라도 상당한 수준의 문재(文才)를 갖추고 있어야 이해 가능한 유행문체, 즉 고급 변려문으로 '글쓰기'되어 있으며, 특히『문심조룡』에서 제시한 문체-글쓰기양식-의 분류는, 거의 같은 시기에 최초로 등장한 전문선집인『문선(文選)』의 체제와 유사하다.『문선』과 『옥대신영(玉臺新詠)』은 당시 글쓰기 세계에서 유행한-'당시 문단에서 모범작으로 공인된'이 보다 적절한 표현일 것이다-시문(詩文)을 선별·수록하고 있다. 선집의 등장이라는 점도 특이하거니와[28] 이들 책에서 내세운 선별 기준이 우리의 관심을 보다 끈다고 할 수 있다. 다시 말해『문선』과『옥대신영』에 선록된 글들은,『문선』의 서문에서 밝힌 '사조(辭藻)'와 '풍유(諷諭)'의 균형[29]을 도모했다기 보다는 감각적인 내용과 수사를 위주로 한 것이 대부분인 바,[30] 이것으로 볼 때 선집류의 출현은 당시 글쓰기 방향을 제시한 것으로, '글을 쓰려면 이렇게 써야 한다'는 규정을 선포하는 것이나 다름없어 보인다. 이렇듯 위진남북조의 지식인들은 자신들만이 공유할 수 있는 영역을 공고히 하면서 시라는 글쓰기를 통해 자신들의 세계를 권력화하는 기반을 다진 결과, 당대에는 과거에 의해 합법적인 제도화의 길을 걷게 되는 셈인데, 한 가지 예를 통해 이 제도화의 과정을 다음과 같이 추론해 본다.

진위 여부가 의심스럽기는 하나 한 무제(武帝) 시기의 「백량대시(柏

字, 拘攣補衲, 蠹文已甚. 但自然英旨, 罕值其人."
28 서경호,『중국문학의 발생과 그 변화 궤적』, 336~341면에서 이런 선집의 등장이 개별적으로 활동하던 지식인들을 집단화시켜 주는 매체의 일종이라고 파악했다.
29 『文選』「序」: "事出於沈思, 義歸乎翰藻."
30 權赫錫, 「『玉臺新詠』 연구」, 65면: "后宮으로 대표되는 당시 식자층 여성들의 오락적 수요에 부응하기 위해,『詩經』國風에 비교되는 艶歌 즉 사랑 노래를 대상으로 시가집을 편찬하였다고 볼 수 있다." 여기서 말하는 식자층 여성들이란 궁중에 기거하는 극소수의 학식 갖춘 여성들이므로,『옥대신영』의 실제 독자층 혹은 수용계층은 남성 지식인들이라고 보아야 한다.

梁臺詩)」 이래로, 군신간(君臣間) 혹은 문인 상호간 창화하면서 노래를 부르거나 작시한 전통은 상당히 유구한 편이다. 최상승부 지식인들이 즐겨 사용하던 창화 방식에는 크게 두 종류가 있는 것으로 필자는 판단하는데, 하나는 과거의 모범적인 작품을 모방하여 후대의 문인이 새로운 작품을 쓰거나 타인의 작품에 창화하는 경우고, 다른 하나는 어떤 한 가지 주제 또는 소재를 공유하여 다수의 문인들이 함께 글을 쓰는 경우이다. 지식인들의 문집에서 흔히 발견할 수 있는 「和…」「次… 韻」류와, 한부(漢賦)처럼 오랜 시대에 걸쳐 유사한 범주의 글쓰기가 되풀이되는 것을 전자의 대표적인 예로 들 수 있으며, 후자는 시대를 막론하고 새로운 왕조가 탄생하면 궁정을 중심으로 예외 없이 펼쳐졌던 군신간 창화를 예로 들 수 있겠다. 그런데 두 가지 어떤 경우든 글쓰기 행위에 있어서의 의식의 공유를 도모하고 있다는 점에서 중요하다. 즉 '텍스트간 교호 작용'이라고 할 수 있는 이런 행위는 지식인들의 자기 정체성을 공고히 하고 계급간 단결을 확고히 할 수 있는 매우 중요한 기제로 작용했다는 점이다. 만일 이러한 행위가 제도권으로 편입된다고 가정할 때, 이는 상당히 유력한 검증 장치로 변모할 수도 있는데, 진사과의 시부 시험이 바로 여기에 해당된다고 할 것이다.[31] 물론 제도화가 선행되었기에 이러한 글쓰기 행위가 가능했다고 볼 수도 있겠으나, 권력의 최상층부를 과점하고 있는 지식인들의 출신과 배경 등을 감안한다면 이러한 글쓰기 행위의 축적이 제도화를 추동시켰다고 보는 편이 합리적이다.

---

[31] 진사과의 시체(詩體)는 오언육운십이구(五言六韻十二句)의 배율(排律)이며, 자유 형식의 창작이 아니라 시험관이 제시하는 각운(脚韻)에 맞추어야 하는 일종의 통과 제의다. 부체(賦體)의 경우는 더욱 심하여 각운뿐만 아니라 심지어 제목마저 시험관이 제시하였다. 당대 전 시기를 통해 진사과의 답안 중 수작을 찾아보기가 불가능한 것은 바로 이와 같은 피동적인 시험 방식 때문이었다. 응시자 역시 제도권에 편입되기 위한 불가피한 통과 절차라는 인식 아래, 답안 작성 연습에 심혈을 기울였음은 물론이다.

진사과에 합격한 이후 시행되었던 전시에서는 시부로 대표되는 글쓰기 능력에 대한 검증이 또 한 차례 이어진다. 최후 관문인 이부(吏部)의 신언서판(身言書判) 중에서 가장 중요한 항목은 '서'와 '판'이며, 특히 '판'은 법적 효력을 지닌 일종의 판결문으로서, 이를 통해 후보자의 문자·언어 구사 능력을 손쉽게 검증할 수 있는 바, 이 상황에서 이미 문서 작성 능력을 검증받은 진사과 출신들이 상대적으로 유리한 고지를 점했음은 자명하다. 특히 음보(蔭補)에 익숙한 귀족이라 하더라도 이러한 능력은 환경적 요인으로 결정되지 않고, 자신의 후천적 노력에 의해 보장된다는 점에서 귀족층 역시 다른 경쟁자들과 비교적 대등한 조건에 처해 있었다는 점을 주목할 필요가 있다.[32]

4. 타협 혹은 타자화

이제까지의 문학사는 대부분 북조보다는 남조에 편중된 기술 경향을 보여준다. 물론 이는 '시가 곧 중국전통문학의 핵심'이라는 기존관념이 반영된 결과이며, 문화의 흐름이 한족에 의해서 주도되어 왔다는 관점 역시 상당한 정도로 이러한 경향에 영향을 미쳤다고 할 수 있다. 그러나 오랜 기간 문화적 역량이 정치사회적 실세로 직결되던 기존의 남조적인 질서가 한순간에 재편되어야 할 상황이었다는 데에 문제의 핵심이 놓여있다. 실제로 수에 의한 남북조 통합은 문화적 열세인 북

---

[32] 이처럼 문지가 월등한 사람들이라도 비교적 대등한 피선발 조건을 공유하였다는 것은, 귀족의 오랜 사회적 기득권이 서서히 무력화되어갔음을 의미한다.

조에 의한 흡수 통일의 성격이 강하다. 그렇다면 실제 남북조 통합이 완성되었을 때, 사회적 기득권층이라고 할 남방의 귀족가문과 북방의 신흥 집권세력 사이에는 대타협만 순조롭게 진행되었을까, 아니면 내부적으로 치열한 투쟁이나 심각한 타자화 과정을 겪었을 것인가. 이것이 이 글의 마지막 부분에서 검토할 문제이다.

북주-수로 이어지는 신흥 북방 세력은 부병제(府兵制)로부터 비롯된 군사력을 바탕으로 강한 사회결집력을 유지할 수 있었던 반면, 같은 시대의 북제[북동부정권]나 진(陳)[남부권력]은 아래로부터의 변화 조짐을 완전한 통합으로 연결시키지 못한 채 자멸의 길로 빠져들었다.[33] 이런 점에서 수에 의한 남북조 통일은 주변부 세력에 의한 중앙의 장악이면서, 기성 문화권력을 정치권력으로 끌어들인 구심점이라는 성격도 띠고 있다. 수 문제가 취한 각종 정책적 조치[34]는 위진 이래 유지되어 온 전통귀족가문에게는 일대 타격이었는데, 이는 군사력을 바탕으로 기성 문화권력에 강력한 압박이 시작되었음을 의미한다. 그런데 민간의 자발적인 경제 활동[35]이나 상대적으로 높은 문화수준[36]은 무력에

---

33 가와카쓰 요시오, 『중국의 역사 : 위진남북조』, 415~416면.
34 수 문제는 개황3년(583)에 기존의 주군현을 주현 직접 통치로 바꾸어 버렸다. 또한 종래 장관이 벽소(辟召)했던 주현 요속의 상층부인 품관에 해당하는 자를 모두 중앙으로부터의 파견으로 바꾸었다. 이러한 조치는 실리적인 면을 떠나 용산관(冗散官)의 정리와 귀족제도의 탄압이라는 두 가지 숨은 목적을 품고 있다: 미야자키 이치사다, 『九品官人法의 연구』, 447~457면.
35 북방의 북위(北魏)가 동위(東魏)와 서위(西魏)로 분열되었을 때, 동위[북제의 전신]에 들어와 있던 소그드 상인들은 서위[북주의 전신] 때문에 서역으로의 직접 교역이 불가능했음에도 불구하고 북방 돌궐과 활발한 상거래를 계속하였다고 한다. 이들이 발전시킨 비약적인 경제활동은 이후 북제정권의 군국주의화[중앙집권화]를 방해하는 결정적인 요소가 되었다: 가와카쓰 요시오, 『중국의 역사 : 위진남북조』, 389~399면.
36 어떤 각도에서 설명하든 같은 시대의 북방에 비하여 남방의 양진(梁陳)이 고도의 경제활동과 문화수준을 유지·영위하였다는 데에는 이견이 없겠다. 하지만 후반기로 갈수록, 특히 진대(陳代)에 사회적 신분의 상하 전복이 연속되는 상황이었음에도 불구하고 이를 적절히 사회통합으로 연결시킬 역량이 전무하다시피 하였다.

의한 통치를 곤란하게 만드는 요인이 될 수 있다. 예컨대, 산동에 위치한 북제나 강남의 진은 자본의 홍기에 따른 상호(商戶)의 증가로 귀족제가 잠식당하는 지경에 이르렀고 예상을 뛰어넘는 화폐경제의 수준이 가히 하극상이라고 불러도 좋을 상황을 야기했던 것이다. 그렇기 때문에 후진지역이라고 할 관중의 북주·수가 남북을 통합하였을 때에는 기존 우월세력과 알력이 발생하지 않을 수 없었으며, 이 알력을 잠재우기 위해 수 문제의 강압적인 방침이 펼쳐진 것은 당연하다. 물론 이러한 조치가 어느 한쪽의 일방적인 몰락이나 희생을 요구한 것은 아니었다. 다시 말하자면, 문화적 선진지역을 흡수 통합한 북주·수 제국은 전통적인 사고방식을 유지하고 있는 지식인들을 휘하에 편입시켜 그들의 적극적인 협력을 도출할 방안이 필요했다. 또 각 지역으로 흩어진 무수한 소집단의 유력자나 리더들을 독서인으로 양성하고 한편으로 제국 질서의 안정화를 위해 이러한 지식인들을 적절히 활용하는 것 역시 통일제국에게 긴요한 사안이었다.[37] 뒤에서도 언급하겠거니와, 오랜 배경을 지닌 귀족가문 출신자들에 대해 수당의 황실은 경계심은 가질지언정 근본적인 몰락을 획책하였던 것은 아닌 듯하며, 귀족들이 황실의 정책에 유화적인 제스처를 보일 경우 이들을 적극 흡수한 흔적은 도처에서 발견된다. 따라서 '소수' 집권층과 '다수' 피지배 귀족 사이에는 제국질서의 안녕이라는 명제 아래 일종의 정책적 타협이 이루어졌을 가능성은 충분하다. 다만 탄압 속에서 귀족들이 관료로 변신하기를 강요받았다 할지라도 이들의 영향력이 완전히 사라진 것은 아니라는 점에 주목할 필요가 있다.[38] 요컨대, 비록 강요에 의한 것

---

37 그러므로 이러한 상황을 놓고 볼 때 수대에 과거가 시행될 수밖에 없는 전후 맥락이 형성되었다고 보는 것도 전혀 무리가 아닌 것이다.

38 수당(隋唐)의 여러 정치시스템이 남북조말기의 북주계·북제계·강남계 등 3대 원천으로 비롯되었다는 것은 이미 진인각(陳寅恪) 등에 의하여 밝혀졌다. 이는 수당 최고위 계급의 이익을 보장해 주려다 나타난 기형적 시스템에 다름 아니다. 그리고 당대 생

이었다고는 하나, 구귀족들이 과거를 통해 지식인 관료로 탈바꿈한 데에는 자발성이 어느 정도 개입되었다고 볼 수 있으며, 바로 이런 이유로 구귀족은 여전히 정치·사회·문화적 주도권을 다른 계층에 쉽사리 빼앗기지 않고서, 송대와 같은 사대부(士大夫) 단계로 즉시 이행하지 않았던 것이다.[39]

이당(李唐) 왕실은 관중 지역을 근거로 삼았던 북주시대 군벌 명가인 팔주국(八柱國) 이호(李虎)의 후손이다. 당이 성립된 이후 가장 강력한 권력을 누렸던 것은 물론 당 왕실을 정점으로 한 관중 귀족이었으나 사회적으로 존경을 받았던 가문은 최·노 두 성씨를 정점으로 하는 산동 귀족 집단이었다. 북주의 옛 영토인 관중 지역은 장안 부근을 제외하면 전통적인 귀족을 찾아보기 힘든 곳이며, 문화적으로 현저하게 낙후된 지역이기 때문에 당 성립 직후에도 황가는 산동 혹은 강남 귀족보다도 사회적으로 명망을 얻기가 어려웠을 것이다. 이에 따라 적극적인 한화(漢化) 방침을 고수했던 북위(北魏) 효문제(孝文帝) 이래로 문화적으로 낙후된 관중 지역을 위해 문학 장려 정책이 시행되었으며,[40] 이것이 수대와 당대의 진사과로 연결되었을 가능성이 크다. 다시 말하자면, 산동 및 강남의 귀족들은 전통적으로 문학에 투자할 수 있는 여유 능력이 있었던 반면, 당대 황실의 구성원인 관중 중심 군벌은 그렇지 못하였기 때문에, 진사과는 당 황실을 위한 문화적 차원의 배려이자, 이미 기득권을 지닌 전통 귀족을 관료로 진입시키기 위한 일종의 전략이었던 셈이다. 반면 문학적 소양이 중시되지 않은 명경과에서는 경책

도(生徒)가 향공(鄕貢)에 비해 과거에서 유리한 위치를 선점하였음은 상식에 속한다.
39 가와카쓰 요시오, 『중국의 역사 : 위진남북조』, 413~423면.
40 미야자키 이치사다 지음, 임대희·신성곤·전영섭 옮김, 『구품관인법의 연구』, 73면, 439면, 462면.

(經策)이 시무책과 분리되면서 당대 초기 진사과가 가지고 있었던 정치적 역량을 따라잡지 못한 것으로 보인다. 즉 "제한된 문필 기능은 곧 정치적 역량의 한계"[41]로 연결되는 상황이었던 것이다.

그런데 기존의 각종 연구 결과에 의하면, 시행 초기 진사과의 위상은 명경과에 비해 상대적으로 열세였던 것으로 보인다.[42] 되풀이되지만 진사과는 초기부터 잡문(시부) 항목을 시행한 것은 아니며, 당 성립 후 100년 정도가 지나서야 진사과의 시부항목이 주목을 받게 되었다. 본래 남북조를 막론하고 전통귀족가문 출신자들이 장구(章句) 위주의 따분한 경학보다 세련된 문장 구사에 더 관심을 보였을 것은 자명한 사실인데, 그렇다고 해서 이들이 진사과에만 집중하였음을 알려주는 근거자료가 있는 것은 아니며, 더욱이 이들은 당 초기 국학(國學)의 생도(生徒)로 관료화할 수 있는 길이 충분히 보장되어 있었다.

그렇다면 귀족들로부터 외면당하고 초임 서계(敍階)에서나 수적으로 열세였던 진사과 출신들이 그 후 점차 권력의 요직을 과점할 수 있었던 이유는 무엇일까? 그리고 진사과에 시부항목이 추가된 것은 어떤 의미를 지니는 것일까? 우선 황제와 진사과 급제자 사이에 형성된 친연적 분위기이다. 물론 여기에는 '공어문한(工於文翰)'한 진사과 출신자들에 의해서 작성될 수밖에 없는 제조(制詔)의 존재가 개입되어 있다. 나아가 황제의 최근접 위치에서 시부를 위주로 연회에서의 적극적인 역할을 했던 주류가 진사과 출신자이었음은 말할 필요도 없다. 예컨대, 재상을 역임한 곽정일(郭正一)·위현동(魏玄同) 이외에도, 이른바 근

---

41 河元洙, 「唐 前半期 進士科의 性格」.
42 당 후반기로 갈수록 진사과의 합격자수가 급증한 것은 사실이지만 앞서 적은 바와 같이 당 전체를 놓고 볼 때 진사과의 합격자 총수는 명경과를 넘어서지 못하였고 당 초기에는 이런 현상이 극심하였다. 또한 그 합격자의 초임 서계는 명경과가 종팔품하(從八品下)에서 종구품상(從九品上), 진사과가 종구품상(從九品上)에서 종구품하(從九品下)로 명경과가 진사과에 비하여 상대적으로 우월하였다.

체시의 정격을 확립했다고 알려진 심전기(沈佺期)·송지문(宋之問), 혹은 어용문인으로 잘 알려진 이교(李嶠)·소미도(蘇味道) 등은 모두 진사과를 통해 정치적 출세에 성공한 인물들이다. 이들은 모두 황제라고 하는 강력한 후원자를 등에 업고 문학적 재능을 마음껏 펼치면서 황제와의 사적 유대 관계를 공고히 하는 데에 주력하였다. 그러면 황제들이 이러한 문사(文士)들을 가까이 두고 적극 보호한 까닭은 무엇일까. 단순히 초기의 황제들이 시문을 유달리 선호했다는 이유 하나만으로는 설명이 부족하며, 우리는 당대 초기 불안했던 정정(政情)에 눈을 돌릴 필요가 있다. 중국에서는 대대로 신왕조가 성립될 때마다 초기에는 전통 귀족의 영향력을 가급적 잠재우고 강력한 군주권을 확립하려는 시도가 되풀이된다. 예컨대, 현종 이전까지의 당은 현무문(玄武門)의 변, 무주(武周)혁명과 중종의 복위 등 유혈정변의 연속이었으며, 당대의 최전성기를 구가했다고 평가받는 현종조차도 무력으로 위후(韋后)를 제거하고 권좌를 차지한 인물이다. 특히 무후는 일개 후궁의 신분에서 황후 및 나아가 자칭 천자가 된 인물로, 이러한 비정상적인 권력 장악 과정에서 당 황실 혹은 이들과 밀접한 관계를 맺고 있던 귀족층 즉 기득권세력의 강한 반발에 직면하게 되었다. 이 때 무후가 자신의 세력을 확장·보강하기 위해 신흥 관료들을 대거 등용하는 남관(濫官) 정책을 시행하였음은 잘 알려진 사실이다. 또한 중종의 복위 과정에서 무후시절의 문사들이 영원히 소외되었던 것도 아니었다. 현종 통치기에는 본격적으로 진사과에 시부 위주의 잡문 과목이 정착되어 영속적인 문사의 선발이 가능하게 되었다. 이를 보건대, 진사과 출신자들이 명경과에 비하여 제도적으로 불리한 위치에 있었음에도 현실적인 영달에 성공한 것은, 개인적인 능력,[43] 사회적인 문학 애호 분위기, 황제

---

43 여기서 말하는 개인적인 능력이란, 응시자 개개인의 과거 적응 능력을 말한다. 무후 집

의 막강한 후원뿐만 아니라 격변으로 점철된 당 초기의 정치적 상황과
도 긴밀하게 연관이 있는 것으로 보인다. 무력을 통해 정권을 쟁취하
였을 때, 기득권세력의 반발에 대응하기 위해 측근과 사적 유대 관계
를 맺는 것이 권력의 속성 가운데 하나이기 때문이다.

혼란기를 뒤로 하고 등장한 통일제국은 늘 흩어졌던 권력을 하나로
모으는 중앙집권화에 심혈을 기울이기 마련이고, 이는 적절한 관료 선
발제도의 정착이 뒷받침되어야 한다. 단명한 수는 차치하고라도, 당 초
기에는 국가권력의 직접적인 통제가 가능한 관학을 통해 관료 후보자
들을 교육·평가하여 선발하는 것보다 확실한 중앙집권화의 방법은 없
었을 것이다. 이는 달리 말하면 관학에 입학할 자격을 갖춘 자들만을 교
육시킨다는 이른바 '생도'⁴⁴ 위주의 정책이라고 하겠는데, 이럴 경우 교
육 기회의 차별화에 따른 권력 재생산 구조라는 측면에서 위진남북조
의 귀족사회체제와 별 차이가 없는 셈이다. 결국 국자감(國子監) 등 관학
에의 입학 조건은 오랜 세월 기득권을 보유하고 있던 세력에게만 혜택
으로 존재할 수 있었고, 이는 육조시대 이래 고착화된 귀족의 문화권력
과 황제의 관료선발권 사이에서 찾아진 일종의 타협점이라고도 볼 수

권기에 관료 선발에서 관학의 비중이 상대적으로 낮아지는 경향이 보이다가, 현종 때
에는 실력 존중의 분위기가 사회 전반으로 퍼져 국자감 학생들에게 커다란 타격을 줌과
동시에, 생도의 과거 합격률을 급격히 낮추는 결과를 초래하였다고 한다. 이는 전통적
인 귀족가문 출신으로 국학 생도가 된다 할지라도 개인의 능력이 뒷받침되지 않으면
정계로 진출할 수 없었음을 의미하며, 이것은 다시 입사(入仕)의 주요 경로가 과거(그
중에서도 진사과에 집중화되었음을 의미하기도 한다. 따라서 아무리 높은 문지라도
이런 변화를 외면할 경우 얼마 가지 않아 몰락할 것은 분명하다. 사실 출발시의 위상이
다소 열세일지라도 실력 본위로 공정하게 선발하면서 장래의 요직까지 보장한다면 그
쪽에 응시자가 집중할 것은 자명하며, 바로 이것이 전통귀족의 영향력은 가급적 배제
하면서 관료 위주의 중앙집권화로 가기 위한 최상의 방법이었던 것이다. 이와 관련된
자료는 河元洙, 「唐 前半期 科擧에서의 生徒와 鄕貢」을 참고하기 바란다.

44 『舊唐書』권189 「儒學上」: "以義寧三年五月, 初令國子學置生七十二員, 取三品以上子
孫; 太學置生一百四十員, 取五品以上子孫; 四門學置生一百三十員, 取七品以上子孫."

있다. 한편 시간이 흐름에 따라 관학의 생도보다 지방의 향공(鄕貢)이 현실적으로 세력을 성장시키는 현상이 발견된다. 즉 무주혁명 때 비정상적인 방법으로 권력을 장악하는 과정에서 나온 남관정책이 기득권세력인 생도들로 하여금 입사를 위해 굳이 관학에서 공부할 필요를 제거하였을 뿐만 아니라, 그 결과 초래된 과거의 공백은 기존의 관학으로부터 소외된 향공들의 몫으로 돌아갈 수 있었던 것이다. 게다가 생도가 향공에 비해 객관적인 실력 면에서 뒤쳐지는 현상도 현종시기에는 나타난다. 제도적으로 보장되었던 관학과 명경과를 통해 입사하기 어려웠던 이들이 상대적으로 열세인 향공과 진사과를 통해 관계에 진출할 수 있었다고 본다면, 이는 곧 신흥세력의 성장을 시사하는 것과 동시에, 기득권층의 역량을 타자화시킴으로써 통일제국의 중앙집권화를 한층 공고히 하기 위한 정책적 결과라고 볼 수 있다.[45] 결국, 진사과가 당 후반기에 이르러서야 제도적·현실적으로 가장 높은 위상을 독차지하기는 하나, 그것이 당 초기부터 사회적 분위기를 등에 업고 실질권력화의 길을 걸어갔던 데에는, 황제를 정점으로 하는 최고 권력과, 장기간 권세를 누렸던 귀족 사이의 타협 혹은 타자화의 줄타기가 내재하고 있는 것이다.

5. 남은 문제들−마무리를 대신하여

이 글은 과거의 핵심인 진사과를 문화권력의 형성 과정이라는 각도에서 접근한 것이다. 장기간의 귀족사회가 서서히 과거 중심의 관료체

---

45 河元洙, 「唐 前半期 科擧에서의 生徒와 鄕貢」.

제로 재편되면서 이후로 전통시기가 마무리될 때까지 진사과 중심의 과거는 역대 지식인들을 권력시스템 내부로 흡수하는 강한 구심력을 발휘하여 왔다. 이런 점에서 남북조 말기부터 당 초기에 걸쳐 귀족제로부터 과거제로 이행되는 상황, 여기에 전통귀족의 변신과 신흥세력의 성장 등에 관하여 논의하는 일은 추후 영구적 관료선발제도로서의 과거의 속성을 밝히는 데에 유효한 작업임에 틀림없다. 이 글에서는 또 일반적인 통념으로 각인된 '진사과＝문학'이라는 등식에 대해 의문을 제기하여, 진사과 위주의 권력층이 만들어지는 과정에 모종의 타협과 타자화 작업이 개입되었음을 밝히기도 하였다.

그러나 관련 학자들이 자주 지적하듯, 이와 관련된 수당 교체기 및 당 전반기의 사료들이 절대 부족한 상황에서 본문의 기술은 다분히 추론적인 성향을 띠고 있음도 사실이다. 예컨대, 남북조를 불문하고 고급 문지가 문학에 강점을 보였다고는 하나, 진사과가 두각을 보이기 시작한 이후 전통귀족가문 출신자들이 문학적 소양을 무기로 삼아 진사과에 적극 응시하였는지 여부는 여전히 불확실하다. 게다가 당대 사인들의 계급적 속성을 계량적으로 밝혀주는 자료도 절대 부족한 상태에서, 당 초기 몇몇 대표적 문인들만을 놓고 이들의 관적(貫籍)을 기준으로 귀족과 한문(寒門)을 구분하기도 매우 어렵기는 마찬가지이다. 당 후반기로 갈수록 진사과가 사인들이 절대적으로 선호하는 입사 방편이 된 것은 분명하나, 이때에는 이미 남북조시기에서와 같은 귀족이나 한문의 구분은 무의미해진 상태이다. 그러므로 일부 학자들이 주장한 바와 같은 도식적인 대립·구분을 여전히 유지할 경우, 심각한 변신이 요구되던 수당 전후 집권세력의 격변 상황에 대해 무리한 해석을 시도할 가능성도 전혀 없지 않다. 아울러 이미 한대부터 정체성이 분리되기 시작한 '사(士)'와 '리(吏)'의 개념 설정 역시 이 글의 남은 문제들과 무관하지 않아 보인다. 전통적인 중국의 지식인이라면 자신이 '리(吏)' 이

전에 '사(士)'임을 누구나 천명할 수 있었고, 시기적으로 '청사(淸士)', '문
사', '일대귀족' 등으로 겉모양은 바뀔지언정 이들이 누리고 있던 자부
심이야말로 실제 권력 이상으로 자신들의 정체성을 보장해주던 '무형
의 권력'이었기 때문이다. 앞으로 필자가 보충해야 할 지점 역시 이상
의 문제 제기와 맞닿아 있는 셈이다.

참고문헌

河元洙, 「唐代의 進士科와 士人에 관한 研究」, 서울대 박사논문, 1995.
河元洙, 「唐 前半期 進士科의 性格」, 『歷史學報』第158輯, 歷史學會, 1998.
河元洙, 「唐 前半期 科擧에서의 生徒와 鄕貢」, 『魏晉隋唐史研究』第三輯, 魏
　　　晉隋唐史學會, 1997.
權赫錫, 「『玉臺新詠』연구」, 서울대 박사논문, 1996.
진정(金錚) 지음, 김효민 옮김, 『중국과거문화사』, 동아시아, 2002.
미야자키 이치사다 지음, 임대희·신성곤·전영섭 옮김, 『구품관인법의 연구』,
　　　소나무, 2002.
미야자키 이치사다 지음, 박근칠·이근명 옮김, 『중국의 시험지옥─과거(科
　　　擧)』, 청년사, 2001.
서경호 지음, 『중국문학의 발생과 그 변화의 궤적』, 문학과지성사, 2003.
가와카쓰 요시오 지음, 임대희 옮김, 『중국의 역사 : 위진남북조』, 혜안, 2004.
劉虹 著, 『中國選士制度史』, 湖南教育出版社, 1992.
王炳照·徐勇 主編, 『中國科擧制度研究』, 河北人民出版社, 2002.
陳飛 著, 『唐代試策考述』, 中華書局, 2002.

당대唐代 최고의 기녀시인의 경험과 글쓰기[*]

설도(薛濤)의 언어와 이미지

_류창교

1. 머리말—소녀의 언어와 이미지

설도는 당대의 저명한 기녀이자 가장 명성을 떨친 여류시인이다. 1990년에 설도연구회가 성립된 이후로 설도에 대한 연구 역시 열기를 띠기 시작하여 연구 성과 또한 풍성해졌다. 그러나 지금까지의 연구는 주로 그녀의 생애에 대한 고증이나 설도와 원진(元稹)과의 관계, 시의 분류와 일반 감상 등에 집중되었고 설도의 작품 자체에 대한 체계적 연구는 이루어지지 못했다. 특히 설도의 시의 언어와 이미지에 대한 탐색은 거의 시도되지 못했다. 시는 언어와 이미지로 빚어진 것이다.

* 본고는 원래 중국어로 작성된 논문을 한글로 발표하는 것이며, 중국어 논문은 2010년 3월 현재 『國學學刊』(中華人民共和國教育部 主管, 中國人民大學書報資料中心 編輯出版, 2010年 第二期, 2010.6.16)에 발표된 바 있습니다.

모든 문학 장르는 기본적으로 언어예술이지만 그 가운데 '시'의 언어는 밀도가 가장 높으며, 시는 고급언어의 유기적 구조물이라고 말할 수 있다. 또한 '이미지'는 시의 주요한 미학적 요소이며, 이미지 속에는 시인의 감정, 사유, 생활경험 등이 숨어있다. 설도의 시는 그녀 고유의 언어와 이미지로 빚어진 것으로 그녀의 언어와 이미지의 세계는 매우 연구할 만하다. 이 글은 설도의 시에서 반복적으로 나타나는 비교적 유력하고 선명한 언어와 이미지군을 통해 당대 최고의 기녀시인의 경험과 글쓰기 세계를 살펴보고자 한다. 본고는 설도의 소녀시절의 유일한 시인 「우물가 오동나무[井梧吟]」[1]의 언어와 이미지를 기본 전제로 삼아 이 시의 언어와 이미지군이 성년이 된 기녀 설도의 시에서 어떻게 전개되고 있는지 살펴보고자 한다.

분석의 기초와 전제를 위해 먼저 설도의 현존 시 가운데 가장 어린 시절에 지은 것으로 추정하고 있는 「정오음」에 대해 살펴보겠다. 일반적으로 이 시는 설도가 약 8,9세 되던 무렵에 지은 것으로 추정하고 있는데 시의 내용은 다음과 같다.

「우물가 오동나무[井梧吟]」

뜰 섬돌가 한 그루 늙은 오동나무	庭除一古桐
솟은 줄기 구름 속으로 들어가네	聳幹入雲中
가지는 남북의 새 맞이하고요	枝迎南北鳥
잎새는 오가는 바람 보낸답니다	葉送往來風

이 시의 전반 두 구는 설도의 부친이 지은 것이고, 후반 두 구가 설도

---

1 시 제목의 번역은 처음 한번만 하고 나머지는 원제목만 제시하였다.

자신이 지은 것이다. 비록 이 시의 마지막 두 구절만이 설도 자신의 창작이긴 하지만 그러나 설도의 시의 언어와 이미지의 특징을 분석하기 위해서는 전후 네 구를 모두 살펴볼 필요가 있다. 왜냐하면 부친이 제시한 10개의 언어 조각은 아버지가 딸에게 그려준 인식의 밑그림으로서 작품의 나머지 퍼즐 조각을 맞추기 위한 일종의 단서이자 기초로 설도의 시의 언어와 이미지의 형성에 중요한 역할을 하고 있기 때문이다. 기록에 의하면 설도의 부친은 딸이 이어 지은 시구를 듣고는 대단히 정색을 하였다고 한다. 송대의 장연(章淵)은 『고간췌필(稿簡贅筆)』에서 다음과 같이 기록하고 있다.

> 설도는 8, 9세 무렵에 성률을 알았다. 그의 부친이 하루는 뜰에 앉아서 우물가 오동나무를 가리키며 '뜰 섬돌가 한그루 늙은 오동나무 / 솟은 줄기 구름 속으로 들어가네'라고 하고는 설도에게 이어서 지어보라고 하였다. 그러자 응답하기를 '가지는 남북의 새 맞이하고 / 잎새는 오가는 바람 보낸답니다.'라고 하였다. 부친이 한참동안 정색을 하였다.
>
> 濤八九歲知聲律. 其父一日坐庭中, 指井梧示之曰, '庭除一古桐, 聳幹入雲中.' 令濤續之, 應聲曰, '枝迎南北鳥, 葉送往來風.' 父愀然久之!²

아마도 그녀의 부친은 설도의 시구에서 남북으로 왕래하는 손님을 맞이하고 보내는 기녀의 생활을 연상하였을 것이다. 만약 이 기록을 정말로 믿는다면 부친은 아마도 '가지[枝]'와 '잎새[葉]'를 '기녀'로, '남북의 새[南北鳥]'와 '오가는 바람[往來風]'은 '바람둥이 남자'로 해석하였을 것이다. 물론 소녀 설도가 어떻게 이런 생각을 했겠는가? 고대 문헌의 기록을 절대적으로 믿는 것은 넌센스다. 이 시를 나중에 기녀가 되는

2　張蓬舟, 『薛濤詩箋』, 人民文學出版社, 1983, 105면.

운명의 예견으로 보는 것은 견강부회이며, 호사가들이 나중의 일을 거꾸로 적용하여 꾸며낸 일일 것이다. 그렇지만 결코 부정할 수 없는 사실은 설도가 나중에 정말로 기녀가 되었고 결국 이 시는 인생에 대한 예견이 되었다는 것이다. 그런데 문학연구자의 입장에서 주목할 만한 점은 이 예견이 단지 인생의 운명에 대한 예견만이 아니라 시의 언어와 이미지의 예고라는 측면에서 고려해 볼 필요가 있다는 점이다. 본고는 바로 이 점 즉 언어와 이미지의 측면에서 「정오음」을 설도의 '시'에 대한 일종의 예고이자 뿌리로 가정하여 설도의 시의 언어와 이미지의 세계를 살펴보고자 한다.

그러면 「정오음」의 언어와 이미지의 세계로 들어가 보자. 「정오음」의 언어와 이미지는 몇 개의 범주로 나눌 수 있다. 먼저 명사들을 모아보면 '우물[井], 오동(梧桐), 뜰 섬돌[庭除], 줄기[幹], 구름[雲], 가지[枝], 새[鳥], 잎[葉], 바람[風] 등이다. 이들 명사군은 다시 몇 가지 범주로 나눌 수 있다. '오동나무, 줄기, 가지, 잎'은 시적 주체군이고, '우물, 뜰 섬돌'은 시의 공간적 배경이며, '구름, 새, 바람'은 시적 주체가 접촉하는 대상 즉 시적 객체군이다. 이 시에 나오는 형용사는 '오래됨[古]'과 '솟음[聳]'인데, 이는 시적 주체인 '오동나무'의 상태이다. 다음으로 동사를 정리해보면 '들어가다[入], 맞이하다[迎], 보내다[送]' 등이 있는데, 이 동사군은 시적 주체인 '오동나무, 줄기, 가지, 잎'과 시적 객체인 '구름, 새, 바람'이 교류하는 방식이다.

결국 「정오음」의 언어와 이미지는 모두 네 가지 군으로 정리할 수 있다. 첫 번째 언어와 이미지군은 '오동나무, 줄기, 가지, 잎'인데 이들 명사적 시적 주체군은 '나무'의 언어와 이미지로서 정태적, 수동적, 소극적인 이미지를 지니고 있다. 또한 이 오동나무의 형상은 '오래되고, 솟은' 형상으로 '오래됨'은 고목의 이미지를 지니면서 다른 한편으로 '솟음[聳]'은 '활력'의 이미지를 지니고 있다. 두 번째 언어와 이미지군은 '구름, 새, 바람'

으로, 이들 명사적 시적 객체군은 동태적, 능동적, 적극적 이미지를 지니고 있다. 세 번째 언어와 이미지군은 '들어가다, 맞이하다, 보내다'이다. 이들 동사군은 주체와 객체의 관계방식으로 모두 사교적 이미지를 지니고 있다. 네 번째 언어와 이미지군은 '우물, 뜰 섬돌'이다. 이들 명사군은 시의 공간적 배경으로 물과 정원의 이미지를 갖추고 있다.

생전에 설도는 500수가 넘는 시를 남겼다고 전하지만,[3] 현존하는 시는 약 90수 내외이고 판본에 따라 수량의 차이가 다소 있다. 본고에서는 현재까지 설도의 시를 연구하는 데 비교적 좋은 자료로 평가되고 있는 장봉주(張蓬舟)의 『설도시전(薛濤詩箋)』[4]의 수록 시 91수를 논거의 자료로 삼고자 한다. 현존하는 설도의 시 가운데 유년기에 지은 것으로 추정하는 작품은 「정오음」 한 편이다. 설도는 열여섯 살 무렵부터 기녀 생활을 시작하면서 창작활동도 함께한다. 현존하는 설도의 시 가운데 「정오음」을 제외한 나머지는 기녀가 되어 사대부들과 교유하던 시기에 지어진 것들로 보고 있다. 본고는 이상에서 살펴 본 「정오음」의 언어와 이미지를 설도의 시의 언어와 이미지의 뿌리 혹은 싹으로 가정하고 당대 최고의 기녀시인으로서의 설도의 시세계를 탐색하고자 한다.

---

3 송대의 장연은 『고간췌필』에서 "有詩五百首"라고 하였고, 송대 조공무(晁公武)의 『군재독서지(郡齋讀書志)』에서는 북송 이전에 『금강집(錦江集)』이라는 설도의 시집이 모두 5권 있었다고 기록하고 있다.
4 人民文學出版社, 1983.

2. 시인은 무엇인가? —나무와 꽃

소녀 설도의 시 「정오음」의 첫 번째 언어와 이미지군인 '오동나무'는 기녀 설도의 시 속에서 '나무'와 '꽃'의 언어로 확장되어 나타난다.

1) 나무

「정오음」에 나타나는 오동나무[梧桐]는 설도의 시에서 「별이낭중(別李郎中)」에 단 한번 나타나고, 고목(古木)은 「제죽랑묘(題竹郎廟)」에 한 차례 나타날 뿐이다. 기녀 설도의 시에서 주목할 만한 나무는 '버드나무'와 '대나무'이다. 설도의 시에 나타나는 나무는 다음과 같다.

버드나무: 외재적 생활경험의 언어와 이미지

버드나무	「寄舊詩與元微之」, 「柳絮」, 「謁巫山廟」, 「和李書記席上見贈」, 「菱荇沼」, 「送姚員外」		
대나무	「酬人雨後翫竹」, 「竹離亭」	오동나무	「別李郎中」
고목	「題竹郎廟」	소나무	「風」

설도가 '버드나무[柳]'를 노래하기 좋아했다는 사실은 그녀의 시 「옛 시를 원진에게 부치며[寄舊詩與元微之]」를 통해 충분히 짐작할 수 있다. 이 시는 설도가 그녀 자신의 문예관과 시인으로서 자부심을 나타낸 대표작이므로 그녀의 창작상의 특징을 간파해낼 수 있다. 이 시에서 그녀는 "시편의 가락과 모양새는요, 사람이면 모두 다 가지고 있지만 / 섬세하고 윤나는 풍광의 모양, 나만이 혼자서 알고 있지요. / 달 아래 피어난 꽃 노래하면서, 어둡고 조용함을 어여뻐하고 / 비오는 아침에는 버들제목에, 기울여 늘어짐을 그린답니다[詩篇調態人皆有, 細膩風光我

獨知. 月下咏花憐暗澹, 雨朝題柳爲欹垂]"라고 말하였다. 이처럼 '버드나무'는 그녀가 상용하던 소재 중의 하나였다.

「버들솜〔柳絮〕」

이월의 버들 꽃은 가볍고도 작은데요	二月楊花輕復微
봄 바람이 흔들어 옷을 끌어당겨요	春風搖蕩惹人衣
그이는 본래부터 무정한 물건인 것을	他家本是無情物
순식간에 남으로 날다 또 북으로 날아요.	一向南飛又北飛

　설도의 시를 영역한 미국의 Jeanne Larsen은 "버드나무는 기녀와 인유적 관계가 있다"라고 말하였다.[5] 설도는 버들꽃[楊花]이 '가볍고 작다[輕復微]'라고 말하였다. '가볍고 작다'의 표면적 의미는 '무게가 가볍고 크기가 작다'는 뜻이며 이것은 버들꽃의 본래 모습이다. 그러나 '가볍고 작다'의 내면적 의미는 '하찮고, 보잘 것 없다'는 뜻이 들어있다. 이것은 기녀로서의 설도의 존재감이다. 버들꽃은 본래 자신의 감정이 없다. 봄바람이 한번 건드리면 곧 바로 동서남북으로 날아가기 시작한다. 이와 같은 형상은 마치 주체적으로 자신의 의사를 결정할 수 없는 기녀의 신세와 닮았다.

　설도는 「무산사당을 찾아 뵙고[謁巫山廟]」에서 "슬픔에 젖은, 사당 앞 얼마나 많은 버들이 / 봄 오면 부질없이 다투어 눈썹 길게 그리네요[惆悵廟前多少柳, 春來空鬪畵眉長]"라고 말하였다. 이 시 속의 버드나무는 여인의 이미지를 지니고 있다. 설도는 버드나무의 가늘고 긴 가지를 여인의 긴 눈썹으로 간주하였다. 설도는 버들가지[柳枝]를 묘사하기 좋아

5　Larsen, Jeanne trans and introduce, *Brocade River Poems : Selected Works of the T'ang-Dynasty Courtesan Xue Tao,* Princeton University Press, 1987, p.92

하였다. 그녀의 「이서기가 연회석에서 보내온 것에 답하여[和李書記席上見贈]」에는 "만 갈래 실버들은 비취빛 연기 속에 짙어만 가요.[萬條絲柳翠煙深]"라는 표현이 있고, 「마름 늪[菱荇沼]」에도 "실버들의 고운 잎 맑은 물결에 누웠어요[柳絲和葉臥淸流]"라는 구절이 있다.

중국고전문학에서 버드나무는 여성적이면서 미녀의 이미지를 지니고 있다. "버드나무의 형상미는 그 축축 늘어진 가지에 있다. 일 년에 한번 연푸른 새 잎이 나와 실처럼 아래로 늘어져, 봄바람이 불면 사람을 미혹시키는 자태를 보인다. 고전 시가에서는 이 형상을 빌려 미인의 날씬한 몸매와 예쁜 허리를 비유하였다."[6] "버드나무 가지는 바람 따라 흔들리는데 그 형태가 우아하고 아름다워서 여성의 자태를 묘사하는 상투적 수법이 되었다",[7] "버드나무는 봄날의 상징으로 그것이 아름답고, 하늘거리며, 연약하기 때문에 여성의 상징이 되었다."[8]

'버드나무'는 또한 송별의 이미지가 있다. 설도의 「요원외를 보내며[送姚員外]」에는 "만 갈래 강버들, 초가을 나뭇가지 / 땅에 하늘거리며 바람에 흩날려도 빛깔 아직 시들지 않아 / 그대를 꺾어 와서 이별의 선물로 보내고자 하오니 / 안개 속 달님께 두 마을에서 슬퍼하게 하지 마세요[萬條江柳早秋枝, 裊地翻風色未衰, 欲折爾來將贈別, 莫敎烟月兩鄕悲]"라는 표현이 있다. 버들가지를 꺾어 증별의 선물로 건네는 풍속은 한대부터 시작되어 당대에 와서 성행하였다.[9] '류(柳, [liu], 버들)'와 '유(留, [liu], 머무르다)'는 동일음으로 송별할 때 머물게 하고 싶은 심정을 표현한다. 송별은 기녀의 일상생활이자 전형적인 경험이므로 버드나무는 기녀 설도의 사교적이고 여성적인 경험에 부합된다.

---

6 湯高才 責任編輯, 『唐詩大觀』, 上海辭書出版社, 1984, 51면.
7 世界文化象徵詞典編寫組, 『世界文化象徵詞典』, 湖南文藝出版社, 1994, 536면.
8 C.A.S, 威廉斯, 李宏·徐燕霞 譯, 『中國藝術象徵詞典』, 湖南科學技術出版社, 2006, 249면.
9 湯高才 責任編輯, 앞의 책, 737면.

심지어 버드나무는 성애적 이미지를 지니고 있다. "버드나무는 집 뒤에 심을 수 없다. 왜냐하면 버드나무는 취약함과 육체적 욕망을 상징하기 때문에 뒤뜰의 아녀자들에게 건강치 못한 영향을 끼칠 수 있기 때문이다."[10] 고대 중국에서 버드나무는 봄날과 연계되어 일종의 성애적 상징이 되며, 남자와 여자 사이에 정당치 못한 관계가 발생했을 때 '심화문류(尋花問柳)'[11]라고 표현하였다. 날씬한 여자아이의 허리는 버들허리[柳腰]라고 불렀고, 예쁜 아가씨의 눈썹은 바람 속의 버들잎으로 비유되었다. 여인의 음모(陰毛)는 '무성한 버들 그늘[柳陰]'로 비유되기도 하였다. 젊은 여자는 '어린 버들, 고운 꽃[嫩柳鮮花]'이라고 불리웠다.[12]

버드나무의 기녀적, 여성적, 송별적, 성애적 이미지는 외면적으로 드러나는 기녀 설도의 실제적 생활경험과 모종의 암합의 관계가 있다.

대나무: 내면적 정신세계의 언어와 이미지

버드나무 이외에 설도의 시에서 주목할 만한 나무는 '대나무[竹]'이다. 설도는 「타인의 '비 내린 뒤 대나무를 완상하며'에 화답하여[酬人雨后翫竹]」에서 대나무를 이렇게 그리고 있다.

남쪽 하늘에 봄비 내릴 제	南天春雨時
어디에서 감상하리오 눈, 서리 자태	那鑒雪霜恣
뭇 초목들도 무성하다 하지만	衆類亦云茂
빈 맘으로 어찌 스스로 지키리	虛心寧自持
죽림칠현을 많이 붙잡아 취하게 하고	多留晉賢醉

---

10 C.A.S, 威廉斯, 앞의 책, 236면.
11 "버들과 꽃을 찾아 나서다." 곧 기생집을 드나든다는 뜻.
12 (德)漢斯 比德曼, 劉宝紅 等譯, 『世界文化象徵辭典』, 漓江出版社, 2000, 194면.

일찍이 순임금 비의 슬픔과 짝했지 　　　　　早伴舜妃悲

세모에 그대는 완상할 수 있으리 　　　　　晚歲君能賞

푸릇푸릇 굳센 마디 그 빼어남을 　　　　　蒼蒼勁節奇

　이 시는 '세한죽(歲寒竹)'의 절조와 강인한 정신세계를 찬미하고 있
다. 설도는 죽림칠현(竹林七賢)과 순임금의 왕비[舜妃]의 전고를 인용하
여 대나무의 고결성을 찬미하였다. 이 시는 설도의 현존 시 가운데 유
일한 오언율시로 시의 형식상 대단히 예외적이다. 설도의 현존시의 대
부분은 네 구로 이루어진 단시(短詩)로 이 단시의 형식은 기녀의 교제
생활에서 즉석으로 활용하기에 알맞다. 그래서 시의 형식으로 본다면
이 오언율시는 설도의 시 가운데 일종의 순수하고 개인적이며 내향적
이고 자기 성찰적인 형식으로서 시인의 내면 심리의 모종의 지향을 드
러낸다고 볼 수 있다. 이 시에서 설도가 추구하는 정신경계는 대나무
의 정신임을 분명히 알 수 있다.

「정자에서 멀리 떨어진 대나무〔竹離亭〕」

초목의 울타리에 새로 네댓 줄 심어놓아 　　　　翁鬱新栽四五行

언제나 굳은 절개 가을 서리 짊어졌죠 　　　　　常將勁節負秋霜

봄날의 죽순이 담장을 뚫어 부수어서 　　　　　爲緣春筍鑽牆破

저택에 그늘 드리워 덮을 수 없게 되었어요 　　不得垂陰覆玉堂

　이 시 속의 대나무 또한 '고결하고 수절하는' 이미지를 지니고 있다. 비록
설도의 현존 시에 대나무가 나타나는 빈도가 높지는 않지만 그러나 설도의
시에서 대나무의 이미지를 간과할 수는 없다. 설도가 살았던 사천지방은
대나무로 유명하며, 사천 성도에 있는 설도의 기념공원인 망강루(望江樓)
공원은 지금도 울창한 대나무 숲이 설도의 하얀 조각상을 둘러싸고 있다.

2) 꽃

설도의 시에서 가장 빈번하게 나타나는 시어는 '꽃[花]'이다. 앞에서
언급한 설도의 시 「기구시여원미지」에서 설도는 "달 아래 피어난 꽃
노래하면서, 어둡고 조용함을 어여뻐하고"라고 말한 바 있다. 이 시는
설도의 창작특징을 보여주는 중요한 시이므로 이를 통해 '꽃'이 설도의
시에서 중요한 소재임을 알 수 있다. 실제로 설도의 시 가운데 꽃[花]이
라는 글자와 꽃이 출현하는 작품은 매우 많다. 설도의 시에서 나타나
는 꽃을 정리하면 다음과 같다.

꽃	「贈遠」(二), 「段相國遊武擔寺病不能從題寄」, 「寄舊詩與元微之」, 「試新服裁製初成」(二) 「酬吳使君」, 「春望詞」, 「賦陵雲寺」(二), 「贈韋校書」, 「別李郎中」, 「酬辛員外折花見遺」, 「春郊遊眺寄孫處士」(一), 「海棠溪」		
연꽃	「酬杜舍人」, 「賦陵雲寺」(一), 「贈遠」(一), 「池上雙鳬」, 「採蓮舟」		
옥무궁화	「和劉賓客玉蕣」	해당화	「海棠溪」
금잔화	「金燈花」	원앙초	「鴛鴦草」
장미	「春郊遊眺寄孫處士」(二)	혜초꽃	「風」, 「棠梨花和李太尉」
팥배나무꽃	「棠梨花和李太尉」	마름꽃	「菱荇沼」
붉은 무궁화	「朱槿花」	매화	「酬辛員外折花見遺」
국화	「浣花亭陪川主王播相公暨寮同賦早菊」, 「九日遇雨」二首		

꽃은 설도의 시의 주요 소재 중의 하나이다. 설도의 시 가운데 가장
명작이면서 안서 김억의 번안에 의해 우리나라에서는 가곡 「동심초」
로 유명한 「봄에 바라보다[春望詞]」 네 수는 꽃으로 빚어졌다.

「봄에 바라보다 1〔春望詞四首 其一〕」

꽃이 피는데 함께 즐기지 못하고	花開不同賞
꽃이 지는데 함께 슬퍼하지 못해요	花落不同悲

서로가 그리운 곳 물어본다면　　　　　　　欲問相思處

꽃이 피고 꽃이 지는 때이지요　　　　　　　花開花落時

「춘망사」의 제3수에서는 "바람에 꽃잎은 날마다 시들고[風花日將老]"
라고 하였고, 「춘망사」의 제4수에서는 "어떻게 감당할까요? 꽃송이는
가지 가득[那堪花滿枝]"이라고 말하였다. 설도의 시집은 꽃[花]이라는 글
자 이외에 연꽃[芙蓉, 荷. 蓮], 옥무궁화[玉蕤], 해당화[海棠], 금잔화[金燈花],
원앙초(鴛鴦草), 장미(薔薇), 혜초(蕙草), 팥배나무 꽃[棠梨花], 마름꽃[菱花],
붉은 무궁화[朱槿花], 국화(菊花), 매화(梅花) 등의 온갖 꽃들이 등장하는
꽃밭이다. 설도의 꽃밭의 꽃들은 그녀의 나무와 마찬가지로 두 가지
이미지를 찾아낼 수 있다.

연꽃과 온갖 꽃들 : 외재적 생활경험의 언어와 이미지

설도의 시에서 주목할 만한 꽃은 연꽃이다. 설도의 시에서 연꽃은
'부용(芙蓉), 하거(荷藁), 연(蓮)' 등의 글자로 나타나는데, 모두 연꽃의 다
른 이름이다. 설도는 「먼 그대에게1[贈遠 二首 其一]」에서 "연꽃 막 떨어
지는 촉산은 가을이어요.[芙蓉新落蜀山秋]", 「두사인에게 답함[酬杜舍人]」
에서는 "연꽃은 속절없이 시들어 촉강의 꽃이 되었어요.[芙蓉空老蜀江
花]"라고 하였다. 「능운사1[賦陵雲寺二首 其一]」에서는 "가로지른 구름은
연꽃 핀 벽 물들이며[橫雲点染芙蓉壁]"라고 하였다. 이 세 작품은 모두 '부
용(芙蓉)'이라는 글자를 사용하였는데, 부용은 연꽃의 다른 이름으로 이
것이 시어로 사용될 때는 '지아비의 얼굴[부용, 夫容]'과 동일음운으로 여
인의 그리움의 이미지를 나타낸다. 한편 「연밥 따는 배[採蓮舟]」에서 설
도는 "바람 앞 한 잎사귀 연꽃 누르니[風前一葉壓荷藁]"라고 하였는데, 이
시에서는 제목에 '연(蓮)'이라는 글자가 나오고, 시구에 연꽃의 다른 이

름인 ‘하거(荷蕖)’가 등장한다. 또한 「연못 위 한 쌍의 오리[池上雙鳧]」에
는 “하나된 마음으로 연잎 사이에서요[同心蓮葉間]”라는 시구가 나온다.
　연꽃의 ‘연(蓮)’은 연애의 ‘연(戀)’과 동일음운으로 역시 애정의 이미
지를 지니고 있다. 연꽃은 심지어 성애적 이미지도 지니고 있다. “연꽃
은 성기의 상징으로 여성의 생식기의 원형이며 영원한 생(生)과 재생
(再生)의 보증이다. 주지하다시피 중국의 애정문학에서 비유로 즐겨 사
용하며, 그 가운데 연꽃은 전문적으로 여성의 성기를 가리키고, 황금
연꽃[金蓮]은 고급 기녀의 아호이다.”[13]
　설도는 「유우석의 옥무궁화에 화답하여[和劉賓客玉蕣]」에서 옥무궁
화[玉蕣]를 이렇게 그렸다.

　　　「유우석의 옥무궁화에 화답하여〔和劉賓客玉蕣〕」
　　　옥가지 반짝반짝 이슬은 찰랑 찰랑　　　　　瓊枝玓瓅露珊珊
　　　꺾으려니 서늘한 구름 모시 헤치는 듯　　　　欲折如披雲彩寒
　　　살짝 붉은 꽃술 들추니 무엇과 닮았을까?　　閑拂朱房何所似
　　　산을 따라 한 쪽을 비추는 석양인 듯　　　　緣山徧映月輪殘

　“옥 무궁화[玉蕣]의 개화시간은 매우 짧다. 고대 시인들은 옥 무궁화
를 달, 이슬, 옥, 여성미와 연관지었다.”[14]

　　　「해당화 계곡〔海棠溪〕」
　　　봄은 풍경에게 신선노을에 머물게 하구요　　春教風景駐仙霞
　　　수면의 물고기 몸, 온통 꽃을 둘렀어요　　　水面魚身總帶花

13　世界文化象徵詞典編寫組, 앞의 책, 511면.
14　Larsen, Jeanne trans and introduce, 앞의 책, 90면.

인간세상에서는 생각지 못하네, 해당화 기이함을　　人世不思靈卉異

붉은 비단과 가벼운 모래 물들이길 다투는데요　　競將紅䌰染輕沙

해당화는 사천지방에서 유명한 꽃으로 "대자연의 화원에서 해당화는 본디 아름다움으로 유명하다."[15]

꽃은 여인의 대명사이다. "사람들은 일반적으로 모든 여인이 내세에 모두 한 그루의 나무 혹은 한 포기 꽃이라고 여긴다."[16] 기녀는 '해어화(解語花)'라고 부른다.

국화 : 내면적 정신세계의 언어와 이미지

이상의 꽃들 이외에 설도의 시에서 주목할 만한 꽃은 국화이다.

완화정에서 서천장관 왕파 상공과 관료들을 모시고 함께 일찍 피어난 국화꽃을 노래한다.

浣花亭陪川主王播相公暨寮同賦早菊[17]

가을이 마지막 절기로 가는데　　　　　　　西陸行終令

동쪽 울타리에 이제 다시 볕들어요　　　　東籬始再陽

푸른 꽃부리 갓 이슬 씻어 내리고　　　　　綠英初濯露

황금 꽃술 절반쯤 서리 머금었어요　　　　金蘂半含霜

스스로 재주와 쓰임새 아울렀으니　　　　自有兼材用

---

15 湯高才 責任編輯, 앞의 책, 1352면.
16 C.A.S, 威廉斯, 앞의 책, 106면.
17 이 시는 기타 판본에는 수록되어 있지 않으나 張蓬舟가 「分門纂類唐歌詩」에 근거하여 설도의 시로 보충하였다.

어찌 뭇 풀과 함께 향기내겠어요 那同衆草芳

주연에서 술잔을 주고받는 것 외에 獻酬樽俎外

어찌 승냥이, 이리를 두려워하겠어요 寧有懼豺狼

국화는 도연명(陶淵明)이 가장 좋아한 꽃으로 그의 "동쪽 울타리 밑에서 국화꽃을 따다[采菊東籬下]"는 가장 인구에 회자되는 명구 가운데하나이다. 설도는 '동쪽 울타리[東籬]'를 인용하여 세속에서 벗어나 은일하는 분위기를 그려냈다. 또한 푸른 꽃부리에 맺힌 영롱한 '이슬', 황금 심지에 머금은 '서리'를 통해 국화의 고결한 이미지를 드러내고 있다. 이와 같은 국화의 이미지는 고결함을 추구하고자 하는 설도의 내면심리를 투영하고 있다. "국화는 모란처럼 화려하지도 않고, 난처럼고귀하지도 않지만 서리를 이겨내는 꽃으로 사람들의 편애를 받았다. 설도는 그 강인한 품격을 찬미하고 그 고결한 기질을 좋아하였다."[18] 설도는 "어찌 뭇 풀과 함께 향기내겠어요[那同衆草芳]"라고 말함으로써그녀가 그리고 있는 국화의 이미지가 여타의 꽃들의 이미지와는 분명히 다르다는 점을 밝히고 있다.

「9월 9월에 비를 만나1〔九日遇雨 二首 其一〕」

만리에 거센 폭풍, 북풍 기운 진하여라 萬里惊飆朔氣深

강변 성은 쓸쓸히 낮에도 음침하누나 江城蕭索晝陰陰

누가 가여워하리, 산에 올라갈 수 없음을 誰憐不得登山去

정말 애처로워라, 추위 속에 핀 꽃, 빛깔이 황금 같아라

可惜寒芳色似金

18 湯高才 責任編輯, 앞의 책, 948면.

두 번째 작품에서는 "추위 속에 핀 황금 국화, 향기는 뜰에 가득해요[金菊寒花滿院香]"라고 하였다. 9월 9일은 陽에 해당하는 9가 중첩되어 '중양절(重陽節)'이라고 하며, 이 날에는 산에 올라 수유열매를 머리에 꽂고 쑥을 먹으며 국화주를 마시고 사악한 기운을 물리치는 풍습이 있다. 이 시의 '한방(寒芳), 금국(金菊), 한화(寒花)'는 모두 국화를 가리키는데 국화는 한랭한 계절에 피는 꽃이어서 '한화(寒華)'라고도 한다.「구일우우(九日遇雨)」또한「완화정배천주왕파상공기료동부조국」과 마찬가지로 도연명의 그림자가 드리워져 있다. 공교롭게도 도연명 또한 유사한 제목의 시「9월 9일에 한가롭게 지내며[九日閑居]」에서 "티끌 묻은 술잔으로 텅 빈 독을 부끄러워하는데, 추위 속에 국화꽃이 다만 홀로 무성하여라[塵爵耻虛罍, 寒華徒自榮.]"라고 노래하고 있다. "사람들은 보통 국화를 유유자적한 생활과 공직에서 물러난 것과 연관시키는데, 시인 도연명은 늘 청빈하게 생활하며 여전히 관직을 거절하고 오히려 시가와 음악, 술과 국화심기에 힘을 썼다."[19]

시듦[老], 떨어짐[落], 마름[故] 그리고 활력(活力) : 나무와 꽃의 형상

「정오음」의 오동나무의 형상은 '오래되었지만[古], 솟아있다[聳]'. '오래됨'을 나타내는 '고(古)'는 설도의 시에서「죽랑사당에 적다[題竹郎廟]」의 '죽랑사당 앞에는 고목이 많다네[竹郎廟前多古木]'에서 한번 나온다. 설도의 시에서 '오래됨[古]'의 이미지는 주로 '시듦[老], 떨어짐[落], 마름[故]'의 이미지로 나타난다. 예를 들면「춘망사」에서는 "바람에 꽃잎은 날마다 시든다"라고 하였다. 바람이 불어와 꽃이 피고, 바람이 불어 꽃이 진다. 바람과 꽃은 언제나 화해와 불화의 관계를 동시에 맺고 있다.

「두사인에게 답함[酬杜舍人]」에서 "연꽃은 속절없이 시들어 촉강의 꽃이 되었다.[芙蓉空老蜀江花]", 「먼 그대에게[贈遠]」에서는 "연꽃 막 떨어지는 촉산은 가을이어요[芙蓉新落蜀山秋]", "봄 깊어 꽃이 져 앞 계곡 메웠어요[春深花落塞前溪]"라고 하여 꽃이 짐[落]을 노래하였다. 또한 「매미[蟬]」에서는 "바람이 불어 마른 잎 가지런하네[風吹故葉齊]"라고 하여 마른 잎[故葉]을 그렸다.

설도의 시에는 또한 「정오음」의 '솟대[聳]'가 지닌 '활력'의 이미지가 나타난다. 전술한 바 「죽리정(竹離亭)」에 나오는 '봄날의 죽순[春筍]'은 너무 '활력'이 있어 '담장을 뚫어 부술[鈷墻破]' 정도이다. 역시 전술한 바 「수인우후완죽」에서 대나무는 '푸릇푸릇[蒼蒼]' 하여 또한 '활력'의 이미지를 지니고 있다. 이들 언어는 모두 「정오음」의 '솟아있다[聳]'의 잔영이다.

'나무'와 '꽃'은 모두 설도의 시의 핵심 언어이다. 이 시어들은 모두 여성적이면서 기녀적이고 성애적인 이미지를 지니면서 또한 고결한 이미지를 지닌 것도 있다. 또한 오래되고 시들고 떨어지면서 한편 활력이 넘치는 이미지를 지니고 있다.

3. 시인은 누구를 만나는가?—구름, 비, 새, 바람 등

설도의 소녀시절의 「정오음」에 나타나는 두 번째 언어와 이미지군은 시의 객체군으로 구름, 새, 바람이었다. 그들은 모두 시적 주체인 오동나무의 줄기, 가지, 잎새가 만나는 대상이다. 이 동태적 언어와 이미지군은 기녀 설도의 시 속에서 구름, 비, 새, 바람 그리고 말과 물고기 등으로 확장되어 나타난다.

1) 구름과 비

「정오음」의 '구름'은 기녀 설도의 시 속에서 '구름'과 '비' 계열의 언어와 이미지로 나타난다. 설도의 시에서 구름과 비계열의 언어군(雨, 霧, 霜, 雪, 露, 霞, 霖)을 정리하면 다음과 같다.

구름(雲)	「上川主武元衡相國」二首,「罰赴邊上韋相公」,「試新服裁製初成」,「酬楊供奉法師見招」,「酬吳使君」,「籌邊樓」,「謁巫山廟」,「賦陵雲寺」二首,「酬李校書」,「朱槿花」
비(雨)	「酬人雨後翫竹」,「寄舊詩與元微之」,「謁巫山廟」,「送鄭資州」,「西岩」
운우(雲雨)	「九日遇雨」,「送扶鍊師」
안개(霧)	「上川主武元衡相國」二首,「試新服裁製初成」,「送姚員外」
서리(霜)	「送友人」,「酬人雨後翫竹」,「浣花亭陪川主王播相公暨寮同賦早菊」,「酬郭簡州寄柑子」,「贈蘇十三中丞」
눈(雪)	「酬人雨后翫竹」,「酬楊供奉法師見招」,「送盧員外」,「酬文使君」
이슬(露)	「蟬」,「浣花亭陪川主王播相公暨寮同賦早菊」,「朱槿花」
노을(霞)	「試新服裁製初成」,「海棠溪」,「寄詞」,「金燈花」
장마(霖)	「和郭員外題萬里橋」

장마(霖)	「和郭員外題萬里橋」	

아지랑이(靄) 「寄詞」

「새로 만든 옷을 입어보며[試新服裁製初成]」와 같은 시에는 안개, 노을, 구름이 모두 동시에 나타나는데 본고에서 이미 전술한 작품 가운데 나무와 꽃과 관계있는 시구를 살펴보면 다음과 같다. 「기구시여원미지」에서 시인은 비가 오는 아침에 버드나무를 노래한다. 「부능운사」에서 '구름'은 '꽃[芙蓉]'이 만나는 대상이다. 「수인우후완죽」에는 대나무가 비, 눈, 서리가 함께 나타난다. 「완화정배천주왕파상공기료동부조국」 속의 국화는 "푸른 꽃부리 갓 이슬 씻어 내리고 / 황금 꽃술 절반쯤 서리 머금었다." 「해당화 계곡[海棠溪]」 속의 해당화의 모습은 "봄은 풍경에게 신선노을에 머물게 한다."

2) 새

‘새[鳥]’는 설도가 「정오음」에서 부친이 지은 시구를 이어서 지은 자
신의 시구에서 처음으로 등장하는 시적 객체이다. 기녀 설도의 시에는
‘새[鳥]’라는 글자 이외에 많은 종류의 새들이 등장한다. 새[鳥]라는 글자
와 새가 등장하는 작품을 정리하면 다음과 같다.

새 (鳥)	「籌邊樓」, 「春望詞」(二), 「採蓮舟」, 「酬幸員外折花見遺」		
꾀꼬리 (鶯)	「聽僧吹蘆管」, 「棠梨花和李太尉」		
제비 (燕)	「春郊遊眺寄孫處士」二首	봉황(鳳凰)	「別李郎中」
기러기 (雁)	「江邊」	해오라기(鷺)	「寄張元夫」, 「江月樓」
갈매기 (鷗)	「江月樓」	오리(鳧)	「池上雙鳧」

설도의 시에서 새가 등장하는 시구 가운데 나무와 꽃과 관계있는 시
구만을 살펴보면 다음과 같다. 대표적으로 「연못 위 한 쌍의 오리[池上
雙鳧]」에서 설도는 “둘이 짝이 되어 푸른 연못에 살면서 / 아침에 떠났
다가 저녁에 날아오네요. / 또 다시 기억해요 새끼를 거느리던 시절 /
하나 된 마음이었죠, 연잎 사이에서요[雙棲綠池上, 朝去暮飛還, 更憶將雛日,
同心蓮葉間]”라고 하였다. 이 시 속의 한 쌍의 오리는 연못의 연잎 사이
에 있다. 또한 「춘망사2」에서 설도는 “꽃이 피는데 함께 즐기지 못하고
[花開不同賞]”, “봄날의 새들이 또 서글피 우네요[春鳥復哀吟]”라고 하였는
데 꽃이 피는 곳에는 새가 있다. 「이랑중과의 이별[別李郎中]」에서는 “꽃
이 오동나무에 떨어지고 봉새가 황새와 헤어지네[花落梧桐鳳別凰]”라고
하여 꽃과 오동나무 그리고 봉황새가 함께 등장한다. 오동나무는 소녀
설도의 「정오음」에 등장하는 나무로 꽃과 마찬가지로 기녀 설도의 작
품에서 시인 자신의 표상이다. 꽃이 진다함은 이별을 의미한다. 봉황

은 고대 전설에서 새의 왕으로 수컷은 봉새[鳳]요, 암컷은 황새[凰]라고 하며 통칭 봉황(鳳凰)이라고 하였다. 전설에 의하면 봉황새는 함께 오동나무에 산다고 한다. 이 시에서 봉새는 설도가 전송하려는 이낭중(李郎中)이며, 황새는 여인 혹은 설도 자신이다. 황새가 구체적으로 누구를 가리키는지는 확신할 수는 없지만 봉새는 확실히 남성이고, 이낭중이며 머물러있는 꽃과 나무인 시인은 언제든지 떠날 수 있는 새 즉 남자를 보낸다[送].

3) 바람

'바람[風]'은 소녀 설도가 「정오음」에서 그녀 자신이 두 번째로 제시한 시적 객체이다. 기녀 설도의 시 속에서 바람은 매우 중요한 시어이다. 설도는 바람을 제목으로 바람의 형상을 이렇게 노래하고 있다.

「바람〔風〕」

혜초 꽃 지나는데 미풍 저 멀리	獵蕙微風遠
현에 나부끼며 한 소리로 우네	飄弦唳一聲
숲 나무 끝, 낮에는 휘이익 휘익	林梢明淅瀝
소나무 길, 밤에는 맑고 처량타	松徑夜凄清

바람은 느낄 수 있지만 형상이 없다. 이 시에서 설도는 형상이 없는 바람의 형상을 멋지게 형상화하고 있다. 첫 번째 구절에서 그녀는 저 먼 곳에서 불어오는 혜초 꽃 향기에서 바람의 존재를 감지한다고 말한다. 두 번째 구절에서는 현의 소리에서 바람을 느낄 수 있다고 말한다. 세 번째 구절에서 그녀는 '숲 나무 끝[林梢]'에서 선명한 바람을 느낄 수 있다고 말한다. 네 번째 구절에서는 밤 중에 소나무길에서 바람의 존

재를 느낄 수 있다고 말한다. 바람이 '혜초(蕙草)'를 '지난다[獵]'고 하였 는데,[20] 바람이 혜초에 불어와 바람이 꽃과 함께 어울림을 말한다.

「정오음」 이외에 설도의 현존 시 가운데 '바람 [風]'이 등장하는 작품 은 무려 18수로 「풍」, 「구일우우」, 「단상국유무담사병불능종제기(段相 國遊武擔寺病不能從題寄)」, 「선(蟬)」, 「춘망사」, 「채련주」, 「벌부변상위상 공(罰赴邊上韋相公)」, 「시신복재제초성(試新服裁製初成)」, 「송노원외(送盧 員外)」, 「강변(江邊)」, 「서암(西岩)」, 「부능운사1」, 「증위교서(贈韋校書)」, 「강월루(江月樓)」, 「송요원외(送姚員外)」, 「원앙초(鴛鴦草)」, 「유서(柳絮)」, 「수신원외절화견유(酬辛員外折花見遺)」 등이다. '바람'은 기녀 설도의 시 에서 빈번하게 출현하는데 본고에서는 그 가운데 '나무와 꽃'과 관계가 있는 시구만을 살펴보겠다. 설도는 「단상국이 무담사에 놀러왔는데 병으로 따라갈 수 없어서 지어 보냅니다[段相國遊武擔寺病不能從題寄]」에 서 "떨어지는 꽃잎은 별 수 없이 동풍을 원망한다[落花無那恨東風]"고 말 한다. 또한 「춘망사」에서는 "바람에 꽃잎은 날마다 시들고", "봄바람은 아는가요? 모르는가요?[春風知不知]"라고 말하였다. 이들 시 속의 바람 은 꽃과 긴밀한 관계가 있다. 「선」에서는 "바람이 불어 마른 잎 가지런 하네"라고 하여 '바람'이 '마른 잎[故葉]'에 '불어온다[吹]'. 공교롭게도 이 구절 속의 '마른 잎'은 우리에게 「정오음」의 '늙은 오동나무[古桐]'의 이 미지를 떠올리게 한다. 「유서」에서는 버들꽃[楊花]이 바람과 함께 출현 한다. 「채련주」에서는 바람 앞 한 잎사귀가 연꽃을 누른다.

이상에서 살펴본 '구름', '비', '새', '바람'은 모두 소녀 설도의 시 「정오 음」에 등장한 시적 객체이다. '구름, 비, 새, 바람'을 제외하고 설도의 시에서 이들처럼 동태적이면서 남성적 언어로는 말[馬]과 물고기[魚]가 있다. 설도의 시에서 말이 등장하는 시구는 「증원(贈遠)1」의 "규방에선

---

20 여기서 '獵'은 '歷' 즉 '지나다 [經過]'의 뜻이다.

병마에 대한 일은 알지 못하고[閨閣不知戎馬事]", 「주변루(籌邊樓)」의 "여러 장군들은 강족의 말일랑은 탐내지 마오[諸將莫貪羌族馬]", 「문 도지사에게 화답하여[酬文使君]」의 "다섯 말이 내달리니 큰 길에 먼지 일어나네요[五馬騰驤九陌塵]", 「서쪽 바위[西岩]」의 "가랑비 소리 속에서 떠나는 말 멈추고[細雨聲中停去馬]" 등이다. 특히 「정자주를 보내며[送鄭資州]」에는 강, 비, 말 등 세 가지 핵심 언어가 모두 출현한다.

> 「정자주를 보내며〔送鄭資州〕」
> 비 내려 아미산은 어두운데, 강물은 흘러가네요　　　雨暗眉山江水流
> 이별하는 이는 옷소매로 눈물 훔치며 높은 망루에 서있어요
> 　　　　　　　　　　　　　　　　　　離人掩袂立高樓
> 쌍깃발 단 천 명의 기병이 동쪽 길에 나란히 달리니　雙旌千騎駢東陌
> 오직 절개있는 나부만이 무리 앞머리의 지아비를 바라보지요
> 　　　　　　　　　　　　　　　　　　獨有羅敷望上頭

　이 시에서 시인이 떠나보내는 정자주는 말을 타고 떠난다. 이 시에서 말은 시인이 보내는 그 사람이 타고 다닌다. 설도의 시에는 물고기도 출현한다. 「채련주」에는 "새 가을에 또 고기 잡을 것을 알려주네요[解報新秋又得魚]"라는 구절이 나온다. '고기를 잡는다[得魚]'의 함의는 무엇인가? '물고기[魚, yu]'와 '욕망[欲, yu]'은 동일음운으로 물고기는 남녀 간의 '욕망'을 나타낸다. 한편 문일다(聞一多)는 '물고기[魚]'는 중국 민가에서 '배필' 혹은 '애인'을 나타내는 은어라고 하였다.[21] 그렇다면 '고기를 잡는다[得魚]'는 '배필 혹은 애인이 생긴다.'는 말이 된다.
　지금까지 고찰한 '구름, 비, 비계열의 사물, 새, 바람, 말, 물고기' 등은

---

21 聞一多, 『神話與詩』, 中華書局, 1959, 119면.

「서암」, 「원앙초」, 「주변루」, 「벌부변상위상공(罰赴邊上韋相公)」(2수), 「송려원외」, 「수문사군(酬文使君)」, 「증소십삼랑승(贈蘇十三中丞)」 등의 작품에서 함께 출현하기도 한다. 또한 「선」, 「시신복재제초성」, 「춘망사」(4수) 등의 작품에는 구름과 비, 새, 바람이 나무와 꽃과 함께 출현한다.

이상에서 살펴본 구름, 비, 새, 바람, 말, 물고기 등의 시어는 모두 남성적, 동태적, 적극적 이미지를 지니고 있으며, 이들은 모두 잠시 머물렀다 떠나는 존재들이다. 이들 시어는 나무와 꽃이라는 언어가 여성적이고 정태적이며 소극적인 이미지를 지니는 것과 뚜렷한 대조를 보인다. 그러나 이들 시어는 나무와 꽃이라는 언어처럼 성애적 이미지를 동시에 지니고 있다. "구름은 고대 중국에서 사람들이 흥미를 느꼈던 것으로 구름이 높은 산을 휘감고 돌아 물이 되어 흘러내리는 것은 풍요를 상징한다. 또한 시적 흥취를 끌어내는 은유로서 '운우(雲雨)'는 색정소설에서 성교를 가리킨다."[22] 섭서헌(葉舒憲)은 "중국어에서 대자연의 현상을 가리키는 바람, 구름, 비, 이슬 등의 어휘는 '천인합일'의 의미에서 모두 인간사 방면에서 성행위의 은유로 전환될 수 있다."라고 하였다.[23] "새는 성의 상징이 되었는데 예를 들면 중국어에서 '새'는 '음경'을 가리킨다."[24] '바람'은 동태적 이미지를 지니고 있다. "움직이고 흔들리며 불안한, 이 특징으로 말미암아 바람은 허영과, 불안정, 변화의 상징이다."[25] "고대 중국에서 바람은 처음에 새의 신으로 추대되었으며, 이는 아마도 봉황의 원시적 형식일 것이다."[26] '말' 또한 역동적이고 남성적인 이미지를 지니고 있다. "말은 속도와 강인함의 상징이며, 총명한 청년은 때로 천리마로 불렸다."[27] 물고기는 성적인 이미지를

---

22 (德)漢斯 比德曼, 앞의 책, 2000, 445면.
23 叶舒憲, 「風雲雨露的隱喩通釋」, 叶舒憲 主編, 『性別詩學』, 社會科學文獻出版社, 1999, 336면.
24 (德)漢斯 比德曼, 앞의 책, 240~241면.
25 世界文化象徵詞典編寫組, 앞의 책, 222면.
26 (德)漢斯 比德曼, 앞의 책, 72면.

지니고 있다. "고대 중국에서 물고기는 행복과 부유를 상징하며 물고기와 물의 어우러짐은 성적 쾌락을 비유한다. 정신분석이론에서는 물고기가 음경을 상징하는 것으로 여긴다."[28]

4. 그들의 사교방식 – 창화와 송별

소녀 설도의 「정오음」의 세 번째 언어와 이미지군인 '들어가다[入], 맞이하다[迎], 보내다[送]' 등의 사교성 언어는 기녀 설도의 시에서 '창화(唱和)'와 '송별(送別)'을 중심으로 한 사교시로 발전한다. '들어가다[入]'와 '맞이하다[迎]'는 '창화'의 형식의 시로 나타나고, '보내다[送]'는 '송별'의 형식으로 나타난다.

설도는 시적 재능이 뛰어나 명기가 되었고 당시 촉 지방에 부임한 서천절도사(西川節度使)들을 비롯하여 당대의 유명 문인들인 원진, 백거이(白居易), 유우석(劉禹錫) 등과 교류하고 창화하였다. 원대 말엽의 촉지방 사람 비저(費著)는 다음과 같이 기록하고 있다.

설도는 막부를 출입하였는데 위고에서부터 이덕유에 이르기까지 모두 열한 명의 절도사를 모셨으며 모두 시로써 인정을 받았다. 그 중에 설도와 창화한 자로는 원진, 백거이, 우승유, 영호초, 배도, 엄수, 장적, 두목, 유우석, 오무릉, 장호 등으로 나머지 모두 명사들이며 스무 명이 기록되

---

27 C.A.S, 威廉斯, 앞의 책, 127면.
28 (德)漢斯 比德曼, 앞의 책, 432면.

어 있고 다투어 창화하였다.

濤出入幕府, 自韋皐至李德裕, 凡歷事十一鎭, 皆以詩受知. 其間與濤唱和者, 元稹·白居易·牛僧孺·令狐楚·裴度·嚴綬·張籍·杜牧·劉禹錫·吳武陵·張祜·餘皆名士, 記載凡二十人, 競有酬和."[29]

1) 창화-화해, 즐거움, 칭찬의 이미지

「정오음」의 '들어가다[入], 맞이하다[迎]'는 기녀 설도의 시에서 '맞이하다[迎]'는 글자만이 「제죽랑묘」의 "소리소리 모조리 님맞이 곡이네요[聲聲盡是迎郞曲]"에 단 한번 나온다. 설도의 시에서 들어가다[入], 맞이하다[迎]의 사교성 언어는 '和, 酬, 寄, 贈, 上, 獻' 등을 제목으로 붙인 '창화시(唱和詩, 서로 주고받은 시)'의 형식으로 나타나는데, 관련 작품을 정리하면 다음과 같다.

和	「和劉賓客玉蕣」, 「宣上人見示與諸公唱和」, 「棠梨花和李太尉」, 「和郭員外題萬里橋」
酬	「酬雍秀才貽巴峽圖」, 「酬杜舍人」, 「酬楊供奉法師見招」, 「酬吳使君」, 「酬文使君」, 「酬李校書」, 「酬辛員外折花見遺」, 「酬祝十三秀才」, 「酬郭簡州寄柑子」, 「酬人雨後翫竹」
寄	「段相國遊武擔寺病不能從題寄」, 「寄舊詩與元微之」, 「春郊遊眺寄孫處士」二首, 「寄張元夫」, 「斛石山曉望寄呂侍御」, 「寄詞」
贈	「贈韋校書」, 「贈段校書」, 「摩訶池贈蕭中丞」, 「贈蘇十三中丞」, 「贈遠」二首
上	「罰赴邊上韋相公」二首, 「罰赴邊有懷上韋令公」二首, 「賊平後上高相公」, 「上川主武元衡相國」二首, 「上王尙書」
獻	「續嘉陵驛詩獻武相國」

설도의 시에는 창화시가 매우 많다. 본고에서는 그 가운데 '나무와 꽃'과 '구름, 비, 새, 바람, 말, 물고기' 등이 함께 등장하는 시구를 중심

---

[29] 費著, 『箋紙譜』, 張蓬舟, 앞의 책, 49면.

으로 살펴보겠다.

「봄날 들판에서 구경하며 놀다가 손처사에게 보냄1〔春郊遊眺寄孫處士 二首其一〕」

고개 숙여 오랜 동안 서있었죠, 장미 향해서요　　　低頭久立向薔薇
사랑은 영릉땅 향초처럼 옷을 끌어당겨요　　　愛似零陵香惹衣
무슨 일이 있으신가요? 벽계의 손처사님은　　　何事碧溪孫處士
백로는 동으로 가고, 제비는 서쪽으로 날아요　　　伯勞東去燕西飛

　　시인은 꽃〔薔薇〕을 바라보고 있는데, 시인의 사랑은 마치 영릉 땅의 향초와도 같다. 꽃과 같은 그녀는 벽계(碧溪, 하천이름)에 살고 있는 손처사(孫處士)를 그리워하지만 그는 백로와 제비처럼 동으로 가고 서쪽으로 난다.

「신원외가 꽃을 꺾어 보내오셨기에〔酬辛員外折花見遺〕」

푸른 새 동쪽에서 날아와 마침 매화꽃 떨어뜨리는데　　　青鳥東飛正落梅
입 가득 꽃송이 머금고 신선 궁궐에 내려왔어요.　　　銜花滿口下瑤台
가지 하나 나를 위해 건네는 공손한 마음　　　一枝爲授殷勤意
잡고서 바람 앞에 대니 빙글빙글 피어나요.　　　把向風前旋旋開

　　이 시에서의 '새'는 꽃을 '머금고〔銜〕' 내려온다. 푸른 새는 신원외가 보낸 사자로 신원외를 연상시킨다. 매화꽃은 신원외가 설도에게 보내온 꽃으로 설도를 연상시킨다. 새와 꽃의 관계는 사교적 관계이다. 꽃은 바람을 '향하여〔向〕' '빙글빙글 피어난다〔旋旋開〕'고 하였으니, 여기에서 꽃과 바람의 관계 또한 사교적 이미지를 지니고 있다.

　　「기구시여원미지」에서 설도는 "비오는 아침에는 버들 제목에, 기울여 늘어짐을 그린답니다〔雨朝題柳爲欹垂〕"라고 하였다. 시인은 비 내리

는 아침에 버들을 노래한다. 빗방울은 버드나무에 생기를 주어 자라게
하니, 비와 나무의 관계는 화해롭고 사교적이다. 이 밖에 「증위교서」,
「단상국유무담사병불능종제기」, 「당리화화이태위(棠梨花和李太尉)」 등
의 작품에는 꽃과 바람, 꽃과 새 등이 함께 사귄다.

　‘창화(唱和)’는 ‘가기(歌妓 혹은 樂妓)’의 주요 생활방식이다. 문재가 있
는 명기 설도가 ‘창화’의 방식으로 남성들과 교제를 하였다는 것은 매
우 자연스러운 일이다. 사교를 통해 그녀가 바라는 것은 ‘화해와 즐거
움’이다. 전술한 바 「연못 위 한 쌍의 오리[池上雙鳧]」에서 시인은 두 마
리 오리가 연잎 사이에서 한 마음으로 노니는 ‘화해롭고 즐거운 상태’
를 그리고 있다. 또한 「팔십일과를 노래하며[咏八十一顆]」에서는 “보이
는 곳 쌍쌍이 오르락내리락[見處雙雙頡頏]”이라고 하였고, 「원앙초」에서
도 “둘이 둘이 원앙은 앙증맞아요[兩兩鴛鴦小]”라고 하여 ‘쌍쌍이’, ‘둘이
둘이’ 등의 화해로움을 그리고 있다.

　그녀의 창화시는 또한 ‘칭찬’의 이미지를 지니고 있다. 그녀가 교제
한 인물은 대체로 두 부류로 즉 절도사와 시인들이다. 그녀는 풍부하
고 다채로운 지식과 소양 그리고 전고를 인용하여 상대방에게 주는 증
여시나 창화시에서 그 사람을 칭찬하고 있다.

「단교서에게〔贈段校書〕」
공자께서 멋지게 교감을 말하지요.　　　　　　　公子翩翩說校書
옥활과 금재갈에 자줏빛 생사옷 입구요　　　　　玉弓金勒紫綃裾
위현성은 명예를 자랑하지 마오　　　　　　　　玄成莫便驕名譽
문채와 풍류는 틀림없이 단교서만 못할테니까요　文采風流定不如

　이 시에서 설도는 한대에 문채와 풍류로 명성을 떨쳤던 위현성(韋玄成)
을 끌어다가 단교서를 칭찬하고 있다. 위현성은 한대의 대유학자였던

재상 위현(韋賢)의 아들로 경서에 능통하여 원제(元帝) 때 재상을 지냈다.

「양공봉 법사의 '부름을 받다'에 답하여〔酬楊供奉法師見招〕」

저 멀리 강물 길이 흘러가 깨끗하고도 맑아라	遠水長流潔復淸
눈덮인 창가에 높이 누우니 구름과 함께 나란히	雪窗高臥與雲平
원안의 집에 밥 짓는 연기 없어도 싫어하지 않고	不嫌袁室無煙火
오로지 웃기만 하지요. 상산에서 명성 떨치는 것	惟笑商山有姓名

이 시에서 설도는 후한시대의 은자 원안(袁安)과 진시황 때 명성을 떨쳤던 '상산사호(商山四皓)' 등 유명한 은인들을 인용하여 산 속에 은거해있던 양법사가 천자의 부름을 받은 것을 찬미하고 축하한다. 이 밖에 「수오사군(酬吳使君)」 등을 비롯하여 많은 작품에서 설도는 '용전(用典, 전고 사용)' 등의 수법을 통해 상대를 찬미하고 있다.

1200년 전의 중국의 여류시인 설도도 "칭찬은 고래도 춤추게 한다"는 사실을 알고 있었던 것이다. 칭찬은 사교의 기술이다.

2) 보냄〔送〕, 헤어짐〔別〕, 멀리 떨어짐〔離〕—비애와 격리의 이미지

맞이하고 만나는 사귐의 끝에는 보냄〔送〕, 헤어짐〔別〕, 멀리 떨어짐〔離〕이 기다리고 있다. 바람, 구름, 비, 새, 말, 물고기 등과 같은 유동적 존재는 끝내 떠나게 되어 있다. 그러므로 머물러 있는 나무와 꽃은 별 도리 없이 '보내고〔送〕', '헤어지고〔別〕', '떨어져 있어야〔離〕' 한다. 「정오음」의 '보내다〔送〕'는 시어는 성년기 기녀 설도의 시에서 송(送), 별(別), 이(離) 등을 제목으로 한 '송별 혹은 이별시'의 형식으로 나타난다. 예를 들면 '송(送)'이라는 글자가 나오는 작품은 「송부련사(送扶鍊師)」, 「송정자주(送鄭資州)」, 「송여원외(送廬員外)」, 「송요원외(送姚員外)」, 「송우인

(送友人)」 등이다. '별(別)'이라는 글자가 나오는 작품은 「별이낭중」, 「강정전별(江亭餞別)」 등이다. '이(離)'라는 글자가 등장하는 시는 「십리시(十離詩)」 10수이다. 설도의 상당수의 작품은 송별시이다. 이 글에서는 그 가운데 나무와 꽃이 바람, 구름, 비, 새, 바람, 물고기, 말 등과 함께 출현하는 시구를 중심으로 살펴보겠다.

「벗을 보내며〔送友人〕」

물의 나라 갈대에 밤새 서리 내렸지요	水國蒹葭夜有霜
서늘한 달은 산 빛과 함께 푸르네요	月寒山色共蒼蒼
누가 말하는가? 천리는 오늘밤부터라고	誰言千里自今夕
이별의 꿈은 까마득히 변경처럼 먼데요	離夢杳如關塞長

'갈대〔蒹葭〕'는 「시경」에서 서리 내린 가을날 부재하는 애인을 찾아 헤매는 여인의 비탄시이다. 그러므로 '갈대'에는 시인 설도의 자아의 이미지가 숨어있다. 송별의 장소는 '물의 나라〔水國〕'이다. 시인이 보내는 대상은 표면적으로는 '벗'이지만 그러나 '갈대'와 '서리〔霜〕'가 함께 출현하여, '갈대'는 시인이요, '서리'는 시인을 비애에 젖게 하는 존재이다. 이 밖에 「별이낭중」에서는 오동나무와 꽃 그리고 봉황이 함께 등장한다. 「요원외를 보내며〔送姚員外〕」에는 강버들과 나뭇가지 그리고 바람이 함께 등장한다.

머무른 채 기다리는 나무와 꽃은 다만 송별할 뿐이다. '꽃'과 '바람'은 처음에는 화해로운 관계이지만 그러나 시간이 지나면서 대립적 관계가 된다. 예를 들면 「단상국유무담사병불능종제기」에서 설도는 "떨어지는 꽃잎은 별 수 없이 동풍을 원망하지요〔落花無那恨東風〕"라고 말한다.

이별은 멀리 떨어져있다는 정서를 만들어낸다. 설도의 「멀리 떨어짐에 대한 열 편의 시〔十離詩〕」는 이러한 감정의 전형이다. 「십리시」는 주인 혹은 소속으로부터 떨어지고 버려졌다는 감정을 열 가지 사례로 비유한 10편의 연작시이다. 설도가 노래한 열 가지 상황은 「주인에게서 멀리 떨어진 개[犬離主]」, 「손에서 멀리 떨어진 붓[筆離手]」, 「마구간에서 멀리 떨어진 말[馬離廐]」, 「새장에서 멀리 떨어진 앵무새[鸚鵡離籠]」, 「둥지에서 멀리 떨어진 제비[燕離巢]」, 「손바닥에서 멀리 떨어진 구슬[珠離掌]」, 「연못에서 멀리 떨어진 물고기[魚離池]」, 「깍지에서 멀리 떨어진 송골매[鷹離鞲]」, 「정자에서 멀리 떨어진 대나무[竹離亭]」, 「경대에서 멀리 떨어진 거울[鏡離台]」이다. 그 가운데 설도의 핵심 언어와 이미지군과 관계있는 작품 중에 두 편만 살펴보겠다.

「새장에서 멀리 떨어진 앵무새[鸚鵡離籠]」

농서지방에서 나 홀로 외로운 이 한 몸이요	隴西獨自一孤身
이리 날고 저리 날다 비단 자리에 올랐지요	飛去飛來上錦茵
모두다 말을 내뱉는 것이 순조롭지 않게 되어서요	都緣出語無方便
새장 안에서 다시는 사람을 불러볼 수 없게 되었어요	不得籠中再喚人

「연못에서 멀리 떨어진 물고기[魚離池]」

깊은 연못에서 뛰논 지 너 댓 해 되었지요	跳躍深池四五秋
언제나 붉은 꼬리 흔들며 낚싯줄과 바늘을 갖고 놀다가	常搖朱尾弄綸鉤
까닭 없이 연꽃 줄기 끊어버려서	無端擺斷芙蓉朶
맑은 물결에서 다시 한 번 놀 수 없게 되었어요	不得清波更一遊

그런데 「십리시」에 등장하는 새, 말, 물고기 등의 언어의 주객관계는 「정오음」이나 설도의 기타 작품의 경우와 상반된다. 예를 들면 「십리시」에 나오는 꾀꼬리[鶯], 제비[燕], 매[鷹], 말[馬], 물고기[魚]는 모두 시적 주체이다. 이들은 모두 시인 자신을 비유하며 모두 자신의 소속으

로부터 격리되어 있다. 이들 언어는 설도의 시에서 남성적 이미지를 띠며 주로 능동적으로 떠나는 역할을 맡았는데 이 연작시에서는 수동적으로 버려지는 역할을 하고 있다. 그래서 이 연작시에서 이들 언어는 표면적으로는 남성적이지만 그러나 앵무새[鸚], 제비[燕], 송골매[鷹], 말[馬], 물고기[魚], 개[犬] 등 모두 자신의 소속(개-주인, 말-마굿간, 앵무새-새장, 제비-제비집, 물고기-연못, 송골매-깍지)이 있어서 내면적 이미지는 나무와 꽃처럼 통제되고 부자유한 존재이다.

송별은 또한 일종의 사교의 방식이다. 창화시가 화해와 즐거움, 칭찬의 이미지를 동반하는 것과 달리 '송(送), 별(別), 이(離)'의 시어는 슬픔과 격리의 이미지를 연출한다. 이와 같은 정서는 수동적 존재인 기녀의 생활경험에서 비롯된 것으로, 여기에는 설도 자신의 여성적, 기녀적 이미지가 들어있다.

5. 그들은 어디에 있는가?-물가

소녀 설도의 유일한 작품인 「정오음」에 출현하는 네 번째 언어와 이미지군은 시적 공간배경으로 '우물[井]과 정원(庭院)'이다. 이 가운데 '우물'의 언어와 이미지는 기녀 설도의 시에서 주로 물이 있는 '물가'의 공간으로 나타난다. 예를 들면 설도는 강(江), 포(浦), 계(溪), 해(海), 택(澤), 천(泉), 지(池) 등의 글자를 시적 공간배경으로 즐겨 사용하고 있다. 설도의 시에서 '물[水]'이라는 글자와 물이 있는 공간이 등장하는 작품을 정리하면 다음과 같다.

水	「鄕思」,「罰赴邊上韋相公」,「酬楊供奉法法師見招」,「酬吳使君」,「摩訶池贈蕭中丞」,「謁巫山廟」,「送鄭資州」,「送友人」,「海棠溪」,「酬李校書」,「宣上人見示與諸公唱和」,「斛石山書事」,「憶荔枝」
江	「續嘉陵驛詩獻武相國」,「送鄭資州」,「江邊」,「酬杜舍人」,「題竹郎廟」,「江月樓」,「送姚員外」,「江亭餞別」

浦	「鄕思」,「送扶鍊師」	海	「試新服裁製初成」

溪	「寄舊詩與元微之」,「酬吳使君」,「寄張元夫」,「採蓮舟」,「海棠溪」,「棠梨花和李太尉」,「菱荇沼」

澤	「朱槿花」	池	「贈韋校書」,「池上雙鳧」

泉	「摩訶池贈蕭中丞」,「秋泉」,「宣上人見示與諸公唱和」

기녀 설도의 시에서 '물[水]'은 주요한 공간적 배경이다. 제목과 시어 모두 '강(江)'이 등장하는 「강변(江邊)」에는 "서신에 비결이 있다고 생각하지 않는다면 / 그 누가 밤마다 맑은 강변에 서있을 수 있을까?[不爲魚腸有眞訣, 誰能夜夜立淸江]"라는 구절이 나온다. 시인은 밤마다 강변에 서서 님의 소식을 기다리고 있다. 본고는 설도의 작품에서 '나무와 꽃'과 '구름, 비, 새, 바람, 말, 물고기' 그리고 '창화와 송별' 등의 세 가지 언어와 이미지군이 함께 출현하는 작품을 중심으로 살펴보겠다.

전술한 바 「송요원외」에서 '버드나무'는 '강가'에 있고, 시인은 강변에서 그를 '보낸다.' '바람'이 버드나무에 불어오고, 시인은 버들을 꺾어 그에게 보낸다. 표면적으로 본다면 시인이 보내는 대상은 '바람'이 아니라 요원외(姚員外)이다. 그러나 버드나무 가지[柳枝]는 시인 자신을 나타내며 제목의 '보내다[送]'와 버드나무, 바람과 강이 함께 등장하는 이 시는 「정오음」의 분위기가 드리워져 있다.

「능운사 1〔賦陵雲寺 二首 其一〕」

듣자하니 능운사 안에 있는 이끼풀은요	聞說凌雲寺裏苔
바람높고 해 가까워 잔 티끌 없다지요	風高日近絶纖埃
가로지른 구름은 연꽃 핀 벽 물들이며	橫雲點染芙蓉壁

시인 보월이 오기를 기다리는 듯하네요   似待詩人寶月來

「능운사 2〔賦陵雲寺 二首 其二〕」
듣자하니 능운사 안에 있는 꽃송이는요   聞說凌雲寺裏花
허공을 날아 돌비탈 길 감고 강물 따라 굽이친다지요   飛空遶磴逐江斜
때로는 달의 여신 항아의 거울을 달아걸고서   有時鎖得嫦娥鏡
옥 누대에 오색 노을을 새겨내지요   鏤出瑤台五色霞

이 시에서 '구름'은 '연꽃'을 '물들인다〔點染〕.' 여기서 '물들인다'는 일
종의 사귐이며 이 동사는 「정오음」의 '들어가다〔入〕, 맞이하다〔迎〕'의 분
위기가 있다. 꽃〔花〕이 강변〔江邊〕으로 날아들어 오색 노을〔霞〕의 경치를
연출한다.

「해당계」에는 해당화, 계곡, 수면(水面), 바람, 노을〔霞〕, 물고기, 꽃〔花〕
이 함께 출현하는데, '물고기〔魚〕와 꽃〔花〕'의 관계는 '두르다〔帶〕'이다. 전
술한 바대로 꽃은 기녀이고, 물고기〔魚〕는 욕망이요, 남성이다.[30] 이 시
는 우리에게 소녀 설도의 시 「정오음」을 떠올리게 하며 이 시는 「정오
음」의 성인 버전이라고 볼 수 있다.

이 밖에 「당리화화이태위」에는 팥배나무 꽃〔棠梨花〕, 나무〔木〕, 가지
〔枝〕, 동쪽 시내〔東溪〕, 비〔雨〕, 앵무새〔鶯〕 등이 등장한다. 「채련주」에는 '연
꽃〔蓮, 荷藥〕, 바람〔風〕, 물고기〔魚〕, 계곡〔溪〕'이 등장한다. 「알무산묘(謁巫山
廟)」에는 '초목, 구름, 물, 비, 버드나무'가 등장한다. 「시신복재제초성」
에는 '안개〔霧〕, 노을〔霞〕, 구름〔雲〕, 바다〔海〕, 바람〔風〕, 온갖 꽃〔百花〕'이 등장
한다. 「증원(贈遠)」에는 부용꽃, 말, 꽃, 계곡이 함께 등장한다. 「수두사
인」에는 꽃〔花〕, 물고기〔魚〕, 노을〔霞〕의 공간적 배경으로 강(江)이 등장한

---

30 본고 제2장 제2절 참조.

다.[31] 이 밖에 「수오사군」에는 꽃과 구름이 모두 물가에 등장한다.[32]

중국의 전통문화에서 물은 여성적 이미지를 지니고 있다. 설도의 시에서 '물'이라는 언어와 이미지는 시인 설도와 특별한 관계가 있다. 설도의 이름에 이미 '큰 물결[濤]'이 들어있어 그녀 자신이 물의 이미지를 지니고 있는데다가 그녀가 살았던 사천(四川)의 성도(成都)에는 금강(錦江)이 있고, 그녀는 완화계(浣花溪)에 살았으며, 그녀의 작품집은 「금강집(錦江集)」이라고 불렀다. 확실히 물은 여성적 이미지를 지니고 있으며 많은 중국문학작품에서 여성은 물로 만들어졌다고 보고 있다. 기녀 설도의 시어에서 '물'은 소녀 설도의 시어 '우물[井]'에서 연원되어 나왔다. 그런데 '우물'은 중국문학에서 색정 혹은 남녀성애의 이미지를 지니고 있다. "고대 중국문학에서 우물은 음부(淫婦)의 상징이다. 다른 한편 우물은 음력 칠월 칠석으로 '천상의 연인의 즐거운 파티'를 상징한다."[33] 또한 사천의 성도에 있는 망강루공원에는 설도가 그녀의 종이[薛濤箋]를 만들 때 사용했다고 전하는 '설도의 우물[薛濤井]'이 있다.

6. 맺음말 – 기녀의 언어와 이미지

본고는 소녀 설도의 유일한 작품인 「정오음」을 설도의 언어와 이미지의 뿌리로 보고, 이들 유년기의 언어와 이미지군이 설도의 시에서

---

31 "雙魚底事到儂家, 撲手新詩片片霞, 唱到白蘋洲畔曲, 芙蓉空老蜀江花."
32 본고 제4장 제1절 참조
33 (德)漢斯 比德曼, 앞의 책, 159면.

어떻게 전개되고 있는지 살펴보았다. 「정오음」의 언어는 모두 네 가지 범주로 나눌 수 있었다. 첫 번째는 오동나무[桐], 줄기[幹], 가지[枝], 잎[葉]이다. 이들 명사군은 시적 주체군으로 모두 정태적이고 피동적이고 소극적 이미지를 지니고 있다. 이들의 모습은 형용사 '오래되고[古]', '솟은[聳]'으로 표현되었는데 '오래되었으면서[古老]', '활기 찬[活力]' 이미지를 동시에 갖고 있다. 두 번째는 구름[雲], 새[鳥], 바람[風]으로 이들 명사는 시적 객체군으로 모두 동태적이고, 주체적이고 적극적 이미지를 지니고 있다. 세 번째는 '들어가다[入]', '맞이하다[迎]', '보내다[送]'로 이들 동사군은 시적 주체와 시적 객체의 상호 관계방식으로 모두 사교적 이미지를 지니고 있다. 네 번째는 '우물[井]'과 '뜰 섬돌[庭除]'로 이들 명사군은 시의 공간적 배경으로 물과 정원의 이미지를 지니고 있다.

「정오음」의 이들 네 가지 언어와 이미지는 기녀 설도의 시에서 확장되어 전개된다. 첫 번째 언어군은 나무와 꽃으로 전개된다. 설도의 시에서 나무와 꽃은 두 가지 이미지로 나눠진다. 첫 번째는 버드나무와 연꽃 등으로 이들 언어는 가기(歌妓) 설도의 실제생활을 반영하는 외면적 이미지이다. 기생 사회를 흔히 '화류계(花柳界)'라고 부르는데, 이 '화류(花柳, 꽃과 버드나무)'는 설도 시의 이미지와 일치한다. 두 번째는 대나무와 국화로 이들 언어는 순수한 개인으로서 이미지를 지니고 있으며, 설도의 내면적 정신세계를 보여준다. 나무와 꽃은 기본적으로 정태적이고 머물러 있으며 여성적 기녀적 존재이다. 「정오음」이 지닌 '오래되고[古]', '솟은[聳]' 언어와 이미지군은 설도의 시에서 '시듦[老]', '떨어짐[落]', '마름[故]' 그리고 '활력(活力)'의 언어로 나타난다.

「정오음」의 두 번째 언어와 이미지군인 구름, 새, 바람은 설도의 시에서 구름, 비, 비 계열의 글자, 새, 바람, 말, 물고기 등으로 확장되어 나타난다. 이들 언어는 동태적이고 유동적이며 남성적인 존재들이다.

설도의 시에 나타나는 주체와 객체의 두 범주의 언어와 이미지군은 뚜렷한 대조를 이루고 있다. 첫 번째 언어와 이미지군인 나무와 꽃은 정태적, 수동적, 소극적, 여성적, 기녀적인 이미지를 지니며, 한편으로는 성애적 이미지를 지니면서 다른 한편으로는 고결한 이미지를 지니고 있다. 이들은 머물러 있으면서 기다리고 있는 존재들이다. 반면 두 번째 언어와 이미지군인 구름, 비, 새, 바람, 말, 물고기는 동태적, 능동적, 적극적, 남성적 이미지를 지니며, 첫 번째 언어군과 마찬가지로 성애적 이미지를 지니고 있다.

「정오음」의 세 번째 언어와 이미지군은 '들어가다[入]', '맞이하다[迎]', '보내다[送]'로 사교적 이미지를 지니고 있다. 이들 언어는 기녀 설도의 시에서 '창화시'와 송별시'로 나타난다. 들어가다[入], 맞이하다[迎]의 언어는 기녀 설도의 시에서 화(和), 수(酬), 기(寄), 증(贈), 상(上), 헌(獻) 등을 제목으로 한 '창화시' 형식으로 나타난다. 「정오음」의 '송(送)'의 언어는 기녀 설도의 시에서 '보냄[送]', '헤어짐[別]', '멀리 떨어짐[離]' 등을 제목으로 한 '송별 혹은 이별시'의 형식으로 나타난다. 이 세 번째 언어와 이미지군은 첫 번째와 두 번째 언어와 이미지군의 관계방식을 나타낸다. 즉 머물러있는 나무와 꽃과 움직이는 구름, 비, 새, 바람, 말, 물고기와의 기본적 관계는 창화와 이별을 중심으로 한 '사교'이다. 이들 사교시는 두 가지 이미지를 지니고 있는데 '창화' 계열의 시는 화해, 즐거움, 칭찬의 이미지를 지니고 있다. '보냄[送]', '헤어짐[別]', '멀리 떨어짐[離]'은 '비애와 격리'의 이미지를 지니고 있다. 이들 언어와 이미지는 기녀의 수동적이고 피동적인 존재감에서 비롯된 것으로 그녀 자신의 생활경험이 반영된 실제적 언어이다.

「정오음」의 네 번째 언어와 이미지군은 '우물[井]'과 '뜰 섬돌[庭除]'이다. 시의 공간적 배경을 나타내는 이들 언어와 이미지는 기녀 설도의 시에서 주로 '물가'를 나타내는 각종 공간으로 나타난다. 설도는 직접적으로 '물(水)'이라는 글자를 사용하거나 혹은 물이 있는 공간 즉 강

(江), 포(浦), 계(溪), 해(海), 택(澤), 천(泉), 지(池) 등의 글자를 사용하여 시의 공간적 배경을 처리하고 있다. 우물은 성애적 이미지를 지니고 있으며, 물은 여성적 이미지를 지니고 있다.

종합적으로 말한다면 설도의 시에서 '나무와 꽃'은 '물가'에서 '구름, 비, 새, 바람, 말, 물고기 등'과 창화하고 송별한다. 설도의 시의 언어는 주체와 객체의 이미지가 뚜렷이 대조되는 가운데 고결한 이미지와 성애적 이미지를 동시에 지니고 있는 것이 특징이다. 설도의 시의 성애적 이미지는 본고가 의도한 바는 아니었다. 필자는 설도의 유년의 시가 기녀의 운명에 대한 예견에서가 아니라 기녀의 시의 예견이라는 입장에서 분석을 시작했으며, 그녀가 기녀라고 해서 그녀의 시가 성애적 이미지를 지닐 것이라는 가정이나 선입관은 결코 갖지 않았다. 왜냐하면 당대의 기녀는 노래하는 기녀로서 후대의 창기와는 결코 같지 않기 때문이다. 그런데 설도의 시에서 반복적으로 출현하는 언어와 이미지를 분석하고 관련 참고서를 고찰하면서 설도의 시가 일정 정도 성애적 이미지를 지니고 있다는 사실을 알게 되었다.

설도의 시의 언어와 이미지는 기본적으로 그녀 자신의 기녀로서의 생활경험과 깊은 연관성이 있으며 그녀 자신의 여성적, 기녀적 생활경험과 생활방식을 반영하고 있다. "말은 인간 자신이다",[34] "이미지의 창조는 과거의 관련된 느낌 혹은 지각상의 경험이 머릿속에서 재현되거나 회상된 것이다."[35]

---

34 옥타비오 빠스, 김홍근·김은중 역, 『활과 리라』, 솔출판사, 2005, 37면.
35 陳植鍔, 『詩歌意象論』, 中國社會科學出版社, 1990, 147면.

참고문헌

옥타비오 빠스, 김홍근·김은중 역, 『활과 리라』, 솔출판사, 2005.
C.A.S, 威廉斯, 李宏·徐燕霞 譯, 『中國藝術象徵詞典』, 湖南科學技術出版社, 2006.
陳文華 編, 『唐女詩人集三種』, 上海古籍出版社, 1984.
陳植鍔, 『詩歌意象論』, 中國社會科學出版社, 1990.
(德) 漢斯 比德曼, 劉宝紅 等 譯, 『世界文化象徵辭典』, 漓江出版社, 2000.
劉天文, 『薛濤詩四家注評說』, 巴蜀書社, 2004.
世界文化象征詞典編寫組, 『世界文化象徵詞典』, 湖南文藝出版社, 1994.
譚正璧, 『中國女性文學史』, 百花文藝出版社, 2001.
湯高才 責任編輯, 『唐詩大觀』, 上海辭書出版社, 1984.
聞一多, 『神話與詩』, 中華書局, 1959.
武舟, 『中國妓女生活史』, 湖南文藝出版社, 1990.
葉舒憲 主編, 『性別詩學』, 社會科學文獻出版社, 1999.
尹鐵錚, 『管領春風女校書薛濤全傳』, 長春出版社, 1999.
張蓬舟, 『薛濤詩箋』, 人民文學出版社, 1983.
張宏生, 張雁 編, 『古代女詩人研究』, 湖北教育出版社, 2002.
辛島驍, 『魚玄機 薛濤』, 集英社, 1964.
Chang, Kang-i Sun and Haun Saussy ed, *Women Writers of Traditional China Anthology of Poetry and Criticism*, Stanford: Stanford University Press, 1999.
Larsen, Jeanne trans and introduce, *Brocade RiverPoems:Selected Works of the T'ang Courtesan Xue Tao*, Princeton, N.J.: Princeton University Press, 1987
Wimsatt, Geneview B., *A Well of Fragrant Waters: A Sketch of the life and writing of Hong Tu*, Boston: John W.Luce Company, 1945.

전통시기 강남지역에서 독서시장의 형성과 변천[*]

소설 작품의 생산과 유통을 중심으로
_홍상훈

1. 머리말

오늘날 문학이란 궁극적으로 문화적 현상의 한 부분이라는 진술에 이의를 제기할 사람은 거의 없을 것이다. 그러나 아직까지도 실제의 문학 연구는 대개 작가와 텍스트를 위주로 진행되는 경향이 있으며, 그런 연구들에서 해당 작품을 둘러싼 사회 경제적 여건이나 기타 문화적 현상들은 기껏해야 그 작가의 출현과 텍스트의 형성을 위한 부수적인 조건을 제시하는 환경 이상의 비중을 갖지 못하는 듯하다. 중국소설의 형성 과정에 대한 기존 연구들의 설명을 살펴보면, 작가와 텍스

---

* 이 글은『중국문학』제41집(한국중국어문학회, 2004)에「전통시기 강남지역에서 독서시장의 형성과 변천—소설 작품의 생산과 유통을 중심으로」라는 제목으로 수록된 논문을 일부 수정한 것이다.

트를 둘러싼 문화 환경에 대한 이러한 피상적 인식이 매우 뚜렷하게 드러난다.

　가령 중국소설사를 기술한 거의 모든 책에서는 당(唐) 전기(傳奇)가 형성되는 데에 당시의 과거제도와 관련된 온권(溫卷) 행위가 그런 독특한 문체의 유행을 조장했고, 이야기의 소재가 귀신에서 사람으로 바뀌었다는 현상적인 측면만 부각될 뿐이다. 그러나 정작 당 전기가 하나의 문학 현상으로 승화된 데에는 과거의 급제를 위한 온권이라는 것과는 별도로 일정한 작가─독자의 범위 안에서 이야기의 서술 자체를 목적으로 하는 특별한 문체의 창작과 전파가 하나의 큰 흐름으로 형성되었고, 당대(唐代)의 전반적인 귀신 관념의 세속화가 낙양(洛陽)과 장안(長安)을 중심으로 하는 도시의 유가적 합리주의의 영향을 받은 문인들을 위주로 진행되었다는 두 가지 사항이 결정적인 역할을 하였을 것이다. 물론 당 전기의 부차적 배경으로서 이런 문제들을 개별적으로 언급한 소설사나 연구 논문들이 없는 것은 아니지만, 그 배경과 전기라는 서사 양식 사이의 필연적인 상관관계에 대해 명확하게 설명한 예는 아직 없는 듯하다.

　또한 송대(宋代)의 화본(話本)이 발전하게 된 계기로 거의 모든 연구자들은 당시 도시의 발전과 상공업의 흥성, 그리고 그에 따른 시민계층의 성장과 그들의 여가를 채워줄 만한 오락의 일종으로서 ‘와사(瓦舍)’라는 공연장의 번성과 ‘설화(說話)’라는 공연 양식의 유행 양상을 거론한다. 그러나 이러한 양상 자체에 대한 고찰만으로는 이야기를 들려주는 공연 양식에서 독서 행위를 기반으로 하는 새로운 문학 양식으로서 소설의 형성 과정을 설명하기 어렵다. 그리고 독서를 기반으로 한 소설 양식은 명대(明代) 중엽에 이른바 ‘의화본(擬話本)’이 성행하면서부터 본격적으로 시작되는데, 기존의 연구에서 밝혀진 일반적인 사항들은 다음과 같다. 즉 ① 양명학의 대두로 인한 성리학적 금욕주의의 극복과 ② 상인 계층의 대두, ③ 소설의 사회적 지위 향상, ④ 인쇄술의 발전 ⑤ 과거제도의 부패와 잉여 지식인의 누적으로 인한 폐단 등으로 인해 소설 작품이 창작되어 유통되는 데에 필요한 사회적, 사상적, 기술적 여건과 작자—독자층이 확보될 수 있었다는 것이다. 그러나 사실 이들 다섯 가지 요소들이 독서를 기반으로 하는 문학 양식으로서 소설의 형성을 위한 직접적이고 필요 충분한 조건인지 여부, 그리고 최소한 이들 다섯 가지 요소들 사이의 상호 관계, 나아가 이들 요소들이 독서 문화의 일부로서 소설의 형성에 어떤 방식으로 영향을 주었는가 하는 문제에 대한 설명은 여전히 결여된 상태이다.

모든 문학은 기본적으로 '작가—작품—독자'라는 세 개의 층위가 유기적으로 결합된 문화체(文化體)이다. 그 가운데 소설은 경제적 여건과 여가, 식자(識字)의 능력 등을 포괄하는 독서 인구의 존재에 가장 민감하게 반응하는 양식이다. 그렇기 때문에 문화의 일부로서 소설이라는 문학 양식의 형성과 변천에 대한 고찰에서는 그 텍스트 자체의 문학적 특성과 작가의 역량에 대한 검토에 못지않게 그것에 내재한, 혹은 상관된 경제 활동이라는 속성에 대한 고려도 중요하다. 그러나 대개 문학 중심적인 입장에서 진행된 기존의 연구들에서는 특히 소설 양식의 형성에 미친 '시장'의 역할에 대해 상대적으로 소홀히 취급한 면이 많다.

문제는 이러한 관점의 편향성이 그대로 결론의 편향으로 나타날 가능성이 크다는 것이다. 예를 들어서, 소설의 사회적 지위 향상에 대한 기존 연구들의 설명은 그런 편향의 징후를 가장 뚜렷하게 보여주고 있다. 기존 연구에 따르면, 명대 중엽 이후 양명학의 대두로 인해 사람들은 먹고 사는 일과 성적 충동 등 인간의 원초적 욕망의 가치를 긍정하면서, 반대로 성리학의 위선적 도학(道學)과 부패한 지배계층의 타락에 대한 반감을 가지게 되었다. 또한 인간사의 흥망성쇠를 총괄하여 보여주는 역사 서술이 지나치게 어렵고 절제된 문체로 되어 있기 때문에 그것을 보충하는 쉽고 재미있는 소설이 일반 대중의 정감을 교화하는 유용한 양식으로 인식되었다는 것이다. 그러나 실질적으로 모든 소설의 작가들이 이런 사명감 때문에 소설 창작에 임하게 된 것은 아니며, 오히려 하나의 상품으로서 소설의 가치가 그들을 일종의 새롭고 유망한 직업으로서 소설 창작으로 유인한 측면이 강했을 것이라는 것이 더 현실적인 설명이다. 또한 그런 배경에서 창작되었다면 소설 작품은 독자를 교화한다는 작가의 지향보다는 독자의 취향이라는 시장의 논리에 민감할 수밖에 없었을 것이다. 또한 그 경우, 상품의 생산자로서 작가는 구매자로서 독자의 취향에 부응하면서, 동시에 자기 상품의 가치를 높이려는 다양한 전략을 구사할 수밖에 없었을 것이다. 이것은 결국 시장의 논리가 소설이라는 상품의 형식과 그 안에 담는 내용, 그리고 그 상품의 효율적인 유통을 위한 다양한 홍보 전략 등에 큰 영향을 미칠 수밖에 없음을 말해준다.

　이런 관점의 변화는 시대적 사명감과 문학 양식 자체의 내적 특성에만 집착한 연구들이 밝혀주지 못한 많은 문제들에 대한 해결의 실마리를 제공해줄 수 있을 것이다. 가령 명대 후기로 가면서 단편의 화본들에 비해 상대적으로 더 많은 제작비용이 소요되고 독자층이 협소한 장회소설이 대대적으로 유행하게 되는 이유와 그 형식이 송대의 공연 양식으로서 설화의 흔적을 여전히 담고 있음으로써 독특한 특성을 가지게 되는 이유에 대한 설명도 시장의 논리에서는 한층 더 명확하게 드러나는 것이다. 즉, 후자는 기본적으로 이야기를 듣고 즐기는 관객들을 독서 시장으로 끌어들이는 과정에서 관습적으로 형성된 양식적 속성에 해당하는 것이고, 전자는 상품의 지속성 확보 및 고급화 전략을 추구하는 과정에서 비롯된 결과라고 할 수 있는 것이다. 또한 작품의 내용에서 공안(公案)과 무협, 재자가인(才子佳人), 역사물과 같은 특정한 유형의 소재들이 유행하게 된 이유도 상품의 구매자로서 독서 계층에 대한 고찰을 통해 좀 더 분명하게 밝혀질 수 있을 것이다.

이런 맥락에서 본고에서 필자는 무엇보다도 문학을 작가와 작품, 독자라는 제한 범위 안에 묶지 않고, 그것이 형성되어 변천한 시대의 전체 문화 안에서 조명해보고자 한다. 그러므로 본고는 단순히 작가의 생애와 가치관, 텍스트 자체에 대한 분석, 그리고 피상적으로 추론된 수동적인 독자층의 모습이 아니라, 문학이라는 문화 현상을 구성하는 '작가—작품—독자'라는 기본 층위의 전체적이고 유기적인 면모에 대한 고찰을 목표로 할 것이다. 다만 본고에서는 논의의 방향과 방법을 다음 몇 가지로 한정하고자 한다.

먼저 필자는 전통시기 중국에서 민간 문학 작품의 생산과 유통이 기본적으로 민간 출판업자들에 의해 주도되었으며, 그런 활동들이 청대(淸代) 중엽까지는 주로 남경(南京)과 소주(蘇州), 항주(杭州), 영파(寧波)처럼 경제적으로 부가 집중된 강남지역의 몇몇 도시들을 중심으로 행해졌다는 점을 근거로, 본고에서 탐구하고자 하는 지역의 범위를 이들 도시로 한정시킬 것이다.

둘째, 필자는 문화 상품으로서 소설이 생산되고 유통되는 배경에 대한 조사를 바탕으로 기존의 연구에서 정리된 개별 작가의 성향과 작품의 형식 및 내용, 독자층의 성향에 대한 추론들을 역으로 검토함으로써, 기존 연구의 성과와 문제점을 확인하고 보완할 것이다. 이에 따라 필자는 개별 작가의 전기나 텍스트로서 작품 자체에 대한 분석보다는 해당 지역을 둘러싼 시대적 문화적 요소들을 검토하고자 한다. 그리고 이를 위해서 우리는 특히 ① 도시와 시장의 형성 과정, ② 출판업의 변천과 서적상들의 활동 양상, ③ 상품의 구매자로서 독자층의 형성 과정과 그 성격, ④ 작품의 창작자로서 작가 계층의 형성과 상품의 형식으로서 문학 양식의 형성 및 변천 과정 등을 종합적으로 고찰하고자 한다. 이런 고찰의 과정에서는 먼저 당시 또는 후세 중국인들의 각종

필지(筆記)와 지방지(地方志), 장서(藏書) 목록 등 원전들과 그에 대한 이해를 도와줄 각종 사회사 및 인구 자료, 인쇄 출판업의 역사, 그리고 기타 당시 도시 생활에 관한 보조 자료들이 활용될 것이다.

요약하자면, 사회 문화적 산업의 측면에서 집중적으로 파악된 이상의 연구를 바탕으로, 필자는 기존의 문학 중심적 관점에서 진행된 연구들의 결론들에 대한 새로운 검토를 시도해볼 것이다. 필자는 이러한 작업이 소설 양식의 형성과 변천에 관한 기존의 설명들에서 미진한 부분들을 보충함은 물론, 심지어 잘못된 선입견들에 대한 객관적 반론들을 제시할 수 있을 것으로 기대하고 있다.

2. 출판업의 발전 양상

중국에서는 인쇄술이 발명되기 이전부터 필사를 통한 서적의 전승이 이미 선진(先秦) 시기부터 이루어지고 있었지만, 유통의 규모와 신속성을 담보해주는 정도에 이르기 위해서는 서적의 대량 생산과 유통이 효율적으로 어우러지는 구조를 필요로 한다. 그리고 이를 위해서는 무엇보다도 인쇄술의 발명이 선행되어야 하며, 그에 따른 출판업의 성장이 수반되어야 한다.

중국에서 조판(雕版) 인쇄가 시작된 시점에 대해서는 동한(東漢) 무렵[1]이라는 설부터 오대(五代) 시기[2]라는 설까지 다양하다. 이처럼 조판

1　이런 주장을 펴는 사람들은 『後漢書』「張儉傳」과 『後漢書』「黨錮傳序」에 나타나는 '간장(刊章)'이라는 단어를 근거로 제시한다. 그러나 이를 반박하는 이들은 그 단어의 '刊'이 '刑'을 잘못 쓴 것이기 때문에, 적절한 근거가 아니라고 주장한다.

인쇄가 시작된 시점에 대해서는 확실한 자료가 없으나, 수(隋)·당(唐) 무렵까지는 적어도 황실과 같이 자본과 기술을 집적할 수 있는 곳에서 조판 인쇄를 위한 기본적인 토대를 갖추고 있었음은 분명하다. 이것은 일본에 소장된『묘법연화경(妙法蓮華經)』과 둔황[敦煌] 천불동(千佛洞)에서 발굴된『금강반야바라밀경(金剛般若波羅蜜經)』(현재 런던 소장)과 같이 간행 시기가 당나라 무렵임이 분명한 유물들을 통해서도 확인할 수 있다.

그런데 이른바 '관각(官刻)', '방각(坊刻)', '사각(私刻)'의 3대 각서(刻書) 체계가 완전히 자리를 잡고, 도서 출판이 본격적으로 상품 경제에 편입되기 시작한 것은 송대에 들어서야 가능했던 것으로 보인다. 다만 초기의 관각 도서들은 대개 황실의 통치 목적에서 필요한 역사서나 경전, 불경 등이 중심이었고, 영리를 목적으로 하지도 않았다. 이런 책들은 기본적으로 학교의 교과서나 사원(寺院) 교육, 그리고 국가의 행정 지침을 전파하는 목적으로 활용되었다. 그러므로 민간 차원의 독서 시장의 면모 즉, 유통되는 도서의 종류와 수량, 가격, 독자의 성향 등을 파악하기 위해서는 무엇보다도 영리를 목적으로 도서를 출판하고 유통시키는 '방각'의 활성화 양상을 파악하는 것이 중요하다.

송대의 '방각' 상황을 보여주는 가장 분명한 자료로 많은 연구자들은 섭몽득(葉夢得)의『석림연화(石林燕語)』에 들어 있는 다음 구절을 꼽는다.

세상에 인쇄된 책들 가운데는 항주(杭州)의 것을 최고로 치고, 촉(蜀: 오늘날 成都 부근: 인용자) 지역의 것이 그 다음이며, 복건(福建)의 것을 최하로

---

2 이 주장을 펴는 이들은 당나라 말엽 황소(黃巢)가 난을 일으켰을 때 희종(僖宗)을 따라 성도(成都)로 피신한 유빈(柳玭)이 「家訓序」에서, 자신이 883년에 성도의 서방(書坊)에서 '인판(印版)'의 소학서(小學書)들을 읽었다고 밝힌 것을 근거로 제시한다. 그리고『五代會要』권8에는 후당(後唐) 장흥(長興) 3년(932) 2월에 중서문하성(中書門下省)에서 석경(石經)에 의거하여 '구경(九經)'을 '인판'할 것을 상주(上奏)했다는 기록이 있다.

친다. 경사(京師: 여기서는 汴京을 가리킴)에서 매년 인쇄하는 책도 거의 항주에서 인쇄되는 책들의 수에 못지않지만, 종이의 질은 더 못하다.[3]

위 인용문은 이미 당시에 각 지역의 서방에서 인쇄한 책이 전국적으로 유통되고 있었고, 출판의 중심지가 주로 오늘날 '강남(江南)'으로 통칭되는 사천(四川), 절강(浙江), 복건을 중심으로 형성되어 있음을 말해준다. 또한 각 지역의 서방에 대한 평가를 토대로 유추해보면, 복건 지역의 서방들은 저급한 수준의 책을 대량으로 출판하여 싸게 유통시키는 것으로 유명한 반면, 항주의 서방들은 출판하는 책의 수량과 가격의 저렴함은 복건 지역보다 못하지만 품질이 우수했음을 알 수 있다. 바로 이런 분위기 속에서 송대에는 전국적으로 명성을 떨친 서방들이 속속 등장하게 되는데, 송대부터 명대까지 유구한 전통을 자랑하며 번창했던 건안(建安) 여씨(余氏)의 만권당(萬卷堂)과 당대 주하(周賀)의 『주하시집(周賀詩集)』을 비롯한 각종 시집의 출판으로 유명한 임안(臨安) 진기(陳起)의 경적포(經籍鋪) 등이 그런 예이다. 물론 변경(汴京)과 '강남' 지역의 주요 상업 도시들을 중심으로 활성화된 무역업으로 인해 열린 각종 상품의 유통망도 출판업의 이러한 번성에 중요한 기반을 제공했던 것으로 보인다. 그리고 이런 흐름을 타고 남송(南宋) 말엽에 이르면, 지방의 각종 서원(書院)[4]들과 국자감(國子監)을 비롯한 관청에서도 점차 시장 판매를 겨냥하여 책을 출판하는 것이 일반화되고 있었다.

그런데 이처럼 각종 서방들이 활발히 활동했다고는 하지만, 송·원

---

3 "天下印書, 以杭州爲上, 蜀本次之, 福建最下. 京師比歲印版, 殆不減杭州, 但紙不佳." (李瑞良, 『中國古代圖書流通史』, 上海人民出版社, 2000, 250면 재인용)

4 예를 들어서 주희(朱熹)와 그의 제자 채원정(蔡元定), 채침(蔡沈), 유약(劉爚), 황간(黃榦) 등이 건양(建陽) 및 민북(閩北) 각지에 서원을 세우고 책을 간행하여 교과서로 활용하면서 아울러 시장에 내다 팔기도 한 상황은 유명한 예에 해당한다. 이에 대해서는 李瑞良, 앞의 책, 311~312면을 참조할 것.

대까지만 해도 유통되는 도서 가운데는 필사본이 차지하는 비중이 적지 않았으며, 특히 단편(單篇)으로 유전된 문장들은 여전히 필사본에 의존하고 있었다. 그러나 활자 인쇄[5]가 본격화되고 소설, 희곡과 같은 민간문예 작품의 출판과 유통이 성행한 명·청대에 이르면, 출판업의 상황은 이전과는 비교할 수 없을 정도로 크게 번성하게 된다.『영락대전(永樂大典)』과『사고전서(四庫全書)』로 대표되는 초대형 편찬사업을 주도한 관부(官府)는 물론이거니와 '사대기서(四大奇書)'를 비롯한 소설 및 희곡 문학의 번성을 등에 업은 민간 서방의 출판업자들, 그리고 각급 학교와 서원의 수가 급속하게 늘어나고 사명감에 불타는 장서가들이 이에 적극적으로 참여함으로써[6] 출판업은 이제 전통적인 항주, 복건, 성도뿐만 아니라 남경, 북경, 휘주(徽州), 소주, 호주(湖州) 등의 신흥

---

5 심괄(沈括)의『몽계필담(夢溪筆談)』에 따르면, 북송 경력(慶曆: 1041~1048) 연간에 필승(畢昇)이 교니활자(膠泥活字)를 발명함으로써 활자 인쇄가 시작되었다고 했다. 이것은 남송의 주필대(周必大)에 의해 동판(銅板)을 사용하는 방법으로 개선되었고, 원대에는 왕정(王楨)에 의해 목활자(木活字)가 발명되었다. 명나라 중엽의 홍치(弘治)·정덕(正德) 연간(1488~1521)에는 강소(江蘇) 지역에서 동활자(銅活字)가 널리 사용되었고, 널리 보급되지는 않았지만 16세기 초에 연활자(鉛活字)가 발명되기도 했다. 이에 대한 좀 더 자세한 설명은 張紹勛,『中國印刷史話』, 北京: 商務印書館, 1997, 145~167면과 錢存訓,『中國古代書籍紙墨及印刷術』, 北京圖書館出版社, 2002 修訂版, 148~204면을 참조할 것.

6 섭덕휘(葉德輝)에 따르면, 예로부터 중국인들은 "서적을 간행함으로써 자손에게 혜택을 주거나 난세에 가문을 보존할 수 있고, 수백 년 동안 판본이 전해짐으로써 사람들에게 우러름을 받을 수 있다.[因刻書或子孫食其祿, 或亂世保其家, 或數百年板本流傳, 令人景仰.]"고 여겼기 때문에 개인 및 장서가들이 대대적으로 서적 간행에 뛰어들었다. 또한 장지동(張之洞)은『서목문답(書目答問)』에서, "능력 있는 호사가가 스스로 德業이나 학문이 남보다 뛰어나지 않다고 여기면서 불후의 명성을 남기고자 한다면 옛 책을 간행하여 전파하는 것만 한 것이 없다. 그 책은 영원히 없어지지 않으면, 그 책을 간행한 사람의 이름도 영원히 없어지지 않을 것이기 때문이다. …… 또한 책을 간행한 이는 선대의 哲人들이 남긴 정수를 전파하고, 후학의 몽매함을 깨우쳐주니, 또한 백성을 이롭게 하고 구제하는 데에서 앞서 힘서야 할 일이요, 선을 쌓는 좋은 이야기가 된다[凡有力好事之人, 若自揣德業學問不足過人, 而欲求不朽者, 莫如刊布古書一法. 其書終古不廢, 則刻書之人終古不泯 …… 且刻書者, 傳先哲之精蘊, 啓後學之困蒙, 亦利濟之先務, 積善之雅談也]"고 하며 서적의 간행에 적극 차여할 것을 권장했다. (이상, 葉德輝撰, 紫石 點校,『書林清話外二種』, 北京燕山出版社, 1999, 10면 참조)

지구까지 대대적으로 확산되었다. 여기에는 송·원대와는 달리 도서 출판에 정부의 심사와 비준을 거치는 절차를 거치지 않게 함으로써, 일반인들이 책을 간행하기가 비교적 자유로웠다는 점도 적지 않은 힘이 되어주었다. 이러한 출판업의 중심지는 남경과 소주를 중심으로 한 오지(吳地)와 항주를 중심으로 한 월지(越地), 건양(建陽, 지금의 寧波)을 중심으로 한 민중(閩中)으로 요약된다.[7]

명대의 남경(南京)에는 이름을 확인할 수 있는 것만 해도 최소한 90여 곳의 서방이 활동하고 있었는데,[8] 그것들은 대개 몇몇 가문이 중심되어 설립된 것으로 확인된다. 이름이 확인된 것만 해도 15개 정도의 서방을 가진 당씨(唐氏) 가문에서는 주로 희곡 작품을 많이 출간했는데, 그 가운데 특히 50종(種) 가까운 희곡 작품들을 간행한 당대계(唐對溪)의 부춘당(富春堂)[9]과 문림각(文林閣), 세덕당(世德堂) 등이 유명하다. 그리고 최소 13개 정도의 서방이 확인된 주씨(周氏) 가문에서는 단편소설집 『국색천향(國色天香)』(1587)을 간행한 것으로 유명한 주왈교(周曰校)의 만권루(萬卷樓)를 비롯하여 장편소설 『중각서한통속연의(重刻西漢通俗演義)』 등을 간행한 주희단(周希旦)의 대업당(大業堂), 주시진(周時泰)의 박고당(博古堂), 『신전상평석고금청담만선(新全像評釋古今淸談萬選)』을 간행한 주근천(周近泉)의 대

---

7 "책을 간행하는 지역은 셋이 있으니 오(吳), 월(越), 민(閩)이 그것이다. 촉본(蜀本)은 송대에 가장 뛰어나다고 칭송을 받았으나 요즘에는 매우 드물다. 연(燕), 월(粵), 진(秦), 초(楚) 등지에서도 지금은 모두 책을 간행하여 종류별로 볼 만한 것들이 있긴 하지만, 세 지역의 번성보다는 못하다. 정밀한 것으로는 오본(吳本)이 최고요, 수량이 많기로는 민본(閩本)이 최고이며, 월본(越本)은 모두 그 다음이다. 책의 값어치가 많기로는 오본이 최고요 가볍기로는 민본이 최고이며, 월본은 모두 그 다음이다.(凡刻之地有三, 吳也, 越也, 閩也. 蜀本宋最稱善, 近世甚希. 燕, 粵, 秦, 楚, 今皆有刻, 類自可觀, 而不若三方之盛. 其精, 吳爲最. 其多, 閩爲最. 越皆次之, 其直重, 吳爲最. 其直輕, 閩爲最. 越皆次之)"(胡應麟, 『少室山房筆叢』, 서울대 도서관 소장본)
8 張秀民, 『中國印刷史』, 上海人民出版社, 1989, 348면 참조.
9 '사주화란(四周花欄)'의 『왕소군출새화융기(王昭君出塞和戎記)』, 『신각출상음주화란남조서상기(新刻出像音注花欄南調西廂記)』 등 100여 종의 희곡을 간행.

유당(大有堂) 등이 유명하다. 그 외에 이 시기 남경에서는 왕세무(王世茂)의 거서루(車書樓)와 왕봉상(王鳳翔)의 광유당(光裕堂)을 비롯해서 알려진 서방만 해도 10곳이 있는 왕씨 가문과 진방태(陳邦泰) 및 진대래(陳大來)의 계지재(繼志齋), 정씨(鄭氏)의 규벽재(奎璧齋), 호정언(胡正言)의 십죽재(十竹齋), 소씨(蕭氏)의 사검당(師儉堂) 등도 왕성히 활동했다.

　주로 경서와 문집, 역사서 등을 대상으로 한 평가이긴 하지만, 명대 소주(蘇州)의 서방들은 뛰어난 품질의 책을 간행한 것으로 유명하다. 청대의 섭덕휘(葉德輝)가 제시한 "명대 각서의 정품[明人刻書之精品]"에 거론된 것만 하더라도 오군(吳郡) 심여문(沈與文)의 야죽재(野竹齋), 곤산(崑山) 섭씨(葉氏)의 녹죽당(菉竹堂), 진택(震澤) 왕연철(王延喆)의 은포사세지당(恩褒四世之堂), 오군 원경(袁褧)의 가취당(嘉趣堂)과 고춘(顧春)의 세덕당(世德堂), 동오(東吳) 곽운붕(郭雲鵬)의 제미당(濟美堂)과 서시태(徐時泰)의 동아당(東雅堂), 모진(毛晋)의 급고각(汲古閣) 등이 있다.[10] 명대 천계(天啓: 1621~1627) 연간부터 청대 초기까지 약 40년 동안 모두 600종이 넘는 책을 간행한 모진(毛晋)은 그런 명성을 대표하는 인물이었다. 소주의 서방들도 일반적으로 특정 가문을 중심으로 번성했는데, 그 가운데 섭씨(葉氏)와 진씨(陳氏)가 특히 유명하다. 대표적인 것들만 꼽자면 섭경지(葉敬池), 섭경계(葉敬溪), 섭계원(葉啓元)이 함께 경영한 하옥재(夏玉齋)에서 풍몽룡(馮夢龍)의 단편소설집 『성세항언(醒世恒言)』과 천연치수(天然癡叟)의 단편소설집 『석점두(石點頭)』를 간행했고, 섭곤지(葉昆池)의 능원거(能遠居)에서 웅대목(熊大木)의 장편 역사소설 『옥명당비점남북송사전(玉茗堂批點南北宋史傳)』을 간행했으며, 오현(吳縣)의 연경당(衍慶堂)에서 역시 풍몽룡의 단편소설집 '삼언(三言)'을 간행했고, 금창(金閶)의 공소산(龔少山)은 장편 역사소설 『전양승암비점수당양조지전(鐫楊升庵批點隋唐兩朝志傳)』과 『신전진미공선생비

―――――――――
10　葉德輝, 앞의 책, 131~137면 참조.

평춘추열국지전(新鐫陳眉公先生批評春秋列國志傳)』을 간행했고, 오현의 천허재(天許齋)에서도 장편 역사소설『천허재비점북송삼수평요전(天許齋批點北宋三遂平妖傳)』을 간행했다. 청대에도 소주에는 50여 곳의 서방이 있었다. 그 가운데 명대에 개설된 석가(席家)의 소엽산방(掃葉山房)이 유명한데, 가정(嘉靖), 만력(萬曆) 연간에 석세신(席世臣)은 많은 역사서의 선본(善本)들을 직접 치밀하게 교정하여 간행했다고 한다. 나중에 소엽산방에서는 경(經), 사(史), 자(子), 집(集)뿐만 아니라 필기소설과 각종 계몽서도 수백 종을 간행했고, 또 얼마 후에는 상해, 송강(松江), 한구(漢口) 등지에 '분호(分號)'를 설립하는 등 청대에 가장 영향력이 컸던 서방으로 성장했다.

명대 건양의 서방(대개 '書林'으로 자칭)은 대개 80여 곳이 알려져 있는데, 그것들 가운데 여씨(余氏), 유씨(劉氏), 웅씨(熊氏) 세 가문에서 설립한 것이 거의 40개에 이른다. 그 가운데 특히 장편소설『사유기(四遊記)』의 편찬자이자 통속소설 작가로도 유명한 여상두(余象斗)의 쌍봉당(雙峰堂)과 삼대관(三臺館), 역시 소설 출판자로 유명한 웅대목의 충정당(忠正堂), 유용전(劉龍田)의 교산당(喬山堂), 유홍(劉洪)의 신독재(愼獨齋)[11]가 유명하다. 그 외에 양씨(楊氏)의 청강서당(淸江書堂)에서는 구우(瞿佑)의 단편소설집『신증보상전등신화대전(新增補相剪燈新話大全)』(1511)과 이창기(李昌祺)의 단편소설집『신증전상호해신기전등여화(新增全相湖海新奇剪燈餘話)』(1511)를 간행했고, 서상(書商) 유영무(劉永茂)는『정계전상당삼장서유석액전(鼎鍥全相唐三藏西遊釋厄傳)』(만력 연간)을 간행했으며, 웅충우(熊沖宇)의 종덕당(種德堂)에서는『전상삼국지전(全相三國志傳)』을 간행하기도 했다. 특히 건양의 서방들은 값싼 책을 대량 생산하기로 유명하여,[12]

---

11 당나라 손사막(孫思邈)의『비급천금요방(備急千金要方)』30권, 주희의『자치통감강목(資治通鑑綱目)』90권, 여조겸(呂祖謙)의『십칠사절요(十七史節要)』273권,『송문감(宋文鑑)』150권, 마단림(馬端臨)의『문헌통고(文獻通考)』384권,『대명일통지(大明一統志)』90권 등 대규모 저작을 간행하면서, 상당히 엄밀한 교정(校正)을 한 것으로 평가된다.
12 건양에서는 1545년에만 451종의 서적이 간행될 정도로 많은 책이 나왔고, 특히 소설

숭화리(崇化里)에는 당시 4, 5천 개의 서방이 있었고, 매달 1일과 6일에 전문적인 '서시(書市)'가 열렸다. 또 멀리 산동(山東) 지역에서까지 책을 사러 올 정도로 유명한 서점가가 늘어서 있던 마사진(麻沙鎭)에는 강서회관(江西會館)과 같이 외지에서 온 상인들을 위한 특별한 휴식과 모임의 장소가 세워지기도 했다.

남송 이래로 급격히 발전한 항주에는 명대 무렵에도 다른 상업과 더불어 출판업이 크게 발전해 있었다. 그 가운데 오늘날까지 이름이 알려진 것은 24곳 정도인데, 호문환(胡文煥)의 문회당(文會堂)과 주인 미상의 용여당(容興堂), 양이증(楊爾曾)의 이백당(夷白堂), 여상운(余象杬)의 만산관(曼山館), 단경정(段景亭)의 독서방(牘書坊), 황봉지(黃鳳池)의 집아재(集雅齋) 등이 특히 유명하다. 민간문학 작품으로 대표적인 것들은 용여당에서 이지(李贄)의 이름을 빌어 평점(評點)을 붙여 간행한 『수호전(水滸傳)』과 『서상기(西廂記)』, 『옥합기(玉合記)』, 『비파기(琵琶記)』 등의 소설 및 희곡 작품들과 홍편(洪楩)의 청평산당(淸平山堂)에서 간행한 단편소설집인 『육십가소설(六十家小說)』(『청평산당화본(淸平山堂話本)』이라고도 함)이 유명하다. 이 외에도 명대 중엽부터 민중(閩中) 지역 출판업의 또 다른 중심지로 부상한 휘주(徽州, 특히 흡현(歙縣))는 특히 훌륭한 종이와 먹의 산지이자, 규촌(虯村)과 같이 뛰어난 각공(刻工)이 많았으며, 또한 독서 인구가 많아 건륭(乾隆), 가경(嘉慶) 시대까지 200여 년에 걸쳐 계속 흥성했는데, 예를 들어서 오경학(吳敏學)의 사고재(師古齋)와 오계사(吾繼仕)의 희춘당(熙春堂)이 대표적이다.

대개 명대부터 번성한 출판업은 청대까지도 계속 확장되며 발전하고 있었다. 그러나 청대는 전통 시기 중국 역사상 출판업이 가장 번성

이나 잡서(雜書), 의서(醫書) 등은 남경의 서방들에서 나온 것보다 많았다. 그러나 건양에서 나온 책들은 품질을 따지지 않고 허술한 것이 많아서, 정부에서 이 지역에 대해 '오경(五經)'과 '사서(四書)'에 대해서는 정부에서 배포한 판본 번각(翻刻)하고 자율적인 간행은 금지시키기도 했다.(張紹勛, 앞의 책, 111면 참조)

했던 시기이긴 하지만, 관부와 사가(私家) 장서가들의 출판 활동이 두드러지기 때문에 민간 서방의 활동은 상대적으로 미약한 편이었다. 그 때문에 청대에는 항주, 휘주, 남경의 서방들이 쇠퇴의 길로 접어들고 있었고, 특히 전국적으로 유명한 '서시'가 열렸던 건양의 마사진도 가경 연간(1796~1820)에 큰 화재를 당한 뒤로 재기에 실패했다.[13]

그러나 민간의 소설 작품을 많이 간행한 서방 및 서상(출판인)들은 전통 시기 내내 장서가들이나 문헌 연구자들에게 그다지 주목을 받지 못해 왔다. 당시에 소설과 같은 민간 문예 작품을 간행한 민간 출판업자들의 양상은 최근에 판본 연구가 본격적으로 이루어지면서 역으로 파악되기 시작하고 있다. 그나마 이 분야에 관련된 출판업자들은 설령 이름이 알려졌다 할지라도 개인의 구체적인 약력에 대해서는 거의 알려진 바가 없는 실정이다. 그러나 삽도본(揷圖本)과 같은 정교하고 아름다운 서적을 만들어내고, 민간 문학으로서 소설 및 희곡의 양식을 확립시킨 이들의 문화적 공헌은 충분히 새로운 평가를 받아야 마땅하다. 예를 들어서 오지를 대표하는 남경과 소주의 서방들과 출판인, 그리고 그들이 간행한 주요 작품들을 정리해보면 다음 〈표 1〉과 같다.[14]

지역별 주요 서방 및 주요 간행 작품

지역	書坊名	出版人	주요 작품(간행 연도)
金陵 (南京)	大業堂	周如山, 周希旦	『新鑴出像補訂參彩史鑒唐書志傳通俗演義題評』(1593), 『重刻西漢通俗演義』(1612)
	萬卷樓	周曰校	『國色天香』(1587, 1597 重刻),

---

13 이 정리는 주로 張紹勛, 앞의 책, 1997, 106~116면 및 133~136면과 黃鎭偉, 『坊刻本』, 南京: 江蘇古籍出版社, 2002, 39~56면의 내용을 토대로 한 것이다.
14 도표는 韓錫鐸 · 毛仁隆 · 王淸原 編, 『小說書坊錄』, 北京圖書館出版社, 2002를 토대로 작성되었다.

		『新刻校正古本大字音釋三國志通俗演義』(1591), 『新鐫全像包孝肅公百家公案』(1597), 『新刻全像海剛峰先生居官公案』(1606), 『新編掃魅敦倫東度記』(1635), 『駐春園小史』(1783), 『原本海公大紅袍傳』(1830)
	文秀堂	?	『續紅樓夢』(1805), 『喜喜冤家』(1818), 『異說征西演義全傳』(1830)
	富春堂	唐對溪	『瓦崗寨』(1861), 『娛目醒心編』(1873)
	世德堂	唐氏	『新刊出像補訂參彩史鑑唐書志傳通俗演義題評』(1593),
吳縣, 吳郡, 金閶, 姑蘇 (蘇州)	崇德書院	?	『西游眞詮』(1696), 『飛龍傳』(1768), 『重刻繡像說唐演義全傳』(1736), 『封神演義』(1782), 『四雪草堂重編隋唐演義』(1793)
	衍慶堂	?	『警世通言』(1627), 『醒世恒言』(1627)
		葉敬池	『醒世恒言』, 『石点頭』, 『新列國志』(이상, 모두 崇禎 연간: 1628~1644)
	書業堂	?	『四大奇書第一種(三國志演義)』(1752), 『東周列國志』(1752), 『新評龍圖新斷公案』(1775), 『濟顚大師醉菩提全傳』(1778), 『說呼全傳』(1779), 『西遊眞詮』(1780), 『豆棚閑話』(1781), 『新刻批評繡像後西遊記』(1783), 『今古奇觀』(1790), 『後西遊記』(1793), 『新刻異說反唐演義全傳』(1803), 『英雲夢傳』(1805), 『楊家府世代忠勇通俗演義志傳』(1809), 『平妖傳』(1812), 『拍案驚奇』(1816), 『原本海公大紅袍傳』(1822), 『新刻史綱總會列國志傳』(1865), 『結水滸傳』(1868)
	寶仁堂	?	『岳武穆精忠傳』(1771), 『說呼全傳』(1779)
	寶翰樓	尤氏	『繡像綠牡丹全傳』(1847), 『于少保萃忠全傳』(1853)

* 작품은 간행 연도가 확인 가능한 것들에 한정하여 제시함

* 출판인은 대표적 인물만 밝힘.

물론 실제 소설 작품을 간행한 서방이나 출판인의 수는 이보다 훨씬 많은데, 소주의 경우만 보더라도 2종 이하의 작품을 간행했거나 여러 권을 간행한 경우라도 간행 연대가 분명하지 않은 경우를 따로 헤아려 보면 대략 45곳 정도를 더 찾을 수 있다. 다만 도표에서도 나타나듯이, 전통시기 장서가들이 칭송한 남경 정씨(鄭氏)의 규벽재(奎璧齋)[15]나 상

---

15 '규벽당(奎璧堂)'이라고도 한다. 만력 연간에 『가림초집(歌林初集)』과 『이집(二集)』 40종,

숙(常熟) 모진(毛晉)의 급고각(汲古閣)[16] 등은 민간문학 작품과는 그다지 관련이 없다는 것이 분명히 드러난다. 또한 전통 시기의 고상한 장서가들에게는 그다지 알려지지 않았던 서업당(書業堂)의 경우, 광서(光緒) 23년(1897)에 『금종전(金鐘傳)』(8권 64회)을 간행한 동창(東昌)의 서업당(書業堂)까지 포함하면, 모두 24종의 작품을 간행한 것으로 나타난다.

지금까지 우리는 명·청대에 강남지역을 중심으로 활동했고 주로 소설 및 희곡 작품을 많이 간행한 서방들을 중심으로 그 면모를 간략히 살펴보았다. 이에 따르면, 명대의 서방들은 대개 특정 집안에서 대를 이어가며 출판업에 종사한 경우가 많았기 때문에 이전에 비해 전문성이 두드러졌고, 전통적인 사부(史部)의 전적과 새롭게 유행한 통속문학 작품으로 주력 업종이 나뉘는 경향을 보였다. 이것은 이 시기에 들어서 소설, 희곡 등 민간 문학 작품들이 급속도로 유행하면서 작자－(출판업자)－독자 사이의 유기적인 관계가 점차 단단히 형성되어갔던 사실을 반영한 것이다.

3. 소설 시장의 형성과 그 성격

북쪽 변방과는 상대적으로 안정된 정치 상황과 상업 발달을 토대로

『신전악부명시곡만가금(新鐫樂府名時曲萬家錦)』2권을 간행했고, 초횡(焦竑)의 『양정도해(養正圖解)』3권(1594), 원굉도(袁宏道)의 『정전제방가휘편황명공문전(鼎鐫諸方家彙編皇明公文雋)』8권(1620) 등을 간행했다. 한국 연세대학교 중앙도서관에 소장된 『규벽사서(奎璧四書)』 역시 이곳에서 간행된 것으로 보인다. 黃鎭偉, 앞의 책, 43면 참조.
16 급고각(汲古閣)의 이름으로 간행된 소설로는 연대 미상의 『금고기관(今古奇觀)』이 유일하다.

번성한 강남지역의 도시들은 주변 지역의 인구들이 밀집함으로써 새로운 풍경을 연출했다. 예를 들어서『진오록(鎭吳錄)』에는 명대 소주의 풍경을 이렇게 묘사했다.

> 장사꾼들이 모여들고 재화가 집중되자 빈둥거리며 일거리를 찾는 이들과 각기 다른 방언(方言)을 쓰며 다른 복식(服飾)을 한 이들이 너나없이 이곳으로 와서 기회를 기다렸다.[17]

특히 남송 시기의 정치적 혼란을 피해 남쪽으로 이동한 상인들이 장강(長江)과 운하를 통한 소금 운송을 통해 엄청난 부를 축적한 후 거대한 저택과 원림(園林)을 짓고 정착하여 문화적 후견인 역할을 함으로써, 강남지역은 문화의 선진 기지라는 새로운 특징을 갖게 되었다. 이에 따라 이 지역에서는 회화와 건축, 문학 등 각종 예술 오락이 전례 없이 홍성했다. 또한 온난한 기후의 영향으로 조판과 종이 제작에 필요한 재료 구입이 용이하다는 지리적 이점, 그리고 명대에 들어서 수가 급증한 각종 학교 및 서원들이 유발한 서적의 수요가 덧붙여져서 이 지역은 출판업의 발전을 위한 충분한 조건이 갖춰져 있었다. 더욱이 조판과 인쇄, 장황(裝幀) 등 출판 기술이 발전하고 분업화됨으로써 출판 비용도 대단히 저렴해졌다.[18] 이 때문에 송대까지만 하더라도 주로『삼자경(三字經)』[19]이나『백

---

17 "商販之所走集, 貨財之所輻輳, 游手趁食之輩, 異言異服之徒, 無不托足而潛處焉." (吳建國,『雅俗之間的徘徊－16至18世紀文化思潮與文學創作』, 岳麓書社, 1999, 4면 재인용)

18 몇몇 자료들에 언급된 내용을 종합해보면, 남송 무렵에 글자를 새기는 장인(匠人)들은 이 일을 통해 매 달 평균 짚신 세 켤레를 살 수 있을 정도인 3천 내지 5천 문(文)의 수입을 올릴 수 있었고, 원대에도 기껏 쌀 한 석(石)을 살 정도의 수입을 올렸다. 그러나 명·청대에는 이 일에 종사하는 장인들의 수가 급격히 느는 바람에 경쟁이 심해져서, 매달 수입이 1,000문 정도에 지나지 않을 정도로 저렴해졌던 것으로 보인다. (葉德輝, 앞의 책, 188~189면 및 李瑞良, 앞의 책, 366면 참조)

19 남송 왕응린(王應麟)이 편찬한 것으로 알려진 아동용 글자 교본이다. 매 구절이 세 글

가성(百家姓)』,[20] 『천자문(千字文)』, 『천가시(千家詩)』[21]와 같은 아동들을 위한 책들과 과거 시험을 위한 참고서, 그리고 각종 의약품이나 점복서(占卜書), 역서(曆書) 따위의 일상 실용서들을 간행하여 판매하던 민간의 서방들은 다양한 종류의 교과서와 도시 주민들의 여가 선용을 위한 문학 작품들을 대량으로 간행할 수 있게 되었다.

그런데 이미 송대부터 아동들에게 글자를 익히게 하기 위한 책들이 널리 퍼져 있었다는 사실은 독서 시장의 수요자 즉, 독자 계층의 수가 꾸준히 축적되고 있었다는 것을 말해준다. 물론 이렇게 축적된 식자층 가운데 관료가 되거나 진지한 학자로 평생을 일관한 사람들의 비중은 한정되어 있을 수밖에 없다.[22] 결국 이런저런 이유로 공부는 했으되 학자나 관료의 길을 포기할 수밖에 없었던 사람들까지 포함하면 명·청대 식자층의 규모는 예상보다 훨씬 큰 규모였을 가능성이 있다. 가령 『열조시집소전(列朝詩集小傳)』 갑집(甲集)에 수록된 「왕교독행(王敎讀行)」에 따르면, 명대 초기 장주(長洲, 지금의 蘇州) 사람인 왕행(王行)은 어려서 약국에서 장사를 하던 사람이었으나, 기억력이 비상하여 수십 권 분량의 "소설 따위의 이야기[稗官詞話]"를 외울 수 있었고, 저녁 시간이면 틈틈이 주인댁 마님을 위해 들려주었다. 그의 총명함을 기특하게 여긴 약국 주인이 자신의 소장 서적을 마음대로 읽을 수 있게 해준 결과, 그는 약관의 나이

자로 이루어져 있고, 두 구절씩 압운(押韻)이 되어 있어 암기하기 편리하게 되어 있다. 이 책은 남송 무렵에 이미 전국적으로 널리 퍼져 있었다.

20 송대 초엽에 만들어진 편찬자 미상의 책이다. 육유(陸游)의 「추일거교(秋日居郊)」에 붙인 자주(自注)에 따르면, 농촌의 사숙(私塾)에서는 각종 잡자서(雜字書)와 이 책을 기본 교본으로 삼고 있었음을 알 수 있다. 잡자서 가운데는 『산서잡자(山西雜字)』와 『상용잡자(常用雜字)』가 가장 유행했다고 한다. (李瑞良, 앞의 책, 293면 참조)

21 남송 사방득(謝枋得)이 편찬한 것으로 알려진 시선집(詩選集)이다.

22 최근의 한 연구에 따르면 명말에 학위 소지자로서 특권을 누리던 사람의 수가 전 국민의 0.33%인 50여만 명으로 **급증**했다고 하는데, 이 숫자는 전체 식자층의 수에 비해 지극히 적은 일부분에 지나지 않는 것이라 하겠다. (吳金成, "明·淸 時代의 國家 權力과 紳士", 서울대 東洋史學硏究室, 『講座中國史』 IV, 208~210면 참조)

도 채 되지 않아서 "고금을 꿰뚫는[貫穿古今]" 지식을 갖추게 되었다고 했다.[23] 물론 왕행의 경우는 특출한 예에 해당하겠지만, 적어도 도시의 중소 상인들 가운데 기본적인 문자에 대한 지식을 갖춘 사람들의 수가 적지 않았음을 알 수 있다.

또한 도시에 몰려든 사람들 가운데는 최소한 실생활에 필요한 만큼의 문자에 대한 지식만이라도 갖추지 않은 이들이 드물었다고 할 수 있을 것이다. 왜냐하면 도시에서는 농촌에 비해 정보를 신속하게 장악하는 것이 상대적으로 중요했을 것이기 때문이다. 그리고 진지한 사대부들과는 달리 실용적 지식으로서 문자를 대하는 시민 계층이 확대됨에 따라 문자를 오락과 여가 선용의 수단으로 활용하는 중간적 지식인들이 점차 대두하였다. 이들 '중간층'은 점차 소설과 희곡 같은 민간 문학의 창작과 전파에 관여함으로써 이것들을 세련된 문학 형식으로 발전시키는 데에 지대한 공헌을 남겼다.[24]

물론 중간적 지식인들이 소설과 같은 민간 문학의 창작에 관여하게 된 직접적인 동기는 대중들의 수요에 영합하여 경제적 이득을 챙길 수 있는 실마리를 발견했기 때문이다. 예를 들어서, 명대 말엽의 감감자(憨憨子)[25]는 그가 교열(校閱)한 것으로 알려진 여천성(呂天成)[26]의 장편소설 『수탑야사(繡榻野史)』의 서문에서 이렇게 밝혔다.

---

23 大木康, 『明末江南における出版文化の研究』, 廣島大學文學部, 1992, 98~99면 참조.
24 '문자 언어[文言]와 구두 언어[白話]의 특별한 접점(接點)'에서 형성된 이들 '특별한 중간층'에 대해서는 졸고, 「전통 시기 중국의 서사론에 대한 연구」, 서울대 박사논문, 1998, 138~160면을 참조할 것.
25 오강(吳江) 출신의 왕승보(王承父)를 가리키는 듯하다. 그는 원래 이름이 광윤(光胤)이고 자가 승보(承父)였으나, 대개 자가 이름처럼 불렸다. 만년에 자를 자환(子幻)으로 고쳤으며, 곤륜산인(崑崙山人), 몽허(夢虛), 감감인(憨憨人) 등의 호를 사용했다.
26 절강(浙江) 여요(餘姚) 사람으로, 희곡 작가로 유명하며, 호는 극진(棘津) 또는 욱람생(郁藍生)이다.

멋모르는 어린 하인이 우연히 『수탑야사』를 사서 내게 바쳤다. 처음에는 옛날에 비녀 꽂고 귀걸이 단 부녀자들이 궁중 내원(內院)에서 읽던, 교화에 작은 도움이나마 되는 책이 흘러나온 것이라고 생각했는데, 눈을 즐겁게 해줄 수는 있었기 때문에 잘못된 부분은 마음에 두지 않았다. 그리고 내버려둔 상태였는데, 이듬해에 가끔 서점에 들렀다가 벼슬아치들과 학문하는 선비, 소년들이 종종 (그것에 대해) 물어보는 것을 목격했다. 나는 감개무량하여 돌아와 그 책을 꺼내 비평을 달았다.[27]

위 인용문에는 당시 소설 작품을 읽는 독자 계층을 짐작하게 해주는 언급이 들어 있다. 즉 서점에서 자신이 관심을 가진 소설 작품에 대해 문의하는 "벼슬아치들과 학문하는 선비, 소년들"이야말로 직접 소설 작품을 구매하는 고객들인 셈이다. 물론 이들 외에도 외출이 비교적 자유롭지 못하기 때문에 어쩔 수 없이 하인이나 집안 남자들의 손을 빌어 책을 구매할 수밖에 없는 규방의 여인들도 포함되어야 할 것이다.[28] 이들은 대개 기이한 것을 좋아하고[好奇], 여가를 보낼 소일거리를 찾으며[消閑], 염정(艷情)의 이야기를 좋아하고 선망하며[慕艷], 이야깃거리를 찾거나[佐談], 귀신이나 요괴 혹은 남녀간의 은밀한 사랑 따위의 흥미로운 이야기에 열중하고[喜趣], 그런 이야기를 통해 자신의 마음에 담긴 정서를 확인하며 대리만족을 찾기도[泄情] 했다.[29]

감감자를 비롯해서 소설 창작과 출간에 관여한 이들은 이러한 수요

---

27 "奚僮不知, 偶市繡榻野史進余. 始謂當出古之脫簪珥永巷有神聲教者類, 可以娛目, 不意其爲謬戾. 亦旣屛實之矣. 踰年, 間通書肆中, 見冠冕人物與學士少年行, 往往諏咨不絶. 余慨然歸取而評品批抹之."(黃霖 / 韓同文 選注, 『中國歷代小說論著選』, 江西人民出版社, 1982, 196면 재인용)

28 심지어 명대에는 황제들까지도 소설에 흥미를 가지고 있었던 것으로 보인다. 예를 들어서 德宗 正德帝는 『金統殘唐記』를, 神宗 萬曆帝는 『水滸傳』을 즐겨보았다고 했다. 陳東有, 『人慾的解放 ─明淸社會經濟變遷與大衆審美』, 南昌: 江西高校出版社, 1996, 278~279면 참조.

29 陳東有, 앞의 책, 265면 참조.

자(독자) 계층의 요구에 대단히 민감하게 반응했던 듯하다. 예를 들어서 오월초망신(吳越草莽臣)이라는 필명을 가진 어느 작가가 쓴 40회의 장편소설 『위충현소설척간서(魏忠賢小說斥奸書)』[30]가 출간된 것이 바로 악명 높은 환관 위충현이 목을 매고 자살한 때로부터 채 1년도 지나지 않은 숭정(崇禎) 1년(1628)이라는 사실은 그런 신속한 반응의 양상을 잘 보여주는 예라 하겠다. 또한 능몽초(凌濛初)는 자신이 편찬한 『박안경기(拍案驚奇)』에 즉공관주인(卽空館主人)이라는 필명으로 쓴 서문에서, 풍몽룡의 '삼언'이 사람들에게 많은 인기를 얻자 서점 주인이 자신에게 그와 비슷한 이야기들을 모아달라고 부탁한 적이 있다고 밝혔다.[31] 그러므로 당시의 작품들은 비록 표면적으로는 어리석은 사람들의 마음을 경계하고 사회를 교화하겠다는 명분을 내세우면서도 실제로는 『금병매(金甁梅)』와 같이 음란한 장면을 적나라하게 함으로써 암암리에 수요자의 요구에 영합하는 경우가 많았다.

특히 풍몽룡뿐만 아니라 장편소설 『사유기』의 편찬자이자 통속소설 작가로도 유명한 여상두의 예에서 알 수 있듯이, 출판업자와 소설 작자(또는 편찬자)는 동일 인물이거나 밀접한 관계를 맺고 있었기 때문에, 독자층의 관심사를 더욱 신속하게 반영할 수 있었다. 이와 더불어 상품으로서 책의 수요를 적절한 이익이 남는 수준에서 유지하기 위해

---

30 이 책의 작자에 대해서는 馮夢龍이라는 설과 『遼海丹忠錄』의 작자인 陸雲龍이라는 설이 있다. 이에 대해서는 黃霖 / 韓同文, 앞의 책, 232면 참조.
31 "서점에 있는 삶이 그것(『喩世明言』 등의 소설: 인용자)들이 아주 빨리 유행하는 것을 보고, 내게도 따로 비밀리에 소장한 책이 있을 걸로 여겨서 꺼내 출판하자고 했다. 그러나 뜻밖에도 한두 가지 빠진 것들은 모두 도랑 속의 부러진 잡초들처럼 쓸모가 없어서 내놓을 만하지 못했다. 이에 고금의 잡다하고 자잘한 일들 가운데 보고 듣는 이들에게 신선한 느낌을 주고 우스갯소리를 하는 데에 도움이 될 만한 것들을 골라, 쉽게 설명하며 문장을 가다듬어 몇 권으로 만들었다.(肆中人見其行世頗捷, 意余當別有秘本, 圖出而衡之, 不知一二遺者, 皆其沟中之斷蕪, 略不足陳已. 因取古今來雜碎事, 可新聽睹, 佐詼諧者, 演而暢之, 得若干卷)"(黃霖 / 韓同文, 앞의 책, 256면 재인용)

출판업자들 사이에, 혹은 출판업자와 작자(또는 편찬자) 사이에 모종의 협약이 유지되기도 한 듯한데, 그것은 명말·청초에 많은 독자들에게 인기를 누리고 있었음에도 불구하고 풍몽룡의 『성세항언』이 섭씨의 옥하재와 오현의 연경당에서 간행된 세 종류의 판본만 남아 있다는 데에서도 간접적으로 짐작할 수 있다.[32]

명 중엽부터 민국(民國) 초기까지 소설 작품의 간행회수에 따른 순위

순위	간행회수	작품제목
1	62	『三國演義』(『三國志通俗演義』 포함)
2	47	『紅樓夢』(『石頭記』 포함)
3	42	『水滸傳』
4	34	『西遊記』
5	33	『今古奇觀』(抱瓮老人 編纂本)
6	28	『東周列國志』
7	26	『玉嬌梨』, 『金瓶梅』
8	23	『鏡花緣』
9	24	『封神演義』
10	22	『平山冷燕』
11	21	『儒林外史』
12	20	『龍圖公案』, 『好逑傳』
13	19	『兒女英雄傳』, 『說岳全傳』
14	17	『五虎平西珍珠旗演義狄青前傳』, 『五虎平南狄青演義』, 『濟顚大師醉普堤全傳』
15	16	『二度海』, 『雙鳳奇緣全傳』, 『粉粧樓全傳』
16	15	『雲合奇踪玉茗英烈全傳』, 『平妖傳』, 『拍案驚奇』, 『蕩寇志』, 『南宋志傳通俗演義』, 『說唐演義全傳』

　명대 중엽부터 淸末 및 民國 초기까지 소설 작품의 간행 回數에 따라 순위를 분류한 위 도표는 당시 독자들의 취향을 비롯한 여러 가지 정보를 제공한다.[33]

---

[32] 黃鎭偉, 앞의 책, 50면 참조.

물론 위 표는 간행회수를 기준으로 했기 때문에, 실제 유통된 책의 양과 반드시 일치하지는 않을 것이다. 그러나 실제 간행부수를 확인할 수 없는 오늘날의 상황에서는 이런 식의 간접적인 자료정리도 대단히 유용하다고 하겠다. 어쨌든, 흥미로운 것은 위 표의 순위에 거론된 작품들이 『금고기관』과 『박안경기』를 제외하면 대부분 장편소설이라는 점이다. 또한 '사대기서'에 비해 간행 연대가 이백 년이나 뒤진 『홍루몽』이 『삼국연의』를 제외한 다른 작품들을 압도하고 있다는 점도 이채롭다. 단편 작품집이라 해도 결코 가벼운 분량이 아니었고, 게다가 상대적으로 분량이 클 수밖에 없는 장편소설들이 이처럼 많이 간행되었으며, 귀족 집안의 화려한 생활과 그들의 사랑 및 몰락 과정을 그린 작품이 큰 인기를 끌었다는 것은 당시 독자들이 예사롭지 않은 시간적, 경제적 여유를 갖춘 계층이었음을 암시한다.

사실 명·청대 소설책의 값은 일반인들로서는 엄두도 내지 못할 정도로 엄청나게 높은 것이었다. 예를 들어서, 일본 내각문고(內閣文庫)에 소장된 『봉신연의』의 겉장[封面]에 붉은 먹을 이용해서 찍힌 정가(定價)는 '문은(紋銀) 2냥(兩)'이고 『열국지전(列國志傳)』은 '문은 1냥'인데, 만력 연간에 고용 노동자[傭工]의 한 달 수입이 쌀 1석(石, 1석은 1말[斗] 4되[升])을 살 수 있을 정도의 금액인 '백은(白銀) 1냥 반'이었다고 한다.[34] 이처럼 책값이 높게 책정된 것은 무엇보다도 책을 출간하는 방식이 판각 위주로 됨으로 인해 상대적으로 출판업자들의 관심이 대형 서적에 집중될 수밖에 없었기 때문일 것이다. 이런 사정 때문에 출판업이 상당히 호황을 누리던 시기에도 문집을 간행할 만한 특별한 여건을 갖춘 대가의 작품

---

33 이 도표는 陳東有, 앞의 책, 275~276면에서 인용한 것으로, 저자가 밝힌 바에 따르면 韓錫鐸 / 王淸原이 편찬한 『小說書坊錄』과 胡文彬이 편찬한 『金甁梅書錄』을 바탕으로 작성한 것이다.
34 大木 康, 앞의 책, 103~106면 참조.

이 아니라면 한두 편의 짧은 시사(詩詞)와 같은 것들은 주로 필사나 구두 전승을 통해 유포될 수밖에 없었다. 그러므로 서방에서 간행되는 소설 작품들은 기본적으로 값이 비싼 장편의 장회소설이거나 일정한 분량을 채운 단편 선집의 형태를 가질 수밖에 없었다. 물론 책의 '정가'가 실제 시장에서 그대로 적용되었는지 여부에 대해서는 긍정적 측면이건 부정적 측면이건 이론의 여지가 많지만, 어쨌든 당시 사회에서 소설책은 그야말로 경제적 여유를 갖춘 유한 계층―관료를 중심으로 한 지식인[讀書人]이나 부유한 상인 및 그들의 처첩(妻妾)―이나 감상할 수 있는 호사스러운 취미생활의 대상이었던 것만은 분명하다.

책으로 출간된 소설 작품들이 이처럼 '고급 독자'를 대상으로 한 '사치품'의 성격을 지니고 있었다는 사실은 당시 소설의 형성 배경이 오늘날의 일반적인 통속소설과는 상당히 달랐음을 의미한다. 그리고 그것은 전통 시기 중국의 소설 형식에 나타난 몇 가지 특징들을 설명하는 데에도 중요한 의의가 있다.

먼저, 소설이 '고급 독자'를 대상으로 설정함으로써 광고 전략에도 차별적인 경쟁력을 갖기 위한 새로운 유행이 생겨나게 되었다. 그것은 소설 작품의 작자나 편찬자 혹은 평점가(評點家)를 당시 대중들의 칭송을 받는 유명한 작가나 문인으로 내세우는 일이 많아진 것이다. 물론 이 가운데는 이름이 내걸린 이가 직접 관여된 경우도 있지만, 이지의 경우처럼 명성이 이용당하는 경우도 많았다. 오늘날 이지의 이름으로 나온 책은 무려 43종에 이르는데, 그 가운데 『분서(焚書)』나 『장서(藏書)』처럼 그의 저작이 분명한 몇몇 경우를 제외하면 상당수가 위작으로 밝혀져 있다. 특히 주양공(周亮工)이 『서영(書影)』에서 밝혔듯이, 『사서평(四書評)』을 비롯해서 『수호전』과 『비파기』, 『완사기(浣紗記)』 등은 이지의 제자인 섭주(葉晝, 字는 文通)가 스승의 이름을 빌려 쓴 것이고,[35] 나머지 작품의 평점들 가운데에도 이지 본인의 글이라는 증거가 분명하지 않은 것이 많은 듯하다.

또한 '고급독자'를 위해 소설의 편찬자들은 민간에서 비롯된 저급한 수준의 이야기에 그럴 듯한 시사를 삽입하거나, 소설의 내용을 역사나 진지한 철학서에 억지로 꿰맞추는 평론을 덧붙이는 경우가 많아졌다. 예를 들어서, 『삼국연의』는 나름대로 문인으로서 기본적인 소양을 갖춘 주예(周禮, 자는 靜軒)가 쓴 시를 삽입하고, 모종강(毛宗崗, 자는 序始) 부자(父子)의 개작을 거치면서 '평화(平話)'나 민간 이야기꾼의 공연에서 자주 발견되는 결함 즉, 고급독자의 눈에 거슬리는 투박함을 벗어 던졌던 것이다. 또한 거의 모든 장회소설에 포함된 평점들도 사실 애초에는 차별화된 상품을 내놓으려는 출판업자들의 광고 전략에 영향을 받아 형식적으로 삽입되기 시작했을 것으로 보인다. 그러다가 현대의 문학시장이 그렇듯이 출판업자 사이의 경쟁이 심화되고, 창작이나 평론을 전업으로 삼는 전문가 집단이 점차 늘어남에 따라, 상품의 차별화와 직업의 정당화를 위한 새로운 이론적 탐색이 진행되었던 것이다.

원천적인 의미에서 비평이란 결국 작가 혹은 출판업자들의 자기변호이자 작품의 상품성을 극대화하기 위한 전략의 일부이다. 다만 신문과 잡지 같이 신속하게 정보를 전파할 수 있는 매체가 없는 상황에서 그들은 기존의 시문(詩文) 평점의 방법을 효과적으로 활용했다. 작품 중간 중간에 들어가는 평점의 문장들은 작품에 대한 이해를 돕는 면도 있겠지만, 실은 독자의 입장에서는 줄거리의 진행을 방해하는 걸림으로 간주될 가능성이 컸을 것이다. 그러나 당시 비평가들은 시문의 권위를 모방함으로써 궁극적으로 소설의 가치—문학적 측면과 상업적 측면을 모두 포괄하는—를 높일 필요가 있었기 때문에 최소한의 불편은 감수할 수밖에 없었다. 다행히 시문과 경전의 주석과 평점을 통해

---

35 위의 책, 113~114면 참조.

이미 그런 식의 불편함에 익숙해 있던 '고급 독자들'은 무난하게 그런 방식에 길들여지고 있었던 듯하다. 결국 최초의 평점은 대중의 기호에 영합하는 작품의 원래 내용에 대해서 명망 높은 문인의 이름과 문장력을 내세워 그 작품이 역사적 정통성과 유가의 통치 원리에 부합된다고 정당성을 강조함으로써 작품의 홍보 효과를 극대화하려는 교묘한 기획의 소산이었던 셈이다. 그런 의미에서 오늘날 우리가 중국 고전 소설의 평점에서 발견할 수 있는 각종 문예 이론들―가령 김성탄(金聖嘆)[36]의 '문법(文法)'이나 모종강의 '독법(讀法)'―은 처음부터 어떤 사명감에 따라 기획된 것이라기보다는 소설이 상품으로서 자기 정체성을 확보해가는 과정에서 생긴 일종의 부산물이라고 할 수 있겠다.

4. 맺음말

　지금까지 필자는 명·청대 민간 출판업의 발전 양상과 그에 따른 소설 시장의 개략적인 면모를 살펴보고, 그 의의를 정리해보았다. 고찰에 따르면, 명·청대의 출판 시장은 기존에 알려진 바와 같이 주로 강남지역을 중심으로 발달한 도시들의 경제적 문화적 여유와 정치적 안정을 바탕으로 발달했다. 특히 비약적으로 늘어난 식자층과 여가 선용을 갈망하는 '시민'들을 주요 고객으로 설정한 소설 시장은 당시의 물가에 비해 상대적으로 높은 책값에도 불구하고 상당한 호황을 누리며 새로운

---

36 김인서(金人瑞)는 장주(長洲: 지금의 쑤저우시蘇州市에 속함) 사람으로, 이름이 위(喟)라고도 하며, '성탄'은 그의 호이다. 서당에서 사용한 성명은 장채(張采)였으며, 자는 약채(若采)라고 했다.

문화적 흐름을 이끌어나갔던 것으로 보인다. 또한 이 과정에서 비교적 고급의 독자층을 겨냥한 판매 전략의 일환으로 상품으로서 소설 작품의 생산자들은 적극적으로 작품의 양식을 다듬고 개발함으로써, 결과적으로 투박한 민간 문예의 하나였던 소설 형식을 세련된 수준으로 끌어올려 새로운 문학 양식으로 확립시켰음을 확인할 수 있었다.

그러나 짧은 연구 기간과 한정된 지면을 이용해야 한다는 제약 때문에 본고에는 몇 가지 미흡한 점이 남아 있다. 먼저 강남지역의 출판업을 대표하는 모든 도시들에 대한 세세한 고찰의 결과를 전부 제시하지 못했다는 것이다. 예를 들어서 항주와 건양의 소설 시장은 적어도 마사진이 재난을 당하기 이전까지는 소주와 남경에 비해 양적으로는 더 큰 비중을 차지하고 있었던 듯하고, 청대 후기로 들어서면서 비약적으로 대두한 상해의 출판 시장을 다룰 수 없었던 점은 여러 가지로 아쉬움을 남긴다. 특히 중국 역사상 전통 시기에서 근·현대로 이어지는 접점으로서 상해의 특성을 고려하면, 출판업과 문학 시장에서도 주목할 만한 변화들이 적지 않을 것이 분명하다. 석인(石印)과 연활자(鉛活字)를 이용한 인쇄 기술의 향상과 잡지의 번성, 그리고 이른바 '소설계혁명(小說界革命)'과 같은 문화적 추동력을 바탕으로 급변한 이 지역의 특수한 현상들에 대해 개략적으로 정리된 자료들만으로도 상해는 분명 흥미로운 지역인 것이다. 그러나 상대적으로 분량이 많은 상해에 관련된 자료를 정리하고, 그것을 바탕으로 새로운 변화의 의의를 설명하려면, 노둔(駑鈍)한 필자의 역량으로서는 아직 많은 시간이 더 필요하다.

다음으로 소설 양식의 확립에 대한 고찰에서 본고는 상품으로서 소설을 생산하는 이들의 입장에만 치중해서 고찰했다. 그러나 필자도 인정했던 것처럼, 소설은 도시의 적극적인 독자들을 대상으로 한 상품이고 그들의 반응과 요구에 민감했던 문학 양식이었기 때문에, 소설 형식에 대한 독자들의 요구에 관해서도 보충 연구가 필요하다고 생각한다. 이를 위해서는 우선, 아직까지 어렴풋한 형태로 정의된 '중간층'의 계층 심리—그런 것을 정의할 수 있다면—와 그들이 소설 작품을 구매하는 양태를 파악할 수 있는 구체적인 자료들을 발굴하는 것이 필요할 듯하다.

마지막으로 명·청대의 혹독한 '금서(禁書)' 정책에 대한 소설 작품의 생산자들 및 소비자들의 대응에 관한 보충 연구가 필요할 듯하다. 어떤 경우이건 억압은 필연적으로 새로운 회피와 반항, 혹은 타협의 기술을 개발하도록 강요한다. 특히 상업적 이익을 추구하는 집단은 어느 분야에서나 교묘하고 민첩한 타협의 기술을 선보여 왔다. 그러므로 소설 생산자들(작자, 비평가)이 어떻게 왕조의 검열에 타협해왔고, 그와 더불어 어떻게 소비자들(독자, 구매자)의 구매 심리와 미적 기준을 조종해왔는가를 고찰하는 것은 그 자체로도 대단히 흥미로울 뿐만 아니라, 소설 작품의 내용과 형식을 포괄하는 양식적 틀의 형성에 미친 영향을 파악하는 데에도 매우 유용할 것이다.

아직 이처럼 중요한 문제들에 대한 고찰을 이후의 과제로 미룰 수밖에 없었지만, 필자는 본고의 고찰이 나름대로 적지 않은 의의가 있다고 생각한다. 적어도 소설과 희곡은 그 문학 양식의 형성과 변천 과정을 대중성 및 상업성과 분리해서 설명하기 어렵다는 일반적인 인식에 비해, 실제로 그 동안 한국과 중국에서 진행된 중국 고전문학의 연구에서 이런 분야에 대한 관심이 상대적으로 대단히 소홀했던 것이 사실이다. 그러므로 상업과 출판업의 발달을 전제로 한 도시의 문학으로서 소설에 대한 고찰은 무엇보다도 방법론의 측면에서 중국소설 연구에서 장르의 틀과 문학 중심적 시각의 한계를 넘어설 수 있는 하나의 계기를 제공해줄 수 있으리라 생각한다. 즉 작가에 대한 전기적 연구와 개별 작품의 주제에 한정된 감상적 차원의 연구로 한 시대와 문학 양식을 재단하던 과거의 관행들은 새로운 관점에서 재검될 필요가 있다는 것이다. 물론 필자는 창작 주체로서 작가 개인이 지니고 있는 창작 의식의 중요성을 부정하는 것은 아니다. 그러나 문학 양식의 형태를 결정하는 요인을 어느 천재적인 개인에게 돌리는 것은 그 개인의 존재를 담보해주는 역사적, 사회적 맥락을 무시하는 것이라는 것도 분명한 사실이다.

참고문헌

大木 康, 『明末江南における出版文化の研究』, 廣島大學文學部, 1992.
서울대 東洋史學研究室, 『講座中國史』 Ⅳ, 서울: 지식산업사, 1989.
葉德輝 撰, 紫石 點校, 『書林淸話外二種』, 北京燕山出版社, 1999.
吳建國, 雅俗之間的徘徊－16至18世紀文化思潮與文學創作, 岳麓書社, 1999.
李瑞良, 『中國古代圖書流通史』, 上海人民出版社, 2000.
張紹勛, 『中國印刷史話』, 北京: 商務印書館, 1997.
張秀民, 『中國印刷史』, 上海人民出版社, 1989.
錢存訓, 『中國古代書籍紙墨及印刷術』, 北京圖書館出版社, 2002 修訂版.
陳東有, 『人慾的解放－明淸社會經濟變遷與大衆審美』, 南昌: 江西高校出版
        社, 1996.
韓錫鐸 / 毛仁隆 / 王淸原 編, 『小說書坊錄』, 北京圖書館出版社, 2002.
胡應麟, 『少室山房筆叢』, 서울대 도서관 소장본.
洪尙勳, 「전통 시기 중국의 서사론에 대한 연구」, 서울대 박사논문, 1998.
黃霖 / 韓同文 選注, 『中國歷代小說論著選』, 江西人民出版社, 1982.
黃鎭偉, 『坊刻本』, 南京: 江蘇古籍出版社, 2002.

몽골-원대元代 문학 환경의 변화와 문학 활동의 분화[*]

산곡(散曲)과 잡극(雜劇)을 중심으로 　　　　　　　　　　_이정재

1. 들어가며

　왕국유(王國維)가 『송원희곡고(宋元戲曲考)』(1912)의 서문 첫 문장에서 "무릇 한 시대에는 그 시대의 문학이 있다[凡一代有一代之文學]"라고 선언한 것은 원대의 신흥 장르였던 '곡(曲)'이 초사(楚辭), 한부(漢賦), 육조 변려문(六朝 騈儷文), 당시(唐詩), 송사(宋詞)의 뒤를 이은 당시의 대표 장르였다는 것을 드러내기 위해서였다. 이때 '곡'은 물론 1본 4절 체제로 이루어진 잡극과 그것의 음악적 바탕이 되고 있는 산곡 등의 북곡(北曲)을 기본으로 하고, 넓게는 이른바 남곡(南曲)으로 구성된 남방의 장편 희곡[南戲]까지를 아우르는, 상당히 포괄적인 음악-문학적 개념이었

---

[*] 이 글은 영남중국어문학회에서 간행한 『중국어문학』, 제54집(2009)에 게재된 논문을 학회의 허락을 얻어 일부 수정 보완한 것이다.

다. 이 가운데 근래까지 가장 주목을 많이 받고 연구 성과도 상당히 이루어진 영역은 역시 잡극이다. '곡' 중에서도 잡극이 원대를 대표하는 것으로 생각이 굳어지게 된 데에는 대체로 다음과 같은 배경이 있는 듯하다. 서양 학문이 밀려들어오기 시작한 19세기 후반과 20세기 초에, 사회 전반이 당시 중국의 사회적, 문화적 상황에 대한 절망감 내지 열등감에 젖어 있던 상황을 타개해 나가고자 하는 지난한 노력의 한 고리로써, 특히 관련 연구자들 가운데 잡극이야말로 서양의 '위대한' 연극 전통에 필적하거나 비교될 수 있는, 비교적 '완성된' 또는 '성숙한' 형태의 문예 장르에 가까운 것으로 '발견'한 사람이 많았기 때문이라는 것이다. 이후 잡극에 대한 여러 차원의 연구를 통해서 주요 작가들과 대표작들에 대한 이해가 가능하게 되었고, 잡극에 나타나는 다양한 이야기와 인간 군상들의 성격을 분석함으로써 원대 사회의 단면을 들여다볼 수도 있게 되었다.

그런데 잡극 연구가 축적되는 과정에 몇 가지 논쟁거리가 떠올랐다. 그중 하나는 잡극 발전 과정의 문제로, 잡극이 13세기 중엽에 북방 지역을 중심으로 갑작스럽게 흥성한 것으로 보면서, 어떻게 상당한 준비 과정이 없이 그토록 급속하게 흥성할 수 있었는가에 대한 의문이다. 이에 대해서는 잡극 양식 자체의 점진적 발전 과정에 대한 논증과 '잡극'이라는 용어의 의미변화 등에 관한 검토가 꾸준히 이루어지면서 일정 정도 문제가 해소되었다.[1] 다른 하나는, 잡극 연구가 사회사 연구에 가지는 의의에 대한 문제로, 과연 잡극에 나타나는 사건과 인물들에 대한 연구가 원대 사회상을 어느 정도로 온전하게 드러낼 수 있게 하는가에 대한 문제제기이다. 달리 말하면, 문학을 통해 사회를 일정 부

1　초기 잡극의 발전 과정에 대해서는 季國平, 『元雜劇發展史』 및 廖奔 등, 『中國戲曲發展史』 등 참고. 또한 '잡극' 용어의 의미변화 과정에 대해서는 졸고, 「송금원 연행문학사의 재인식과 관련된 몇 가지 문제」 참고.

분 들여다볼 수 있다고 할 때, 원대 사회의 성격을 알기 위해 다양한 사건과 인물이 등장하는 잡극에 관심을 집중하였다면, 그외 다른 장르에 대한 연구는 상대적으로 활발하지 않다는 것이다. 물론 근래 송원대 남희(南戲)에 대한 연구가 활발해짐에 따라 잡극과 남희 연구의 불균형은 어느 정도 해소된 셈이다. 다만, 남희는 북송 말엽에서 남송 초기에 거치는 기간에 남방, 좁게는 현재의 절강 복건에 해당하는 동남 연해 지역에서 성장한 양식이므로 1279년 원이 전국을 통일하기 이전까지는 기본적으로 송 사회의 산물이다. 따라서 다시 다음과 같은 문제가 제기된다. 첫째, 남희를 통한 몽골-원대 사회 성격 탐구는 원의 전국 통일 이후에 적용된다. 둘째, 첫 번째 문제와 관련하여 보다 근본적으로, 본고에서의 주요 논점인 '몽골-원에 의해 중국 사회와 문학 환경이 어떻게 변화하였는지'를 살피기 위한 논의 대상 시기와 지역별 성격에 대한 재확인이 필요하다.[2]

원대에는 잡극과 남희 등의 희곡 양식 이외에도 다양한 문학 장르가 일부는 전대를 이어 지속적으로 유행하거나 또 다른 일부는 당시에 새로이 성장하였다. 시가 방면에서는 시와 사 등 기존 형식의 시가 뿐 아니라 산곡이라는 새로운 시가 형식도 상당한 발전을 이루었고, 전통 산문 역시 작가 및 작품의 절대 수효는 많다고 할 수는 없어도 꾸준히 지어졌으며, 서사 양식으로는 비교적 장편의 평화(平話)와 단편 화본(話本) 등의 새로운 장르가 다양하게 흥기하였다.[3] 이들은 각각 원대 사회의 이해를 위해 서로 다른 측면에서 유의미한 정보를 제공해줄 것이고, 특히 평화와 화본 등의 서사 자료들은 그것의 본 내용은 비록 원대 이전의 전통 사회에 대한 것이라고 해도 각 작품에 '묻어있는' 정보들을

---

2 이 중 두 번째 문제에 대해 다음 절에서 논의를 진행한다.
3 鄧紹基, 『元代文學史』 및 楊鐮, 『元代文學編年史』 등 참고.

통해서 원대 사회 이해의 단초를 얻을 수도 있다고 생각한다. 예를 들어『전상삼국지평화(全相三國志平話)』의 경우, 비록 이 작품이 삼국시대의 이야기를 다루고 있다고 할지라도 이 작품의 주제의식이나 언어적 표현 등이 편찬 당시의 사회를 엿볼 수 있게 해주는 통로가 될 수 있다.[4] 다만, 이 역시 '몽골-원에 의해 중국 사회와 문학 환경이 어떻게 변화하였는지'를 살피는 데에 충분하고 유효한 정보를 제공받을 수 있는지에 대해서는 신중하고도 정밀한 가설 수립을 통해 그것을 하나하나씩 점검해나가는 치밀한 접근법이 필요할 것이다.

본고에서 잡극과 함께 주목하는 양식은 전통 시가인 시사를 이어 새롭게 등장한 산곡인데, 이 신흥 장르에 대해 특별한 관심을 갖는 이유는 다음과 같다. 즉 그것이 잡극과 함께 13세기 중국의 사회 변동 과정에서 새롭게 성장한 장르이고, 따라서 사회적 변화가 문학 환경의 변화에 끼친 영향을 직접 거론하기 적합한 자료라는 점, 그리고 역으로 그것이 그러한 문학 환경의 변화에 따른 문학적 결과물이기도 하다는 점 때문이다. 다시 말해, 산곡의 발전사에 대한 관찰을 통해 원대 사회의 변화상을 짚어볼 수 있고, 산곡 작가와 작품에 대한 분석을 통해 그것이 인접 장르 특히 조상격인 전통 시사 및 형제격인 동시대 잡극과 어떻게 관계 맺고 서로의 문학적 영역을 마련해 가는지에 대한 이해를 얻는 데에 도움을 받을 수 있다고 생각한다. 이는 곧 해당 시기의 전통 시가, 신흥 시가, 그리고 희곡 등의 작가와 작품에 대한 전체적 조망과 함께 각 장르에 따라 작가 분포와 작품의 성격이 어떻게 나누어지는지 혹은 겹치는지를 살피는 작업이 동반되어야 함을 뜻한다.

아울러 산곡과 잡극 등의 신흥 문예가 등장할 수 있었던 환경을 이

4　송원 평화에 대해서는 김진곤,『송원 평화 연구』참고. 화본에 대한 연구는 매우 많으나, Hanan, *The Chinese Vernacular Story*(국역은 김진곤 역,『중국백화소설』)가 가장 자주 인용되는 저서 가운데 하나이다.

해하기 위해서는, 이를테면 문인—지식인의 사회활동 환경의 변화, 문인의 지위 변동, 문인의 문예활동 개입 과정 등에 대한 상세한 설명이 있어야 할 것이고, 이와 함께 당시의 문예 작품이 어떠한 것들이 있었는지에 대한 개별적 열거와 평가 이외에, 앞과 같은 문학 환경의 변화에 의해 문학 활동(글쓰기)이 어떠한 변화를 겪었는지에 대한 보다 추상화된 논의가 뒤따라야 할 것이다. 어떻든 본고의 논의 대상 시기가 비록 다른 왕조에 비해 길지 않다고는 하나 작가와 작품은 여전히 손쉽게 다루기 어려울 만큼 방대하고, 따라서 논의가 구체적인 작품 성격의 분석까지 들어가지 못하는 것은 불가피하리라고 예상된다. 다만 본고의 거시적 조망을 통한 예비 작업이 향후 구체적 작품의 분석에 하나의 실마리가 되기를 기대할 뿐이다.

2. 13~14세기의 사회 변동과 시기 및 지역 배경

　징기스칸의 셋째 아들 우구데이(1229~1241 재위)가 지휘하는 몽골 군대가 1233년 금의 마지막 수도 남경(南京)[5]을 함락시키고, 이듬해 2월 금의 마지막 황제가 채주성(蔡州城,)[6]의 전투에서 사망함으로써, 1142년 송과의 화친 조약 이후 90년 가까이 화북 지방을 통치해온 금 왕조는 멸망을 고하였다. 이후 구육(1246~1248 재위)과 몽케(1251~1259 재위)의 뒤를 이은 쿠빌라이(1260~1294 재위, 징기스칸의 손자)는 즉위한 지 10여년

5　지금의 하남(河南) 개봉(開封).
6　지금의 하남(河南) 여남(汝南).

만인 1271년에 국호를 '원(元)'으로 선포하고 대륙의 정통 왕조임을 천명한 후, 1279년 남방의 송마저 완전히 멸망시킴으로써 그동안의 분열 상태를 마감하고 전국을 통일함과 동시에 세계제국으로서의 확장을 더욱 가속화한다.[7] 이처럼 13세기의 중국은 거시적으로는 전쟁과 왕조 교체가 이어지는 극심한 격변의 시기였지만, 미시적으로 보면 금 멸망 이후 2~30년간의 화북 지역과 송 멸망 이후의 전국은 재난과 혼란을 수습하고 행정과 제도를 정상화하기 위한 노력을 지속하면서 상대적으로 평화적인 소강상태에 있었고, 수년에 걸친 남송과의 전쟁을 거쳐 통일을 완수한 후에도 전쟁의 흔적을 지우고 새로운 통일 왕조의 기틀을 다져나가기 위해 제도적 행정적 정비를 추진해 나가는 단계를 밟아나갔다.

　몽골-원의 소수 지배층이 여진 및 남송의 다수 한족을 통치하게 되면서 중국 사회에 미친 영향에 대해, 장기적인 또는 비교사적인 관점에서 원 왕조가 송과 명의 가교 역할을 담당하여 이른바 전통 문화의 지속을 가능하게 했다는 평가에도 불구하고,[8] 전쟁을 통한 이민족의 통치라는 새로운 상황에 마주친 한인들의 심리는 앞날에 다가올 변화와 자신에게도 닥칠지 모르는 불행에 대해 걱정하고 두려워하지 않을 수 없었을 것이다. 그런데 원이 남송을 멸망시키는 과정은 몽골이 금을 멸망시키는 과정과는 다른 양상으로 전개되었는데, 그것은 금을 멸

7　몽골이 금과 남송을 멸망시키고 대륙의 승자가 되는 과정에 대해서는 Franke, Twitchett(1994), *The Cambridge History of China, v.6 Alien Regimes and Border States*(이하 *CHC*) 제3~5장 참조. 또한 이 시기 사회변동이 잡극에 미친 영향에 대해서는 Stephen H. West, "Mongol Infulence on the Development of Northen Drama", John D. Langlois, Jr. ed., *China under Mongol Rule* 참조.

8　*CHC*, pp.616~617. 특히 1240년 몽골 군대가 러시아를 파괴하고 이어 킵차크 칸국이 러시아 공국을 점령하여 1480년까지 200여 년 동안 통치함으로써 러시아 역사의 근본적인 변화와 변환을 이끌어낸 데 비해 중국의 경우는 몽골로 인해 러시아의 경우와 같은 근본적인 변화는 나타나지 않았다고 비교하는 점이 그러하다.

망시킬 때 기본적으로 점령한 도성의 피정복민을 대량으로 살육했던 것에 비해, 남송을 공격하고 멸망시키는 과정에서는 금 정복 때와 같은 대량 살육을 재현하지 않은 것이다. 금의 멸망 과정에 대해 유기(劉祁, 1203~1250)는 『귀잠지(歸潛志)』에서 금의 마지막 수도였던 남경(지금의 개봉)이 함락되던 때의 모습을 생생하게 회고하고 있다.

> (1233년) 4월 20일, 사자가 삼교인(三敎人) 및 의원들을 성 밖으로 내보내고 나서 北方(몽골) 군대가 들이닥쳐 대약탈을 행하였다. 최립(崔立)은 이때 성 밖의 진영에 있었는데, 병사들은 먼저 최립의 집에 들어가서 그 처첩과 패물을 거두어 나왔다. 최립이 귀가하여 보고는 크게 놀랐으나 누가 그랬는지는 감히 묻지 못했다. 대신과 부호들의 집도 모진 고초 끝에 죽은 사람들이 많았는데, 삼교인과 의원 등도 청성(靑城, 도성) 옆에서 남김없이 죽임을 당했다. 얼마가 지난 후에, 다시 삼교인들을 성안으로 들여보내고 백성들이 북방 병사들과 교역하는 것을 허락했다. 성 안에 있던 사람들은 남은 금붙이나 비단을 북쪽에서 들어온 쌀, 보리와 바꾸어 먹었다. 그러나 이 역시 북방 병사들에 빼앗긴 것들이 많았지만 감히 말하지는 못했다.[9]

이를 보면 당시 남경(지금의 개봉)의 백성들은 기아와 전염병으로 희생당하는 사람들이 속출하는 가운데 북방(몽골) 군대의 침입으로 다수 목숨을 잃거나, 살아남았더라도 심신이 극도로 위축되어 있었음이 잘 드러난다. 이에 비해 원이 남송을 멸망시키는 최종 단계에서 황제 쿠빌라이는 "(한인들의) 신임과 지지를 얻기 위해 남방의 재물을 약탈하는

---

9 劉祁, 『歸潛志』, 卷11, 130면, "四月二十日, 使者發三敎醫匠人等出城, 北兵縱入, 大掠. 立時在城外營中, 兵先入立家, 取其妻妾、寶玉輩以出. 立歸, 大慟, 亦不敢誰何. 大臣富家多被荼毒死者, 而三敎醫匠人等, 在靑城側亦被剽奪無遺. 俄, 複遣三敎人入城, 許百姓與北兵市易. 城中人以所餘金帛易北來米麥食之, 然多爲北兵劫取, 莫敢語."

데에만 관심이 있는 '야만적인' 점령자로 나타날 수는 없었다. 그는 반대로 몽골인을 위해 봉사하면서도 해당 지역의 백성들을 지나치게 압박하지 않는 정부를 수립하고자 했다."[10] 쿠빌라이는 이와 함께 '남인(南人)' 가운데 유능한 사람들을 발탁하려고 노력하기도 했고, 이에 대해 일부는 관리가 되기를 소극적으로 거절하거나 문천상(文天祥, 1236~1282)의 경우처럼 적극적으로 저항하기도 했지만, 어떻든 쿠빌라이가 남방 정복지에 대해 취한 태도는 자신의 숙부인 우구데이와는 완전히 달라진 것이었고, 이것은 흔히 몽골(원)이 더 이상 외부로부터의 정복자로서보다는 중국의 통치자로서의 정체성을 확대해 나가는 과정이라고 이해되고 있다.

몽골(원)이 금과 남송을 정복할 때 드러내 보인 이러한 차이는 금 멸망 직후의 화북 사회와 남송 멸망 직후의 남방 사회의 피정복민들의 심리상태에 큰 차이를 가져다 줄 수밖에 없었다. 즉 금의 유민에 비해 남송의 유민들이 가진 공포감이나 무력감은 상대적으로 약했을 것으로 생각하는 것이다. 그렇지만 원의 남송 정복이 이전에 비해 유화적이었다고 해도 정복을 당한 입장에 있었던 남송의 유민들은 전통 왕조였던 송대와는 이질적인 세력으로부터 통치를 받아야 했고, 이들이 새로운 황제와 관리의 통치를 대하는 태도에는 복잡하고도 양가적(兩價的)인 감정이 없을 수가 없었다. 즉 한인 사대부의 입장에서 볼 때 1280년대는 10세기 이후 전국이 다시 통일을 이룩한 시대라는 점이 긍정적인 요소라면 통일이 이민족에 의해 이루어진 점은 부정적인 요소였다. 그러나 중국의 봉건 체제를 지탱하는 이념적 틀을 받아들이고 전국의 백성들을 하나로 통합하여 다스릴 때, 최고통치자가 한족이든 이민족이든 이른바 '천명'이 주어진 것으로 본다는 논리로 보면, 쿠빌라이로

---

[10] *CHC*, p.436.

부터 확인되는 유가적 문관 통치 방식은, 그것에 비록 불평등한 요소가 많다고 해도, 한인 사대부가 절대 동의할 수 없는 것은 결코 아니었다. 따라서 한인들은 일단 몽골(원)이 유가적 가치에 기초하여 통치하는 방향에 적극적으로 반기를 들지 않은 것은 당연한 일일 것이다. 그러나 이념적으로 반대하기는 어려워도 실제 제도가 시행되는 과정에서 '불평등한 요소'는 매우 심각하여, 한인 사대부들이 자신의 능력이나 자부심에 합당한 대우를 받는 것은 극히 어려웠다. 제도적 불평등에 대해서는 다음 절에서 상론하겠지만, 한인 사대부들 사이에 이러한 심리가 널리 퍼져 있었던 점은 주목할 필요가 있다고 생각된다.[11]

　본고가 제시하는 가설은 앞서도 언급한 것처럼 '중국의 문인 계층의 성격과 지위가 이민족(몽골)의 침입으로 인해 근본적으로 재구성되고 그로 인해 문학 활동에도 전에 없던 큰 변화가 있었다.'는 것이다. 물론 몽골의 중국 정복 이전에 여진의 금 왕조가 화북을 점령하면서 북방 문인이 받은 영향과 변화도 간과할 수 없다. 그것은 금 왕조 직전의 요(거란)나 서하(탕구트) 왕조가 각각 오늘날 중국의 동북 지역과 서북 지역에 치우쳐 존속하면서 당대 이래 중국의 중심으로 생각해온 중원 지방을 직접 공략하거나 점령하지 않았던 데에 비해, 금 왕조는 송의 수도였던 개봉을 점령함으로써 송에 커다란 정치적 행정적 타격을 입혔고 그 결과 남북조 시대 이후 다시 한 번 본격적인 남북 대치 시대를 열게 하였다는 점에서 이같은 사회적 변동이 특히 북방에 거주하던 한족 문인에게 미친 영향은 지대했을 것이기 때문이다. 다만 금대에는 왕약허(王若虛, 1174~1243)나 원호문(元好問, 1190~1257) 등의 전통 문인 몇 사람과 신흥 장르인 제궁조(諸宮調) 창립과 전승에 기여한 공삼전(孔三傳)과

11　원의 중국 통일 이후에 주목되는 '사회심리적 요소'에 대해 다음을 주로 참고하였다. *CHC*, pp.622~627.

동해원(董解元) 등 극히 일부를 제외하고는 문인들의 행적을 조사할만한 자료가 매우 적다. 물론 사서에는 보다 많은 문인들에 대한 전기가 남아있기는 하나 이들은 대부분 시문 등을 지은 전통 문인이고 신흥 장르를 담당한 작가에 대한 정보는 거의 찾아볼 수 없어서 전통 장르와 신흥 장르 사이에 충분한 비교 연구를 진행하기 어려운 점이 있다. 그럼에도 불구하고 금대 문학 환경과 문학 활동의 변화 양상은 앞으로 진일보하게 연구될 필요는 있을 것이고, 특히 금의 멸망 전후에 걸쳐 활동한 문인들에 대해서는 여기에서도 가능한 범위 내에서 다루고자 한다.

왕국유는 『송원희곡고』 '원극지시지(元劇之時地)' 부분에서 원 잡극의 시기구분을 하면서 잡극의 발전 상황을 다음과 같이 정리하고 있다.

1. 몽골시대(1234~1279) ─ 『녹귀부(錄鬼簿)』 상권에 수록된 57인이 대부분 이 시기에 활동하였음. (이 중 마치원(馬致遠), 상중현(尙仲賢), 대선보(戴善甫), 요수중(姚守中), 이문위(李文蔚), 조천석(趙天錫), 장수경(張壽卿) 등이 남방에서 활동한 것은 통일 즉 1279년 이후임)
2. 통일시대(1280~1340) ─ 남방 출신 및 북방 출신 남방 이주 작가들.
3. 지정(至正)시대(1341~1368) ─ 『녹귀부』 작자인 종사성(鍾嗣成)과 동시대 작가들.

왕국유의 이러한 시기 구분은 기본적으로 왕조 교체라는 사회 변동에 따른 잡극 창작 및 공연 활동의 변화를 드러내주고 있다는 점에서 본고의 문제의식과 매우 근접해 있다. 다만 왕국유의 구분은 『녹귀부』에 수록된 잡극 작가들의 분포 상황 전반을 세 시기로 나누어 보기 위해 시도된 것인데, 이 중 '지정시대'는 사회적 성격 면에서 '통일시대'와 질적인 차이를 갖는 것으로 보기 어렵다고 생각하여 본고에서 별도로 특별하게 다루지는 않고자 한다. 어떻든 본고에서는 1220년대 전후부터 금이 멸망한 1234년까지를 금 말엽, 1234년부터 남송이 멸망한 1279년까지를 몽골−남송 대치기,[12] 1279년 이후 1368년 원이 멸망하기 전까지를 원 통일기로 부르면서 각 시기별 문학 환경의 성격과 그 변화 및 차이, 그리고 그로부터 유도되는 문학 활동의 변화에 대해 비교의 관점에서 살펴보고자 한다. 이러한 시기구분에 따라 문학 활동이 이루어진 공간을 살펴보면, 금 말엽과 몽골−남송 대치기에는 회하 이북의 화북 지역의 문학 활동이 이민족에 의한 사회 변동을 살피는 데에 유효하고, 원 통일기는 남북의 왕래와 교류가 가능해지면서 문학 활동의 공간이 전국적 범위로 확장되어 묶이게 된다. 따라서 이어 살펴볼 문학 작가와 작품의 대상 시기와 지역은 다음과 같이 정리할 수 있다.

시기구분		논의지역
금 말엽 (1220전후~1234)	약15년	화북(華北)
몽골−남송 대치기 (1234~1279)	45년	화북(華北)
원 통일기 (1279~1368)	89년	전국(全國)

아울러 위의 세 시기−지역을 아우르는 명칭으로는 '금−몽골 교체기 및 몽골-원대' 정도가 보다 정확하겠으나 금대 문학은 이후 시기와의 연관이라는 조건에서 다루고자 하는 까닭에, 금 멸망 이후에 초점을 맞추어 '몽골-원(대)'를 주로 살피도록 한다. 어떻든 본고에서 주목

---

12 1234년부터 1271년까지는 몽골−남송 대치기, 1271년부터 1279년까지는 원−남송 대치기라고 세분할 수도 있다. 그러나 몽골과 원의 명칭 차이만큼 몽골(원)의 정책적 지향이 달라진 점은 있으나 근본적으로는 같은 세력에 의한 영토 분점이고 한족 문인의 지위에 결정적 변화가 생겨났다고 전제할만한 정황도 뚜렷이 보이지는 않는다는 차원에서 일단 따로 분리하지 않고 통합하여 살피고, 논의 과정에서 특기할 사항이 있는 경우 다시 언급하도록 한다.

하고자 하는 것은 전쟁이나 멸망 등의 중대한 사회 변동에 따른 문인들의 문학 활동의 변화 양상이 어떠한 것이었는지에 대한 것이므로, 위 시기 중 몽골—남송 대치기 및 원이 남송을 멸망시킨 직후로부터 약 20여 년 동안인 원대 초기의 상황이고, 왕국유의 분류에 따라 말한다면 '몽골시대' 전체와 '통일시대' 초반부가 본고의 주요 관심 대상이 되는 시기인 것이다.

3. 몽골—원 치하의 사회 및 제도 변화와 원대 문인의 지위 변화

통상적으로 몽골이 금을 멸망시킨 13세기 중반을 전후로 한 사회 변동은 전쟁에 따른 인구의 급감과 이민족 통치에 따른 중국적 질서의 일정한 변화 등이 대표하는 것으로 설명되고, 문인의 지위와 관련된 제도 변화로는 민족 차별 정책과 과거제도의 중단 등이 거론된다.[13] 먼저 인구 변화와 관련해서, 1109년 북송의 인구는 1억을 상회했고, 그로부터 약 1세기가 지난 1200년을 전후로 한 시기의 금과 남송의 인구 총합 역시 1억을 약간 넘었는데, 원이 남송을 멸망시키고 10여년이 지난 1290년에 실시된 조사에서는 채 6천만 명이 되지 않는 것으로 추산이 되며 이러한 상황은 다시 80여 년이 지난 명대 초기에도 거의 변화되지 않은 것으로 나타난다. 다시 말해 금과 남송이 멸망하는 과정에서 전체 인구의 40% 정도가 급감하고, 이러한 수치는 명대 초까지도 크게 변화하지 않았다는 것이다.[14] 이러한 설명은 전국적으로 인구가 급감한 것을 말해

---

13 이하는 *CHC*, pp.618~622의 서술을 주로 참고함.

주지만 다음 표는 금 말엽 20여 년 동안 화북 지역의 인구가 840만 호에서 110만 호로 급감한 것을 보여준다.[15] 이는 무엇보다도 전쟁으로 인해 사망하거나 실종된 인구 이외에도 전란을 피해 남하한 인구가 해당 시기에 급격하게 늘었음을 말해주면서도, 동시에 강남 지역의 인구가 표면적으로는 큰 변화가 없는 듯이 보이나 실제로는 금 말엽에 남하한 인구만큼의 강남 인구 감소가 있었다는 것을 뜻할 것이므로, 남북 모두 커다란 전란 속에서 살아간 것임을 알게 해 준다.

	금-남송 대치기	금 멸망(1234)	몽골-남송 대치기	원 통일기
화북	840만(1207)	110만	194만(1270)	1,320만 (1290)
강남	1,267만(1223)	−	1,175만(1276)	

* 단위: 호(戶) (호당 인구수는 시기별로 대략 4~5명으로 추산)

이러한 재난은 계층별로 차이는 있었을 수 있으나 문인을 포함한 대부분의 계층에서 막대한 희생이 있었던 것은 부인하기 어려울 것이다. 문인들은 혼란의 와중에 포로로 잡혀 노예로 전락하는 경우도 많았고, 그러한 재난을 직접 당하지 않았다고 하더라도 자신이 목도하거나 전해들은 재난이 이들의 내면심리에 가했을 충격과 영향은 미루어 짐작하기에 충분하다.[16]

전쟁 등으로 인한 인구의 급감이 모든 계층의 생존, 생활, 생각에 영향

---

14 이 수치는 운남이나 변방 그리고 산지 등의 일부 지역이나 승려, 병사 등의 일부 계층에 대한 조사가 포함되지 않은 것이지만, 이들이 포함된다고 해도 당시 인구가 급감했다는 결론을 뒤집을 만하지는 않다는 것이다.

15 吳松弟, 『中國人口史』 제3권, 遼宋金元時期.

16 몽케 재위 시기에 화북 지방을 관장하던 쿠빌라이가 유자(儒者)들의 의견을 경청하고 몽골이 금을 멸망시킬 때 노예로 전락한 문인들을 찾아 원래 지위를 회복시켜 주고자 하고, 즉위 후인 1276년에는 화북 지방에서 4천 호에 유호(儒戶)의 자격을 부여한 것도, 해당 시기 문인의 지위 변화와 그들의 내면심리에 가해진 충격이 어떠했을 지를 간접적으로 알게 해 준다. *CHC*, 635~638.

을 미친 요인이었다면, 민족 차별 정책과 과거제도의 중단과 민족 차별 정책 등으로 대표되는 이민족 통치에 의한 중국적 질서의 변화는 직간접적으로 문인 계층에 집중적으로 영향을 미친 요인이었다. 잘 알려져 있는 것처럼 몽골-원 통치세력은 민족 성분에 따라 몽골인, 색목인, 한인, 남인 등의 네 등급으로 구분하고 각 민족별로 부역, 관리 선발, 민형사상의 권리, 양형 차이, 의무 면제, 특권 등의 권리와 의무에 대해 차등 정책을 펼쳤다.[17] 소수인 몽골인과 그들의 협력자인 색목인이 다수인 한인과 남인을 통치하는 방식이었다. 한인은 금 멸망 이후 몽골의 통치 영역으로 편입된 화북 지역에 거주하던 한인, 탕구트인, 발해인, 고려인 등의 2천만 명을 가리키고, 남인은 남송 멸망 이후 원 통치에 편입된 5천만 명 이상의 남송 유민을 가리킨다. 한인과 남인은 각각 이전 시대에 관직자 또는 관직후보자의 지위를 가졌고, 관직에 뜻이 없는 사대부들도 사회의 중간 지도층으로서의 정체성을 자부했던 이들을 상당수 포함하고, 이들이 몽골-원 시대에 들어 자신이 피지배자의 지위로 전락했다는 인식을 갖게 되는 과정은 상당히 고통스러웠을 것임에 틀림없다.

그러나 한편으로는 이러한 4등급 제도의 실시에 따른 관직 진출 기회의 봉쇄와 심리적 충격에도 불구하고 사회적으로는 문인 숭상의 기풍이 사라지지도 않았고 원래 사회적 상층부에 속하던 사람들의 경제적 기반이 심각하게 붕괴된 것도 아니라는 지적은 몽골-원 사회의 변화와 지속이라는 양면을 균형 있게 바라보게 해주는 중요한 시사점이 된다. 이른바 '구유십개(九儒十丐)'라고 하는 모멸적인 표현이 후대에 유행하기도 했지만,[18] 전반적으로 볼 때 경제적 불안정과 심리적 억압에도 불구하고

---

17 *CHC*, pp.627~635.

18 송 말엽 사람 정은초(鄭恩肖)의 『소남집(所南集)』에 "一官, 二吏, 三僧, 四道, 五醫, 六工, 七獵, 八民, 九儒, 十丐."라는 구절이 대표적인데, 사료의 근거가 없어서 신빙성이 떨어진다는 평이다. 鄧紹基, 『元代文學史』, 43면.

한인 사대부들은 문화적으로는 여전히 우월적인 지위에 있었다는 것이다. 그렇지만 어떻든 이 시기에 한인 사대부들이 사회적으로 여전히 존경받고 문화적으로 자부심을 가졌음에도 불구하고 현실적으로 자신과 국가를 위해 봉사할 수 있는 통로가 막혀버린 것은 오히려 더욱 깊은 심리적 갈등과 고민을 하게 만드는 외부 요소였던 점은 분명하다고 할 수 있다. 이들이 본래 희망하던 진로를 변경하여 경제적 기반을 가진 사람들은 예술, 학문, 경전 등에 매진하거나 취생몽사의 태도로 살아가고, 경제력이 없는 더욱 많은 사람들은 교사, 의사, 점술사, 그리고 더욱 낮은 직업, 예를 들어 극작가, 연출가의 길로 들어설 수밖에 없었던 것은 이러한 사회 변화에 따른 필연적 결과였던 것이다.

다음으로, 과거제도와 관련하여, 우구데이의 금 정복이 이루어진 1234년부터 중단된 과거제도는 1315년에 회복될 때까지 80여 년 동안 시행되지 않으면서,[19] 이 시기 과거 이외의 관직 진출 경로는 매우 다양하여, 주채혁은 이에 대해 다음과 같이 정리하고 있다.[20]

a. 천벽류(薦辟類) ― 천거, 자천, 벽서(辟署, 지방관 자체 임용), 이도(吏道, 서리의 승급)

b. 음연류(蔭緣類) ― 음임(蔭任, 자제 임용), 숙위(宿衛, 주변국 볼모), 부사왕사(父死王事, 창업기 부친 사망 승계), 외척(황실의 외척), 혼귀(婚貴, 황실 및 고관 사위)

c. 잡도류(雜途類) ― 환자(宦者, 내시), 방기(方伎: 천문, 의서(醫筮), 수산(數算)), 영행(佞倖, 아첨), 자납(貲納, 재물기부), 통역(通譯), 회유(懷

---

19 그러나 실질적으로는 1214년 금이 중도(中都, 지금의 북경)에서 남경(南京, 지금의 개봉)으로 천도하면서 현재의 산동과 하북 일대가 금의 통치권에서 벗어나고 하남, 산서, 그리고 섬서 일부 등만 관할하게 되었을 때부터 화북 지방에서는 과거제도가 시행되지 못했으므로, 실제 과거 실시는 약 100년 동안 중단되었다.

20 주채혁, 『원조 관인층 연구』, 제3장의 전체 내용 및 각 표 종합 정리.

柔, 반란지도자 회유)

d. 군공류(軍功類)

e. 귀부류(歸附類) – 귀순자

　위에서 천벽류는 다양한 방식의 추천에 의한 관직 진출을 가리키고 음연류는 세습적 성격이 강한 관직 진출 방식을 뜻한다. 위의 다섯 가지 방식을 통해 관직에 진출한 사람들이 조사대상 전체 관직자에서 차지하는 비중은 시기별로 다음과 같이 조사되고 있다.[21]

	전기	중기	말기	소계
과거류	0	2	90	92
천벽류	43	100	117	260
음연류	67	34	28	129
잡도류	8	16	10	34
군공류	148	37	25	210
귀부류	119	33	0	152
소계	385	222	270	877

* 전기(1206~1259), 중기(1260~1307), 말기(1308~1368)

　위의 조사를 보면 몽골–원 시기 전반에 걸쳐 천벽류, 군공류, 귀부류, 음연류 등이 주종을 차지하고 있고, 이 중 군공류와 귀부류는 몽골이 금을 멸망시킨 시기에 집중되고 있고, 천벽류는 점차 늘어나고 음연류는 점차 줄어드는 양상으로 변화하고 있으나 중기와 후기에 주요 관직 진출 경로로 자리잡고 있는 것을 볼 수 있다. 이 중 천벽류는 추천 과정에서 여러 형태의 부정부패가 끼어들 소지가 특히 많아, '군자'로서의 이상을 펼쳐가고자 하는 원칙주의를 고수하려는 유자들로서는

---

21 위의 책, 제3장.

원치 않게 변화된 현실에 상당히 거부감을 가질 수밖에 없었을 조건이 형성되었다. 또한 1314년 과거제도가 회복되고 나서도 한인(漢人) 진사는 매년 평균 10여명 밖에 선발되지 못했을 뿐 아니라, 그마저도 부정부패로 얼룩지는 현실을 바라보는 유자들의 심정은 과거제도 중단 시기와 크게 다르지 않았을 것이다.[22]

정리하면, 몽골-원 시기 특히 금과 남송에 대한 정복 전쟁을 전후하여 살았던 한인 사대부들은 기본적으로 전쟁과 피난 등에 의해 인구가 급격히 감소하는 시대에 민족 차별 정책과 과거 제도 중단의 직접적 피해자가 되어 깊은 좌절감을 지니고 살았다. 그러나 한편으로는 전통 문화의 담지자로서의 자아정체성과 사회적 존경, 그리고 경제적 기반을 심각하게 훼손당하지 않으면서, 부유한 소수는 학문과 예술에 매진하고 빈곤한 다수는 생계를 위한 새로운 직업들을 찾아나가면서 새로운 사회적 상황에 적응해 나갔다. 그리고 전통 사대부(문인)의 이와 같은 대응과 적응은 문학 활동에도 새로운 변화를 가져왔다.

4. 몽골-원 전기 문학 활동 분석

양겸(楊鎌)은 『원시사(元詩史)』에서 원대 시인이 4천명 이상으로 원대 문학 가운데 작가가 가장 많은 장르이고, 원대 시의 수량은 약 12만 4천여 수로, 2200여 명이 5만 수를 지은 당시보다는 훨씬 많고, 9천여 명이

---

[22] *CHC*, p.638. 과거제도가 회복된 이후 과거 시험은 1315년~1366년의 약 50년 동안 3년마다 1회씩 총 16회 실시되었고, 여기에서 1139명의 진사가 선발되었으며, 이중 절반은 몽골인과 색목인이 차지하였다.

27만 수를 지은 송시의 절반가량이지만 송대의 존속 기간이 3백여 년으로 원대의 약 두 배가 되는 기간임을 감안하면, 원대 시의 창작은 결코 부진했다고 말할 수 없다는 요지의 언급을 하고 있다.[23] 더욱이 앞서 보았듯이 전체 인구가 북송대 약 1억 명에서 원대 약 6천만 명으로 40% 가까이 줄어들었음을 고려하면 원대의 단위 시간 및 총인구 당 시인의 비율 및 시작품의 수량은 송대의 두 배라는 계산도 가능하므로, 원대에는 송대보다도 오히려 시가 더욱 널리 지어졌다고 할 수도 있다. 물론 시의 수량이 많거나 빈번히 지어졌다는 사실이 반드시 그 시대의 시의 예술적 수준이 높음을 의미하는 것은 아니겠으나, 당시 시인(문인 / 사대부)들이 이전 시대의 작시 전통과 단절하기보다는 그 전통을 유지 발전하는 데에 기여한 것으로 볼 만한 근거는 충분하다 하겠다. 이러한 추정은 앞서 살핀 바처럼 문인 / 사대부들이 변화된 시대 상황에 적응하면서도 전통 문인 / 사대부의 정체성을 유지하고자 하고 실제로 상당 부분 유지되었다는 점과도 맥락이 맞닿는다. 어떻든 몽골-원대의 시는 작자층이나 내용이 세부 시기별로 차이는 있을 지라도,[24] 전체적으로 볼 때 적어도 양적으로는 이전 시대의 지위를 잃지 않고 문인 / 사대부의 필수 소양으로 자리하고 있었음을 주목하고자 한다.

몽골-원대를 대표하는 장르로 통상 잡극과 산곡을 들지만, 평화 등의 서사 장르와 통일 이후 남방에서 더욱 발달한 남희도 당시에 성행한 장르로 빼놓을 수 없다. 특히『삼국지평화(三國志平話)』,『무왕벌주서(武王伐紂書)』,『진병육국평화(秦倂六國平話)』 등의 강사류(講史類) 평화는 당시의 구비서사 전통을 집약하고 후대 장회소설의 기초를 다진 중요한 작

---

23 楊鐮,『元詩史』, 45면.

24 鄧紹基,『元代文學史』에 소개된 시 작품과 시인들의 신분을 보면 전기는 대체로 수량이 적고 시인은 관직을 거절한 유로(遺老)가 많은 데 비해, 후기는 수량이 많고 고급 관직을 지낸 자가 많으며 비(非) 한족 문인들도 상당수 등장하는 것으로 파악된다. 이에 대해서는 다른 지면에서 상론할 필요가 있을 것이다.

품들이고, 이른바 '형유배살(荊柳拜殺)'의 4대 남희와 원말명초의 『비파기(琵琶記)』 또한 남희 뿐 아니라 전체 연극사에서도 매우 중요한 자리를 차지하는 작품들이다. 다만 이들은 평화처럼 작가 또는 편찬자의 신상이 전혀 알려져 있지 않거나, 남희의 경우처럼 대체로 원 중엽 이후의 작품들이 많아서 몽골-원 초기의 사회변동에 따른 작가들의 문학 활동의 변화를 가늠하기에는 중요한 의미를 지니지는 않는 것으로 판단한다.

결국 이 시기 문학 환경 변화에 따른 문학 활동의 변화를 파악하기 위해서는 당시 새롭게 등장한 잡극과 산곡이 어떤 사람들에 의해 무슨 목적으로 지어졌는지, 그리고 한 사람이 잡극과 산곡의 겸작(兼作)은 얼마나 보편화되었는지, 겸작 작가들은 잡극과 산곡을 각각 어떠한 태도로 대했는지 등을 살피는 것이 핵심적인 내용이 될 수밖에 없다. 이 중 작가와 겸작 상황 등 일부는 주요 자료를 참고하여 대략이나마 계량적인 파악이 가능하므로, 이를 바탕으로 나머지 사항에 대한 추론에 이르고자 한다.[25] 먼저 산곡부터 살펴본다.

	성명	생졸연도	출신	관직	비고
1	원호문(元好問)	1190~1257	산서	원(元) 불사(不仕)	
2	상도(商衟)	1190?~?	산동	학사(學士)	
3	손량(孫梁)	원호문과 동시대	하북		

[25] 해당 시기 작가의 기본 정보에 대해 현재로서는 齊森華 등 主編, 『中國曲學大辭典』의 '곡가(曲家)' 부분이 가장 상세하고 편리하다. 또한 鄧紹基의 『元代文學史』도 참고하였다. 『中國曲學大辭典』은 '곡가'를 원칙적으로 생존 연대순에 따라 수록하고 있으나 원대 곡가의 경우 생존 연대가 전혀 알려지지 않은 사람들이 매우 많은 관계로 사전의 수록 순서가 반드시 정확하다고는 할 수 없어서 한계가 있다 하겠으나, 종사성의 『녹귀부』에 수록된 작가들을 참고하면 대체로 원말명초 이전 시기의 작가들을 앞에 수록하고 있는 것으로 판단된다. 이 글에서도 종사성까지만 살피고, 원말명초의 작가들에 대해서는 앞서 왕국유가 말한 '지정시대'를 논의에서 제외한 것과 같은 이유로 제외한다. 표에서 지명은 편의상 현재의 지명으로 표기하였다.

4	양과(楊果)	1197~1269	하북	원(元) 회맹로총관(懷孟路總管) 등	
5	두인걸(杜仁傑)	1201~1283	산동	불사(不仕)	
6	상정(商挺)	1209~1288	산동	추밀원부사(樞密院副使) 등	
7	엄충제(嚴忠濟)	1210?~1293	산동	행강절성사(行江浙省事) 등	
8	유병충(劉秉忠)	1216~1274	강서	광록대부(光祿大夫) 등	
9	팽수지(彭壽之)	1217?~1300?	?		
10	왕수보(王修甫)	1219?~1273	산동		
11	서염(徐琰)	1220?~1301	산동	한림학사승지(翰林學士承旨) 등	
12	형간신(荊幹臣)	1220?~1281	산동	참군(參軍)	
13	왕가보(王嘉甫)	1225?~1302?	하북	제형안찰사(提刑按察使) 등	
14	후극중(侯克中)	1225?~1320?	하북		
15	백박(白樸)	1226~1306후	산서	불사(不仕)	잡극 겸작
16	호지휼(胡祇遹)	1227~1295	하북	강남절서도제형안찰사 (江南浙西道提刑按察使) 등	
17	왕운(王惲)	1227?~1304	하남	한림학사(翰林學士) 등	
18	위초(魏初)	1231~1292	하북	남대중승(南臺中丞) 등	
19	관한경(關漢卿)	?~1305?	북경	"태의원윤(太醫院尹)"	잡극 겸작
20	왕화경(王和卿)	관한경과 교유	하북	불사(不仕)	
21	노지(盧摯)	1235~1300	하남	한림승지(翰林承旨) 등	
22	백안(伯顔)	1236~1295	서역	중서좌승상(中書左丞相) 등	몽골 황족
23	유인(劉因)	?~1293	하북	우찬선대부(右贊善大夫) 등	
24	요수(姚燧)	1238~1313	요녕	한림학사승지(翰林學士承旨) 등	
25	장홍범(張弘范)	1238~1281	하북	익도치래등로행군만호 (益都淄萊等路行軍萬戶) 등	
26	유민중(劉敏中)	1243~1318	산동	한림승지(翰林承旨) 등	
27	진초암(陳草庵)	1247~1320?	북경	각지 염방사(廉訪使) 등	
28	공문승(孔文升)	1250?~?	?	절서헌연(浙西憲掾) 등	
29	조맹부(趙孟頫)	1254~1322	절강	한림학사승지(翰林學士承旨) 등	宋 宗室
30	불홀목(不忽木)	1255~1300	서역	이공형부상서(吏工刑部尙書) 등	쿠차 출신
31	풍자진(馮子振)	1257~1337?	호남	집현시제(集賢待制) 등	
32	마치원(馬致遠)	1264전~1323?	북경	강절성무관(江浙省務官)	잡극 겸작
33	장자익(張子益)	元 初期	?		
34	합서촌(盍西村)	元 初期	강소		
35	선우추(鮮于樞)	?~1302	북경	강절행성도사(江浙行省都事)	

36	조암(趙巖)	?~?	강소	노왕(魯王) 문학시종(文學侍從)	
37	마언량(馬彦良)	세조 연간	하북	도사(都事)	
38	오돈주경(奧敦周卿)	세조 연간	산동	시어사(侍御史) 등	여진족
39	요천석(庾天錫)	?~?	북경	중산부판(中山府判) 등	잡극 겸작
40	왕실보(王實甫)	?~1324전	북경	초기 벼슬, 후기 은퇴	잡극 겸작
41	이문위(李文蔚)	백박과 교유	하북		잡극 겸작
42	이자중(李子中)	元 前期	북경	지사(知事) 등	잡극 겸작
43	강진지(康進之)	元 前期	산동		잡극 겸작
44	공문경(孔文卿)	元 前期	산서		잡극 겸작
45	황공망(黃公望)	1269~1354	강소		
46	장가구(張可久)	1270전~1340후	절강	동여전사(桐廬典史) 등	
47	마겸재(馬謙齋)	장가구와 교유	?	북경 출사, 항주 은거	
48	고식(高栻)	장가구와 동시대	북경		
49	장양호(張養浩)	1270~1329	산동	예부상서(禮部尙書) 등	
50	임욱(任昱)	장가구와 동시대	절강		
51	장가견(張子堅)	장가구와 동시대	?		
52	조덕(曹德)	원말 卒	?	구주노리(衢州路吏) 등	
53	우집(虞集)	1272~1348	강서	규장각시서학사 (奎章閣侍書學士) 등	
54	설앙부(薛昻夫)	1273?~1350후	──	구주노총관(衢州路總管) 등	위구르족
55	정광조(鄭光祖)	1365?~1324전	산서	"항주노리(杭州路吏)"	잡극 겸작
56	백분(白賁)	?~1330?	절강	문림랑남안로총관부 (文林郞南安路總官府) 등	
57	시혜(施惠)	1295전후	절강		잡극 겸작
58	유시중(劉時中)	?~1335?	강서	소리(小吏)	
59	오홍도(吳弘道)	1300전후	하북	강서행성검교연사 (江西行省檢校掾史)	잡극 겸작
60	우지능(于志能)	?~?	?		
61	주덕청(周德淸)	1275?~1330후	강서		
62	교길(喬吉)	?~1345	산서		잡극 겸작
63	오서일(吳西逸)	교길과 동시대	?		
64	휴경신(睢景臣)	?~?	강소		잡극 겸작
65	주문질(周文質)	?~1334	절강	노리(路吏)	잡극 겸작
66	주개(朱凱)	?~?	?	절강성연(浙江省掾)	잡극 겸작
67	왕엽(王曄)	?~?	절강		잡극 겸작

68	왕중원(王仲元)	1300전후	절강		잡극 겸작
69	이라어사(孛羅御史)	1316전후	--	어사대부(御史大夫)	몽골족
70	종사성(鍾嗣成)	1275?~1345?	하남		잡극 겸작

위 표에서 1~5는 대부분 금(金)의 유로의 성격이 강하고, 이후 작가들은 크고 작은 관직을 가진 경우가 많아 대체로 원의 통치를 받아들였으리라고 추정해 볼 수 있다.[26] 구체적으로, 조사 대상자 70명 가운데 관직경험자가 45명, 관직 거부자 3명, 그리고 관직경험 여부가 불명확한 사람이 22명으로, 관직경험자의 비율이 64%에 이른다. 다시 45명의 관직경험자 중 고위직을 거친 사람은 총관(2), 추밀원부사, 광록대부, 한림학사 및 한림학사승지(6), 제형안찰사(2), 남대중승, 중서좌승상, 우찬선대부, 행군만호, 염방사, 상서(2), 집현대제, 문학시종, 규장각시서학사, 시어사, 어사대부, 중산부판, 도사(2), 지사, 참군 등 모두 29명으로 64%에 이르고, 노리(3), 연사(3), 무관, 전사, 문림랑, 행강절성사, "태의원윤", 기타 소리(小吏) 등 하위 관직자가 12명으로 27%에 이르며, 관직이 불명확한 사람이 4명이다. 이러한 결과는 몽골-원대 산곡 작가들 가운데 새로운 왕조의 통치를 적극적으로 받아들이며 고위 관직에 오른 사람들의 비율이 상당히 높았음을 보여준다. 이는 반대로 고위관직자들 가운데 산곡에 흥미를 갖고 창작을 즐긴 사람들이 적지 않았다는 것을 의미하기도 할 것이다. 그렇다면 고위층들이 산곡을 즐겨 창작한 이유는 어디에서 찾아야 하는 것일까. 그것은 아마도 당대 시인이나 송대 사인들이 그러했던 것처럼 당시에 산곡이 점차 민간의 장으로부터 문인관료층으로 확대되면서 적지 않은 고위 관직자들이 산곡을 자신의 정서를 담아내고자 하는 새로운 시가 형식으로 받

---

26 다만 白樸과 같은 경우는 부친이 金의 고위관료였고 어렸을 때 원호문의 도움을 받아 자랐기 때문에 예외적이라고 할 수 있으나, 다른 한편으로는 그가 잡극 창작에 힘을 쏟은 사실과도 관련이 있는 것으로 보인다.

아들이고 적극적으로 활용하기 시작했기 때문으로 풀이할 수 있다. 물론 이러한 추론은 해당 작가들의 개별 작품을 면밀하게 검토하면서 작가가 산곡에 자신의 정서를 얼마나 투영했는지를 확인해보는 과정이 뒷받침될 때 보다 진전된 논증이 이루어질 수 있겠다.

다음으로 잡극 작가의 상황에 대해 정리해본다. 『중국곡학대사전(中國曲學大辭典)』에 수록된 잡극 작가들 중 종사성까지의 작가들을 살펴보면 아래 표와 같이 나열된다.

	성명	생졸연도	출신	관직	비고
1	백박(白樸)	1226~1306후	하북		산곡 겸작
2	관한경(關漢卿)		북경		산곡 겸작
3	탕현지(楊顯之)		북경		
4	비군상(費君祥)		북경		
5	고문수(高文秀)		산동	동평부학생(東平府學生)	
6	장시기(張時起)		산동	동평부학생	
7	마치원(馬致遠)		북경	강절성무관(江浙省務官)	산곡 겸작
8	비군신(費唐臣)		북경		
9	정임옥(鄭廷玉)		하남		
10	유천석(庚天錫)		북경	중산부판	산곡 겸작
11	왕실보(王實甫)		북경		산곡 겸작
12	이문위(李文蔚)		하북		산곡 겸작
13	이자중(李子中)		북경	지사	산곡 겸작
14	홍자이이(紅字李二)		섬서		
15	화이랑(花李郎)				
16	이시중(李時中)		북경	중서성연(中書省掾)	
17	강진지(康進之)		산동		산곡 겸작
18	맹한경(孟漢卿)		안휘		
19	이관보(李寬甫)		북경	형부영사(刑部令史)	
20	이잠부(李潛夫)		산서		
21	진영보(陳寧甫)		하북		
22	육현지(陸顯之)		하남		

23	적군후(狄君厚)		산서		
24	공문경(孔文卿)		산서		산곡 겸작
25	장수경(張壽卿)		산동	절강성연(浙江省掾)	
26	팽백성(彭伯成)		하북		
27	왕택민(汪澤民)		하북		
28	이직부(李直夫)		하북	염방사	여진인
29	관천정(官天庭)		하남	학관(學官)	
30	양재(楊梓)	?~1327	절강	항주노총관	
31	정광조(鄭光祖)		산서		산곡 겸작
32	시혜(施惠)		절강		산곡 겸작
33	조자상(趙子祥)				
34	오홍도(吳弘道)		하북		산곡 겸작
35	교길(喬吉)	?~1345	산서		산곡 겸작
36	휴경신(睢景臣)				산곡 겸작
37	주문질(周文質)	?~1334	절강	노리	산곡 겸작
38	육등선(陸登善)		절강		
39	주개(朱凱)			절강성연	산곡 겸작
40	왕엽(王曄)		절강		산곡 겸작
41	왕중원(王仲元)		절강		산곡 겸작
42	종사성(鍾嗣成)		하남		산곡 겸작

　　물론 이들 이외에도 원 잡극 작가로 잘 알려진 작가들이 많이 있으나, 생평과 사적을 알 수 없는 사람들이 대부분이다.[27] 또한 위의 표에서도 알 수 있듯이 대부분의 작가들이 관직을 갖지 않았거나 관직을 가진 경우라도 무관, 노리, 연리 등의 하급관직자가 다수이고, 고위관직자로는 염방사를 지낸 여진인 이직부와 총관을 지낸 양재 정도에 그치고 있다. 다시 말해 잡극 작가들은 대부분 전업 작가로서 잡극을 창

---

27 吳昌齡, 武漢臣, 王仲文, 李修卿(將仕郎), 尙仲賢(江浙行省務官), 石君寶, 紀君祥, 于伯淵, 戴善甫, 張國賓(敎坊勾管), 王廷秀, 姚守中(平江路吏), 李好古, 趙文敬(敎坊色長), 李取進, 梁進之(縣尹), 王伯成, 孫仲章, 趙明道, 趙公輔, 岳伯川, 顧仲淸, 石子章, 劉唐卿, 史九敬先, 金仁傑, 范康, 曾瑞, 沈和, 鮑天祐 등. 괄호 안은 관직명.

작하거나 편찬한 사람들이고 고위관직자는 극소수라는 것이다.

　또한 조사대상 산곡 작가 70명 가운데 잡극을 겸한 사람은 19명으로 그 비율은 27%인데 비해, 잡극 작가 42명 가운데 산곡을 겸한 사람이 19명으로 45%로 나타나고 있다. 이는 두 가지 측면에서 해석이 가능하다. 하나는, 해당 시기 산곡 작가가 잡극 작가보다 많았다고 보기보다는 잡극 작가 중 활동 시기를 알기 어려운 사람들이 포함되지 않았기 때문에 산곡 작가의 수가 상대적으로 많은 것처럼 보인 것일 가능성이 있다는 것이다. 앞의 각주에서 나열한 생평과 사적을 알 수 없는 잡극 작가들 30여명을 해당 시기에 활동한 사람으로 포함시켜본다면 산곡 작가와 잡극 작가의 수적인 격차는 상당히 줄어들 수도 있을 것이다. 이렇게 보면 산곡 작가와 잡극 작가가 상대 장르를 겸작한 경우는 30%에 약간 못 미치는 수준이었다고 볼 수 있으므로 대체로 10명에 2~3명이 상대 장르를 겸작하였다는 추정이 크게 빗나가지는 않을 것이다. 둘째로, 이러한 추론을 밀고 나가면 해당 시기에 조사된 산곡 작가 70명과 잡극 작가 70명(추정치)을 더한 140명 중 19명이 산곡과 잡극을 겸작한 사람이므로, 전체 숫자는 140명에서 19명을 뺀 120명 내외가 된다. 결국 산곡만 창작한 사람 50명(A집단), 잡극만 창작한 사람 50명(B집단), 둘 다 창작한 사람 20명(C집단) 정도의 규모가 되는 것이다. 이들 가운데 각 집단별로 '노리', '연리' 등의 하급관직자를 제외한 고위관직자가 차지하는 비율을 정리해보면 다음 표와 같다.

	작가군	인원수	고위 관직자	고위관직자 비율(%)
A집단	산곡만 창작한 작가	50	28	56
B집단	잡극만 창작한 작가	50	3	6
C집단	산곡 잡극 겸작 작가	20	2	10

위의 결과를 보면 A집단에서는 절반 이상이 고위관직자임에 비해 B 집단과 C집단은 고위관직자 비율이 10% 이하에 머무르고 있는 것을 알 수 있다. 다시 말해 몽골-원의 통치가 이루어지면서 새로운 문인관료 세력이 등장했다고 할 때, A집단 가운데 상당수가 이러한 새로운 문인관료 세력을 이루는 사람들이었다는 것이다. 이들은 당대 시와 송대 사를 발전시켜간 문인관료들의 역할을 이어받은 사람들이라고 할 수 있고, 송대 문인사 작가들이 시를 기본적으로 지으면서 새로운 장르인 사를 발전시킨 것처럼, 이들 산곡 작가들 역시 기본적으로 시사 특히 시를 짓는 훈련을 거치고 작시 능력을 갖추고 있으면서 새로운 장르인 산곡을 발전시켜 나간 사람들이라고 추정해볼 수 있다. 또한 B집단과 C집단 사이의 고위 관직자 비율은 의미 있는 차이를 보이지 않는다는 점에서 동질적인 집단이라고 간주할 수 있을 것이다. 이들 중 일부는 산곡을 함께 창작하기도 했으나 역시 대부분은 잡극 창작에 매진한 전업 작가들이었다. 이들에게 산곡은 한편으로는 잡극의 기초를 이루는 노래 단위로서 작곡 연습의 의미를 지니면서도 일부 작가들은 산곡 특히 小令에 독립적인 예술적 의의를 부여하면서 정서를 담아내는 양식으로 활용하였다고 볼 수 있다.

5. 맺음말

몽골 세력이 금을 멸망시키면서 화북 지역을 점령한 13세기 중엽부터 남송을 멸망시키고 중국을 통일한 13세기 후반 그리고 14세기 초의 십여 년에 이르는 기간은 시문을 이끌어간 전통적 사대부들에게 커다란 사회 변화를 받아들일 수밖에 없으면서도 문인으로서의 정체성 유지를 위한 전통적 문학 활동을 멈추기도 어렵게 하는 가혹한 도전의 시대였다고 할 것이다. 본고에서는 이들 문인이 커다란 사회적 변동에 직면하여 어떠한 선택을 내리고 어떠한 문학 행위를 전개해 갔는지를 산곡과 잡극을 중심으로 살펴보았고, 논의의 결과는 다음과 같다. 즉, 이들 문인 가운데 소수의 일부는 몽골의 필요에 의해 고급관료의 길을 걸어가면서 한편으로는 전통 시문을 꾸준히 창작하면서도 다른 한편으로는 신흥 장르인 산곡을 받아들여 문학적 실험을 전개하였다. 그리고 나머지 대다수의 문인들은 자신의 경제적 상황에 따라 경제적 여유를 가진 일부는 재야에서 시문 창작에 매진하고, 그렇지 못한 다수는 통속적 신흥 장르인 잡극의 창작과 편찬에 뛰어들어 자신의 문학적 재능을 펼치면서 새로운 문인의 지위를 형성해나갔다. 왕국유가 몽골-원대를 대표하는 문학으로 잡극을 꼽은 이유는 그것이 문학적, 예술적으로 뛰어난 성과를 보여주었기 때문이기도 하겠지만, 사회변동론의 관점에서 볼 때 그 시대의 다수 문인들이 잡극 창작과 편찬에 참여하여 시대적 문제의식을 공유하고 작가 정신을 작품에 투영해냈기 때문일 것이다. 이러한 점에서 잡극의 시대적 의의는 적극적으로 평가될 만하다. 이에 비해 산곡 작가 가운데 고위 관직자가 상대적으로 높은 비율을 차지하고 있는 것은, 산곡이 당시와 송사의 뒤를 이어 사대부로서의 자기인식을 지닌 문인들이 새롭게 받아들인 장르였다는 것을 뜻한다. 이처럼 산곡과 잡극은 몽골-원대를 거치면서 당송대의 경험을 이어 새로운 음악-문학으로 형성되었다는 공통점을 지니고 있으면서도, 사회적 계층 면에서 담당자는 상당히 달라서 이전 시대에 비해 계층적으로 보다 뚜렷하게 분화된 두 층위의 문인들이 창조해낸 상이한 문학적 결과물로서의 대비 관계에 있다고도 하겠다. 이러한 분화 현상은 명대에 보다 공고하고 다양하게 나타나는바, 특히 소설, 희곡, 민가, 전통 시문 등 제 장르

의 문학이 한 단계 더 성숙되고 동시에 재 분화되는 양상의 기원을 이룬
다는 점에서 이 시기의 사회변동에 따른 문학 활동의 분화는 현재보다
한층 더 적극적 의의를 평가받아야 할 것이다.

참고문헌

鍾嗣成,『錄鬼簿』.
王國維,『宋元戲曲考』.
季國平,『元雜劇發展史』, 文津出版社, 1993.
김진곤,『송원 평화 연구』, 서울대 박사논문, 1996.
鄧紹基,『元代文學史』, 人民文學出版社, 1991.
廖奔 등,『中國戲曲發展史』, 山西敎育出版社, 2000.
楊鐮,『元代文學編年史』, 山西敎育出版社, 2005.
楊鐮,『元詩史』, 人民文學出版社, 2003.
吳松弟,『中國人口史』, 復旦大學出版社, 2001.
齊森華 等 主編,『中國曲學大辭典』, 浙江敎育出版社, 1997.
졸 고,「송금원 연행문학사의 재인식과 관련된 몇 가지 문제」,『중국문학』 제35
　　　집, 2001.
주채혁,『원조 관인층 연구』, 정음사, 1986.
Franke, Twitchett, *The Cambridge History of China, Vol. 6 Alien Regimes and
　　　Border States*, Cambridge University Press, 1994.
Stephen H. West, "Mongol Infulence on the Development of Northen Drama", in
　　　John D. Langlois, Jr. ed., *China under Mongol Rule*, Princeton University
　　　Press, 1981.

명대 인쇄출판의 성황과 문학담당층의 증가의 양상[*]

『서유기(西遊記)』 출현의 사회문화적 배경 _나선희

1. 서언

필자는 석사논문을 쓰면서 『서유기』의 판본을 조사한 적이 있었다. 『서유기』는 명대 초기에 세 개의 각기 다른 판본이 있었으며 학계에서는 이들의 선후에 대한 논쟁이 결론을 내리지 못한 상태에서 끊임없이 제기되고 있었다.[1] 이런 상황을 조사하면서 필자는 명대라는 시대의 출판계가 어떤 상황이기에 이렇게 다양한 판본의 책이 출현하는가에 흥미를 갖게 되었다. 다시 말하자면 필자가 판단하기에 명대의 인쇄출판 상황은 다른 시기에 비해서 다양한 판본이 나올 정도로 성황기를 맞았으며, 이

---

* 이 글은 영남중국어문학회 간행 『중국어문학』 제34집(1999)에 『서유기』 출현의 사회 [문화적 배경 ─ 명대 인쇄출판의의 성황과 문학담당층의 증가를 중심으로]라는 제목으로 발표한 글을 수정한 글이다.

1 나선희, 「『서유기』 연구」, 서울대 석사논문, 1992.

런 성황은 당시 소설출판에도 영향을 미쳤다고 여겨진다. 그리고 소설출판의 이런 양적인 팽창은 질적 변화에도 영향을 미쳐서 우리가 중국문학사에서 명대를 '소설의 시대'라고 지칭할 수 있는 토대를 만들어 주었다고 생각된다. 이런 점에서 명대의 인쇄출판의 상황은 명대 소설연구의 중요한 사회문화적 배경을 이룬다고 할 수 있다. 특히 출판형태 중에 특정한 독자가 아닌 '불특정 다수'의 존재를 상정하고 출판했던 방각본(坊刻本)의 성황은 당시의 출판의 목적에 있어서도 변화를 가져왔으리라고 보이며,[2] 명대사회를 설명하는 특징 중의 하나가 될 것이다.

인쇄출판의 양적인, 혹은 질적인 성장을 가져온 근원적인 원인으로는 책에 대한 수요가 늘어났음을 지적할 수 있다. 책에 대한 수요는 결국 문자를 인식하거나, 혹은 인식해야만 하는 사람이 늘어났음을 의미한다. 이처럼 문자를 인식하고 그것을 운용하는 사람들을 본 논문에서는 문학담당층[3]이라고 지칭하고자 한다. 이처럼 인쇄출판과 문학담당층의 증가는 뗄 수 없는 밀접한 연관관계를 갖는다.

---

2 이 부분에 대해서 필자가 추측하기에 관각본(官刻本)이나 가각본(家刻本)이 '지식의 전달'을 주된 목적으로 출판되었다면 방각본은 '이윤의 추구'를 목적으로 서적을 출판하였던 것으로 보인다. 그러므로 방각본의 성황이란 명대의 사회가 이전의 사회보다 좀 더 상업화되어 가는 것에 대한 간접적인 증거라고 생각된다.
3 이글에서의 문학담당층이란 출판자, 저작자, 비평가, 독자 등을 총칭하는 말이다.

2. 명대 인쇄출판[4]의 성황

명대의 가정(嘉靖, 1522~1566), 만력(萬曆, 1573~1620)시기에 와서 인쇄물은 폭발적으로 증가한다. 양승신(楊繩信)이 편찬한 『중국판각종록(中國板刻綜錄)』[5]을 기준으로 했을 때에 송에서 명말까지 간행된 책의 수량은 3,098점인데 이중에서 가정에서 숭정에 이르는 연간에 백에 그 65퍼센트인 2,019점이 간행되었다.[6] 이 시기의 출판물로 대표적인 것으로는 개인의 문집, 총서, 그리고 희곡소설을 들 수 있다.[7] 명대 문집의 간행상황을 알 수 있는 자료로서 시집으로는 전겸익(錢謙益)의 『열조시집(列朝詩集)』의 경우를 들 수 있다. 그리고 총서의 경우 송원대에는 『유학경오(儒學警悟)』, 『백천학행(百川學海)』, 『설부(說郛)』 등이 있는 것으로 보인다. 그런데 이 총서란 것은 한중민(韓仲民)의 『중국서적편찬사고(中國書籍編纂史稿)』[8]에 따르자면 "인쇄술의 발명 후에 생긴 것으로 서적편찬의 한 형식이다"라고 하고 있으니, 총서의 융성이란 인쇄술의 보급과 뗄 수 없는 긴밀한 관련을 지녔음을 알 수 있다. 다음으로 희곡소설서의 간행이 있다. 이것도 가정, 만력연간의 출판업의 융성과 깊은 관련을 지닌 현상 중의 하나이다. 중국에서는 예전부터 통속문학의 가치를 낮게 보았기 때문에 인쇄술의 발명 이후로도 오랜 기간 동안

4　김성재, 『출판의 이론과 실제』, 일지사, 1992, 2면에 출판에 대한 정의가 나온다. "출판(publishing)이란 인간의 정신적 활동의 산물인 저작물을 인쇄술이나 전자적으로 복제(reproducing)하여 출판물이란 형태로 구현시켜, 그것을 필요로 하는 다수의 독자에게 배포하는 일련의 행위이다. 그러므로 출판 과정의 기본적 구성 요건이 되는 것은 저작물의 복제와 배포이다."

5　陝西人民出版社, 1987.

6　大木康 「明末 江南における出版文化の研究」, 『廣島大學文學部紀要』 제50호, 1991, 15면.

7　위의 논문, 17면.

8　中國書籍出版社, 1988.

이런 책들은 발간되지 않았다. 그러다가 가정, 만력 연간에 폭발적으로 늘었다. 백화소설의 경우, 손해제(孫楷第)의『중국통속소설서목(中國通俗小說書目)』[9]을 보면 그 수가 가정, 만력 연간에 압도적으로 증가하였음을 알 수 있다.

1) 명대출판의 특징—다양한 판본

명대 출판의 형태는 간행의 주체에 따라서 세 개로 나눌 수 있다. 첫째는 관각본(官刻本), 둘째는 가각본(家刻本), 셋째는 방각본이다.[10] 관각본(官刻本)은 중앙이나 지방의 관청에서 간행한 것을 말한다. 특히 관각본 가운데에서 여러 번왕(藩王)이 출판한 것은 번부본(藩府本), 혹은 왕부본(王府本)이라고 부른다. 번부본은 주로 명대의 것을 말하고, 왕부본은 주로 청대의 것을 말한다. 명대의 중앙관청에서 나온 간본은 다른 이름으로 경창본(經廠本)이라고 한다. 경창은 중앙정부의 사례감(司禮監)에 소속된 것으로 장판(藏板)의 관고(官庫)라고 할 수 있다. 이 책들은 대부분 표지는 람색이고, 용지는 백면지(白棉紙)를 사용하였고, 문자도 또한 크다. 중앙관청 가운데에는 국자감(國子監)이 교과용도서의 출판에 관련되므로 출판과 가장 깊은 연관을 갖는다. 명대 영락(永樂) 연간 이후로 남경(南京)과 북경(北京)에 각각 국자감을 설치하였기 때문에 남경의 국자감에서 출판된 책을 약칭하여 남감본(南監本)이라하고, 북경의 국자감에서 출판된 책을 약칭해서 북감본(北監本)이라고 한다. 가각본이란 관리나 학자 혹은 명사들의 개인적인 출판물을 말하며, 이에 비해 서점에서 영리를 위해 출판하는 것을 방각본, 방간본(坊

9　人民文學出版社, 1982.
10　선행 연구로서 최형섭의「풍몽룡 화본소설연구」, 서울대 석사논문, 1996이 있다.

刊本)이라고 한다.[11]

(1) 관각본

관각본은 세부적으로 남경국자감본, 북경국자감본, 사례감본, 번부본, 지방정부의 각서본 등으로 나눌 수 있다.

우선 남경국자감을 살펴보자면 남경국자감의 주요 사업은 감내에 소장된 宋·元 구판본의 보수에 있다. 이곳에 있는 가장 이른 판본은 남송 임안국자감서판(臨安國子監書版)이다. 남송 시기의 수도는 임안(臨安)으로, 송이 망하고 감이 문을 닫았지만 서판들은 모두 보존되어 있었다. 그런데 元의 세조가 수도를 옮기면서 강남지역에 흩어져 잇던 서판을 거두어 항주(杭州)의 송대의 옛날 太學 자리에 서호서원(西湖書院)을 세워서 이를 관장하게 하였다. 지금까지 전해지는 서판의 목록은『서호서원 중정서목(西湖書院重整書目)』에서 볼 수 있다. 그런데 명나라 초기에 금릉(金陵)으로 수도를 옮기면서 서호서원에 있던 판본을 모두 남경으로 옮겨 국자감에서 이를 관장하도록 하였다. 이것이 남경국자감의 시원이다. 그런데 이 서판들은 많이 손상되었으므로 명대 내내 보수작업을 해야만 했다. 이와 같이 남경 국자감의 서판은 원대에 서호서원에 보관되었으며, 명대에는 남경국자감에 옮겨졌다. 송대에 판각이 시작되어, 원대와 명대에 걸쳐 보수작업을 하였으므로 이 판본을 '삼조본(三朝本)'이라고 한다. 남경국자감에는 옛날 판을 수리, 보수한 외에도 새로 각서한 각서본이 있는데, 이것을 남감본이라고 한다. 남감본 중에 이 세상에 전

---

11 이에 대해서는 長澤規矩也,『和漢書の印刷とその歷史』, 吉川弘文館, 昭和 27年, 33~36면을 참조할 수 있다. 한편 28~30면을 보면 판본 마다 출판지역에 따른 호칭이 따로 존재한다는 것을 알 수 있다. 즉 남경간본은 금릉간본(金陵刊本)이라고도 하고, 소주간본(蘇州刊本)은 오간본(吳刊本), 오중간본(吳中刊本), 오본(吳本), 금창간본(金閶刊本)이라고도 한다. 항주간본(杭州刊本)은 무림간본(武林刊本), 호림간본(虎林刊本), 임안간본(臨安刊本)이라고도 하고, 민간본(閩刊本)은 복건간본(福建刊本)이라고도 한다.

해지는 것으로는 가정(嘉靖) 8년부터 10년까지 각(刻)한 『사기(史記)』,
『한서(漢書)』 및 『요금사(遼金史)』, 만력 연간에 새긴 『삼국지(三國志)』,
『남북조칠사(南北朝七史)』 등이 가장 잘 알려져 있다.[12]

다음으로 북경의 국자감이 있다. 북경의 국자감 즉 북감은 남감처럼
구판을 소장하고 있지 않았으므로 구판을 보수, 인쇄할 수 없었다. 북감
각서의 가장 저명한 것은 『십삼경주소(十三經註疏)』와 『이십일사(二十一
史)』이다. 이 중에서 『십삼경주소』는 명청 이래 여러 각본의 조본(祖本)
으로 되어 있다. 예를 들자면 명말의 장서가 모진(毛晉)의 급고각(汲古閣)
에서 새긴 『십삼경주소』는 북감본으로 조본을 삼았다. 고염무(顧炎武)
의 『일지록(日知錄)』 권18에는 "만력에 이르러서 북감은 또한 『십삼경』,
『이십일사』를 각(刻)하였는데, 사대부가 다투어 그 책을 구하니 역대의
사적이 세상에 빛나고 있도다! 그러나 교감이 정밀하지 못하고 와천(訛
舛)이 더욱 심하니, 알지 못하면서 함부로 고친 것도 있다"라고 하였고,
청의 막우지(莫友芝)의 『여정지견전본서목(郘亭知見傳本書目)』에서도 말
하길 "명나라 북감본은 만력 연간에 남감판에 의거하여 각사(刻寫), 일률
적으로 간행했으므로 비록 정제하기는 하나 와자(訛字)가 매우 많다"고
하였다.[13] 이들의 말을 통해 알 수 있는 것은 다른 무엇보다도 만력 연간
에 이르러 관에서 활발한 출판을 하였다는 점이며, 아울러 이 판본들의
교감 정도에 대해 사대부들의 불만이 많았다는 점이다.

셋째는 사례감이다. 명대의 내부각서는 사례감에서 주관하고 있는
것이 대부분이다. 경창은 사례감의 각서를 하는 곳으로서 사례감 제독
(提督)이 그 사업을 책임지고 있다. 그 아래에는 4~6명의 장사(掌司)가 서
적의 간행과 수장을 담당하고 있다. 여기서 나온 각서는 '내부본(內府本)',

---

12 潘美月, 「明代官私刻書」, 沈嵋俊 편, 『中國古書版本鑑定研究』, 중앙대 출판부, 1991,
   249면.
13 위의 논문, 251면.

'사례감본', 혹은 '경창본'이라고 부른다. 사례감의 각서는 매우 많으며, 그 중 황제 어제서(御製書)가 대부분을 차지하고 있다. 그런데 사례감의 각서는 교감이 정밀하지 못하여 장서가들이 꺼리고 있었다.[14] 섭덕휘(葉德輝)의 『서림청화(書林淸話)』 권5에서도 "세상에 전해지고 있는 경창대자본(經廠大字本)인 오경·사서는 자못 장서가들이 꺼리고 있는데, 그것은 모두 교감이 정밀하지 못하기 때문이다"[15]라고 평가하고 있다.

넷째로 번부본을 들 수 있다. 명대 관에서 나온 각본 중에 가장 특별한 것은 번부에서 각한 것이다. 명대에는 황태자를 외지에 분봉하는 제도가 있었다. 그런데 연왕(燕王)의 난이 일어나자 군왕들은 번왕을 기피하는 현상이 있었으므로 번왕도(藩王都)에 병권을 주지 않고 정치에 참여할 수도 없게 하니 번왕들은 무위도식할 뿐이었다. 그중에서 비교적 학문을 즐기는 왕은 정신을 서적을 교감, 간행하는 데에만 집중하였다. 또한 번부에는 남는 재력이 있었기 때문에 현인을 초빙하였을 뿐 아니라 각서의 태반은 중앙에서 그들에게 준 송원 판본이 저본이 되었으므로 교감이 정밀하고 간행도 매우 섬세하여, 제번(諸藩)의 각서 중에는 때로 진기한 판본이 나오기도 하였다. 『서림청화』 권5에 따르면 명대 여러 번 중에 각서가 성한 곳으로 촉부, 영번,[16] 대부, 숭부, 숙부, 당부, 길부, 진부, 익부, 진부, 주번, 미번, 심번, 이부, 노부, 조부, 초부, 료국, 로번[17] 등이 있고, 여기서 나온 각본이 세상에 전해지고 있다.[18]

---

14 陳國慶, 譯谷昭次, 『譯漢籍版本入門』, 語文出版, 1992, 59면에 따르면 이 책을 간행한 사람들이 서적에 전문적인 지식을 지니지 못한 궁정의 宦官이었기 때문에 교감이 허술하다고 말한다.

15 潘美月, 앞의 논문, 253면.

16 長澤規矩也 著, 『和漢書の印刷とその歷史』(吉川弘文館, 昭和 27年), 75면을 보자면 이 번은 일명 戈陽王府라고 하며 太祖의 16번째 아들인 寧獻王 朱權이 있었다. 朱權이 자작한 詩文譜이외에 『太古遺音』, 『神奇秘譜』 등의 曲譜나 棋譜 등이 만들어졌다.

17 한자 표기는 순서대로 다음과 같다. —蜀府, 寧藩, 代府, 崇府, 肅府, 唐府, 吉府, 晉府, 益府, 秦府, 周藩, 微藩, 潘藩, 伊府, 魯府, 趙府, 楚府, 遼國, 潞藩.

여러 번본 중에 각서가 가장 많은 곳은 길부번(吉府藩)이었다. 만력 연간에 일찍이 노자의『도덕경』, 관윤자의『문시진경』, 항창자의『동령진경』, 문자의『통현진경』, 시자, 자헌자, 죽자, 묵자, 공손용자, 귀곡자와 열자의『충허진경』, 장자의『남화경』,『순자』,『양자』,『문중자』,『포박자』,『유자』,『황석공소서』,『현진자』,『천은자』,『무능자』[19] 등이 각서되었다. 다음은 진부번(晉府藩)으로 가정 연간에 원대의 장백안본(張伯顔本)의『문선주(文選注)』,『송문감(宋文鑑)』,『당문수(唐文粹)』,『원문유제총집(元文類諸總集)』이 판각되었고, 그 종류는 비록 길부번에는 미치지 못할지라도 수량에 있어서는 으뜸이었다. 그 다음은 익부번(益府藩)의 것으로서 숭정 연간에『다보』,『당육우다경』,『당장우신전차수기』,『송채양다여』,『송주자안동계시록』,『오문석다략』,『명도본준명급상하편』,『향수청공록』,『조상모다사습유』,『속집고금다보오종』,『속집고금다보육종』[20] 등의 다서(茶書)가 각해졌다. 여러 번본 중에 각서가 가장 정밀한 것은 성화(成化) 13년에 당부번(唐府藩)에서 각한 원대의 장백안본(張伯顔本)의『문선』과 가정 13년에 진부번(秦府藩)에서 각한 송대 황성부본(黃善夫本)『사기』와 가정 44년에 노부번(魯府藩)에서 각한 정통도장본(正統道藏本)『포박자내외편(抱朴子內外篇)』, 가정 연간에 덕번(德藩)의 최낙헌(最樂軒)에서 새긴『한서』등이 있다. 또한 영헌황(寧獻王) 주권(朱

---

18 같은 책의 75면을 보면, 德府에는 德藩最樂軒이 있었으며, 魯府에는 敏學書院, 承訓書院이 있었고, 晉府에는 寶賢堂, 志道堂, 虛益堂, 養德書院이 있었고, 微藩에는 崇德書院이 있었다.

19 저자와 서적의 한자 표기는 순서대로 다음과 같다. —老子의『道德經』, 關尹子의『文始眞經』, 亢倉子의『洞靈眞經』, 文子의『通玄眞經』, 尸子, 子獻子, 鬻子, 墨子, 公孫龍子, 鬼谷子와 列子의『沖虛眞經』, 莊子의『南華經』,『荀子』,『揚子』,『文中子』,『抱朴子』,『劉子』,『黃石公素書』,『玄眞子』,『天隱子』,『無能子』.

20 한자 표기는 순서대로 다음과 같다. —『茶譜』,『唐陸羽茶經』,『唐張又新煎茶水記』,『宋蔡襄茶餘』,『宋朱子安東溪試錄』,『吳文錫茶略』,『明屠本噂茗笈上下篇』,『香水淸供錄』,『曹上謨茶事拾遺』,『續集古今茶譜五種』,『續集古今茶譜六種』

權)이 홍무(洪武) 31년에 새긴 그 자신의 저서이자 악율서(樂律書)인『태화정음보(太和正音譜)』는 중국음악사의 명저인데, 이 판은 오늘날 이미 실전되어 버렸고, 오직 초본(抄本)만이 세상에 전해질 뿐이다.

다섯 번째로 지방정부의 각서가 있다. 명대의 지방정부의 각서는 매우 융성하였다. 주홍조(周弘祖)의『고금서각(古今刻書)』에는 각지의 각서가 기재되어 있는데 그것은 여러 지역의 포정사(布政司)와 안찰사(按察司) 및 관부의 각서로서 수량이 매우 많다. 오늘날 전해지는 것도 적지 않아 가정 9년에 산동(山東)에서 포정사에서 새긴『농서(農書)』와 만력 25년에 절강(浙江) 항주부(杭州府)에서 새긴『서호유람지(西湖遊覽志)』와 같은 것이 있다.[21]

(2) 가각본

다음으로 가각본을 살펴보자. 명대의 사가의 각서는 가정 이전에는 그렇게 많지 않다가 가정 이후에 와서야 비로소 흥하기 시작하였으며, 만력·숭정 연간에 다시 발달하였다. 정덕(正德)·가정에는 송본을 복각하는 풍조가 융성하였으며, 오중(吳中, 현재의 강소성(江蘇省) 오현(吳縣) 부근)의 사가의 각서가 가장 뚜렷하게 나타나고 있다. 명대의 사가 각서는 대체로 송원의 구본에 근거해서 교수(校讎)가 정밀하므로 오늘날에 이르기까지 장서가들이 귀히 여기고 있는 바이다.[22]

가각본 중에 유명한 것을 살펴보자. 우선 복건제학첨사(福建提學僉事)의 직책에 있었던 유명(游明)은 천순(天順) 성화(成化)에『사기』,『송사전문자치통감(宋史全文資治通鑑)』,『논학승척(論學繩尺)』을 간행하였고, 금대)金臺)의 왕량(汪諒)과 진택(震澤)의 왕연철(王延喆)은 가정 초년에 송의 황선

<hr>

21 潘美月, 앞의 논문, 255면.
22 위의 논문, 256면.

부『사기』를 복각하였는데 이 본은 아주 정교한 판본으로 알려있다. 그리고 오군(吳郡)의 원경(袁褧)의 가취당(嘉趣堂)에서 가정에 복각한『대대례기(大戴禮記)』.『육신주문선(六臣注文選)』은 송간본의 위작으로 알려져 있다. 그리고 정덕·가정 간에 복건(福建)의 왕문성(汪文盛)이 간행한『의례주소(儀禮注疏)』,『전한서(前漢書)』,『후한서(後漢書)』,『오대사기(五代史記)』와 가정 중에 여요(餘姚)의 문인이 펴낸『주례주소(周禮註疏)』,『의례주소(儀禮註疏)』,『구당서(舊唐書)』는 모두가 명대의 정경(正經) 정사(正史)보다 뛰어난 것으로 인정받고 있다. 가정 중의 고춘(顧春)의 세덕당(世德堂)에서 간행한『육자전서(六子全書)』도 뛰어난 각본이며, 만력 중의 동오(東吳)의 서시태(徐時泰)의 동아당(東雅堂)에서 간행한『한문(韓文)』과 가정시기에 동오의 곽운붕(郭雲鵬)의 제미당(濟美堂)에서 간행한『유문(柳文)』은 모두가 송대 요영중(廖瑩中)의 세채당(世綵堂)에서 간행한 것을 복각한 정밀한 판본이다. 이 밖에도 가정에 소헌가(蘇獻可)의 통진초당(通津草堂)의『한시외전(韓詩外傳)』과『논형(論衡)』등은 정밀한 간본이라고 할 수 있다. 또한 조률(晁瑮)의 보문당(寶文堂), 홍편(洪楩)의 청평산당(清平山堂), 섭성(葉盛)의 녹죽당(菉竹堂)의 판각본은 다른 본들보다 뛰어나다.[23]

(3) 방각본

방각본은 서방에서 팔기 위한 목적으로 출판하는 경우를 말한다.[24] 서방의 각서는 그 역사가 오래되었으니, 남송대에 서사(書肆) 같은 것

---

23 長澤規矩也, 앞의 책, 76면.
24 사학계에서는 명대를 자본주의 맹아가 나타나는 시대라고 규정하는 것에 대해 대체로 긍정하고 있다. 이 시기에 새로운 문학담당층의 증가와 맞물려서 방각본은 증가일로에 있을 것임은 두말할 나위도 없다. 그러나 실제로 한권의 책이 관각본이었는가, 가각본이었는가, 방각본이었는가의 여부는 문헌에 나타난 기록을 통하거나 실제 서적을 검토하지 않는 이상, 유추해 볼 수밖에 없다. 다시 말하자면 자료의 보관면에서 관각본이나 가각본이 우수할 수밖에 없었으며, 방각본은 정확한 자료 이외에는 유추할 수밖에 없는 상황인 것이다.

은 절(浙), 민(閩) 지역에 많이 퍼졌다. 가장 흔했던 곳은 임안의 진씨(陳氏)의 부자가 경영하는 경적포(經籍舖) 및 윤씨(尹氏)의 서적포(書籍舖)이고 건안(建安)에서는 여씨(余氏)의 만권당(萬卷堂)이다. 그밖의 절·촉(蜀)·민 등의 지역에도 여러 점포가 있었다.[25] 원대의 서방으로서 강남일대에 있는 것은 대체로 민(閩) 중의 서점들이다. 그곳은 판목(板木)을 얻는 데 쉽기도 하고, 목질이 매우 연하여 글을 새기기 쉬우며 지질은 좋지 못하나 생산이 많이 되는 곳이다. 그러므로 자연히 박아 낸 책값이 다른 곳에 비해서 싸며, 이 때문에 업자들은 이곳에 집중되었다. 예를 들면 건안 여씨의 무본당(務本堂) 같은 것은 원초에 각서를 시작하여 명의 홍무 시기까지 그 책방이 남아 있었다.[26]

명대의 방각본은 이전 시기에 비해서 증가 일로에 있었다. 이후(李詡, 1505~1593)의 『계암로인만필(戒庵老人漫筆)』 권8의 『시예방각(時藝坊刻)』에 따르면[27] 자신이 공부할 때에는 각본 자체가 없어서 베껴 쓸 수밖에 없었고 그 다음 세대의 문인들은 간각(刊刻, 家刻)본을 보았다. 그런데 당시에는 어떤 책이든 방각본이 있다고 하고 있다. 방각본의 증가는 책 출판의 전체량을 증가시키는 현상을 가져왔지만, 방각본은 질이 나쁜 경우가 많았다. 특히 복건의 방각본은 조악하기로 소문이 났다. 이처럼 가정, 만력 이후에는 방각한 책들이 증가하면서 소설, 희곡서도 출판이 급증하였으며 황당무계한 내용의 이야기도 나돌았다. 명의 가정, 만력 시기에는 이런 조악한 판본만이 아니라 정밀한 책도 출현하였는데, 그중에서도 소주의 책은 정밀하기로 유명하였다. 예를 들자면 소주의 서종당(書種堂) 원무애(袁無涯)가 만력 말에 각한 『이탁오

25 屈萬里, 昌彼得 共著, 沈㟼俊 譯, 『圖書板本學要略』(文成社, 1966), 76면.
26 위의 책, 86면.
27 大木康, 「明末 江南における出版文化の研究」, 『廣島大學文學部紀要』 제50호(1991), 39면에서 재인용.

평충의수호전전(李卓吾評忠義水滸全傳)』120회가 있는데 이에 대해 허자창(許自昌)은『저재만록(樗齋漫錄)』권6에 평하기를 이 소설은 정밀하게 각했으며 보면 기분이 좋아진다고 하였다.[28] 원무애는 원굉도(袁宏道)의 문인으로 불리는데 지식인의 한 사람이라고 할 수 있다. 이런 사정을 보면 서점주인의 사회적인 지위가 올라갔음을 알 수 있다.

그런데 명대의 방각본으로는 복건 지역이 융성하였으며 그 중에서도 유종기(劉宗器)의 안정당(安正堂)과 유홍(劉洪)의 신독재(慎獨齋)가 가장 유명하며, 이 양가의 각서는 홍치(弘治)로부터 만력에 이르기까지 계속되었다. 안정당에서 각한 것은 집부(集部)가 많으며, 신독재의 것은『사기집해(史記集解)』,『십칠사상절(十七史詳節)』,『문헌통고(文獻通考)』등 사부(史部)에 속할 큰 작품들이었다. 가정 이후로 호주(湖洲), 흡현(歙縣)의 각서사업은 급진전하여 그 출품이 정밀하였다. 만력, 숭정 연간의 흡현의 각공(刻工)은 태반이 남경·소주 일대로 옮겨 거주하였으므로, 이로 말미암아 남경, 소주, 상숙(常熟)의 서방각서가 일시 융성하였다.[29]

2) 본격적인 편집자의 출현

이와 아울러 두드러지는 편집자들도 출현한다. 이 명대시기의 가장 두드러지는 편집 출판가로 급고각의 모진을 들 수 있다.[30] 그의 손을 거쳐 출판된 서적은 수량에 있어서도 중국역사상 어떤 출판가도 뛰어넘을 수 없는 양이었으며 품질도 뛰어났다.

모진은 20대에『동파지림(東坡志林)』을 편집하였는데, 이 책은 소동파에 관한 소소한 이야기와 문집에 싣지 않은 문장을 모은 것으로 두 권이

---

28 위의 논문, 42면.
29 潘美月, 앞의 논문, 257~259면.
30 姚福申,『中國編輯史』, 復旦大學出版社, 1991.

었다. 후에는 미원장(米元章)의 알려지지 않은 이야기를 모아 한권으로 만들어서 『원장지림(元章志林)』이라 하였는데 천계(天啓) 원년(1621)에 두 개를 합쳐서 『소미지림(蘇米志林)』을 출판하였다. 그는 스스로 큰 총서나 총집을 편찬, 출판하기를 좋아하였다고 하는데, 예를 들면 『십삼경』, 『십칠사』, 『송명가사(宋名家詞)』, 『진체비서(津逮秘書)』 등을 말한다.

또한 모씨는 일찍이 자기 집 문에 방을 붙여 말하길 "송판(宋版)을 가지고 온 사람은 주인이 장을 헤아려서 돈을 주되 매엽(每葉)에 200냥이다. 구초본(舊抄本)을 가져온 사람은 매엽에 40냥을 운다. 선본(善本)을 가지고 온 사람은 별가(別家)에서 천 냥을 주고 주인이 1,200냥을 준다."라고 하였다. 이에 호주에서는 책을 배에 싣고 모씨 문에 구름처럼 모였다. 당시는 "360일을 돈을 버는 것이 차라리 모씨 집에 책을 파는 것만 같지 못하다"라고 하는 속담에서 그의 수서(收書)의 부지런함을 볼 수 있다.[31] 그는 전후 84,000책을 사들여 급고각과 일경루(日耕樓)를 세우고 그 책을 저장하였다.

급고각에서 출판한 서적은 교감이 정밀하고 우수하며 인쇄도 정밀하고 아름답기로 소문이 났다. 그는 매일 한편으로는 읽고 한편으로는 교감하였으니, 한 책을 만들 때마다 그가 직접 발어(跋語)를 썼는데, 거기에서 작자와 주자(注者)를 소개하고 과거에 어떤 판본이 있으며, 그가 사용한 판본은 무엇이며 어떤 우수한 점이 있는지를 설명하였다. 급고각에서 출판된 책들은 질이 특별히 우수하여 독자들의 환영을 받았다. 전남(滇南)의 벼슬아치는 "만 리 밖이지만 돈을 보내 모씨의 책을 구입한다"라고 하였다. 모진은 좋은 책을 편집하는 데에는 많은 양의 참고서와 좋은 판본으로 교감을 해야 한다는 점을 알고 있었다. 그렇기 때문에 그는 탁월한 편집가, 출판가이자 또한 유명한 장서가이기도

---

31 위의 책, 199면, 『汲古閣主人小傳』에서 재인용.

하였다.

그는 만년에 과거를 회상하면서 감개해서 말한다. "여름에는 더위를 몰랐고, 겨울에는 추위를 몰랐으며, 낮에는 대문을 나설 줄을 몰랐고, 밤에는 싸리문을 닫을 줄을 몰랐다. 이제 머리는 눈처럼 하얗게 되고, 눈동자는 안개가 낀 것 같다"라고 하였다. 그는 일단 손에 좋은 판본이 들어오면 이전의 판본은 폐기처분하고 다시 판을 새겨 인쇄를 하였다. 판을 새기는 비용은 상당히 비쌌는데 모진은 의식주는 줄일지언정 이 문제에 있어서는 조금도 다른 생각을 하지 않았다. 급고각에서 출판한 어떤 책의 초판의 질은 아주 나쁜 것도 있었지만 재판을 찍을 때에는 많은 교정을 보았다. 그래서 고광기(顧廣圻)의 『육유남당서발(陸游南唐書跋)』에서 "급고각에서 초각한 『남당서(南唐書)』는 오류가 매우 심했다. 그런데 다시 찍은 것을 보니 이미 많은 부분이 개정되었다"[32]라고 쓰고 있다.

다음으로 출판에 있어서 새로운 시도를 시도한 민일족(閔一族)을 들 수 있다. 이들은 천계・숭정(1621~1644)에 '안색투인(顔色套印)', '색분투인(色分套印)'을 창시하였다. 현대말로 하자면 칼라인쇄인데 당시에 사색쇄(四色刷)까지 나왔다고 한다.[33] 민제급(閔齊伋)의 족인인 제화(齊華)・소명(昭明)・영벽(暎璧)・이용(爾容)・진업(振業) 등과 능몽초(凌濛初)의 족인인 영초(瀛初)・여형(汝亨)・두약(杜若)・육남(毓柟)・이동(以棟)・계강(啓康)・홍헌(弘憲) 등은 모두 투색(套色) 인서(印書)에 종사했다. 이 두 가족은

---

32 모씨의 급고각에 대해서는 상반된 평가가 나오는데 필자로서는 아직 정확한 판단을 유보 중이다. 그러나 급고각에서 발간한 서적의 양으로 보건대 모진은 본격적인 출판자이자 편집자였다고 여겨진다. 급고각의 서적에 대한 부정적인 평가를 하고 있는 대표적인 두 경우를 보자. 우선 손종첨(孫從添)의 『장서기요(藏書紀要)』에서는 "모씨의 급고각의 십삼경, 십칠사를 대교(對校)한 바 초솔(草率)하여 착오가 매우 많았다" 하고 있고, 『서림청화』에는 "그 각서는 소장한 송원 구본에 근거하지 않았으며 교감 또한 매우 정밀하지 않아 수백년래에 傳本이 비록 많을지라도 망녕되이 송본을 고쳤다는 구실을 면치 못하고 있다"라고 하고 있다.

33 庄司淺水, 『印刷文化史－印刷・造本・出版の歷史』, 印刷學會出版部, 昭和 32년, 36면.

앞뒤로 인서(印書)하기를 명 말까지 수십 년에 이르렀다. 근인 도상(陶湘)이 엮은 『민판서목(閔版書目)』에는 투색 인본서(印本書)가 132종이 수록되었다.[34] 이 판본은 자체가 단정하고 종이의 색도 하얗고, 행간의 글자배열도 잘 되어 있어서 보는 눈을 굉장히 기쁘게 해준다.[35]

3) 다양한 책들의 출판

명대의 출판의 호황은 다양한 서적의 편찬을 가능하게 하였다. 이것은 관각본과 가각본, 방각본에 걸쳐서 폭넓게 진행된다. 개인의 문집, 총서, 그리고 희곡소설뿐만이 아니라 다방면에 걸쳐서 이전시기에는 볼 수 없었던 다양한 책들이 나온다. 명대에 가장 눈에 띄는 출판물로는 『영락대전(永樂大典)』을 들 수 있다.[36] 영락대전은 중국문화사상 규모가 가장 큰 유서(類書)이자 또한 세계최대의 백과전서이다. 영락대전은 명 성조(成祖) 때에 편찬된다. 성조는 영락 원년(1403년) 7월에 진사인 해진(解縉)에게 이 책을 만들도록 지시하면서 서문에서 자신의 출판의도를 말하였다.[37] 그런데 이 책을 만들도록 지시한 성조의 의도는 나라의 힘을 내보이고, 당시의 문인학자들로부터 문화를 보호한다는 명

---

[34] 喬衍琯, 「套色印本」, 沈曙俊 편, 『中國古書版本鑑定研究』, 중앙대 출판부, 1991, 350면.

[35] 陳國慶, 譯谷昭次 譯, 앞의 책, 62면.

[36] 姚福申, 앞의 책, 180면.

[37] 성조의 서문을 번역하면 다음과 같다. "천하고금의 사물이 여러 책에 나뉘어 실려 있으며, 책들이 방대하여 쉽게 찾아 볼 수 없다. 너는 각 책에 실려 있는 사물들을 다 찾아내서 이를 모으고 분류하여 운(韻)으로 통일하고자 한다. 바라건대 찾아보기의 편리함이 마치 주머니 속에서 물건 꺼내는 것 같았으며 할 뿐이다. 내가 일찍이 『운부(韻府)』(송대 음시부(陰時夫)가 편한 『운부군옥(韻府群玉)』)과, 『회계(回溪)』(송대 전풍(錢楓)의 『회계사운(回溪史韻)』)을 보니 서술을 통일되어 있지만 수록된 것이 많지 않고 설명도 소략하였으니 너희들도 내 생각도 같을 것이다. 책 중에서 계(契) 이래로 경, 사, 자, 집을 비롯한 백가의 책들을 모았으며, 천문, 지리, 음양, 의복(醫卜), 승도(僧道), 기예에 관련 된 것들까지 모두 한데 모았으니, 번다하다고 싫어하지 말길 바란다."

성을 얻고자 하며, 탈취한 정권을 공고히 다지기 위한 목적이 있었을 것이다. 그런데 문화적으로 이 영락대전은 宋·元 이전의 잘 알려지지 않은 책들을 보존한 효과가 있으니, 여기에는 중국 고대의 도서 약 7,8천 종이 실려 있다.

이 이외에도 두드러진 출판물로는 기술서적을 들 수 있다.[38] 명대 사람이 편찬한 유명한 기술서적으로는 『본초강목(本草綱目)』,[39] 『농정전서(農政全書)』,[40] 그리고 『천공개물(天工開物)』을 들 수 있다. 특히 『천공개물』은 명말 송응성(宋應星, 1587~1655)이 지은 책으로 농업, 수공업 생산기술에 관한 일종의 과학기술백과사전이라고 할 수 있다. 이 책의 가장 큰 특징은 경전에 근거하지 않고 직접 관찰하고 연구한 결과를 적었다는 점이다. 그가 이 책을 만든 목적은 사람들에게 살아가는데 필요한 과학적인 기술 자료를 제공하기 위한 것이었다고 한다. 이 책은 상, 중, 하의 세 권으로 이루어져 있다. 그중에서 내립(乃粒, 곡류), 내복(乃服, 의복), 살청(殺青, 종이제조), 단청(丹青, 안료) 등의 항목이 있는데 이 분야에 대해 생산 공구의 제조, 완성품, 사용방법과 원료의 종류, 산지와 생산가공의 기술들이 확실하게 기록되어 있다. 이 책을 통해서 당시에 어떻게 종이를 만들었는지에 대한 상세한 정보를 얻을 수 있으므로 인쇄출판의 맥락에서도 중요한 자료라고 할 수 있다.

이 이외에도 당시에는 이전까지는 출판되지 않았던 서구 기술서적의 번역서라든지 지방지의 편찬 등, 여러 방면에 있어서 다양한 책들의 출판이 이어졌다.

---

38 姚福申, 앞의 책, 191면.
39 이 책은 이시진(李時珍, 1518~1593)이 지었다. 그런데 명대는 의학서를 그다지 중시하지 않아서, 이런 책들은 대개 사가본이 많았다.
40 이 책은 서광계(徐光啓)의 책으로 농업에 있어서의 백과사전이라고 할 수 있다.

4) 인쇄출판 성황의 원인

인쇄출판이 명대에 성황을 이루게 된 원인으로는 환경적인 이유와 근원적인 이유로 나누어서 설명할 수 있을 것이다. 그런데 환경적인 이유에 대해서는 대목강(大木康) 선생이 잘 조사 설명했다.[41]

대목(大木) 선생은 환경적인 이유로서 첫째, 기술적인 부분과 둘째, 재료 공급의 문제를 언급하였다. 먼저 기술적인 부분의 경우, 각서 작업에서의 분업화를 들 수 있다. 각서의 분업화는 여러 왕조를 거치면서 천천히 진행되었다. 우선 원판을 송판과 비교해볼 때 송판에서는 각 장을 똑같은 각공이 계속해서 판각하는 경우는 거의 없는 것으로 보인다. 그런데 원대에 이르러서는 동일한 각공이 몇 쪽, 수십 쪽, 혹은 한 권을 계속 만들었다. 이것은 각공의 조직이 변해 가면서 각공 사이에 자연적으로 우두머리와 직인이라는 관계가 명확해지고 결국 인쇄는 출판자와 직인 우두머리의 문제가 되었기 때문인 것 같다. 그래서 한 쪽을 새길 때에도 쉬운 선은 제자에게 시키고 어려운 부분이나 마지막 마무리는 우두머리가 해서 우두머리의 이름을 판목에 새겨놓은 것으로 보인다. 이런 추세가 명대에 와서는 더욱 심화되어서 이제는 각공의 이름조차 나타나지 않은 책이 많아진다. 이런 체제의 변화는 각서의 신속화와 저가화를 가져왔다. 각공들의 분업화의 결과가 이른바 명조체(明朝體)의 완성이다. 이 명조체가 탄생한 것은 정덕에서 가정에 이르는 시기로 보이며 이 기하학적인 그리고 어떤 의미에서는 몰개성적인 명조체는 판각의 신속화, 혹은 분업화의 필요에서 나타난 것으로 보인다고 하였다.

다음으로 재료공급의 문제를 들 수 있는데, 이에 대해서 대목 선생

---

41 大木康, 앞의 논문, 48~59면.

은 책을 인쇄출판하려고 할 때에 재료가 되는 것은 목재, 묵, 그리고 종이를 들 수 있다고 하였다. 그런데 묵도 소나무를 태워낸 그을음으로 만들어진다고 하니 결국 인쇄에 필요한 재료는 목재라고 할 수 있다.

종이와 묵의 주요산지를 보자면 우선 종이는 명초의『신증격고요론(新增格古要論)』권9[42]에서는 좋은 종이로서 사천(四川)의 촉전(蜀牋), 안휘(安徽)의 흡지(歙紙)·징심당지(澄心堂紙)·영산지(英山紙), 강서(江西)의 서산관음지(西山觀音紙)·광신지(廣信紙)·무주지(撫州紙), 절강의 상산지(常山紙)·소흥지(紹興紙)의 아홉 종류를 들고 있는데, 사천을 제외하면 강서·안휘·절강에 집중되고 있다. 그리고 인쇄되는 책에 쓰이는 종이의 산지로서 강서의 영풍(永豐), 절강의 상산(常山), 복건의 순창(順昌)이 제시되어 있다. 여기서도 마찬가지로 강서, 절강이 주요 산지이지만 새로 복건이 등장하여 제법의 개량에 의해 값싸고 튼튼한 종이를 만들 수 있게 되었다고 한다. 이처럼 값싼 종이의 출현이 서적 보급의 한 원인이기도 했을 것으로 생각된다.

묵에 대해서는 역시 안휘성이 유명하고 특히 명대에는 흡(歙) 지방에서 이름난 묵이 만들어졌다. 묵에 대한 서적으로는『방씨묵보(方氏墨譜)』,[43]『정씨묵원(程氏墨苑)』,[44]『방단생묵해(方瑞生墨海)』,[45]『반씨묵보(潘氏墨譜)』[46] 등이 있다.

마지막으로 목재의 경우 산지인 휘주(徽州)가 그 주요 산지였다고 생각된다. 목재를 많이 산출한 휘주에는 말하자면 나무를 중심 재료로 이용하는 문화가 존재하고 여기에 목조(木彫)의 기술이 전승되어 있었다.

이런 재료들의 유통을 담당한 사람들은 휘주 흡현을 근거지로 하는

---

42 曹昭이 撰하고, 王佐가 補하였다.
43 만력 17년, 방씨미음당간본(方氏美蔭堂刊本).
44 만력 23년, 정씨자란당간본(程氏滋蘭堂刊本).
45 만력 46년, 신안방씨간본(新安方氏刊本).
46 만력 40년, 흡현반씨여고관간본(歙縣潘氏如皐館刊本).

신안(新安) 상인들이다. 애초부터 목재의 산지는 산간부에 많지만 무겁고 부피가 큰 목재의 경우 그 산지가 되려면 뗏목을 만들어 띄어 보낼 수 있는 강의 상류에 위치할 필요가 있다. 그 점에서 신안강(新安江)을 내려가면 항주가 있고, 장강으로 나가면 남경, 소주라는 소비지를 유지하고 있었던 휘주는 목재 산지로서는 절호의 조건을 겸하고 있었다고 말할 수 있다. 휘주에서 만들어진 종이나 묵이 신안 상인에 의해 남경, 소주, 항주 등으로 운송된 것은 말할 것도 없다. 나아가서는 종이의 산지였던 강서, 복건 등도 이 신안 상인의 행동범위 속에 들어 있어서 이를테면 복건의 값싼 종이가 강남에 운반되어 출판에 자극을 주고 있었으리라고 생각된다.

위의 대목 선생의 견해대로 명대는 인쇄와 출판에 있어서 성황기를 맞았는데 이렇게 된 데에는 각서의 분업화에 따른 기술의 발전과 재료 공급에 있어 값싼 종이의 출현과 재료의 유통을 담당하는 상인들이 원활한 활동이 중요한 환경적인 원인이 되었을 것이다. 다음으로 근원적인 이유로는 책의 수요가 늘어났음을 말할 수 있다. 책의 수요란 결국 독자에 대한 부분이므로, 이 논의에 대해서는 뒷장의 문학 담당층의 변화와 함께 논의하겠다.

3. 문학담당층의 증가

명대에 나타나는 문학담당층의 변화에 대한 논의는 한국에서는 아직 본격적으로 제기되지 않았다.[47] 그렇지만 이들 문학담당층들에 의해 서적의 수요는 늘어났으며, 아울러 명대의 백화문학은 홍성기를 맞

이하였기 때문에 이들에 대한 이해는 간과할 수 없는 중요성을 지닌
다. 그런데 필자는 이 시기의 중요한 문학담당층으로서 명대에 새롭게
등장한 지식인층을 지목하고자 한다. 이들은 국가에서 인정하는 학위
는 가지고 있지만 벼슬길에는 나서지 못한 다수의 학위층으로서 생원
(生員), 감생(監生), 거인(擧人)을 말한다. 아울러 이들과 함께 명대의 상
업의 흥성과 함께 성장한 상인층도 당시의 문학담당층의 한 부분이었
다고 생각한다. 그러므로 본 글에서는 이 두 계층에 대해서 좀 더 자세
히 알아보고자 한다.

그런데 이런 문학담당층에 대한 논의는 중국보다도 일본에서 먼저
있었다.

1) 일본에서의 논쟁

일본에서는 1980년대에서 1990년대 초까지 거의 10년여에 걸쳐 백
화소설의 독자에 대한 논쟁이 대목강(大木康) 선생[48]과 기부창(磯部彰)
선생[49] 사이에서 팽팽하게 진행되었다.[50] 이들 논의의 쟁점은 당시 책
의 가격이었다. 기부 선생은 당시 책의 가격이 너무나 고가였기 때문

---

47 조동일 선생은 그의 『동아시아문학사 비교론』, 서울대 출판부, 1993, 275면에서 작자
층이 어느 계급이나 어느 계층 출신이며, 작품 창작 이외의 다른 생업은 무엇이었으
며, 어떤 세계관을 가졌는가의 여부, 작자·출판업자·독자의 상보적인 관계에 의해
문학담당층이 형성되고 교체되는 현상의 중요성, 문학담당층의 요구에 의해 새로운
문학 갈래가 생성되는 과정과 문학 갈래의 세계관의 중요성을 역설하였다.
48 대목 선생의 논문으로는 大木康, 「明末における白話小說の作者と讀者について」, 『明
代史研究』 제12호, 1984년과 「明末 江南における出版文化の硏究」, 『廣島大學文學部紀
要』 제50호, 1991의 두 편을 들 수 있다.
49 기부 선생의 논문으로는 磯部彰, 「明末における『西遊記』の主體的受容層に關する研
究」, 『集刊東洋學』 제44호, 1980년과 「讀書人層の『西遊記』受容について〉, 『富山大學
人文學部紀要』 제12호, 1987년을 들 수 있다.
50 그런데 1991년에 대목 선생의 논문이 발표된 후에는 아직까지 기부 선생의 이렇다 할
반론이 나오지 않는 상태이다.

에 이를 적극적으로 수용한 계층은 관료나 독서인계층이지 종래에 통설로 지적해 오던 '서민'이 아니라고 하였다. 이에 대해 대목 선생은 기부 선생이 지적한 책의 가격은 아주 적은 자료를 인용해서 결론을 내린 것이며 당시의 책의 가격은 인쇄의 상황을 보았을 때에 그렇게 비싼 것은 아니었다고 하며, 이런 상황을 두고 볼 때에 독자층은 좀 더 폭넓은 층에 걸쳐서 형성되었다고 하였다. 또한 기부 선생은 독자층이 기록을 남긴 사람들, 즉 독서후기나 이런 저런 서적에서 평을 남긴 사람들로 한정 짓는 데 비해서, 대목 선생은 기록을 남기지 않았지만 더욱 많은 독자층이 있었을 것이라고 말하고 있다.

위의 논쟁의 핵심을 이루는 책의 가격에 대해 좀 더 자세히 알아보자.

기부 선생은 그의 두 편의 논문에서 책의 가격을 쌀의 가격에 비교해서 추측한다. 명대에 간행된 『봉신연의(封神演義)』의 겉면에 '매부정가문은이량(每部定價紋銀貳兩)'[51]이라는 붉은 인장이 찍혀있다. 그리고 이보다 크기가 작은 명간사곡사집(明刊選曲詞集) 『신조만곡장춘(新調萬曲長春)』의 겉면에는 '매부정가은일전이분(每部價銀壹錢貳分)'의 표시가 있다. 당시의 책의 가격은 출판량이나 책의 크기에 따라서 높고 낮음의 차이가 있었던 것으로 보이나 위의 예를 볼 때에 비교적 비싼 상품이었던 것 같다고 한다.

그런데 위에서 제시한 가격들은 실제로 어느 정도의 가치를 지닌 것일까? 여기에서 예를 들어서 비교하자. 고기원(顧起元)이 편집한 『객좌췌어(客座贅語)』는 금릉에 관한 내용을 중심으로 하고 있는데 그 중에서도 권1 「미가(米價)」 항은 가정, 만력 때의 금릉의 쌀값의 추이를 전하고 있다.

---

51 문은이란 말굽 모양의 은을 말한다.

가정 2년 계미해에 남부에 가뭄이 들었다. 그래서 죽은 이들이 널려 있었으며 창고의 쌀 가격은 올라서 1양 3, 4전에 이르렀다. 3년 동안 보리도 나지 않았는데 모를 심은 후에 다시 가뭄이 들었으나 처서 전에 비가 와서 싹이 다시 일어섰다. 그래서 3배의 수확을 할 수 있었으며, 사람들은 비로소 살 수 있었다. 만력 16년 무자년 여름에 다시 가뭄이 가정 2년 계미해와 같아서 죽은 사람들을 셀 수도 없었다. 남문 문지기가 콩으로 관의 수를 헤아렸는데 날마다 한 되는 되었다고 한다. 곡성이 밤마다 하늘에 울려 퍼졌으니 딱딱한 쌀의 가격은 2량이었고 창고의 쌀은 1량 5, 6전이었다고 한다. 아저씨나 노인들은 이백 년 동안 남부의 곡식의 귀함이 이보다 더한 적은 없었다고 한다.[52]

쌀의 가격은 지역이나 풍흉에 따라 다르기는 하지만 위의 기록으로 볼 때에 금릉에서 1석은 1양 3,4전, 만력 16년의 흉작 때에는 딱딱한 쌀 1석은 2양이었고, 창고의 쌀은 1석에 1양 5,6전이었다고 하니, 평년에는 쌀 가격이 좀 더 낮았을 것이다. 그렇다고 해도 장편 고전소설의 가격이 흉작 때의 쌀 1석에 해당된다면 이것은 하층민들은 도저히 책을 사 볼 환경이 되지 못한 것으로 보인다. 그러므로 경제적인 측면에서 당시의 하층사회의 사람들은 고전소설의 창작이나 개작의 원동력이 되었다고 할 수 없다고 주장한다. 그러므로 명 말의 고전소설의 중심적 독자란 시간과 경제력 여유가 있는 관료를 중심으로 하는 독서인이나 호상(豪商) 등이라고 주장한다.

이에 대해 대목 선생은 반론을 펼친다. 그는 기부 선생이 자료를 인용할

---

[52] '嘉靖二年癸未 南都旱疫 死亡相枕藉 倉米價翔貴 至一兩三四錢 時三年無麥 挿秧後復旱 處暑前 乃得雨 禾驟起收穫三倍 人始甦焉 萬曆十六年戊子夏 荒疫亦如嘉靖之癸未 死者亡算 南門司閽者 以豆記棺 日以升計 哭聲夜徹天 粳米價二兩 倉米至一兩五六錢 父老言 二百年來 南都穀貴 自未有至此者.' 磯部彰, 앞의 논문(1980년) 55면에서 재인용.

때에 자신의 구미에 맞는 부분만을 골라서 인용하고 있다고 지적하였다. 기부 선생이 『봉신연의』, 명간선곡사집 『신조만곡장춘』의 가격을 설정한 자료는 주정충부(酒井忠夫) 씨의 「明代の日用類書と庶民教育」[53]을 근거로 하고 있다. 그런데 이 책에서는 다음과 같이 인용되어있다.

> 명대의 각공(刻工)의 공임은 저렴하고 책도 싼 가격이었다. "일반적으로 만력 때에는 대부분의 일용 유서는 대체로 은1이나 2량이 정가였다. 초판 뒤의 조본(粗本)이라면 숭정 때에는 은 1전으로 매매되고 있었다." 잡자류(雜字類) 등의 작은 책은 더 싼 가격이었으며 많이 구독되고 있었던 것이다.

분명히 명대에는 책도 싼 가격이었다는 부분이 나오는 데도 기부 선생은 책이 비쌌다는 것을 말하기 위해서인지 위에서 큰 따옴표를 단 부분만을 인용하고 있다. 그런데 문제는 이 서적의 가격이라는 것이 처음부터 정해졌으며 어디에서나 똑같은 가격으로 팔렸으리라는 보장은 없는 것이다. 또한 같은 책이라 하더라도 가격이 기재되어 있지 않는 경우도 있으니, 정확한 정가라고 단정할 수는 없는 것이다.

또한 앞에서 쌀의 가격을 기준으로 할 때 『봉신연의』의 가격이 2량인 것은 분명히 비싸다고 할 수 있다. 그런데 명간선곡사집 『신조만곡장춘』의 경우는 1전 2분이라고 하는데 전이 량의 10분의 1의 가격이라고 할 때에 그다지 비싸다고는 할 수만은 없을 것이다. 이런 이유 때문에 주정충부가 책의 가격이 쌌다고 말한 것 같다.[54] 따라서 기부 선생

---

[53] 林友春編, 『近世中國教育史研究』, 國土社, 1958.
[54] 또한 대목 선생은 명말 이후의 책의 위치에 대해서 『유림외사(儒林外史)』 제1회에 나오는 원말(元末)의 왕면(王冕)의 어린 시절 이야기를 인용한다. 왕면은 아버지를 잃고 생활을 위해서 소를 지키는 일을 하면서 매일 2전을 받는데 이 용돈을 한두 달씩 모아서 학교 근처의 서점에서 몇 권의 고본(古本)을 구입할 수 있었다는 것이다. 왕면은 원나라 사람이지만 이것이 『유림외사』의 작자 오경재(吳敬梓)의 보통 감각이었을 것 같다고 하였다.

이 말한 백화소설의 독자란 시간과 경제력 여유가 있는 관료를 중심으로 하는 독서인이나 호상뿐이었다고 하는 부분은 지나친 단언이라고 대목 선생은 반박한다.

그런데 필자가 두 사람의 견해를 보았을 때에 두 사람 다 어느 정도의 타당함은 가지고 있음에도 불구하고 기부 선생은 당시의 독자층을 고정의 측면에서 파악하고 있던 반면에 대목 선생은 변화, 성장의 측면에서 파악하고 있다는 점에서 확연한 차이를 갖고 있다고 생각된다. 대목 선생이 주안점을 두었던 것은 바로 독서인이나 호상들이 점차로 증가하면서 이들 주변으로 이른바 하층에도 낄 수 없고, 상층에도 낄 수 없는 '중간층'이 점차로 증가하고 있었으며 이런 '중간층'이 또한 백화소설의 독자였다는 점을 강조하고 싶었던 것 같다. 그런 측면에서 보았을 때에 당시의 독자층을 단지 독서인이나 호상이라는 부분으로 한정지은 기부 선생의 견해는 변화의 측면에서 약간의 수정을 가해야 하지 않을까 싶다.

그렇다면 이 두 명의 학자가 지적한 당시의 독자층은 어떤 사람들을 일컫는 것일까? 기부 선생은 우선 복잡한 명 말의 사회를 지배층과 피지배층으로 나누었다. 지배계층은 내부(內府)를 정점으로 한 관료군, 독서인, 부상, 향신지주 등을 들 수 있고, 여기에 대해 피지배층은 자영소농민, 전호(佃戶), 소상인, 용공(傭工) 등을 포함한 불안정한 일상생활을 유지하는 사람들을 중심으로 한다. 이들을 나누는 실질적인 기준은 '과거의 실질적인 은혜'를 받았느냐의 여부이다.[55]

---

[55] 磯部彰, 앞의 논문, 51면. 그의 견해를 좀 더 자세히 살펴보자. 그는 『서유기』의 독자는 진사급제자, 현달한 관리, 유력한 지식인인 층으로서 이런 독서인층은 권력의 중추에 가까운 지위에 있는 사람들이라고 하였다. 이와 아울러서 명대를 통해볼 때 희곡의 작가군으로서 황족이나 관료가 많은 것은 유명한 사실이며, 고전소설의 작가나 편자도 독서인 계층이 많은데, 이들은 대부분이 문자를 구사할 수 있는 계층에 소속된다고 할

기부 선생이 지배와 피지배를 기준으로 나누었다면 대목 선생은 식자층과 비식자층으로 구분하였다.[56] 그리고 이런 계층의 모양은 피라미드형으로 그려냈다. 옛날 중국 인구의 대부분을 차지하는 농민은 피라미드의 아랫부분을 차지하는데 이것은 상당히 넓은 모양이다. 그리고 윗부분은 식자층에 해당하고 사상(士商, 商에서도 비교적 큰 상인)이 대략적으로 말해서 지배계층이라고 할 수 있다.

기부 선생이나 대목 선생의 구분은 모두가 명대의 독자층에 대한 하나의 기준점을 던져주고 있다. 그런데 이러한 견해에 대해서 필자가 강조하고 싶은 것은 명대에 팽창하고 있는 식자층이 있었으며 이들이 당시의 백화소설의 중요한 담당층이 될 수 있다는 점이다. 다시 말하자면 명대의 시기가 이전 시기와 다른 점은 바로 대목선생이 중간층이라고 지목하고 있는 과거수험생, 즉 학위층들과 상인층들이 두텁게 형성되었으며 이 층들이 변화하는 시대의 새로운 역할을 담당했던 것이다.

그렇다면 이 중간층으로 새롭게 부각되는 계층의 실상은 무엇이었을까?

수 있다. 그래서 고전소설의 독자로 한정해서 생각해 볼 때에 유교의 경서류나 시문을 힘써 공부해, 과거를 통해서 입신을 희망하는 당시의 독서인이 문자문화의 제1의 향수자로 가정하였다. 또한 과거를 준비할 염려가 없는 내부(內府)의 구성원이나 인척들, 또한 여가 시간이 많이 있는 호상들이 독자층을 이루었음을 예측하였다. 다른 한편으로 명말 사회의 주요한 구성원인 자영소농민, 반자작농, 전호(농촌쪽) 들이나, 소상인, 수공업공인, 용공(도시쪽)의 피지배자계층은 『서유기』 같은 고전소설과의 관계를 보건대, 현존하는 자료를 통하면 문헌상에는 하층사회의 사람들이 고전소설과 접촉했던 실태가 명백하게 남아있지 않으므로 아마도 백화고전 소설보다는 희극, 설서(說書), 보권(寶卷) 등을 통하여 접하였다고 하였다.

[56] 大木康, 앞의 논문, 74면.

2) 비대해진 학위층[57] —생원, 감생, 거인

　　명대의 식자층의 증가는 여러 가지 자료를 통해서 알 수 있다. 그런데 우선 여기에서는 과거배출자의 수를 통해 그 수적인 증가를 보기로 하자.
　　아래 표를 통해 보건대[58] 이들의 연평균 인원수를 보면, 후대로 갈수록 과거합격자의 수는 지속적으로 증가한다. 이러한 수적인 증가는 명대에 오면 거인까지를 포함시키면 더욱 두드러진다.[59]
　　지금의 현실을 통해 유추해 보더라도 과거란 일종의 고시와 같을 것이다. 그런데 고시를 준비하는 사람들은 시험 정원의 거의 몇 십 배에 해당하는데, 이는 과거시험의 경우도 마찬가지였을 것이다. 이처럼 과거합격자의 수적인 증가는 합격자를 둘러싼 엄청난 준비생들을 낳았는데, 이들은 어쨌든 문자를 읽고 쓸 수 있는 계층으로 명대에는 이들의 숫자가 증가일로에 있었던 것이다.

通志名	基準	唐通志名	北宋	南宋	明
甘肅通志	進士	16	?	?	204, 擧人 1280
陝西通志	諸科	150,童子 4, 道擧 1	?	?	196
	進士	164	123	48	942, 擧人 4710
畿輔通志	進士	97	98	0	2270, 擧人 6671
山東通志	制科	109	293	0	進士 1923, 擧人 6851
山西通志	無	?	?	?	?

57　본 논문에서는 학위층만을 다루기 때문에 동생(童生)은 언급하지 않는다.

58　梁鍾國,『宋代士大夫社會研究』, 三知院, 1996, 150면, 이 표는 통지(通志)를 근거로 해서 작성된 것이다. 통지는 특징 지방이나 특정 시대에 국한되지 않고 모든 시기에 걸쳐 보편화되어 있는 내용을 담고 있는 것도 사실이기 때문에, 그곳에 나오는 수치의 비교를 통해 각 지역의 시대별 사회상을 전체적으로 유추해 보는 것은 어느 정도 가능하다. 통지는 대개 청대의 행정구역을 기준으로 이루어졌다.

59　위의 책, 152면.

河南通志	進士	97	209	12	2391, 擧人 6683
重修 安徽通志	進士	47, 制擧 5	560,制擧 15	953, 制擧 32	1350, 制擧 585,擧人 4124
四川通志	進士	27	1085	1787	1455, 擧人 6157
湖廣通志	進士	28	?	?	1608, 擧人 8341
湖南通志	進士	25,制擧 5	327	545	554, 制擧 239, 擧人 330
江西通志	進士	71	1756	3706	3112, 鄉試 1017
江南通志	進士	148	1567	2075	4379, 擧人9183
浙江通志	進士	72	1582	5660	3826, 擧人 1012
福建通志	科目	76	3188, 童子 3	7268 童子 12	進士 2363, 擧人 8343
廣東通志	科目	37	進士 192	進士 336	進士 903, 擧人 6969
廣西通志	進士	8	81	169	221, 擧人 4680
貴州通志	進士	0	?	?	102, 擧人 1719
雲南通志	進士	0	0	0	260, 擧人 2758
總計	괄호는 연평균 인원수	1187 (4.11)	11079 (66.34)	22603 (1438.70)	28883(97.91) 擧人 10207 (346.01)

　그런데 필자는 과거에 합격한 인원 이외에 백화소설의 작자 혹은 독자로서 또 다른 하나의 집단을 주목하고 있다. 이 집단은 바로 명대에 들어서서 갑자기 비대해진 계층으로 일명 사자(士子)·사인(士人)·금사(衿士)로 명칭 되던 집단이다.[60]

　이 집단에 해당하는 사람들로는 생원·감생·거인을 말할 수 있다. 생원이란 국립학교의 학생을 말한다. 명대의 교육기관으로는 중앙에는

60　酒井忠夫, 『中國善書の研究』, 弘文堂, 소화 35년, 78면에서는 향신(鄉紳)·진신(縉紳)·향궁(鄉官)의 용어와 관련해서 사자·사인·금사 등의 용어를 설명하고 있다. 이 용어는 부주현학(府州縣學)의 생원으로서 아직 벼슬길에 나서지 못한 사람들을 일컫는다. 즉 이들은 향신 신분이 되지 못한 거인 이하의 진사가도(進士街道)에 있는 독서인계층을 지칭한다. 그런데 다른 한편으로 향신계층이 당시의 중요한 문학담당층인 것은 사실이다. 하지만 본 논문에서는 향신계층 보다는 그 동안 주목을 받아오지 못한 미관료 학위층, 사자·사인·금사들, 다시 말하자면 생원·감생·거인들이 명대에 있어서 향신층 만큼이나 중요한 문학담당층이었음을 강조하기 위해 이 부분에 주안점을 두었다.

태학(太學)이 있었으며 지방에는 부학(府學)·주학(州學)·현학(縣學)이 있었다.[61] 그런데 명대부터 과거를 볼 수 있는 자격자는 반드시 국립학교의 학생 즉 생원이어야만 한다고 규정되었던 것이다. 그러므로 과거를 보려는 사람은 우선 국립 학교의 입학시험부터 치러야 했다. 그런데 명대의 생원의 지위는 이전 시대와는 판연히 다르다. 그 이유 중 가장 주요한 것은 그들이 국가로부터 부여받은 요역 면제의 특권을 가지게 되었기 때문이다. 명말·청초에 신사층이 '지배계층'으로 대두되는 계기로서 지금까지 학계의 관심을 가장 많이 끌어온 부분도 바로 이점이었다. 그런데 이 요역 우면(優免) 특권은 역사적·사회적·경제적인 의미에서 대단히 중요한 의미를 갖는 것이었다. 중국에서는 옛날부터 요역을 부담하는 계층과 요역을 면제받는 계층 사이에는 본질적인 신분에 차등을 두어 왔다. 요역을 면제받는 것은 경제적인 이익뿐 아니라, 면제 그 자체가 바로 서민과의 계층적인 구분을 의미하는 것이었고 그 구분을 국가에서 법적으로 보장하여 준 것이다. 명초인 홍무 20년에 이상과 같이 중요한 의미를 가지는 우면특권이 생원에게까지 부여되었다.[62] 이와 아울러 생원의 경우 일단 취득한 생원자격은 그보다 상위층으로 상승하거나 죄

---

61 宮崎市定, 중국사연구회 역, 『중국의 시험지옥―과거』, 청년사, 1993, 38면.
62 홍무제가 생원에게 이런 특권을 부여한 이유를 고염무(1613~1682)가 그의 「생원론하(生員論下)」(『亭林詩文集下』, 臺灣商務印書館印行, 1968, 189면)에서는 다음과 같이 밝히고 있다. "국가가 생원을 두는 이유는 무엇인가? 천하의 수재를 모아 학교에서 육성하고 덕을 쌓고 사물에 통달하고 선왕의 도를 밝혀 당세의 일에 통달해서 나아가 공경대부가 되어 천자와 더불어 천하를 나누어 통치하는 데에 있다[國家之所以設生員者, 何哉. 蓋以收天下之才俊子第, 養之於庠序之中, 使之成德達材, 明先王之道, 通當世之務, 出爲公卿大夫與天子分猷共治者也]." 그리고 이 부분에 대해서 오금성은 『중국근세사회경제사연구』, 일조각, 1986의 22면에서 위에서 인용한 「생원론」의 일부분에 대한 해석을 다음과 같이 하고 있다. "학교에서 인재를 양성함으로써 유교이념을 보존하고 또 관료의 보급원을 확보하려는 데에 홍무제의 생원제도의 창설의 목적이 있었다 하겠다. 환언하면 지식이 있어서 향리에서 대중에게 영향력이 큰 유력호(有力戶)의 일부를 선발하여 그들에게 약간의 자격과 특권을 부여함으로써, 그들을 학교제에 끌어들여 통일된 정책으로 관리함으로써 통치에 도움을 받거나 적어도 무해하게 한다는 점이 있었다."

책으로 자격을 박탈당하지 않는 한 종신토록 보장되었다는 점이다. 송대와는 달리, 명초부터 생원은 별다른 계층이동이 없는 한, 종신토록 그 자격을 보유하면서 제도적으로 부여된 여러 특권을 향유하면서 향리에서 특권적 지위를 유지할 수 있었던 것이다.[63]

이런 점을 볼 때에 당시의 생원이란 식자층의 일원으로서 한편으로는 국가로부터 특권을 가지면서도 실제로는 벼슬자리에 나아가지 못한 중간적인 지위를 가진 집단임을 알 수 있다.

이와 아울러 감생이 존재한다. 감생이란 생원 중에 성적이 우수한 자로서 국자감에 입학할 수 있었던 경우를 말한다. 국자감에의 입학은 학교제를 통하여 관직에 한걸음 더 접근할 수 있는 첫 번째 수단이었다. 감생이 생원과 다른 가장 중요한 점은 감생의 자격만으로도 입사할 수 있는 점이다. 명 일대를 통하여 감생은 중·하급관의 과반수이상과 진사의 과반수를 보급하는 중요한 관료 보급원이었다. 다시 말하자면 명대 전 관료의 1/2 정도는 감생출신이었던 것이다. 그리고 감생은 생원·거인 등과 함께, 벼슬자리에 나아가지 않아도 국가와 사회로부터 관료에 준하는 예우를 종신토록 보장받으면서 사회에 존재하였던 것이다. 따라서 명초부터 감생도 역시 전시대의 태학생과는 다른 특권적인 지위로서 역사에 등장하여 전통적인 사대부의 범주 내에 포함될 수 있게 된 것이다.[64]

다음으로 거인이 있다. 거인은 향시의 합격자이지만 최종시험인 전시를 통과해야 만이 진사가 될 수 있었기 때문에 생원이나 감생과 마찬가지로 중간적인 입장에 있었던 계층이다.[65]

---

63 吳金成, 앞의 책, 16~23면.
64 위의 책, 28면.
65 宮崎市定의 앞의 책, 77면을 보자면 송대 이후 과거는 3단계의 형식을 취했다. 우선 지방에서 鄕試를 행하여 그 합격자를 중앙에 보내 중앙 정부에서 會試를 치렀다. 이어 천자가 직접 주관하는 殿試에서 최종적으로 합격자를 결정하는 것이 원칙이다. 鄕試의 합격자는 새로이 擧人자격을 평생토록 획득하게 된다. 그리고 3년마다 북경에서 행해

이들 세 집단이 지니는 공통점은 지식을 매개로 해서 학교제와 과거제를 통해 출현한 학위 소지자층이라는 점이다. 이들은 관직자층과는 비교도 안될 만큼 다수를 점하고 있었으며 명대 후반부로 갈수록 집단화되어[66] 실력을 행사하게 된다.[67]

특히 이들의 숫자는 명대 후반부로 갈수록 더욱 팽창한다. 고염무 (1613~1682)가 그의 「생원론」에서 '천하의 생원을 합했을 때, 현 마다 300명으로 계산하자면 50만 명보다 적지 않다'라고 하였다.[68] 이런 팽창의 양상을 도표로 나타내면 다음과 같다.[69]

명대의 생원수

연대	인구	생원수	인구비(%)
홍무 연간(14세기 후반)	약 6,500만	약 3만	0.046
선덕·정통연간(15세기 전반)	약 6,500만	약 6만	0.092
정덕 연간(16세기 초)		약 31만	
명말(17세기 초)	약 15,000만	약 50만	0.33

지는 會試에 응시할 수 있는 자격이 있다. 會試는 貢擧라고도 하는데 역사적으로 보아 이 시험이야말로 과거의 본체를 이루는 것이다. 鄕試는 말하자면 예비시험이고 다음에 치러지는 殿試는 재시험의 의미밖에 갖지 않는다. 唐代에는 이 시험에 합격하면 바로 進士가 되었다. 이 會試에 합격한 擧人은 貢士라고 부르는 경우도 있었다.

66 권중달의 『중국근세사상사연구』(중앙대 출판부, 1998) 381면에 따르면 '학인들은 官場에의 길이 좁아짐에 따라서 官學서 수학하는 관심은 점차로 仕路 이외의 여러 우면 특권을 얻는데 그치거나, 사리추구의 수단으로 바뀌게 되었다. 동시에 학인들 사이에도 관료화된 부류와 그렇지 못한 부류가 분화되고 이질감까지 나타나게 되고, 드디어는 대립하는 양상조차 나타난다'라고 말한다.

67 위의 책, 378~379면에 따르면 "명대의 교육제도가 낳은 이러한 모순과 부작용은 명. 중기이후에 지식인들의 집단행동을 낳을 수 있게 하였다. 명대 최대의 지식인의 활동으로 볼 수 있는 東林黨의 활동도 그러한 선상에서 이해할 수 있을 것이다. 또 수많은 社의 결성도 이를 배경으로 한 것이었다. 文社들의 총체인 復社의 활동상은 崇禎二年의 尹山大會, 三年의 金陵大會, 五年의 虎邱大會가 열렸다"라고 말한다.

68 顧炎武, 『亭林詩文集』 下(臺灣商務印書館印行, 1968), 189면.

69 吳金成, 앞의 책, 41면.

위의 표를 보건데 15세기 전반까지는 생원의 총수가 육만 명이었으나, 점점 증가하여 16세기에 들어가면 다섯 배 정도로 증가된 듯하다. 그리하여 만력 연간(1573~1619)에 이르면 인구가 조밀하고 경제 문화적으로 선진지대인 강소·절강 지방에서는 심한 경우 생원의 수가 명대 초기보다 20여 배에 이른 곳도 있었다. 명 말에는 생원의 수가 전 인구의 0.33%(인구 2.3배 증가에 생원은 16.6배 증가)까지 증가했다.[70]

감생의 경우도 명 중엽을 고비로 하여 역시 입사의 길이 정체되어 갔다. 명초에는 10여년을 기다려야 하던 것이 중기 이후부터는 20여년을 기다려야 입사할 수 있었고, 또 끝내 입사하지 못하는 감생도 약 1 / 2 가까이 되었다. 이렇게 해서 향리에 정착할 수밖에 없었던 대다수의 감생은 역시 같은 시기부터 정체되어 간 생원·거인과 더불어, 명 중기 이후 복잡한 사회문제를 야기하였다. 명대의 거인은 중기에서 말기로 갈수록 국가에서의 신분적인 예우 및 사회에서의 인식에서도 감생보다 우위였다. 그러나 입사하지 못하면, 여전히 거인으로 호칭되는 학위소지자에 불과하였다. 그 경우 그들의 심리적인 입장은 감생, 나아가서는 생원과도 크게 다를 바 없었다.[71]

그런데 백화소설의 경우를 보더라도 이러한 학위층들은 중요한 작자이자 독자이기도 하였다. 우선 천계(天啓) 연간의 풍몽룡은 생원으로 알려졌으며, 『이박(二拍)』의 능몽초나 『수사유문(隋史遺文)』 등을 지은 원우령(袁于令)도 소설을 쓸 무렵에는 생원신분이었다.[72] 또한 『서유기』의 작자로 알려진 오승은은 가정 23년 갑신년(1544)에 세공생(歲貢生)이 되었다고 하는데, 세공생은 생원과 같은 의미이다.[73] [74]

---

70 위의 책, 41면.
71 위의 책, 49~53면.
72 大木康, 앞의 논문(1984년), 10면.
73 윤태순, 「『西遊記』研究」, 성균관대 박사논문, 1995년.
74 조동일 선생의 『동아시아문학사비교론』(원출전은 游國恩 外, 『中國文學史4』, 中國圖

대목 선생은 특히 풍몽룡을 집중적으로 연구하면서 소주의 섭씨(葉氏) 성을 가진 서점에서 간행된 풍몽룡의 책을 정리하여 당시의 독자층을 추측하였다.[75] 섭씨의 서점에서 간행된 풍몽룡의 책은 모두 9권이며 그것을 분류하면, (A) 과거 관계 : 『춘추형고(春秋衡庫)』, 『사서존주대전(四書尊註大全)』, (B) 일용 유서 : 『박물전휘(博物典彙)』, 『여면담(如面談)』, (C) 소설 : 『고금담개(古今譚槪)』, 『남송지전(南宋志傳)』, 『성세항언(醒世恒言)』, 『신열국지(新列國志)』, 『석점두(石点頭)』와 같이 3 종류로 나눌 수 있다. 이중에서 (A)류의 독자는 과거의 수험생에 한정할 수 있는데 이중에서 『춘추형고』와 같은 것은 향시의 단계에서 필요한 책이므로 이 책의 주 독자층은 생원이었을 것으로 짐작하고 있다.

아울러서 대목 선생은 (B)의 일용 유서 가운데에서 『여면담』을 주시하면서 이 책의 독자를 추정하였다. 『여면담』은 척독(尺牘) 유서로서 편지문의 예를 모아 놓은 것이다. 예를 들자면 「진사급제를 축하하는 편지」, 「낙제한 벗에게 위로하는 편지」나 「약국의 개점 축하 편지」 등이 주요 내용인데, 이로써 보건대 향리의 선배나 당시의 지현(知縣)에게 청을 넣어야 하는 중하층의 사인이나 멀리까지 가지 않을 수 없는 상인(객상)들이 이 책의 이용자가 될 것이다. 그런데 「약국의 개점 축하 편지」 같은 경우는 상인층이 이용했을 가능성이 큰데, 만약 상인층이라고 한다면 이 정도의 문자를 쓰고 이해할 정도라면 이들을 소설의 독자라고 해도 큰 무리가 없을 것이다.[76] 위에서 보건대 『여면담』의 독자, 즉 풍몽룡이 상정한 독자는 생원을

書刊行社, 400~401면에 따르면 『서유기』를 지은 오승은은 신사였다가 소상인으로까지 몰락한 집안에서 태어나 가난하게 지내며 글을 팔아 살아갔다. 탕현조는 벼슬을 버리고 물러나 희곡을 써서 울분을 토로했다. 오경재는 대관료이고 부호였으나 가산을 탕진하고 빈곤하게 되어서, 과거에 급제하기 위해 헛되이 애쓰는 신사 지방자들의 곤경을 풍자한 『유림외사』를 지었다. 이들 작가는 신분적 특권을 잃고 빈곤한 생활을 하게 되어서, 전통 한문학을 위해 닦은 문장력으로 새로운 경험을 생동하게 나타낸 공통점이 있다고 말한다.

[75] 大木康, 앞의 논문, 1984년, 6~7면.

중심으로 하는 과거수험생과 상인이라고 할 수 있다.

이처럼 명대에 들어서서 새롭게 형성된 학위층, 즉 생원·감생·거인들은 그들의 시험인 과거에 합격하기 위해서나 여가를 위해 서적을 필요로 했다. 그러므로 이들의 수요로 인해서 책의 판로가 확대되고 있었으며, 이와 동시에 명대 후기에 들어설수록 벼슬자리에 비해 엄청나게 증가한 학위층의 숫자로 인해서 이러한 잉여지식층들은 자연히 식자층의 요구에 합치되는 방향에서 창작을 하였을 것이다. 다시 말하자면 이들 계층은 서적의 독자이자 작자였던 것이다.

3) 상인층의 대두

명대에 있어서 특히 상인층이 점차로 두각을 나타낸다. 특히 면직물업에 있어서 각 공정이 분화되어 있고 영세농민이나 수공업자는 이중에서 어느 부분을 담당하여 전업화 하였다. 그리고 이들 각 공정 사이에는 상인자본이 개입하여 이윤을 획득하였다. 명 중기 이래 강남 농촌의 면직업에 개입한 상인은 독립된 영세상인들로서 이들의 개별적인 중개에 의해서 각 공정이 분화되었던 것이다.[77]

그런데 문학에서 상인층의 대두를 실제적으로 반영한 작품으로 우리는 『금병매(金甁梅)』를 떠올릴 수 있다. 『금병매』에 등장하는 인물들은 약재상을 경영하는 서문경(西門慶)과 그를 둘러싼 처첩들이다. 이 소설의 무대는 16세기 중국인데, 당시는 강남지역을 중심으로 수공업이 발달하고 상업도시가 번영하면서 신흥 상인계층이 등장하였다. 이 상인들은 관료들에게 경제적 원조를 제공하면서 자신의 이권과 지위

---

76 위의 논문, 8면.
77 오금성, 「명말·청초의 사회변화」, 『강좌중국사 4』, 지식산업사, 1989, 116~117면.

를 안정시키고 향상시키려 하였는데, 서문경도 신흥 상인계층의 특징적인 모습을 보이고 있다.[78] 그는 좌고(坐賈)와 행상(行商)을 겸비한 상인으로 멀리까지 상품을 사러 돌아다녔다. 또한 고리대금업과 관에서 허가를 받아야 되는 소금장사를 하면서 부를 축적한다. 이를 통해서 우리는 당시의 경제적인 번영과 사회의 노동이 분화를 알 수 있다.[79]

이 부분에서 필자가 강조하는 것은 상인들이 사회조직의 중요한 부분을 담당하였으며 이들은 또한 재력과 여가시간을 가짐으로써 역시 식자층으로 들어갈 충분한 여지를 가지고 있다는 점이다.

그런데 실제로 당시에는 사자(士子)가 유상(儒商)을 함께 하거나 유를 버리고 상을 따르는 경우가 있었다. 이러한 예로써 명대 황성증(黃省曾)의 『오풍록(吳風錄)』에서 "지금 오중(吳中)의 진신대부는 대부분 재물을 제일로 친다"라고 하였다. 사실상 과거를 통해 벼슬자리를 얻는 사람은 소수에 불과하였기에 적지 않은 사람들이 결국에는 먹고 살 방법을 강구할 수밖에 없었다. 그런데 상업이란 현실의 실리를 얻을 수 있었던 것이다. 그런고로 '기유종상(棄儒從商)'은 일부 사자들의 생활을 위한 선택이었다. 이런 예를 보자. 오중의 처사인 원재정(袁才鼎)은 어릴 때부터 유학을 공부했는데 후에는 "기거즉고(棄去卽賈)"[80]가 되었다. 또한 오인(吳人) 도개(陶凱)는 "어릴 때부터 유학을 닦아 자못 서(書)와 예(藝)에 통달했는데" 후에는 경영에 뜻을 두고 상인이 되었다.[81] 특히 명 중기 이래로 이런 상황은 더욱 가속화되었다. 그런데 상인의 역량이 커지고 유가 상으로 전화되는 것은 상인의 사회적인 지위에 있어서도 어떤 변화가 있었음을 말해준다[82]고도 할 수 있다.[83]

---

78 김학주, 『중국문학사』, 신아사, 1989, 506면.
79 李文煥, 「『金瓶梅』與明代商品經濟」, 『金瓶梅藝術世界』, 吉林大學出版社, 1991.
80 王寵, 『雅宜山人集』 卷十, 『方齋袁君室韓孺人行狀』.
81 袁袠, 『胥台先生集』 卷十六, 『陶舜擧墓志銘』.
82 이런 예를 들자면 축윤명(祝允明)이 『탕군묘지명(湯君墓志銘)』의 묘지 주인인 탕빈

그런데 보다 본질적인 변화는 철학상에 있었다. 명대에 등장한 양명학은 주자학을 뛰어넘는 이념의 혁신성을 가지고 있었을 뿐만이 아니라 상인에 대한 관점, 즉 상인관에도 영향을 미쳤다. 이 부분에 대해서는 여영시(余英時)가 언급하고 있다.[84] 이에 따르면 양명학의 창시자인 왕양명은 기존의 종적인 사민론(四民論)[85]을 뒤집어엎고 횡적인 새로운 사민론을 전개하였다. 아래에 왕양명의 사민론을 알 수 있는 글이 있다.

양명 선생께서 말하였다. "옛날에는 사민(사, 농, 공, 상)은 직업을 달리하였으나 도를 같이 하였으며, 그들이 마음을 극진히 한 것은 한 가지였다. 선비는 이것(도)을 가지고 수양하고 통치하였으며, 농부는 이것을 가지고 갖추어 봉양하였으며 공인은 이것을 가지고 도구를 이롭게 하였고, 상인은 이것을 가지고 재화를 유통시켰다. 각기 그 자질이 가까운 곳, 힘이 미치는 곳에서 생업을 삼아서 그 마음을 극진히 발휘할 것을 추구하였다. 그 귀결은 요컨대 사람을 살리는 길에 유익한 것은 한결같았을 뿐이다."[86]

왕양명의 사민론에 따르면 상인은 사와 마찬가지로 극진히 자신의

(湯濱)에 대해 쓴 글을 보자면 그는 상인이었지만 "성 안 사람 중에 그와 친하지 않거나 공경하지 않은 사람이 없었다"라고 하고 있다.

83 鄭利華, 『明代中期文學演進與城市形態』, 復旦大學出版社, 1995年, 199~293면.

84 余英時, 정인재 역, 『중국근세종교윤리와 상인정신』, 대한교과서주식회사, 1993.

85 사민론이란 사, 농, 공, 상에 대한 논의이다. 이전시기까지는 사농공상에 대해서는 종적인 질서로 이해되고 있었다. 즉 士가 가장 가치 있는 직업이고, 상이 이 네 직업 가운데에서는 가장 하류의 직업이었던 것이다.

86 사부비요본(四部備要本) 『양명전서(陽明全書)』 제25권 재인용. 이 글은 왕양명이 방린(方麟)이라는 사람을 위해 쓴 묘표(墓表)이다. 그런데 방린은 처음에는 선비가 되어 과거시험 공부를 하였으나, 얼마 후 내던지고 상업으로 전업한 사람이었다. 이 묘표에 대해서 여영시는 그의 책 177~178면에서 이 글이 첫째는 15세기에 '유학을 버리고 상업으로 나아가는(棄儒就賈)' 비교적 초기의 전형적인 사례이며, 둘째는 유가의 가치관이 자연스럽게 '상업 계층'으로 들어가고 있는 것을 보여주며, 셋째는 왕양명이 유가 사민론에 대해 새로운 관점을 제시하고 있는 것을 보여주고 있다고 평가하고 있다.

책무를 다했을 경우에는 성현이 되는 것에는 아무런 하자가 없다고 말하고 있다. 왕양명 이후의 귀유광(歸有光)[87]이나 왕도곤(王道昆)[88]도 왕양명의 신사민론을 그대로 받아들이고 있었다.

이처럼 당시에는 상인층이 점차로 증가하였으며 이들 중에는 지식인의 신분에서 상인으로 전화하는 경우도 생기게 되었으니 상인의 전반적인 수준은 점차로 높아졌다고 할 수 있다. 여기에다가 양명학은 사의 신분이 상으로 전화하는 것에 대해서 아무런 하자가 없음을 역설하고 있었다. 또한 이 상인층은 서적을 살 수 있는 능력이 있었으며, 때로는 필요에 의해서 문자를 습득하였으므로 점차로 문학담당층의 일원으로 형태를 갖추어 갔다.

4. 결론

필자는 위에서 명대의 인쇄출판의 중요한 특징으로서 우선 인쇄물의 폭발적인 증가를 들었다. 그리고 인쇄물들은 관각본, 가각본, 그리

---

87 여영시, 앞의 책, 181면에 따르면 귀유광은 다음과 같이 말한다. "신안 정거(程居)는 젊어서 오나라의 객상이 되었는데, 오의 사대부는 모두 그와 더불어 노닐기를 기뻐하였다 …… 정군은 어찌 이른바 선비이면서 상인인 자가 아니겠는가? 그러나 군의 사람됨은 성실하고, 의로움을 사모함이 무궁하다. 지극히 즐거움으로 주로 생각하는 것은 사대부와 사귀는 것이니, 어찌 이른바 상인이면서 선비인자가 아니겠는가?"라고 하였는데 왕양명의 신사민론의 영향이 그대로 드러나고 있다.

88 余英時, 앞의 책, 184면에 따르면 왕도곤은 다음과 같이 말한다. "큰 강 이남의 새로운 도시는 문물로 저명하였다. 그 풍속은 유(儒) 노릇을 하지 않으면 장사를 하였다. 서로 교대함을 마치 공직을 실천하는 것 같았다. 요컨대 훌륭한 상인은 어찌 큰 유학자만 못하겠는가?" 왕도곤은 이 말은 훌륭한 상인과 큰 유학자는 동류라고 평가하고 있다.

고 방각본의 형태로 출판되었음을 말하였다. 그중에서도 판매를 목적으로 출판되었던 방각본의 성황은 명대가 인쇄출판에 새로운 시기로 들어섰음을 말해주는 자료 중의 하나라고 하였다. 그리고 이와 아울러서 본격적인 편집자라고 할 수 있는 급고각의 모진과 민일족과 같은 사람들이 등장하면서 인쇄, 출판에 있어서 새로운 시도가 있었음을 알수 있었다. 또한 다양한 책들이 출판되었고, 이런 인쇄출판의 성황의 원인에 대해서 대목 선생의 견해를 언급하였다. 이러한 일련의 작업을 통해서 우리는 다시금 명대라는 시대의 인쇄출판 상황이 어떠하였는지에 대한 객관적인 잣대를 가질 수 있게 되었다.

또한 명대의 문학담당층에 대한 기부 선생과 대목 선생의 논쟁을 소개하면서 명대에는 상층과 하층계층에 낄 수 없는 새로운 '중간층'이 증가하고 있음을 말하였다. 그리고 이런 중간층의 실체로서 미관료학위층인 생원·감생·거인을 지목하였다. 이들 학위층은 명대에 국가로부터 요역 면제와 자격의 종신보장의 특권을 가지고 과거를 준비 중인 시험예비군이라고 할 수 있는데, 이런 계층이 명대 후기로 갈수록 숫자로 보자면 엄청난 증가를 보이며 누적되어갔던 것이다. 그리고 그들은 특권적인 지위와 여가시간, 그리고 문자 활용 능력으로 당시의 중요한 문학담당층이 되었다. 이들과 함께 16세기 자본주의 경제의 맹아기에 있던 중국에서 특별히 부상하고 있었던 상인층은 소설『금병매』에서도 자세히 묘사되고 있듯이 주요한 사회구성층으로 성장 중이었으며, 특히 일부 식자층의 '기유종상'하는 상황과 맞물리면서 역시 명대의 중요한 문학담당층이 된 것으로 보인다.

참고문헌

屈萬里, 昌彼得 共著, 沈暇俊 譯,『圖書板本學要略』, 文成社, 1966.
宮崎市定, 중국사연구회 옮김,『중국의 시험지옥—과거』, 청년사, 1993.
권중달,『중국근세사상사연구』, 중앙대 출판부, 1998.
김성재,『출판의 이론과 실제』, 일지사, 1992.
김학주,『중국문학사』, 신아사, 1989.
나선희,「『서유기』연구—싸움의 구조를 중심으로」, 서울대 석사논문, 1992.
심우준 편,『중국고서판본감정연구』, 중앙대 출판부, 1991.
梁鍾國,『宋代士大夫社會研究』, 三知院, 1996.
余英時, 정인재 역,『중국 근세종교 윤리와 상인정신』, 대한교과서주식회사,
        1993.
오금성 외,『명말·청초사회의 조명』, 한울 아카데미, 1995.
오금성,「명말·청초의 사회변화」,『강좌중국사4』, 지식산업사, 1989.
오금성,『중국근세사회경제사연구』, 일조각, 1986.
윤태순,「『서유기』연구」, 성균관대 박사논문, 1995.
제임스 미치너, 윤희기 역,『소설』, 열린책들, 1993.
조동일,『동아시아문학사 비교론』, 서울대 출판부, 1993.
최형섭,「풍몽룡 화본소설연구」, 서울대 석사논문, 1996.

顧炎武,『亭林詩文集』下, 臺灣商務印書館印行, 1968.
吉林大學中國文化研究所 編,『『金瓶梅』藝術世界』, 吉林大學出版社, 1995.
寧宗一, 羅德榮,『『金瓶梅』對小說美學的貢獻』, 天津社會科學院出版社, 1992.
姚名達,『目錄學』,『民國叢書』제1편 47, 商務印書館 1934版 影印, 上海書店.
姚名達,『中國目錄學年表』,『民國叢書』제1편 47, 商務印書館 1940版 影印,
        上海書店.
姚名達,『中國目錄學史』,『民國叢書』제1편 47, 商務印書館 1934版 影印, 上
        海書店.
姚福申,『中國編輯史』, 復旦大學出版社, 1991.
李文煥,「『金瓶梅』與明代商品經濟」,『金瓶梅藝術世界』, 吉林大學出版社, 1991.
鄭慶山,『金瓶梅論稿』, 遼寧人民出版社, 1987.
鄭利華,『明代中期文學演進與城市形態』, 復旦大學出版社, 1995.

鄭鶴聲, 鄭鶴春, 『中國文獻學槪要』, 『民國叢書』 제2편 51, 商務印書館 1929
　　　版 影印, 上海書店.
陳登原, 『古今典籍聚散考』, 『民國叢書』 제2편 50, 商務印書館 1936版 影印,
　　　上海書店.
胡道靜, 『中國古代的類書』, 中華書局, 1982.
宮埼市定, 「明代 蘇松地方の士大夫と民衆」, 『宮埼市定全集』 13, 岩波書店,
　　　1992.
磯部彰, 「讀書人層の『西遊記』受容について」, 『富山大學人文學部紀要』 12
　　　號, 1987.
磯部彰, 「明末における『西遊記』の主體的受容層に關する硏究」, 『集刊東洋
　　　學』 제44호, 1980.
大木康, 「明末 江南における出版文化の硏究」, 『廣島大學文學部紀要』 제50
　　　호, 1991.
大木康, 「明末における白話小說の作者と讀者について」, 『明代史硏究』 제12
　　　호, 1984.
林友春 編, 『近世中國敎育史硏究』, 國土社, 1958.
庄司淺水, 「印刷文化史－印刷・造本・出版の歷史」, 印刷學會出版部, 昭和
　　　32年.
長澤規矩也, 『和漢書の印刷とその歷史』, 吉川弘文館, 昭和 27年.
酒井忠夫, 「明代の日用類書と庶民敎育」, 林友春 編, 『近世中國敎育史硏
　　　究』, 國土社, 1958.
酒井忠夫, 『中國善書の硏究』, 弘文堂, 昭和 35年.
陳國慶, 譯谷昭次, 『譯漢籍版本入門』, 語文出版, 1992.

동성파桐城派의 성립과 지향, 그리고 팔고문八股文[*]

팔고문을 문화적 환경으로 바라보기 위한 제언

_백광준

1. 緒論

동성파는 청대 최대의 고문 유파로 알려져 있으나, 그에 대한 학계의 연구는 그다지 많이 이루어지지 않았다. 그나마 진행된 연구들은 주로 그들의 특징이라 일컬어지는 몇몇 대표적인 이론에 집중되어 졌다. 이 같은 연구 방식은 아이러니하게도 그들이 청대 최대의 고문 유파라는 사실에서 기인하는 것으로 보인다. 곧 그들이 우리들의 시야에서 무엇보다도 먼저 문장가, 산문가로 현시되므로, 우리들의 시선은 자연 고문으로 옮아가고 마는 것이다. 결과적으로 고문의 바깥으로 배

---

[*] 이 글은 한국중국어문학회 간행 『중국문학』 제42호(2004)에 「桐城派의 成立과 志向, 그리고 八股文—八股文을 文化的 環境으로 바라보기 위한 提言」의 제목으로 발표한 글을 수정 보완한 글이다.

격되는 팔고문 또한 연구자들의 시선에서 너무나 당연하게 배제되고 있다. 이러한 문제의식에서 출발하여, 필자는 고문을 주창하였던 동성파를 제대로 바라보기 위한 하나의 시도로서, 팔고문을 주목할 필요가 있다고 여긴다. 필자가 보기에, 팔고문은 동성파 글쓰기의 형성과 발전, 그들의 지향 등에 직간접적으로 영향을 미치는 매우 중요한 인소이기 때문이다.

물론, 그간 동성파와 팔고문과의 관련성에 대한 지적이 없었던 것은 아니다. 대표적인 예로, 우신웅(尤信雄)은 동성파의 고문을 팔고문과 관련시키는 논의들을 네 가지로 정리한 바 있다. 우선 사상적 측면에서 보이는 유사점을 들었고, 또한 그밖에 동성파 계열의 문인들이 팔고문에 뛰어났다는 점, 평점(評點)을 중시하였다는 점, 마지막으로 격률(格律), 성색(聲色)과 배우(排偶)를 중시하고 문장구성에 주의하였다는 점을 꼽았다.[1] 주의해야 할 것은, 이러한 공통점들은 주로 동성파 문인들의 글쓰기가 시문時文과 직간접적으로 관련을 맺고 있다는 점, 다시 말해서 "고문으로 팔고문을 썼다[以古文爲時文]", 또는 "팔고문으로 시문을 썼다[以時文爲古文]"는 결론을 도출하는 과정으로 주목되었다는 점이다. 결국 팔고문과의 관련성에 대한 연구는 다시 고문의 글쓰기라는 범주 속으로 사고를 제한함으로써, 동성파 글쓰기와 팔고문의 상호 관련성이 빚어낼 수 있는 다양한 논의들을 사상한 채, 동성 문인들의 글쓰기의 한 양태로서 지목하는 데에 그치고 마는 것이다. 따라서 그들의 글쓰기가 팔고문과의 깊은 관련성을 띠고 있다는 이러한 지적들로부터 나아가서 동성파의 성립 그리고 그들의 지향 등 좀 더 넓은 차원으로 팔고문과의 관련성을 확대하여 살펴볼 필요성을 느끼지 않을 수 없다. 글쓰기 차원에서 벗어나, 팔고문이라는 문화적 환경 속에서 동성파를 살펴봄으로

---

[1] 尤信雄, 『桐城文派學術』(台北: 文津出版社, 1989), 127~128면.

써, 동성파의 내부를 깊이 들여다보고자 하는 것이다.

　팔고문은 송대 희녕(熙寧) 연간에 들어서 당대의 시부(詩賦) 형식의 과거제를 경의(經義)로 바꾼 이후 발전을 거듭하였고, 명대 그리고 청대에 들어서는 독립된 문체로 확립되기에 이르렀다. 원래의 경의는 고문과 별반 차이가 없었으나, 팔고문 시험의 성립과 맞물려 고문과 결별을 하게 된다.[2] 이후 팔고문이 과거의 주된 방식으로 확정되어 벼슬을 할 수 있는 유일한 출로로 자리 잡음에 따라, 사대부들은 어려서부터 팔고문의 수련을 요구받게 되었다. 18세기에 쓰인『유림외사(儒林外史)』에 보면, 인재등용 방법으로 팔고문이 시행되는 것에 대해서 왕면(王冕)이라는 인물이 "장래 독서인들은 이런 출세의 길이 있기에, 다른 문장이나 덕행, 또 인품을 닦는 일 등 모든 것을 경시할 것이야"[3]라고 말하는 대목이 나온다. 이는 청대 문인이 처한 상황을 잘 보여주고 있다. 바꿔 말하면, 이는 당시 문인들의 글쓰기에 기본적인 바탕으로서 팔고문이 자리하고 있다는 것을 의미하며, 특히 청대의 글쓰기를 주목할 때 팔고문을 환경으로서 바라봐야 하는 이유를 설명해주고 있다. 이 글에서는 동성파가 요내(姚鼐)에 의해서 형성되었다는 점에 착안하여 기본적으로 요내에 초점을 맞추어 위의 문제의식을 중심으로 논의를 전개하기로 한다.

2　楊波, 「八股文專題硏究」(南京大學博士論文, 2004), 60면.
3　"將來讀書人旣有此一條榮身之路, 把那文行出處都看得輕了."(吳敬梓, 『儒林外史』(上海古籍出版社, 1999), 13면)

2. 당시의 학술 상황과 팔고문

1) 당시 학술과 팔고문

요내는 "학술에는 '의리(義理)', '고증(考證)', '문장(文章)'의 세 가지 갈래
가 있다고 논하여"[4] 당시 학문 조류를 세 갈래로 분류한 바 있다. 당시 고
증학자로 명성을 떨친 대진(戴震)도 비슷한 관점을 개진한 적이 있는데,[5]
혹자는 요내가 대진의 관점을 계승한 것이라고 분석하기도 한다. 여기
에서 주목해야 할 점은 이후 '문장'과 '고증'에서 각각 대표적 인물로 평
가받는 두 인물이 당시 학술의 주된 흐름을 이렇게 세 가지로 인식하고
있다는 점이다. 또한 동시대의 원매(袁枚)도 비슷한 관점을 가졌으니,[6]
그들의 관점은 당시 학술의 배치를 보여주는 것이라 이해할 수 있을 것
이다. 동성파가 지향하는 학술을 조망하기 위해서, 우리는 먼저 요내가
바라보고 있는 당시의 학술 흐름을 쫓아가보기로 한다.

(1) '의리'와 팔고문

팔고문이 송대의 경의에서 연원하여 형성되었다는 점은 송학과 밀
접한 관련을 띠고 있다는 점을 시사하는 것이다. 팔고문을 구성하는
주된 내용은 주희의 경전 해석에 바탕을 두고 있다. 예컨대 팔고문의
시작에 해당하는 '파제(破題)'는 글의 요지를 설명하는 부분으로, 임의

---

4 "余嘗論學問之事, 有三端焉, 曰: 義理也, 考證也, 文章也."(姚鼐, 「述庵文鈔序」(『惜抱軒
全集』(北京: 中國書店, 1991)), 46면)
5 姚鼐와 戴震의 관점의 차이에 대해서는 張岱年 主編, 『清代樸學與中國文學』(南昌: 百
花洲文藝出版社, 2000), 232면을 참고할 것.
6 曹秉漢, 「18c 江淮文壇의 文化觀과 政治的 立場」(『釜山史學』 第19輯, 1990), 151면.

의 해석을 허용하는 대신에 반드시 주회(朱熹)의 『사서집주(四書集注)』 주석과 일치해야 하였다.[7] 주성힐(周星頡)은 청대 팔고문의 글쓰기에 대해서, "글쓰기의 격식은 다함이 있으나, 의리는 날로 샘솟아 다함이 없다. 이광지(李光地), 한담(韓菼), 방주(方舟), 방포(方苞) 선생은 의리의 진수를 구하는 데 전념함으로써 다시금 새로운 경지를 열 수 있어 우뚝 일가를 이루었으며, 안목이 예리하여 자주 주석이 미치지 못하는 바를 보충하였다"[8]고 하였다. 팔고문 글쓰기를 통해 의리를 발양하는 데 목적을 두었다는 점에서 팔고문과 의리의 결합을 확인할 수 있다.[9] 또한 강희제는 『사서강의서(四書講義序)』에서 "만세 도통의 전승은 곧 만세 통치의 내력"[10]이라고 하여, 정주이학과 역대 통치의 상관성을 분명하게 표현하기도 하였다.[11]

하지만 이렇듯 통치철학으로서 그 효용을 인정받아 한껏 권위를 누렸던 송학은 팔고문과 결합되어 벼슬길을 하는 방편으로 전락하면서, 원래 외쳤던 '거경궁리(居敬窮理)'를 무색케 하기에 이르렀다. 윤가전(尹嘉全)이 자신의 가문을 빛내기 위해서 송학의 이념을 이용하여 군주에게 무리한 요구를 하다가 가문이 몰살되는 상황을 맞은 것도 이런 당시 분위기를 잘 보여주는 예라 할 수 있다.[12] 이처럼 성리학자[理學家]들은 제자들을 그러모아 헛되이 심성(心性)만을 이야기하고, 도통(道統)을

---

7 王凱符, 『八股文槪說』(北京: 中華書局, 2002), 7면.
8 "文章體格有盡, 而義理日出不窮, 是以李厚菴, 韓慕廬, 方百川, 望溪諸先生專於義理求勝, 復能各開生面, 卓然成家, 而識力透到, 往往補傳注所不及."(梁章鉅, 陳居淵 校點, 『制藝叢話』(上海: 上海書店出版社, 2001), 257면)
9 이 예문에서 우리는 方苞의 팔고문 글쓰기 또한 그가 지향했던 "文以載道"의 고문 글쓰기와 별 차이가 없음도 확인할 수 있다. 이는 팔고문과 고문의 거리가 상당히 가까웠음을 말하는 것이며, 팔고문에 수세적인 고문의 현실을 암시하는 것이기도 하다.
10 "萬世道統之傳, 卽萬世統治之所系也."
11 王凱符, 앞의 책, 55면.
12 韓進廉, 『無奈的追尋』(保定: 河北大學出版社, 2001), 147~148면.

잇는다며 방약무인한 행동을 일삼아, 청대 송학 발전의 기본 바탕이었던, 군주가 절대 권위를 세우는 데 있어서도 그 쓰임새를 의심받았고, 급기야 통치자들의 이학에 대한 태도 또한 변화해갔다. 양계초(梁啓超)는 청대 정주학파의 발전을 서술하면서, 유명한 몇 사람을 제외하고는 가짜 도학선생들 때문에 자신의 붓끝을 더럽히고 싶지 않다고까지 말한 바 있다.[13] 이는 송학이 팔고문과 결합하여 벼슬을 하는 방편으로 인식된 데 따른 필연적인 결과였다고 할 수 있다. 강희, 건륭, 가경 시기를 지나며, 성리학은 점차 쇠락해갔고, 상대적으로 실질을 숭상하였던 고증학은 입지를 굳혀갔다.[14] 「국조문원전고(國朝文苑傳稿)」의 언급은 당시의 학술 흐름을 잘 설명해주고 있다.

> 秦漢이래로 儒者의 說經은 부합하든 배리되든 분명 한 가지 도리였다. 程朱가 나와서 고인의 깊고 심오한 뜻을 대부분 터득하였고, 평생 동안 修身하고 덕을 쌓아 또한 그 말을 족히 실천하여, 후세의 추앙을 받았다. 그러므로 元, 明代에는 그 학문으로 인재를 등용하였다. 돈과 벼슬의 길이 생기자, 그 학문을 하는 이는 그저 부귀를 추구하는 수단으로 삼아서, 그 말에 잘못이 있어도 떠받들며 그 깨달은 바를 조금도 어기려하지 않았을 뿐만 아니라, 깨달음을 얻는 방법도 알지 못하였으니, 이는 진정 수백 년 동안의 폐습인 것이다. 지금 학자들이 마침내 모두 뜯어고치려 마음먹고 오로지 漢學을 떠받들었다. 하지만 程朱를 공박하는 것을 능사로 삼아 자기를 내세우고 명성을 추구하는 경향이 한두 사람으로부터 시작되더니, 서로 권하고 본떠서 마침내 학술에 큰 해를 입혔다.[15]

---

13 梁啓超, 『中國近三百年學術史』(北京: 東方出版社, 1996), 129면.
14 韓進廉, 앞의 책, 146~149면 재인용.
15 "秦漢以來諸儒說經者, 合與離固非一道. 程朱出, 多得古人精深之旨, 而其生平修己立德又實足踐行其言, 爲後世之所向慕, 故元明皆以其學取士. 自利祿之途開, 爲其學者以爲進趨富貴而已. 其言有失, 奉而不敢稍違其得, 亦不知所以爲得, 斯固數百年來之陋習. 今世

이처럼 도학자의 타락은 송학을 쇠퇴하게 만들었고, 이로 인해 송학과 밀접하게 관련을 맺고 있는 팔고문 또한 자연 힘을 잃게 되었다. 물론 이렇게 된 데에는 팔고문 그 스스로 지나치게 형식화됨으로써 공소함을 면치 못한 것도 크게 작용하고 있었다. 강희제는 "과거제도가 시행된 후로 나라가 인재를 구하는 방식이 선비가 스스로를 과시하는 방식과 결부되자, 앞 다투어 암송하는 학문과 말단의 글쓰기로 치달았다"[16]고 하였다. 이로 인해 팔고문은 강희 3년 축소 폐지되는 지경에 이르렀다.[17] 또한 팔고문의 폐지 말고도, 또 하나의 큰 파장을 불러올 수 있는 제도가 시행되었다. 그것은 과거제도에 박학홍사과(博學鴻詞科)가 신설되어 시행된 것을 말한다.

(2) '고증'과 팔고문

강희제는 팔고문이 정치적 안정을 도모하는 차원에서도, 인재를 등용하는 차원에서도 큰 실효를 거두지 못하고 있다고 판단하여, 팔고문을 폐지하는 '혁신'을 이미 감행한 바 있다. 이후 사대부들의 반발로 부득이 다시 팔고문을 부활시키게 됨에 따라, 그의 단점을 보완할 수 있는 시험으로 박학홍사과를 창안했던 것이다. 이 시험은 명말 유신들의 지원을 끌어내고, 한족 지식인들을 망라하는 데 목적을 두었다.[18] 강희(康熙) 17년(1678년) 정월에 "학행이 두루 뛰어나고 글쓰기가 탁월한 사

學者乃思一切矯之, 專宗漢學, 以攻駁程朱爲能, 倡於一二專己好名之人, 而相率而效者, 遂大爲學術之害."(「國朝文苑傳稿」, 李春光, 『淸代學人錄』(沈陽: 遼寧大學出版社, 2001), 319~320면 재인용)) 참고로 이 글은 요내의 「복장송여서復蔣松如書」의 내용을 바탕으로 다시 쓴 것으로, 이후 요내의 학술적 지향을 보여주는 하나의 단서가 된다.

16 "自科擧之法行, 上之所以求士, 與士之所以自見, 相率而趨於記誦之學, 文辭之末."(「康熙御制文集(第1集)」卷二十一(田建榮, 『中國考試思想史』(北京: 商務印書館, 2004), 253면 재인용))

17 方濬師 撰, 盛冬鈴 點校, 『蕉軒隨錄』(北京: 中華書局, 1997), 231면.

18 田建榮, 앞의 책, 253면.

람"[19]을 추천받아, 이들을 대상으로 첫 시험을 치렀다. 이들 가운데에는 고염무(顧炎武), 염약거(閻若璩), 만사동(萬斯同), 모기령(毛奇齡) 등 고증학자들이 대거 포함되어있었다.[20] 곽말약(郭沫若)은『고증학자와 좀(考據家與蠹魚)』에서 "비록 번쇄함에 빠져 현실로부터 도피한 혐의가 있지만, 죄는 학자들에게 있는 것이 아니라 청조 정치의 극단적인 전제에 있는 것이다. 총명하고 재주 있는 선비들이 능력을 발휘할 수가 없게 되자, 결국 고적을 고증하는 쪽으로 도피했던 것이다. 팔고문에 몰두하거나 배불러서 사고하지 않는 사람들과 비교하여 함께 논해서는 안 된다", 또한 "그러므로 고증은 죄가 없으니, 그저 고증만 하고 비판을 하지 않은 것은 시대가 그렇게 만든 것이다"[21]고 하였다. 이를 통해서 청대에 고증학이 흥성한 이유를 짐작할 수 있으며, 이를 감지한 청 조정에서 급기야 박학홍사과를 통해 조정으로 포섭하는 회유책 혹은 관리의 방책을 강구하게 된 것임을 알 수 있다. "시대가 그렇게 만들어서[時代使然]" 고증학이 유행하였으며, 강희 연간에 전격적으로 실시된 박학홍사과는 재야 학자들을 중앙 정계로 불러들임으로써, 건가(乾嘉) 연간의 고증학의 대대적인 흥성을 예비하였다고 할 수 있다. 더불어 건륭(乾隆) 연간에는『사고전서(四庫全書)』의 편찬까지 기획, 추진되었는데, 이는 "선진문화지역, 강남의 고증학 문화의 영향력을 청조, 국가 체제가 수용, 흡수하려는 문화적 대일통의 시도"[22]였다.

여기에서 한 가지 주목할 점은, 박학홍사과는 팔고문으로 시험을 치

---

19 "凡有學行兼優, 文詞卓越之人"(『淸朝文獻通考』卷四十八「選擧考二」(田建榮, 앞의 책, 253면 재인용))
20 商衍鎏, 『淸代科擧考試述錄及有關著作』(天津: 百花文藝出版社, 2004), 174면.
21 "雖或趨於繁瑣, 有逃避現實之嫌, 但罪不在學者, 而在淸廷政治的絶頂專制. 聰明的才智之士旣無所用其力, 乃逃避於考證古籍. 比較之沒頭於八股文或飽食無所用心者, 不可同日而語. ……故考據無罪, 徒考據而無批判, 時代使然"(韓進廉, 앞의 책, 146면 재인용)
22 曹秉漢, 앞의 논문, 134면.

르는 대신, 부(賦) 한 편과 20운(韻)의 오언배율(五言排律) 한 수를 짓게 하였다는 점이다. 팔고문이 청조의 지식인들을 포섭하는 기제로서 작용하였다는 점을 감안하면, 청조에 협력을 거부하였던 고증학자들에게 그것을 강요할 수는 없었다고 추정할 수 있다. 실제로 청초 고증학자들은 팔고문에 대해 심한 반감을 가졌다. 고염무는 "지금 과거의 폐단을 뜯어고치려면, 반드시 독서에 바탕을 두어야 하니, 잠시 몇 년 동안 시험을 중단한 뒤 시행하면 인재를 얻을 수 있을 것이다"고 하였다.[23] 고염무는 팔고문이 풍속과 인심을 해친다고 보아서, 그 해결 방법으로 경전을 다시 읽음으로써 경전 자체로 돌아가는 것을 제안한 것이다. 피석서(皮錫瑞)는 이런 점에 주목하여 고증학이 학술적으로 성장한 배경을 설명해 주고 있다. 곧, "고염무는 팔고문의 해가 분서(焚書)보다 심하다고 했다. 염약거는 고금에 통달하지 못한 상황은 명대의 시문을 지은 이들에 이르러 극에 달하였다고 했다. 일시의 뛰어난 선비들이 시문의 문제점을 통탄하며 바로잡아, 지금의 것을 경시하고 옛 것을 좋아하며, 헛된 것을 버리고 실질을 받들어, 풍기를 바로 잡아 완전히 변모시켰다. 왕부지(王夫之), 고염무, 황종희(黃宗羲)는 모두 뛰어난 자질을 지녀서 천하가 하지 않는 학문을 하였고, 모기령, 염약거 등이 연이어 일어나 고증과 교감이 더욱 정교해졌다"고 말하였다.[24] 팔고문이 학문을 공소하게 만든다는 점을 청초 고증학자들이 인식하고, 실질을 갖춘 학문을 한다는 데 뜻을 두고 고증학에 종사하였다는 점을 지적하고 있다. 물론 당시 한학의 흥성 요인으로는 송학의 부패, 조정의 지지 등 여러 가지 다른 요인들도 꼽

---

23 "今日欲革科擧之弊, 必先示依讀書之法, 暫停考試數年而後行之, 然後可以得人."(楊波, 앞의 논문, 16면 재인용)
24 "顧炎武謂八股之害, 甚於焚書. 閻若璩謂不通古今, 至明之作時文者而極. 一時才俊之士, 痛矯時文之陋, 薄今愛古, 棄虛崇實, 挽回風氣, 幡然一變. 王夫之, 顧炎武, 黃宗羲皆負絶人之姿, 爲擧世不爲之學, 於是毛奇齡, 閻若璩等接踵繼起, 考訂校勘, 愈推愈密."(韓進廉, 앞의 책, 147면 재인용)

을 수 있지만, 독서인들의 사고를 장악하고 있는 팔고문이 형식화되면
서 생긴 공소한 폐단을 극복하기 위한 것이 주요 원인의 하나임을 주의
해야 한다. 위의 곽말약의 예에서 팔고문이 고증학과 반대 지점에서 논
의되고 있다는 점 또한 우리의 논의를 뒷받침하는 것이다. 그러나 주의
해야 할 것은, 대다수 독서인들은 여전히 팔고문의 환경 속에서 자랐기
에, 이러한 조치들이 단기간에 큰 변화를 줄 수는 없었다는 점이다. 강희
제를 이은 옹정제가 박학홍사과를 계속 시행하려고 했으나, 연기되거
나 방해받았다는 사실은 당시 상과(常科)의 진사시험이 확고히 자리를
잡았다는 것을 반증하는 것이다.[25]

2) 재야학술공간과 팔고문

팔고문의 환경을 살펴볼 때, 함께 살펴봐야 할 것이 서원이라는 공
간이다. 명말 동림서원(東林書院)의 화를 거치고 난 후, 청조에 들어 통
치자들은 서원의 설립을 금지하고 나서서, 독서인들은 감히 사사로이
강학을 할 수 없었다. 옹정 11년에 이르러서야 서원 설립이 장려되었
고, 건륭 시기에 들어서는 국가로부터 일정한 지원도 받았다. 하지만
청대의 서원은 명대의 서원과는 확연한 차이를 보였다.

건륭·가경 이래로 서원에서 가르치는 것은 사서문(四書文), 시첩시(試
帖詩)를 벗어나지 않았다. 간혹 경문(經文), 율부(律賦), 책론(策論) 따위를
다루기도 하였으나, 결코 팔고문 만큼은 중시를 받지 못하였다. 이로 인해
선비들 태반이 공소하여, 학식 있는 이들로부터 비판을 받았다. 도광(道光)
연간에야 팔고문을 가르치지 않는 서원이 별도로 많이 성립되었다.[26]

---

25 田建榮, 앞의 책, 258면 참고.

곧 청대의 대부분의 서원은 학술적인 목적을 위한 장소가 아니라, 팔고문을 가르치는 곳으로서 기능한 것이다. 다시 말하면, 지금의 고시학원과 같은 역할을 떠맡았다고 볼 수 있겠다. 이는 문화적 환경으로서 팔고문이 전체 학술공간을 둘러싸고 있었다는 점을 말하기도 한다.

또 한 가지 간과해서는 안 될 점은, 학술적인 공간으로서의 서원이 가경(嘉慶), 도광(道光) 연간에 비로소 등장하고 있다는 것이다. 예컨대 완원(阮元)이 항주(杭州)에 세운 고경정사(詁經精舍), 광주(廣州)에 세운 학해당(學海堂) 등이 그것이다. 조병한은 완원이 서원을 건립하여 『황청경해(皇淸經解)』, 『주인전(疇人傳)』 같은 서적편찬사업을 통해 고증학 운동을 주도하였으며, 재야학자들은 이 관료와의 연계관계에 의존하여 막부(幕府)나 서원의 직책에 임용될 수 있다고 지적하였다.[27] 청조는 박학홍사과의 시행, 대규모 고적 정리 등을 통해 재야의 고증학자들을 정계로 흡수하기위해 노력하였고, 이를 통해 관계에 진출한 고증학자들은 지역 재야세력과의 관계를 활용하여 서원을 통한 학술 사업으로 세력을 넓힘으로써, 고증학의 흥성을 불러일으켰다. 서원이 재야의 신사(紳士) 세력들을 규합하며, 관학과 구별되는 학술적인 장으로서 기능을 하기 시작하였던 것이다. 완원뿐만 아니라, 왕명성(王鳴盛), 전대흔(錢大昕), 조익(趙翼) 등도 진사 출신 관료로서 관직을 취득한 뒤에 여전히 학문을 지향하여 끝내는 은둔 생활을 선택하였다.

여기에는 청 중기 학문이 직업화하는 배경 역시 작용하고 있다. 곧 이들 고증학자들은 학술활동을 통해 각종 편찬 사업에 참여함으로써 금전 보수나 후견을 받을 수 있었다. 이는 학자로서의 명예와 경제측

---

26 "乾嘉以來, 書院所課者不外四書文, 試帖詩, 間及經文, 律賦, 策論之類, 終不敵八股文之重視. 因此士半空疏, 爲識者所詬病. 道光之時頗有別立不課八股之書院."(商衍鎏, 앞의 책, 241면 인용)

27 曺秉漢, 「淸代의 思想」(서울대 동양사학연구실 편, 『講座中國史』 IV(서울: 지식산업사, 1998), 268면).

면에서의 부를 함께 거머쥘 수 있는 행로였으며, 새로운 서원은 이 지점에서 형성되고 있었던 것이다. 당시에 서원의 교직은 주로 상위 신사의 독점물이었고, 특히 강남 도시의 서원의 경우는 상당한 수입과 명망이 있었다고 한다.[28] 이는 건륭, 가경, 도광 연간의 학술의 부흥을 마련하는 중요한 조건을 이루었고, 동성파가 등장하게 되는 인프라가 되기도 하였다.

그러나 강남 지역을 제외한, 여타 지역의 대다수 서원들은 팔고문 위주로 강학이 이루어졌으며, 이후 광서연간에 나라 상황이 급박하게 변모함에 따라서 실학을 앞세운 서원들이 많이 세워졌으나, 이때에 이르러서도 대부분의 서원들은 여전히 팔고문과 시첩시를 익히는 등 전체적인 모습은 예전과 다를 바 없었다.[29]

3. 동성파 성립과 지향

1) 또 하나의 학술 분과로

요내는 당시 학술 갈래의 하나로 '의리'와 '고증' 외에 '문장'을 꼽았다. 동성파를 사실상 창시했다고 평가할 수 있는 요내는 의리와 고증의 학술 흐름이 서로 부침하는 시기를 살았다. 생의 대부분을 보낸 건륭연간은 고증학자들이 대거 중앙 정계에 진출하고, 재야에서도 독자

---

28 曹秉漢, 앞의 논문, 268면.
29 商衍鎏, 앞의 책, 240~242면.

적 세력을 확보해가는 시기였다. 젊은 시절 요내는 당시 명망 있는 학자였던 대진을 스승으로 모시고자 한 바 있는데, 대진이 한학의 대가였다는 점을 떠올리면 당시 고증학이 득세한 정도를 추정할 수 있으며, 요내가 이와 같은 행보를 취한 것 또한 당시 시류와 무관하지 않다고 여겨진다. 하지만 대진은 요내를 제자로 거두지 않았는데, 일부 연구에서는 이때의 좌절이 요내에게 큰 상처를 입혀 평생토록 한학과 맞서도록 하는 계기를 제공하였다고 해석하기도 하였다. 진평원(陳平原)은 당시 고증학이 주류적 학술 경향이었다는 점을 주목하여, 고증학에 대한 소양이 깊지 않았던 요내가 고증학자들로 북적대는 당시 중앙 부서에 머무르기는 어려웠을 것이라는 해석을 내린 바 있다. 그리고 이것이 요내로 하여금 중앙 부서를 떠나 강학에 종사하게 만든 배경이 되었을 것이라고 지적하였다.[30] 『사고전서』 찬수관(纂修官)으로 발탁은 되었으나, 편찬 과정에서 거의 소외되었던 점을 생각하면, 요내의 44세라는 때 이른 사직이 이런 상황과 맞물려있다고 보는 것은 크게 무리가 없다고 여겨진다. 주중명(周中明)은 요내가 사직한 이유에 대해서, 중앙 부서에서의 불화가 직접적인 원인이라는 설에 대해 부정하고, 보다 근본적인 이유로 요내의 인생 이상과 사회 현실간의 해결할 수 없는 모순 때문이라는 주장을 펼친 바 있다.[31] 이것의 주된 근거로는 「복장군서(復張君書)」에 토로되어있는 요내의 견해를 들고 있는데, 하지만 이 또한 자신의 학술적 지향과 당시 현실적 상황과의 괴리를 겨냥한 말이라고 해석 가능하다. 그렇게 본다면 학술적 지향의 좌절이라는 공통분모가 문제의 발단이라고 볼 수 있을 것이다. 여기에서 "자신에게 추구하는 것은 뜻이요, 쓰임과 조화되는 것은 때이다"[32]는 요내의 언급

---

30 陳平原, 『從文人之文到學者之文』(北京: 三聯書店, 2004), 217면. 조병한 또한 이와 비슷한 견해를 피력한 바 있다.(曹秉漢, 앞의 논문, 1990, 128면)
31 錢仲聯 主編, 周中明 選注評點, 『姚鼐文選』(蘇州: 蘇州大學出版社, 2001), 2면.

을 함께 떠올려볼 수 있을 것이다. 자신의 뜻이 당시의 주된 흐름과는 맞지 않았다는 내용으로 해석될 수 있기 때문이다.

　그렇다면, 요내가 품은 '뜻'은 무엇일까? 우리는 그 해답을 「유해봉선생팔십수서(劉海峰先生八十壽序)」에서 찾을 수 있다. 그는 이 글에서 정진방(程晉芳), 주영년(周永年)과의 대화를 적고 있는데, 인용된 대화 가운데 특히 "다만 고문을 지을 수 있는 선비들은 많지 않다"[33]는 부분에 주의할 필요가 있다. 그들이 당시 상황에 대해 내리고 있는 이 판단은 요내의 이후 지향과 결부되고 있다고 볼 수 있다. 또한 그 두 사람 모두 사고전서관편수(四庫全書館編修)였다는 점을 주의하면, 이 대화는 요내가 사직하기 직전 시기에 이루어진 것임을 확인할 수 있다. 요내가 인용하고 있다는 것은 그 사실을 자신이 인정하고 받아들이는 것이고, 또한 사직하기 직전 시기의 말이라는 것은 사직 이후의 요내의 지향과 관련되고 있다고 해석할 수 있다. 우리는 자연스럽게 요내의 사직의 학술적 동기는 당시 글쓰기와 관련되는 것임을 추론할 수 있다. 이 표현은 요내의 다른 글 「복노혈비서(復魯絜非書)」에서도 재차 인용 소개되고 있다는 점 또한 그 자신의 판단 또한 그렇다는 것을 보여주는 것이며, 다시 그 뒷부분에 "그것을 한다면, 분명 뛰어난 선비이다"[34]는 표현까지 덧붙임으로써 고문의 글쓰기에 대한 강한 신념을 드러내고 있는 것이다. 고증학과 다른 갈래로서 요내는 글쓰기를 자신의 학문적 지향과 연관시켜 고민하였음을 알 수 있다. 「여옹담계서(與翁覃溪書)」의 "요새 재주 있는 후생 가운데 고증을 하는 사람은 있으나, 고문을 익히는 사람이

---

32 "蘄於己者, 志也; 而諧於用者, 時也."(姚鼐, 「復張君書」(『惜抱軒全集』(北京: 中國書店, 1991)), 64면)

33 "獨士能爲古文者未廣."(姚鼐, 「劉海峰先生八十壽序」)

34 "苟爲之, 必杰士也."(姚鼐, 「復魯絜非書」)

가장 적다"[35]는 요내의 술회는 그런 점을 잘 보여준다.[36]

    그 당시에 글쓰기를 내세워 학문적 지향으로 삼았다는 점을 우리는 뒤집어서 당시 글쓰기에 대한 절박함으로 읽을 수 있다. 그 절박함은 어디에서 기인하는 것인가. 우리는 앞에서 팔고문을 중심에 놓고 송학과 한학의 관계를 살펴보았다. 앞에서 소개한 피석서의 논의에서도 볼 수 있듯이, 고증학은 청초 송학, 그리고 그와 직접 결부된 팔고문의 공소함에 반발하여, 실질적인 내용을 담보하는 새로운 학술 흐름을 강구하고 나선 것이라고 볼 수 있다. 이는 통치 집단과 직접 결탁한 송학과 팔고문에 반대하는 재야 학자들이 체제 내에서 보여줄 수 있는 암묵적인 비판의 의미도 지니고 있으나, 학술적인 부분에서는 분명 송학에 대한 비판과 반성의 계기를 포함하고 있는 것이다. 건가 연간에 들어서 고증학은 주류적 학술로 설 수 있었다. 하지만 학술적인 부분에 치중한 고증학의 노력은, 청대의 글쓰기를 뒤흔들고 있는 팔고문에 대해서는 난당부적인 상황이어서 그 폐해에 대해서도 속수무책일 수밖에 없었다. 청초에 몇몇 사람이 느낀 팔고문이 초래한 글쓰기의 위기는 고증학자들에 의해서 더욱 고조되었다.

    이러한 문제를 심각하게 주목한 사람이 바로 요내였다. 학술적 흐름을 주도하였던 고증학파가 가지는 한계, 그리고 그로부터 느낀 위기의식이 필자가 생각하는 요내가 사직한 직접적인 계기였다고 생각한다. 주중명은 요내가 원매의 묘지명에 쓴 "나이 겨우 사십에 끝내 벼슬을 단념하고 그 재주를 다해 문장과 시가를 지었다"[37]는 내용에 주목하고,

---

35 "近日後輩才俊之士, 爲考證者猶有人, 而學古文者最小."(姚鼐,「與翁覃溪書」(陳平原, 앞의 책), 217면 재인용)
36 姚鼐,「答魯賓之書」(姚鼐, 앞의 책), 80면에도 유사한 내용이 담겨있다.
37 "年甫四十, 遂絶意仕宦, 盡其才以爲文辭詩歌."

요내 자신 또한 비슷한 처지를 당하여 고문 교학과 창작에 투신하게 된 것이라고 해석한 바 있다. 요내와 비슷한 시기에 살았던 원매가 글쓰기에 있어서 요내와 사뭇 다른 지향을 보인다 하더라도, 그 또한 이른 시기에 사직을 하고 글쓰기에 투신하였다는 점을 우리는 당시 학술에 대한 반성의 차원으로 주목할 필요가 있는 것이다. 둘 모두 당시 글쓰기의 위기를 절감한 것은 아닌가? 그와 더불어 "우리 고을의 글이 이제 쇠퇴하려는가"[38]라는 탄식에서 볼 수 있듯이, 동성의 글쓰기를 계속 발양코자 하는 염원 또한 품고 있음을 주의해야 할 것이다.

요내는 관직을 그만두고 낙향한 후, 강남의 매화(梅花), 자양(紫陽), 경부(敬敷), 종산서원(鍾山書院) 등의 산장(山長)을 역임하며, 40여 년을 강학에 종사하였다. 중앙 부서에서의 자기 신념을 펼칠 수 없었던 요내가 낙향하여 당시 고증학파가 주도하고 있는 강남의 재야 학술 공간으로 뛰어들었다는 점은 이후 적극적인 학술적 활동을 암시하고 있는 것으로 보인다. 그는 관계의 제한된 공간에서 벗어나, 학술적 장에서 자신의 학술 세계를 구축하고자 했던 듯하다. 다시 말해서, 그는 '쓰임과 조화되는' 공간을 떠나서, '자신을 추구하는' 공간을 찾아간 것이다.

이렇게 본다면, 자신의 학술적 지향을 펼치기 위해 재야의 학술 공간으로 뛰어든 요내의 입장에서 당장 직면하는 것은 주류 사상인 한학과의 경쟁 구도이며, 그렇다면 시급한 것은 당연히 그것을 뚫고 나갈 수 있는 역량을 확보하는 것이다. 동성파를 학술로 확립시킨 요내의 노력은 이 점에서 의미를 가진다. 유대괴(劉大櫆)의 80세 생신을 축수(祝壽)하며 쓴 「유해봉선생팔십수서」에는 요내의 지향이 뚜렷이 도드라지고 있으며, 나아가 학파를 세우고자 하는 욕망이 분명히 표현되어

---

38 "吾邑之文, 將自是日衰耶."(姚鼐, 「恬菴遺稿序」(姚鼐, 앞의 책), 41면)

있다. 그는 이 글에서 우선 정진방, 주영년이 말했던 내용, "일찍이 방포가 있었고, 지금은 유대괴가 있으니, 천하의 문장은 바로 동성에서 나오는군요?"[39]를 간접 인용하는 방식을 취함으로써, 동성파의 존재를 자연스럽게 드러내었고, 더불어 제3자를 통한 서술 방식으로 인해 객관적인 동의를 이미 거친 논의, 즉 공론화된 사실이라는 점을 은연중에 거두는 교묘한 수사를 구사하고 있다. 또한 자신이 직접 만난 적이 없는 방포를 유대괴의 존재를 매개로 하여 자신과 연결시킴으로써 학적 계보 또한 만들어내고 있다. 이는 영향력 있는 학파를 성립시키고자 하는 요내의 욕구에서 비롯한 것이라 볼 수 있을 것이다.[40] 특히 이 글이 건륭 42년(1777), 곧 요내가 관직을 그만 둔 바로 그 해에 쓰여 졌다는 점을 감안하면, 그 상관관계를 충분히 짐작하고 남음이 있다.

2) 이중의 상위 학술개념으로서의 '문장'

여기에서 요내가 지향하는 학술 분과로서의 '문장'이 함축하는 의미를 짚고 넘어가야 할 것이다. 그가 말하는 '문장'은 단순한 글쓰기는 아니었고, 성인의 학문을 찾아가는 방법론으로서의 글쓰기였다. 다시 말해서, 학술 분과로서 '문장'은 당송팔대가의 통서(統緒)를 잇는 것으로 의리와 글쓰기가 결합되어, 송학과 사장을 겸비하면서도 그 개별 영역과는 다른 지향을 드러내는 것이다. 예컨대, 요내는 "정주(程朱)가 존귀한 이유는 생각건대 그 말이 정확하고 위대하며 성인의 뜻을 많이 터득해서이지, 내가 그것을 표방해서가 아니다. 그 말이 틀리지는 않다손 치더라도 고인의 뜻에 이르지 못한 것도 아마 있을 것이다. …… 성현의 뜻을

---

39 "昔有方侍郎, 今有劉先生, 天下文章, 其出於桐城乎?"
40 陳平原도 姚鼐의 이 글을 의도적인 학파 형성과 결부시켜 해석한 바 있다.(陳平原, 앞의 책, 202~203면).

후세에 전하고자 한다면, 혹여 정주를 버리더라도 무방하다"[41]라 하였다. 이처럼 그는 성인의 뜻을 파악하고 전달하는 것에 일차적인 관심이 있었으며, 송학에 대한 긍정 또한 그 기준을 적용한데서 비롯한 것임을 알 수 있다. 흔히 생각하듯이, 동성파와 송학이 직접적으로 결합하고 있지는 않다는 점을 눈여겨볼 필요가 있다. "혹여 정주를 버리더라도 무방하다"는 대목은 방법론으로서 송학이 동성 학술과 결합하고 있음을 말한다. 요내는 「정운당유문서(停雲堂遺文序)」에서도 송학의 장점을 기술하며, 성인의 정수에 다다를 수 있다는 점을 꼽고 있는데 비슷한 논조라는 것을 확인할 수 있으며, 여전히 주된 근거로 '성인의 정수(聖人之精)'에 도달한다는 점을 들고 있어서, 주된 지향점이 어디에 있는 지를 보여준다. 그는 성인의 심오한 도리를 터득하는 것을 학술의 궁극적인 목표로 삼았으며, 그 방법론으로 송학을 수용하고 있는 것이다. 「재복간재서(再復簡齋書)」에서도 정주의 말에 잘못이 있다면 바로 잡아야 한다고 지적하였고, 정주를 받드는 것은 그의 덕분에 "공자·맹자의 뜻을 밝힐(明孔孟之旨)" 수 있었기 때문이라고 함으로써 그의 지향점을 재차 드러내고 있다.[42] 또한 '문장'은 일반적 글쓰기와도 다르다. 요내는 "자질이 훌륭한 이는 사장(詞章)과 시(詩)에서 뛰어나기를 구하고, 학식이 풍부한 이는 전장제도(典章制度)를 널리 살피고, 의리의 허황된 말을 비판하며 송대 현자를 우활(迂闊)하다고 여긴다"[43]고 당시 시류를 비판한 바 있다. 그 논의를 따라가면, '문장'은 사장과도 차원이 다른 것임을 알 수 있다. 앞에서 요내가 원매는 사직하고 나서 문장에 뜻을 두었다고 한 것을 언

---

41 "程朱之所以可貴者, 謂其言之精且大, 而得聖人之意多也, 非吾狗之也. 若其言無失而不達古人之意者, 容有之矣. …… 苟欲達聖賢之意於後世, 雖或舍程朱可也."(姚鼐, 「復曹雲路書」(姚鼐, 앞의 책, 67면)
42 姚鼐, 「再復簡齋書」, 위의 책, 78면.
43 "美才藻者, 求工於詞章聲病之學, 强聞識者, 博稽於名物制度之事, 厭義理之庸言以宋賢爲疏闊."(姚鼐, 「停雲堂遺文序」, 위의 책, 39면)

급한 바 있는데, 여기서 "사장과 시에서 뛰어나기를 구하는" 사람은 원매 같은 이가 해당될 것으로 짐작된다. 둘 다 글쓰기에 뜻을 두었음에도 각기 추구하는 바는 달랐던 것이다.

요내는 자신의 학술 체계에 송학과 한학도 포용하고 나가는데, 그 배경에는 성인의 뜻을 터득한다는 목표가 전제되고 있다는 점을 앞에서 말한 바 있다. 송학은 그 점에서 요내의 인정을 받았고, 방법론으로 적극적으로 수용되었다. 그래서 요내는 "당시 현사들은 모두 세상에 희귀한 책을 읽으려 하나, 나는 사람들이 늘 보는 것을 읽고자 할 뿐이다"[44]라고 말하면서, 자신은 고증학자들과는 달리 이전까지 선비들이 즐겨보던 서적을 놓지 않겠다는 송학적 입장을 고수하였다. 하지만 이런 태도가 한학에 대한 무조건적인 비판으로 나타나지는 않았다. 오히려 그는 모든 학술을 겸비해야 한다는 점을 강조하며, '문장'을 중심으로 '의리'와 '고증'을 융합시키고자 하였던 것이다. 그래서 그는 이렇게 천명하였다.

천하 학술은 '의리', '문장', '고증'으로 이루어졌다. 세 갈래는 지향점이 다르나, 하나같이 소홀히 할 수 없다. 한 길에서 갈라져 여러 파가 되고, 끝내는 다수의 파가 되어도 동일한 파인 것이다. 사람의 재능과 품성은 어느 면에 뛰어나기 마련이니, 선택한 길에서 능함과 능하지 않음이 있는 것이다. 대개 그 능한 바를 움켜쥐고 하지 못하는 것을 버리는 것은 다 비루한 것이니, 반드시 고루 겸비해야만 비로소 훌륭하다 할 수 있다.[45]

---

[44] "時賢皆欲讀人間未見書, 某則願讀人所常見耳."(李春光, 앞의 책, 322면 재인용)

[45] "天下學問之事, 有義理, 文章, 考證. 三者之分, 異趣而同爲不可廢. 一途之中, 岐分而爲衆家, 遂至於百十家, 同一家矣. 而人之才性偏勝, 所取之逕域, 又有能有不能焉. 凡執其所能爲, 而毗其所不爲者, 皆陋也, 必兼收之, 乃足爲善."(姚鼐, 「復秦小峴書」(姚鼐, 앞의 책), 80면)

그는 '문장'만을 내세우지 않고, '의리', '고증'과 통합해나가는 학술 체계를 모색하였다. 「술암문초서(述庵文鈔序)」에서도 우선 학문의 세 가지 갈래를 이야기하고 나서, "요새 박학다식(博學多識)하고 덕행을 즐겨 말하는 이는 진실로 글이 훌륭하고, 천학과문(淺學寡聞)한 이는 진실로 글이 비루하다. 그런데, 세상에서는, 의리의 잘못은 그 글이 난잡하고 천속하여 어록처럼 문아(文雅)하지 않고, 고증의 잘못은 잡다하고 꼬여서 말이 명확하지 않다고 한다"[46]라고 하여 글쓰기 측면에서 '문장'의 우월함을 밝히고, 또한 글쓰기에 근거하여 송학과 한학의 문제를 지적하고 있다. 이는 요내가 꿈꾸는 학술적 지향이 글쓰기에 대한 문제의식에서 비롯하였다는 앞 절의 논의를 재확인시켜준다. 「사온산시집서(謝蘊山詩集序)」에서는 "문장은 학문의 한 갈래이다"[47]라고 더욱 분명한 목소리로 문장을 학술의 한 갈래로 천명하고 있다. 이상에서 우리는 요내가 '문장'을 하나의 학술 영역으로 간주하고 있다는 점과, 성인의 도리를 밝히는 것을 학술의 궁극적 지향점으로 삼아서, 그 방법론으로 송학을 적극적으로 수용하고 있으며, 또 한학의 성과들도 흡수하는 학술 체계를 구축코자 하였음을 알 수 있다. 그리고 '문장'은 일반적인 글쓰기와는 차원을 달리하는 글쓰기를 함축하며, 송학과 한학을 포용하는 상위의 학술 영역으로 사유되고 있다. 따라서 요내의 '문장'은 사상과 글쓰기에서 모두 더 큰 범주에서 운위되는, 이중의 상위 학술 개념이라 말할 수 있다. 곧 그는 글쓰기의 기존 고문가의 '문이재도(文以載道)'의 사고를 뛰어넘어, 당시 학술적 배치 속에서 '문장'을 학술 체계로 구축하고자 하는 지향을 가진 것이다. 문장이 수세적 위치에서

---

46 "今夫博學强識而善言德行者, 固文之貴也; 寡聞而淺識者, 固文之陋也. 然而世有言義理之過者, 其辭蕪雜俚近, 如語錄而不文; 爲考證之過者, 至繁瑣繳繞, 而語不可了當."(姚鼐, 「述庵文鈔序」(姚鼐, 앞의 책), 46면)
47 "夫文章, 學問, 一道也."(姚鼐: 「謝蘊山詩集序」(姚鼐, 앞의 책), 41면)

도와 결합하는 전통적 글쓰기의 관념을 벗어나, 학술적 범주에서 '문장'을 파악함으로써 잠재적으로 '문장'의 위치를 제고하였으며, 이는 이후 동성파가 가진 '文'의 위상에 큰 영향을 끼치는 계기로서 작용한 것으로 추정된다.[48]

4. 동성파 글쓰기와 팔고문

동성파의 글쓰기와 팔고문과의 관련성은 서문에서 지적한 바 있듯이, 논자들의 많은 주목을 끌었다. 그러나 당시 팔고문이 문화적 환경으로서 자리하고 있었다는 점이 감안되지 않은 아쉬움이 있다. 학술적 상황이 팔고문의 자장 속에서 자리하고 있는 것처럼, 동성파의 글쓰기 또한 팔고문이 독서인들의 사고와 글쓰기를 구속하고 있는 상황과 직접적인 관련을 맺고 있다.

명말 귀유광(歸有光)은 '고문으로 시문을 창작하는(以古文爲時文)' 창작방식을 통해 당시 팔고문 글쓰기의 변화를 주도하였다. 하지만, 그것은 팔고문이 주류를 점하고 있는 상황에서 모색된 것인 바 그 자체로 큰 힘을 갖지는 못하여서,[49] 이후 청초에 들어서도 팔고문의 형식적인 특징은 여전히 큰 영향력을 끼쳤다. 하지만 이렇듯 형식화에 치중한 팔고문은 공소함으로 치우쳐, 강희 3년에 축소 폐지되기에 이른다.

---

48 그 발전 흐름에 관해서는 拙稿, 「晚淸傳統文人與文言」, 南京大學博士論文, 2004), 18~26면을 참고할 것.

49 楊波는 '以古文爲時文'을 팔고문의 속박에서 벗어나려는 시도라고 분석한 바 있다.(楊波, 앞의 논문, 63면)

이런 상황은 생의 전부로서 모든 것을 쏟아 부어, 과거시험을 준비하던 독서인들에게 청천벽력과 같은 일이었을 것이며, 큰 사회적 파장을 불러 일으켰을 것이다. 이러한 파장을 주목하며, 이것이 당시 글쓰기에 미친 영향을 다룬 연구가 진행된 바 있다. 그 연구에서는 크게 두 가지 점을 지적하였다. 우선 팔고문의 일시적인 폐지가 고문과 시문의 간격을 없애는 역할을 하여, 고문과 시문이 뒤섞였고 심지어는 고문이 과거의 글쓰기가 되었다는 것이며, 또 하나는 명대에 팔고문에 밀려 다소 세력을 잃었던 고문이 다시 부흥하는 계기가 되었다는 점이다. 당시 이불(李紱)의 지적은 이런 설명을 뒷받침하고 있다. 그는 "강희 초년에 경론(經論)으로 변경하고 제책(制策)을 추가한 뒤에, 선비들이 경사(經史)를 읽고 한유(韓愈), 이고(李翶), 구양수(歐陽修), 증공(曾鞏), 왕안석(王安石)의 글을 익혀서, 갑신(甲辰), 정미(丁未)년의 두 시험에서는 대부분 고문을 지을 수 있었다"고 말한 바 있다.[50] 이러한 연구 결과는 그동안 동성파의 글쓰기가 팔고문과 상당한 관련성을 띠고 있다는 지적을 연상시키며, 단순히 서로 간의 상호 작용 차원을 벗어나 당시 사회의 주류적 글쓰기의 흐름과 맞물려있다는 점을 함께 감안해야 한다는 점을 일깨우는 것이다. 당시 팔고문은 주류적 글쓰기의 영예를 누리고 있었고, 고문은 그저 몇몇 문인들에 의해서 계승되어, 팔고문의 변화를 꾀하는 계기로서 사고되고 있었음을 알 수 있다.

우리는 앞에서 학술 상황을 검토하며, 송학과 한학의 학술, 특히 글쓰기에 대한 반성으로부터 동성파가 추동되었다는 점을 논하였다. 팔고문이라는 환경 속에서 팔고문 자체의 일시적 쇠퇴에 힘입어, 청초 고문이 문인들에게 주목을 받기는 했으나, 제도로서 팔고문은 여전히

---

50 "康熙初年, 改用經論加以制策, 然後士之讀經史, 學韓李歐曾王之文, 甲辰丁未兩科多能爲古文者."(위의 논문, 70면)

엄청난 영향력을 행사하였다. 요내가 활동하던 시기에는, 이에 덧붙여 학술 공간의 다변화 그리고 그로 인한 요내의 학술적 지향에 대한 욕망까지 결합됨으로써, 팔고문은 요내가 인정해야 하는, 그래서 감싸안고 가야하는 이미 주어진 전제로서의 환경이 되었고, 이 점에서 결코 그 전대와 같이 타자로서 간주될 수는 없음을 함축하는 것이다.

이런 견지에서 요내는 팔고문이라는 문체를 적극적으로 옹호하였다. 우선 글의 형식적 측면에서, "글의 고하를 재능으로 평가하지, 그 문체로 평가하지 않는다"[51]고 하며, 단지 문체적 특징만으로 팔고문을 폄하해서는 안 된다고 지적하였다. 요내는 예전 동한(東漢) 사람들이 비지문(碑誌文)을 처음 지었고 당나라 사람들이 증서문(贈序文)을 처음 지었기에 그 문체는 속된 것이었지만, 한유가 사용하여 결국 뛰어난 고문으로 승화시켰다는 예를 들며, 글의 호오는 문체에서 비롯한 것이 아니라는 점을 논함과 더불어, 명대에 만들어진 팔고문에 대해 사람들이 비방하는 것은 잘못이라고 힘주어 말하였다. 그리고 "팔고문을 짓는 이가 당순지(唐順之), 귀유광(歸有光)의 재주에 필적할 수 있다면, 그 글은 곧 고문이어서 분명 후세에 전하기에 충분하니, 어디 천박하단 말인가. 그러므로 나는 평생 팔고문을 경시하지 않았고, 일찍이 천하 사람들이 그것을 하도록 이끌고자 마음먹었다. 대체로 짓는 이가 많아지면, 진정 팔고문으로 고문을 지을 수 있는 능력 있는 선비도 등장하여 후세에 이름을 떨칠 것이다. 사람들이 경솔히 과거의 문체라고 치부하여 고문을 짓는 뜻을 품지 않으면, 재능이 있다 해도 발휘할 수 없을 것이다. 그러므로 재능을 갖는 것을 귀하게 여기고, 또 반드시 그 학식을 갖추는 것을 귀하게 여기는 것이다"[52]라고 하였다. 이 인용문은

---

51 "論文之高卑, 以才也, 而不以其體."(姚鼐, 「陶山四書義序」(姚鼐, 앞의 책), 208면)

52 "使爲經義者能與唐應德歸熙甫之才, 則其文卽古文, 足以必傳於後世也, 而何卑之有. 故余生平不敢輕視經義之文, 嘗欲率天下爲之. 夫爲之者多, 而後眞能以經義爲古文之才,

많은 연구자들에 의해 자주 거론되었는데, 우선 요내가 팔고문을 부정하지 않았다는 이유를 밝히기 위해서 이며, 또 하나는 '경전의 의리로 고문을 지었다(以經義爲古文)'는 내용을 근거로 요내가 팔고문으로 고문을 짓는 시도를 했다고 간주함으로써 초기 '시문으로 고문을 짓는(以時文爲古文)' 방식에서 훨씬 더 진전한 것으로 분석하기 위해서이다.

하지만 전체 내용을 볼 때, 요내가 말하고자 하는 주된 강조점은 고문에 대한 지향을 가져야 한다는 것이다. 뛰어난 이들이 지은 팔고문은 고문이라는 점을 말한 데서 볼 수 있듯이, 요내는 뛰어난 팔고문으로 고문과 일치한 상태를 상정하고 있으며, 바로 이 상태가 인용문의 '진정 팔고문으로 고문을 지을 수 있는 능력 있는 선비'의 글에 해당하는 것이다. 좋은 글쓰기의 판단 기준을 '고문 지향(古文之志)'에 두고 있으며, 고문 외부의 글쓰기로 간주하여 배척하는 대신, 감싸 안고 가는 전략을 취하고 있다는 점 또한 주의해서 볼 필요가 있다. 이는 요내의 사유가 개개 글쓰기의 세력 다툼의 장에서 이루어지는 것이 아니라, 상위 학술 영역으로서 '문장' 차원에서 포용되고 있음을 말한다. 「서육계시문서(徐陸階時文序)」에서도 요내는 청초의 팔고문의 유포 상황을 살핀 후, "요즘 세상에서는 누구도 다시는 글쓰기를 중히 여기지 않는다"[53]고 개탄하는데, 여기서 '文'은 당시의 글쓰기를 범칭하면서 또한 바로 팔고문을 포괄하고 있는 것이다. 이러한 경향은 당시 팔고문이 보편적 제도로서 자리 잡은 상황과 팔고문, 송학, 한학 등으로 더 심화된 글쓰기의 병폐를 구제하고자 나선 요내로서는 당연한 선택이었을 것으로 보인다. 덧붙여 이 글에서 요내가 자신이 팔고문을 비판하지 않았을 뿐 아니라, 오히려 온 천하가 그것을 짓도록 이끌 뜻을 세웠다

出其間而名後世. 使人率視爲科擧體, 而無復爲古文之志, 則雖有其才而不能自振也. 故貴有其才, 又貴必有其識也."
53 "近世天下都不復重爲文."(姚鼐, 「徐陸階時文序」(姚鼐, 앞의 책), 45면)

고 언명하고 있는 대목은 그의 학술적 지향에 팔고문이 포함되어 있음을 분명히 보여주는 것이다.

당시 팔고문의 글쓰기 상황에 대해서 그는 "선비들이 팔고문이 귀함을 알지 못하여, 내팽개치고 지으려하지 않는 이가 많다 …… 팔고문을 속체(俗體)라고 폄하하니, 이 같은 이들은 대개 세상의 총명하고 재능 있는 선비들이다. 나라에서는 팔고문으로 천하의 선비를 이끌고, 진실로 그 총명하고 재능 있는 이들을 이끌어 그것을 짓게 하지만 끝내는 내팽개쳐지고 마니, 용속하고 천박하여 함께 옛것을 익히기에 부족한 이들만이 근근히 과거에 뜻을 두고 최근 사람의 과거에 급제한 방법을 구해 모방해댄다. 이와 같으니, 팔고문이 어찌 날로 형편없어지지 않겠는가!"[54]고 말하고 있다. 당시 학술 상황을 감안할 때, 이 예문에서 국가의 뜻에 따르지 않는 총명하고 걸출한 선비들은 고증학파의 학자들을 지칭하는 것일 것이다. 요내는 당시 고증학자들이 팔고문을 비판하여 멀리하자, 천학비재의 무리들만 과거에 집착하여 모방을 일삼아 팔고문이 형편없어졌다고 분석하였다. 앞에서 요내가 성인의 정수를 터득하는 방편으로서 송학을 긍정하였다는 점을 지적하였는데, 요내에게 있어서 송학과 밀접한 관련을 맺고 있는 팔고문은 성인의 정수를 터득할 수 있는 하나의 경로로서 역시 수용되고 있다. 곧 그는 "총명하고 재능 있는 이가 송유(宋儒)의 학문을 지켜 위로 성인의 정수에 도달하면, 지금의 문체로 옛 작자들이 지은 문장의 지극히 뛰어난 경계에 통한 것이니, 팔고문이 사부(詞賦)와 전소(箋疏)보다 훨씬 낫다는 점을 어찌 따질 수 있겠는가! 지극히 뛰어난 문장을 지을 수 있고

---

54 "士不知經義之體之可貴, 棄而不欲爲者多矣 …… 鄙經義爲俗體, 若是者, 大抵世聰明才傑之士也. 國家以經義率天下士, 固將率其聰明才傑者爲之, 而乃遭其厭棄, 惟庸鈍寡聞不足與學古者, 乃促促志於科擧, 取近人所以得擧者而相效爲之. 夫如是, 則經義安得而不日陋!"

또한 국가 제도가 역점을 두고 있는 것을 받드는 것인데도, 선비들은 오히려 몹시도 경원시하니 한탄스럽다"[55]고 하였다. 여기에서 팔고문은 사부나 전소보다도 뛰어난 글쓰기로 간주되고 있다. 일반적 글쓰기, 그리고 고증과도 다른 글쓰기로서 팔고문은 '문장'의 영역으로 포섭되고 있는 것이다. 고문의 관점에서 글쓰기를 고민한 것이 아니라, 팔고문도 포괄하고 있는 상위의 영역에서 고민하고 있는 요내의 사유를 확인할 수 있다. 진독수(陳獨秀)는 민국 초기에 동성파를 비판하면서, 동성파는 당송팔대가와 팔고의 혼합체라는 관점을 개진한 바 있는데, 고문과 팔고문을 포함한 형태로 동성파의 글쓰기를 규정하고 있는 대목은 역으로 우리의 논의를 뒷받침하는 것이다.[56] 또한 '국가 제도적 역점 사항'이라 하여, 당시 제도로서 팔고문을 시행하는 것에 대한 찬동의 기색도 비추고 있다. 법식선(法式善)은 "팔고문은 과거문체의 한 가지이나, 시, 고문사를 넣어서 옛 작자의 본의를 살피기를 추구해야 한다. 또한 팔고문이 고문에 뿌리를 두지 않으면 기세가 성하지 않아서 결코 뛰어나지 않게 될 것이다"[57]고 건륭의 말을 인용하여 소개한 바 있다. 통치자의 관점과 요내의 학술 지향이 흡사하다는 것은 매우 흥미로운 점이다. 재야에 기반을 둔 고증학파와 달리, 요내의 학술은 관방 학술의 성격도 모색하였음을 엿볼 수 있다.[58] 요컨대 요내는 성인의 정수를 찾아가는 과정을 학술적 목표로 삼고 그 방법론으로서 '문장'을 발견하였다. 그리고 그런 점에서 요내에게 팔고문은 중요한 글

---

55 "苟有聰明才傑者, 守宋儒之學, 以上達聖人之精, 卽今之文體, 而通乎古作者文章極盛之境, 經義之體, 其高出詞賦箋疏之上, 倍蓗十百, 豈待言哉. 可以爲文章之至高, 又承國家法令之所重, 而士乃反視之甚卑, 可歎也."(姚鼐, 「停雲堂遺文序」(姚鼐, 앞의 책), 39면)
56 陳獨秀, 「文學革命論」, 『文學運動史料選』第一冊(上海: 上海敎育出版社, 1979), 23면.
57 "制義僅帖括之一端, 宜進以詩古文詞, 庶幾窺見古作者堂奧. 且制義不從古文中出, 則氣不盛, 卽制義亦必不工."
58 「鄕黨文擇雅序」에도 팔고문을 성인의 정수를 찾아가는 주요한 글쓰기로 간주하고, 더불어 통치자의 관점에 찬동하는 논의가 담겨있다(姚鼐, 앞의 책, 43면).

쓰기의 한 양태였던 것이다.

　이와 관련해서 요내가 구축해놓은 동성파의 계보에 대해서 다시 생각해볼 필요가 있다. 그는 문통(文統)이 귀유광(歸有光)에 이어서 방포, 유대괴, 그리고 자신에게로 전해내려 왔다고 보았는데, 주의할 점은 귀유광, 방포, 유대괴 모두 팔고문에 뛰어난 사람들로, 팔고문의 발전 계보와 일치하고 있다는 점이다. 사실 방포의 의법과 아결함을 추구하는 이론은 팔고문의 글쓰기와도 상관성이 짙다. 방포는 『흠정사서문(欽定四書文)』을 편찬하는 데 주도적인 역할을 수행하였다. 여기에서 그는 '청진아정(淸眞雅正)'함을 팔고문 글쓰기의 주요 요건으로 내세웠다. 방포가 고문 글쓰기에서 아결(雅潔)을 내세웠던 점과 결부시켜 생각해 볼 수 있을 것이며, 이후 『흠정사서문』이 팔고문 글쓰기의 방향을 지우는 작용을 하였다는 점을 감안하면, 팔고문이 환경으로 자리하는 상황에서 동성파 흥성에 주요한 배경이 되었을 것이라고 유추 가능할 것이다.[59] 진평원은 글쓰기 차원에서 둘 간의 유사점에 주목하였으나, 결과적으로는 우리의 논의와 마찬가지로 동성파 글쓰기가 팔고문과 밀접한 관련을 맺고 있으며, 과거 시험에 도움을 줄 수 있는 실용적인 가치도 가지고 있다고 말한 바 있다.[60] '문장'이라는 상위의 담론 속에서 포괄된 팔고문은 요내가 지향하는 학술로서의 글쓰기와 결부되어 둘 간의 관련성이 고민되었으므로, 실용적인 가치를 지닌다는 분석은 자연스러운 결과이지만, 여기에서 당시 팔고문이 여전히 주류 글쓰기였다는 점을 감안하여, 그 글쓰기를 성인의 요체를 터득하는 방편으로서 포용하려고 시도하였다는 것, 곧 방법론으로서 포섭되고 있음을

59　周中明은 내용 면에서 둘 간의 차이를 지적하고 있지만, 글쓰기 면에서는 서로 영향 관계가 있다고 볼 수 있을 것이다. 그 내용상의 차이에 대해서는 周中明, 『桐城派硏究』, 遼寧大學出版社, 1999, 27면을 참고.
60　陳平原, 앞의 책, 226면.

결코 간과해서는 안 된다. 단순히 긍정, 부정으로 바라보는 것, 그리고 각각을 타자로 놓고 상관관계에 주목하는 관점에 대해 재고할 필요가 있다.

5. 결론

이 글에서는 팔고문 또는 과거제도가 당시 학자들의 삶을 근본적으로 제어하는 선험적 조건이었다는 점을 주목하여, 그것을 단지 하나의 글쓰기 현상으로 여기는 데 그치는 것이 아니라 청대 학술에 큰 영향을 미치는 원천적인 환경으로 바라봐야 한다는 문제를 제기하였다. 또한 그런 견지에서 당시 동성파의 학술, 그리고 글쓰기에 대해서 살펴보고자 하였다.

당시 요내는 성인의 정수에 도달하는 것을 학술적 지향으로 삼고, 방법론으로서 글쓰기를 주목하였다. 이런 그의 학술 체계는 '문장'으로 지칭되었다. 그러나 그 문장은 단순한 글쓰기만을 의미하는 것이 아니었다. 그의 사유 속에서, 문장은 송학과 한학과는 다른 문제의식을 가지는, 둘을 아우르는 또 하나의 영역으로 배치되었고, 이 배치의 과정 속에는 상위의 통합 학술로의 욕망이 관통되고 있었다. 그리고 이러한 이중의 상위 개념으로서 '문장'이 갖는 지향은 사상에서 뿐만 아니라, 글쓰기에도 반영되어 나타났다. 곧 팔고문과 건가 연간의 학술과 글쓰기에 대한 반성으로 학술 체계가 구축되었듯이, 동성파 '문장'은 상위의 글쓰기로서 고문은 물론이고 팔고문 또한 포용하는 형태로 사유되었다.

하지만 이 글의 문제의식을 좀 더 구체화하기 위해서 보완되어야 할 점이 많다. 우선 당시의 더 많은 제반 조건들을 함께 고려하지 못한 점이 아쉽다. 팔고문을 선험적 환경으로 보기 위해서는, 그에 얽힌 당시 문인들의 삶의 양태를 전 방위적으로 살펴보지 않으면 안 되기 때문이다. 또한 글쓰기 문제에 있어서도, 고문의 글쓰기 외부, 또는 가장자리에 있는 여타 글쓰기 등에 대해서 종합적인 검토가 함께 이루어질 때에 좀 더 풍부한 이야기가 될 수 있을 것이다. 또한 이 글에서 규명한 요내의 학술 지향에 대해서도 폭넓은 검토를 위해, 요내 이후의 동성파에게 어떻게 전승되고 또 어떤 영향을 미치는지를 더불어 살펴볼 필요가 있으며, 그들의 학술 및 글쓰기가 팔고문과 어떤 관계를 유지하며 발전해 가는지 등의 문제들 역시 함께 주의 깊게 논의되지 않으면 안 될 것이다.

참고문헌

姚鼐, 『惜抱軒全集(全一冊)』, 北京: 中國書店, 1991.
錢仲聯 主編, 周中明 選注評點, 『姚鼐文選』, 蘇州: 蘇州大學出版社, 2001.
包世臣 撰, 『包世臣全集』, 合肥: 黃山書社, 1994.
方濬師 撰, 盛冬鈴 點校, 『蕉軒隨錄』, 北京: 中華書局, 1997.
王士禛 撰, 『池北偶談』, 北京: 中華書局, 1997.
周中明, 『桐城派研究』, 沈陽: 遼宁大學出版社, 1999.
楊波, 「八股文專題研究」, 南京大學博士論文, 2004.
田建榮, 『中國考試思想史』, 北京: 商務印書館, 2004.
韓進廉, 『無奈的追尋』, 保定: 河北大學出版社, 2001.
商衍鎏, 『淸代科擧考試述錄及有關著作』, 天津: 百花文藝出版社, 2004.
陳平原, 『從文人之文到學者之文』, 北京: 三聯書店, 2004.
李春光, 『淸代學人錄』, 沈陽: 遼寧大學出版社, 2001.
梁啓超, 『中國近三百年學術史』, 北京: 東方出版社, 1996.
王凱符, 『八股文槪說』, 北京: 中華書局, 2002.

梁章鉅, 陳居淵校点, 『制藝叢話』, 上海: 上海書店出版社, 2001.
張岱年 主編, 『淸代樸學與中國文學』, 南昌: 百花洲文藝出版社, 2000.
尤信雄, 『桐城文派學術』, 台北: 文津出版社, 1989.
吳敬梓, 李漢秋 輯校, 『儒林外史』, 上海: 上海古籍出版社, 1999.
陳獨秀, 「文學革命論」, 『文學運動史料選(第一冊)』, 上海: 上海敎育出版社, 1979.
曹秉漢, 「18c 江淮文壇의 文化觀과 政治的 立場」, 釜山慶南史學會, 『釜山史學』第19輯, 1990.
曹秉漢, 「淸代의 思想」, 서울대학교동양사학연구실 편, 『講座中國史Ⅳ』, 서울: 지식산업사, 1998.
拙稿, 「晚淸傳統文人與文言」, 南京大學博士論文, 2004.
拙稿, 「桐城派의 成立과 志向, 그리고 八股文」, 韓國中國語文學會, 『中國文學』第42輯, 2004.

과거제도로부터의 이탈, 새로운 매체의 발견 그리고 근대적 글쓰기

왕도(王韜)의 『도원문록외편(弢園文錄外編)』 「자서(自序)」에 대한 평설을 중심으로
_민정기

1. 들어가며

중국에서 근대적 글쓰기가 성립하는 계기, 과정, 성격 등을 논의할 때 고려해야 할 것들이 여러 가지 있겠지만,[1] 그 가운데 글쓰기를 규정하고 매개하는 제도의 측면에서 보자면 단연 과거제도의 폐지와 신문·잡지 등 새로운 매체의 확산을 꼽아 논해야 할 것이다.

수나라 때 제도화되어 당나라 때 정착한 과거는 이후 시험 과목과 시

---

1 중국에서의 근대적 글쓰기를 그 계기와 제도의 변화라는 견지에서 다각도로 다룬 글로는 袁進, 『中國文學觀念的近代變革』(上海社會科學院出版社, 1996), 第二章 「文學社會運行機制的變化」를 볼 것.

험 단계 등에서 크고 작은 변화가 있었지만 1905년에 종언을 고하기까지 원나라 때 80년을 제외하고는 끊임없이 관료와 관료예비군을 생산하는 제도로서 기능했다. 그러면서 중국 전통시기 문인의 모든 것, 다시 말해 그들의 삶의 양태와 사유방식, 지식과 글쓰기의 형식과 내용 등을 규정해 왔다. 과거제도는 중국 사회가 세습귀족집단에 의해 지배되는 사회를 벗어나도록 해 보다 많은 이들에게 사회적 이동의 수단을 제공했고 유가적 교양을 포함한 문화자원을 보다 많은 이들이 공유하는 데 큰 역할을 한 반면, 문인계층을 사상적으로 제약하고 철저히 황제권력에 종속시켰다든지,[2] 실무능력이 없는 인사들을 양산하였다든지 그 폐해 또한 작지 않아, 역대로 많은 이들이 비판해 온 것이 사실이다. 일례로 명 말의 선비 증이찬(曾異撰)은 과거제도를 물고기와 새를 잡는 '그물'에 빗대어 "마치 그물에 걸린 물고기, 새처럼 벗어날 수가 없소. 그물 안에 있다면 그래도 어항이나 울안에 담겨지니, 자유에서 오는 즐거움은 없다 해도 비늘과 날개를 보전하여 사람들의 사랑을 받을 수 있겠지만, 만일에 용기만 믿고 그물을 찢고 나가려 한다면, 그물의 힘은 더 커지고 그 죔은 더 세져서, 지느러미와 날개만 손상시키고 말 것이오."라고 토로한 바 있다.[3] 이러한 식의 비유와 토로, 비판은 세대를 이어가면서 거듭 행해졌지만 정작 그 '그물' 안에 포섭되지 않고서

---

2 막 합격한 진사들이 합격을 알리는 榜文 아래 모여 있는 것을 보고 당 태종이 기뻐하며 "천하의 영웅들이 내 사정거리 안으로 들어왔구나(天下英雄入吾彀中)"라고 했다는 일화는 과거제도의 성격의 한 단면을 극명히 보여준다. 金諍 지음, 김효민 옮김,『중국 과거 문화사』(동아시아, 2002), 138면. 과거제도 전반에 관해서는 앞의 책을, 과거제도와의 관계 속에서 명청대 지식인층을 다룬 저작으로는 張仲禮 지음, 김한식 등 옮김,『中國의 紳士』(신서원, 1993)를 볼 것. 명청대 과거시험의 각 단계와 시험을 둘러싼 조건들에 대한 흥미로운 연구로는 미야자키 이치사다 지음, 옮김,『중국의 시험지옥—과거』(청년사, 1989)를 볼 것.

3 문정진 외 7인 공저,『중국 근대의 풍경』(그린비, 2008), 제5장「중국 근대교육의 발전」(백광준), 259면에서 재인용. 백광준은 해당 장의 기술을 바로 이 토로를 인용하면서 시작한다. 그만큼 과거제도와 그것의 극복은 교육이 되었건 글쓰기가 되었건 근대 중국의 문인들에 관한 논의에서 빼놓을 수 없는 부분이다.

는, 그 최초의 단계라도 통과하지 않고서는 문화교양을 밑천으로 행세할 방법이 극히 제한적이었던 상황에서 지느러미와 날개의 손상을 감수하고까지 실제로 돌파를 시도하는 이들은 거의 없었다고 하겠다.

과거제도와 그 시험 과목이 한 시대의 주도적 학문, 지식의 형식 및 내용은 물론 문인들의 글쓰기 행태 및 경향, 문체, 장르들의 부침과 밀접한 관계에 있었다는 점은 시를 시험 과목으로 둔 진사과가 우대 받은 당대에 시문학이 꽃피운 점, 논변성이 강한 책론을 도입한 송대에 산문이 발전하고 시까지도 설리(說理)적이 되었으며 학술에서는 사변적인 신유학이 발전한 점에서 도드라진다. 명대와 청대에는 고도로 형식화된 팔고문(八股文)으로 시험을 치렀는데, 역시 동성파 고문 등 문학의 성격과 밀접한 관련이 있었다.[4] 과거제도가 오랫동안 시행되지 않은 원대에 새로운 문학 장르가 성행한 점은 과거제도가 문인들의 글쓰기를 그만큼 속박했다는 점에 대한 반증이라고 할 수 있겠다. 이러한 형편을 고려하면 천수백년 동안 지속되어 온 제국의 정치권력과 문화권력 사이의 협력 / 담합이 종식되었을 때 글쓰기의 양상 또한 크게 바뀌었을 것임은 특별한 논증이 필요치 않은 것처럼 보인다. 과거제도의 폐지는 글을 둘러싼 모든 것들의 관계를 바꾸어 놓았기 때문이다.[5]

---

4 팔고문은 명대에 시험에 정착된 과거시험 답안 형식으로 경전에서 뽑은 논제에 따라 정해진 엄격한 격식에 맞추어 서술하도록 되어 있었는데, 본론 부분을 쌍을 이루는 네 단락으로 나누어 서술하도록 되어 있어 여덟 갈래라는 뜻으로 '八股'라 불렸고 당송대 '古文'에 대해 근래의 문장 형식이라는 뜻으로 '時文'이라고도 했다. 청대의 학술, 문학을 주도했던 집단 가운데 하나인 桐城派 및 그들의 '古文'을 과거제도 및 그 시험형식인 팔고문과 연결지워 이해한 논의로는 백광준, 「桐城派의 成立과 志向, 그리고 八股文―八股文을 文化的 環境으로 바라보기 위한 提言」(『中國文學』 제42집, 한국중국어문학회, 2004년 11월)을 볼 것.
5 해당 주제에 관한 최근 논의로는 다음과 같은 글들이 있다: 何軒, 「晚淸八股取士的廢止與新小說的興起」, 『湖南科技學院學報』 第29卷 第2期, 2008.2.; 李宗剛, 「科擧制度的廢除與五四文學的發生」, 『徐州師範大學學報(哲學社會科學版)』 第32卷 第5期 2006.9.; 李珂, 「論科擧制度的消亡對白話新詩的生成的影響」, 『人文雜志』 2003年 第6期; 欒梅健, 「科擧制度的廢除與讀者群體的轉變」, 『中國現代文學硏究叢刊』 2006年 第2期 등.

그런데 이러한 전복은 일거에 이루어졌다기보다는 반세기 이상의 온양 기간을 거치며 가능했다. 1842년의 남경조약 이후 형성된 상해의 서양인 조계지를 중심으로 글쓰기를 매개하는 또 다른 강력한 제도가 부상함으로써 과거제도로부터 이탈한 글쓰기를 형성 / 흡수해 오고 있었기 때문이다. 그것은 다름 아닌 근대적 매체였다. 여기서 근대적 매체라고 할 때에는 직접적으로는 신문·잡지와 같은 새로운 형식의 출판물을 가리키지만 더 넓게는 상해 조계를 중심으로 확산되고 있던 출판 자본에 의해 매개되는, 글쓰기를 둘러싼 새로운 시스템과 제도를 가리킨다.

무릇 우리가 실체로서 인지하는 어떤 대상의 성격과 그것이 수행하는 역할을 파악하고자 할 때, 그것의 기원적 시공으로부터 접근하는 것이 종종 유용하다. 중국의 근대적 글쓰기 역시 마찬가지일 터이다. 그것이 탄생한 환경에 착안함으로써 그것의 기본적인 성격과 근현대 중국에서의 자리를 잘 살펴볼 수 있는 시좌를 얻을 수 있을 것이다. 새로운 요소들을 흡수하고 변용하며, 전통적 요소들과 결별하고 때로는 그것들을 보류하는 가운데, 근대 중국의 글쓰기는 왜, 어떤 것들을 합법화하고 지향하게 되는지 좀 더 분명히 드러날 것이다. 왕도(王韜; 1828~1897)라는 인물에 주목하게 되는 것은 바로 이런 맥락에서이다.

이 글에서는 중국의 문인이 과거라는 오래된 글쓰기의 환경 / 매개로부터 이탈하여 새로운 매체를 통해 발언하기 시작했을 때 어떤 일들이 일어났는지를 살펴보고, 이를 통해 중국에서의 근대적 글쓰기가 놓인 일반적 자장을 고찰하는 데 필요한 것들을 짚어가고자 한다. 이천여 년 간 성현의 뜻을 대신 밝히고 천자를 대리해 천하를 다스리는 것을 입언(立言)의 궁극적 목적으로 여겼던 이들에게 있어, 과거제도를 축으로 삼거나 그것으로부터 파생하여 이루어지던 글쓰기로부터 이탈, 정기적으로 발간되어 다중을 향해 배포(판매)되는 인쇄매체를 통해 입언한다는 것은 무엇을 의미했는가.

대량 배포를 가능케 한 새로운 인쇄기술의 도입과 오랜 세월 중국 사인들의 글쓰기의 주요 조건이었던 과거제도의 폐지 내지는 그로부터의 이탈이 중국에서의 근대적 글쓰기의 성격과 어떤 관련이 있을지는 여러 각도로부터의 관찰이 가능하며 또한 이루어져야 할 터이다. 이 글에서는 근대 중국 초기 저널리스트이며 이후 상해를 중심으로 활동한 신파 문인의 한 전형이라고 할 만한 왕도가 자신의 신문논설문 모음집인『도원문록외편(弢園文錄外編)』에 붙인「자서(自序)」에 나타나는 관련 언급을 통해 이 문제를 살펴보고, 일반화하여 논의할 수 있는 단서가 있는지 검토해 보겠다.

2. 왕도의 삶, 글쓰기 그리고『도원문록외편』

19세기 중반 이후 상해 등 중국의 연해 도시에서는 서양과의 접촉으로 인해 새로운 환경이 조성되고 있었다. 1840년대 말부터 1890년대 말까지 약 반 세기에 걸쳐 상해와 홍콩에서 활동한 왕도는 중국에 최초로 근대적 저널리즘을 도입한 사람 가운데 한 명이며 신문 논설문의 기초를 닦은 사람으로, 중국 연해 지역에 나타난 새로운 유형의 지식인의 초기 전형이라고 할 수 있다. 그는 근대 중국이 나아갈 방향을 제시한 선각자적 인물로, 격변하는 역사의 중심에서, 때로는 주변에서 새로운 조건들과 갖가지 방식으로 관련 맺으며 활동했다. 여기에서는 그가 과거제도 및 새로운 매체와 어떤 관계 속에 놓여 있었는지, 그가 어떤 계기로 일간신문을 창간하고 신문논설문을 쓰게 되었는지를 중심으로 그의 삶의 궤적을 살펴보도록 하겠다.[6]

1) 상해 진출, 과거제도와 그것이 매개하는 글쓰기 자장으로부터의 첫 비껴남

왕도는 남송 이래 중국 경제와 문화의 중심지였던 강소(江蘇) 소주(蘇
州)의 쇠락한 문인 가정에서 태어났다. 청대에 들어오면서 쇠퇴 일로에
있던 집안은 할아버지가 상업을 병행하면서 다소 일어났지만 아버지
는 평생 과거 공부를 하며 아이들을 가르치는 것으로 생계를 꾸렸기 때
문에 약간이나마 모은 재산도 지킬 수 없었다. 왕도 역시 아버지의 뜻
에 따라 과거 준비에 매진했다. 1845년, 17세에 일등으로 생원이 되지
만 이듬해 남경(南京)에서 거행된 향시(鄕試)에서는 낙방, 수도에서 치
르는 회시(會試)에 응시할 수 있는 거인(擧人) 자격을 얻는 데 실패한다.
빠듯한 형편에 아무 일도 하지 않고 과거 공부에만 매진하는 것은 불가
능했기에 이때부터 왕도는 학생들을 가르치기 시작했다. 상업이 발달
한 강남(江南) 지역의 사인들은 다른 지역의 동향에 비해 대안적 출로
가 그래도 열려 있었던 편이다. 소주 같은 도시라면 대표적인 것이 상
업으로의 진출이었는데, 경제적 형편이 그만그만한 경우 대개 10세 전
후에 아이의 자질을 두고 집안 회의를 거쳐 공부를 시키던지 가게 점원
으로 훈련을 시키던지 하는 것이 일반적이었다.[7] 하지만 과거 공부에
본격적으로 발을 들여놓고 생원 자격이라도 획득한 이상 다른 일을 업
으로 삼는 것은 쉽지 않았다. 사회적 이목도 있거니와 청소년기와 장
년기의 일부까지를 책상물림으로 있던 사람이 다른 일을 할 수 있는 훈

---

6 이 부분의 서술은 민정기, 「晩淸 時期 上海 文人의 글쓰기 양상에 관한 연구」(서울대 박
   사논문, 1999.8) 제3장 '晩淸 時期 上海 文人의 초기 전형 : 王韜의 思想과 心境'에서 발
   췌, 정리한 것이다. 王韜의 행적 사실은 대부분 王韜, 「弢園老民自傳」, 『弢園文錄外編』
   (汪北平, 劉林 整理, 中華書局, 1959); 吳靜山, 「王韜事蹟考略」, 上海通社 編, 『上海硏究資
   料』, 1936(上海書店 重印本, 1984); 剛克, 「弢園先生年表(補正稿)」(『江蘇文獻』第1卷 第
   12, 13期合刊號, 1943.6)에 근거하여 서술되었다.
7 包天笑, 『釧影樓回憶錄』(香港: 大華出版社, 1971) 81~84면, '讀書與習業' 참조.

련을 다시 쌓는다는 것도 쉽지 않았다. 희박한 확률이긴 했지만 과거를 통한 공명에의 열망은 쉽게 수그러들지 않았다. 그러니 과거의 자장에 한 번 갇힌 사인이 거기에 헤어날 길은 별로 없었던 셈이다. 또, 원대 이래로 문인들이 택한 주요한 출로 가운데 하나가 '이야기'를 쓰고 엮는 일이었다. 특별한 재능이 필요한 일이기도 했거니와, 이런 경우에도 이들은 끊임없이 가지 못한(않은) 길을 되돌아보아야 할 처지였다.[8] 과거의 도정에서 벗어날 수 없었던 사인들이 택할 수 있는 가장 손쉽고 또 착수 가능한 일이란 자기와 같은 길을 걷고자 하는 아이들을 가르치는 일이었다. 왕도 역시 그 길에서 벗어나지 않고 있었다.

왕도가 과거제도의 자장에서 최초로 벗어나기 시작한 것은 1849년 22세 되던 가을이었다. 아버지가 갑작스럽게 타계함에 따라 그는 가족의 생계를 자신이 전적으로 책임져야할 입장이 되었다. 왕도는 선교사 메드허스트(Walter Henry Medhurst; 1796~1857)의 요청을 수락해 상해의 묵해서관(墨海書館; London Missionary Society Press)에서 서양인들을 도와 중문 원고를 다듬고 글을 편집하는 일을 하게 된다. 메드허스트와는 전년에 사숙(私塾)을 열어 학생들을 가르치고 있던 아버지를 방문하기 위해 처음으로 상해에 갔을 때 알게 된 사이였다.[9] 왕도가 이 일을 맡게 된 것은 무엇보다도 경제적인 이유에서였다고 할 수 있다. 고정적인

---

8 우리에게 잘 알려진 경우로『聊齋志異』를 통해 유명한 蒲松齡을 들 수 있다. 그의 이야기에서는 종종 과거를 통해 공명을 얻은 (江南) 士人들에 대한 질시와 흠모가 묻어난다. 또한 명청대 많은 소설작가들이 쓴 서문을 통해 자신들의 소설 쓰기를 과거제도를 매개로 하고 있는 보다 전통적인 '文'과 어떻게든 같은 반열에 올려놓고 싶어 했던 그들의 의식을 볼 수 있다.

9 沈國威 編著,『六合叢談—附解題・索引』(上海辭書出版社, 2006)의「解題—作爲近代東西文化交流史研究史料的『六合叢談』」에 따르면 그의 부친 역시 상해에서 이후 王韜가 그랬던 것처럼 서양인에게 고용되어 윤문을 돕는 일을 했다고 하는데(30면), 정확한 근거를 들고 있지는 않으나 이 설은 메드허스트가 王韜에게 일자리를 제안하게 된 경위에 대해 타당한 설명을 제공한다.

수입을 얻을 수 있었을 뿐만 아니라 그 액수 또한 학생들을 가르치면서 얻을 수 있는 것과는 비교도 되지 않았기 때문이다. 이때부터 왕도는 메드허스트가 영국으로 돌아가지 전까지 8년간 그와 함께 성경을 새롭게 번역하는 일에 종사했다.

왕도의 고용주였던 메드허스트를 비롯해서 런던 선교회의 선교사들, 특히 성경의 번역작업에 종사했던 이들은 당시 상해에 들어와 있던 어떤 서양인들과 비교해 봐도 최고 수준의 교양과 학식을 지닌 이들이었고, 중국어문과 문화에 대한 이해의 정도 역시 높은 사람들이었다. 왕도는 이 기간 동안 성경 외에도 다양한 분야의 서적을 이들과 번역했다. 조셉 에드킨스(Joseph Edkins)와 함께 『격치신학제강(格治新學提綱)』, 『광학도설(光學圖說)』을, 알렉산더 와일리(Alexander Wylie)와 함께 『중학천설(重學淺說)』, 『화영통상사략(華英通商事略)』 등을 번역했다. 작업은 성경의 번역과 마찬가지로 선교사들이 중국어로 일차 번역한 것을 왕도가 다듬어 윤색하는 방법으로 진행되었다. 함께 일했던 와일리 등은 상해 최초의 중국어 신문인 『육합총담(六合叢談)』의 발행인이자 편집인들이기도 했다. 왕도는 1857년 1월부터 1년 반 동안 총 15차례 나온 이 잡지의 편집과 간행을 도왔으며 자신의 이름으로 1편의 문장을 발표하기도 했다.[10] 이 과정을 통해 신문, 잡지라는 근대적 매체에도 처음 눈뜨게 되었을 것이다. '글'을 다루며 산다는 면에서 그는 여전히 '문인'이었지만, 그 내용과 방식 그리고 그 글들의 사회적 자리를 따져 보면 과거가 매개하는 글쓰기에서는 성큼 벗어나 있었다는 것을 알 수 있다.

왕도는 이러한 가운데에서 서양의 역사, 제도, 문화 등 다방면에 걸친 기본적인 지식을 얻을 수 있었으며, 중국이 그들과 접촉하게 된 이후로의 정황에 대해서 비교적 정돈된 인식 체계를 형성해 갈 수 있었

---

10 이 간행물과 墨海書館에 관해서는 沈國威, 위의 글을 볼 것.

다. 그는 장기적인 관점에서 서양을 중국의 국체를 위협하는 존재로 파악했다. 서양은 무엇보다도 경계해야 할 대상이었던 것이다. 하지만 바로 그 때문에라도 중국인들은 그들의 일부 앞선 점을 본받아야 할 처지였다. 이런 가운데에서 왕도는 애써 서양 문명의 핵질을 부정하려고 했다. 그는 중국의 예법(禮法)이 서방의 것보다 낫다고 여겼다. 특히 남녀가 함께 상속하며 군주와 백성이 함께 다스리고 정치와 종교가 일체인 제도에 대해 비판적 입장을 표명했다. 서양의 발달한 과학 기술의 일정한 부분을 수용하는 것에 대해서는 긍정적이었지만 서양의 제도를 수용하는 것에 대해서는 유보적이었던 것이다. 특히 서양에도 '도(道)'가 있다는 점에 대해서는 인정하지 않으려 했다. 이러한 점에서는 관방에서 양무(洋務)를 주도하고 있던 이들이 견지하고 있던 '중체서용(中體西用)'적 입장과 크게 다르지 않은 입장을 가지고 있었다고 하겠다. 중화의 문인으로서 서양의 문화가 중국의 그것과 대등하거나 더 우월할 수 있다는 점을 인정하기는 힘들었을 것이다. 그것은 곧 세계의 중심으로서 자처해 온 '중화'의 자기부정을 뜻했기 때문이다.

이런 가운데에서 왕도는 줄곧 자신이 있어야 할 자리에 있지 못하고 해야 할 일을 하지 못하고 있다는 자괴감에 빠져 있었다. 다시 말해 과거제도에 의해 매개되지 못한 처지에 대해 불만의 상태에 있었던 것이다. 상해에서 생활한지 거의 10년이 되어가던 1858년 음력 10월 4일자의 일기에서 "세상에 태어난 이래 계절이 서른 번 바뀌었다. 정신은 점차 마모되고, 뜻과 기운은 점차 쇠하여 가며, 학문과 사업 무엇 하나 이룬 것이 없다. 그저 서양인의 집에서 이리저리 머뭇거리며 그들의 콧숨 쉬는 것을 올려다보고 있어야 하니 참으로 부끄러워 죽어 마땅하다. 이 지경을 생각하면 크게 울 법한 일이다."[11]라고 자탄하고 있다.

---

11 『王韜日記』(方行, 湯志鈞 整理, 中華書局, 1987) 34면, 咸豐八年十月四日(1858. 11. 9)

크게 통곡이라도 하고 싶은 왕도의 내면의 고충은 한편으로는 그가 가지고 있던 공명(功名)에 대한 전통적인 지향과 상해에서의 실제 처지 사이의 괴리에서 비롯되며 또 한편으로는 서양인들과 자신 또는 더 넓게는 서양과 중국 사이의 관계에 대한 불편한 심경에서 비롯된다. 그는 또 상해에서의 생활에 대해 "종일토록 갇힌 채로 지내며 걸핏하면 질곡과 맞닥뜨린다"[12]고 토로했으며 또 당시의 실력자 증국번(曾國藩)의 막료였던 주등호(周騰虎)에게 보낸 편지에서는 "제가 오랑캐들에게 몸을 기탁하고 있어 고명하신 성현의 가르침에 죄를 지었기에, 점잖은 분들과 같은 대오에 서기도 부끄러운데 하물며 통달한 인재의 반열에 견주겠습니까."[13]라고도 말하고 있다.

왕도는 상해에서 얻은 자신의 견식을 양무 관료들에게 인정받아 과거가 매개하는 전통적인 사인의 자리로 회귀하고자 노력했으며, 자신의 정견과 포부를 알리는 편지에서 서양인들로부터 부당한 대우를 받으며 의미 없는 일을 하고 있는 자신의 처지를 거듭 하소연했다. 실력자들에게 보낸 편지에 이러한 토로가 장황하게 나오는 것은 서양인과 접촉하거나 양무에 종사하는 일을 매국노의 짓거리로 여겨 꺼리던 당시의 풍토에서 자신이 부득이한 이유로 상해에서 서양인들 밑에서 일하고 있는 형편임을 다소 과장한 것으로도 볼 수 있겠지만 상당 부분은 왕도의 진심이었을 것이다.

조목: "墜地以來, 寒署三十易. 精神漸耗, 志氣漸頹, 而學問無所成, 事業無所就. 徒蹐天蹐地於西人之舍, 仰其鼻息, 眞堪愧死. 思之可爲一大哭."

12 『王韜日記』 44면, 咸豊八年十月二十日日(1858.11.25) 조목: "閉置終日, 動遇桎梏." 이 날 일기에 轉載해둔 친구 孫次公을 위해 쓴 추천의 편지에서 이렇게 자신의 처지를 표현하고 있다.

13 『王韜日記』 61면, 咸豊八年十二月九日(1859.1.12) 조목: "以瀚托迹侏僞, 獲罪名教, 羞與雅流爲伍, 敢厠通人之班."

2) 홍콩 망명과 유럽 체험, 과거제도의 자장으로부터의 멀어짐

상해에서 선교사들과 작업을 하면서도 전통적 공간에서 어떤 역할을 할 수 있기를 끊임없이 기대했던 왕도는 당시의 실력자들에게 자신의 식견을 알리는 서신을 여러 차례 써 보냈지만 단 한 차례도 긍정적인 회답을 얻지는 못했다. 몇 차례 향시에 응시했던 정황도 발견된다. 그러던 중, 1861년 말 왕도는 어머니의 병환을 돌보기 위해 태평천국(太平天國)의 군대가 점령하고 있던 고향 소주로 돌아가게 되었다. 청조에 대해 반란을 일으켜 오늘의 남경에 도읍한 태평천국 집단은 당시 상해를 공략할 준비를 하고 있었다. 이때 그는 태평천국의 고관에게 '황완(黃畹)'이라는 이름으로 어떻게 하면 강남 지역을 지키고 상해에 진공하여 승리를 굳힐 수 있는지에 대한 면밀한 계책을 담은 책문을 올린다.[14] 청조의 인정을 못 받는다면 태평천국으로부터라도 인정을 받겠다는 심산에서였을 것이다.

왕도는 이처럼 권력을 직접 매개하는 글쓰기를 갈망하고 있었다. 그런데 그 일은 곧 발각되고 말았다. 당국의 수배를 받은 왕도는 1862년 10월 4일에 영국인들의 도움으로 홍콩으로 피신한다. 1862년 10월 11일, 홍콩에 도착한 왕도는 1884년에 청 정부가 그를 사면하여 상해로 돌아오는 것을 허락하기까지 20여 년을 망명객으로 지냈다.

홍콩에서 지내던 기간의 전반기 10여 년 동안 왕도가 주로 한 일은 영화서원(英華書院)의 책임자로 있던 제임스 레그(James Legge; 1814~1897)

---

14 이 사건의 진위에 관해서는 당시부터도 여러 가지 설이 분분했다. 우선 王韜 자신이 이 일에 대해 극구 부인하였기 때문이다. 羅爾綱, 胡適 등이 이 문서가 王韜 자신에 의한 것임을 고증한 이래로 지금까지 王韜의 전기를 연구한 여러 학자들은 대부분 王韜가 策文의 작성자였음을 인정하고 있다. Paul A. Cohen, *Between Tradition and Modernity-Wang T'ao and Reform in Late Ch'ing China*(Harvard University Press, 1987), pp.32~56에 걸친 이 문제에 대한 자세한 해석이 참고할 만하다.

가 오경(五經)을 영어로 번역하는 일을 돕는 것이었다. 메드허스트의 주선으로 알게 된 레그 역시 선교사였는데, 이미 사서(四書)를 번역한 바 있는 한학자이기도 했다.[15] 왕도는 중국의 고전을 서양인들이 볼 수 있도록 번역하는 이와 같은 작업에 대해 중국의 '도'를 서양에 전파하는 의미 있는 일로 여겨 성경을 중국어로 번역할 때와는 달리 매우 강한 자부심을 가졌던 것으로 보인다. 묵해서관 시절과 마찬가지로 왕도는 외국인의 조수로서 보수를 받으며 이 일에 종사했지만 이번에는 보다 합당한 일을 하고 있다는 생각을 가지고 있었던 셈이다. 그러나 영국의 지배를 받게 된 대륙 동남 귀퉁이의 섬에서 그는 사실상 과거제도의 자장에서 완전히 벗어나 있었다. 그가 침울한 심경 속에서 '소설'의 범주에 드는 글을 써서 인생의 불가사의함을 토로하기 시작한 것도 이때부터이다.[16]

1867년, 레그는 건강이 좋지 않아져 홍콩에서의 활동을 일시 중지하고 요양차 고국 스코틀랜드로 돌아가게 되었다. 귀향한 레그의 초청에 응하여 왕도는 1867년 말 홍콩을 떠나 싱가포르, 페낭, 스리랑카, 아덴, 홍해, 카이로, 수에즈운하, 지중해, 마르세유, 파리를 거쳐 도버 해협을 건너 런던에 도착한다. 아마도 개인 신분의 중국의 문인으로서는 처음으로 근대 유럽 땅을 밟았을[17] 왕도는 1870년 초 다시 홍콩으로 돌아오

---

15 제임스 레그의 생애, 王韜와의 관계에 대해서는 그가 역주한 『論語』, 『大學』, 『中庸』을 묶은 *The Chinese Classics* Vol. I의 서두에 실린 Linsay Ride의 'Biographical Note' 참조.(Hong Kong University Press판, 1960)

16 王韜는 홍콩에서 쓴 소설을 묶어 첫 번째 소설집 『遁窟讕言』을 펴냈고, 상해로 귀환한 후 쓴 소설을 묶어 『淞隱漫錄』, 『淞濱瑣話』를 냈다. 모두 문언단편인 王韜의 소설에 관해서는 민정기, 앞의 논문, 제4장 제2절 "왕도의 소설 쓰기"를 볼 것.

17 王韜와 더불어 초기 변법론자로 꼽히는 馮桂芬과 薛福成은 이 시기에 이미 曾國藩, 李鴻章의 幕僚로서 洋務에 관한 주요한 글을 쓰고 있었지만 馮桂芬의 경우 직접 서양을 경험할 기회를 갖지는 못했으며 薛福成의 경우 公使의 자격으로 1889에야 영국, 프랑스 등을 방문한다.

기까지 2년여의 시간을 레그의 작업을 돕는 한편 전성기를 맞고 있던 유럽 세계를 경험한다.

유럽 세계를 직접 경험하면서 왕도는 새로 접하는 문명에 대한 호기심에서 출발해 그에 대한 인정과 흠모로 귀착하며 동시에 중국의 미래에 대한 전에 없던 우려를 갖게 된다. 대량생산을 하는 공장들과 신속한 운송수단인 기차로 대표되는 산업혁명 이후 영국의 힘과 부의 근원을 직접 목도한 그는 점차 그것과 관련이 있는 사회의 체계, 제도에 대해 관심을 갖게 되었다. 박물관과 대학, 주점과 공원, 젊은 남녀들의 무도회, 서양 음악과 기예 등 모든 것이 그의 관심을 끌었고 이에 대해 기행문집 『만유수록(漫游隨錄)』에 상세한 기록을 남겼는데, 이를 통해 서양과 서양인에 대한 왕도의 사유가 어떻게 변해가는 지 확인할 수 있다.[18] 이제 왕도에게 서양인은 그저 좋은 대포와 함선이나 만들 줄 아는 '야만인'이 아니라 우수한 제도를 지닌 '문명인'으로 새롭게 인식되었다. 영국은 심지어 감옥 제도까지도 우수한 나라였다.

온갖 유무형의 제도들은 그가 유럽인들을 다시 바라보게끔 만드는 것들이었다. 그리고 이러한 모든 것들은 중국이 결여하고 있는 것들이었다. 중국이 결핍하고 있는 것은 비단 특정 부문의 기술력과 그에 기초한 풍요로운 물질생활만이 아니었던 것이다. 왕도는 나아가 서양 사회가 돈독한 풍속과 도덕을 바탕으로 번성한 문명임을 발견한다. 이제 왕도의 눈에 영국으로 대표되는 서양은 예와 덕을 갖춘 우량한 사회로 인지된다. 그들의 풍속은 중국에 비해 훨씬 돈독한 것으로 비춰졌다. 물론 유럽 사회에 대한 왕도의 관찰과 인식은 많은 경우 피상적이라고 할 수

---

[18] 유럽에서의 체험은 『漫游隨錄』의 「道經法境」 편부터 마지막 「屢開盛宴」 편까지 33편의 글에 기록되어 있다. 같은 책 「新埠停橈」, 「庇能試浴」, 「錫蘭佛迹」 등의 글에는 유럽에 도착하기까지의 일정과 견문이 상세하다. 관련 자세한 논의는 민정기, 「19세기 중엽, 중국 지식인의 유럽 체험과 세계관의 전변—왕도(王韜)의 경우」(『人文科學論叢』, 안양대 인문과학연구소, 2003.9)를 볼 것.

있으며, 그 사회의 내재적인 모순까지는 간파하지 못하고 있다고 하겠다. 서양의 물질문명과 그 제도, 문화적 기반을 연결시키는 데에도 다소 자의적인 면이 있다. 그러나 문제가 되는 것은 그 인식의 수준이나 그가 인식한 내용의 진위가 아니라 왕도에게 왜 서양 사회가 이렇게 인지되었는가하는 점이다. 19세기 중반 중국 사회는 서양과의 갈등은 차치하고라도 왕조 말기에 두드러지는 각종 사회 모순들이 분출하고 있는 시기였다. 중국의 지식인의 눈에는 당시 사회는 해결해야 할 난제가 산재한 그런 상황이었으며 많은 개혁지향적 지식인들이 그 타개에 골몰하고 있었다. '천조(天朝)'인 청 황실이 다스리는 중국은 태평시대는 고사하고 그에 이르는 중간단계인 '승평시대(昇平時代)'라고도 볼 수 없는 상황이었다. 아마도, 늘 절박한 심정으로 나라의 문제들을 걱정하고 있던 왕도와 같은 이의 눈에 바야흐로 팽창일로에 있던 대영제국은 자연히 태평시대에 한 발 더 접근한 사회로 보였을 것이다.

3) 언론인으로서의 삶, 과거제도와의 결별

1870년 3월, 2년 여 동안의 유럽 체류 후 홍콩에 돌아온 왕도는 보다 큰 세계사적 맥락 속에서 유럽을 그리고 중국을 바라보며 저술을 통해 자신이 본 바를 알리고자 한다. 당시 왕도의 사상은 '변(變)해야 통(通)한다'라는 말로 집약될 수 있으며, 정치 제도와 관련하여 왕도는 스스로 그 전에는 반대했던 바, 상하의 의사소통에 기반을 둔 '공치(共治)'의 체제를 주장하였고 구체적으로는 영국식 입헌군주제─의회제를 이상적인 체제로 설정하였다. 경제에 관해 왕도는 나라가 부유해져야 강해진다고 인식하여 이를 치국의 근본으로 두어야 한다고 보았다. 장차 중국을 부강케 할 구체적인 방도로 광산 개발, 서양식 공장제 공업과 운송수단의 도입, 상공업의 진흥, 대외무역과 관련된 제도의 정비 등을 들었다. 군대의 개편과 전함, 대포의 제조 등도 자세히 언급되는 내용이었지만 부강을 위한 전체적 청사진에서 왕도가 가장 세심하게 주의를 기울인 부문은 교육이었다. 왕도는 전통적인 과거제도로는 중국을 부강으로 이끌 인재를 양성할 수 없음을 주장하며, 학교 제도의 개혁과 관리 선발 제도의 개혁을 시급한 문제로 들었다. 특히 주목할 만한 내용은 고전에 기반을 둔 전인적 인문 교육만이 유일한 공식적인 교육으로 인정되던 당시, 각 부문의 전문학교를 통해 '전문가'를 양성할 것을 촉구했다는 점이다. 관료의 선발에서도 인문적 교양보다는 실무를 추진할 수 있는 능력을 가진 이들을 양성하고 선발하는 것이 시급하다고 했다.[19] 이처럼 유럽 체험 이후 왕도는 중국 사회 주요 부문의 제도적 변혁을 사유하게 되었고 이는 곧 서양에서 배울 것은 말단의 기술 이상이라는 인식과 궤를 같이 하는 것이었다. 결국 왕도는 그 자신이 그토록 편입되길 갈망했던 과거제도가 매개하는 권력과 글쓰기의 장을 부정하게 된 셈이다.

이러한 사고의 전환은 물론 유럽 세계를 직접 경험하면서 이루어진 것인데, 단지 실용주의적 맥락에서 이루어진 것이 아니라 세계에 대한 인식의 틀이 바뀐 결과였다. 이는 '도'에 대한 이전과는 사뭇 다른 접근에서 분명히 드러난다. 서양 세계는 더 이상 중화와 달리 '도'를 갖지 못한, 혹은 허황된 '교(敎)'에 의해 지배되는 오랑캐의 나라가 아니라 하나의 '도'가 관철되는 세계의 일부분인 것이었다. 이 무렵 이루어진 세계관의 전변과 그에 따른 실천은 왕도가 과거제도가 매개하는 글쓰기와는 전혀 다른 글쓰기로 나아가도록 했다. 그것은 바로 신문을 창간

---

19 王韜의 개혁 사상에 대한 자세한 소개와 해석은 다음을 참조할 것: Paul A. Cohen, op. cit., pp.143~235, 'Ⅲ. Prescriptions for a New China'에서는 교육, 경제, 정치 개혁 순으로 서술하고 있다; 張海林, 『王韜評傳』(南京大學出版社, 1993)은 제5, 6, 7, 9장에서 각각 정치, 경제, 외교, 교육 개혁론을 다루고 있으며 忻平의 『王韜評傳』(華東師範大學出版社, 1990)은 제4,5장에서 그의 학문과 사상을 다루고 있다.

해 거기에 글을 쓰는 일이었다.

　1873년, 왕도(王韜)는 20여 년 간 홍콩 영화서원 일을 맡아왔던 황승(黃勝) 등의 도움으로 이 기관에서 각종 선교용 출판물과『찰세속매월통기전(察世俗每月統記傳)』,『천하신문(天下新聞)』,『하이관진(遐邇貫珍)』등의 정간물을 인쇄하던 설비를 구매한다. 이를 통해 자신이 쓴『보법전기(普法戰紀)』를 출판했으며 더욱 중요한 것은 이 설비를 사용하여 신문 사업을 시작하였다는 점이다. 왕도는 상하의 의사소통이 이루어지는 유럽의 정치 체제에 주목하고 있었으며 그것을 가능케 하는 중요한 기제가 신문을 통한 여론의 조성이라는 점에 착안해 1874년『순환일보(循環日報)』[20]라는 중문지를 창간한다. 이 신문은 여러 측면에서 이후 중문 신문의 모범이 되었으며 1897년까지 비교적 오랜 기간 동안 발행되었다. 왕도는 신문 사업을 자신이 앞으로 해야 할 가장 중요한 일로 생각하였던 듯하다. 그는 서양인들의 잘못된 중국관과 서양인에 의해 발행되는 신문들의 편파적이고 오류가 많은 보도에 맞서 중국인에 의해서도 양문으로 된 신문이 발행되어야 할 것이라고 주장하기도 했다. 이 무렵 왕도는 중국 근대신문의 역사, 신지식의 형성과 전파의 역사에서 주요한 역할을 한 여러 사람과 인맥을 형성한다. 그 가운데에는 1872년 상해에서 창간된『신보(申報)』에서 일을 보던 사위 전징(錢徵) 그리고 홍간보(洪幹甫), 용굉(容宏) 등이 포함된다. 이 외에도 홍콩에서 서양인들에 의해 발행되고 있던 중문 신문의 번역, 편집을 맡고 있던 장종량(張宗良), 진언(陳言) 그리고 용굉과 마찬가지로 홍콩, 마카오의 학교에서 교육을 받은 하계(何啓), 오정방(伍廷芳)과 같은 이들이

---

20 '循環'이 의미하는 바에 대해『中國報學史』(1955)의 저자인 戈公振과 같은 이는 王韜가 太平天國 혁명이 실패했더라도 그것이 뿌린 씨를 이 신문을 통해 계속 전파하여 대대로 순환시키겠다라는 의미로 사용한 것이라고 주장한다. 그러나 당시 王韜가 太平天國에 연루된 자신에 대해 가지고 있던 회한과 비통한 심정으로 볼 때 이러한 해석은 무리가 있는 듯하다. 당시 王韜의 역사관의 한 측면이었던 '循環論的' 역사관과 관련 지우는 코헨의 의견이 보다 합리적이다.

왕도의 사업을 도왔다.

『순환일보』를 발행하면서 왕도는 이 지면에 자신의 논설을 발표한다. 이 시기의 저술과 신문 논설을 통해 왕도는 서양 정세에 밝은 인물로 적지 않은 명망을 얻게 된다. 중국 내에서도 적지 않은 사람들이 왕도의 개혁론에 주목하였지만 정작 그의 명성은 메이지 유신(1868년)을 통해 신정(新政)을 확립한 일본에서 더욱 높았으며 그의 저작들은 1870년대와 1880년대에 걸쳐 일본에서 출판되어 널리 읽혔다.[21] 1879년에 왕도는 요양 차 상해에 임시로 돌아가 얼마간 머물었으며 잠시 고향에 들를 기회가 있었는데, 이때 현지 언론인들의 초청으로 일본을 방문할 기회를 갖기도 했다.

왕도는 1882년과 1883년에도 한차례씩 지인들의 도움으로 고향을 가볼 수 있었으며 1884년 4월, 정일창(丁日昌), 마건충(馬建忠) 등 신파 인물들의 주선으로 실력자 이홍장(李鴻章)의 묵인을 얻어 23년간의 망명생활을 끝내고 56세의 나이로 상해에 돌아와 여생을 보내게 된다. 바로 이 무렵 그 동안『순환일보』에 실었던 논설문을 정리해서 펴낸 것이『도원문록외편』이다. 여기에는 1897년에 왕도가 개편한 12권 본을 기준으로 했을 때 도합 185편의 논설이 실려 있다.[22]

상해에 돌아온 후 왕도는 상해 언론계의 중심인물 가운데 한 명으로 활동했으며 당시 상해의 신식 교육기관 가운데 명망이 높던 격치서원(格致書院)에 간여하는 등 신교육 사업에도 참여했다. 만넘에 지병으로 고생하던 왕도는 1897년 5월 24일(光緒 23년 4월 23일) 70세의 나이로 세상을 떠난다. 그가 그토록 갈망하던 중국 변혁의 시발점이 된 무술년

---

21 Paul A. Cohen, op. cit., pp.99~100.
22 최초 간행본은 1883년 香港印務總局 鉛印本으로 6冊 10卷으로 이루어져 있다. 1897년 상해에서 나온 重排本은 6冊 12卷으로 이루어져 있다. 표점본으로 가장 권위 있는 것은 1959년에 간행된 北京中華書局 鉛印本으로 1冊에 12卷 분량을 모두 담았다. 이후 1994년 遼寧人民出版社, 1998년 中州古籍出版社 등에서 일부 글을 빼고 간행하기도 했다.

(1898)의 변법운동이 일어나기 1년 전이었다.

　상해에 돌아와 활동하게 된 왕도는 널리 알려진 명사가 되어 있었지만 이미 나이가 들어 있었으며 전통적인 공간에서의 관계들과 워낙 오래 단절되어 있었던 등 여러 이유로 관계에 진출하여 주요한 역할을 할 기회는 결국 주어지지 않았다. 그 스스로 그러한 역할을 하려한 흔적이 딱히 발견되는 것도 아니다. 중년 이후 자신이 가야할 방향을 확실히 정하여 실천한 왕도는 그 내면의 혼란과 갈등이야 어찌되었든 관료가 되어야 큰일을 할 수 있다는 고래의 관념이 이제는 필연적인 것이 아님을 실천적으로 보여주었던 셈이다. 특히『도원문록외편』의 편집과 간행으로 단락을 맺은 그의 언론 활동은 전통공간에서 과거를 매개로 한 사인으로서의 삶과 글쓰기를 벗어난 새로운 문인 각색의 전형을 보여준다. 상해 격치서원의 인재 선발 시험의 출제에 그가 깊이 간여했다는 점은 과거 시험에 대해 깊은 애증을 품고 있던 왕도로서는 참으로 의미 있는 행보였다고 할 수 있다.

　숱한 곡절과 회의를 거쳐 다다른 이 자리에서 왕도는 그렇다면 자신의 새로운 글쓰기를 어떻게 받아들이는가. 왕도가 보인 입장은 중국의 근대적 글쓰기의 성격에 대한 이해에 어떤 시사점을 주는가.『도원문록외편 · 자서』를 통해 살펴보도록 한다.

3. '새로운 입언'에 대한 토로 –『도원문록외편 · 자서』

1) 외국과의 통상과 중국의 위기 –'새로운 입언'의 제일 조건

중국과 외국이 통상한 이래로 세상 일이 복잡해지고 변화함이 극에 달
하였다. 보지 못하던 것을 보게 되고 듣지 못하던 것을 듣게 되었는데, 일
체의 기이한 솜씨와 빼어난 재주는 모두 하늘의 기밀을 낱낱이 파헤치고
우주의 원기를 다 드러내며 또한 만물조화와 음양의 비밀을 누설하기에
충분한 것들이었다. 그 가운데 지혜와 힘을 겨루니, 진실과 거짓이 서로
감응하여 이로움과 해로움이 생겨났고, 서로간의 만남이 거듭되어 얻는
것과 잃는 것이 생겼으며, 강함과 약함이 대비되어 능욕과 업신여김이 생
겨났고, 성실함과 속임수가 만나 회한과 아쉬움이 생겨났다.

> 自中外通商以來, 天下之事繁變極矣, 見所未見, 聞所未聞, 一切奇技瑰
> 巧, 皆足以鑿破天機, 矷削元氣, 而泄造化陰陽之秘. 其間鬪智鬪力, 情僞相
> 感而利害生, 交際相乘而得失生, 强弱相形而凌侮生, 誠詐相接而悔吝生.

『도원문록외편 · 자서』(이후 「자서」)의 도입부는 왕도의 신문논설문
쓰기가 근본적으로 어떤 정황으로부터 비롯되었는지 보여주는 부분
이다.

왕도는 '중국과 외국의 통상'으로부터 이야기를 시작한다. 중국이 바
깥과 상업적인 교류를 한 것은 고래로의 일이다. 하지만 여기서 말하는
'외'란 바다를 경유해 중국의 문을 두드린 근대 서양 세력을 가리킨다.
주지하듯 대항해 시대가 열리면서 스페인, 포르투갈, 네덜란드 그리고
이어서 이들을 제압한 영국이 유럽 바깥의 '신세계'에서 그들 경제의 활
로를 찾아 나섰으며, 중국 역시 그 대상에서 예외일 수 없었다. 험난한

산악과 초원 그리고 사막을 거쳐서야 가까스로 접촉할 수 있었던 중국. 그나마 중국 땅을 직접 밟았던 서양인 극히 소수였다. 이른바 대항해 시대에 들어서면서 개척된 바닷길은 훨씬 수월하게 중국에 접근할 수 있도록 해주었다. 아라비아 인들이 이미 다니던 해로를 통해 포르투갈은 서양 세력 가운데 가장 먼저 중국에 다다라 16세기 중엽 대륙의 남동부 주강(珠江) 입구(마카오)에 무역을 위한 기지를 개척해 놓은 터였다. 포르투갈, 스페인, 네덜란드를 이어 해상 패권을 장악한 영국은 자국에서 산업혁명을 통해 전에 없던 새로운 대량 생산과 소비를 추동하는 자본주의 경제가 형성됨에 따라 값싼 원료의 공급지와 생산된 상품의 시장을 필요로 하게 되었다. 중국과 영국이 아편전쟁이라고도 불리는 제1차 중영전쟁을 치른 것은 이처럼 영국을 필두로 한 서구 세력의 동방으로의 진출에 따른 필연적 결과였다고 하겠다.

그러므로 '중국과 외국의 통상'은 제1차 중영전쟁과 그 결과로 체결된 남경조약(1842년)에 따라 중국이 광주(廣州), 하문(廈門), 복주(福州), 영파(寧波), 상해(上海)를 개항하고 서서히 영국에 의해 선도된 전지구적 자본주의 경제의 망 속으로 편입되어 들어가는 것에 다름이 아니었다. 그에 따라 세상사는 복잡해지고 변화가 극에 달했다. 이 길지 않은 「자서」를 이 이야기로부터 시작하고 있다는 점은 주목을 요한다. 왕도는 바로 이러한 정황을 자신이 '일보'에 글을 쓰게끔 한 가장 근본적 계기로 보고 있는 것이다. 이때의 '외국과의 통상'은 왕도라는 한 개인으로서는 전에 없던 글쓰기를 선택케 한 계기였다. 나아가 중국의 문인들이 이제까지와는 판이한 조건 속에서 사유하고 글을 쓰게끔 만든 '사건'이었다. 이러한 서사는 오늘날 당연한 것으로 받아들여지지만, 당시 이러한 전환을 감지하는 이는 소수였다. 왕도는 그 가운데 가장 예민한 이 가운데 하나였다고 하겠다. 서양과의 관계를 '통상'으로 제시하고 있는 점도 그 관계의 본질이 어디에 있는 지에 대한 그의 통찰을 보여준다. 왕도에게 감지된 바, 세상사가 복잡해지고 변화가 극심해졌다는 사실은 이 세상이 과거의 글쓰기로는 포섭될 수 없게 되었음을 암시한다. 안정된 천하에 호응하는 안정된 글쓰기, '온유돈후(溫柔敦厚)'의 글쓰기는 종언을 고하는 듯했다.

나아가 왕도에게 포착된 바는 단지 세상사가 예측하기 힘들어졌다는 점만이 아니었다. 그는 새로운 관계의 망 속에서 일종의 불평등을 감지한다. 이해득실에서 해와 실은 중국의 몫일 것이다. 그러니 능욕과 업신여김 속에서 회한과 아쉬움이 생겨나는 것일 터이다. 이 같은 불평등은 어디서 기인하는가. 바로 그제까지 중국에서는 듣도 보도 못한 바, 우주의 비밀을 드러내는 서양인들의 기예(과학)로부터이다. 그들이 '통상'의 관계에서 우위에 있을 수 있는 근거인 셈이다. 이러한 인식은 왕도가 「자서」를 쓸 당시만 해도 보편적인 것이 아니었다. 양무운동을 거치며 그들의 군사기술과 제조기술을 도입하긴 했지만, 그들은 여전히 바다 건너 온 '이(夷)'일 뿐이었다.

서양 세력의 도래가 중국에 전면적인 변화를 초래하며 그 방향이 천하의 중심으로 자처해온 중국의 '굴욕'으로 귀착되리라는 왕도의 이와 같은 위기의식은 1894~1895년의 청일전쟁에서 중국이 패배하고 그 결과 대만을 일본에 할양함으로써 비로소 중국 조야에 넓게 퍼진다. 그리고 1898년의 변법유신 실패와 그 주역들의 망명, 1900년 의화단의 난과 팔국연합군의 북경 침탈, 1902년 러시아에 대한 일본의 승리를 목도하면서 중국인이 세계를 설명하는 하나의 유력한 담론으로 굳어진다. 재편되는 동아시아의 질서 속에서 중화의 정체성은 흔들렸고 이전까지의 자족감과 우월감은 급격히 강한 결여감과 열등감으로 대체되었다. 이를 기초로 1910년의 혁명이 가능하기도 했지만, 신해혁명이 사실상 반쪽짜리 혁명으로 확인됨에 따라 그와 같은 담론은 더욱 굳어져 오사운동, 민족주의운동, 사회주의운동, 항일전쟁의 근거가 되었다. 그것이 중화인민공화

국의 수립으로 귀결된 혁명전쟁의 근저에도 놓여 있음은 물론이다. 그리
고 근현대 중국의 글쓰기의 근저에도 놓여 있음 또한 물론이다.

2) 왜 신문에 글을 쓰게 되었는가

사십여 년 동안 사업들을 주도한 이들은 내 외람된 생각으로는 그 올바
른 길을 얻지 못했던 듯하다. 초야에 묻혀 지내는 하잘 것 없는 백성으로
서 홀로 거하며 깊이 생각하는 가운데 그러한 상황에 대해 몹시도 우려하
게 되어, 때마다 보고 생각한 바를 일간신문에 펴내었다.

四十餘年中, 所以駕馭之者, 竊謂未得其道也. 草野小民, 獨居深念, 怒然
憂之, 時以所見達之於日報.

외국과의 통상, 그리고 그로부터 비롯된 중국의 추락이 바로 왕도의
신문논설문 쓰기의 출발점이며 이후 중국의 근대적 '입언(立言)'의 기본
적 환경 / 조건이었다면, 왕도 개인이 신문이라는 새로운 매체를 발견
하고 그 지면에 글을 쓰도록 만든 보다 구체적인 동기는 무엇이었을까.
사십여 년 동안 진행한 사업들이란 이 글이 1883년에 쓰였으니 대략
아편전쟁 이후 외국과의 통상이 이루어진 이래 청 조정의 관련 조치들
을 두루 가리킨다고 보아야 하겠다. 이때까지 민간 주도의 '양무'는 아
직 미미했다. 왕도는 관방의 조치들 및 그와 관련된 글쓰기 / 담론들을
무효한 것으로 선언하고 그와 대척되는 자리에 자신의 신문논설문 쓰
기를 위치지우고 있는 셈이다. 왕도의 신문논설문 쓰기의 구체적 입각
점이다.
이와 함께 주목할 점은 왕도가 스스로를 '초야에 묻혀 지내는 하잘
것 없는 백성'으로 칭하고 있으며 그 같은 처지에서 자신의 견해를 '일
간신문에 펴내었다'고 밝히고 있다는 점이다.

왜 '초야의 백성'의 백성인가. 왕도가 신문에 논설문을 쓰는 새로운 입언의 행위는 사대부―문인으로서 하는 것이 아니다. 그 점을 명료히 인식하고 있는 것이다. 물론 왕도는 과거의 첫 단계라 할 수 있는 생원 자격을 획득한 사람이니 엄밀히 말해 스스로 '초야의 백성'이라고 칭하는 것은 온당치 않다. 이와 같은 의식 내지 선포는 신문에 글을 쓰는 것이 과거제도를 축으로 이루어지는 중국 전통사회 사대부―문인의 삼대 역할 ―즉 관료 / 막료 / 선생의 역할 및 그에 따른 글쓰기를 이탈해 이루어지는 행위라는 점에 대한 자각을 보여준다. 이 글이 쓰인 시점은 왕도가 1862년에 태평천국 관리에게 정견을 밝힌 상소를 올렸다는 혐의를 받고 홍콩으로 망명한지 21년 된 때이다. 앞서 언급했듯, 상해 묵해서관에서 일할 당시만 해도 왕도는 과거 합격의 희망을 포기하지 않았으며, 한편으로는 증국번 등 양무 대신과 그들의 막료들에게 자신의 정견을 쓴 서신을 보내 부단히 선을 대고자 했다. 홍콩에서의 왕도는 전통적 사대부―문인의 글쓰기가 이루어지는 중국 땅과 공간적으로 격리되어 있었을 뿐 아니라 그 같은 글쓰기를 할 수 있는 가능성이 완전히 차단된 상황이었다.

하지만 한편 왕도는 새로운 글쓰기의 주체라고 할 수 있는 그룹의 핵심에 있는 인물이기도 했다. 글쓰기를 둘러싼 새로운 조건이 중국 내에서 처음으로 전면화 되기 시작한 상해 조계의 정황은 1905년 과거제 폐지 이후 다른 대도시 지역으로 퍼져나간 새로운 조건 하에서의 글쓰기의 모양과 방향을 상당 정도 선도했기 때문에 중국 근대적 글쓰기에 관한 논의의 중요한 출발점 가운데 하나다. 특히 작자, 편집인, 발행인, 교육인, 상공인 그리고 외국인 선교사, 언론인, 교육인 등까지 포함된 상해 '신지식인' 서클은 과거제도의 자장으로부터 자유로운 새로운 글쓰기의 주체들을 만들어내고 있었다. 왕도는 물론 인문적 조건이 훨씬 열악한 홍콩에 유배되어 있다시피 했지만, 「자서」가 쓰일 즈음이면 상해의 언론계와 대단히 밀접한 관계를 맺고 있었고 새로운 지식인 그룹의 큰 어른 가운데 한 사람으로 대접받고 있던 터였다. 그리고 홍콩에 있었기에 과거의 자장으로부터 자유로운 글쓰기의 조건이 더 극대화 되어 있었다고도 할 수 있다.

이처럼 왕도가 일간신문에 논설문을 싣게 된 배경에는 한편으로는 유용한 발언의 새로운 매개로서의 신문에 대한 발견이 자리하지만 또 한편에는 전통적인 방식으로 입언할 수 있는 조건으로부터의 부득이한 격리가 자리한다. 그런데 이러한 조건에 대한 그 스스로의 의식은 그것에 대한 강한 긍정이라기보다는 '초야에 묻혀 있는 하잘 것 없는 백성'이라는 것이었다. 그에게는 새로운 각색을 스스로 적극적으로 명명할 의지가 없던 것처럼 보인다. 새로운 매체는 어쩌면 그가 과거를 매개로 한 글쓰기의 장 속에 있었다면 돌아볼 기회가 없었을 부득이한 선택이었는지 모른다.

어찌 되었든, 왕도는 스스로 그토록 머물고 싶어 하던 과거를 매개로 한 발언의 장에서 벗어나 있었고 바로 그렇기 때문에 그의 '우려'는 전통적인 사대부─문인의 천하에 대한 우려를 기초로 하면서도 그 시야를 넓힐 수 있었다.

3) 새로운 글쓰기의 힘과 소통의 문제

일이 일어난 뒤에는 이야기했던 바가 번번이 증험됨을 매번 다행으로 여기면서, 늘 깊이 한숨 쉬며 거듭 반복하여 말하였다. 말하는 자는 진지했건만 듣는 이들은 귀담아듣지 아니했음은 어찌할 도리 없었다.

事後每自幸其所言之輒驗, 未嘗不咨嗟太息, 而重爲反覆而言之. 無奈言之者諄諄, 而聽之者藐藐也.

위의 발언은 왕도의 신문논설문 쓰기가 전통적 입언의 장에서 벗어나 있음으로 인해 가지게 되는 성격을 보여준다. 왕도는 그와 같은 글쓰기가 '번번이 증험되는' 힘을 가지고 있음을 긍정한다. 동시에 그것이 증험되었다는 데 안도의 한숨을 쉬어야 했다. 그만큼 그 지식과 글쓰기는 아직 취약하고 기반이 약했기 때문이다. 그 지식이나 글쓰기 자체가 그렇기도 했거니와 그러한 글쓰기가 과거제도가 매개하는 장으로부터 이탈해 있었기 때문에 갖는 취약성이기도 했다.

전통적 입언은 분명히 한정된 독자를 전제로 하는 것이었다. 기대(잠재)독자가 분명한 만큼 정해진 규범 속에서 움직이는 한 작자—텍스트—독자가 연계된 실천의 장 속에서 글쓰기는 직접적인 작용을 통해 직접적으로 권력을 매개하는 성격을 가졌다. 반면 대중매체를 통한 입언은 그와 같은 직접성을 가지지 못한다. 기대 독자의 범위는 매우 넓어졌으며 그 성격은 상대적으로 모호해졌다. 대중매체—시장 회로를 통해 매개되는 글쓰기는 대단한 파급을 가질 수도 있지만 아무런 파급을 갖지 못할 수도 있다.

상해를 중심으로 중국에 형성되고 있던 출판시장은 서구의 경우와 마찬가지로 최초의 근대적 소비재로서의 정기간행물을 쏟아내기 시작하고 있었다. 이들은 시장을 통해 유통되는 간행물을 매개로 형성되고 있던 새로운 독자층과 만나고 있었다. 말하는 이가 진지해도 듣는 이는 건성이었다는 고백은 이러한 환경 속에서 이루어지는 근대적 글쓰기가 놓일 수 있는 자기소외의 상황을 암시한다. 주장한 바가 사후에 증험되면 다행일 뿐이다. 왕도는 외로운 계몽자다. 그러므로 그의 글쓰기는 한숨 쉬며 반복하는 것이 될 수밖에 없다. 게다가 그는 전통적 글쓰기 장과의 접속에도 거듭 실패하고 있었다. 이 대목은 신문논설문의 문체에 관한 이후의 토로로 연결된다.

왕도 시대에 일거에 이루어진 것은 아니지만 고료제도의 정착, 저작권 관념의 도입과 법제화, 출판시장의 광역화 등을 통해 새로운 매체에 글을 쓰는 행위는 출판자본과 연계되는 것에 다름 아니었다. 이전에도 돈벌이를 위해 소설 등을 써서 출판하고 과거시험 모범답안집을 편찬해 펴내는 일 등의 '매문(賣文)'이 없지는 않았지만 왕도의 시대에 그것은 유래 없이 전면화 되어가고 있었다. 인쇄술과 교통의 발달에 따른 대량 생산과 광역 배포 가능성의 확대는 글쓰기를 다중을 향해 열려 있는 행위로 바꾸어갔고 그것은 문인의 사회적 역할의 확장을 의미하는 것이기도 했다. 그러나 그것은 '시장' 속에서 이루어질 수밖에 없는 확장이었으며 자동적으로 소통이 보장되는 것도 아니었기에, 새로운 문인 정체성은 처음부터 시장에 의한 자기소외의 상황 속에서 형성되어갈 수밖에 없었다. 이러한 과정의 최전선에 왕도가 서 있었던 셈이다. 새로운 정체성 형성은 곧 고립감의 원천이기도 한 상황에서 왕도는 소통을 갈망하며 탄식하는 근대적 작자의 초기 전형을 보여준다.

4) 원고 출판의 계기로서의 '두문(杜門)'

올 봄에 갑자기 관절염이 생겨 손발이 뻣뻣해지고 경련이 일 지경이라, 문 닫아걸고 방문객을 거절했으며 지내며 병을 돌보았다. 그 참에 모아두었던 원고에 약간 손질을 가하여 인쇄업자에게 넘겼다.

今春忽患風痺, 幾於手足拘攣, 杜門却掃, 習靜養疴, 因取歷年來存稿, 稍加釐次, 授諸手民.

일정 기간 동안 쓴 글을 모아 판각업자에게 맡겨 문집을 찍어 돌리는 것은 중국의 사대부―문인들의 오랜 관습이다. 새로운 매체인 일간신문에 실은 논설문을 그와 같은 방식으로 출판한 것이 바로 『도원문록외편』이다. 유럽에서 돌아와 1874년에 신문을 창간한 이래 10년 동안 새로운 각색을 수행하던 왕도는 관절염이 생겨 칩거하며 병을 돌보게 된 지극히 개인적 사정을 계기로 새로운 각색으로부터 단절되며 이때 바로 그 새로운 각색이 추동한 글쓰기의 결과인 원고를 손질해 다소간 전통적인 방식으로 인쇄를 맡긴 셈이다.

이런 정황으로부터 왕도의 신문논설문 쓰기가 착종된 욕망 위에서 이루어졌음을 가늠할 수 있다. 그것은 사대부—문인으로서의 입언을 벗어나 있지만 그와 같이 되길 갈구한다. 여기에는 앞서 언급된 소통에 대한 의구심이 자리할 것이며, 아마도 읽히고 나면 없어져 버릴 '신문지'의 운명, 소통을 회의하게 만드는 새로운 글쓰기에 대한 자각도 자리할 것이다. 설령 대단한 파장을 일으킨 글이라고 하더라도 누가 한 달 전의, 일 년 전의 신문에 실린 논설문을 기억하고 곱씹을 것인가. 하지만 그것이 누군가에 의해 묶여 책으로 다시 세상에 나온다면 이야기는 달라질 수 있다. 그것은 '각세(覺世)'의 문장에서 '전세(傳世)'의 문장으로 전화될 것이며, '각세'의 문장인 동시에 '전세'의 문장일 수 있을 것이다.[23]

이어지는 내용이 문장 본체론과 문체에 관련된 것임은 어쩌면 당연한 귀결이다. 해당 부분은 「자서」의 거의 반을 차지한다.

5) 새로운 문체에 대한 자긍과 자괴

언어에 제대로 된 문식(文飾)이 없다면 전하여져도 멀리가지는 못한다 했거늘 반드시 식견 있는 사대부들이 비웃는바 될 것임을 스스로 부끄러이 여긴다. 다만 공자께서도 "언사란 잘 전달되면 될 뿐이다"라는 말씀을 하셨음을 생각해보면, 문장에서 귀한 바는 일을 적고 정서를 써냄에 스스로 마

---

23 夏曉虹,『覺世與傳世—梁啓超的文學道路』(上海人民出版社, 1991)에서 梁啓超의 글쓰기를 두 지향의 길항 속에서 설명하고 있다. 이러한 길항은 양계초만 아니라 중국 근대 문인 전반의 글쓰기가 놓인 장을 설명하는 데 제법 유용하다.

음속에 품은 바를 펴내는 데 있으며, 사람마다 글의 뜻이 가리키는 바를 알아보아 그것이 한결같이 내 마음이 토해내고자 했던 바와 같다면 이것이 바로 훌륭한 문장이지, 잘 다듬어졌는가 거친가 하는 점은 오히려 지엽임을 알겠노라. 내가 글을 씀에 이러한 취지를 갖고 있는데, 왕왕 붓을 대면 마음대로 멈출 수 없었다. 고문사(古文辭)의 법도에 대해서는 망연하여 아는 바 없으니, 불민함에 대해 사죄하는 바이다.

> 自愧言之無文, 行而不遠, 必爲有識之士所齒冷. 惟念宣尼有云"辭達而已", 知文章所貴, 在乎紀事述情, 自抒胸臆, 俾人人知其命意之所在, 而一如我懷之所欲吐, 斯卽佳文, 至其工拙抑末也. 鄙人作文, 竊秉斯旨, 往往下筆不能自休, 若於古文辭之門徑, 則茫然未有所知, 敢謝不敏.

위에는 자신의 글쓰기의 성격과 문체에 대한 왕도의 자괴감과 자긍심이 함께 나타난다. 자괴의 원천과 자긍의 원천은 동일하다. 그것은 바로 '고문사(古文辭)의 법도'에서 벗어나 있다는 것이다.

왕도가 '고문사'의 법도에 대해서는 아는 바 없다고 했으나 사실 그는 여러 가지 문체를 능숙하게 잘 구사했던 것으로 평가받고 있다. 심지어 전통 문체 가운데 가장 전아(典雅)한 것이라고 할 수 있는 변려문(駢儷文)도 대단히 잘 쓴 것으로 알려져 있다.[24] 그가 신문논설문과 같은 글을 쓰면서 위와 같은 의식을 견지하고 있었다는 것은 자각적으로 특정한 문체를 선택하였음을 뜻한다. 왕도는 무엇을 서술하느냐와 어떻게 서술하느냐에 있어 자각적으로 고문(古文)과 팔고문의 전통에 대립하고 있었던 것이다.

청대의 문장에 관한 견해가 나타나 있는 「속선팔가문서(續選八家文

---

24 費行簡, 『近代名人小傳・文苑』: "韜不過李漁之流, 所謂浮薄輕士, 而其詩與儷體文, 固多佳製 …… 詩古近體皆可誦, 勝于袁枚. 駢文雖不盡能拔俗, 而峭麗流暢, 亦足傳世." (錢仲聯 主編, 『淸詩紀事』 제16권, 江蘇古籍出版社, 1987, 628면에서 인용)

序)」에서 왕도는 청초 문장의 삼대가로서 후방역(侯方域)·위희(魏禧)·
왕완(汪琬)을 들고 있으며 이어서 "수십년 뒤에 방포(方苞)가 나왔다. 왕
완도 경술을 깊이 연구했던 것은 방포와 마찬가지인데, 다만 방포는
한유(韓愈)에게서 법을 취하였으니 그 원류가 조금 다를 뿐이다. 간결
하여 법도가 있고 정신이 홀로 드넓으니 실로 왕완과 선후로 아름다움
을 다투었다 할 만하다. 원매(袁枚) 역시 방포의 글이 한 세대의 정종(正
宗)이라고 여겼다. 그러면서 한편으로는 그의 재주와 힘이 박약하다고
비웃었는데, 공론이라고는 할 수 없을 듯하다."[25]라고 하고 있는 것을
보면, 그가 동성고문(桐城古文)의 나름대로의 맥락과 의의를 근본으로
부터 부정하고 있는 것은 아님을 확인할 수 있다. 이로부터도 왕도가
자신의 신문논설문 쓰기와 관련하여서는 자각적으로 동서파적 '의법
(義法)'을 취하지 않았음을 또한 유추할 수 있다.[26]

왕도의 신문논설문 쓰기는 부득불 전통적 글쓰기의 규범들로부터
이탈하였다. 이런 이탈은 스스로의 선택이었다고 할 수 있다. 그러면
서도 이렇게 문집의 모양으로 묶어 출판하면서 그가 걱정하는 바는 사
대부의 비웃음이며, 전통 입언에서 벗어나 제대로 된 문식을 갖지 못
한 자신의 글이 '전세(傳世)'의 글이 되어 먼 후세까지 전해지지 못하리

---

25 『弢園文錄外編』 卷9: "後數十年而有望溪. 堯峰邃於經術與望溪同, 特望溪取法昌黎, 其
源稍異爾; 而其簡潔有法, 精神獨遠, 實可與堯峰後先競美. 袁隨園亦以望溪之文爲一代
正宗, 而又譏其才力之薄, 似非通論也."
26 새로운 세계에 대한 탐구가 새로운 문체를 대동함은 당시 비슷한 부류의 글쓰기를 한
이들에게서 공통적으로 발견된다. 초기 개혁가의 한 사람으로 『校邠廬抗議』의 저자인
馮桂芬은 「復莊衛生書」에서 이렇게 말한 바 있다: "蒙讀書爲文三四十年, 所作實不少,
而才力荼靡不能振, 天實限之, 亦何敢侈口論文? 顧獨不信義法之說. …… 文之佳者, 隨
其平奇濃淡, 短長高下, 而無不佳. 自然有節奏, 有步驟, 反正相得, 左右咸宜, 不煩繩削而
自合, 稱心而言, 不必有義法也; 文成法立, 不必無義法也. …… 惟碑版之作, 前賢成式俱
在, 身處後代, 不宜偭規矩而改錯, 故金石不妨言例, 而他文不可言義法. …… 操觚者以
義法爲古文, 而古文卑, 必非先秦兩漢之作也.(『顯志堂集』 卷5; 賈文昭 編, 『中國近代文
論類編』, 黃山書社, 1991, 235면에서 인용)

라는 점이다. 하지만 자괴의 원천인 자신의 문체는 또한 자긍의 원천이기도 하다. 이유는 그것이 마음속에 품은 바를 그대로 토해 놓은 것이기 때문이다. 규범을 따른 내용과 형식이 아닌 자기 자신으로부터 비롯되는 진실 / 정성에 대한 긍정이다.

대부분 논자들은 이전의 산문 문체에 비해 근대 시기 산문 문체의 가장 큰 특징을 이른바 평이함으로 꼽으며 이는 대중매체의 기대독자층이 넓어진 것과 관련이 있다고 본다. 보다 평이해진 신문 문체는 고문의 전통 위에 공문 문체와 선교사 번역문체 등의 영향 속에서 이루어졌다. 이와 같은 문체는 사실상 왕도의 신문논설문에서 처음 나타난 것이라고 할 수 있다. 하지만 왕도의 서문에 이러한 측면에 대한 언급은 나타나지 않는다. 왕도가 자신이 썼던 이러한 부류의 글들이 필자의 의중이 명확히 전달되는 글이면 그만이지 잘 다듬어졌느냐의 여부나 고문사에 부합하느냐의 여부는 고려치 않았다고 한 것에는 물론 규격화되지 않은 보다 통속적이고 평이한 문체에 대한 실용주의적 발상이 담겨져 있다고도 할 수 있다. 하지만 왕도가 직접적으로 강조하고 있는 바는 자신의 가슴 속에 있는 바, 생각하는 바를 꾸밈없이 직설적으로 드러낸다는 '자서흉억(自抒胸臆)'의 측면이다. 심중을 그대로 풀어냈을 때 실제 글쓰기에서의 필연적 귀결은 평이함이라기보다는 격정 내지는 감정과잉이었다고 볼 수 있다. 고문사 전통에 대한 자각적 대립은 그쪽의 '아(雅)'함에 대한 이쪽의 '속(俗)'됨을 암시하지만 이때의 '속'이 반드시 '평이함'과 등가는 아닌 것이다.

왕도는 자신의 문체의 격정적 성격에 대해 분명히 자각적이었다. 자신의 서간문을 새로 펴내며 붙인 서문에서 자신의 문체에 대해 이렇게 이야기 한 바 있다: "나는 사람들에게 서신을 씀에 언제나 마음속의 품은 바를 그대로 풀어내어 수식을 가하지 않았으며, 겸손해 하는 말을 잘 쓸 줄 몰랐고 또한 아첨하는 말도 좋아하질 않았다. 젊어서는 종횡으로 변론하길 좋아하였으며 시무(時務)에 마음을 두었는데, 시대의 사건을 만날 때마다 왕왕 분개하는 감정이 쌓여 울컥 치밀어 올라 반드시 다 기울여 토해내고서야 상쾌하였다. 심지어는 크게 한숨지으며 울면서도 왜 그러하는지 스스로 모르곤 하였다. 이제는 언로(言路)가 크게 열려 있고 금제의 망이 성기어졌으니 그런 것들을 말함에 꺼릴 것도 없고, 나를 알아주건 나를 질책하건 또한 따질 바 아니로다."[27]

왕도는 자신이 생각하는 바를 거침없이 토해내고서야 직성이 풀렸던 듯하며, 그는 이러한 자신의 문체에 대해 그것이야말로 자신으로서는 가장 정직하고 진실한 글쓰기라는 점을 말하고 있다. 정견을 담은 서신들은 벗들에게 쓴 것도 있지만 많은 경우 당시의 실력자들에게 자신의 처지를 호소하고 시국에 관한 자신의 견해의 탁월함과 정당성을 알리기 위한 것이었다. 이러한 성격의 서신은 일정한 격식과 법도가 있을 텐데,[28] 이러한 서신에서도 거침없는 문체를 사용하였던 것은 스스로 밝히고 있는 것처럼 '자신도 주체하지 못하고' 그렇게 했던 측면과 적극적으로 선택한 측면이 공존한다고 하겠다. 문장의 내용과 형식을 규정하는 의법(義法)이 없어진 자리를 차지하는 것은 결국 자기 자신으로부터 비롯되는 진실성이다. '자서흉억(自抒胸臆)'에 대한 강조는 바로 자신의 경험과 판단에서 비롯되는 글쓰기와 문체에 가치를 두는

---

27 「重刻弢園尺牘自序」: "余與人書, 輒直抒胸臆, 不加修飾, 不善作謙詞, 亦不喜爲諛語. 少卽好縱橫辯論, 留心當世之務, 每及時事, 往往憤懣鬱勃, 必盡傾吐而后快, 甚至於太息泣下, 輒亦不自知其所以然. 方今言路宏開, 禁网疏闊, 故言之無所忌諱, 知我罪我亦弗計也."(汪北平, 劉林 整理本, 『弢園尺牘』, 中華書局, 1959, 13면)
28 光緒年間에 桐城人 吳闓生이 初學者들을 위해 편찬한 『桐城吳氏古文法』 下篇 '書說類'를 보면, 자신의 政見을 전하는 서간문에서 감정의 기복을 많이 드러내는 문체나 수식이 화려한 문체는 '正格'이 아님을 암시하고 있다. 이러한 견해는 古文家들의 일반적인 견해들을 서술한 『古文通論』 中篇 제7장 '文體源流'의 '書說·牘札'에 대한 설명, '奏議·書牘體'에 대한 설명 그리고 제8장 '文體正變' 가운데 '書牘'의 '正體'에 대한 설명에서도 비슷하게 나타난다. 『古文辭類纂』과 『經史百家雜鈔』를 보면 각각 '書說類'와 '書牘'편에 모범적인 政論 書簡文을 뽑아놓고 있다.

입장을 표명한 것이라고 하겠다. 자신의 문체에 대한 설명은 「도원척독속초자서(弢園尺牘續鈔自序)」에서도 볼 수 있는데, 왕도는 여기서 문장이 무엇인지도 모르는 자이며 문장에 요체가 없다라는 비판에 대해 "오호라, 저들이 말하는 이른바 문장이라는 것은 팔고문일 따름이며 저들이 주장하는 요체 있는 말이란 속된 일에 대한 것일 따름이었다"[29] 라고 반박하며 자신의 문체에 대한 자부심을 나타내고 있다.

이러한 문체에 대한 스스로의 긍정은 그가 동성파(桐城派) 문풍(文風)의 영향이 상대적으로 약하고 실용성을 중시하는 문풍이 강했던 지역, 여러 가지 문체와 장르들이 경쟁하던 강남 지역에서 태어나 성장하였으며, 그가 받은 교육이 특정 가법을 엄격히 따르는 것이 아니었던 데에서 그 근저를 찾아볼 수도 있겠다. 그렇지만 역시 그가 규범적 문풍으로부터 자유로울 수 있었던 것은 과거제도가 매개하는 글쓰기의 장으로부터 자의건 타의건 벗어나 있었기 때문에 가능했을 것이다.[30]

왕도의 정론 산문은 확실히 거침없으며 격정적이다. 유사한 사안을 다룬 동시대 고문가들의 문장과 비교해 보면 이 같은 문체상의 성격은 명백히 드러난다. 격정적 문체는 무엇보다도 시국에 대한 우려와 울분을 근거로 하고 있을 텐데, 거의 같은 사안을 다룬 동시대의 고문 문장은 이와 같은 우려와 울분을 '고문사'의 규범 속에서 적절히 조절하고 있다.[31] 기대독자를 사대부―문인 밖에 혹은 그보다 넓게 둠으로써 내면의 정서들이 자유롭게 문면에 드러날 수 있는 해방의 계기가 마련되었다고

---

29 「弢園尺牘續鈔自序」: "嗚呼, 彼之所謂文章者, 時文耳, 所稱要言者, 俗事耳."(汪北平, 劉林 整理本, 『弢園尺牘』, 中華書局, 1959, 175면)
30 이는 그가 유가적 이상이 행위를 규제하는 장으로부터 이탈해 있었던 측면에서 이야기할 수도 있을 것이다. 상해에서의 왕도의 교우와 기행에 관해서는 于醒民, 『上海, 1862年』, 上海人民出版社, 1991 참조.
31 이에 관한 자세한 논의는 민정기, 「晩淸 時期 上海 文人의 글쓰기 양상에 관한 연구」 (서울대 박사논문, 1999.8) 제4장 제1절 "왕도의 신문논설문 쓰기"를 볼 것.

하겠다. 한편, 대중매체를 통한 소통을 염두에 둔 수사 전략이라고 볼 수도 있을 것이다. 고객이기도 한 다중 독자와의 소통을 위해 반복과 과장, 점층 등의 수사적 장치들이 동원된 결과라고 볼 수 있는 것이다. 하지만 적어도 왕도의 경우, 이러한 측면에 대한 고려는 적어도 자각적이지는 않았던 듯하다. 전통적 입언의 장에서 벗어나 글쓰기 작용의 직접성을 상실한 처지에서 오는 격정을 생각해 볼 수 있다. 「자서」의 문맥을 고려하면 왕도의 발언은 이러한 측면이 강했을 것임을 암시한다. 소통을 위한 배려라기보다는 오히려 대중매체의 소통성에 대한 의심의 결과가 아닐까. 어떤 경우를 강조하건 문체의 격정성은 결국 과거제도를 축으로 구축된 사대부—문인 사회의 전통적 입언의 글쓰기에서 벗어나 근대적 매체에 의해 매개되는 새로운 입언의 글쓰기를 실천함에 따른 불가피한 결과라고 할 수 있다. 결과적으로 그의 글의 격정성은 규범적 글쓰기의 장과의 소통에는 방해가 되는 요소였다. 그러나 그것이 새로운 독자층과의 소통을 온전히 보장해 주는 것도 아니었다. 왕도는 내면의 분출, 즉 진정성을 소통성과 직접 연결시키고 있다. 진정성이야말로 소통의 근거라는 믿음일 터인데, 그러면서도 듣는 이들이 건성이었다고 고백하며 한탄한다. 믿음 내지는 희망과 실제의 괴리가 있었을 것이다. 여기서 또한 근대적 글쓰기의 곤혹이 다시 드러난다. 이러한 곤혹은 왕도의 문체가 격정을 갖게 만드는 순환의 고리 역할을 한다고 할 수 있다.

대개의 경우 근대 중국 신문논설문의 격정성은 우국의 심정에서 도출된다고 서술되며 전통적 회재불우 심리의 근대적 발현이라고도 설명된다. 격정 내지는 감정과잉을 생산—매개 / 전파—수용 기제의 변화에 따른 신문논설문을 비롯한 근대 산문 문체의 보다 일반화된 경향으로 지적하고 문제 삼는 논자들은 많지 않은 듯하다. 그것을 다중을 대상으로 대량인쇄·배포되는 매체를 통해 이루어지는 근대적 글쓰기의 근원적 성격의 하나로 논의해 보려는 시도가 있음직하다.

6) '문집'에 넣기에는 적절치 못한 글

'외편(外編)'이라 이름한 것은 그 속에 양무(洋務)에 관해 이야기한 것이
많아 문집 속에는 넣지 않고자 하기 때문이다.

曰外編者, 因其中多言洋務, 不欲入於集中也.

왕도는 신문논설문을 모은 이 문집에 '외편(外編)'이란 말을 붙일 수
밖에 없는 이유를 든다. 양무에 관한 글이 대부분이기 때문에, 즉 전통
적인 입언의 글과 내용이 다르기 때문이라는 것이다. 왕도 스스로 편
집한 저술목록에 따르면 홍콩 체류 시절 『도원문록(弢園文錄)』이란 이
름의 문집이 있으나 전해지지 않고 있다. 왕도는 자신의 신문논설문에
나름의 의미를 부여하며 긍정하면서도 전통적 입언의 장에서 벗어나
있는 그것의 자리를 '外'라는 말로 부각시키고 있는 셈이다. 이 길지 않
은 서문에서도 수차례 교차하는 바, 자신이 실천해온 새로운 입언에
대한 왕도의 양가적 입장이 이렇게 마지막 구절로 정리되고 있다. 결
국 '문'이 무엇인지에 대한 전래의 관념에 전면적으로 반기를 들 요량
은 없었던 셈이다. 양무에 대한 당시의 일반적 인식을 불가불 내면화
하고 있는 형편도 볼 수 있다.

7) 이름의 문제

광서구년(1883) 음력 사월 육일(욕불일 이틀 전) 홍콩에서 천남둔수(天
南遁叟) 왕도 씀.

光緒九年夏四月浴佛前二日, 天南遁叟王韜序於香海.

끝으로 맨 마지막의 서명에 주목하고자 한다. 「도원노민자전(弢園老民
自傳)」에 따르면 왕도의 원래 이름은 이빈(利賓) 자는 난경(蘭卿)이었다.
어른이 되고나서 이름을 한(瀚)으로 다시 중년에 도(韜)로 바꿨고 자는 자
전(紫詮) 혹은 자잠(子潛)이라고 했다. 중도(仲弢), 도원(弢園), 무회(無悔)
등의 호를 썼으며, 옥우생(玉魷生), 조도(釣徒), 천남둔수(天南遁叟), 도원
노민(弢園老民), 송북일민(淞北逸民) 등의 필명을 사용했다. '도(韜)'로 이름
을 바꾼 것은 바로 1862년 10월 홍콩으로 망명한 뒤였다. 또한 이때부터
자를 '중도(仲弢)' 혹은 '자잠(子潛)'이라 하고 '천남둔수(天南遁叟)'라는 별
호를 쓰기 시작했다. 이 명칭들은 하나같이 은둔과 침잠을 뜻하는 것들
이다. 이제 홍콩을 떠나게 된 마당에, 스스로 개척하였고 어렵게 인정받
게 된 글들을 모아 내면서 여전히 좌절의 흔적인 이름들을 쓰고 있는 것
이다. 자각적으로 새로운 문인 각색과 글쓰기를 개척한 그이건만, 궁극
적으로 스스로의 자리를 어떻게 두고 있는가를 잘 보여주는 바다. 과거
제도의 자장을 벗어난 문인의 자기인식이 이와 같았고 권력을 직접 매개
하지 못하는 글쓰기에 대한 불안한 심사가 이와 같았다. 근현대 중국문
인의 우울은 그 탄생에서부터 비롯되었던 것 아닐까.

4. 나오며

아편전쟁 이래로의 열강의 침탈, 그들의 압도적 무력 앞에서 중화의
정체성은 흔들렸으며 이전까지의 자족자대감은 강한 열등감으로 대
체되었다. 제국의 문인들은 수 없는 세대를 이어온 천하가 붕괴될 것
을 우려하였으며 이를 막을 처방을 내리고자 했다. 이로부터 중국의

근대적 글쓰기가 탄생했으며 그것은 계몽(啓蒙)과 구망(救亡)[32]의 두 축을 돌며 이루어졌다.

새로운 매체는 문자 텍스트를 통한 지식과 문화의 전파를 촉진하여 궁극적으로 사대부 계층의 해체를 가져왔다. 평장 단행본과 신문·잡지로 대표되는 새로운 매체의 최초 수혜자 및 이용자는 사대부였으며 이들에 의해 새로운 글쓰기의 방향이 정초되었고 다시 이를 통해 자기 정체성의 변화가 이루어졌다.

대량으로 인쇄되는 신형 단행본 서적과 신문, 잡지 등 대중매체는 잠재적 독자(기대 독자)를 크게 달라지게 했다. 새로운 매체의 필자들로서는 지금까지의 주 기대독자였던 사대부 층의 문학관습과 기호에만 부합할 필요가 없어졌고 오히려 문화수준이 낮은 층의 수요와 가독성을 고려하게 됨에 따라 내용과 체제, 양식, 문체상의 변화가 따랐다. 특히 보급에 대한 고려를 중심에 둔 언어 실험이 이어졌다.

새로운 매체의 보급과 과거제도의 폐지는 유교의 이념에 의해 다스려지는 이상사회에 상응하는 규범들의 속박으로부터 사대부의 글쓰기를 벗어나게 했으며, 경쟁적 독서시장의 형성과 확대는 문인필자들에게 어느 정도 자유로운 창작의 장을 제공해 주었다. 동시에 계몽과 구망이라는 당대의 정치적 부담과 시장성에 대한 고려가 두 축의 새로운 속박으로 작용했다. 새로운 조건들이 풀어놓은 해방의 가능성과 새로운 속박의 요소들은 근대의 문인들이 직면하게 된 불가피한 모순상황으로 근대적 글쓰기의 곤혹의 원천이었다.

지금까지 숱한 중국 근대문학사류의 저술 및 개별 작가·작품에 대한 연구, 문학사조나 유파에 대한 연구, 문학사상과 이론에 대한 연구는 거

---

32 논자에 따라 용어에는 이동이 있다. 본고에서는 李澤厚의 용어 쌍을 가져왔다.

의 예외 없이 위와 같은 이야기에 대한 확인과 확장에 다름 아니었다. 사실 신문논설문에 대한 왕도의 토로는 위와 같이 정리하는 것이 크게 틀리지 않을 것임을 보여준다. 「자서」 자체가 중국의 근현대문학의 탄생과 여정에 관한 이와 같은 서사의 출발점이라고도 할 수 있다. 그러한 새로운 글쓰기가 탄생한 과정이 결코 순탄하거나 그것의 이후 여정이 단일한 경로만은 아니었을 것이라는 점 또한 강하게 암시한다.

'계몽'이 안팎을 오가는 대비의 시선을 기초로 내부를 깨우치고 거듭나게 하려는 지향이었다면, '구국'은 안팎을 적대적 관계로 자리매김하는 가운데 자아의 무조건적인 생존을 주장하려는 경향을 갖는다. 이택후의 진단에 따르면 자주 '구국'에의 열망이 '계몽'을 압도함에 따라 근현대 중국의 여러 가지 비극이 싹트기도 했다. 이와 같은 형편이야 비서구 지역에서의 근대 경험에 어느 정도 공통적으로 나타나지만, 오랜 세월 세계의 중심이었던(혹은 중심이라고 스스로 간주해 온) 문명에게는 훨씬 더 치명적인 경험이었으리라고 생각한다. 그러니 「자서」에서부터 시작된 글쓰기를 둘러싼 이 같은 서사에 이유는 충분히 있다. 그렇지만 이 서사에서 근대 중국과 근대 중국의 문인, 그리고 근대 중국의 글쓰기는 늘 자기연민적일 수밖에 없다. 자기연민에 빠진 거대한 문화가 다른 문화에 대해 관용을 갖기는 힘들다. 중국의 근대적 글쓰기가 저 최초의 계기로부터 가질 수밖에 없던 이러한 성격을 왕도의 「자서」는 또한 잘 보여준다.

근현대 중국의 글쓰기는 왕도의 경우에 보이는 것처럼 기존의 권력 내지는 정치적 실천과 직접 매개되는 글쓰기로부터 이탈함으로써 새로운 가능성과 시야를 확보하지만 동시에 글쓰기의 힘에 대한 회의와 거친 정치화의 도정을 밟게 되는데, 이 역시 오랜 세월 문인이 바로 관료였던 사회의 긍정적이자 부정적인 여파였던 것으로 보인다. 중국에서는 '문학'이라는 글쓰기의 배타적 영역이 성립하는 과정과 그것이 단지 예술의 한 장르이길 거부하고 모든 담론의 중심이길 갈망하는(혹은 중심이 될 수밖에 없는) 이유와 실천의 과정이 공존했다. 그런 면에서 중국의 근대적 문학은 그 어느 나라 / 지역의 그것보다도 더 실천적으로 근대적 네이션의 형성에 직접적으로 깊이 간여하게 된다.

천 수백 년 동안 과거라는 제도를 매개로 구축되어온 글쓰기의 관성들이 하루아침에 사라지지 않았다는 것을, 그것이 결국은 새로운 시대의 문학을 구성하는 열망들의 기초가 되었음을 왕도의 「자서」는 여실히 보여준다.

참고문헌

王韜, 『弢園文錄外編』(汪北平, 劉林 整理, 中華書局, 1959).
王韜, 『王韜日記』(方行, 湯志鈞 整理, 中華書局, 1987).
王韜, 『弢園尺牘』(汪北平, 劉林 整理, 中華書局, 1959).
王韜, 『漫游隨錄』(柯靈, 張海珊 編, 『中國近代文學大系·筆記文文學集1』, 上海書店, 1995).
吳靜山, 「王韜事蹟考略」, 上海通社 編, 『上海研究資料』, 1936(上海書店 重印本, 1984).
剛克, 「弢園先生年表(補正稿)」, 『江蘇文獻』, 第1卷 第12, 13期合刊號, 1943.6.
張海林, 『王韜評傳』(中國思想家評傳叢書 185), 南京大學出版社, 1993.
忻平, 『王韜評傳』, 華東師範大學出版社, 1990.
袁進, 『中國文學觀念的近代變革』, 上海社會科學院出版社, 1996.
Paul A. Cohen, *Between Tradition and Modernity-Wang T'ao and Reform in Late Ch'ing China*, Harvard University Press, 1987(Paperback ed).
문정진 외 7인 공저, 『중국 근대의 풍경』, 그린비, 2008.
민정기, 「晚淸 時期 上海 文人의 글쓰기 양상에 관한 연구」, 서울대 박사논문, 1999.8.
민정기, 「晚淸 小說作家의 성격－包天笑의 경우에 대한 검토」, 『中國小說論叢』 제11집, 2000.2.
민정기, 「19세기 중엽, 중국 지식인의 유럽 체험과 세계관의 전변－왕도(王韜)의 경우」, 『人文科學論叢』, 안양대 인문과학연구소, 2003.9.

백광준, 「桐城派의 成立과 志向, 그리고 八股文－八股文을 文化的 環境으로
    바라보기 위한 提言」, 『中國文學』 제42집, 한국중국어문학회, 2004.11.
汪榮祖, 「王韜變法思想論綱」, 『近代中國思想人物論－晚淸思想』, 時報文化
    出版社, 1980.
沈國威, 「解題－作爲近代東西文化交流史硏究史料的『六合叢談』」, 沈國威
    編著, 『六合叢談－附解題・索引』, 上海辭書出版社, 2006.

| 필자 소개 |

서경호 徐敬浩 | 서울대학교 중어중문학과 대학원에서 석사학위를 취득한 후 미국 하버드대학교 동아시아언어문화학과에서 박사학위를 받았다. 전북대학교 인문대학 중어중문학과 전임강사와 조교수를 거쳐 1987년부터 서울대학교 인문대학 중어중문학과 교수를 역임하였다. 현재 서울대학교 자유전공학부 학부장으로 재직 중이다. 저서로 『산해경 연구』, 『중국문학의 발생과 그 변화의 궤적』, 『중국소설사』 등이 있으며, 장편소설 『자메이카』를 집필하였다.

김월회 金越會 | 서울대학교 중어중문학과 대학원에서 석사와 박사학위를 취득하였다. 중국근대문학과 중국지성사를 전공하고 있고, 현재 서울대학교 중어중문학과 교수로 재직 중이다. 『안티쿠스』 등 많은 매체를 통해 한자문화권 고전과 인문학에 대한 논평과 에세이 등을 발표했으며, 「20세기 초 중국의 문화민족주의 연구」(박사학위논문, 2001), 「동태적 인문으로서의 통합적 학문」(2009) 등 다수의 논문을 집필하였다. 또한 『살아 움직이는 동양고전들』, 『춘추좌전─중국문화의 원형이 담긴 타임캡슐』, 『고전과 놀이』 등의 저서를 출간하였고, 『아시아라는 사유공간』(창비, 2003)을 공역했다.

염정삼 廉丁三 | 서울대학교 중어중문학과 대학원에서 석사와 박사학위를 취득하였다. 중국문자학을 전공하고 있고, 현재 서울대학교 인문학연구원 HK교수로 재직 중이다. 『설문해자주 부수자 역해』를 간행하였고, 『문선역주(文選譯注)』를 공동으로 번역하였다. 그 외 중국문자에 관한 다수의 논문을 발표하였다.

홍상훈 洪尙勳 | 서울대학교 중어중문학과 대학원에서 석사와 박사학위를 취득하였다. 중국고전소설을 전공하고 있고, 현재 인제대학교 중국학부 조교수로 재직 중이다. 주요 저서로 『전통시기 중국의 서사론』, 『한시 읽기의 즐거움』, 『하늘을 나는 수레』 등이 있고, 주요 역서로는 『중국소설비평사략』, 『시귀의 노래』, 『서유기』(공역), 『유림외사』(공역) 등이 있다.

박소현 朴昭賢 | 서울대학교 중어중문학과에서 석사학위를 취득한 후 미시건대학교(The University of Michigan)에서 명청시기 중국과 조선의 범죄소설과 법률문화에 대한 비교연구로 박사학위를 받았다. 현재 성균관대학교 동아시아학술원 인문한국(HK)연구교수로 있으면서 다양한 관점에서 동아시아 법률문화의 역사를 바라보는 연구를 계속하고 있다. 최근에 『능지처참』을 번역하였고, 『중국 근대의 풍경─화보와 사진으로 읽는 중국 근대의 기원』을 공동 저술하였다. 주요 논문으로는 「그들이 범죄소설을 읽은 까닭은?─공안소설과 명청시기 중국의 법률문화」 등이 있다.

박지현 朴志玹 | 서울대학교 중어중문학과 대학원에서 석사와 박사학위를 취득했다. 서울대학교 인문학연구원의 선임연구원을 지냈고 현재 서울대, 서강대에서 강의 중이다. 주로 전통시기 중국의 서사담론과 문화구축에 관한 연구를 수행하며 주요 논문으로는 「중국 민간 신앙 속에서의 神 되기」, 「기이한 것에 대해 이야기하기」, 「상상 중국과 현실 중국-개인, 가문, 국가」 등이 있다.

김상호 金庠浩 | 서울대학교 중어중문학과에서 석사와 박사학위를 취득하였다. 중국고전시가를 전공하였고, 중국 심천대학 교환교수 등을 역임하였다. 현재 대전대학교 중국언어문화학과 교수로 재직 중이다. 『중국 고전시 읽기』, 『악부민가』 등을 출판하였고, 「古代 中國의 歌謠 硏究」 등 다수의 논문을 발표하였다.

류창교 柳昌嬌 | 서울대학교 중어중문학과에서 석사와 박사학위를 취득하였다. University of Wisconsin(Madison) 동아시아어문과 특별연구원과 중국사회과학원 문학연구소 방문학자, 숙명여자대학교 인문학부 초빙교수 등을 역임하였다. 현재는 서울대학교에 출강 중이다. 주요 논저로는 『美國의 中國文學 硏究』, 『왕국유 평전』 등이 있고, 『세상의 노래 비평, 人間詞話』 등을 역주했다. 이외에 다수의 중국여성문학 관련 논문을 발표하였다.

이정재 李廷宰 | 서울대학교 중어중문학과를 졸업하고 동 대학원에서 석사학위와 박사학위를 취득하였다. 박사과정 중 중국 산동대학에서 수학하였고, 현재 서강대학교 중국문화전공 부교수로 재직하고 있다. 저서로 『중국의 공연예술』(공저)이 있고, 역서로 『도화선』, 『근대 중국의 언어와 역사』, 『중국 고대극장의 역사』(공역) 등이 있으며, 논문으로 「고사계 강창 연구」, 「도화선의 이념적 지향」, 「서사각본의 극적 연행」 등 다수가 있다.

나선희 羅善嬉 | 서울대학교 중문학과를 졸업하고 동 대학원에서 「『서유기』연구—허구적 세계에 대한 인식을 중심으로」로 박사학위를 취득하였다. 1994년 교환유학생으로 일본 동경대학교에서 수학하였고, 2002년에는 중국의 소주대학교에서 연구하다가, 2004년부터 2006년까지 미국 일리노이대학에서 방문연구원으로 재직하였다. 현재 서울대학교에서 강의하고 있다. 『서유기—고대 중국인의 사이버스페이스』을 저술하였고, 『진인각』, 『풍우란』 등을 번역하였다.

백광준 白光俊 | 서울대학교 중어중문학과에서 석사학위를 취득하고, 중국 남경대학 중문과에서 문학박사 학위를 받았다. 현재는 서울시립대 중국어문화학과 조교수로 재직 중이다. 『중국 근대의 풍경-화보와 사진으로 읽는 중국 근대의 기원』을 공동 저술하였고, 『원매산문집』을 편역하였다. 주요 논문으로는 「변발에 얽힌 역사 그리고 魯迅」, 「19세기 말 중국 담론의 수사와 번역—『時務報』, 『淸議報』, 『浙江潮』, 『東方雜誌』, 『民報』를 중심으로」, 「嚴復의 飜譯語 誕生과 그 運命—槪念語를 중심으로」 등이 있다.

민정기 閔正基 | 서울대학교 중어중문학과 및 동대학원 졸업하고 현재 인하대학교 중국어중국학전공 부교수로 재직 중이다. 『중국 근대의 풍경—화보와 사진으로 읽는 중국 근대의 기원』을 공동 저술하였고, 『언어횡단적 실천 : 문학, 민족문화 그리고 번역된 근대성』을 번역하였다. 주요 논문으로는 「점석재화보가 보여주는 근대 상해의 외래인」, 「청말 점석재화보가 보여주는 동아시아 세력 관계 재편 속 타이완 원주민 형상」, 「근대 중국 정기간행물의 지식 편제와 '문학'」 등이 있다.